江苏现代作家与外国文学研究

盛翠菊 ◎ 著

Jiangsu Modern Writers and Foreign Literature Studies

中国戏剧出版社
CHINA THEATRE PRESS

图书在版编目（CIP）数据

江苏现代作家与外国文学研究 / 盛翠菊著． — 北京：中国戏剧出版社，2023.8
ISBN 978-7-104-05339-2

Ⅰ．①江⋯ Ⅱ．①盛⋯ Ⅲ．①作家群－研究－江苏②外国文学－文学研究 Ⅳ．① I209.953 ② I106

中国国家版本馆CIP数据核字（2023）第 073330 号

江苏现代作家与外国文学研究

责任编辑：齐　钰
责任印制：冯志强

出版发行：	中国戏剧出版社
出 版 人：	樊国宾
社　　址：	北京市西城区天宁寺前街 2 号国家音乐产业基地 L 座
邮　　编：	100055
网　　址：	www.theatrebook.cn
电　　话：	010-63385980（总编室）　010-63381560（发行部）
传　　真：	010-63381560

读者服务：010-63381560
邮购地址：北京市西城区天宁寺前街 2 号国家音乐产业基地 L 座

印　刷：	北京九州迅驰传媒文化有限公司
开　本：	787mm×1092mm　1/16
印　张：	22.75
字　数：	394 千字
版　次：	2023 年 8 月　北京第 1 版第 1 次印刷
书　号：	ISBN 978-7-104-05339-2
定　价：	138.00 元

版权专有，违者必究；如有质量问题，请与出版社联系调换。

preface 前言

作为中国最得风气之先的文化区域，现代时期的江苏文学在"西学东渐"之风中呈现出兼容并蓄的开放格局，这一时期作家人数众多，"大家"云集，他们因留学、新式教育、期刊编辑、社团活动等与外国文学、文化结缘，从异域输入文学与文化资源，在中与外、传统与现代中完成了江苏现代文学的现代性建构。江苏现代作家如何与外国文学结缘、这些外国文学养分如何内化于创作，并进而使其对中国现代文学进行深入思考的历程，是一块亟待深入探究的重要研究领域。

本书以较为集中而活跃的江苏现代作家群体为研究对象，重点关注他们与外国文学结缘的相关历程、阅读的外国文学书籍、文学翻译、译文序跋、外国文学评论、文学创作等相关历史文本，从"群体考察"和"个案研究"上下两编探讨江苏现代作家与外国文学的渊源关系。上编着眼于江苏现代作家与外国文学结缘的整体状况，下编选取刘半农、朱自清、叶圣陶、宗白华、丁西林、洪深、卞之琳、叶灵凤、钱钟书、杨绛、陈西滢等进行个案研究，在系统梳理这些作家与外国文学译介的基础上，探究他们在小说、诗歌、散文和戏剧方面所接受的外来影响，以期能更全面地反映江苏现代作家对外国文学的承继与发扬。

"江苏现代作家与外国文学研究"这一论题着眼于江苏现代这一特定时段的区域文学，综合考虑时间和空间的双重因素，从比较文学视域来研究外国文学对江苏现代文学的影响，是江苏现代文学研究向深度拓展的一种表现，对于认识江苏现代文学的历史渊源和现实品格都具有重要意义。

凡 例

一、研究范围：因中国现代文学阶段时间只有 30 年，在具体研究中把时间向前后拓展，会涉及现代作家在清末和当代阶段的翻译作品。

二、原著国家和作者缺失处理：现代时期的翻译作品在具体刊载时有很多不标注原著的国家和作者，在具体统计时会参照同期其他杂志的标注进行核实，实在无法确认原著国家和作者的作品统一标注为"不详"。

三、多个译名处理：现代时期的翻译作品在具体刊载时会出现相同原著不同译者不同译名的情况，同一译者也会出现不同刊物（出版社）译名不同的情况，在具体统计时统一按照刊物原貌进行处理，以脚注形式说明。

四、译者笔名处理：现代时期的翻译家在翻译作品时会出现不同杂志不同笔名的情况，在具体统计时亦统一按照刊物原貌进行处理，以脚注形式说明。

五、译作连载处理：现代时期翻译作品多为连载，在具体统计时把原著、译者、期刊相同的作品合并标注。

contents 目录

绪 论 ·· 001
 一、概念规范 ··· 003
 二、国内外研究现状 ··· 004
 三、选题缘由及意义 ··· 007
 四、研究方法与研究思路 ·· 017

上编 群体考察 ·· 019
 一、江苏现代作家的通俗小说译介与创作 ··· 021
  （一）通俗小说译介作家群 ··· 021
  （二）小说翻译 ·· 027
  （三）翻译观及理论借鉴 ·· 054
  （四）创作上的借鉴 ··· 059
 二、江苏现代留日作家与外国文学 ··· 063
  （一）留日作家群体 ··· 063
  （二）外国文学译介 ··· 066
  （三）创作上的借鉴 ··· 079

三、江苏现代留学英法作家与外国文学 ··· 083
　　（一）留学英法作家群体 ··· 083
　　（二）外国文学译介 ·· 087
　　（三）理论与创作借鉴 ·· 097

四、江苏现代留美作家与外国文学 ··· 100
　　（一）留美作家群体 ·· 100
　　（二）外国文学译介 ·· 103
　　（三）创作上的借鉴 ·· 111

五、江苏现代作家与俄苏文学 ··· 117
　　（一）结缘俄苏的作家群体 ·· 117
　　（二）俄苏文学译介 ·· 120
　　（三）理论与创作借鉴 ·· 141

六、江苏现代其他翻译家与外国文学 ·· 147
　　（一）翻译家群体 ·· 147
　　（二）外国文学译介 ·· 149
　　（三）理论与创作借鉴 ·· 175

下编　个案研究 ·· 179

一、刘半农："欲自造一完全直译之文体" ································· 181
　　（一）诗歌翻译观：从"抽译"到"直译" ································ 181
　　（二）《新青年》时期的诗歌翻译与创作 ······························ 183
　　（三）民歌的翻译与创作 ··· 190

二、朱自清："借镜西方"与"本来面目" ··································· 196
　　（一）读书与教学中结缘外国文学 ······································ 196
　　（二）翻译实践与理论 ·· 199
　　（三）文学批评："借镜西方"与"本来面目" ······················· 204
　　（四）散文创作："外国的影响"比中国的多 ························ 206

三、叶圣陶："给中国的童话开了一条自己创作的路" ………………………… 209
    （一）阅读与编辑中结缘外国文学 …………………………………………… 209
    （二）童话创作：西方童话的"移植"与"独创" ……………………………… 213
    （三）小说创作："私淑"外国的"幽默"与"反讽" ………………………… 217

四、宗白华："融贯中西艺术理论的一代美学大师" ……………………………… 220
    （一）中西比较诗学研究中结缘外国文学 …………………………………… 220
    （二）歌德翻译与研究 ………………………………………………………… 227
    （三）"流云"小诗创作与外国文学 ………………………………………… 230

五、丁西林："作风极象英国的 A. A. Milne" …………………………………… 235
    （一）戏剧创作：英国式幽默喜剧 …………………………………………… 235
    （二）戏剧翻译与评点 ………………………………………………………… 241

六、洪深：到国外专攻戏剧的"破天荒第一人" ………………………………… 245
    （一）求学生涯中的"戏剧的人生" ………………………………………… 245
    （二）英文戏剧创作、外国戏剧改译与批评 ………………………………… 247
    （三）戏剧创作："我要做个易卜生" ……………………………………… 253

七、卞之琳："文学翻译就是我谋生的职业" …………………………………… 256
    （一）持续 60 年的翻译实践 ………………………………………………… 256
    （二）诗歌：始于译诗，又终于译诗 ………………………………………… 267
    （三）小说：翻译与创作 ……………………………………………………… 274
    （四）戏剧：莎士比亚戏剧翻译与批评 ……………………………………… 276

八、叶灵凤："十里洋场"的现代小说家 ………………………………………… 279
    （一）编辑生涯中结缘外国文学 ……………………………………………… 280
    （二）小说创作："象牙之塔的浪漫文字" ………………………………… 288
    （三）散文创作："书话外国文学" ………………………………………… 291

九、钱钟书：东海西海，心理攸同 ……………………………………………… 303
    （一）求学阅读中结缘外国文学 ……………………………………………… 303
    （二）文学批评与翻译：东海西海，心理攸同 ……………………………… 306
    （三）小说创作：现代主义文学质素 ………………………………………… 311

十、杨绛：幽默喜剧与翻译"点烦论" ……………………………… 314
 （一）求学阅读中结缘外国文学 ………………………………… 314
 （二）文学翻译："点烦论"与实践 …………………………… 316
 （三）戏剧创作：真正的"风俗喜剧" ………………………… 321

十一、陈西滢：取法英国的"闲话风"散文 …………………… 324
 （一）翻译实践与理论 …………………………………………… 324
 （二）"闲话"创作：英国随笔体的"移植" ………………… 330
 （三）"闲话"中的外国文学批评和戏剧观 …………………… 332

参考文献 …………………………………………………………………… 338

后记 ………………………………………………………………………… 350

绪 论

中国现代文学是开放的，无论是陈独秀的以"欧化为是"，还是胡适的"输入学理"，抑或是蔡元培力主的"兼容并包"，都主张广泛吸收西方文化与文学精髓，与西方文化、文学接轨，而文学翻译在其中起到了桥梁和媒介作用。正如杨义在《文学翻译与百年中国精神谱系》一文中所言："20世纪中国文学的开放性和现代性，以翻译为其重要标志，又以翻译为其由外而内的启发性动力。"① 因此我们说，中国现代文学是在外国文学的影响下发展起来的，向外国文学寻求借鉴成为"五四"作家们的共识。对于这一点，现代文学的奠基人鲁迅在《〈草鞋脚〉（英译中国短篇小说集）小引》中也认为："小说家的侵入文坛，仅是开始'文学革命'运动，即一九一七年以来的事。自然，一方面是由于社会的要求的，一方面则是受了西洋文学的影响。"② 鲁迅在此所提及的"西洋文学"指的就是外国文学。近代以来，东西文化在对抗中交流，民族历史已成为世界历史。在现代世界，即使是区域性的乡土文学，也离不开世界意识，少不了外国文学的滋润，在这一方面，江苏现代文学也不例外。江苏作为中国最得风气之先的文化区域，如何与西方文学建立联系、在自我建构中融合西方文学并进而对中国现代文学深入思考的历程，是一块有待深入探究的重要领域。

一、概念规范

"江苏现代作家与外国文学研究"这一论题需要解释的是研究对象中包含的"现代""江苏作家"和"外国文学"三个关键词，此处的"现代"概念关系到现代文学的时间起点问题，学术界争议较大，考虑到与外国文学结缘的状况，我们在研究中适当把时间追溯到20世纪初，由于中国现代文学的时间跨度只有30余年，现代作家有很多人的创作跨越现当代文学，因此，在具体研究中会涉及他们在当代文学阶段的文学活动，并未简单地以1949年第一次中华全国文学艺术工

---

① 杨义：《〈二十世纪中国翻译文学史〉总序：文学翻译与百年中国精神谱系》，载杨义主编，连燕堂著：《二十世纪中国翻译文学史·近代卷》，百花文艺出版社2009年版，第2页。
② 鲁迅：《且介亭杂文》，万卷出版公司2014年版，第8页。

作者代表大会（简称"文代会"）为界让研究戛然而止。"江苏作家"主要是依据作家的籍贯、出生地、创作地等因素来确定，取的是一个较为宽泛的概念，不单单局限于出生在江苏的作家，也包括一些长期移民江苏、在江苏创作与生活的作家。这其中还涉及的一个问题是关于江苏现代时期的行政区划问题，现代时期的"上海"隶属于江苏，被称为"江苏上海县"[①]，因此本论题把现代时期活跃在上海的相关作家也一并纳入江苏作家加以研究。由于本书的研究对象是外国文学对江苏现代作家创作的影响，因论题研究需要，在具体讨论时把一些著名的文学翻译家如耿济之、汝龙等也一并纳入，探究他们的翻译文学对江苏现代作家创作乃至整个现代文学的影响。此处的"外国文学"包括中国之外的所有异域文学，内容涵盖欧美文学、日本文学、俄罗斯文学等。江苏现代作家作为特定区域的作家，他们与中国其他区域的作家相比，必然会形成不同的观察视点与审美特性，他们与外国文学的渊源也自然会带有区域性的特色。因此，本书涉及三个层面的研究，即世界文学、区域文学与比较文学研究。在20世纪80年代兴起的文学的文化研究和比较研究中，从民族文学到世界文学被描述为文学发展的必由之途。区域文学研究是一种封闭性的内聚型研究，而比较文学研究着眼的是跨文化比较，是一种开放性的外向型研究。本书借鉴上述三种研究的方法，对江苏现代作家与外国文学的关系进行深入探究。

二、国内外研究现状

区域文学研究在国外学术界很早便成为一种十分流行的研究方法，并已取得十分可观的研究成果，而我国则起步稍晚于西方，这是一种较为封闭的、内聚型的研究，从地域范畴对其中的作家进行整体的研究。比较文学研究则与之相对，是一种较为开放的、外向型的研究，其更多着眼于跨文学乃至跨文化的比较，是一种影响研究，本论题在研究时更多以江苏现代作家的作品为出发点去探究这些

[①] 1990年南京出版社出版、陈辽主编的《江苏新文学史》以及1999年南京师范大学出版社出版、王长俊主编的《江苏文化史论》的第九章 江苏文学（下）的第七节 新文学（1917—1928）、第八节 新文学（1928—1949）两节中，都是把"上海县"文学纳入江苏文学进行考察。

作家所受到的外国文学影响，这些影响又是如何内化在他们的作品中的，其中透露出怎样的外国文学影响的质素。研究中更多关注这些作家如何与外国文学结缘，因此作家的留学经历、现代教育背景、翻译作品、外国文学的相关评论、书评、序跋和译介文章等就成为本书考察的重点，因为这些更能体现他们与外国文学的渊源关系。

  对学术界关于本课题相关的研究，我们主要分三个方面来进行系统梳理，即中国现代文学与外国文学研究、江苏现代文学研究、比较文学视域下江苏现代文学研究。中国现代文学与外国文学研究方面的文献梳理旨在为本课题提供方法论的支持，江苏现代文学研究、比较文学视域下江苏现代文学研究两个方面的文献梳理旨在为本课题研究厘清研究的空间。其一，在中国现代文学与外国文学研究方面，曾小逸主编的《走向世界文学——中国现代作家与外国文学》[①]成书较早，是20世纪80年代后期较早开始关注中国现代作家的外来影响的研究，该书是现代文学研究专家的集体研究成果汇集，以个案研究的形式展开探讨，可谓大家云集，研究者和研究对象都是"大家"。该书共分四辑，选取的研究对象有鲁迅、许地山、茅盾、郁达夫、王统照、老舍、废名、沈从文、艾芜、巴金、施蛰存、张天翼、路翎、郭沫若、徐志摩、闻一多、李金发、冰心、蒋光慈、冯至、戴望舒、艾青、卞之琳、何其芳、周作人、丰子恺、梁遇春、田汉、夏衍、曹禺共30位作家；这部著作同时也集聚了众多研究大家，如王富仁的《鲁迅：先驱者的形象》、陈平原的《许地山：饮过恒河圣水的奇人》、叶子铭的《茅盾：创造新时代的文学》、许子东的《郁达夫：浪漫派？感伤主义？零余者？私小说作家？》、杨义的《王统照：开放型的现实主义》、凌宇的《沈从文：探索"生命"的底蕴》、吴福辉的《施蛰存：对西方心理分析小说的向往》、赵园的《路翎：未完成的探索》、蓝棣之的《闻一多：走进去，再走出来》，等等，这部著作在中国现代作家与外国文学的渊源关系研究方面具有开拓作用。近年来学术界相关的研究成果多为时间性的线性变迁研究模式，注重史的研究，如唐世贵的《中国现代文学关系史》（1998年花城出版社），曹顺庆的《比较文学史》（1991年四川人民出版社），徐志啸的《中国比较文学简史》（1996年湖北教育出版社），范伯群的《1898—1949中外文学比较史（新版）》（上下卷）（2007年江苏教育出版社），田本相

[①] 曾小逸主编：《走向世界文学——中国现代作家与外国文学》，湖南文艺出版社1986年版。

的《中国现代比较戏剧史》(1993年文化艺术出版社),杨义、陈圣生的《中国比较文学批评史纲》(2002年福建教育出版社),等等,上述研究成果多力求在史的架构上把中国现代文学作为一个研究的整体,以时间为线来系统探讨其外来影响。孟长勇的《从东方到西方——20世纪中国文学与世界文学》①与上述研究稍有不同,该书在系统研究中外文学的形式之异与精神联系的基础上,探讨了二者相互影响的途径与相互融通的结果。在块状区域文学与外国文学的研究方面,湖南②和湖北③两个省份走在了前列,取得了较为丰硕的研究成果。黎跃进的《湖南20世纪文学对外国文学的接受与超越》④打通现当代文学,采用群体综合研究与个案研究相结合的方式,对20世纪湖南作家与外国文学的渊源关系进行了较为详尽的论述,在块状区域文学与外国文学研究方面走在了前列。其二,在江苏现代文学研究方面,目前的研究专著有陈辽主编的《江苏新文学史》⑤,本书共十七章,前七章涉及江苏现代文学的研究,前三章是总体研究,分三个十年论述江苏现代文学的总体概况,第四章到第七章选取了瞿秋白、叶圣陶、朱自清和陈白尘做个案研究,第十七章"江苏的文学期刊"对江苏现代时期的期刊《新青年》《礼拜六》《小说月报》《创造》《奔流》《萌芽》《新月》、抗战时期的"新四军期刊"等进行研究,这是国内第一部地方文学史,具有一定的开创意义,但限于成书较早,对江苏现代作家的考察较为简略,但其史料价值和开先例的作用是不可否认的,为江苏现代文学的研究奠定了基础。王长俊主编的《江苏文化史论》⑥中的第九章"江苏文学(下)"涉及江苏现代文学,其中的"第七节 新文学(1917—1928)"和"第八节 新文学(1928—1949)"对江苏现代文学概况、文学期刊、社团流派以及通俗文学进行了较为全面的检点。作为《江苏文化史论》研究的一部分,这部分内容仅是对江苏现代文学的一个大略概述。此外,秦家琪的《略论

---

① 孟长勇:《从东方到西方——20世纪中国文学与世界文学》,复旦大学出版社2007年版。
② 黎跃进:《湖南文学与外国文学比较研究综论》,《湘潭大学社会科学学报》2001年第2期。
③ 溪云:《"湖北作家与外国文学"全国学术研讨会综述》,《外国文学研究》2006年第3期。
④ 黎跃进:《湖南20世纪文学对外国文学的接受与超越》,湖南文艺出版社2006年版。
⑤ 陈辽主编:《江苏新文学史》,南京出版社1990年版。
⑥ 王长俊主编:《江苏文化史论》,南京师范大学出版社1999年版。

三十年代江苏新文学的主流》①着重研究了20世纪30年代的江苏新文学；张勇的《二三十年代南京高校的新文学构建》②重点探讨了1930年中央大学和金陵大学学生组织的新诗社团土星笔会和出版的刊物《诗帆》中的现代诗歌创作，常任侠的《土星笔会和诗帆社》③是作为土星笔会成员的常任侠对这一诗歌团体的史料性回忆整理；贺莹的《南社文学活动与新文学发生研究》④是对苏州成立的文学社团南社的研究。其三，在比较文学视域下江苏现代文学研究方面，相关的研究主要集中于某些作家与外国文学关系的个案研究，如季进的《钱钟书与现代西学》⑤、许丽青的《钱钟书与英国文学》⑥、肖曼琼的《翻译家卞之琳研究》⑦，从研究现状看，学术界对于江苏现代作家与外国文学关系方面的系统性研究较少，散见的论文多为一些个案作家与外国文学某一方面或某一作家的影响研究，缺乏整体性的系统梳理和研究。江苏作为中国最得风气之先的文化区域，如何与西方文学建立联系、在自我建构中融合西方文学并进而对中国现代文学深入思考的历程，是一块有待详细考察的重要研究区域。本书拟在这方面做点工作，以期能更深入系统地探究江苏现代文学与外国文学的关系。

三、选题缘由及意义

为何要选择江苏现代作家与外国文学的关系为研究的范本，这一课题的研究有何意义？谈及这个问题，首先要关注的是研究对象和研究内容是否可行的问题。本课题首先对江苏现代作家群体进行遴选，遴选的主要依据是徐荣街、徐瑞岳主编的《中国现代文学辞典》（1988年中国矿业大学出版社）和陆耀东等主编的《中国现代文学大辞典》（1998年高等教育出版社）收录的中国现代作家词条，

---

① 秦家琪：《略论三十年代江苏新文学的主流》，《中国现代文学研究丛刊》1988年第3期。
② 张勇：《二三十年代南京高校的新文学构建》，《文艺争鸣》2007年第11期。
③ 常任侠：《土星笔会和诗帆社》，《新文学史料》1993年第1期。
④ 贺莹：《南社文学活动与新文学发生研究》，河北大学博士学位论文，2010年。
⑤ 季进：《钱钟书与现代西学》，复旦大学出版社2011年版。
⑥ 许丽青：《钱钟书与英国文学》，复旦大学博士学位论文，2010年。
⑦ 肖曼琼：《翻译家卞之琳研究》，湖南师范大学博士学位论文，2010年。

同时参阅陈辽主编的《江苏新文学史》(1990年南京出版社)、王长俊主编的《江苏文化史论》(1999年南京师范大学出版社)、王鸿主编的《文化大观园》(1991年江苏人民出版社,主要依据其中的"十三、江苏历代文化名人")等书籍,并参考读秀数据库的相关书籍,共梳理出江苏现代作家174人,具体信息见表绪论1-1,此外,在统计时因研究需要,把留学信息和是否有翻译作品信息一并统计。

表绪论1-1 江苏现代作家信息统计表[①]

序号	作家	生卒年月	出生地	留学时间/国家、留学学校
1	卞之琳	1910—2000	海门	1947—1949/英国牛津大学研究员[②]
2	白得易	1919—不详	南通	无
3	包天笑	1876—1973	吴县	无
4	毕倚虹	1891—1926	仪征	无
5	陈中凡	1888—1982	盐城	无
6	陈白尘	1908—1994	淮阴	无
7	陈西滢	1896—1970	无锡	1912—1922/英国爱丁堡大学、伦敦大学
8	陈伯吹	1906—1997	宝山	无
9	陈登科	1919—1998	涟水	无
10	陈大镫	不详	扬州	无
11	陈瘦竹	1909—1990	无锡	无
12	陈瘦石	1908—1976	无锡	无
13	陈衡哲	1890—1976	武进	1914—1920/美国瓦沙女子大学、芝加哥大学
14	陈鲤庭	1910—2013	上海	无
15	陈景韩	1877—1965	松江	无
16	陈去病	1874—1933	吴江	无
17	程小青	1893—1976	吴县	无
18	程光锐	1918—2013	睢宁	无
19	程造之	1914—1986	崇明	无
20	程瞻庐	1881—1943	吴县	无
21	曹辛之	1917—1995	宜兴	无

① 本表主要参照中国现代文学的相关词典、传记、文学史等资料编制而成,其中有些作家如卞之琳、戈宝权、瞿秋白等不是以留学生身份出国,也统计在内。

② 卞之琳与外国文学的主要渊源在于就读于北京大学外文系。

续表

序号	作家	生卒年月	出生地	留学时间/国家、留学学校
22	丁西林	1893—1974	泰兴	1914—1920/英国伯明翰大学
23	狄楚青	1873—1941	沭阳	无
24	杜谷	1920—2016	南京	无
25	方重	1902—1991	常州	1923—1926/美国加利福尼亚大学
26	傅雷	1908—1966	南汇	1928—1931/法国巴黎大学
27	郭绍虞	1893—1984	苏州	无
28	顾一樵	1902—2002	无锡	1923—1928/美国麻省理工学院
29	顾仲起	1903—1929	如皋	无
30	顾明道	1897—1944	吴县	无
31	耿济之	1898—1947	上海县	无
32	耿式之	不详	上海县	无
33	耿勉之	不详	上海县	无
34	龚冰庐	1908—1955	崇明	无
35	贡少芹	1879—1923	江都	无
36	葛一虹	1913—2005	嘉定	无
37	戈宝权	1913—2000	东台	1935—1937/苏联①,学校不详
38	戈扬	1916—2009	海安	无
39	葛琴	1907—1995	宜兴	无
40	昊向真	1920—2011	邳县	无
41	菡子	1921—2003	沭阳	无
42	何公超	1905—1986	松江	无
43	胡山源	1897—1988	江阴	无
44	胡奇	1918—1998	南京	无
45	韩北屏	1914—1970	扬州	无
46	洪为法	1899—1970	扬州	无
47	洪深	1894—1955	常州	1916—1922/美国俄亥俄州立大学、哈佛大学
48	蒋天佐	1913—1987	靖江	无
49	蒋锡金	1915—2003	宜兴	无

---

① 1935年,戈宝权作为《大公报》记者被派驻苏联三年。

续表

序号	作家	生卒年月	出生地	留学时间/国家、留学学校
50	蒋星煜	1920—2015	溧阳	无
51	孔厥	1914—1966	苏州	无
52	蒯斯曛	1906—1987	吴江	无
53	李定夷	1890—1963	常州	无
54	李俊民	1905—1994	南通	无
55	李涵秋	1874—1923	扬州	无
56	李白英	1903—1981	无锡	无
57	柳亚子	1887—1958	吴江	无
58	柳无忌	1907—2002	吴江	1927—1932/美国罗林斯大学、耶鲁大学
59	柳无非	1911—2004	吴江	1930—1933/美国罗林斯大学、史密斯大学
60	柳无垢	1914—1963	吴江	1935/美国罗林斯大学、威斯康星大学
61	卢静	1917—不详	吴江	无
62	卢冀野	1905—1951	南京	无
63	刘半农	1891—1934	江阴	1920—1925/英国伦敦大学、法国巴黎大学
64	刘延陵	1894—1988	泰兴	无
65	刘铁冷	1881—1961	宝应	无
66	骆文	1915—2003	句容	无
67	路翎	1923—1994	苏州	无
68	逯斐	1914—1994	无锡	无
69	陆澹安	1894—1980	苏州	无
70	陆侃如	1903—1978	海门	1932—1935/法国巴黎大学研究院
71	吕叔湘	1904—1998	丹阳	1936—1938/英国牛津大学、伦敦大学
72	罗洪	1910—2017	松江	无
73	缪崇群	1907—1945	六合	1925/日本,学校不详
74	毛文钟	1891—不详	吴县	1910/美国华盛顿大学
75	马可	1918—1976	徐州	无
76	潘家洵	1896—1989	苏州	无
77	潘汉年	1906—1977	宜兴	无
78	平襟亚	1884—1980	常熟	无
79	钱钟书	1910—1998	无锡	1935—1938/英国牛津大学、法国巴黎大学

续表

序号	作家	生卒年月	出生地	留学时间/国家、留学学校
80	瞿秋白	1899—1935	常州	1920—1923/苏联①
81	瞿世英	1901—1976	武进	1924—1926/美国哈佛大学
82	瞿白音	1910—1979	嘉定	无
83	秦瘦鸥	1908—1993	嘉定	无
84	汝龙	1916—1991	苏州	无
85	邵冠祥	不详—1937	宜兴	无
86	盛成	1899—1996	仪征	1919/法国蒙彼利埃大学、意大利帕多瓦大学
87	沈祖棻	1909—1977	苏州	无
88	宋樾	1909—1939	太仓	无
89	时有恒	1906—1982	铜山	无
90	孙望	1912—1990	常熟	无
91	孙毓棠	1911—1985	无锡	1935—1937/日本东京帝国大学
92	孙毓修	1871—1922	无锡	无
93	孙钿	1917—2011	上海县	1933—1937/日本东京日本大学、早稻田大学
94	沙蕾	1912—1986	宜兴	无
95	石灵	1906—1956	滨海	无
96	史超	1921—	徐州	无
97	唐祁	1920—1990	苏州	无
98	滕固	1901—1941	宝山	1920—1924/日本东洋大学 1931—1932/德国柏林大学
99	谭正璧	1901—1991	嘉定	无
100	陶雄	1911—不详	镇江	无
101	陶晶孙	1897—1952	无锡	1919—1927/日本九州帝国大学
102	闻捷	1923—1971	宜兴	无
103	王文显	1886—1968	昆山	不详—1915/英国伦敦大学 1927—1928/美国哈佛大学
104	王辛笛	1912—2004	淮安	1936—1939/英国爱丁堡大学
105	王平陵	1898—1964	溧阳	无

---

① 被北京《晨报》和上海《时事新报》聘为特约通讯员到莫斯科采访。

续表

序号	作家	生卒年月	出生地	留学时间/国家、留学学校
106	王若望	1918—2001	武进	无
107	王维克	1900—1952	金坛	1925—1928/法国巴黎大学
108	王蕴章	1884—1942	无锡	无
109	吴天	1912—1989	扬州	无
110	吴岩	1918—2010	吴县	无
111	吴祖光	1917—2003	武进	无
112	吴调公	1914—2000	镇江	无
113	吴琛	1912—1988	无锡	无
114	吴强	1910—1990	涟水	无
115	吴越	1910—2002	泗阳	1935—1936/日本，学校不详
116	无名氏	1917—2002	南京	无
117	汪敬熙	1897—1968	吴县	1920—1924/美国约翰斯·霍普金斯大学
118	汪仲贤	1888—1937	上海县	无
119	薛琪瑛	不详	无锡	不详/法国，学校不详
120	徐蔚南	1899—1953	吴县	不详①/日本庆应大学
121	徐祖正	1895—1978	昆山	1913—1922/日本东京高等师范学校、京都大学
122	徐卓呆	1881—1958	吴县	不详—1905/日本，大森体育会体操学校
123	徐仲年	1904—1981	无锡	1921—1930/法国里昂大学
124	徐枕亚	1889—1937	常熟	无
125	徐念慈	1875—1908	常熟	无
126	许幸之	1904—1991	扬州	1924—1927/日本东京美术学校
127	许觉民	1921—2006	苏州	无
128	谢澹如	1904—1962	上海县	无
129	席涤尘	不详	吴县	无
130	奚若	1880—1935	吴县	不详/美国奥柏林大学
131	袁水拍	1916—1982	吴县	无
132	杨绛	1911—2016	无锡	1935—1938/英国牛津大学（旁听）、法国巴黎大学

① 对于徐蔚南的具体留学时间，现存资料无具体记载，基本都称其早年留学日本。

续表

序号	作家	生卒年月	出生地	留学时间/国家、留学学校
133	杨紫麟	不详	苏州	无
134	杨周翰	1915—1989	苏州	1946—1950/英国牛津大学
135	杨心一	1889—1916	吴县	不详/美国宾夕法尼亚大学
136	袁静	1914—1999	武进	无
137	俞天愤	1881—1937	常熟	无
138	恽铁樵	1878—1935	武进	无
139	恽逸群	1905—1978	武进	无
140	严大椿	1909—1991	吴县	1928—1930/法国国立格城大学
141	严寄洲	1917—2018	常熟	无
142	严辰	1914—2003	武进	无
143	严敦易	1905—1962	镇江	无
144	叶圣陶	1894—1988	苏州	无
145	叶灵凤	1905—1975	南京	无
146	于伶	1907—1997	宜兴	无
147	子冈	1914—1988	吴县	无
148	赵家璧	1908—1997	松江	无
149	赵元任	1892—1982	常州	1910—1920/美国康奈尔大学、哈佛大学
150	钟望阳	1910—1984	吴江	无
151	周木斋	1910—1941	武进	无
152	周全平	1902—1983	宜兴	无
153	周楞伽	1911—1992	宜兴	无
154	周瘦鹃	1895—1968	苏州	无
155	周桂笙	1873—1936	南汇	无
156	张骏祥	1910—1996	镇江	1936—1939/美国耶鲁大学
157	张闻天	1900—1976	南汇	1925—1930/苏联莫斯科中山大学、红色教授学院
158	张天翼	1906—1985	南京	无
159	张碧梧	1897—不详	仪征	无
160	张春帆	1872—1935	常州	无
161	张舍我	1896—1931	川沙	无
162	宗白华	1897—1986	常熟	1920—1925/德国法兰克福大学、德国柏林大学

续表

序号	作家	生卒年月	出生地	留学时间/国家、留学学校
163	郑逸梅	1895—1992	吴县	无
164	朱雯	1911—1994	松江	无
165	朱英诞	1913—1983	如皋	无
166	朱东润	1896—1988	泰兴	1913—1916/英国伦敦西南学院
167	朱瘦菊	1892—1966	启东	无
168	朱维基	1904—1971	上海县	无
169	朱自清	1898—1948	东海	1931—1932/英国伦敦皇家学院、伦敦大学
170	朱彤	1916—1983	南京	1947—1948/美国威斯康辛大学
171	朱丹	1916—1988	铜山	无
172	曾朴	1872—1935	常熟	无
173	曾虚白	1895—1994	常熟	无
174	姜椿芳	1912—1987	常州	无

从表中作家信息可以发现，江苏现代作家不仅体量大，更不乏现代文学史上的大家，如丁西林、卞之琳、王文显、朱自清、叶圣陶、叶灵凤、陈白尘、陈西滢、陈瘦竹、宗白华、洪深、钱钟书、杨绛、瞿秋白、刘半农、包天笑、周瘦鹃、程小青等。在梳理出的174位江苏现代作家中，111位作家有翻译作品，48位作家有留学海外经历，由此足见他们与外国文学的渊源之深。留学无疑是这些作家与外国文学结缘的最好方式，在留学海外的作家中，不乏如朱自清、卞之琳、丁西林、刘半农、钱钟书、杨绛等现代文学史上的著名作家，他们不仅在各种文体创作上独树一帜，而且与外国文学渊源颇深，在文学翻译、外国文学批评方面也有突出贡献。

中国现代文学是在"欧风美雨"中渐趋成熟的，这其中有很大一部分功劳应该归功于留学欧美的现代作家，尤其是留学英国的作家。江苏现代作家也不例外，他们通过留学与欧美文学结缘，在"西学东渐"之风下为中国文学走向现代做出贡献。异国留学是这些作家与外国文学交流的一个重要途径，他们都因留学而或多或少、自觉或不自觉地受到外国文学的影响。尽管程度各异，形式各异，但受到影响却是不争的事实。他们不仅在创作上吸收和借鉴欧美文学，而且在翻译方面也都有突出贡献。在江苏现代作家中，留学英法的作家较多，而且不乏大家，有喜剧作家丁西林和杨绛、诗人卞之琳和刘半农、散文家朱自清和陈西滢、小说家钱钟书，还有现代传记作家朱东润，他们在文学翻译方面都成就卓著。刘半农的文学翻译以英、法、美、俄、日等国文学为主，文体涉及小说、诗歌和戏剧。卞之琳的外国文学翻译各种文体均有涉猎，尤以莎士比亚戏剧以及英法诗歌翻译著称。刘半农和卞之琳在翻译的同时也同样借助翻译"移植"和学习西方文体，他们的诗歌创作均深受外国诗歌的影响。作为现代象征诗派的代表诗人，卞之琳的诗歌创作深受英法现代主义诗歌的影响，带有一种特有的情感节制的"晦涩"。钱钟书的小说创作成就在江苏现代作家留英的"大家"中无人可及，小说《围城》带有鲜明的"西化"特征，创作中彰显出中西文学与文化的兼收并蓄。朱自清和陈西滢在散文创作领域颇有成就，朱自清的散文创作也因留学和翻译而融入英国随笔的意味，取材广泛，文风幽默、闲适。现代评论派代表作家陈西滢的散文创作深受英国随笔体散文的影响，带有絮语体散文的典型特点。丁西林、杨绛与戏剧家王文显被称为"中国现代幽默喜剧三座丰碑"，他们的喜剧创作都不可避免地受到西欧世态喜剧的影响，对戏剧这种"舶来"文体的实践做出了突出贡献。朱东润是现代传记文学的开拓者，他的传记文学创作源自西方又形成自己独立的风格。除了这些大家之外，留学英法的作家还有严大椿、徐仲年、傅雷、盛成、王维克、杨周翰和薛琪瑛等。江苏现代作家留学美国的有王文显、汪敬熙、陈衡哲、洪深、顾一樵、张骏祥、柳无忌、柳无非、柳无垢、赵元任、瞿世英、奚若、方重、毛文钟、朱彤等，名家数量虽不及留学英法的作家，但他们在翻译方面的成就亦是非常突出的，陈衡哲在小说和散文创作方面也颇有建树，留学美国期间主修西洋历史和西洋文学，创作上深受西洋文学的影响。王文显虽有留学英国的经历，但从对其戏剧创作和研究的影响而言，当属美国哈佛大学的学习。王文显和洪深在戏剧研究和创作方面成就突出，二人是师徒关系，同为美国哈佛大学戏剧大师贝克教授的学生，他们在现代戏剧的成熟与发展中起到了举足轻重的作用。

中国现代文学与日本文学关系密切，受日本文学影响颇深，一方面因为日本明治维新之后，大量借鉴西方文化，快速进入强国行列，现代文学的知识精英们如鲁迅、周作人、郭沫若、成仿吾、田汉、郁达夫等纷纷选择东渡扶桑，寻求救国救民之道。作为中国现代文学的中坚力量，他们的文学活动对于促进中国现代文学与日本文学的交流发挥了极大作用，同时，他们以日本文学为中介引进西方文学，进一步促进了中国现代文学的发生。江苏作为近代以来经济、政治、文化最为活跃的省份，留日学生数量高居全国前列。在江苏现代作家中，留日作家有诗人吴越、诗人孙钿、创造社作家陶晶孙和徐祖正、戏剧家和翻译家徐卓呆、散文家徐蔚南、新月诗人孙毓棠、左联画家及作家许幸之、散文家缪崇群和小说家滕固等。就数量而言不及留学欧美的作家，但他们同样为中国现代文学的发生和发展注入了西方现代质素，尤其是陶晶孙、徐祖正、徐蔚南，他们的创作虽不及刘半农、钱钟书等享誉文坛，但他们在文学社团活动（创造社、上海艺术剧社、左联）、翻译、出版等方面也都卓有成就，为中国现代文学快速融入世界文学做出了贡献。

留学是江苏现代作家与外国文学结缘的最主要方式，这些留学海外的作家都无一例外因异国他乡的求学而与世界文学直接结缘，但这也不能否认江苏现代作家与外国文学结缘的另一种方式的存在，就是在"西学东渐"的文化、文学思潮推动下，新式教育取代传统的私塾成为培养江苏现代作家的摇篮，尤其是教会学校的不断兴起，这些学校以英文教学为主，教育方式和内容的西化培养了江苏现代作家的语言素养和阅读外国文学经典的习惯。当然，现代时期报纸杂志的大量出版、文学社团流派的兴起也进一步引发了西方文学思潮与作家作品的译介，这为现代作家大量阅读外国文学的翻译作品提供了外在的条件。"江苏是近代中国文学期刊最发达最集中的省份，阿英《晚清文艺报刊述略》一书中所列的二十九种晚清文学期刊中，江苏期刊占了十九种之多"①。江苏这一时期的文学期刊如《小说月报》《礼拜六》等，在外国文艺思潮与文学作品的翻译和传播方面都起到了极大的促进作用。因此，留学之外，依然有部分江苏现代作家通过国内的新式教育、文学杂志的编辑与阅读、文学社团的活动等与外国文学结缘，包天笑、周瘦鹃、汝龙、戈宝权、潘家洵、孙毓修、陈瘦竹等虽无留学经历，但通过翻译与外国文学结缘，尤其是包天笑和周瘦鹃在通俗小说翻译与创作方面，戈宝权、汝龙等在俄苏文学译介方面，都有突出的成就。

从上述梳理可以发现，江苏现代作家或因留学直接结缘外国文学（48人），或因新式教育的兴起、文学期刊的编辑、文学社团的活动等与外国文学结缘，这些作家的创作和翻译涉及小说、诗歌、戏剧和散文四种文体，在创作与翻译方面均有所成。他们通过与外国文学结缘，从异域输入艺术创作资源，对现代小说、诗歌、戏剧和散文进行重新思考和定位。这些作家在小说、诗歌、散文、戏剧等方面都吸收了来自外国文学的艺术养分，为中国现代文学的文体成熟做出了独特

---

① 陈辽主编：《江苏新文学史》，南京出版社1990年版，第502页。

的贡献,促进了现代文学各种文体的发展与成熟。

本书从比较文学视域来研究外国文学对江苏现代文学的影响,不论是从历史层面上来说,还是从现实层面上来讲,都有特别的意义和价值。其一,本书着眼于江苏这一自成系统的特定区域,综合考虑时间和空间的双重因素,注重局部与整体,展开深层次的研究。通过对江苏现代作家与外国文学关系的系统研究,以展现江苏现代作家对外国文学的承继与发扬,对于认识江苏现代文学的历史渊源和现实品格都具有关键作用。在这一意义层面上,从影响的角度研究外国文学与江苏现代文学之间的关系,是江苏现代文学研究向深度拓展的一种表现。其二,江苏现代文学从政治、经济、文化到文学全方位深受外国文学影响,从外国输入的科学、民主、自由等精神以及各种文学理论构成了江苏现代文学的思想艺术资源,江苏现代文学的现代性在很多方面都必须从中西关系中才能得到深刻阐释,中与西、传统与现代,这是江苏现代文学研究必须面对的问题。本书以江苏地区为轴心,展现在世界广阔的文学、文化、思想大背景下,江苏文学与国外文学的交互影响、互相作用、彼此渗透、相互融合的发展状态。选择此课题,可以使尘封已久的原始资料得以更加充分地发挥其应有的价值和作用,使固有的传统研究模式得以开拓和更新,这对于当下的江苏现代文学深层次研究而言,具有重要的理论意义和价值。其三,本书在研究过程中对江苏现代作家与外国文学结缘的相关经历、阅读的书籍、文学创作、文学翻译、序跋、书话、评论等相关历史文本进行详细统计和系统整合,以期能为江苏现代文学提供新的解读视角和研究视野,在史料整理与研究方面均具有一定的拓荒意味,通过中外文学的比较和影响研究,得出一些不同于以往的新结论,对原来朦胧含混的观点能获得更加清晰、明朗的理解,使原有的某些点到即止的结论得到具体、系统的展开。

四、研究方法与研究思路

本书借鉴文献学的相关研究方法对江苏现代作家与外国文学的相关资料进行系统的梳理,运用历史学的相关研究方法对现有资料进行相关考证,通过文学的相关研究方法进行深入探讨。在研究的过程中,我们所运用的方法主要包括比较研究、文本细读和实证分析。"比较研究"将以江苏现代作家作品为出发点,以外国文学为参照系,通过比较深化江苏现代作家与外国文学渊源关系的探讨。这种"深化"至少体现在以下三个层面：第一，通过对江苏现代作家与外国文学相关作家作品、文学思潮关系的比较研究，得出一些新的不同于以往的结论；第二，通过对江苏现代作家与外国文学相关作家作品、文学思潮关系的比较研究，对原来朦胧含混的观点能获得更加清晰、明朗的理解；第三，通过对江苏现代作家与外国文学相关作家作品、文学思潮关系的比较研究，使原有的某些点到即止的结论得到具体、系统的展开。"文本细读"是指对江苏现代作家的文学创作、文学翻译、文学批评文本（包括作家序跋、书信）进行细读，从中探究作家对外国文学的融会贯通。"实证分析"基于本书是中、外两种文学的对比研究，需要对江苏现代作家接受外国作家作品和文学思潮影响的历史文本进行系统的梳理，找出江苏现代作家接受借鉴西方文学的原始资料并进行求证，把研究结论建立在事实的基础上，最终才能确保研究结论的科学性和严谨性。

本书的总体研究思路是在对江苏现代作家与外国文学结缘的原始资料进行系统梳理的基础上，从江苏现代作家的翻译与创作入手，用上下两编分别从"群体考察"和"个案研究"两个层面探讨江苏现代作家与外国文学的渊源关系，探讨他们如何与外国文学结缘，这些外国文学养分如何内化在他们的创作中。上编用六章分别对江苏现代作家的通俗小说翻译与创作，江苏现代留日作家、留学英法作家、留美作家与外国文学，江苏现代作家与俄苏文学，江苏现代其他翻译家与外国文学进行专章探讨。之所以把通俗小说作为专章进行探讨，是因为江苏现代作家通俗小说的翻译和创作不仅体量大且具典型性。第六章中的江苏现代其他翻译家指的是上述几章所涉及作家之外的翻译家群体。下编的"个案研究"选取在翻译与创作方面最具代表性的刘半农、朱自清、叶圣陶、宗白华、丁西林、洪深、卞之琳、叶灵凤、钱钟书、杨绛、陈西滢等11个作家进行研究，在系统梳理他们与外国文学的结缘过程、文学译介之外，对他们的创作与外国文学的关系进行研究，借此探究江苏现代作家因与外国文学结缘而在小说、诗歌、散文和戏剧方面所受到的外来影响，以期能更全面地反映江苏现代作家对外国文学的承继与发扬。

上编
群体考察

江苏现代作家因留学、新式教育、文学期刊编辑、文学社团活动等与外国文学结缘，从异域输入创作资源，在中与外、传统与现代中完成了江苏现代文学的现代性建构。从整体层面而言，江苏现代作家按照留学国度分为留学英法、留日、留学美国三个群体，留学俄苏的作家较少，但这并不妨碍他们与俄苏文学的结缘，因为俄苏文学"和我们的世界更接近"[①]。此外，江苏现代作家在通俗小说译介和文学翻译方面同样与外国文学结缘，在翻译与创作的融合中与外国文学建立联系。

一、江苏现代作家的通俗小说译介与创作

江苏现代作家的通俗小说翻译和创作在体量、作家群体和名家名篇三个方面都是现代时期其他地域无法比拟的，这是因为现代通俗小说的繁荣离不开20世纪初江苏辖制下的上海，正是因为上海的都市繁华而引发的报章的兴办、市民读者群的出现以及文人的加盟，才有了以鸳鸯蝴蝶派小说为代表的现代通俗小说的繁荣。江苏现代作家在通俗小说方面与外国文学的渊源表现在两个方面：其一是外国通俗小说的译介；其二是江苏现代作家通俗小说创作的"模仿"和借鉴。

（一）通俗小说译介作家群

江苏现代作家中参与翻译通俗小说的有周瘦鹃、包天笑、程小青、刘半农、徐念慈、陈景韩、周桂笙、曾朴、恽铁樵、刘延陵、陈大镫、徐枕亚、李定夷、李涵秋、杨紫麟、秦瘦鸥、张碧梧、张春帆、奚若、毛文钟、杨心一等。仔细研究发现，上述作家中有部分属于鸳鸯蝴蝶派。徐枕亚、李涵秋、包天笑、周瘦鹃和张恨水被称为鸳鸯蝴蝶派的"五虎将"，孙玉声、张春帆、吴双热、李定夷、徐卓呆、王西神、王钝根、朱瘦菊、华倚虹、严独鹤、范烟桥、郑逸梅、程小青、向恺然、李寿民、王小逸、胡梯维、秦瘦鸥被称为鸳鸯蝴蝶派的"十八罗

---

① 朱正编：《鲁迅书话》，湖南教育出版社2007年版，第315页。

汉"。① 这些作家多为杂志的主编或编辑，如包天笑参与了《励学译编》《小说林》《小说时报》《小说大观》等杂志的编辑工作，周瘦鹃参与了《礼拜六》《半月》《良友》等杂志的编辑工作，刘半农参与编辑了《小说月报》，程小青主编了《侦探世界》，周桂笙是《月月小说》的译述编辑，等等。杂志的编辑工作不仅促进了外国小说的译介，也推动了现代通俗小说的发展。

在江苏现代通俗小说的翻译作家中，最具代表性的是周瘦鹃、包天笑、程小青和刘半农。包天笑（1876—1973），原名清柱，又名公毅，曾用笔名天笑、天笑生、拈花等，江苏吴县（今江苏苏州）人，现代著名通俗小说家、翻译家和杂志编辑。包天笑早期接受私塾教育，曾醉心科考。后在"西学东渐"之风下开始接触外国文学，23岁开始，包天笑"从日人藤田学日语、从苏州电报局领班赖某学英语、从江某学法语皆未成，而其心日趋于新潮流。与留日学生杨廷栋、周祖培诸人通信，经他们介绍，读了许多日文版欧美名著"②。1900年，包天笑与友人组织了"励学会"，并于1901年4月在苏州创办《励学译编》月刊，其内容多译自日文，涉及政治和法律等。正是在《励学译编》杂志上，包天笑与杨紫麟合译的《迦因小传》连载了第1册到第12册，被范伯群称为"继林纾译《巴黎茶花女遗事》后，最为风行一时的小说"③。包天笑自此开启了自己的编辑和翻译生涯，先后参与编辑了《小说林》《小说时报》《小说大观》等杂志，并在这些杂志上发表了大量的译作，如在《小说时报》上翻译发表了《大侠锦帔客传》（1909年，与蟠溪子合译，英国哈葛德）、《秘密党魁》（1910年，法国迦尔威尼）、《血印枪声记》（1912年，原著作者国家不详，与毅汉合译）、《欲海情波》（1913年，原著作者国家不详，与撰合译）、《红雪记》（1914年，原著作者国家不详）等，多为言情和侦探类型的通俗小说。除了通俗小说翻译之外，包天笑的教育小说翻译也名噪一时，多连载于《教育杂志》和《中华教育界》，其中以《教育杂志》连载的"三记"最为著名，包括《馨儿就学记》（1909年，意大利亚米契斯）、《埋石弃石记》（1911年，原著作者国家不详）和《苦儿流浪记》（1912年，法国爱克脱麦罗）。《馨儿就学记》是意大利著名儿童文学作家亚米契斯的作品，后由夏

---

① 参见魏绍昌：《我看鸳鸯蝴蝶派》，上海书店出版社2015年版。
② 毛策：《包天笑著译年表》，《文教资料》1989年第4期，第26页。
③ 范伯群：《现代通俗文学的无冕之王——包天笑评传》，载栾梅健编校《现代通俗文学的无冕之王 包天笑》，南京出版社1994年版，第11页。

丐尊译为《爱的教育》。较之夏丐尊的译本，包天笑的译本"并不忠实"①，但在当时的进步意义不可否认。范烟桥曾评价说：

> 教育小说天笑可以占首席，其所著《馨儿就学记》，尤为天趣横生，描写如画。中间形容顽童之顽，令人忍俊不禁。即《童子侦探队》，译笔亦足以融合中西文学之美，而无配合之渣滓者也。此等小说，最足以感动人心，青年读之，胜受三年教师之教训矣。②

这段评价可谓切中肯綮，既称赞了包天笑的教育小说译笔"融合中西文学之美"，也道出了包天笑的教育小说翻译在当时的教育意义。

与包天笑一样，周瘦鹃也是以翻译通俗小说为主的江苏现代作家。周瘦鹃（1895—1968），原名周国贤，号瘦鹃，江苏苏州人，现代通俗小说家、翻译家、编辑家，鸳鸯蝴蝶派的代表作家。曾先后在中华书局、大东书局、申报馆等单位担任编辑，参与编辑了《礼拜六》《紫罗兰》等杂志。周瘦鹃的翻译生涯始于英国作家麦特菲的《豪侈之我妻》（1911年8月第3期《妇女时报》），此后他先后在《妇女时报》《小说月报》《礼拜六》《中华小说界》《半月》《紫罗兰》《紫兰花片》等杂志上发表了大量译作，如《无名之女侠》（1912年《妇女时报》，英国哈斯汀）、《血海翻波录》（1913年《小说时报》，法国大仲马）、《爱河双鸳》（1914年《小说时报》，英国却尔司·佳维）、《翻云覆雨》（1914年《礼拜六》，英国威廉勒格）、《亚森罗苹失败史》（1915年《中华小说界》，与屏周合译，法国玛利瑟·勒勃朗）、《无线电秘密》（1922年《礼拜六》，英国威廉·勒苟）等。周瘦鹃的翻译在体量上而言是江苏现代作家中最多的，可谓多产，以小说为主，间或有杂谈、人物传记和戏剧，这些翻译小说发表的期刊以通俗类文学期刊为主，期刊的休闲通俗定位也决定了翻译小说的类别多为言情、武侠、侦探、社会、滑稽等通俗题材。周瘦鹃的翻译小说以短篇居多，是现代时期最早向国内译介西方短篇小说的作家。周瘦鹃的翻译小说多在报纸杂志发表后结集出版，代表性的小说集有《欧美名家短篇小说丛刊》（1917年上海中华书局，上、中、下3册，英国但尼尔·谈福等）、《欧美名家侦探小说大观》（1919—1922年上海交通图书馆，

---

① 陈辽主编：《江苏新文学史》，南京出版社1990年版，第53页。
② 芮和师、范伯群、郑学弢：《中国文学史资料全编·现代卷：鸳鸯蝴蝶派文学资料（上）》，知识产权出版社2010年版，第55页。

共6集，与程小青等合译，英国柯南·道尔等）、《紫罗兰外集》（1924年上海大东书局，上、下两册，法国都德等）、《福尔摩斯新探案全集》（1925年上海大东书局初版，共4册，与程小青、刘半农、严独鹤等合译，英国柯南·道尔）、《亚森罗苹案全集》（1925年上海大东书局，共4集，法国玛利瑟·勒白朗）、《心弦》（1925年上海大东书局，英国李嘉生等）、《世界名家短篇小说全集》（1947年上海大东书局，共4集，土耳其纪南等）等。

　　作为现代时期一个新的小说类型，中国侦探小说的诞生完全依赖于外国侦探小说的翻译和借鉴。作为侦探小说的先驱，程小青对于现代侦探小说的成熟做出了突出贡献，因此有学者称"西方侦探小说的输入，还导致了中国式侦探小说的大量产生。在这方面成绩最著者，当推程小青"①。程小青（1893—1976），字青心，笔名青、小青等，江苏吴县人，鸳鸯蝴蝶派作家，以侦探小说独步现代文坛，被誉为"中国的柯南·道尔"，毕生从事侦探小说翻译与创作，译作多达150余种，创作有70余种，是中国现代侦探小说翻译的巨擘。程小青的西方侦探小说译介以英国和美国作家为主，这些翻译小说有部分在《小说大观》《侦探世界》《万象》《紫罗兰》等杂志上连载，如《铜塔》（1916年《小说大观》，英国维廉·勒苟，与半侬合译）、《碧珠记》（1917年《小说月报》，英国弼斯东）、《窝贼大王》（1930年《上海生活》，英国杞德烈斯）、《独眼龙》（1939年《上海》，英国奥斯汀）、《奎宁探案（希腊棺材）》（1941年《万象》，美国奎宁）、《女首领》（1943年《春秋》，英国杞德烈斯）等，其他大多以单行本形式发行，代表性的有《福尔摩斯探案大全集》（1916年中华书局，共12册，与周瘦鹃、刘半农等合译，英国柯南·道尔）、《世界名家侦探小说集》[1931年上海大东书局，共2册，美国来特（W.H.Wright）辑]、《斐洛凡士探案全集》（1932年上海世界书局，共11册，美国范达痕）、《陈查礼探案全集》（1939年上海世界书局，共6册，美国欧尔特毕格斯）、《圣徒奇案》（1946年上海世界书局，共10册，英国杞德烈斯）、《柯柯探案集》（1947年上海世界书局，共4册，英国奥斯汀）等。

　　刘半农在江苏现代作家中是较为特殊的一个，他在上海有五年"卖文为活"的通俗小说翻译生涯，其间还有通俗小说创作。刘半农（1891—1934），名复，字半侬、半农，江苏江阴人，现代诗人、小说家、翻译家，五四新文化运动的先驱。1920年，刘半农前往英国伦敦大学留学，第二年就转入法国巴黎大学学习，

---

① 袁荻涌：《二十世纪初期中外文学关系研究》，中国文史出版社2002年版，第114页。

获得法国国家文学博士学位。1901年，刘半农在其父创办的翰墨林小学读书，打下了良好的英文基础。1912年辛亥革命失败之后，投笔从戎的刘半农与弟弟刘天华到上海谋出路，初入开明剧社做编译剧本工作，开始接触外国戏剧作品。其间偶然结识《时事新报》编剧、鸳鸯蝴蝶派作家徐半梅，看了徐半梅在《时事新报》翻译的托尔斯泰小说之后，写信请教并"寄了两篇翻译的小说稿给他，托其帮助发表。徐半梅便将其中的二篇登在《时事新报》上，而将另一篇介绍给中华书局的《小说界》杂志去"①。这是刘半农翻译生涯的开始。1912年夏经徐半梅推荐担任上海《中华新报》报社馆外特约编辑，1913年入中华书局编辑部任编译员，由此开启上海五年"卖文为活"的生活，这期间刘半农以小说翻译和创作为主。这个时期刘半农的小说翻译选材较广，发表时自我标注的名目有滑稽小说、社会小说、哀情小说、实业小说、言情小说、家庭小说、政治小说、侦探小说等，发表时多附有译序，发表的刊物多为《小说海》《礼拜六》《小说月报》《小说时报》《小说丛报》《小说画报》《小说大观》《中华小说界》等，译介小说有《烛影当窗》（1913年《中华小说界》，英国柯南·道尔）、《塾师》（1916年《小说大观》，美国霍桑）、《柳原学校》（1916年《小说大观》，英国柯南达里）、《万国肱箧会》（1917年《小说月报》，英国维廉·勒苟）等，多为英、法、美、俄、日等国的通俗小说，但因不懂俄语和日语，其中的俄语、日语作品大都由英译本转译而来。有不少论者认为刘半农这一时期是鸳鸯蝴蝶派作家之一，个中缘由是当时的上海都市生活畸形发展，各种迎合有闲阶级和小市民低级趣味的报纸杂志如雨后春笋，因读者欣赏趣味的影响，刘半农此时的小说翻译与创作题材与鸳鸯蝴蝶派作品有类同之处。

除了上述四位作家之外，江苏现代通俗小说的翻译者中较为突出的还有周桂笙、陈景韩、徐念慈、杨紫麟、秦瘦鸥、奚若。周桂笙（1873—1936），原名树奎，号新庵、知新室主人等，江苏南汇（今上海浦东新区）人，近代翻译家。周桂笙早年在中法学堂学习法语和英语，为随后的翻译工作奠定语言基础，曾担任《月月小说》译述编辑。周桂笙的小说翻译始自法国鲍福的侦探小说《毒蛇圈》，发表在1903年10月5日《新小说》第8号，一直连载到1906年1月第24号，采用"译述"的形式。后来周桂笙的翻译小说也多是采取译述形式，发表在《月月小说》杂志上的翻译小说最多，如《八宝匣》（1906年，原著作者国家不详）、

---

① 徐瑞岳：《刘半农研究》，江苏古籍出版社1987年版，第79页。

《失舟得舟》（1906年，原著作者国家不详）、《新庵译萃》（1907年，原著作者国家不详）、《含冤花》（1907年，英国培台尔）、《海底沉珠》（1908年，原著作者国家不详）、《水深火热》（1908年，原著作者国家不详）等，类型为虚无党小说、航海小说、奇情小说、侦探小说、札记小说等通俗类型。陈景韩（1877—1965），又名陈冷，笔名冷、冷血，江苏松江人，近代小说家、翻译家。陈景韩的小说翻译始自法国邓利的《明日之战争》，连载于1903年的《江苏》杂志第四期至第七期。随后在《新新小说》上翻译发表了《圣人欤盗贼欤》（1904年，英国笠顿）、《巴黎之秘密》（1904年，法国希和氏）、《虚无党奇话》（1905年，原著作者国家不详）、《错恨》（1905年，原著作者国家不详）等，1910年之后在《小说时报》上先后翻译发表了《聋裁判》（1910年，法国嚣俄）、《兄弟》（1910年，原著作者国家不详）、《卖解女儿》（1911年，法国嚣俄）、《赛雪儿》（1911年，法国大仲马）、《奇妙之寝钟》（1913年，原著作者国家不详，与绿衣合译）等，小说类型多为侦探、心理、侠客谈等通俗类型。徐念慈（1875—1908），原名蒸义，字念慈，号觉我、东海觉我等，江苏常熟人，近代小说家、翻译家。徐念慈1903年开始文学生涯，与曾朴等创办小说林社，担任编辑主任、译述主编等。徐念慈的小说翻译始自1903年小说林社出版的《海外天》（英国马斯他孟立特），此后先后翻译出版了《美人妆》（1904年日本东京翔鸾社，原著作者国家不详）、《新舞台三》（1907年《小说林》，日本押川春浪）、《新新新法螺天话……科学之一班》（1907年《广益丛报》，原著作者国家不详）等，著有科幻小说《新法螺先生谭》（1905年小说林社），是近代科幻小说创作的先行者。杨紫麟（生卒年月不详），原名杨学斌，号蟠溪子，江苏苏州人，先后发表了翻译小说《迦因小传》（1901年《励学译编》，与包天笑合译，英国哈葛德）、《镜台写影》（1909年《小说时报》，与包天笑合译，原著作者国家不详）、《大侠锦毗客传》（1909年《小说时报》，与包天笑合译，英国哈葛德），他的小说翻译多和包天笑合译。秦瘦鸥（1908—1993），原名秦昊，秦瘦鸥是其笔名，江苏嘉定人，翻译家、小说家，著有长篇小说《秋海棠》（1941年《申报》），为鸳鸯蝴蝶派的名作。秦瘦鸥的翻译主要集中于对英国作家依茄·华雷斯作品的译介，先后译有《四义士》（1933年上海雪茵书店）、《泰西三十逸事》（1936年三明印刷厂）、《不义之财》（1940年上海春江书局）、《四义士》《天网恢恢》《万事通》《泰山岛》《残烛遗痕》《幽屋血案》（1941年上海春江书局）、《蒙面人》《万事通》《天网恢恢》（1942年上海春江书局）、《幽屋血案》（1942年上海春明书局）、《蓝手》《泰山岛》（1946年上海三民图书公司）等，并于1943年翻译了《依茄·华雷斯自传》（1943年4月《风雨谈》第1期—12月25日第8期新年特大号连载）。奚若（1880—1935），原名奚伯绶，现代翻译家，江苏吴县人。1907年东吴大学毕业后赴美国奥柏林大学留学，1910年进入奥柏林神学院学习，获文学硕士学位。译有《大复仇》（1904年小说林社，英国柯南·道尔）、《爱河潮》（1905年小说林社，英国哈葛德）、《秘密海岛》（1905年小说林社，法国焦士威奴）、《马丁休脱侦探案》（1905年小说林社，英国毛利森）、《天方夜谈》（1906年由商务印书馆列入"说部丛书"，阿拉伯民间故事）等。

（二）小说翻译

江苏现代作家的通俗小说翻译数量多且多发表于报纸杂志或以单行本出版发行，为了能系统厘清他们在小说译介方面的贡献，本部分对江苏现代作家翻译的小说进行列表统计。译文参照上海图书馆编的《中国近代期刊篇目汇录》[上海人民出版社1979年和1980年版，三卷本五册：第一卷（1857—1899），第二卷上、中、下（1900—1911），第三卷上下（1912—1918）]，唐沅、韩之友、封世辉等编著的《中国文学史资料全编·现代卷：中国现代文学期刊目录汇编》（2010年知识产权出版社，7卷本），吴俊等主编的《中国现代文学期刊目录新编》（2010年上海人民出版社，上、中、下）及其他一些史料进行整理。译本统计参照贾植芳、苏兴良等主编的《中国文学史资料全编·现代卷：中国现代文学总书目·翻译文学卷》（2010年知识产权出版社），北京图书馆编的《民国时期总书目（1911—1949）外国文学》（1987年书目文献出版社），李今主编的《汉译文学序跋集》（1894—1927）（2017年上海人民出版社，4卷本），张泽贤的《中国现代文学翻译版本闻见录（1905—1933）》（2008年上海远东出版社）、《中国现代文学翻译版本闻见录（1934—1949）》（2009年上海远东出版社）和《中国现代文学翻译版本闻见录续集（1901—1949）》（2014年上海远东出版社），陆国飞主编的《清末民初翻译小说目录（1840—1919）》（2018年上海交通大学出版社）等进行整理。在具体的梳理过程中，由于早期小说类型的标注较为模糊，加之通俗小说与严肃小说之间的区分很难泾渭分明，因此把其他小说翻译也一并统计在内，如周瘦鹃的世界短篇名篇的翻译等。因翻译小说数量繁多且多为连载，在具体统计时略去期刊具体时间和期卷等详细信息，仅以时间为线、以杂志和出版社为条目进行合并处理，列表如下。①

表上编 1-1　江苏现代作家通俗小说翻译统计表②

年份	期刊 / 出版社	作品 /[国别] 原著作者 / 译者
1901	《励学译编》	《迦因小传》/[英] 哈葛德 / 天笑生、蟠溪子
	上海广智书局	《毒蛇圈》/[法] 鲍福 / 周桂笙译、吴趼人评
1902	《励学译编》	《迦因小传》/[英] 哈葛德 / 蟠溪子
1903	《新小说》	《毒蛇圈》/[法] 鲍福 / 上海知新室主人
	《江苏》	《明日之战争》/[法] 邓利 / 冷血③
	时中书局	《侦探谈》（第一册、第二册）/[法] 西余谷 / 冷血
	上海小说林社	《海外天》/[英] 马斯他孟立特 / 东海觉我
	上海文明书局	《铁世界》/[法] 迦尔威尼 / 天笑，《迦因小传》/[英] 哈葛德 / 天笑生④、蟠溪子，《海外天》/[英] 马斯他孟立特 / 东海觉我⑤
1904	《新小说》	《毒蛇圈》/[法] 鲍福 / 上海知新室主人
	《时报》	《火裹罪人》/ 不详 / 羽阆、冷（1904—1905 年连载）
	《新民丛报》	《窃毁拿破仑遗像案》《歇洛克复生侦探案》/[英] 柯南·道尔 / 知新子
	《新新小说》	《世界奇谈：食人会》/[不详] 杜痕 / 冷血，《圣人欤盗贼欤》/[英] 笠顿 / 冷血（转译自日本抱一庵主人日译本），《巴黎之秘密》/[法] 希和氏 / 冷血（转译自日本抱一庵主人日译本），《虚无党奇话》/[俄]WILIAM TUFNELL LE QUEUX/ 冷血，《义勇军》/[法] 毛白石氏 / 冷血
	时中书局	《侦探谈》（第三册、第四册）/[法] 西余谷 / 冷血
	日本东京东洋堂	《新舞台》/[日] 押川春浪 / 觉我
	新社印刷局	《影之花》/[法] 嘉禄傅兰仪 / 东亚病夫
	日本东京翔鸾社	《美人妆》/ 不详 / 东海觉我
	中新书局	《千年后之世界》/[日] 押川春浪 / 天笑
	上海文明书店	《虚无党》/ 不详 / 冷血
	上海清华书局	《新庵谐译初编》/ 不详 / 上海周树奎桂笙

---

① 在下文关于外国文学译介的梳理中仍然参考这些书籍展开。

② 现代时期的翻译作品在具体刊载时有很多原著国家、作者不详的，在具体统计时统一标注为"不详"，本表在统计时把原著、译者和期刊、出版社相同的作品合并标注。

③ 冷、冷血都是陈景韩的笔名。

④ 吴门天笑生、天笑生皆为包天笑的笔名。

⑤ 东海觉我、觉我是徐念慈的笔名。

续表

年份	期刊/出版社	作品/[国别]原著作者/译者
1904	上海开明书店	《三缕发》/[日]泪香女史/冷血,《虚无党》/不详/冷血
	上海小说林社	《秘密使者》《无名之英雄》(上册)/[法]迦尔威尼/天笑生,《大复仇》《欲令自行车案》/[英]柯南·道尔/奚若,《福尔摩斯再生案》(1—5册)/[英]柯南·道尔/奚若、周桂笙等
	上海时报馆	《侠恋记》/不详/陈景韩
	上海有正书局	《莫爱双鹿传》/[不详]Bertha Clay/陈景韩(转译自日本泪香小史的日译本)
1905	《新小说》	《毒蛇圈》/[法]鲍福/上海知新室主人,《双公使》/不详/周桂笙,《知新室新译丛》/不详/上海知新室主人,《神女再世奇缘》/[英]解佳/周树奎,《失女案》/不详/周桂笙,《水底渡节》/不详/上海新庵(周桂笙)
	《说部腋》①	《窃贼俱乐部》/不详/周桂笙
	《时报》	《白云塔》/[日]押川春浪/冷血,《新蝶梦》/[意]波仑/冷
	《新新小说》	《圣人欤盗贼欤》/[英]笠顿/冷血(转译自日本抱一庵主人日译本),《巴黎之秘密》/[法]希和氏/冷血(转译自日本抱一庵主人日译本),《虚无党奇话》/不详/冷血,《错恨》/不详/冷血,《兄弟》/不详/冷血
	上海小说林社	《无名之英雄》(下册)/[法]迦尔威尼/天笑生,《福尔摩斯再生案》(6—8册)/[英]柯南·道尔/奚若、周桂笙等,《秘密海岛》/[法]焦士威奴/奚若,《法螺先生谭》/[日]岩谷小波/天笑生,《新舞台》/[日]押川春浪/东海觉我,《黑行星》/[美]西蒙纽加武/觉我,《侠奴血》/[法]嚣俄/天笑生,《爱河潮》/[英]哈葛德/奚若,《马丁休脱侦探案》/[英]毛利森/奚若
	上海文明书局	《儿童修身之感情》/不详/天笑
	上海有正书局	《白云塔》/[日]押川春浪/冷血
1906	《新小说》	《毒蛇圈》/[法]鲍福/上海知新室主人,《知新室新译丛》/不详/上海知新室主人,《神女再世奇缘》/[英]解佳/周树奎
	《新新小说》	《巴黎之秘密》/[法]希和氏/冷血(转译自日本抱一庵主人日译本)
	《月月小说》	《铁窗红泪记》/[法]嚣俄/天笑生,《八宝匣》/不详/上海知新室主人,《新庵译萃》/不详/上海知新室主人周桂笙,《失舟得舟》/不详/上海知新室主人周桂笙,《国事侦探》/[英]威林乐干/杨心一,《剑术家被杀案》/[英]哈华德/杨心一

---

① 新小说社出版。

续表

年份	期刊/出版社	作品/[国别]原著作者/译者
1906	《时报》	《销金窟》/不详/笑,《假齿藏毒案》/[不详]米德/杨心一,《毒蛇牙》/不详/笑
	上海小说林社	《福尔摩斯再生案》(1—13册)/[英]柯南·道尔/奚若、周桂笙,《大除夕》/[德]苏虎克/卓呆,《一捻红》/不详/天笑生,《身毒叛乱记》/[英]麦度克/天笑生等,《秘密隧道》/[英]和米/奚若,《骷髅杯》/[英]楷陵/奚若,《福尔摩斯再生后探案》/[英]柯南·道尔/元和、奚若,《马丁休脱一》《马丁休脱二》《马丁休脱三》/[英]毛利森/奚若
	上海广智书局	《地心旅行》/[法]凡尔纳/知新主人①,《毒蛇圈》/[法]鲍福/周桂笙
	上海有正书局	《火裏罪人》/不详/冷
	灌闻编译社	《世界上尤物之西施》/[日]宫崎来城/垂虹亭长(陈去病)
	上海文明书局	《儿童教育鉴》/[不详]柴尔柴芒/徐傅霖(徐卓呆)
	上海时报馆	《毒蛇牙》/不详/包天笑
1907	《新新小说》	《虚无党奇话》/不详/冷血
	《时报》	《侦探之侦探》/不详/冷血,《情网》/不详/笑,《血痕记》/不详/冷,《滑稽旅行》/不详/天笑
	《小说林》	《新舞台三》/[日]押川春浪/东海觉我,《绿林侠谭》/不详/王蕴章
	群学社	《妒妇谋夫案》/[法]纪善/周桂笙
	《广益丛报》	《新新新法螺天话……科学之一班》/不详/东海觉我,《一纸书》/[英]葛威廉/东海觉我
	《月月小说》	《失舟得舟》/不详/上海知新室主人周桂笙,《左右敌》/不详/知新室主人,《铁窗红泪记》/[法]嚣俄/天笑生,《新庵译萃》/不详/上海知新室主人周桂笙,《飞访木星》/不详/上海知新室主人周桂笙,《妒妇谋夫案》/[法]纪善/周桂笙,《含冤花》/[英]培台尔/稚桂(周桂笙),《伦敦新世界》/不详/上海周桂笙,《海底沉珠》/不详/上海新庵主人,《红痣案》/[法]纪善/上海新庵主人周桂笙,《解颐语》/不详/新广(周桂笙),《破产》/不详/冷,《墓中尸案》/[英]哈华德/杨心一,《守财虏再生记》/[英]哈华德/杨心一,《美人局》/[英]威林乐干/杨心一,《绿林豪杰》/[英]威林乐干/杨心一

---

① 上海知新室主人、上海新庵主人、知新主人均为周桂笙。

续表

年份	期刊/出版社	作品/[国别]原著作者/译者
1907	上海有正书局	《滑稽旅行》/不详/包天笑
	北京第一书局	《黑面塔》/不详/冷血
1908	《月月小说》	《铁窗红泪记》/[法]嚣俄/天笑生，《含冤花》/[英]培台尔/稚桂，《海底沉珠》/不详/上海新庵主人，《自由结婚》/不详/上海知新室主人，《新庵译萃》/不详/上海知新室主人周桂笙，《解颐语》/不详/上海知新室主人，《水深火热》/不详/上海知新室主人，《古王宫》/不详/吴门天笑生，《猫日记》/[英]弥泼/上海新庵主人
	《小说林》	《新舞台》/[日]押川春浪/东海觉我，《大仲马丛书第一种：马哥王后佚史》/[法]大仲马/东亚病夫，《奇童案》/不详/涵秋
	上海小说林社	《马哥王后佚史》/[法]大仲马/东亚病夫
	集成图书公司	《情海波澜记》/[英]培根/张春帆
	上海有正书局	《销金窟》/不详/包天笑，《空谷兰》/[英]亨利荷特/天笑生（转译自日本黑岩泪香的日译本）
1909	《小说时报》	《俄帝彼得》/[俄]蒲轩根/冷，《写真帖》/[俄]契诃夫/笑，《生计》/[俄]屈华夫/冷，《镜台写影》/不详/吴门蟠溪子、天笑生，《大侠锦帔客传》/[英]哈葛德/蟠溪子、天笑生
	《扬子江小说报》	《梨云劫》/不详/李涵秋
	《教育杂志》	《馨儿就学记》/[意]亚米契斯/天笑生
	上海群学社	《八宝匣》/不详/周桂笙，《海谟侦探案》/[英]哈华德/杨心一
	中国图书公司	《英伦之女贼》/[英]海里/铁樵、《英德战争未来记》/[英]梨雅/东海觉我
1910	《小说时报》	《火车客》/不详/笑，《大侠锦帔客传》/[英]哈葛德/蟠溪子、天笑生，《豆蔻葩》/[英]却而司佳维/铁樵，《一粒沙》/不详/笑，《聋裁判》/[法]嚣俄/冷、《六号室》/[俄]契诃夫/吴门天笑生，《兄弟》/不详/冷，《俄国之宝库》/不详/笑，《新造人术》/不详/笑，《心》/[俄]痕苔/冷，《噫有情》/[法]嚣俄/平情居士（狄楚青），《秘密党魁》/[法]迦尔威尼/吴门天笑生，《卖解女儿》/[法]嚣俄/冷血，《波痕荑因》/[英]却而司·佳维/铁樵，《祖国》/[法]柴尔时/冷（陈景韩）
	《小说月报》	《六号室》/[俄]奇霍夫/天笑生，《遗嘱》/[不详]迈依休/卓呆
	《教育杂志》	《馨儿就学记》/[意]亚米契斯/天笑生，《孤雏感遇记》/不详/天笑

续表

年份	期刊/出版社	作品/[国别]原著作者/译者
1910	《理科杂志》	《星期日》/不详/觉我（徐念慈）
	《华商联合会报》	《学怕》/不详/冷血
	上海商务印书馆	《馨儿就学记》/[意]亚米契斯/包天笑
	秋星社	《碧海情波记》/不详/包天笑，《侠客谈》/不详/冷血（陈景韩）
	上海有正书局	《梅花落》/不详/天笑
	群学社	《铁窗红泪记》/[法]嚣俄/天笑生，《含冤花》/[英]培台尔/周桂笙，《新厂九种》/不详/周桂笙，《新庵丛谭》/[法]左拉/周桂笙
1911	《小说时报》	《嚄有情》/[法]嚣俄/平情居士，《秘密党魁》/[法]迦尔威尼/吴门天笑生，《波痕薨因》/[英]却而司·佳维/铁樵、《卖解女儿》/[法]嚣俄/冷，《赛雪儿》/[法]大仲马/毋我、冷血，《动物之同盟罢工》/[不详]脱尔斯坦/吴门天笑生，《神枪手》/[俄]蒲轩根/毋我、冷，《奇怪之旅行》/不详/铁樵，《血印枪声记》/不详/毅汉、天笑，《决斗》/[俄]泰来夏甫/冷，《未来世界》/不详/杨心一，《虚无党飞艇》/不详/杨心一，《虚无党之女》/不详/杨心一
	《妇女时报》	《豪侈之我妻》/[英]约翰麦特菲/瘦鹃，《飞行日记》/[美]仇丽痕托麦司夫人/吴门瘦鹃，《将奈何》/[美]诺顿/瘦鹃，《侬之处女时代》/[法]莆罗拉/吴门瘦鹃
	《小说月报》	《孤星怨》/[英]爱得门/泣红（周瘦鹃）
	《女学生》	《女律师》/[英]莎士比亚/包天笑
	《教育杂志》	《孤雏感遇记》/不详/天笑，《埋石弃石记》/不详/天笑
1912	《小说时报》	《鸳鸯血》/[英]达维逊/瘦鹃，《血印枪声记》/不详/毅汉、天笑，《结核菌物语》/不详/吴门天笑生，《孝子碧血记》/[俄]不详/瘦鹃，《沟中金》/[英]却而司·佳维/铁樵，《八万九千磅》/[英]宝伦特/瘦鹃，《椁中人》/[美]维克透法脱丘区/瘦鹃，《六年中之拿破仑》/[法]庞拿姆/瘦鹃，《百万磅》/不详/笑、呆，《福尔摩斯之劲敌》/不详/（杨）心一，《鬼脚草》/[英]柯南·道尔/（杨）心一，《拿破仑》/[英]戏剧家嚣氏/绿衣女士、冷，《巴黎断头台》/[法]不详/（杨）心一
	《小说月报》	《欧蓼乳瓶》/不详/铁樵，《空未能空》/[不详]O.GOLDSMITH/铁樵，《出山泉水》/不详/铁樵
	《时报》	《血婚哀史》/[法]大仲马/病夫（曾孟朴），《九十三年》/[法]嚣俄/东亚病夫

续表

年份	期刊/出版社	作品/[国别]原著作者/译者
1912	《妇女时报》	《卖花女郎》/[意]赖莽脱/瘦鹃,《无名之女侠》/[英]哈斯汀/瘦鹃,《军人之恋》/[英]柯南达利/瘦鹃,《恋爱之花》/[美]挨金生女士/瘦鹃,《侬之处女时代》/[法]莆罗拉/瘦鹃
1912	《神州女报》	《瞳影案》/[英]魏瀚谡/(李)涵秋
1912	《民权画报》	《万里飞鸿记》/[英]威廉·勒苟/瘦鹃
1912	《教育杂志》	《埋石弃石记》/不详/天笑,《苦儿流浪记》/[法]爱克脱麦罗/天笑
1912	上海商务印书馆	《孤雏感遇记》/不详/天笑
1913	《小说时报》	《铁血女儿》/[法]毛柏霜/瘦鹃,《盲虚无党员》/[英]拉惠克/瘦鹃,《血海翻波录》/[法]大仲马/瘦鹃,《神圣之军人》/不详/瘦鹃,《奇妙之寝钟》/不详/绿衣、冷,《窗中人》/不详/延陵,《欲海情波》/不详/揆、笑
1913	《妇女时报》	《绿衣女》/[英]亨梯尔/瘦鹃,《胭脂血》/[法]费奈/瘦鹃
1913	《教育杂志》	《苦儿流浪记》/[法]爱克脱麦罗/天笑
1913	《中华教育界》	《儿童历》/不详/天笑生
1913	《中华小说界》	《烛影当窗》/[英]柯南达里/半侬
1913	《教育研究》	《少年机关师》/不详/蛰庵、天笑
1913	《论衡》	《克林威尔之劲敌》/[美]拿尔司福司德/钏影(包天笑)
1913	《小说月报》	《大仲马之大著作》/[美]亨利哈特/瘦鹃,《科西嘉童子》/不详/瘦鹃,《露西旅客》/[不详]亨利彭耐/铁樵,《食魔小影》/不详/铁樵,《情魔小影》/不详/铁樵,《印度婚嫁志异》/[不详]Saint Nihal Singh/铁樵,《爱筏》/[不详]George Soulie/铁樵,《惨景》/[美]华盛顿欧文/铁樵,《温斯冬》/不详/焦木(恽铁樵),《贪魔小影》/不详/铁樵,《冰洋双鲤》/不详/焦木(恽铁樵)
1913	上海有正书局	《情网》/不详/天笑生,《九十三年》/[法]嚣俄/东亚病夫
1913	上海群学社	《爆烈弹》/不详/冷血,《女侦探》/不详/冷血,《俄国皇帝》/不详/冷血,《冷笑丛谭》/不详/陈冷血、包天笑
1914	《小说时报》	《褐衣女郎》/不详/冷、绿衣,《生杀之权》/不详/瘦鹃,《欲海情波》/不详/揆、笑,《伤心之夜》/不详/延陵,《铁窗人语》/不详/瘦鹃,《逸犯小史》/不详/瘦鹃,《爱河双鸳》/[英]却尔司·佳维/吴门瘦鹃,《红雪记》/不详/天笑、蛰庵,《杀人者谁》/不详/瘦鹃,《疗愁花》/不详/程瞻庐,《恨罗愁织记》/不详/天笑、铁魂,《伤心之夜》/不详/延陵

续表

年份	期刊/出版社	作品/[国别]原著作者/译者
1914	《时报》	《霜刃碧血记》/不详/周瘦鹃
	《教育杂志》	《苦儿流浪记》/[法]爱克脱麦罗/天笑
	《礼拜六》	《拿破仑之友》/不详/瘦鹃,《黑狱天良》/[俄]托尔斯泰/瘦鹃,《郎心何忍》/不详/瘦鹃,《五十年前》/不详/瘦鹃,《恐怖》/不详/瘦鹃,《心碎矣》/[英]无名氏/瘦鹃,《雾中人面》/不详/瘦鹃,《翻云覆雨》/[英]威廉勒格/瘦鹃,《情海祸水》/不详/瘦鹃,《鬼新娘》/[英]乾姆司霍格/瘦鹃,《无可奈何花落去》/[英]施退尔夫人/瘦鹃,《觉悟》/不详/瘦鹃,《夫妇之秘密》/不详/小青,《但为卿故》/不详/瘦鹃,《亚森罗苹之劲敌》/[法]玛利瑟·勒白朗/瘦鹃,《橡皮傀儡》/[美]Edward Egglestion/半侬,《奉赠一圆》/[美]Franklin Conger/半侬
	《中华小说界》	《土馒头馅》/不详/陈家麟、陈大镫,《顽童日记》/不详/半侬,《洋迷小影》/[丹]安徒生/半侬,《伦敦之质肆》/[英]狄更斯/半侬,《此何故耶?》/[俄]托尔斯泰/半侬,《八一三》/不详/卓呆、天笑(连载至1915年),《冰刃》/不详/瘦鹃,《牢狱世界》/不详/冷、绿衣,《黑行囊》/不详/半(刘半农),《良医》/不详/天笑、毅汉,《吾侄麦司之书翰》/不详/天笑、毅汉,《拿破仑》/不详/(徐)卓呆,《老鼓手》/[法]爱德华嘉勖/汉声(刘铁冷)、亚星,《银十字架》/不详/瘦鹃
	《中华教育界》	《蔷薇花》/不详/天笑、毅汉,《留声机》/不详/天笑、毅汉
	《教育研究》	《少年机关师》/不详/蛰庵、天笑,《牧牛教师》/不详/揆、笑
	《小说月报》	《催眠术》/不详/铁樵,《心电站》/不详/天笑、毅汉,《西班牙宫闱琐语》/[西]公主欧里亚/澎生、铁樵,《六尺地》/[俄]托尔斯泰/铁樵,《面包趣谭》/[美]欧·亨利/幼新、铁樵,《显微镜》/不详/吴门天笑生,《断雁哀弦记》/不详/天笑、毅汉,《机师复仇记》/不详/天笑、毅汉,《假贼》/不详/(杨)心一,《银瓶怨》/[法]嚣俄/东亚病夫
	《女子世界》	《恋者帝》/不详/瘦鹃
	《繁华杂志》	《冰窟余生录》/[澳]德雷斯贸森/朱瘦菊
	《朔望》	《航海家言》/不详/瘦竹
	《游戏杂志》	《党人血》/[英]菲廉赫勃/小青,《古室鬼影》/[英]司各德/瘦鹃,《道是无情却有情》/[法]保罗鲍叶德/周瘦鹃,《多情却是总无情》/[英]柯南·道尔/瘦鹃,《野心》/[英]狄更斯/瘦鹃,《五日之皇帝》/不详/瘦鹃,《网中鱼之亚森罗苹》/[法]玛利瑟·勒白朗/屏周、周瘦鹃,《红笑》/[俄]ANDREEV/瘦鹃

续表

年份	期刊/出版社	作品/[国别]原著作者/译者
1914	上海国华书局	《红粉劫》/[英]司达渥/李定夷
	上海古今图书局	《新庵笔记》/不详/周桂笙,《新庵译屑》/不详/周桂笙
	上海有正书局	《霜刃碧血记》/不详/瘦鹃,《女侠茜格诺小传》/不详/瘦鹃
1915	《小说时报》	《毕竟是谁》/[英]梅生/吴门瘦鹃,《芙蓉城之小说家》/不详/天笑、毅汉
	《教育杂志》	《二青年》/不详/天笑
	《礼拜六》	《美人之头》/[法]大仲马/瘦鹃,《五年之约》/[英]Tom Gallon/瘦鹃,《孝女残仇记》/[法]施米德/瘦鹃,《怪客》/不详/瘦鹃,《哲学家》/[美]夸德/半侬,《红楼翠幙》/[英]哈葛德/瘦鹃,《幸运之怪物》/[美]George Jean Natlhan/半侬,《亚森罗苹之失败》/[法]玛利瑟·勒白朗/屏周、瘦鹃,《玫瑰有刺》/[英]莎士比亚/瘦鹃,《电》/不详/瘦鹃,《爱国少年传》/不详/瘦鹃,《爱夫与爱国》/不详/瘦鹃,《好男儿不当如是耶》/不详/瘦鹃,《血性男儿》/不详/瘦鹃,《国与家》/不详/小青,《黑别墅之主人》/[英]柯南达尔/瘦鹃,《小鼓手施拉顿传》/不详/瘦鹃,《真是勇儿》/不详/瘦鹃,《情人与祖国歌》/不详/瘦鹃,《同归于尽》/[法]拿破仑蒲那伯脱/吴门瘦鹃,《十年后》/不详/瘦鹃,《缠绵》/[英]柯南达尔/瘦鹃,《余香》/[英]William Le Queux/瘦鹃,《这一番花残月缺》/[美]华盛顿欧文/瘦鹃,《慈母之心》/[英]韦达/瘦鹃,《噫》①/[丹]亨斯克立斯金盎特逊等/周瘦鹃,《短篇小说世界思潮(四之前二):阿母之墓、彼何人斯》/不详/瘦鹃,《短篇小说世界思潮(四之后二):星、故乡》/[英]却尔司迭更司和却尔司兰姆/瘦鹃,《断坟残碣》/[丹]亨斯盎特逊/瘦鹃,《伞》/[法]毛泊桑②/瘦鹃,《香梦》/不详/瘦鹃,《慈母》/不详/瘦鹃,《帏影》/[美]南山尼尔霍桑/瘦鹃,《无名之侠士》/不详/瘦鹃,《不闭之门》/不详/瘦鹃,《功……罪》/[法]法郎莎柯贝/周瘦鹃,《真是男儿》/不详/瘦鹃

---

① 包括8篇小说,其中包括丹麦亨斯克立斯金盎特逊的《噫!祖母》、美国弭郎昔司白来脱·哈脱的《噫!归矣》以及《噫!最后之接吻》《噫!斜阳下矣》《噫!无处投递之书》《噫!迟矣》《噫!最后之手笔》《噫!失望》,后6篇小说具体作者不详。

② 今译莫泊桑,后同。

续表

年份	期刊/出版社	作品/[国别]原著作者/译者
1915	《中华小说界》	《帐中说法》/[英]Douglas Jerrold/半侬,《烛影当窗》/[英]柯南达里/半侬,《哲学之祸》/[法]玛利瑟·勒白朗/屏周、瘦鹃,《吾侄麦司之书翰》/不详/毅汉、天笑,《杜瑾讷夫之名著》/[俄]杜瑾讷夫/半侬,《天刑记》/[英]玛克威鲁/陈家麟、陈大镫,《大理石像》/不详/毅汉、天笑,《夜车》/[英]Fred M. White/瘦鹃,《英王查理一世喋血记》/[法]Guizot/半侬,《三十八年》/不详/天笑、蛰庵,《侦探家之亚森罗苹》《亚森罗苹失败史》/[法]玛利瑟·勒白朗/屏周、瘦鹃,《乔奇小传》/不详/毅汉、天笑,《希腊拟曲·盗杠》/[希]珞珞披端/半侬,《如是我闻》/[俄]托尔斯泰/半侬,《人欤猩猩欤》/不详/屏周、瘦鹃,《勋爵亦为盗乎》/不详/屏周、瘦鹃,《暮寺钟声》/[美]华盛顿欧文/半侬,《覆水》/不详/瘦鹃,《俄国之红狐》/[美]堪能/冷(陈景韩),《回首百年》/[法]Paul Fremeaux/汉声(刘铁冷)、亚星
	《小说月报》	《情量》/[法]莫泊桑/铁樵,《断雁哀弦记》/不详/天笑、毅汉,《披萝蒂荔》/[不详]H.D.Hawtry Dorothea-Canyers/铁樵
	《小说大观》	《妻》/[美]马克·吐温/瘦鹃,《琼岛仙葩》/不详/吴门天笑生,《血婚衣》/不详/天笑、毅汉,《美国之第一纪念日》/[美]横脱浮斯女士/冷血、绿衣女士,《玉簪花》/[法]W.H.G.C纪实/半侬,《覆车》/不详/天笑、毅汉,《牛棚絮语》/不详/吴门天笑生,《乔装之半夜》/[不详]温脱浮斯女士/冷血、绿衣女士,《无国之人》/[美]爱得华哀佛莱海尔/瘦鹃,《梦》/不详/静一、半侬,《一身六表之疑案》/[英]柯南达理/半侬,《眢井轶谭》/[英]未克司推墨/吴门天笑、吴江天鹏,《自杀日记》/不详/瘦鹃、紫鸳,《验心》/[英]赖赛氏
	《中华妇女界》	《妻之心》/[法]毛亨/瘦鹃,《女小说家》/不详/天笑、毅汉,《增书女》/不详/天笑、毅汉,《分钿合钿记》/不详/瘦鹃,《二十年前》/不详/瘦鹃,《井中花》/不详/冻华、(徐)枕亚,《石油灯》/不详/天笑、毅汉
	《小说海》	《八月二十》/不详/半侬,《鬼妒》/[英]Alice Claude/小青,《卑田院落》/[不详]Marcel Prevost/半侬
	《女子世界》	《三百年前之爱情》/[英]曼丽柯丽烈/瘦鹃,《世界尽处》/[英]葛丽旭/瘦鹃,《法兰西革命风云中之英雄儿女》/不详/瘦鹃,《FAITH》/不详/瘦鹃
	《繁华杂志》	《赤环党》/[英]柯南达利/鹣魂、瘦菊

续表

年份	期刊/出版社	作品/[国别]原著作者/译者
1915	《小说新报》	《双雄多夺艳记》/不详/茹胜、定夷，《痴丐》/[英]准尔特/鬘红、定夷，《古屋斜阳》/[不详]约瑟芬/裴村、定夷
	《中华学生界》	《三百人》/[不详]Charlotte M.Yonge/半侬，《青年时代之花》/[不详]Stephens/半侬，《见义勇为》/[英]G.A.Henry/瘦鹃，《奴儿脱籍记》/[美]白雅德泰莱 B.Taylor/半侬
	《上海》	《双鸳脱罗记》/不详/天放、陆澹安
	上海商务印书馆	《苦儿流浪记》/[法]爱克脱麦罗/包天笑，《骠骑父子》/[俄]托尔斯泰/朱东润，《云想花因记》/不详/天笑
	上海进步书局	《秘密女子》/[英]哈葛德/贡少芹，《火星与地球之战争》/[英]威尔士/（杨）心一
	上海文明书局	《盗盗》/[法]大仲马/贡少芹，《俄国之红狐》/[美]堪能/冷（陈景韩）
	上海中华书局	《欧陆纵横秘史》/不详/刘半农，《八一三》/不详/徐卓呆、包天笑，《云想花因记》/不详/包天笑，《拿破仑之情网》/不详/包天笑，《红女忏恨记》/不详/天笑、听鹂
	上海有正书局	《蓓德小传》/不详/天笑生，《大侠锦帔客传》/[英]哈葛德/天笑生、蟠溪子，《六号室》/[俄]奇霍夫[①]/天笑生
1916	《小说时报》	《毕竟是谁》/[英]梅生/吴门瘦鹃，《红粉英雄》/不详/瘦鹃，《海盗欤？》/不详/倚虹、碧梧，《归来》/不详/天笑、毅汉，《悲惨之目光》/不详/天笑、毅汉，《电贼》/[不详]Fred.M.White/倚虹、碧梧，《堕落》/[法]大仲马/吴门瘦鹃，《腰轾》/不详/天笑、毅汉
	《教育杂志》	《科学者之家庭》/[法]蒙台/天笑，《二青年》/不详/天笑
	《礼拜六》	《无名之侠士》/不详/瘦鹃
	《春声》	《月下》/[法]毛柏霜[②]/瘦鹃，《赤病死》/不详/天笑生、《情苗怨果》/[美]哀丽娜格林/瘦鹃

---

① 今译契诃夫。

② 今译莫泊桑。

续表

年份	期刊/出版社	作品/[国别]原著作者/译者
1916	《中华小说界》	《犹龙录》/[英]雷卡德玛士/陈家麟、陈大镫,《加拿大归客》/不详/毅汉、天笑,《礼物》/不详/毅汉、天笑,《情场侠骨》/[英]贾斯甘尔夫人/瘦鹃,《义狗拉勃传》/[英]约翰白朗/瘦鹃,《鹅尾七人》/不详/陈家麟、陈大镫,《鸦言》/不详/陈家麟、陈大镫,《我矛我盾》/不详/刘半农,《卫兵哈雷》/[法]爱德华嘉勘/汉声(刘铁冷)、亚星,《小伯爵》/[美]白涅德/刘半农
	《小说月报》	《沙场归梦》/[俄]Nemirovich-Danchenks/铁樵,《爱国真诠》/[俄]Nemirovich-Danchenks/铁樵,《与子同仇》/[不详]I.I.Rell/铁樵,《献身君国》/不详/铁樵,《金钱与爱情》/[不详]E.R.Punshon/舍我、铁樵,《婴娜加尼》/[英]柯那达利/小蝶、无为、铁樵,《女侠》/[不详]Mrs.Henry Wood/铁樵,《堕落》/[不详]Mrs.Henry Wood/铁樵,《吾血沸矣》/不详/冷风、铁樵
	《小说大观》	《影梅忆语》/不详/吴门天笑生,《猴》/[法]阿尔芳斯·桃苔/瘦鹃,《X与O》/[英]维廉·勒苟/半侬、小青,《瞽井轶谭》/[英]末克司推墨/吴门天笑、吴江天鹏,《断指手印》/[英]A.Jones/倚虹、碧梧,《牛乳大王》/不详/半侬,《嫁衣记》/[法]大仲马/天笑、听郦,《情验》/不详/吴门天笑生,《伟影》/不详/瘦鹃,《塾师》/[美]霍桑/半侬,《铜塔》/[英]维廉·勒苟/半侬、小青,《至情》/[英]却尔司·狄根司/瘦鹃,《柳原学校》/[英]柯南·道尔/半侬,《领钮》/[英]Arthur Train/小青,《梦耳》/[法]大仲马/瘦鹃,《紫貂裘》/不详/吴门天笑生,《髯侠复仇记》/[美]Norman Mnnro/半侬,《井中人》/不详/秋星(包天笑)、毅汉,《看护妇》/[法]Max O'Rell/半侬,《血腥余载》/不详/无为、舍我
	《小说新报》	《辽西梦》/[英]勃烈特/定夷,《天南异境》/不详/定夷
	《小说海》	《廿六人》/[俄]高尔基/半侬
	《中华妇女界》	《手钏》/[英]曼丽·哀奇华司/瘦鹃
	上海进步书局	《镜台写影》/不详/天笑生、磻溪子
	上海有正书局	《袅欨》/[法]嚣俄/东亚病夫,《大宝魔王》/[不详]Maurice Leblang/天笑生
	上海中华书局	《福尔摩斯探案全集(1—12册)》/[英]柯南·道尔/瘦鹃、小青、刘半农等,《木乃伊》/不详/徐卓呆,《鲍亦登侦探案》/不详/陈大镫、陈家麟,《风俗闲评》《小介嫭》《说法》/[俄]契诃夫/陈大镫、陈家麟,《乾隆英使觐见记》/[英]马戈尔尼/刘复

续表

年份	期刊/出版社	作品/[国别]原著作者/译者
1916	上海文明书局	《盗花》/[英]莎士比亚/贡少芹
1917	《小说时报》	《兄弟》/不详/天笑、毅汉,《歌台落花记》/不详/瘦鹃,《堕落》/[法]大仲马/瘦鹃,《律师》/不详/天笑、毅汉,《十镑之纸币》/不详/天笑、毅汉,《幕面舞》/[法]大仲马/小青,《电贼》/[英]Fred.M.White/倚虹、碧梧,《芙蓉城之小说家》/不详/天笑、毅汉,《恕》/不详/小青,《贼之觉悟》/不详/瘦鹃,《文明》/不详/刘半侬,《恶作剧》/不详/半侬、无为,《谷金钱》/不详/小青,《红别墅中之圣节》/不详/小青
	《教育杂志》	《童子侦探队》/不详/天笑,《科学者之家庭》/[法]蒙台/天笑,《二青年》/不详/天笑
	《小说月报》	《北梦》《牧师》/[不详]Henry Wood/铁樵,《交谪》/不详/半侬,《万国肤箧会》/[英]维廉·勒苟/半侬,《钱房之言》/[英]Autolycus/半侬,《有声有色》/不详/铁樵,《碧珠记》/[英]弼斯东/小青,《波谲云诡录》/[英]弼斯东/小青、君复,《青年镜》/[英]威廉胡尔失/刘泽沛、张舍我,《猫之圣诞》/[英]Ella Higginson/半侬
	《小说大观》	《罪欤》/[法]法朗莎·柯贝/瘦鹃,《战线中》/[德]哈克尔/天笑、立人,《泪点》/不详/吴门天笑生,《玫瑰一枝》/[法]大仲马/瘦鹃,《卖花女侠》/[法]耶米曹拉/半侬,《红灯谈屑》①/[英]柯南达利/天笑、其纫,《心照》《鹦鹉》/[法]毛柏桑②/瘦鹃,《落花流水》/不详/秋星(包天笑)、毅汉
	《小说新报》	《易妻》/不详/芹孙、少芹,《假凤虚凰》/[英]威廉·勒苟/瘦鹃,《井底埋香记》/不详/瘦鹃
	《新民德》	《流星》/[德]P.F.Richter/刘半侬
	《新舞台日报》	《求婚》/[俄]安东吉珂/张舍我
	《小说海》	《地图与珠》/不详/半侬、舍我

---

① 《小说大观》1917年9月30日—1919年9月1日连载,内含《痴》《割唇》《割剖艺展览会》《古楼尸怪》《荷兰之医士》《不入时之医士》《一八一五年之遗老》《遗传病》《名误》《娩前》《生理学家之妻》《外交家之妻》《医人述历》《电气长生》《外科医士述历》。

② 今译莫泊桑。

续表

年份	期刊/出版社	作品/[国别]原著作者/译者
1917	上海中华书局	《黑肩巾》/不详/天游、半侬,《欧美名家短篇小说丛刊》(上卷)①/[英]但尼尔·谈福等/周瘦鹃,《欧美名家短篇小说丛刊》(中卷)②/[法]伏尔泰等/周瘦鹃,《欧美名家短篇小说丛刊》(下卷)③/[俄]杜瑾纳夫等/周瘦鹃,《情崇》/不详/周瘦鹃,《猫探》/[美]梅丽维勤/刘半农,《冬青树》/不详/程小青,《怪手》/[美]亚赛李芙/周瘦鹃,《犹太灯》《福尔摩斯别传》/[法]玛利瑟·勒白朗/周瘦鹃,《乾隆英使觐见记》/[英]马戛尔尼/刘半农,《婀娜小史》/[俄]托尔斯泰/陈家麟、陈大镫,《红女忏恨录》/不详/天笑、听鹂,《惊婚记》/[英]司格德/陈家麟、陈大镫,《牧童》/[英]安德森/陈家麟、陈大镫
	上海商务印书馆	《蓬门画眉录》/[英]亨利·瓦特夫人/恽铁樵,《地狱礁》/不详/卓呆,《乡里善人》/[美]伊凡姜宁/胡君复、恽铁樵,《围炉琐谈》《多表之人》《昆虫学者》《巴西之猫》《宝石》《黎屋启事》《东塔影事》《黑色医生》/[英]柯南·道尔/刘延陵、巢干卿等,《说荟》/不详/铁樵,《海面奇景》/[英]柯南达里/刘延陵、巢干卿等
	上海文明书局	《一粒钻》/[不详]Mary Cholmondeley/贡少芹、石知耻
	上海有正书局	《胠箧之王》/[法]玛利瑟·勒白朗/周瘦鹃
	上海真善美书店	《欧美小说》/[俄]安特列夫等/虚白等
	上海国华书局	《辽西梦》/[英]勃烈特/李定夷

---

① 收录《死后之相见》([英]但尼尔·谈福)、《贪》([英]奥利佛·古尔斯密)、《古室鬼影》([英]华尔透·斯各德)、《故乡》([英]却尔司·兰姆)、《情奴》([英]山格莱)、《星》([英]却尔司·迷更司)、《良师》([英]却尔司·李特)、《回首》([英]汤麦司·哈苔)、《意外鸳鸯》([英]史蒂文逊)。

② 收录《欲》([法]伏尔泰)、《男儿死耳》([法]邬拿特·白尔石克)、《阿兄》([法]阿尔芳士·陶苔)、《伤心之文》([法]阿尔芳士·陶苔)、《洪水》([法]哀密叶·查拉)、《恩欤怨欤》([法]保罗·鲍叶德)、《心声》([美]哀特加挨·兰波)、《惩骄》([美]施土活夫人)、《噫!归矣》([美]白来脱·哈脱)。

③ 收录《死》([俄]杜瑾纳夫)、《宁人负我》([俄]托尔斯泰)、《大义》([俄]麦克昔姆·高甘)、《红笑》([俄]盎崛利夫)、《驯狮》([德]贵推)、《破题儿第一遭》([德]盎利克·查格)、《悲欢离合》([意]法利那)、《兄弟》([匈牙利]玛立司·埚堪)、《碧水双鸳》([西]佛尔苔)、《逝者如斯》([瑞士]甘勒)、《芳时》([瑞典]史屈恩白)、《除夕》([荷兰]安娜·高白德)、《一吻之代价》([塞尔维亚]崛古立克)、《难夫难妇》([芬兰]瞿梅尼·挨诃)。

续表

年份	期刊/出版社	作品/[国别]原著作者/译者
1918	《教育杂志》	《双雏泪》/不详/天笑,《科学者之家庭》/[法]蒙台/天笑,《童子侦探队》/不详/天笑
	《小说月报》	《秋》/[瑞典]史屈恩白/瘦鹃,《难夫难妇》/[美]O.Henry/张舍我,《神龙片影》/[英]阿克西男爵夫人/瘦鹃,《情场凯旋》/[不详]M.E.Sangster/张舍我,《噬脐》/不详/舍我等,《春兴》/不详/念慈,《绯兰》/[法]康儿/延陵,《香樱小劫》/[英]柯南·道尔/瘦鹃,《为祖国故》/不详/瘦鹃,《海中宝箱》/[英]柯南达利/延陵,《面包》/[法]毛伯霜①/瘦鹃,《电耳》/不详/碧梧、瘦鹃,《哲学家言》/[英]柯南达利/延陵,《迷宫》/[英]柯南达利/延陵
	《小说大观》	《红灯谈屑》/[英]柯南达利/天笑、其礽(连载)
	《小说新报》	《化妆美人》/不详/芹孙、少芹,《恐怖党》/不详/周瘦鹃(1918—1919年连载),《芳冢》/[法]莫泊桑/瘦鹃,《赁夫》/不详/芹孙、少芹,《手》/[法]毛泊桑②/瘦鹃
	《小说季报》	《孤岛哀鹣记》/[英]C.C.Andrews/周瘦鹃
	《商务妇女杂志》	《后母》/不详/瘦鹃
	《先施乐园日报》	《亡妻》/[俄]透斯纳夫/周瘦鹃,《贫富之界》/[法]莫泊桑/周瘦鹃,《贫民血》/[法]维克都·嚣俄/周瘦鹃,《慈母》/[美]欧文/周瘦鹃
	上海中华书局	《帐中说法》/[英]唐格腊司/半侬,《冰天艳影》/不详/周瘦鹃,《翻云覆雨录》/不详/周瘦鹃,《瘦鹃短篇小说》(下册)③/[法]维克都·嚣俄等/周瘦鹃,《细君塔》/不详/徐卓呆,《大小克劳势》《国王之新服》《翰思之良伴》《火绒箧》《飞箱》《牧童》《十之九》《安德森童话两篇》/[丹]安德森/陈家麟、陈大镫
	上海中华图书集成公司	《世界秘史》/不详/周瘦鹃
	上海商务印书馆	《科学家庭》/不详/天笑生,《赝爵案》/[英]柯南李登/张舍我
	上海国华书局	《井底埋香记》/不详/周瘦鹃

---

① 今译莫泊桑。
② 今译莫泊桑。
③ 收录《贫民血》([法]维克都·嚣俄,今译雨果)、《懊侬》([法]毛柏霜,今译莫泊桑)、《幻影》([英]却尔司·狄更斯)、《隐情》([英]柯南·道尔)、《谁之罪》([俄]利哇·托尔斯泰)。

续表

年份	期刊/出版社	作品/[国别]原著作者/译者
1919	《小说月报》	《势利》/[法]毛柏桑氏①/瘦鹃,《胜与死》/不详/天笑生,《天外飞鸿记》/[法]玛黎瑟勒勃朗/屏周、瘦鹃,《税潮》/不详/碧梧,《私儿》/[法]毛柏霜氏②/瘦鹃
	《小说大观》	《红灯谈屑》/[英]柯南达利/天笑、其纫
	上海交通图书馆	《欧美名家侦探小说大观》(第一集)③/[英]柯南·道尔/周瘦鹃、程小青等,《欧美名家侦探小说大观》(第二集)④/[美]亚塞李芙/周瘦鹃、程小青等,《欧美名家侦探小说大观》(第三集)⑤/[美]威廉莩利门/周瘦鹃、程小青等,《欧美名家侦探小说大观》(第五集)⑥/不详/周瘦鹃、程小青等,《赝爵案》/[英]柯南·道尔/张舍我
	上海国华书局	《井底埋香记》/不详/周瘦鹃
1920	上海国华书局	《变相之宰相》/[俄]贝尔斯/贡少芹,《急富党》/[英]柯南·道尔/李定夷、周大猷
	上海交通图书馆	《欧美名家侦探小说大观》(第四集)⑦/不详/周瘦鹃、程小青等
	上海商务印书馆	《童子侦探队》/不详/包天笑
	北京中国杂志社	《俄罗斯名家短篇小说》(第一集)/[俄]果戈理等/耿匡等
1921	《礼拜六》	《最后》/[英]吉百龄/卓呆,《蝴蝶》/[匈牙利]华士伯爵/瘦鹃,《手套》/[法]柏来福/瘦鹃,《瘫》《力》《定数》《四人》《阿第》《夫妇》《骏马》《同病》《守夜人》/[法]巴比塞/瘦鹃
	《小说大观》	《海角情波》/不详/碧梧,《堕落》/[俄]抹锡姆克考/碧梧
	《半月》	《石人》/[法]巴比塞/周瘦鹃,《皇冕宝石》/[英]柯南·道尔/张舍我,《匣剑帷灯》/[英]牛登·本甘/周瘦鹃
	上海国华书局	《卫生俱乐部》/不详/周瘦鹃

---

① 今译莫泊桑。
② 今译莫泊桑。
③ 收录英国柯南·道尔的《黄眉虎》《双耳记》《死神》《艇图案》《橐中女》《岩屋破奸》。
④ 收录《墨异》《地震表》《X光》《火魔》《钢门》《百宝箱》。
⑤ 收录《璧返珠还》《镜诡》《牛角》《飞刀》《情海一波》。
⑥ 收录《伪病》《贼妻》《化身人》《药酒》《狱密》《幕后人》。
⑦ 收录《小金盒》《毒药罇》《金箱》《颈圈》《伪票》《黄钻石》《毒梳》。

续表

年份	期刊/出版社	作品/[国别]原著作者/译者
1921	上海商务印书馆	《厉鬼犯跸记》/[英]安司倭司/林纾、毛文钟,《僵桃记》/[美]克雷夫人/毛文钟、林纾,《鬼悟》/[英]威尔斯/林纾、毛文钟,《琼岛仙葩》/不详/吴门天笑生,《马妒》/[英]高尔忒/林纾、毛文钟,《沧波淹谍记》/[英]卡文/林纾、毛文钟,《双雄义死录》/[法]预勾/林纾、毛文钟,《埃及异闻录》/[英]路易/林纾、毛文钟,《梅孽》/[挪威]伊卜森①/林纾、毛文钟,《沙利沙女王小记》/[英]伯明罕/林纾、毛文钟
1922	《礼拜六》	《归乡》/[法]巴比塞/周瘦鹃,《无线电秘密》《神龙》/[英]威廉·勒苟/周瘦鹃,《猫妒》《难问题》《鬼》《妒爱》《海上》/[法]毛柏桑②/周瘦鹃
	《半月》	《匣剑帷灯》/[英]牛登·本甘/周瘦鹃,《雷神桥畔》/[英]柯南·道尔/周瘦鹃、舍庐,《白室记》/不详/张碧梧,《我之忆语》/[德]废太子威廉/周瘦鹃
	《紫兰花片》	《亡妻》/[俄]屠格涅夫/周瘦鹃,《死神》/[法]杜德/周瘦鹃,《哑儿多多》/[意大利]邓南遮/周瘦鹃,《在柏林》/[美]邬丽兰女士/周瘦鹃
	上海商务印书馆	《以德报怨》/[美]沙司卫甫夫人/林纾、毛文钟,《瞩目英雄》/[英]泊恩/林纾、毛文钟,《复活》/[俄]托尔斯泰/耿济之,《情翳》/[美]鲁兰司/林纾、毛文钟
	上海交通图书馆	《欧美名家侦探小说大观》(第六集)③/不详/周瘦鹃
	上海大东书局	《紫罗兰集》(上册)④/[美]欧文等/周瘦鹃,《紫罗兰集》(下册)⑤/[俄]但钦古等/周瘦鹃,《鲁滨逊归航记》/[英]白来潘恩/周瘦鹃
	上海国华书局	《恐怖党续编》/不详/周瘦鹃

---

① 今译易卜生。
② 今译莫泊桑。
③ 收录《移尸案》《情人失踪》《牛蒡子》《一串珠》《错姻缘》《伪装》。
④ 收录《慈母》([美]欧文)、《前尘》([英]狄更斯)、《孝》([法]柯贝)。
⑤ 收录《家》([俄]但钦古)、《钥匙》([意大利]邓南遮)、《幸福》([法]毛柏桑,今译莫泊桑)。

续表

年份	期刊/出版社	作品/[国别]原著作者/译者
1921—1923	《游戏世界》	《欧战第一秘史：爆炸弹》/[法]玛利瑟·勒白朗/瘦鹃,《理想之美国》/[波]乔奇韦士/天笑,《一幕》《发明与制造》/[英]柯南·道尔/瘦鹃,《吾友的一家》/[法]莫泊桑/周瘦鹃,《两个卸任的偷儿》/不详/程小青
1923	《半月》	《白室记》/不详/张碧梧,《我之忆语》/[德]废太子威廉/周瘦鹃,《匍匐之人》《柩中人》/[英]柯南·道尔/周瘦鹃,《末一叶》/[英]欧·亨利/周瘦鹃,《恐怖》/[法]曼特劳地/程小青,《死神与医士》/[匈牙利]海尔泰氏/周瘦鹃,《疯人院》/[法]蒲铁/周瘦鹃,《鹰缘》/不详/张碧梧,《额上的十字》/[英]狄更司①/张碧梧
	《紫兰花片》	《绿猫》/[俄]高尔甘/周瘦鹃,《最后的一掷》/[巴西]夏士佛多/周瘦鹃,《蝴蝶》/[匈牙利]乔治·华士/周瘦鹃,《母亲》/[美]露意丝·傅西士/周瘦鹃
	《小说世界》	《地道》《作法自毙》/[不详]J.B.Hawley/张碧梧,《情天补恨录》/[美]克林登女士/毛文钟、林纾,《笑祸》/[不详]Honore de Balzac/铁樵,《琥玉串（大隈斯探案之一）》/不详/程小青,《爱情与生命》/[不详]Thyra Samter Wlnslow/张碧梧,《妖鬟缦首记》/[英]巴文/毛文钟、林纾,《大西洋冬夜被难记》/[美]弗老哀及朋/铁樵,《牙科医生》/[不详]John Baer/张碧梧,《情急智生》/[不详]George W.Breuker/张碧梧,《血书》/[不详]John Baer/张碧梧,《奇形宝石》/[不详]Lloyd Lonergan/张碧梧,《弦琴》/[俄]柴霍甫/张枕绿、朱维基,《旧仇新恨》/[不详]J.J.Stass/张碧梧,《明天》/[不详]Gilbert Parker/张碧梧,《化为乌有》/[不详]George Bruce Marquis/张碧梧,《慈爱与恋爱》/[不详]Carroll John Daly/张碧梧,《未来神（大隈斯探案之一）》/[不详]Carroll John Daly/程小青
	上海大东书局	《钟鸣八下》/不详/周瘦鹃,《月痕》（下册）/不详/周瘦鹃,《空房人语》/不详/周瘦鹃,《留声机上》/不详/周瘦鹃,《金窟》/不详/周瘦鹃,《孤掌惊鸣记》/不详/范烟桥,《福尔摩斯新探案》②/[英]柯南·道尔/周瘦鹃
	上海世界书局	《人肉市场》/不详/徐卓呆

---

① 今译狄更斯。
② 短篇小说集，署名周瘦鹃、张舍我译，收入周瘦鹃译《雷神桥畔》《匍匐之人》。

续表

年份	期刊/出版社	作品/[国别]原著作者/译者
1924	《半月》	《魔鬼》《新年的礼物》《新婚第一夜》《寡妻》/[法]毛柏桑①/周瘦鹃,《爱恨》/[英]狄更司②/张碧梧,《吸血记》/[英]柯南·道尔/周瘦鹃,《贝克新探案:一打鸡蛋》《贝克新探案:一个漏洞》/不详/张碧梧,《他来么》/[保]范召夫/周瘦鹃,《祖国之光》/不详/顾明道,《梦尽时》/[意大利]邓南遮/周瘦鹃,《杀》/[法]穆丽士罗土堂氏/周瘦鹃
	《小说世界》	《父亲的真爱》/[不详]Emily Calvin Blake/张碧梧,《逼杀》/[不详]John Baer/张碧梧,《虾蟆毒》/[不详]Paul Everman/张碧梧,《歇洛克福尔摩斯(节译)》/[英]奥塞·柯南·道尔/小青,《红耳朵》/[不详]Murray Leinster/张碧梧,《一杯惠司格酒》/不详/小青,《笑的骷髅》/[不详]Gwyn Evans/张碧梧,《七粒红丸》/不详/程小青,《恩怨了了》/[不详]G.A.Wells/张碧梧,《奇妙的报复》/[不详]Lloyd Lonerga/张碧梧,《闯关》/[不详]E.W.Hornung/张碧梧
	《侦探号》	《珠还记》/不详/张碧梧,《间谍骇闻》/[不详]麦斯威尔/少芹等,《X无线电报局》/[不详]G.M.温沙亚/卓呆
	上海大东书局	《紫罗兰外集》(上册)③/[瑞典]史德林堡等/周瘦鹃,《紫罗兰外集》(下册)④/[美]哀特加浦等/周瘦鹃,《赖婚》/[不详]葛立士·茂衍/周瘦鹃
	上海商务印书馆	《情天补恨录》/[美]克林登/毛文钟、林纾
1925	《紫罗兰》	《绛珠怨》/[西]裴高伯爵夫人/周瘦鹃
	《半月》	《世界中最幸运的人》/[俄]安特列夫/周瘦鹃,《利诱记》《拯艳记》/[英]柯南·道尔/周瘦鹃,《宝藏》/[葡萄牙]蒴洛士/周瘦鹃,《懒人》/[俄]亚佛·钦古/周瘦鹃,《马喜菊》/[法]杜凡埨/周瘦鹃,《登天之路》/[瑞典]赖格罗夫/周瘦鹃,《杀子之母》/[法]端黎/周瘦鹃,《莲花出土记》《亡妻的遗爱》《恋人之尸》/[法]毛柏桑⑤/周瘦鹃

---

① 今译莫泊桑。
② 今译狄更斯。
③ 收录《奴隶》([瑞典]史德林堡)、《热爱》([法]罡俄)、《最后之课》([法]都德)。
④ 收录《画中人》([美]哀特加浦)、《情书一束》([匈牙利]姚开)、《英雄之母》([法]莫泊桑)。
⑤ 今译莫泊桑。

续表

年份	期刊/出版社	作品/[国别]原著作者/译者
1925	《小说世界》	《蓝钻石》《失去的遗嘱》《蓝钻石（续一）》/[美]茀里门/程小青,《扑克牌》/[不详]Haughtou Howll/张碧梧,《捕盗记》/[不详]Captain George Ash/张碧梧,《一个伦理问题》/不详/程小青,《一纸万金》/[不详]George Dilnot/张碧梧,《漂流的烟盒》/[不详]Douglas Newton/张碧梧
	《新月》	《柯柯探案之一：验心术》《柯柯探案之二：独眼教主》/[英]奥斯汀/程小青,《为谁辛苦》/不详/张碧梧
	上海国学书社	《未来世界》/[日]押川春浪/包天笑
	上海大东书局	《亚森罗苹案全集》（第一册）①、《亚森罗苹案全集》（第四册）②、《古城秘密》（1—4册）/[法]勒白朗/周瘦鹃,《心弦》③/[英]理查森等/周瘦鹃
1926	《紫罗兰》	《惜余欢》/[法]毛柏桑④/周瘦鹃,《薄命女》/[俄]高尔甘/周瘦鹃,《孤雁儿》/[德]海根窦堌/周瘦鹃,《一饼金》/[法]柯贝/周瘦鹃,《小楼连苑》/[法]鲍叶德/周瘦鹃,《春去也》/[法]柯贝/周瘦鹃,《乌夜啼》/[意]毕朗台/周瘦鹃,《恋情深》/[英]甘梨痕/周瘦鹃,《猴掌》/[英]贾可白/周瘦鹃,《游侠儿》/[俄]蒲轩根/周瘦鹃,《焚稿记》/[英]柯南道尔/周瘦鹃,《红笑》/[俄]安德列夫/周瘦鹃,《讳疾记》/[英]柯南道尔/周瘦鹃
	《小说世界》	《谁之罪》/[不详]Kenneth Dyer/张碧梧
	《新月》	《柯柯探案之三：巴黎之裙》/[英]奥斯汀/程小青
	《良友》	《别一世界中》《快乐之园》/[英]许丽南/周瘦鹃,《一封信的一节》《未婚妻》/[法]邬度/周瘦鹃,《疗贫之法》/[法]培来潘思/周瘦鹃
	上海大东书局	《欧美名家小说集》/[法]罗斯丹等/瘦鹃,《白室记》/不详/张碧梧,《侠盗查禄》/[美]麦甘兰/瘦鹃

① 收录《古城秘密》《劫婚》《七心纸牌》《黑珠》《草人记》。
② 收录《劲敌》《神秘之画》《隧道》《箱中女尸》《车中怪客》。
③ 收录《焚兰记》（[英]理查森）、《同命记》（[法]贝尔纳·丹·德·圣皮埃尔）、《艳盅记》（[法]梅里美）、《赤书记》（[美]霍桑）、《慰情记》（[法]乔治·山德）、《沈沙记》（[英]施各德，今译司各特）、《镜圆记》（[英]笠顿，今译利顿）、《重光记》（[英]嘉绿·白朗蜨女士，今译夏洛蒂·勃朗特）、《海媒记》（[英]李德，今译里德）、《护花记》（[英]白来穆，今译布莱克默）。
④ 今译莫泊桑。

续表

年份	期刊/出版社	作品/[国别]原著作者/译者
1927	《紫罗兰》	《狮鬣记》《藏尸记》《幕面记》《移尸记》/[英]柯南·道尔/周瘦鹃,《感恩多》/[俄]罗曼诺夫/周瘦鹃,《复仇者》/[俄]柴霍甫/周瘦鹃,《意难忘》/[俄]阿志白绥夫/周瘦鹃,《沉默之人》/[俄]亚凡钦古/周瘦鹃,《洪炉》/[英]韦尔斯/周瘦鹃,《传言玉女》/[美]彭南/周瘦鹃,《蝶恋花》《于飞乐》/[法]莫泊桑/周瘦鹃,《现代生活》/[西]白勒士谷/周瘦鹃,《脱羁之马》/[波]葛罗平斯基/周瘦鹃,《一杯茶》/[英]曼殊斐儿/周瘦鹃,《红死》/[美]爱伦堡/周瘦鹃,《快乐》/[保]班诺夫/周瘦鹃
	《小说世界》	《铁蒲托的眼镜》/[美]刻替斯/周瘦鹃
	《真善美》	《炼狱魂》/[法]梅里曼/虚白,《鸦片烟管》/[法]戈恬/病夫,《色》/[法]葛尔孟/虚白,《意灵娜拉》/[美]濮爱伦/虚白,《一个末日裁判的梦幻》/[英]威尔斯/虚白
	《旅行杂志》	《旅行者言》/[法]莫泊桑/周瘦鹃,《冬夜诉心》/[德]苏德曼/周瘦鹃
	上海世界书局	《福尔摩斯探案大全集》(1—13册)/[英]柯南·道尔/程小青等
	上海商务印书馆	《重圆记》(1—4册)/[美]巴洛兹/张碧梧
	北京北新书局	《法国短篇小说集》(第1册)/[法]拉萨尔/刘半农
1928	《紫罗兰》	《珍珠项圈》《英王的情书》《赌后》《金齿人》《十二个黑小子》《古塔奇案》《断桥》《化身人》《车中怪手》/[法]勒白朗/周瘦鹃、张碧梧,《岛》/[捷克]加烈·约瑟·贾贝克/周瘦鹃,《樱岛绣袍》/[意大利]龙南蒂/周瘦鹃,《一个灵魂破碎的人》/[巨古斯拉夫]①梅士谷/周瘦鹃,《盗与官》/[西]伊彭年/周瘦鹃,《言为心声》/[土]纪南/周瘦鹃,《见义勇为》/[美]欧·亨利/程小青,《沙妍霞》/[丹]邬都伦/周瘦鹃,《父》/[挪威]庞生/周瘦鹃,《花》/[奥]许泥紫勒/周瘦鹃,《自杀者》/[法]莫泊桑/周瘦鹃,《死仇》/[塞尔维亚]曲洛维克/周瘦鹃,《诱惑》/[荷兰]华德/周瘦鹃,《嫉妒》/[瑞士]甘土南/周瘦鹃,《方多麦士传》/[法]苏佛斯德、马山亚兰/周瘦鹃、张碧梧,《长相思》/[印]太谷儿/周瘦鹃,《飘泊者》/[罗]沙杜维努/周瘦鹃,《他是不能久活的了》/[比利时]邬白劳/周瘦鹃
	《小说世界》	《死的结婚》/[美]Hawthorne/周瘦鹃,《黑面幕》/[美]Hawthorne/周瘦鹃

---

① 今译南斯拉夫。

续表

年份	期刊/出版社	作品/[国别]原著作者/译者
1928	《旅行杂志》	《碎心》/[意]薛维尼尼/周瘦鹃,《梅葛儿》/[美]哈德/周瘦鹃
	《真善美》	《色》/[法]葛尔孟/虚白,《考戴惹,再见》/[西]阿拉斯/虚白,《马笃法谷》/[法]弗老贝/病夫,《看不见的伤痕》/[匈牙利]稽斯法吕/虚白,《大除夕的忏悔》/[德]苏特门/虚白,《被弃者》/[新犹太]阿虚/虚白,《别一个人》/[法]浦莱孚斯德/病夫,《马奇的礼物》/[美]奥亨利/虚白,《取媚他的妻子》/[英]Thomas Har Dy/虚白,《沉默》/[俄]Leaoi D.Andreyev/虚白,《包底隆的美女儿戏弄审判官》/[法]Balzac/虚白,《西路巡审》《为良心故》《德国队里的郁阿的骑兵》/[英]哈代/虚白,《葬礼进行曲》/[法]巴比塞/虚白
	上海真善美书店	《鬼》/[英]王尔德/虚白,《南丹及奈侬夫人》/[法]左拉/东亚病夫,《神秘的恋神》/[法]梅丽曼/虚白,《色的热情》/[法]葛尔孟/虚白,《人生小讽刺》/[英]哈代/虚白等
	上海世界书局	《福尔摩斯新探案全集》/[英]柯南·道尔/程小青
1929	《紫罗兰》	《男朋友》《乐》《验尸官》《村舍》《在消夏别墅》《在坟场中》《不要响》《旅馆中》《罪孽》《演说家》《黑暗中》《恐怖》《辟谣》《人生的片段》/[俄]柴霍甫①/周瘦鹃,《黑猫》/[俄]平士基/周瘦鹃,《方多麦士传》/[法]苏佛斯德、马山亚兰/周瘦鹃、张碧梧,《送君南浦》/[日]森鸥外/周瘦鹃,《忠实》/[芬兰]亚诃/周瘦鹃,《你记得么》/[波]奥才古华女士/周瘦鹃,《失踪的姐妹》/[美]欧·亨利/周瘦鹃,《顽劣的孩子》/[俄]柴霍甫②/周瘦鹃,《二十八岁的耶稣》/[日]武者小路实笃/徐卓呆,《金星》/[英]爱德温浦/周瘦鹃
	《小说世界》	《海底理想国》/不详/卓呆
	《旅行杂志》	《情海潮音录》/[法]勒白朗/周瘦鹃
	《真善美》	《敬爱你的》/[英]玛丽卫勃/虚白,《好厉害的妹子》/[法]梅丽曼/虚白
	上海真善美书店	《肉与死》/[法]边勒路意/病夫、虚白
	上海大东书局	《匣剑帷灯》/[英]牛登·本甘/周瘦鹃
	出版信息不详	《少少许集》/[俄]柴霍夫③/周瘦鹃

① 今译契诃夫。
② 同上。
③ 同上。

续表

年份	期刊/出版社	作品/[国别]原著作者/译者
1930	《紫罗兰》	《镜中幻影》《良缘》《老年》《乞儿》《迟暮》《医士》《善变者》《醉归》《小可怜虫》/[俄]柴霍夫①/周瘦鹃,《方多麦士传》/[法]苏佛斯德、马山亚兰/周瘦鹃、张碧梧
	《旅行杂志》	《可歌可泣》/[美]铎尔/周瘦鹃
	《上海生活》	《窝贼大王》/[英]杞德烈斯/程小青
	《真善美》	《野兽》/[德]瓦塞门/虚白,《黑猫》/[新犹太]宾斯基/虚白,《三十岁妇人的迷媚》/[英]乔治摩阿/虚白,《暮霭中海边的幻梦》/丹农雪乌/虚白,《好厉害的妹子》/[法]梅丽曼/虚白,《刽子手》/[法]巴尔扎克/虚白,《翁梵利——一篇旧货堆的故事》/[法]戈恬/虚白
	上海世界书局	《福尔摩斯探案大全集（白话重译）》/[英]柯南·道尔/程小青②
1931	《真善美》	《娜娜》/[法]佐拉/虚白,《笑的人》/[法]嚣俄/曾朴,《高龙巴》/[法]梅丽曼/虚白
	上海中华书局	《断桥》/[美]魏鲁特尔/曾虚白,《空想花园记》/不详/包天笑,《波兰遗恨录》/不详/包天笑
	上海真善美书店	《九十三年》/[法]嚣俄/曾朴
	上海大东书局	《世界名家侦探小说集》③/[美]来特等/程小青
1932	上海世界书局	《斐洛凡士探案全集》（11册）④/[美]范达痕/程小青
1933	《旅行杂志》	《八千里路马背上》/[英]费尔登/周瘦鹃
	上海世界书局	《黑棋子》《贝森血案》/[美]范达痕/程小青,《短篇亚森罗苹案》《钟鸣八下》/[法]勒白朗/周瘦鹃,《三十枢岛》/[法]勒白朗/徐卓呆,《空心石柱》/[法]勒白朗/张碧梧
	上海雪茵书店	《四义士》/[英]依茄·华雷斯/秦瘦鸥
	上海大东书局	《亚森罗苹案全集》/[法]勒白朗/周瘦鹃

---

① 今译契诃夫。

② 本书主要为程小青译，其他合译者有周瘦鹃、顾明道等。

③ 本书共收录《麦格路的凶案》（[美]哀迪笳埃伦坡）、《父与子》（[英]奥赛柯南·道尔）、《血证》（[英]奥斯丁福礼门）、《草人》（[美]麦尔维尔达维森波士德）、《市长书室中的凶案》（[英]夫勒拆）、《小屋》（[英]亨利贝力）、《雪中足印》（[法]玛利瑟·勒白朗）、《瑞典火柴》（[俄]安东乞呵甫）、《瞽侦探》（[英]厄涅斯德布累马）、《美的证据》（[德]陶哀屈烈克梯郸）、《奇怪的迹象》（[匈牙利]鲍尔村·葛洛楼）等小说，每篇前均附作者小传。

④ 收录《贝森血案》《金丝雀》《姊妹花》《黑棋子》《古甲虫》《神秘之犬（上、下）》等。

续表

年份	期刊/出版社	作品/[国别]原著作者/译者
1934	《旅行杂志》	《同舟》/[德]欧士克福/周瘦鹃,《死树》/[英]巴莱·潘恩/周瘦鹃,《南飞情鸟》/[美]威尔逊/周瘦鹃,《海》/[土]贾尔格维萨/周瘦鹃
	上海世界书局	《神秘之犬(上、下)》《古甲虫》/[美]范达痕/程小青
1935	《旅行杂志》	《情盲》/[英]J.D. Beresford/周瘦鹃,《马来情蛊》/[英]Somerset Maugham/周瘦鹃
1936	《旅行杂志》	《远征》/[德]J.Wassermann/周瘦鹃
	三明印刷厂	《泰西三十逸事》/[英]依茄·华雷斯/秦瘦鸥
	上海国华新记书局	《假面具》/[俄]贝尔斯/贡少芹
1937	上海世界书局	《窝赃大王》/[英]杞德烈斯/程小青
	上海启明书局	《英国小说名著》/[英]哈代/曾虚白
1938	沈阳正大书局	《新年礼物》/[法]莫泊桑/周瘦鹃
1939	《上海》	《独眼龙》/[英]奥斯汀/程小青
	上海中央书店	《幕后秘密》/[美]欧尔特毕格斯/程小青、王嵩全,《百乐门血案》/[美]欧尔特毕格斯/程小青、庞啸龙,《夜光表》/[美]欧尔特毕格斯/程小青、李齐,《陈查礼探案全集》(6册)①/[美]欧尔特毕格斯/程小青
1940	《小说月报》	《陈查礼侦探案:鹦鹉声》/[美]欧尔特毕格斯/程小青
	上海春江书局	《不义之财》/[英]依茄·华雷斯/秦瘦鸥
1941	《小说月报》	《陈查礼侦探案:鹦鹉声》/[美]欧尔特毕格斯/程小青
	《万象》	《希腊棺材(奎宁探案)》/[美]奎宁/程小青等
	上海中央书店	《夜光表》《黑骆驼》《歌女之死》/[美]欧尔特毕格斯/程小青
	上海春江书局	《四义士》《天网恢恢》《万事通》《泰山岛》《残烛遗痕》《幽屋血案》/[英]依茄·华雷斯/秦瘦鸥
	上海启明书店	《娱妻记》/[英]哈代/曾虚白
1942	《小说月报》	《陈查礼侦探案:鹦鹉声》/[美]欧尔特毕格斯/程小青,《斐洛凡士探案之一:赌窟奇案》/[美]范达痕/程小青

---

① 收录《幕后秘密》《百乐门血案》《夜光表》《歌女之死》《黑骆驼》《鹦鹉的呼声》。

续表

年份	期刊/出版社	作品/[国别]原著作者/译者
1942	《大众》	《咖啡馆》/[美]范达痕/程小青
	《万象》	《希腊棺材(奎宁探案)》/[美]奎宁/程小青、庞啸龙
	上海春江书局	《兰手》《蒙面人》《万事通》《天网恢恢》/[英]依茄·华雷斯/秦瘦鸥
	上海春明书局	《幽屋血案》/[英]依茄·华雷斯/秦瘦鸥
	上海广益书局	《天刑》/不详/程小青
1943	《小说月报》	《斐洛凡士探案之一:赌窟奇案》/[美]范达痕/程小青
	《大众》	《咖啡馆》/[美]范达痕/程小青,《妒》/[不详]Norah Hoult/秦瘦鸥
	《万象》	《希腊棺材(奎宁探案)》/[美]奎宁/程小青等,《验心术(柯柯探案)》/[英]奥斯汀/程小青
	《春秋》	《女首领》/[英]杞德烈斯/程小青
	上海大东书局	《劫婚》/[法]勒白朗/周瘦鹃
	桂林南光书局	《福尔摩斯侦探案》/[英]柯南·道尔/程小青,《学生捕盗记》/[德]凯斯特涅/程小青
	上海世界书局	《紫色屋》《金丝鸟》《斐洛凡士探案全集》(新2版,11册)①《龙池惨剧》《花园枪声》《咖啡馆》/[美]范达痕/程小青,《神秘丈夫》/[英]杞德烈斯/程小青
1944	《小说月报》	《圣徒奇案之一:怪旅店》/[英]雷司利·杞德烈斯/程小青
	《万象》	《一个被欺侮的女人》/不详/程小青
	《春秋》	《女首领》《惊人的决战(圣徒奇案)》/[英]杞德烈斯/程小青
1945	成都百新书店	《大帝之剑》/[英]依茄·华雷斯/秦瘦鸥
1946	上海世界书局	《假警士》《赤练蛇》《神秘丈夫》《怪旅店》《女首领》《百万镑》《发明家》《摩登奴隶》/[英]杞德烈斯/程小青,《古甲虫》/[美]范达痕/程小青,《古邸之怪》/[英]柯南·道尔/程小青,《柯柯探案》②/[英]奥斯汀/程小青
	上海三民图书公司	《蓝手》《泰山岛》/[英]依茄·华雷斯/秦瘦鸥
	上海春江书局	《仁爱的教育》/[意]亚米契斯/秦瘦鸥
	上海中央书店	《希腊棺材》/[美]爱雷·奎宁/程小青

① 收录《紫色屋》《金丝鸟》《龙池惨剧》《花园枪声》《咖啡馆》。
② 一共四册,包括《独眼龙》《验心街》《巴黎之裙》《女间谍》。

续表

年份	期刊/出版社	作品/[国别]原著作者/译者
1947	上海大东书局	《影中人》《雪中足印》/[法]玛利瑟·勒白朗/周瘦鹃，《奴爱》《自杀俱乐部》/[法]莫泊桑/周瘦鹃，《世界名家短篇小说全集》（第一集）①/[匈牙利]海尔泰·周瘦鹃，《世界名家短篇小说全集》（第二集）②/[法]勒佛尔等/周瘦鹃，《世界名家短篇小说全集》（第三集）③/[意]薛绿女士等/周瘦鹃，《世界名家短篇小说全集》（第四集）④/[美]马克·吐温等/周瘦鹃
1947	上海世界书局	《赌窟奇案》《咖啡屋》/[美]范达痕/程小青

---

① 收录《嫉妒》（[瑞士]甘士南）、《父》（[挪威]庞生）、《最后的一掷》（[巴西]夏士佛多）、《送君南浦》（[日]森鸥外）、死仇（[塞尔维亚]屈洛维克）、《他是不能久活的了》（[比利时]邬白劳）、《宝藏》（[葡]蒯洛士）、《言为心声》（[土]纪南）、《飘泊者》（[罗]沙杜维努）、《花》（[奥大利]许尼紫勒）、《岛》（[捷克]加烈·贾贝克）、《诱惑》（[荷兰]华德女士）、《死神与医生》（[匈牙利]海尔泰）、《黑猫》（[俄]平士基）、《忠实》（[芬兰]亚诃）、《长相思》（[印]太谷儿）、《一个灵魂破碎的人》（[巨克斯拉夫，今南斯拉夫]梅士谷）、《沙妍霞》（[丹]邬都伦）、《快乐》（[保]班诺夫）、《他来么》（[布加利亚]范召夫）、《脱爵之马》（[波]葛罗平斯基）、《你记得么》（[波]奥才古华女士）。

② 收录《登天之路》（[瑞典]赖格罗芙女士）、《维系》（[瑞典]史德林堡）、《冬夜诉心》（[东普鲁士]苏德曼）、《孤雁儿》（[德]海根窦瑙）、《绛珠》（[西]裴高）、《盗与官》（[西]伊彭年）、《现代生活》（[西]白勒士谷）、《死神》（[法]杜德）、《旧名》（[法]勒佛尔）、《手套》（[法]柏来福）、《石人》（[法]巴比塞）、《吾友茂脱利》（[法]柯贝）、《一饼金》（[法]柯贝）、《火车中》（[法]瑙孟）、《杀子之母》（[法]端黎）、《儿时恩物》（[法]爱加尔）、《短弦》（[法]莫泊桑）、《疯人院》（[法]蒲铁）、《马喜菊》（[法]杜凡瑙）、《小楼连苑》（[法]鲍叶德）、《梦耳》（[法]大仲马）、《杀》（[法]罗士堂）、《一死一生》（[法]左拉）。

③ 收录《樱岛绣袍包》（[意]龙南蒂）、《碎心》（[意]薛维尼尼）、《离婚后》（[意]薛绿女士）、《乌夜啼》（[意]毕朗狄洛）、《银匙》（[意]邓南遮）、《驼背哲学家》（[英]祁乐尔）、《前尘》（[英]狄根斯，今译狄更斯）、《一杯茶》（[英]曼殊斐儿女士）、《神龙片影》（[英]华克西）、《猴掌》（[英]贾可白）、《世界尽头处》（[英]葛丽旭女士）、《烘炉》（[英]韦尔斯）、《儿子的禁令》（[英]哈代）、《手钏》（[英]安奇华斯女士）、《待郎草堂》（[英]安淳罗鲁士）、《梦魇之室》（[英]柯南·道尔）。

④ 《恋爱女神像》（[美]马克·吐温）、《慈母》（[美]欧文）、《红死》（[美]爱伦堡）、《传言玉女》（[美]彭南）、《末一叶》（[美]欧·亨利）、《情苗怨果》（[美]葛琳女士）、《梅葛儿》（[美]哈德）、《亡妻》（[俄]暑格混夫）、《懒人》（[俄]亚佛·钦古）、《家》（[俄]但钦古）、《复仇者》（[俄]柴霍甫，今译契诃夫）、《旧欢》（[俄]罗曼诺夫）、《游侠儿》（[俄]蒲轩根，今译普希金）、《换魂记》（[俄]高尔基）、《绿猫》（[俄]高尔基）、《友》（[俄]安特列夫）、《意难忘》（[俄]陶志白绥夫）、《世界中最幸运的人》（[俄]安特列夫）。

续表

年份	期刊/出版社	作品/[国别]原著作者/译者
1948	上海大东书局	《血证》/[英]奥斯丁·福礼门等/程小青,《瞽侦探》/[英]厄涅斯德布累马/程小青,《父与子》/[英]柯南·道尔等/程小青,《盲医生》/[美]安娜·哈德麟·格林/程小青,《瑞典火柴》/[法]玛利瑟·勒白朗等/程小青,《麦格路的凶案》/[美]哀迪笳·埃仑·坡/程小青
	上海世界书局	《赤练蛇》《窝贼大王》《怪旅店》《女首领》《发明家》《假警士》《神秘丈夫》《百万镑》《摩登奴隶》《惊人的决战》/[英]杞德烈斯/程小青
1949	上海广益书局	《石像之秘》/不详/程小青,《幕面人》/不详/程小青,《漏点》/不详/程小青,《红幔下》/不详/程小青,《三跛子》/不详/程小青,《圈套》/不详/程小青,《黑窖中》/[美]范达痕/程小青

  从上述统计可以看出江苏现代作家的通俗小说译介体量之大。从时间层面上而言,从1901年一直延续到1949年,持续了整个现代文学时期。从发表媒介层面而言,多连载于《新新小说》《月月小说》《小说林》《小说时报》《小说月报》《小说大观》《中华小说界》《礼拜六》《紫罗兰》《半月》《良友》《旅行杂志》《春秋》《万象》等通俗文学类杂志,也包括《教育杂志》《教育研究》《中华教育界》等教育类杂志,译介小说在杂志上刊载数量之多与译介者多为杂志主编或编辑有关,如周瘦鹃主编的《紫罗兰》《半月》杂志就大量刊载周瘦鹃的译作;也与刊物的办刊宗旨有关,如早期的《小说月报》为鸳鸯蝴蝶派所控制①,因此有大量通俗小说译介发表。从出版社层面而言,多是上海的一些出版社,如上海大东书局、上海世界书局、上海广益书局,这与上海通俗文学读者群——市民阶层和出版业的繁荣有关。从翻译者层面而言,周瘦鹃、包天笑、程小青、刘半农的翻译最具代表性。从翻译小说的国家而言,以英、法、美等国作家的小说居多,尤其是英国作家柯南·道尔、杞德烈斯等的小说,美国作家范达痕、奎宁等的小说。我们还发现,江苏现代作家在小说翻译中不只是局限于通俗类小说的翻译,他们也会翻译一些欧美经典的短篇小说作品,呈现出相对杂乱的翻译现象。周瘦鹃是现代时期最早向国内译介西方短篇小说的作家,1917年由中华书局结集出版了

---

① 唐沅、韩之友、封世辉等编著:《中国文学史资料全编·现代卷:中国现代文学期刊目录汇编(第1卷)》,知识产权出版社2010年版,第146页。

《欧美名家短篇小说丛刊》（译作合集），全书分三册，收录了周瘦鹃翻译的欧美14国的小说，鲁迅和周作人于1917年11月30日在《教育公报》第4年第15期上对《欧美名家短篇小说丛刊》有一段评价：

> 凡欧美四十七家著作，国别计十有四，其中意、西、瑞典、荷兰、塞尔维亚，在中国皆属创见，所选亦多佳作，又每一篇署著者名氏并附小像传略。用心颇为恳挚，不仅志在娱悦俗人之耳目，足为近来译事之光……然当此淫佚文字充塞坊肆时，得此一书，俾读者知所谓哀情惨情之外，尚有更纯洁之作，则固亦昏夜之微光，鸡群之鸣鹤矣。①

由此可见鲁迅和周作人也关注到了周瘦鹃的欧美短篇小说翻译，认为这本书"用心颇为恳挚"，是"近来译事之光"，是"昏夜之微光，鸡群之鸣鹤"，由此可见鲁迅和周作人的认可和赞赏。周瘦鹃后期翻译仍以短篇为主，因"五四"思潮的影响，更关注现实主义的作品，对法国和俄罗斯作家较为关注，如法国作家莫泊桑、巴比塞和俄罗斯作家契诃夫、托尔斯泰、屠格涅夫的小说。1947年，上海大东书局出版了周瘦鹃的《世界名家短篇小说全集》（共4册），收录小说80篇。周瘦鹃在1949年后的回忆文章中坦言，自己翻译欧美小说多一点主要是因为"只懂英文"②的缘故，他的小说涉及英、美、俄、法、德等十几个国家，极大地拓宽了中国读者的视野，堪称当时文学翻译界的翘楚人物，对现代文学翻译的贡献不可小觑。

（三）翻译观及理论借鉴

就翻译目的而言，江苏现代通俗小说译者多出于"经济"原因。刘半农早期"卖文为活"时期的通俗小说翻译是为了生计而翻译。在《译小说的开始》一文中，包天笑在谈及自己如何开始翻译时说：

> 后来《迦因小传》的单行本，也由文明书局出版，所得版权费，我与杨紫麟分润之。从此以后，我便提起了译小说的兴趣来，而且这是自由而不受束缚的工

---

① 陈子善、张铁荣编，《周作人集外文（1904—1925）》（上集），海南国际新闻出版中心1993年版，第249页。

② 周瘦鹃著，范伯群主编：《周瘦鹃文集》，文汇出版社2010年版，第26页。

作，我于是把考书院博取膏火的观念，改为投稿译书的观念了。譬如说：文明书局所得的一百余元，我当时的生活程度，除了到上海的旅费以外，我可以供几个月的家用，我又何乐而不为呢？①

包天笑本来是"译着玩的"，"没想到还能赚钱"，"又有发表欲"，因此开始翻译。与包天笑一样，周瘦鹃的翻译目的也是经济因素占据了较大的成分，并且他致力于短篇翻译，追求"短平快"，结集的短篇系列有《欧美名家短篇小说丛刊》《世界名家短篇小说全集》和《瘦鹃短篇小说》等。对于这一点，周瘦鹃在《我翻译西方名家短篇小说的回忆》一文中称，"四十四年前，我还是一个十八岁的青年，为了生活的鞭策，就东涂西抹的卖文了"，至于为何翻译世界各国名家短篇小说，他直言是"因为我生性太急，不耐烦翻译一二十万字的长篇巨著，所以专事搜罗短小精悍的作品，翻译起来，觉得轻而易举"②。

对于通俗小说翻译的方式，刘半农有自己的看法，他认为翻译小说"仅抽译原文大意，期以词达而止"③，此处提出的是小说翻译采取"抽译"的方法，但要力求"词达"，文通字顺也是刘半农的追求。但因为"卖文为活""吸引读者"是第一要务，正像他在自己的翻译小说中所言，因其"奇突动听，在下乐得将他记述出来，做诸君酒后茶余的消遣品"④，这一时期刘半农的外国小说翻译多为"消遣品"，这一翻译目的正好契合了当时鸳鸯蝴蝶派小说的创作宗旨，是此时刘半农的翻译小说多在鸳鸯蝴蝶派的杂志诸如《礼拜六》《小说大观》上发表的原因。当然，刘半农在"娱乐"之外也希望能"不失真"，并且能起到警世的作用，也就是说刘半农重视翻译小说的社会功能。在《〈洋迷小影〉译序》（安徒生童话《皇帝之新衣》改编）中，刘半农曾期许"今兼取安氏原文及日人剧本之义，复参以我国习俗，为洋迷痛下针砭，但求不失其真，非敢以推陈出新自诩也"⑤。同样，在《〈烛影当窗〉译序》中，刘半农也希望"偶念吾国外交上之失败，因挑

---

① 包天笑著，刘幼生点校：《钏影楼回忆录·钏影楼回忆录续编》，三晋出版社2014年版，第128页。
② 周瘦鹃著，范伯群主编：《周瘦鹃文集》，文汇出版社2010年版，第25页。
③ 刘半农著，陈子善编：《刘半农书话》，浙江人民出版社1998年版，第113页。
④ 刘半农译：《八月二十（译Percy Aneedotes月报）》，《小说海》1915年4月第1卷第4号。
⑤ 刘半农著，陈子善编：《刘半农书话》，浙江人民出版社1998年版，第113页。

灯呵冻，捉笔译之，以资考镜焉"①。在《复王敬轩书》一文中，刘半农认为林译小说"原稿选择得不精，往往把外国极没有价值的著作，也译了出来"②。因此，在翻译外国小说时，刘半农是有选择的，他先后翻译了许多外国的名家名篇，如阿拉伯作家苏莱曼的《苏莱曼东游记》、英国作家狄更斯的《伦敦之质肆》、俄罗斯作家托尔斯泰的《此何故耶？》、丹麦安徒生的《皇帝之新衣》、日本德富芦花的《悯彼孤子》、美国华盛顿·欧文的《暮寺钟声》等，尤其是1927年北新书局出版的《法国短篇小说集》，收录了许多法国的名家名篇，如拉萨尔的《狗约》、那法尔的《不幸的情人》《小兄弟的罪恶》、服尔德的《若脑与戈兰》《八巴贝克与法奇尔》、底得罗的《戈姆与尸体》、嚣俄的《克洛特格欧》、弗洛倍尔的《梦》、左拉的《猫的天堂》《爱情的小蓝外套的故事》、丹梭的《黑珠》、阿雷司的《邮电局里的女职员》等。这些小说并非一般的通俗作品，由此可以看出刘半农对小说翻译的追求。较之"礼拜六"文学的"哀情"，刘半农更强调小说的社会作用。这种小说创作观我们在这一时期刘半农发表的《诗与小说精神上之革新——介绍约翰生、樊戴克两氏之文学思想》《我之文学改良观》《致钱玄同》《通俗小说之积极教训与消极教训》《复王敬轩书》《中国之下等小说》等文章中也可以发现。在《通俗小说之积极教训与消极教训》一文中，刘半农对通俗小说的"教训"作用进行了详细阐述：

> 题中"教训"二字，是说此项小说出版后，对于世道人心的影响如何。所谓"积极教训"，便是纪述善事，描摹善人，使世人生美慕心，摹仿心；"消极教训"，便是纪述恶事，描摹恶人，使世人生痛恨心，革除心。这两种教训，各有各的好处：第一种是合乎"见贤思齐""当仁不让"的道理；第二种也合乎"有则改之，无则加勉"的道理；粗粗一看，决难判别孰好孰坏。③

此处刘半农强调的是小说的社会作用，在刘半农看来，"小说为社会教育之利器，有转移世道人心之能力"④。

---

① 刘半农著，瑞峰主编：《现代名家名作：刘半农作品选》，中央民族大学出版社2005年版，第291页。
② 鲍晶编：《中国文学史资料全编·现代卷：刘半农研究资料》，知识产权出版社2011年版，第120页。
③ 刘半农著，文明国编：《刘半农自述》，安徽文艺出版社2014年版，第259页。
④ 同上书，第59页。

刘半农早期在翻译之余，为自己或他人的翻译小说撰写了不少序跋文章，这些文章也体现了刘半农的通俗小说主张。《〈福尔摩斯侦探案全集〉跋》是刘半农为自己和他人合译的通俗小说集而作的跋，用文言写成。这篇跋可以看成是刘半农对侦探小说这一西方通俗小说体裁的全面检束。文章借柯南·道尔的《福尔摩斯探案》为研究对象，分析了此类小说文体在创作宗旨、人物塑造、叙事模式等方面的独特之处，肯定了柯南·道尔侦探小说的社会作用，认为"彼柯南·道尔抱启发民智之宏愿，欲使侦探界上大放光明"①。在刘半农看来，"启发民智"是柯南·道尔侦探小说的创作宗旨，也可以说是刘半农的通俗小说创作宗旨，他认为此类小说中"侦探"所应具备的个人素质，不一定是政治头脑，不一定要具备文学、哲学、天文学的知识，但一定要具备植物学、地质学、化学、解剖学和法律知识，认为"一案既出，侦探其事者，第一步工夫是一个'索'字，第二步工夫是一个'剔'字，第三步工夫即是一个'结'字"②。这三个字，是对侦探小说创作套路的解读，刘半农结合《福尔摩斯探案》对这三个字进行了详尽的论述。对于小说《福尔摩斯探案》的成功，刘半农认为"以其有道德故，以其不爱名不爱钱故"，"故以福尔摩斯之人格，使为侦探，名探也；使为吏，良吏也；使为士，端士也。不具此种人格，万事均不能为也"③，可见刘半农对侦探小说"道德"力量的强调。

程小青在翻译和创作之余还对侦探小说进行了颇为深入的研究，写了不少研究文章，如《谈侦探小说》《侦探小说的多方面》《侦探小说的作法之管见》《从"视而不见"说到侦探小说》等，从理论层面对侦探小说进行探讨。这些理论批评文章颇有为侦探小说正名的作用。《谈侦探小说》这篇论文从文学价值和功利观两个层面探讨侦探小说的地位和社会作用，认为"小说的有没有文学价值应当就小说的本身而论，却不应把体裁或性质来限制。这句话似乎不必专限于侦探小说，对于其他小说，大概也同样适用的"④。程小青据此认为侦探小说并不低于其他形式的小说，一时得不到文学界和社会上的承认是因其历史尚短。从功利观的

---

① 刘半农著，文明国编：《刘半农自述》，安徽文艺出版社2014年版，第58页。
② 同上书，第59页。
③ 《中国近代文学大系》总编辑委员会编：《中国近代文学大系1840—1919·第27卷·翻译文学集2》，上海书店出版社2012年版，第992页。
④ 芮和师、范伯群、郑学弢：《中国文学史资料全编·现代卷：鸳鸯蝴蝶派文学资料（上）》，知识产权出版社2010年版，第73页。

角度看，程小青认为：

> 我们若是承认艺术的功利主义，那么，侦探小说又多了一重价值。因为其他小说大抵含情的质素。侦探小说除了"情"的原素以外，却还含着"智"的意味。换一句说，侦探小说的质料，侧重于科学化的，可以扩展人们的理智，培养人们的观察，又可增进人们的社会经验。所以若把"功利"二字，加在侦探小说身上，似乎还担当得起。①

上述论述是程小青对侦探小说思想层面的主张。《侦探小说的多方面》这篇文章是对西方侦探小说的全面探讨，尤其是对侦探小说这一文体艺术方面的探讨，包括"短短的九十年历史""自叙体的利用""取材与命名""结束与开端""霍桑的来历"五个部分。文章第一部分首先追溯侦探小说的发展历史，指出侦探小说历史较短，始自欧美，只有九十年，是一种"幼稚"的体裁，可谓"独树一帜"，在我国只有四十年，始自"梁任公所办的《新民丛报》上译载的《福尔摩斯探案》"②。在文章的第二部分"自叙体的利用"中，程小青对比分析了侦探小说"他叙体"和"自叙体"的不同，并指出西方的侦探小说如《杜宾探案》《福尔摩斯探案》《斐洛凡士探案》等"大半都采用自叙的方式"。在程小青看来，"他叙体也和其他小说一般，著书的处于第三者的地位，把书中的事实用纯客观的方法，逐节演述出来；自叙体著书的就成了书中人物的一员，在探案时记录者也亲身经历，对于全案的事实，也往往参加动作和意见，所以他所记述的事实，也比较的亲切、真实，和更有兴味"③。由此可见程小青对"自叙体"的认同，他的《霍桑探案》也采用了"自叙体"的形式，以求能达到"亲历"的目的，给读者以"亲切"和"自然"之感。在"结束与开端"部分，程小青指出侦探小说结构上"最重要的"和"最困难的"是结束和开端，"开端时最好合得上那句现成的'开门见山'的考语，结束时又须具备'画龙点睛'的妙处"④。这些文章和程小青的侦探小说创作和翻译一起，共同促进了现代侦探小说这一文体形

---

① 芮和师、范伯群、郑学弢：《中国文学史资料全编·现代卷：鸳鸯蝴蝶派文学资料（上）》，知识产权出版社2010年版，第74页。
② 袁进编：《艺海探幽》，上海东方出版中心1997年版，第230页。
③ 同上书，第227页。
④ 同上书，第230页。

式的发生和发展。

（四）创作上的借鉴

译介之外，江苏现代通俗小说作家与外国文学的渊源还在于创作上所受到的外国文学影响。在江苏现代通俗小说作家中，包天笑、周瘦鹃、程小青、徐卓呆、刘半农的现代通俗小说创作多借鉴西方通俗小说的技巧，这与他们的翻译功底有关，可谓翻译与创作并行，互相交融。包天笑的教育小说译介、周瘦鹃的欧美名家短篇小说译介、程小青的欧美名家侦探小说译介、徐卓呆的滑稽小说译介等最为学术界称道。这四位小说家基本以《小说时报》《礼拜六》《文学大观》《小说画报》等杂志为阵地，著译兼有。徐卓呆有留日经历，日文很好，包天笑只有短期访问日本的经历，日文水平一般，采取的是林译小说的套路翻译小说，周瘦鹃英语水平很好，因此范伯群称"这三位作家与文学创作和外文翻译结缘的过程正好代表了当时翻译界的三种类型"①。他们的翻译和创作可以说是中国小说从传统走向现代的一个过渡，范伯群在考察了近代文学翻译后指出：

在世纪之交时的文学界实际上已带着早期的译风向欧西文学学习。他们已经在将新的技巧植入传统的文学机体之中，通过这种"渐进"的步调，也会非常自然地汇流成一种为大众喜闻的小说形式，使读者乐于接受。②

这几位通俗小说作家通过翻译而学习这些小说的体式，进而跳出传统笔记小说的体式限制而有所革新创造，如包天笑在《小说画报》上发表的四篇《友人之妻》题材新颖，突破传统通俗小说才子佳人的题材，涉及留学生的婚姻问题。他们在小说技巧方面也大量引进西方小说的技巧，如周瘦鹃的小说《旧恨》突破传统通俗小说从头到尾讲故事的叙事模式，采用"横断面"的形式。这些通俗小说作家不仅在创作上吸收外国作品的成功经验，而且效仿外国文坛经验办刊物，周瘦鹃主办的《礼拜六》杂志就是模仿美国富兰克林的《礼拜六晚邮报》而创办。包天笑的通俗小说创作因翻译而存在模仿痕迹，从艺术层面而言独创性相

---

① 范伯群：《包天笑、周瘦鹃、徐卓呆的文学翻译对小说创作之促进》，《江海学刊》1996年第6期，第171页。
② 同上书，第173页。

对较弱，但他的通俗小说创作在对外国小说的模仿借鉴中融会了现代因素，为现代文学初创期的现代小说文体革新做出了一定的贡献。包天笑的通俗小说主要刊登在《小说大观》和《小说画报》上，《一缕麻》是包天笑较早时期的通俗小说，小说依然是文言创作，题材为婚恋，小说更趋向于传统小说的模式。包天笑的短篇小说创作模仿痕迹较重，内容和艺术层面都汲取外来资源，在小说文体上表现出追求现代性的自觉。《影梅忆语》采用"横截面"叙述结构，打破中国传统小说的时空秩序来建构文本。《影梅忆语》《牛棚絮语》打破传统小说第三人称叙事传统，采用第一人称叙事视角。《狗之日记》采用日记体，《海滨消息》《冥鸿》则采用书信体，这些作品的创作显然得益于他的翻译，是模仿西方小说创作而成。对于这种借鉴，陈平原在论述"新小说群体的形成"时指出，第四组的陈景韩、恽铁樵、包天笑、周瘦鹃等"译著并举，名重一时；可最值得称道的是借鉴西方横断面式小说，创作了一大批从题材到形式都颇为新颖的短篇小说，而且在小说的叙事方式方面作了一系列尝试"①，此处陈平原列举的四个作家恰好都是江苏现代作家。

综观周瘦鹃的小说创作可以发现，与翻译小说的题裁选择一样，他的创作小说题裁也相对集中在哀情小说、侦探小说等通俗小说上。他的小说创作以中、短篇为主，以写情为主，"为情而死"是此类小说常用的情节模式，如《留声机片》中的"情劫生"留情于留声机片，最终情人也在留声机的遗言中死去。周瘦鹃是写情的高手，此类哀情小说创作与周瘦鹃"卖文为生"的生活与写作状况有关，他的小说创作和翻译的宗旨都是为了娱乐读者。周瘦鹃的小说创作文白参半，1921年之后，周瘦鹃在《礼拜六》上发表的小说多用白话文创作，小说语言受译介小说影响，带有明显欧化倾向，大量欧式句式、外国色彩的名称、夹杂英文等，如小说《酒徒之妻》中有这样的叙述："用过晚餐，郎君要是不醉，吾们夫妇俩便开一个小小音乐会，请婆婆到来，做吾们的来宾。吾便弹着枇霞娜，郎君拉着繁华令，同声唱一曲摆伦温馨靡曼的情歌。"②此处的乐器"枇霞娜""繁华令"就是西洋乐器钢琴和小提琴，这是语言层面的明显西化。周瘦鹃在短篇小说体式上也借鉴西方小说手法，《九华帐里》是一篇独白体小说，《珠珠日记》在叙事中

---

① 陈平原：《陈平原小说史论集（中）》，河北人民出版社1997年版，第603页。
② 于润琦主编，宋梅、王致军点校：《清末民初小说书系：家庭卷》，中国文联出版公司1997年版，第233页。

插入日记并以书信作结,《旧恨》更是采取"横断面"方式截取生活断面,这些尝试丰富了现代短篇小说艺术。

程小青的侦探小说创作完全得益于西方侦探小说的翻译,这一类型是中国现代小说的独创,因此其创作依赖于外国此类小说的译介。在翻译西方侦探小说的过程中,程小青自1914年开始创作侦探小说,创作了著名的侦探小说系列"霍桑探案"70余篇。正如徐念慈所言"侦探小说,为我国向所未有,故书一出,小说界呈异彩,欢迎之者甲于他种(《一百十三案·觉我赘语》)"[1]。正是因为侦探小说源自西方,这就有了一个模仿和本土化的过程,当然中国侠义公案小说的流行也为此类小说的诞生奠定了基础。"霍桑探案"系列对"福尔摩斯探案"系列的模仿是非常明显的,从人物的设置看,霍桑和包朗可以说就是福尔摩斯和华生的翻版,这两组人物作为两部小说系列贯穿始终的人物,包朗在小说中的身份是私人侦探霍桑的多年好友、一个小说家,霍桑和包朗在性格特征方面也与福尔摩斯和华生极为相似。在叙述方式方面,《霍桑探案》与《福尔摩斯探案》一样采用了"自叙体",在《侦探小说的多方面》一文中,程小青认为西方的侦探小说多采用"自叙体",他自称《霍桑探案》"也借重了一位包朗先生……我的那位包朗先生,也和华生对于福尔摩斯一般的做了霍桑的得力助手"[2]。但程小青笔下的霍桑是中国"国产"的侦探,他的人物特征、价值观念、处事方式无不打上了中国化的烙印。范伯群认为程小青"是一位模仿多于创造的侦探小说家,他在整体上模仿'福尔摩斯探案'的'大框架',霍桑和包朗的关系就脱胎于福尔摩斯与华生的搭配;但在局部中却发挥了一定的创造性,并将侦探小说'中国化'"[3]。

刘半农在翻译通俗小说的同时也创作小说,这一时期的小说创作题材涉及言情、历史、社会、滑稽、哲理、政治、侦探等多种类型,刘半农的这些小说创作题材与其时的鸳鸯蝴蝶派小说颇为相似,难怪有人把其归入鸳鸯蝴蝶派。他的侦探小说《匕首》塑造了一个类似于西方侦探模样的东方侦探老王,刘半农在小说

---

[1] 李今主编,罗文军编注:《汉译文学序跋集·第一卷·1894—1910》,上海人民出版社2017年版,第461页。

[2] 袁进主编:《艺海探幽》,上海东方出版中心1997年版,第228页。

[3] 范伯群:《中国侦探小说之宗匠——程小青评传》,载刘祥安编校《中国侦探小说宗匠——程小青》,南京出版社1994年版,第14页。

中不仅赋予了老王中国古代公案小说中捕快式人物的道德与智慧，还赋予老王科学的精神。《日光杀人案》更是利用物理学原理来分析"日光""凸透镜""火药枪"的关系，充分彰显了侦探的科学求证精神。这些人物一改中国传统小说中的人物特征，具有了西方侦探小说人物的特色。

二、江苏现代留日作家与外国文学

中国现代文学与日本文学关系密切，受日本文学影响颇深，是因为日本明治维新之后，大量借鉴西方文化，快速进入强国行列，中国现代文学的知识精英们如鲁迅、周作人、郭沫若、成仿吾、田汉、郁达夫等纷纷选择东渡扶桑，求救国救民之道。作为中国现代文学的中坚，他们的文学活动对于促进中国现代文学与日本文学的交流发挥了极大作用，同时，他们以日本为中介引进西方文学，进一步促进了中国现代文学的发生。江苏作为近代以来经济、政治、文化最为活跃的省份，留日学生数量高居全国的前列。江苏现代留日作家从数量而言不及留学英美的作家，但他们同样为中国现代文学的发生和发展注入了西方现代质素。

（一）留日作家群体

江苏现代留日作家有创造社的陶晶孙和徐祖正，散文家徐蔚南，戏剧家和翻译家徐卓呆，诗人孙毓棠、吴越和孙钿，中国左翼作家联盟（以下简称"左联"）作家许幸之，散文家缪崇群和小说家滕固。他们通过留学日本而结缘外国文学，在文学译介和创作两个方面深受外国文学影响。从与外国文学渊源关系来看，陶晶孙、徐祖正、徐蔚南和徐卓呆四人最具代表性，他们在文学社团活动（创造社、上海艺术剧社、"左联"）、翻译、出版等方面也都卓有成就，有深入探讨的价值，有助于进一步厘清江苏现代留日作家为中国现代文学快速融入世界文学所做的贡献。徐卓呆与外国文学的渊源关系还表现在上一章论述的通俗小说译介上，本章仅讨论徐卓呆在戏剧等方面与外国文学的渊源。

陶晶孙（1897—1952），原名炽、炽孙，笔名晶明馆主，江苏无锡人，现代小说家、戏剧家。在江苏现代留日作家中，陶晶孙与日本文学的渊源最深，他在日本生活时间最长，1906年随父亲去日本，小学、中学、大学都是在日本完成，精通日文和德文。大学就读于日本九州帝国大学，与郭沫若是同学，交往甚密，是创造社的发起人之一，并参与创办同人杂志《Green》（《格林》）。1929年回国，在上海东南医学院教书，1930年加入"左联"，参与编辑《大众文艺》《学艺》杂志。1946年去台湾，1950年从台湾地区移居日本，1952年病逝，期间作品去世后结集为《给日本的遗书》。陶晶孙一生积极投身新文学的革命洪流之中，1929年在上海加入艺术剧社，1930年加入"左联"，是"左联"的发起人之一。主编《大众文艺》，主张文艺大众化，在《大众文艺》开辟"各国新兴文学"专栏，大量译介俄罗斯、日本和欧美各国新兴作家作品，"在中国首次搭起全球大众文艺与新兴文艺的讨论平台"①，是新兴文艺的活跃人物。陶晶孙与日本文学的这种渊源主要源自他的留学生涯，从小学到大学一直在日本求学，中学开始接触日本文学，对此，刘平在《陶晶孙的文学创作及文学活动》一文中记载："早在中学读书时，陶晶孙就同日本作家内村鉴三的儿子内村祐之和森鸥外的儿子森于菟成为朋友。他们经常跑图书馆，阅读日本及世界的文学名著。"②

徐祖正（1895—1978），字耀辰，笔名祖正等，江苏昆山人，现代作家、翻译家。1909年在上海商务印书馆当学徒，1911年赴武汉参加辛亥革命，1913年随叔父到日本求学，先后就读于日本东京高等师范学校、日本京都帝国大学（今京都大学）外文系。与陶晶孙一样，徐祖正也是创造社的发起人之一，参与创办同人杂志《Green》（《格林》）。1922年回国，先后在北京大学、北京师范大学任教，精通日语和英语。据《燕京大学课程一览（1928—1929）》记载，徐祖正在燕京大学教授高级日文课程，课程内容显示为："为已读过初级日文者（一学年程度）授以日本现代语文的修习与应用，使能达到直接听讲阅书，并亲接学术文艺等论著为目的。教授方法用读本，作笔记。"③由此足见徐祖正的日文水平，这也为其和日本文学的渊源奠定了基础。徐祖正还是一个藏书家，"藏书有六千馀册，既有日、英、法等外文著作，也有中文文献"④，他去世后分别捐赠给了北京大学图书馆和北京图书馆，这也不失为徐祖正与外国文学的一种渊源。

在江苏现代作家中，徐蔚南也是一位留日作家，但与陶晶孙不同的是，徐蔚南与外国文学的渊源主要表现在他的翻译成就上，他精通日、英、法、俄四国语言，并未因为留学日本而成为一个专注于日本文学的翻译家，而是在法国文学和

---

① 陶晶孙著，曹亚辉、王华伟译：《给日本的遗书》，上海文艺出版社2008年版，第194页。
② 张小红编：《陶晶孙百岁诞辰纪念集》，百家出版社1998年版，第70页。
③ 王翠艳：《燕京大学与"五四"新文学》，文化艺术出版社2015年版，第34页。
④ 董馥荣：《徐祖正骆驼书屋所藏"闽闹丛珍"》，《文献》2007年第2期，第128页。

苏联文学的翻译方面更有建树，尤其是在法国文学的译介上卓有成就。徐蔚南曾在上海大学讲授"法国文学"课程①，足见其对于法国文学的研究水平。徐蔚南（1900—1952），原名毓麟，笔名泽人，江苏吴县人，现代散文家、翻译家。徐蔚南中学就读于上海震旦学院，这是一所由天主教耶稣会在中国上海创办的教会学校，徐蔚南上学时由法国神父执教，这也是后来徐蔚南精通法文，大量译介法国文学的原因。其后，徐蔚南考取官费赴日本庆应大学留学，精通日语。20世纪20年代受苏联十月革命和五四新文化运动的感召，徐蔚南创办了《前进》《新盛泽》等进步报刊，宣传新思想，得到诗人柳亚子先生的称赞。徐蔚南从20世纪20年代起开始从事文学创作和翻译，1925年由茅盾介绍加入文学研究协会，1928年受聘担任上海世界书局总编辑，共出版主编"ABC丛书"152种。著有《奔波》（1923年北新书局）、《春之花》（1924年开明书店）、《都市的男女》（1929年真善美书店）等。译有《小小的温情》（1928年新亚书店，日本国木田独步等）、《女优泰绮思》（1929年上海世界书局，法国Anatole France）、《茂娜凡娜》（1930年上海开明书店，比利时梅特林克）、《她的一生》（1931年上海世界书局，法国莫泊桑）、《印度童话集》（1932年上海世界书局）、《莫泊桑小说集》（1934年新文化书社，与雷晋笙合译，法国莫泊桑）、《圣诞礼物》（1944年百合书房，美国欧·亨利等）、《巴朗先生》（1949年现代出版社，法国莫泊桑）等。

徐卓呆（1881—1958），原名傅霖，又名筑岩，别号半梅，笔名卓呆、呆、半老徐公等，江苏吴县人，戏剧家、小说家、翻译家。清末民初鸳鸯蝴蝶派的核心人物，先后担任《时事新报》《晨报》等刊物的编辑工作，创作的滑稽小说享誉上海文坛。1902年赴日本留学学习体育，日本大森体育会体操学校毕业，1905年回国后曾创办体操学校。中国早期新剧运动的先驱，徐卓呆的戏剧编辑和演剧活动始自留日期间，他在留日期间加入春柳社，回国后继续从事戏剧活动，撰写剧评和剧本，并参演自编的戏剧，1906年开始演剧活动，擅长滑稽表演，开滑稽戏先河，被称为"东方卓别林"。1910年，徐卓呆翻译的改良新剧《遗嘱》连载在《小说月报》（1910年8月29日、1910年9月28日第一年第一期和第二期）上，新剧家们演出了这部改良新剧，徐卓呆因此也受邀加入新剧圈子，开始新剧

---

① 盖青：《1921—1949：中国共产党创建和领导的高等教育研究》，广东教育出版社2012年版，第44页。

活动，先后参与了文艺新剧场（1910）、社会教育团（1911）、民鸣社（1915）、上海民众戏剧社（1921），参编和参演了新剧《爱海波》《徐锡麟》《猛回头》《徐仲鲁》《镜中影》、历史古装新剧《杨贵妃》等，参与创办了现代文学第一个新文学戏剧刊物《戏剧》。徐卓呆还曾涉足滑稽电影，参编《隐身衣》（1925）、《活招牌》（1926）、《红玫瑰》（1926）、《凌波仙子》（1927）等。除戏剧外，徐卓呆还是一位滑稽小说家，被誉为"滑稽大师"，著有《小说材料批发所》（1921年《半月》第1卷第3期）、《浴堂里的哲学家》（1922年《半月》第1卷第18期）、《十六行眼泪》（1923年《小说世界》第10期）、《开幕广告》（1924年《红玫瑰》第1卷第1期）、《李阿毛外传》（1941年《万象》第5期）等滑稽小说。

（二）外国文学译介

江苏现代留日作家的外国文学译介集中于陶晶孙、徐祖正、徐蔚南、徐卓呆四位作家，陶晶孙的木人戏翻译和日文创作、徐卓呆和徐蔚南的戏剧翻译、徐祖正的日本小说翻译都有所成，为了系统考察他们的翻译状况，在此我们系统梳理一下他们的外国文学译介（把陶晶孙的日文创作也涵盖在内）。

表上编2-1　江苏留日作家外国文学译介统计表①

序号	作品名称	发表时间/刊物	原著作者/译者	类型
1	《无形剧场》	1921年5月31日《戏剧》第1卷第1号	徐半梅	戏剧
2	《古拉英的独立剧场》	1921年5月31日《戏剧》第1卷第1号	徐半梅	戏剧
3	《演剧协会》	1921年5月31日《戏剧》第1卷第1号	徐半梅	戏剧

---

① 本表统计主要依据唐沅、韩之友、封世辉等编著的《中国文学史资料全编·现代卷：中国现代文学期刊目录汇编（7卷本）》（知识产权出版社2010年版），卢正言的《陶晶孙著译作品目录》和陶坊资的《陶晶孙年谱》（见张小红编《陶晶孙百岁诞辰纪念集》，百家出版社1998年版），同时也根据其他一些史料综合整理而成，与外国文学相关的文学评论等也一并统计在内。

续表

序号	作品名称	发表时间/刊物	原著作者/译者	类型
4	《一封谈"无形剧场"的信》	1921年6月30日《戏剧》第1卷第2号	[日]小山内薰/徐半梅	译文
5	《英国爱白二氏的合同演剧》	1921年6月30日《戏剧》第1卷第2号	徐半梅	评论
6	《剧场总理剧本主任和舞台监督》	1921年7月30日《戏剧》第1卷第3号	[德]哈葛孟/徐半梅	译文
7	《两种态度》	1921年8月31日《戏剧》第1卷第4号	徐半梅	评论
8	《德国的自由剧场》	1921年8月31日《戏剧》第1卷第4号	徐半梅	评论
9	《莎翁剧之疑问》	1921年9月30日《戏剧》第1卷第5号	不详/徐半梅	译文
10	《日本自由剧场第一次试演谈》	1921年9月30日《戏剧》第1卷第5号	[日]小山内薰/徐半梅	译文
11	《太久保荣一封调查名剧的信》	1921年9月30日《戏剧》第1卷第5号	不详/徐半梅	译文
12	《随便谈:(十四)"幕"有什么用处》	1921年9月30日《戏剧》第1卷第5号	徐半梅	评论
13	《随便谈:(十五)新剧领袖问题》	1921年9月30日《戏剧》第1卷第5号	徐半梅	评论
14	《随便谈:(十六)舞台上的第三重要人物》	1921年9月30日《戏剧》第1卷第5号	徐半梅	评论
15	《随便谈:(二十四)人而不如木偶乎》	1921年10月30日《戏剧》第1卷第6号	徐半梅	评论
16	《随便谈:(二十五)台上剧与纸上剧》	1921年10月30日《戏剧》第1卷第6号	徐半梅	评论
17	《独白的讨论》	1921年10月30日《戏剧》第1卷第6号	秦宝鑫、徐半梅	评论
18	《舞台监督术的本质》	1922年1月31日《戏剧》第2卷第1号	[德]哈葛孟/徐半梅	译文
19	《先得新土地》	1922年1月31日《戏剧》第2卷第1号	[日]小山内薰/徐半梅	译文
20	《舞台监督术的本质》	1922年2月28日《戏剧》第2卷第2号	[德]哈葛孟/徐半梅	译文

续表

序号	作品名称	发表时间/刊物	原著作者/译者	类型
21	《木犀（日文）》①	1922年3月15日《Green（格林）》第2期	陶晶孙	小说
22	《英国浪漫派三诗人——拜伦、雪莱、箕次②》	1923年2月上旬《创造季刊》第1卷第4期雪莱纪念号	徐祖正	论文
23	《屠格涅夫散文诗集》	1923年新文化书社	[俄]屠格涅夫/徐蔚南、王维克	散文
24	《屠格涅夫散文诗集》	1923年青年进步学会	[俄]屠格涅夫/徐蔚南、王维克	散文
25	《人类万岁（剧本）》	1922年《游戏世界》第19期、1923年第21期新年号、第22期、第24期（连载）	[日]武者小路实笃/卓呆	戏剧
26	《莫泊桑小说集》	1924年上海新文化书社	[法]莫泊桑/雷晋笙、徐蔚南	小说
27	《生命是为别人的》	1924年4月《小说月报》第15卷号外（法国文学研究）	[法]包尔都/徐蔚南	小说
28	《半身小像》	1925年8月9日《文学周报》第185期	[法]高贝/徐蔚南	不详
29	《留给青年艺术家们的几句话》	1925年9月7日《语丝》第43期	[法]罗丹/祖正	译文
30	《我友之书》	1925年11月29日《文学周报》第201期	[法]法郎士/徐蔚南	不详
31	《白衣妇人》	1925年12月6日《文学周报》第202期	[法]法郎士/徐蔚南	不详
32	《我给您这朵蔷薇花》	1925年12月13日《文学周报》第203期	[法]法郎士/徐蔚南	不详
33	《爱多亚的孩子们》	1925年12月20日《文学周报》第204期	[法]法郎士/徐蔚南	不详

---

① 1922年11月25日，陶晶孙把《木犀》翻译成中文，发表在《创造季刊》第1卷第3期上。

② 今译拜伦、雪莱和济慈。

续表

序号	作品名称	发表时间/刊物	原著作者/译者	类型
34	《一串葡萄》	1925年12月27日《文学周报》第205期	[法]法郎士/徐蔚南	不详
35	《一生》	1926年上海商务印书馆	[法]莫泊桑/徐蔚南	小说
36	《仙牛》	1926年1月10日《文学周报》第207期	[不详]Clement Shorter夫人/徐蔚南	不详
37	《茶花女》	1926年1月16日《小说世界》第13卷第3期—1926年4月16日第13卷第16期（连载）	[法]小仲马/卓呆①	戏剧
38	《金眼睛的马山勒》	1926年1月17日《文学周报》第208期	[法]法郎士/徐蔚南	不详
39	《曙光里写就的附注》	1926年1月17日《文学周报》第208期	[法]法郎士/徐蔚南	不详
40	《译诗一首》	1926年3月15日《语丝》第70期	[英]雪莱/祖正	诗歌
41	《〈新生〉的译稿与底本》	1926年4月16日《语丝》第76期	徐祖正	论文
42	《拜轮②的精神》	1926年6月1日《创造月刊》第1卷第4期	徐祖正	评论
43	《法国名家小说集》	1926年上海开明书店	[法]小仲马等/徐蔚南	小说
44	《〈法国名家小说集〉弁言》	1926年上海开明书店	徐蔚南	序跋
45	《〈鸽子的悬赏〉附记》	1926年上海开明书店	徐蔚南	序跋
46	《〈比爱儿之书序〉小序》	1926年上海开明书店	徐蔚南	序跋
47	《骆驼草——莫泊桑的母亲》	1927年2月26日《语丝》第120期	祖正	评论
48	《骆驼草——莫泊桑的修养时代》	1927年3月5日《语丝》第121期	祖正	评论

① 卓呆、徐半梅皆为徐卓呆。
② 今译拜伦。

续表

序号	作品名称	发表时间/刊物	原著作者/译者	类型
49	《第三者》	1927年3月16日《洪水》第3卷第29期	[日]国木田独步/许幸之	诗歌
50	《爱与认识的出路——失了恋的人的道路》	1927年5月25日《莽原》第2卷第10期	[日]仓田百三/徐祖正	不详
51	《骆驼草——莫泊桑的作风和态度》	1927年7月23日《语丝》第141期	祖正	评论
52	《芥川龙之介之死》	1927年8月13日《语丝》第144期	祖正	评论
53	《骆驼草——莫泊桑的病与死》	1927年8月20日《语丝》第145期	祖正	评论
54	《骆驼草——纪念英国神秘诗人白雷克》	1927年9月10日《语丝》第148期、9月24日第150期、10月15日第153期	祖正	评论
55	《毕竟是奴隶罢了（木人戏）》	1927年9月16日《洪水》第3卷第34期、11月1日第3卷第35期	[日]村山知义/陶晶孙	戏剧
56	《明月的哀愁》	1927年11月18日《文学旬刊》第295期	[法]波特来耳/徐蔚南	诗歌
57	《新生（上下卷）》	1927年北新书局（初版）	[日]岛崎藤村/徐祖正	小说
58	《神奇的头发（塞尔维亚民间故事）》	1928年1月15日《文学周报》第299期（第5卷第24期）世界民间故事专号	[塞尔维亚]不详/徐蔚南	民间故事
59	《青岛（法国南部民间故事）》	1928年1月15日《文学周报》第299期（第5卷第24期）世界民间故事专号	[法]不详/徐蔚南	民间故事
60	《勘太和熊治》	1928年8月10日《创造月刊》第2卷第1期	陶晶孙	木人戏
61	《茂娜凡娜》	1928年上海开明书店	[比利时]梅特林克/徐蔚南	戏剧
62	《〈茂娜凡娜〉附言》	1928年上海开明书店	徐蔚南	序跋
63	《小小的温情》	1928年上海新亚书店	[日本]国木田独步等/徐蔚南	散文
64	《〈小小的温情〉弁言》	1928年上海新亚书店	徐蔚南	序跋

续表

序号	作品名称	发表时间/刊物	原著作者/译者	类型
65	《林中狮子的故事》	1929年2月1日《乐群》第1卷第2期	不详/陶晶孙	小说
66	《黄尘》	1929年3月1日《乐群》第1卷第3期	[日]藤枝丈夫/陶晶孙	小说
67	《Roar Chinese》	1929年4月1日《乐群》第1卷第4期	[不详]Tretshakof/陶晶孙	戏剧
68	《慈善》	1929年4月1日《乐群》第1卷第4期	[日]松本淳三原/陶晶孙	戏剧
69	《狗狐之争》	1929年5月1日《乐群》第1卷第5期	[日]铃木彦次郎/陶晶孙	戏剧
70	《演剧杂记：一、由十九世纪到二十世纪初》《演剧杂记：二、梅意尔赫利特》	1929年5月1日《乐群》第1卷第5期	陶晶孙	评论
71	《动物革命》	1929年6月1日《乐群》第1卷第6期	[不详]易王·哥尔/陶晶孙	戏剧
72	《黑人的兄弟》	1929年7月1日《乐群》第1卷第7期	[日]江马修/陶晶孙	小说
73	《女优泰绮思》	1929年上海世界书局	[法]法郎士/徐蔚南	小说
74	《序〈泰绮思〉译本》	1929年上海世界书局	徐蔚南	序跋
75	《羊的素描》	1929年11月1日《大众文艺》第2卷第1期	不详/陶晶孙	木人戏
76	《运货便车》	1929年11月1日《大众文艺》第2卷第1期	[日]屋托·密拉/陶晶孙	木人戏
77	《秋晴》	1929年11月1日《大众文艺》第2卷第1期	[日]小掘甚二/陶晶孙	小品
78	《死前的友情》	1929年11月1日《大众文艺》第2卷第1期	[日]林房雄/陶晶孙	小品
79	《公共长凳》	1929年11月1日《大众文艺》第2卷第1期	[日]村山知义/陶晶孙	小品
80	《兵和兵》	1929年11月1日《大众文艺》第2卷第1期	[日]岛田美彦/陶晶孙	小品

续表

序号	作品名称	发表时间/刊物	原著作者/译者	类型
81	《沿海州纪行》	1929年11月1日《大众文艺》第2卷第1期	[日]细川隆之/陶晶孙	小品
82	《鸦片战争》	1929年12月1日《大众文艺》第2卷第2期	[日]村山知义/陶晶孙	戏剧
83	《傻子的治疗》	1930年3月1日《大众文艺》第2卷第3期	[德]攀斯·左克斯/陶晶孙	戏剧
84	《特别快车》	1930年3月1日《大众文艺》第2卷第3期	[日]藤森成吉/陶晶孙	戏剧
85	《德国新兴文学》	1930年3月1日《大众文艺》第2卷第3期	[日]中野重治/陶晶孙	译文
86	《剧本〈西线无战事〉——小说,脚本,公演的介绍》	1930年3月1日《大众文艺》第2卷第3期	陶晶孙	评论
87	《木人戏:木人戏的介绍,木人戏的历史,木人戏的技巧》	1930年3月1日《大众文艺》第2卷第3期	[日]辻恒彦/陶晶孙	译文
88	《革命十年间苏俄音乐的发展》	1930年3月1日《大众文艺》第2卷第3期	不详/陶晶孙	译文
89	《谁最蠢》	1930年3月1日《大众文艺》第2卷第3期、1930年5月1日第2卷第4期	[德]威特福该尔/陶晶孙	戏剧
90	《舞台效果和音乐》	1930年3月16日《艺术》第1卷第1期	[不详]和用精/陶晶孙	不详
91	《盲目兄弟的爱》①	1930年上海世界文艺书社	陶晶孙	译著
92	《村山知义》	1930年5月1日《大众文艺》第2卷第4期	陶晶孙	传记
93	《赤色舞女》	1930年5月1日《大众文艺》第2卷第4期	[日]贵司山治/陶晶孙	小说

① 本书收录四篇翻译作品:《黑人的兄弟》([日]江马修)、《鉴定人》([不详]P.Bowrget)、《黄尘》([日]藤枝丈夫)、《盲目的极洛尼莫和他的哥哥》([奥地利]作家施尼茨勒)。

续表

序号	作品名称	发表时间/刊物	原著作者/译者	类型
94	《母亲讲的故事》	1930年7月16日《真善美》第6卷第3号（法国浪漫运动百年纪念号）	[法]拉马丁/徐蔚南	随笔
95	《硬壳虫》	1930年7月16日《真善美》第6卷第3号（法国浪漫运动百年纪念号）	[法]米显莱/徐蔚南	随笔
96	《燕子》	1930年7月16日《真善美》第6卷第3号（法国浪漫运动百年纪念号）	[法]米显莱/徐蔚南	随笔
97	《唯美派文学》	1930年上海光华书局	[英]王尔德等/滕固	诗剧等
98	《傻子的治疗（木人戏集）》①	1930年上海现代书局	陶晶孙	译著
99	《密探》	1930年上海北新书局	[美]辛克莱/陶晶孙	小说
100	《西线无战事》	未刊	[德]雷马克/陶晶孙	戏剧
101	《她的一生》	1931年上海世界书局	[法]莫泊桑/徐蔚南	小说
102	《〈她的一生〉弁言》	1931年上海世界书局	徐蔚南	序跋
103	《中国语音之语音曲线》	1931年8月《学艺》第11卷第4号	不详/陶晶孙	译文
104	《蚯蚓闲话》	1931年8月《学艺》第11卷第4号	不详/陶晶孙	译文
105	《四人及其他》②	1931年8月南京书店	[日]武者小路实笃/徐祖正、王古鲁	戏剧
106	《〈蜂起〉日译本序言（日文）》	1931年10月日本东京四六书院	陶晶孙	序言
107	《归来》	1932年7月10日《文学月报》第2号	[不详]F.Panferov/许幸之	不详

① 本书除包括陶晶孙自己创作的木人戏《勘太和熊治》《羊的素描》外，还包括他翻译的《运货便车》《傻子的治疗》《毕竟是奴隶罢了》《动物革命》《梅资杂来姆》《谁最蠢》以及《木人戏：木人戏的介绍，木人戏的历史，木人戏的技巧》。

② 本书为戏剧合集，共收录5部戏剧，其中《四人》《养父》为徐祖正翻译。

序号	作品名称	发表时间/刊物	原著作者/译者	类型
108	《印度童话集》①	1932年上海世界书局	[日]丰岛次郎/徐蔚南编译	童话
109	《孤零少年》	1933年上海世界书局	[法]海克督马六/徐蔚南	小说
110	《木人戏的贵族性》	1933年9月15日《戏》创刊号	陶晶孙	评论
111	《莫泊桑小说集》	1934年上海新文化书社	[法]莫泊桑/雷晋笙、徐蔚南	小说
112	《日本小品文》②	1937年上海中华书局	[日]德富卢花等/缪崇群	散文
113	《高尔基逝世五周年纪念特辑》	1941年世界文艺社	[苏]高尔基/许幸之	文集
114	《晶孙全集·第六集（日文）》	1943年上海晓星书店	陶晶孙	文集
115	《圣诞礼物》	1943年12月20日《文艺先锋》第3卷第6期	[美]亨利/徐蔚南	小说
116	《沙珈》	1944年1月20日《文艺先锋》第4卷第1期（小说专号）	[不详]Edward D.Dckker/徐蔚南	小说
117	《哈罗尔德的旅行及其他》	1944年重庆文阵社	[英]拜伦、雪莱/袁水拍、方然	诗歌
118	《老处女》	1944年北京现代出版社	[法]莫泊桑/徐蔚南	小说
119	《我的心呀，在高原》	1944年重庆美学出版社	[英]彭斯、霍斯曼/袁水拍	诗歌
120	《美国大学生活》	1944年重庆万光书局	[日]岩堂保/徐蔚南、吴企云	小说
121	《陶晶孙日本文集（日文）》	1944年5月20日华中铁道江南丛书	陶晶孙	文集

① 本书根据日本丰岛次郎的译本编译，包含12篇童话（《海之女王》《太阳女》《七宝之雨》《真珠王子》等）。

② 共收录20篇小品文，其中包括德富卢花的8篇（《耶路撒冷之燕》《苍茫之夕》《花月之夜》《风》等）和吉田弦二郎的11篇（《心之影》《啄木鸟》《黎明的心》等）。

续表

序号	作品名称	发表时间/刊物	原著作者/译者	类型
122	《圣母的卖解人》	1944年5月20《文艺先锋》第4卷第5期	[法]法郎士/徐蔚南	小说
123	《时代的智慧》	1944年6月重庆生生出版社	[法]法郎士等/徐蔚南	小说
124	《绅士朋友》	1944年8月20日《文艺先锋》第5卷第1、2期	[俄]契诃夫/徐蔚南	小说
125	《新婚之夜》	1944年重庆大华书局	[法]莫泊桑/徐蔚南	小说
126	《圣诞礼物》	1944年重庆百合书房	[美]欧·亨利等/徐蔚南	小说
127	《泰绮思》	1945年重庆正风出版社	[法]法郎士/徐蔚南	小说
128	《诗与诗论译丛》	1945年重庆诗文学社	袁水拍	诗论
129	《基度山恩仇记》	1945年南京独立出版社	[法]大仲马/徐蔚南	小说
130	《妙计》	1947年1月16日《论语》第121期	[法]莫泊桑/徐蔚南	小说
131	《守夜》	1947年2月16日《论语》第123期	[法]莫泊桑/徐蔚南	小说
132	《德伯家的苔丝》	1947年3月1日《青年界》新第3卷第1号	徐蔚南	小说
133	《巴朗先生》	1949年现代出版社	[法]莫泊桑/徐蔚南	小说
134	《荡》	重庆大都书局（具体时间不详）	[法]都德/徐蔚南	小说
135	《苏联短篇小说选》	1950年商务印书馆	[俄]不详/徐蔚南	小说
136	《苏联短篇小说选续集》	1950年商务印书馆	[俄]不详/徐蔚南	小说
137	《远景的轮廓》	1950年商务印书馆	[俄]尼古拉耶娃/徐蔚南	小说
138	《奇异的兰花（日文）》	1951年2月《看护学杂志》（日本）	陶晶孙	随笔
139	《入院记（日文）》	1951年3月《看护学杂志》（日本）	陶晶孙	随笔
140	《日本见闻记（日文）》	1951年3月《文艺》（日本）	陶晶孙	随笔
141	《Central Supply的小盗儿（日文）》	1951年7月《看护学杂志》（日本）	陶晶孙	小说
142	《淡水河心中（日文）》	1951年7月《展望》（日本）	陶晶孙	小说

续表

序号	作品名称	发表时间/刊物	原著作者/译者	类型
143	《汉文先生的风格（日文）》	1951年11月《看护学杂志》（日本）	陶晶孙	小说
144	《为了中日友好（日文）》	1952年5月《群像》（日本）	陶晶孙	随笔
145	《一年间（日文）》	1952年10月《给日本的遗书》日本创元社	陶晶孙	随笔
146	《留守日记——身边杂事（日文）》	1952年10月《给日本的遗书》日本创元社	陶晶孙	随笔
147	《革命与文学——尽可能联系与日本有关的故事（日文）》	1952年10月《给日本的遗书》日本创元社	陶晶孙	随笔
148	《给日本的遗书（日文文集）》	1952年10月15日，日本创元社	陶晶孙	文集
149	《秀才留级生（日文）》	发表情况不详	陶晶孙	随笔

从上述统计可以发现，在江苏现代留日作家中，陶晶孙与外国文学的关系最为密切。关于陶晶孙与日本文学的关系，我们从日本汉学家伊藤虎丸《致夏衍的信》中可以窥见些许端倪。在伊藤虎丸看来：

> 创造社中陶晶孙的地位虽不说是比郭沫若或郁达夫的更高，但从中日交流史的观点来说，超越狭窄的中国文学研究的范围，对日本的文学和思想给以影响的中国作家而言，可能会给中国方面意外的是，除鲁迅而外，陶晶孙是唯一的人物。①

陶晶孙与日本文学的渊源是双向的，一方面是陶晶孙的文学创作受日本文学影响颇深，自称是一个"一直到底写新罗曼主义作品者"②；另一方面是陶晶孙的文学创作和活动也同样对日本文学产生了极大影响。除了翻译日本文学作品之外，陶晶孙还可以用日文创作，作品深受中日两国读者的喜爱，尤其是他的日文著作《给日本的遗书》，这在现代作家之中也是很少见的。他的处女作《木犀》的日文版发表在1922年3月15日的 Green（《格林》）杂志第2期上，这是当时

---

① 张小红编：《陶晶孙百岁诞辰纪念集》，百家出版社1998年版，第142页。
② 陶晶孙：《创造三年》，载陶晶孙著《牛骨集》，上海太平书局1944年版，第175页。

留日学生办的同人杂志，郭沫若觉得这篇小说不错，鼓励陶晶孙译成中文，发表在 1922 年 11 月 25 日的《创造季刊》第 1 卷第 3 期上，郭沫若在作品的"附白"中写道"此篇译文比原文逊色多了，但他根本的美幸还不大损失，请读者细细玩味"①，足见陶晶孙的日文写作水平。另据陶瀛孙在《纪念我的哥哥陶晶孙》中回忆，这篇小说"由郭沫若撰文特别推荐，受到中日文学青年的热烈好评"②。

徐祖正与外国文学的渊源主要在于他的翻译和对外国文学作品的评论上，尤其在日本文学的译介方面，他翻译出版了日本"私小说"的代表作家岛崎藤村的《新生》，1927 年由北新书局出版，这是国内翻译出版的第一部岛崎藤村的小说。《新生》分为上下两卷，译本前附有徐祖正撰写的《新生解说》，文中对翻译缘由做了说明，并不是为了满足"对于感情的世界不知尊重的中国，对于文艺还不脱享乐与好奇二态度的许多读者"，而是因为"作品本不因为是作者私生活而名贵，实因为面接实人生与再现实生活的态度作风而可贵"③。徐祖正还与王古鲁合译了日本作家武者小路实笃的《四人及其他》（南京书店 1931 年 8 月初版），还撰写了《芥川龙之介之死》一文，对日本作家芥川龙之介其人其作进行评介（《语丝》，1927 年 8 月第 144 期）④。徐祖正还撰写了《英国浪漫派三诗人——拜轮、雪莱、箕茨⑤》（《创造季刊》，1923 年第 4 期）一文，对英国浪漫主义诗人做了较为全面的评介，兼顾到了消极浪漫主义的代表作家柯勒律治，指出"在拜伦、雪莱、济慈以前，英国的浪漫主义早已极盛，湖畔诗人的胡慈华士（即华兹华斯）、郭力其（即柯勒律治）、苏瑞（即骚塞）及别派的史各脱（即司各特），都是这主义的健者"⑥。1927 年 9 月和 10 月《语丝》第 148 期、第 150 期和第 153 期上连载了徐祖正的《骆驼草——纪念英国神秘诗人白雷克》⑦一文，称布莱克（即白

---

① 陶晶孙等：《木犀（创作集）》，创造社出版部 1926 年版，第 17 页。
② 张小红编：《陶晶孙百岁诞辰纪念集》，百家出版社 1998 年版，第 1 页。
③ ［日］岛崎藤村著，徐祖正译：《新生》（上卷），北新书局 1927 年版，第 2—3 页。
④ 参见沈素琴：《中国现代文学期刊中的外国文论译介及其影响：1915—1949》，北京语言大学出版社 2015 年版，第 243 页。
⑤ 今译拜伦、雪莱和济慈。
⑥ 张和龙编：《英国文学研究在中国：英国作家研究（上卷）》，上海外语教育出版社 2015 年版，第 279 页。
⑦ 徐祖正：《骆驼草——纪念英国神秘诗人白雷克》（上），《语丝》1927 年第 148 期，第 141 页。

雷克）"又是富于独创精神深掘到真正浪漫精神源泉的神秘诗人"。徐祖正从布莱克的诗作分析入手，分别就19世纪浪漫文学三大特征：人道精神（Humanism）、崇尚自然（Naturalism）和性爱问题（Sexual Love）展开讨论，探讨布莱克作为英国浪漫主义先驱者的艺术成就。据沈素琴对1915—1949年间外国文论译介者及译介文章篇数的统计，徐祖正有14篇文学评论[①]，足见徐祖正为外国文学译介所做出的贡献。

在江苏现代作家中，徐蔚南也是一位留学日本的作家，但与陶晶孙不同的是，徐蔚南与外国文学的渊源主要表现在他的翻译成就上，他在法国文学的译介上卓有成就。《屠格涅夫散文诗集》是徐蔚南与王维克根据英文译本合作翻译而成，是"五四"之后关于屠格涅夫的第一个中文译本，1923年1月由新文化书社出版，收录了40篇作品，是徐蔚南较早的翻译作品。此后，徐蔚南先后翻译了法朗士的《女优泰绮思》（1929年上海世界书局），法郎士、契诃夫等著的《时代的智慧》（1944年生生出版社），莫泊桑的《她的一生》（1931年上海世界书局）、《莫泊桑小说集》（1924年新文化书社）、《老处女》（1944年现代出版社）、《新婚之夜》（1944年大华书局）、《巴朗先生》（1949年现代出版社），梅特林克的《茂娜凡娜》（1928年开明书店），法国海克督马六的《孤零少年》（1933年上海世界书局），《法国名家小说集》（1926年开明书店）等。《法国名家小说集》收录了小仲马、高贝、莫泊桑、法郎士四个法国作家的11篇小说作品，1926年由开明书店出版发行，具体篇目包括小仲马的《鸽子的悬赏》、高贝的《半身小像》、莫泊桑的《猫》、法郎士的《比爱儿之书序》《怪物》《白衣妇人》《我给您这朵蔷薇花》《爱多亚的孩子们》《一串葡萄》《金眼睛的马山勒》《曙光里写就的附注》。此外徐蔚南还出版了著译合集《小小的温情》和《圣诞礼物》。《小小的温情》是徐蔚南编译的世界小品散文集，1928年由新亚书店出版发行，包括了英国、法国、日本、俄罗斯、丹麦等国的小品散文译作（并附有徐蔚南自己的小品文）共42篇，前面附有一个《弁言》，作者在此对收录情况做了介绍。《圣诞礼物》是徐蔚南的著译合集，1944年由百合书房出版，本书包括两个部分，一部分是"世界名作译丛"，共10篇，包括美国欧·亨利的《圣诞礼物》、法国Andre Theriet的《慈母心》、美国马腾Orison Swett Marden的《孝子歌》、俄罗斯契诃

---

① 沈素琴：《中国现代文学期刊中的外国文论译介及其影响：1915—1949》，北京语言大学出版社2015年版，第39页。

夫的《爱人》和《绅士朋友》、苏格兰 James Matthew Barrie 的《丈夫的著作》、法国伏尔泰的《隐士》、选自《天方夜谈》的篇目《水手辛八》、法国莫泊桑的《项圈》和《圣诞前夜》；另一部分是作者的"重庆生活素描"，包括6篇散文随笔，分别为《衣着的故事》《食三题》《单身汉的住屋》《风雨一庐》《猫的故事》《手杖与电筒》。徐蔚南1949年后致力于翻译苏联文学，先后译有《苏联短篇小说选》（1950年商务印书馆）、《苏联短篇小说选续集》（1950年商务印书馆）、俄罗斯作家尼古拉耶娃的《远景的轮廓》（1950年商务印书馆）①等，由此足见徐蔚南翻译涉猎之广，也凸显了他在外国文学译介方面的贡献。

（三）创作上的借鉴

在创作方面，陶晶孙和徐祖正的创作因留学而带有了鲜明的日本文学烙印。陶晶孙在小说、戏剧、散文方面都有所建树。《木樨》《音乐会小曲》是陶晶孙早期最著名的短篇小说，入选《中国新文学大系·小说三集》。陶晶孙的戏剧创作深受日本和西方木人戏的影响，《傻子的治疗》是他的木人戏创作和翻译的合集。陶晶孙是仅有的能用日文创作的江苏现代作家，《给日本的遗书》（日文版）是他后期的小说、散文合集，在日本文坛产生很大影响。他的小说和戏剧创作带有强烈的"新罗曼主义"特征，这种特征源自日本文学，陶晶孙在日本读书期间，"正是所谓'大正民主运动'进入全盛的时期，文学界也异常活跃，外国文学思潮的涌入，对日本文坛冲击很大，以新浪漫主义为主的文学思潮占据了主流"②。对于这种"罗曼主义"，陶晶孙在《记创造社》中自己评价说："陶晶孙有个主张，中国文学如要普遍大众，须要减少字数，不用老句子，用浅近白话，因此他有意不读老文章，可是他不知道中国社会不合罗曼主义，自己的作品为不合中国大众胃口的罗曼主义作品，他往往见他的作品不受赞词。"③陶晶孙自称是一个"一直到底写新罗曼主义作品者"④，这与陶晶孙的个人经历和日本文学思潮的影响有关。

---

① 孙美玲选编：《莫斯科女人》，河北教育出版社1995年版，第485页。
② 张小红编：《陶晶孙百岁诞辰纪念集》，百家出版社1998年版，第70页。
③ 齐明月编：《借你一双慧眼》，中国言实出版社2014年版，第81页。
④ 陈颂声、李伟江等编：《创造社资料》，福建人民出版社1985年版，第773页。

陶晶孙在《悼岛崎藤村》一文回忆说,"我们在日本之时,正是日本新文学全盛之时,明治之初期罗曼派已经过去,正是'明星'等的中期罗曼主义时代"①,加之陶晶孙"在中国读过一二年小学,因此所得的根柢上个有爱乡心,观察外国又得爱国心,再和当时日本人之小资产性融合,成立自我中心的憧憬主义,彷徨在现实与理想中间,这种性格在那时候成立"②。此处的"新罗曼主义"有众多说法,杨剑龙的界定更具代表性,他在《一朵柔弱美丽的花——论陶晶孙的小说创作》一文中指出:

作为文学流派的新浪漫主义文学,十九世纪末、二十世纪初兴起于欧洲。主要特征为回避社会矛盾、远离现实世界,着重表现主观精神世界的神秘感伤和内心的梦幻情绪。陶晶孙的创作比较典型地显示出新浪漫主义文学的特征……虽然他也一定程度地写出了留日学生与归国留学生的生活现实,但是他的作品更主要地是努力描绘一个充满着爱的幻想世界,充满了神秘感伤和梦幻情绪。③

这也是陶晶孙的创作主张,亦是他的创作特色。在《〈音乐会小曲〉书后》一文中,陶晶孙提出"我想,如小说,如戏剧等就是一种幻想的谎语"④。他的小说大多描写一种带有幻想色彩的爱情故事,为读者编织着关于爱的"幻想的谎话"。《木犀》描写的是大学生素威在乡间古庙中由木犀芳香而引发的一段回忆,这种"回忆"本身就带有梦幻色彩,加之恋爱的双方身份悬殊(少年与英文女教师),更增加了其中的幻想成分,英文女教师的病逝最终宣告了这段情感的终结。《音乐会小曲》是由音乐会而引发的男女情感故事,分为春、秋、冬三章,"春"写的是音乐家"他"在舞台上伴奏时,看见台下女子很像自己以前的女友,向其诉说与女友一起的欢愉、告别的无奈以及东京大地震后不知女友生死的凄楚,"他被忧郁牵下去",小说通篇都是通过音乐家的思绪来展开的,带有强烈的主观抒情色彩。正如郁达夫的小说创作一样,感伤是创造社新浪漫主义小说的基调,陶晶孙也不例外。他小说中的人物命运凄婉,往往爱而不得,或不得善终,《木

---

① 陶晶孙著,丁景唐编选:《陶晶孙选集》,人民文学出版社1995年版,第262页。
② 同上书,第138页。
③ 杨剑龙:《文学与文化:在传统与现代之间》,上海三联书店2006年版,第67页。
④ 张泽贤:《中国现代文学小说版本闻见录1909—1933》,上海远东出版社2009年版,第124页。

犀》中英文女教师病逝,少年素威一直沉浸在失去爱人的感伤情绪中。《音乐会小曲》之"春"中音乐家"他"不知女友生死,情感一直被忧郁牵着,小说充满了浓郁的悲哀情调。

木人戏创作和翻译也是陶晶孙与日本文学的渊源的表现,他的木人戏来自日本。陶晶孙是"左联"机关刊物《大众文艺》的主编和主要撰稿人,这一刊物关注国外文坛动态。陶晶孙积极翻译外国木人戏剧本,介绍木人戏理论并创作木人戏剧本,为国内木人戏的诞生奠定了理论基础,提供了文本实践的经验。陶晶孙的木人戏创作和翻译收录在其戏剧集《傻子的治疗》中,这部剧集不仅包括陶晶孙创作的木人戏《勘太和熊治》《羊的素描》,还包括他翻译的屋托·密勒的《运货便车》、攀斯·左克斯的《傻子的治疗》、村山知义的《毕竟是奴隶罢了》、易王·哥尔的《动物革命》和《梅资杂来姆》、威特福该尔的《谁最蠢》,还收录了日本作家辻恒彦的《木人戏:木人戏的介绍,木人戏的历史,木人戏的技巧》译文。这篇文章考察了木人戏发展的历史、演出技术与技巧,指出:

资本主义的发达和木人戏的衰灭是一个并行。现在木人戏不过在街底小戏摊里保持他的生命罢了。现在等到文艺再带着他的革命的意义,那么又有他的独有的用法出来了。用法是什么?那便是木人的讽刺的意义,和他的经济的理由。从此就有新兴木人戏的产生。①

这就是陶晶孙大力提倡木人戏的原因,他更关注木人戏的"革命的意义",这种"革命的意义"的"用法"就是木人戏的"讽刺的意义"和"经济的理由"。也正是因为这个原因,1929年,陶晶孙在上海成立"木人戏社",以此来响应不断高涨的无产阶级戏剧运动,通过西洋话剧的演出来宣传革命。木人戏社第一次公演的剧目便是陶晶孙创作和翻译的《勘太和熊治》《运货便车》(屋托·密勒)和《毕竟是奴隶罢了》(村山知义)。

徐祖正的创作不多,代表作《兰生弟的日记》带有日本"私小说"的特色。《兰生弟的日记》用一封兰生弟致薰姊的长信穿插引出兰生弟的日记,描写的是一位留日学生归国前后的恋爱经历。对于这篇小说,朱自清在《中国新文学纲要》(朱自清在清华大学"中国新文学研究"课程的讲稿)中设专节讨论。朱自清把这篇小说与老舍、沈从文、巴金、茅盾、叶绍钧的小说并列,讨论新文学运

---

① 陶晶孙:《木人戏》,《大众文艺》1929年第2卷第3期,第663—669页。

动最初十余年的长篇小说创作，足见这篇小说在当时文坛的分量。朱自清对这篇小说的评价是：礼教所不许的恋爱、"多愁多病，有力有勇"的表现、"沉潜迂回"的调子、"极真率的记录"、书函体与日记体的合一、女主人公性格不分明、冗杂与琐屑①，可谓非常中肯，基本概括了《兰生弟的日记》的创作特色。同为创造社的留日作家，这篇小说与郁达夫的自传体抒情小说《沉沦》的创作风格极为相似，明显受到日本"私小说"和"新罗曼主义思潮"的影响。

---

① 朱自清著，朱乔森编：《朱自清全集·第八卷·学术论著编》，江苏教育出版社1993年版，第108页。

三、江苏现代留学英法作家与外国文学

"欧风美雨"中逐渐成长起来的中国现代文学离不开欧美留学生,其中留学英国的作家在数量和创作上居首位,江苏现代作家也不例外,他们通过留学与欧美文学结缘,在"西学东渐"之风下为中国文学从古代走向现代做出了自我应有的贡献。异国留学是他们与英法文学交流的一个重要途径,他们都因留学而或多或少、自觉或不自觉地受到英法文学的影响。尽管程度各异,形式各异,但受到影响却是不争的事实。与此同时,这些作家也借助留学大量接触外国文学与文化,他们不仅在创作上吸收和借鉴外国文学,而且在翻译外国文学方面也都有较为突出的贡献。江苏现代留学英法的作家较多,且不乏"大家",有英国式"幽默喜剧"作家丁西林和杨绛,诗人卞之琳、刘半农,现代散文家朱自清和陈西滢,还有学者型小说家钱钟书,这些留学英国的"大家"们将在本书的下编中做专章的论述,在此只把研究重点聚焦于其他在翻译方面有突出贡献的作家,包括朱东润、严大椿、徐仲年、傅雷、盛成、王维克、杨周翰、薛琪瑛、吕叔湘、陆侃如和王辛笛。我们总体上可以根据留学国度把他们分成两个群体,留学英国的作家有朱东润、杨周翰、吕叔湘,留学法国的作家有严大椿、徐仲年、傅雷、盛成、王维克、薛琪瑛、陆侃如。

(一) 留学英法作家群体

在现代留英作家中,除了丁西林、卞之琳、朱自清、陈西滢、钱钟书、杨绛、刘半农七位留英的"大家"之外,朱东润、杨周翰、吕叔湘、王辛笛也有留学英国的经历,其中朱东润、杨周翰、吕叔湘的翻译和创作最具代表性。朱东润是现代传记文学的开拓者,他的传记文学创作源自西方又形成自己独立的风格,杨周翰在欧洲文学翻译、批评和研究方面,吕叔湘在人类学和文学翻译方面也有突出成就。

朱东润(1896—1988),名世溱,字东润,后以字行,江苏泰兴人,毕业于南洋公学附属中学,早年留学于英国伦敦西南学院,回国先后任教于武汉大学、

复旦大学等，是现代传记文学的开拓者。朱东润1906年入私塾学习，1907年秋考入上海南洋公学附属小学读书，1910年升入南洋公学中学部学习，1913年参加《公论报》编辑工作，凭借"《公论报》的结账"买票前往英国。在《朱东润自传》的"第三章 国外三年及其后"①中，朱东润记载了这段时间的生活，因一时很难找到工作，到了英国之后英文有了长进，决定以翻译为生，在经过一两次失败以后，他的"译稿居然也能寄到上海换取外汇"，最初翻译的是一本《英国报业述略》，在《申报》连载，自此"译书的道路打通了"。1914年入英国伦敦西南学院读书，课余从事翻译，1916年3月肄业回国继续翻译，期间翻译了俄罗斯托尔斯泰的小说《骠骑父子》和《克利米战血录》。《骠骑父子》1915年由上海商务印书馆出版，《克利米战血录》1917年由中华书局出版。1929年朱东润曾任武汉大学预科英语教师，讲授英文、中国文学批评史等。在武汉大学期间，朱东润称：

> 武汉大学的书不是很多，但是带到四川乐山的却不少。特别是在那个学校的工作人员非常勤奋，因此我读到大量的传记文学作品，从古老的《约翰逊博士传》，直到近代传记文学的典范《维多利亚女王传》。我读过八卷本的《狄士累里传》，三卷本的《格兰士敦传》，我读过多种的《拿破仑传》和《华盛顿传》《林肯传》，我读过古代希腊和罗马的传记，我也读过莫洛亚的传记文学理论。（《朱东润自传》）②

从这些罗列的传记书籍可以看出，朱东润对传记文学的喜爱源自外国文学传记理论和作品的阅读。

杨周翰是公认的外国文学史研究专家。杨周翰（1915—1989），江苏苏州人，文学翻译家、外国文学研究家，精通英语、法语、拉丁语等多种语言。1933年入北京大学英文系学习，1935年至1937年赴瑞典协助美术史家喜龙仁教授编写《中国绘画史》英文版，1938年回国后继续在西南联大英文系求学，1939年毕业后留校担任英语系助教。1946年赴英国牛津大学研究英国文学，1950年回

---

① 朱东润：《朱东润传记作品全集·第四卷·朱东润自传李方舟传》，东方出版中心1999年版，第63页。

② 晋阳学刊编辑部编：《中国现代社会科学家传略》（第三辑），山西人民出版社1983年版，第137—138页。

国后先后在清华大学、北京大学任教，长期从事与外国文学相关的教学和研究工作，曾从事《世界文学》《莎士比亚研究》、北京大学《国外文学》的编辑工作，主编《欧洲文学史》（1979年人民文学出版社，上、下册）、《莎士比亚评论汇编》（1979—1981年中国社会科学出版社，上、下册）。从上述梳理可以发现，杨周翰的一生与外国文学渊源颇深，自求学开始学习和研究外国文学，他的翻译主要集中于当代阶段。

吕叔湘在留学英国的江苏现代作家中也较为突出。吕叔湘（1904—1998），现代翻译家、语言学家、教育家，江苏丹阳人，1926年毕业于国立东南大学（南京大学前身）外文系，1936年考取江苏省公费留学英国牛津大学、伦敦大学，1938年回国。著有译有《人类学》（1931年上海商务印书馆，英国马雷特）、《文明与野蛮》（1935年生活书店，美国罗维）、《初民社会》（1935年上海商务印书馆，美国罗维）、《石榴树》（1943年成都开明书店，美国威廉·索洛延）、《飞行人》（1946年上海文光书店，英国爱拉克·奈脱）等。

相对于留学英国的作家，江苏现代留学法国的作家在数量和创作方面稍显逊色，但严大椿、徐仲年、傅雷、盛成、王维克、薛琪瑛在外国文学译介方面也有突出表现，徐仲年、盛成、王维克、傅雷更关注法国文学译介。徐仲年（1904—1981），原名徐颂年，笔名丹哥、丹歌等，江苏无锡人，小说家、翻译家、外国文学批评家。1914年到1921年在上海同济大学德文班和基督教青年会中学就读，1921年赴法国留学，先后在里昂中法大学、里昂花园中学、昂贝尔中学学习，后进入里昂大学文学院，1930年荣获里昂大学文学博士学位，1930年9月回国，先后担任南京国立中央大学（1949年更名为南京大学）西语系法语教授，上海中国公学、复旦大学法文教授，上海中法通惠工商学院教授，上海震旦大学教授。1932年与友人创办"文艺茶话社"，创办《文艺茶话》月刊，并先后参与编辑《美术生活》《星期文艺》《弥罗周刊》《弥罗丛书》等杂志。著有作品集《流离集》（1939年重庆正中书局）、短篇小说集《双丝网》（1941年上海独立出版社）、长篇小说《彼美人兮》（1946年正风出版社）、长篇小说《双尾蝎》（1946年上海独立出版社），译有《法国文学ABC》（1933年ABC丛书社，上下册）、《鹁鸽姑娘》（1945年重庆正风出版社，法国梅里美）、《阿笃儿夫》（1943年重庆古今出版社，法国康斯当）等。

傅雷（1908—1966），字怒安，号怒庵，江苏南汇（今上海浦东新区）人，现代翻译家、散文家。1926年发表小说习作《梦中》，1928年赴法国巴黎大学留学，1931年回国任教于上海美术专科学校（南京艺术学院前身）。著有《傅雷家书》（1981年北京生活·读书·新知三联书店），译有《夏洛外传》（1933年自己出版社，法国斐列浦·苏卜）、《弥盖朗琪罗传》（1935年上海商务印书馆，法国罗曼·罗兰）、《托尔斯泰传》（1935年上海商务印书馆，法国罗曼·罗兰）、《恋爱与牺牲》（1936年上海商务印书馆，法国莫罗阿）、《服尔德传》（1936年上海商务印书馆，法国莫罗阿）、《约翰·克利斯朵夫》（1937年至1941年上海商务印书馆，法国罗曼·罗兰）、《贝多芬传》（1946年上海骆驼书店，法国罗曼·罗兰）、《高老头》（1947年上海骆驼书店，法国巴尔扎克）、《欧也妮·葛朗台》（1949年上海国光印书局，法国巴尔扎克）等。

盛成（1899—1996），江苏仪征人，现代诗人、散文家、翻译家。1914年入上海震旦大学法语预科学习法语，1919年赴法国留学，先后就读于法国蒙彼利埃农业专科学校、法国蒙彼利埃大学，1930年回国。盛成与外国文学的渊源关系不仅表现在翻译方面，还表现在他的法文作品创作方面，这些法文作品在法国文坛产生了重要影响，法文版的长篇传记体小说《我的母亲》享誉法国文坛。著有小说《我的母亲》（法文，1928）、诗集《秋心美人》（法文，1929）、《狂年吼》（法文，1977）、散文集《意国留踪记》（1937年上海中华书局）、《巴黎忆语》（1957年香港亚洲出版社）等，译有《村教士》（1940年上海中华书局，法国巴尔扎克）等。

王维克（1900—1952），原名王兆祥，江苏金坛人，现代翻译家、戏剧家。1917年进入南京河海工程专门学校（河海大学前身）读书，后进入上海震旦大学学习法语。1925年赴法国巴黎大学留学，攻读数学、物理、天文。王维克在法国文学翻译方面成就突出。1928年回国，1933年进入上海世界书局从事审订及编译工作。著有《傀儡皇帝》（1946年上海世界书局），译有《青鸟》（1923年上海泰东书局，比利时梅德林克）、《法国文学史》（1925年上海泰东图书局法国 H. et. T. Pauther）、《沙恭达罗》（1933年4月初版上海世界书局，印度迦梨陀娑）、《法国名剧四种》（1935年10月初版上海商务印书馆，法国拉辛等）、《日食和月食》（1936年11月初版上海商务印书馆，法国毛吕氏）、《福特传》（1947年南京正中书局，王维克编译）、《希德》（1936年上海生活书店，法国郭乃意）、《神曲·地狱》（1939年上海商务印书馆，意大利但丁）、《神曲·净界》《神曲·天堂》（1948年上海商务印书馆，意大利但丁）等。

在江苏现代留学法国的作家中，严大椿的儿童文学译介、薛琪瑛的戏剧译介也较为突出。严大椿（1909—1991），字锡寿，笔名庄森，江苏吴县人，现代翻译家、儿童文学家。1927年入上海立达学园读书，1928年赴法国留学，在傅雷帮助下进入法国国立格城大学文学院攻读法国文学，1930年回国。译有《不死的灵魂》（1933年上海大厦书局，丹麦安徒生）、《好孩子》（1934年上海北新书局，法国赛居夫人）、《人鱼》（1948年文化生活出版社，德国格林）、《格林童话选集》（1948年上海大东书局，德国格林）等，严大椿的儿童文学翻译一直持续到当代阶段。薛琪瑛（生卒年月不详），江苏无锡人，现代诗人朱湘的二嫂，曾留学法国。学术界对于薛琪瑛的生平信息记载较少，陈独秀在《新青年》中对薛琪瑛有一段介绍：

  此剧译者无锡薛女士，庸盦先生之女孙，母夫人桐城吴挚父先生女也。女士幼承家学，蜚声乡里，及长毕业于苏州景海女学英文高等科，兼通拉丁，兹译此篇，光宠本志。吾国文艺复兴之嚆矢，女流作者之先河，其在斯乎！①

从上述介绍可知，薛琪瑛家学渊源深厚，接受过新式教育，精通英语和拉丁文，外文功底扎实。薛琪瑛先后译有戏剧《意中人》（1915年《青年杂志》连载，英国王尔德）、长篇童话《杨柳风》（1936年上海北新书局，英国格雷厄姆）、长篇小说《蓝窗》（1941年广学会，英国田贝立）。

（二）外国文学译介

  江苏现代留学英法的作家因留学结缘外国文学，徐仲年的法国文学翻译、薛琪瑛的王尔德戏剧和英国文学译介、傅雷的传记翻译、杨周翰的英国文学批评、严大椿的儿童文学译介、王维克的法国文学译介等都有所成，为了系统考察他们的翻译状况，特列表统计如下（有些作家如杨周翰、严大椿、徐仲年等在当代阶段的翻译则不做具体研究）。

---

① 杨宏峰主编：《〈新青年〉简体典藏全本·第1卷·第1—6号》，宁夏人民出版社2011年版，第82页。

表上编 3-1　江苏留学英法作家外国文学译介统计表①

序号	作品名称	发表时间/刊物	原著作者/译者	类型
1	《骠骑父子》	1915 年 10 月上海商务印书馆	[俄]托尔斯泰/朱东润	小说
2	《意中人》	1915 年 10 月 15 日《青年杂志》第 1 卷第 2 号	[英]王尔德/薛琪瑛	戏剧
3	《意中人》（连载）	1915 年 11 月 15 日《青年杂志》第 1 卷第 3 号、12 月 15 日第 1 卷第 4 号、1916 年 2 月 15 日第 1 卷第 6 号、10 月 1 日第 2 卷第 2 号	[英]王尔德/薛琪瑛	戏剧
4	《克利米战血录》	1917 年上海中华书局	[俄]托尔斯泰/朱东润	小说
5	《屠格涅夫散文诗集》	1923 年青年进步学会	[俄]屠格涅夫/徐蔚南、王维克	散文
6	《青鸟》	1923 年上海泰东书局	[比利时]梅德林克/王维克	戏剧
7	《两重室》	1924 年 5 月 13 日《文艺周刊》第 33 期	[法]La Chambre Doudle/王维克	诗歌
8	《法国文学史》	1925 年上海泰东书局	[法]H.et.T.Pauther/王维克	译著
9	《哥哥》	1928 年上海广学会	[英]波儿忒/薛琪瑛	童话
10	《女教育家兰梅侣小传》	1929 年上海广学会	[美]情结理女士/薛琪瑛	传记
11	《没孩子的夫妻》	1930 年 8 月 16 日《北新》第 4 卷第 16 期	[捷克]郝尔曼/吕叔湘	小说
12	《人类学》	1931 年上海商务印书馆	[英]马雷特/吕叔湘	专著
13	《欧人对于中国青年学业上应负的责任》	1932 年 9 月 15 日《文艺茶话》第 1 卷第 2 期	徐书珊、徐仲年	译文

---

① 本表统计主要依据唐沅、韩之友、封世辉等编著的《中国文学史资料全编·现代卷：中国现代文学期刊目录汇编 7 卷本》（知识产权出版社 2010 年版），同时也根据其他一些史料综合整理而成，其中与外国文学相关的文学评论等也一并统计在内。在统计时仅统计本章研究的几个作家，不含下编专章研究的留学英法的作家。

续表

序号	作品名称	发表时间 / 刊物	原著作者 / 译者	类型
14	《法国爱情书诗选译——中古时代：致阿倍拉尔（Abelard）》	1932年9月15日《文艺茶话》第1卷第2期	[法]Heloise/ 徐仲年	诗歌
15	《法国爱情书诗选译——十四与十五世纪：美人》	1932年11月30日《文艺茶话》第1卷第4期	[法]Jehannot de Lescurel/ 徐仲年	诗歌
16	《法国爱情书诗选译——十四与十五世纪：素描》	1932年11月30日《文艺茶话》第1卷第4期	[法]Fustache Descnamps/ 徐仲年	诗歌
17	《法国爱情书诗选译——十四与十五世纪：低诉》	1932年11月30日《文艺茶话》第1卷第4期	[法]Christine de Pisan/ 徐仲年	诗歌
18	《法国爱情书诗选译——十四与十五世纪：五月一日》	1932年11月30日《文艺茶话》第1卷第4期	[法]Charles d'Orleans/ 徐仲年	诗歌
19	《法国爱情书诗选译——十四与十五世纪（二）：致吾友、致贾白利蔼儿·苔丝脱莱》	1932年12月31日《文艺茶话》第1卷第5期	[法]Francois Villon/ 徐仲年	诗歌
20	《法国爱情书诗选译——十四与十五世纪（二）：好梦》	1932年12月31日《文艺茶话》第1卷第5期	[法]Lement Marot/ 徐仲年	诗歌
21	《夏洛外传》	1933年上海自己出版社	[法]斐列浦·苏卜/ 傅雷	传记
22	《法国爱情书诗选译——十六世纪：鸠吻》	1933年1月31日《文艺茶话》第1卷第6期	[法]Re'mi Belleau/ 徐仲年	诗歌
23	《法国爱情书诗选译——十六世纪：我应否咒骂》	1933年1月31日《文艺茶话》第1卷第6期	[法]Etienne Jodelle/ 徐仲年	诗歌
24	《法国爱情书诗选译——十六世纪：银发》	1933年1月31日《文艺茶话》第1卷第6期	[法]若香·居·贝雷/ 徐仲年	诗歌

续表

序号	作品名称	发表时间/刊物	原著作者/译者	类型
25	《法国爱情书诗选译——十六世纪：嫌恶》	1933年1月31日《文艺茶话》第1卷第6期	[法]Jean-Antoine de Baif/徐仲年	诗歌
26	《法国爱情书诗选译——十六世纪：致贾桑特儿、吊玛丽、致爱兰纳》	1933年1月31日《文艺茶话》第1卷第6期	[法]宏莎/徐仲年	诗歌
27	《法国爱情书诗选译——十六世纪（二）：求吻》	1933年2月28日《文艺茶话》第1卷第7期	[法]Luise Charly Labe/徐仲年	诗歌
28	《法国爱情书诗选译——十六世纪（二）：乐园》	1933年2月28日《文艺茶话》第1卷第7期	[法]Agrippad Aubignc/徐仲年	诗歌
29	《法国爱情书诗选译——十六世纪（二）：你为何不爱我》	1933年2月28日《文艺茶话》第1卷第7期	[法]Mathurin Pegnier/徐仲年	诗歌
30	《法国文学ABC》	1933年上海ABC丛书社	徐仲年	专著
31	《沙恭达罗》	1933年上海世界书局	[印]迦梨陀娑/王维克	小说
32	《梅特林克的神秘剧》	1933年4月1日《文艺月刊》第3卷第10号	[法]Henn Bidou/傅雷	戏剧
33	《不死的灵魂》	1933年6月上海大厦书局	[丹]安徒生/严大椿	童话
34	《浪漫派诗人的爱情色彩》	1933年7月1日《文艺月刊》第4卷第1号	[法]F.Gregh/徐仲年	译文
35	《挪阿绮伯爵夫人》	1933年8月1日《文艺月刊》第4卷第2号	[不详]毕杜原/徐仲年	译文
36	《卓别林创造的英雄：夏洛外传》	1933年上海自己出版社	[法]Philippe Soupault/傅雷	小说
37	《乐师》	1933年10月1日《文艺月刊》第4卷第4号	[不详]Henry Bordeaux/严大椿	不详
38	《信》	1933年11月1日《矛盾》第2卷第3期	[法]巴比塞/严大椿	诗歌
39	《不相识的狗》	1933年11月1日《文艺月刊》第4卷第5号	[法]Ajak et Alex Fischer合著/严大椿	不详

续表

序号	作品名称	发表时间/刊物	原著作者/译者	类型
40	《现代的幽默》	1933年12月1日《文艺春秋》第1卷第6期	不详/傅雷	不详
41	《贝多芬的遗书》	1933年12月1日《文艺春秋》第1卷第6期	[德]贝多芬/傅雷	不详
42	《歌德小传》	1933年上海女子书店	徐仲年	专著
43	《画师》	1934年1月1日《文艺月刊》第5卷第1号特大号	[法]Albert-Jean/严大椿	译文
44	《流水之歌》	1934年1月1日《文艺月刊》第5卷第1号	[法]Laprade/严大椿	散文
45	《蜂王》	1934年3月1日《文艺月刊》第5卷第3号	[法]Erckmann-Chatrian/严大椿	译文
46	《小学教师》	1934年4月1日《文艺月刊》第5卷第4号	[法]Barbusse/傅雷	译述
47	《老妇》	1934年6月1日《矛盾》第3卷第3、4期合刊（弱小民族文学专号）	[不详]黑人 O.de. Boureignes/严大椿	诗歌
48	《西班牙的逸史》	1934年8月1日《文艺月刊》第6卷第2号	[法]辣斐德夫人/严大椿	译文
49	《萨蒂的玫瑰》	1934年4月1日《诗歌月报》第1卷第1期	[不详]窟儿莫尔夫人/徐仲年	诗歌
50	《低诉》	1934年10月1日《诗歌月报》第2卷第1期	[法]Christine de Pisan/徐仲年	诗歌
51	《好孩子》	1934年上海北新书局	[法]赛居夫人/严大椿	小说
52	《〈好孩子〉译者序》	1934年上海北新书局	严大椿	序跋
53	《现代法国文学与大战》	1934年12月1日《文艺月刊》第6卷第5、6号合刊（柯立奇、兰姆百年纪念特辑）	严大椿	评论
54	《火灾》	1935年1月1日《文艺月刊》第7卷第1号	[不详]托普勒/严大椿	小说
55	《托尔斯泰传》	1935年上海商务印书馆	[法]罗曼·罗兰/傅雷	传记
56	《雨果论》	1935年5月1日《文艺月刊》第7卷第5号（雨果纪念特辑）	徐仲年	评论

续表

序号	作品名称	发表时间/刊物	原著作者/译者	类型
57	《初民社会》	1935年上海商务印书馆	[美]罗维/吕叔湘	论著
58	《文明与野蛮》	1935年上海生活书店	[美]罗维/吕叔湘	论著
59	《弥盖朗琪罗传》	1935年上海商务印书馆	[法]罗曼·罗兰/傅雷	小说
60	《法国名剧四种》	1935年上海商务印书馆	[法]拉辛等/王维克	传记
61	《〈费特尔〉译序》	1935年上海商务印书馆	王维克	序跋
62	《关于查太顿的话》	1935年上海商务印书馆	王维克	序跋
63	《〈群鸦〉译序》	1935年上海商务印书馆	王维克	序跋
64	《〈远方公主〉译序》	1935年上海商务印书馆	王维克	序跋
65	《无限凄凉的法国文学》	1936年1月1日《文艺月刊》第8卷第1号（特大号）	徐仲年	评论
66	《女拐子》	1936年2月1日《文艺月刊》第8卷第2号	[法]Erckmann-Chatrian/严大椿	小说
67	《非常的奇遇》	1936年2月1日《文艺月刊》第8卷第2号	[法]P.Louys/严大椿	小说
68	《杨柳风》	1936年上海北新书局	[英]格雷厄姆/朱琪英①	小说
69	《〈杨柳风〉序言》	1936年上海北新书局	薛琪瑛	序跋
70	《人生的五个问题》	1936年上海商务印书馆	[法]莫罗阿/傅雷	人生哲学
71	《恋爱与牺牲》	1936年上海商务印书馆	[法]莫罗阿/傅雷	小说
72	《〈恋爱与牺牲〉译者序》	1936年上海商务印书馆	傅雷	序跋
73	《虞赛的情诗》	1936年上海商务印书馆	[法]虞赛/徐仲年等	诗歌
74	《服尔德传》	1936年上海商务印书馆	[法]莫罗阿/傅雷	传记
75	《司达哀尔夫人论》	1936年9月1日《文艺月刊》第9卷第3号	严大椿	评论
76	《日食和月食》	1936年上海商务印书馆	[法]毛吕氏/王维克	科普
77	《希德》	1936年上海生活书店	[法]郭乃意/王维克	戏剧

---

① 据研究者考证译者为薛琪瑛，译本前附有薛琪瑛的序言。

续表

序号	作品名称	发表时间／刊物	原著作者／译者	类型
78	《约翰·克利斯朵夫》	1937年1月—1941年2月上海商务印书馆	[法]罗曼·罗兰／傅雷	小说
79	《普希金百年祭》	1937年4月10日《新中华》第5卷第7期	[法]Mme Claude Riviere／徐仲年	译文
80	《"西特"论》	1937年5月1日《文艺月刊》第10卷第4、5号、6月1日第10卷第6号	[法]L.Petite de Julleville／徐仲年	译文
81	《读 le Cid 两种汉译》	1937年5月1日《文艺月刊》第10卷第4、5号	徐仲年	评论
82	《小小年纪的爱丽莎》	1938年12月25日《文艺》第2卷第5期	[西]F.脱莱拜／严大椿	小说
83	《神曲·地狱》	1939年上海商务印书馆	[意]但丁／王维克	诗歌
84	《〈神曲·地狱〉译者序》	1939年上海商务印书馆	王维克	序跋
85	《英法德美军歌选》	1939年上海商务印书馆	[英、法、德]不详／俞大纲、徐仲年等	诗歌
86	《〈英法德美军歌选〉序》	1939年上海商务印书馆	徐仲年	序跋
87	《村教士》	1940年上海中华书局	[法]巴尔扎克／盛成	小说
88	《〈村教士〉献辞》	1940年上海中华书局	盛成	序跋
89	《〈村教士〉初版自序》	1940年上海中华书局	盛成	序跋
90	《〈村教士〉译者序言》	1940年上海中华书局	盛成	序跋
91	《蓝窗》	1941年上海广学会	[英]田贝立／薛琪瑛	小说
92	《〈蓝窗〉序》	1941年上海广学会	薛琪瑛	序跋
93	《卢梭和他的小说（欧美小说名著讲座第三讲）》	1941年8月5日《学生杂志》第21卷第8期	徐仲年	评论
94	《保尔和魏尔绮妮（欧美小说名著讲座第四讲）》	1941年9月5日《学生杂志》第21卷第9期	徐仲年	评论
95	《鹁鸽姑娘》	1942年重庆正风出版社	[法]梅里美／徐仲年	小说
96	《阿笃儿夫》	1943年重庆古今出版社	[法]康斯当／徐仲年	小说

续表

序号	作品名称	发表时间/刊物	原著作者/译者	类型
97	《〈阿笃儿夫〉序》	1943年重庆古今出版社	徐仲年	序跋
98	《阿达加的隐士》	1943年3月15日《时与潮文艺》第1卷第1期（创刊特大号）	[埃及]哈辛/徐仲年	诗歌
99	《沙漠革命记（沙地历险记）》	1943年成都兼声编译社	[英]劳伦斯/吕叔湘	报告文学
100	《四十年来的法国文学》（上下）	1943年5月15日《时与潮文艺》第1卷第2期、7月15日第1卷第3期	徐仲年	评论
101	《纳粹铁蹄下的法国文学》	1943年9月15日《时与潮文艺》第2卷第1期	徐仲年	评论
102	《石榴树》	1943年成都开明书店	[美]威廉·索洛延/吕叔湘	小说
103	《〈石榴树〉译者附记》	1943年成都开明书店	吕叔湘	序跋
104	《光明与黑影·特髯迦尔曲》	1944年上海独立出版社	[比利时]马赛尔·郭儿/徐仲年	小说
105	《〈光明与黑影·特髯迦尔曲〉卷首记》	1944年上海独立出版社	徐仲年	序跋
106	《战时英国诗选（新书介绍）》	1944年2月15日《时与潮文艺》第2卷第6期	杨周翰	书评
107	《奥登——诗坛的顽童》	1944年9月15日《时与潮文艺》第4卷第1期	杨周翰	论文
108	《法国文学主要思潮》	1944年10月15日《时与潮文艺》第4卷第2期	徐仲年	评论
109	《鹈鸰姑娘》	1945年重庆正风出版社	[法]梅里美/徐仲年	小说
110	《〈鹈鸰姑娘〉导言》	1945年重庆正风出版社	徐仲年	序跋
111	《创刊辞》	1945年12月《法国文学》第1卷第1期	徐仲年	评论
112	《三剑客》（连载）	1945年12月《法国文学》第1卷第1期、1946年2月28日第1卷第2期、4月30日第1卷第4期	[法]大仲马/徐仲年	小说

续表

序号	作品名称	发表时间/刊物	原著作者/译者	类型
113	《和平公主》	1946年2月10日《青年界》新1卷第2号	[瑞典]拉绮洛孚/严大椿	小说
114	《阿波里奈尔〈酒精集〉选诗十二首》	1946年2月28日《法国文学》第1卷第2期	[法]阿波里奈尔/徐仲年	诗歌
115	《贝多芬传》	1946年上海骆驼书店	[法]罗曼·罗兰/傅雷	传记
116	《海狸的忠臣》	1946年4月10日《青年界》新1卷第4号	[加]Wha-Sha-Quon-Asin/严大椿	小说
117	《小说家郭赖脱夫人》	1946年4月30日《法国文学》第1卷第4期	[法]G.居马尼/徐仲年	评论
118	《道别》	1946年4月30日《法国文学》第1卷第4期	不详/徐仲年	译文
119	《亚尔培·萨伐龙》	1946年上海骆驼书店	[法]巴尔扎克/傅雷	小说
120	《飞行人》	1946年上海文光书店	[英]爱拉克·奈脱/吕叔湘	小说
121	《〈飞行人〉自序》	1946年上海文光书店	吕叔湘	序跋
122	《法国文学的主要思潮》	1946年上海商务印书馆	徐仲年	论著
123	《浦尚夫人的情遇》（连载）	1946年12月1日《论语》第118期复刊号—1947年6月16日《论语》第131期	[法]佛朗西斯·杜·米乌曼尔特/徐仲年	小说
124	《栗子》	1947年1月1日《青年界》新第2卷第4号	[法]G.Charensol/严大椿	不详
125	《妈妈的银行存款》	1947年开明书店	不详/吕叔湘	不详
126	《南洋土人逛纽约》	1947年开明书店	不详/吕叔湘	不详
127	《穆姆〈原方照配〉序》	1947年3月15日《读书与出版》（复刊版）第11期	不详/吕叔湘	序跋
128	《文明》	1947年上海南国出版社	[法]哈尔曼/傅雷	小说
129	《〈文明〉译者弁言》	1947年上海南国出版社	傅雷	序跋
130	《高老头》	1947年上海骆驼书店	[法]巴尔扎克/傅雷	小说
131	《伊坦·弗洛美》	1947年上海文化生活书店	[美]华尔顿/吕叔湘	小说
132	《格林童话选集》	1948年上海大东书局	[德]格林/严大椿	童话

续表

序号	作品名称	发表时间/刊物	原著作者/译者	类型
133	《福特传》	1947年南京正中书局	王维克编译①	传记
134	《圣·戴须贝里和他的著作——当代法国飞将军兼小说家》	1948年4月1日《黄河》复刊第2期	徐仲年	评论
135	《惨笑的人》（连载）	1948年《文艺先锋》（无出版日期）第13卷第1期、8月31日第13卷第2期、9月30日第13卷第3期、（无出版日期）第4期	[法]维克托尔·雨古/徐仲年	小说
136	《神曲·净界》	1948年上海商务印书馆	[意]但丁/王维克	诗歌
137	《神曲·天堂》	1948年上海商务印书馆	[意]但丁/王维克	诗歌
138	《人鱼》	1948年文化生活出版社	[丹]安徒生/严大椿	童话
139	《欧也妮·葛朗台》	1949年上海国光印书局	[法]巴尔扎克/傅雷	小说

从上述的统计可以发现，就翻译作品所属国籍而言，江苏现代留学英国和法国作家的翻译集中于英国和法国文学，其中徐仲年和王维克的翻译最具代表性。徐仲年的翻译主要集中于法国文学，不仅有单行本如《法国文学ABC》《英法德美军歌选》《三剑客》等，还有在《文艺茶话》《论语》《文艺先锋》和《时与潮文艺》等杂志上连载的译介作品和文章。1932年，徐仲年在其编辑的《文艺茶话》上连载了Charles d'Orleans等的《法国爱情书诗选译》，自1932年9月15日第1卷第2期一直连载到1933年2月28日第1卷第7期，一共18首（篇），包括中古时代的《致阿倍拉尔（Abelard）》、14世纪与15世纪的《美人》《素描》《低诉》《五月一日》《致吾友》《致贾白利蔼儿·苔丝脱莱》《好梦》、16世纪的《鸠吻》《我应否咒骂》《银发》《嫌恶》《致贾桑特儿》《吊玛丽》《致爱兰纳》《求吻》《乐园》《你为何不爱我》。1943年到1944年在《时与潮文艺》上刊载的《四十年来的法国文学》（上下）、《纳粹铁蹄下的法国文学》《法国文学主要思潮》也较具代表性。王维克擅长翻译长诗，尤其是意大利但丁的《神曲》非常具有代表性，相继翻译了但丁的《地狱》（1939）、《净界》（1948）、《天堂》（1948），这是民国时期唯一的《神曲》全本。

---

① 本书是根据福特本人的《我的生活与工作》编译而成。

在江苏现代留学英法作家中，薛琪瑛是最早在《新青年》杂志上译介王尔德戏剧的作家。早在1915年，薛琪瑛在《青年杂志》（后改为《新青年》）第1卷第2号上发表了王尔德的戏剧《意中人》，标题为"爱情喜剧"，采用英汉对照的方式，译文前有薛琪瑛的"译者识"和杂志编辑陈独秀的"记者识"，剧本从1915年10月15日第1卷第2号一直连载到1916年10月1日第2卷第2号，共5期。这是《新青年》译介外国戏剧的开端。在"译者识"中，薛琪瑛交代了选择王尔德《意中人》的原因，她认为"此剧描写英人政治上及社会上之生活与特性，风行欧陆。每幕均为二人对谈，表情极真切可味"，由此可见，薛琪瑛关注到这部戏剧的艺术特点。薛琪瑛认为这部戏剧是王尔德的"得意之作"，认为这部戏剧的"曲中之义，乃指陈吾人对于他人德行的缺点，谓吾人须存仁爱宽恕之心，不可只知憎恶他人之过，尤当因人过失而生怜爱心谋扶掖之，夫妇之间，亦应尔也"。根据这段表述可以发现薛琪瑛更注重王尔德戏剧的现实作用，因此薛琪瑛才会"特译之以饷吾青年男女同胞"。① 薛琪瑛的翻译开了《新青年》杂志白话文翻译外国戏剧的先河，但其翻译却存在很多问题，后来胡适对此提出批评，陈独秀在《陈独秀致胡适》一信中对此事做了记载："薛女士之译本，弟未曾校阅即行付印，嗣经秋桐通知，细读之始见其误译处甚多，足下指斥之外，尚存多处，诚大糊涂。"②

（三）理论与创作借鉴

在江苏现代留学英法的作家中，就创作与外国文学的关系而言，朱东润的现代传记理论和写作受到外国传记的影响很大，他自1939年开始转向传记文学的研究。在《张居正大传·序》③中，朱东润称因为"十余年以前，读到鲍斯威尔的《约翰逊博士传》"，开始对传记文学感兴趣，"于是决定替中国文学界做一番斩伐荆棘的工作"：

---

① 杨宏峰主编：《〈新青年〉简体典藏全本·第1卷·第1—6号》，宁夏人民出版社2011年版，第82页。
② 水如编：《陈独秀书信集》，新华出版社1987年版，第27页。
③ 朱东润：《朱东润传记作品全集·第一卷·张居正大传 陆游传》，东方出版中心1999年版，第3页。

宗旨既经决定，开始研读。除了中国作品以外，对于西方文学，在传记作品方面，我从勃路泰格的《名人传》读到现代作家的著作；在传记理论方面，我从提阿梵特斯的《人格论》读到莫洛亚的《传记综论》。

朱东润关于传记文学的相关论述多散见报纸杂志的理论文章和传记序跋中，这些理论文章后被收入 2014 年上海古籍出版社出版的《朱东润文存》（下册），序跋文章多收入相应的传记作品中，这些文章的写作时间从 1941 年一直延续到 1987 年，包括《〈大慈恩寺三藏法师传〉述论》（1941）、《关于传叙文学的几个名辞》（1941）、《传叙文学与史传之别》（1941）、《中国传叙文学的过去与将来》（1941）、《传叙文学与人格》（1942）、《八代传叙文学述论·绪言》（1942）、《张居正大传·序》（1943）、《传叙文学之前途》（1943）、《论传叙文学底作法——兼评张孝若〈南通张季直先生传记〉》（1943）、《论自传及〈法显行传〉》（1943）、《传叙文学的尝试》（1946）、《为什么我要提倡传叙文学》（1946）、《我为什么写〈张居正大传〉》（1947）、《传叙文学底真实性》（1947）、《〈陆游传〉序》（1959）、《漫谈传记文学》（1961）、《〈梅尧臣传〉序》（1965）、《〈朱东润自传〉序》（1976）、《〈杜甫叙论〉序》（1977）、《论传记文学》（1980）、《〈李方舟传〉序》（1980）、《我怎样写作〈张居正大传〉的》（1983）、《〈陈子龙及其时代〉序》（1983）、《我学习传记文学的开始》（1984）、《传记文学能从〈史记〉学到些什么》（1987）等。仔细梳理这些文章可以发现，朱东润的传记文学观和传记创作是在借鉴外国传记基础上形成的。早在 1941 年，朱东润在《关于传叙文学的几个名辞》中提出用"传叙文学"代替"传记文学"，他指出西洋文学的"传记"包含 biography（传记）和 autobiography（自传）两类，用"传记文学"涵盖"传记"和"自传"有"以偏概全底谬误"，这一命名"体现了朱东润在传记理论探讨中立足本国而中外兼容的背景以及继承与借鉴并重的思路"。[①]

朱东润对外国传记文学观的借鉴主要体现在两个方面，一是强调"新的传叙"应当"着重人的概念"。在 1941 年的《中国传叙文学的过去与将来》一文中，朱东润指出，西洋传叙 18 世纪以后的"新的传叙""都充满我们没有的风味"，就是"应当着重人的概念"，认为写传记就是在替这个人"画一幅肖像"，

---

① 辜也平：《论朱东润传记文学理论的独特性与复杂性》，载中国传记文学学会编：《传记传统与传记现代化——中国古代传记文学国际学术研讨会论文集》，中国青年出版社 2012 年版，第 357 页。

对"传主要有真切的认识"。① 二是强调传叙文学应追求"真实性"。在 1947 年《传叙文学底真实性》一文中,朱东润认为"在真实性底方面,西洋传叙文学家,便比较地更慎重,其记载也更详实"②。在《张居正大传·序》一文中,朱东润系统梳理了西方传记的三种"方式",一是注重生活细节刻画的如鲍斯威尔的《约翰逊博士传》,二是"简易"的如斯特拉哲的《维多利亚女王传》,三是"十九世纪中期以来繁琐、冗长"型的传记,认为"十九世纪中期以来繁琐、冗长"型的传记更适合中国。③

朱东润把自己的传记观运用到传记撰写中,先后撰写了大量古代名人传记,如《张居正大传》《陆游传》《梅尧臣传》《元好问传》等。在《我为什么写〈张居正大传〉》中,朱东润坦言自己创作这篇传记是有感于西洋传记文学的进步,他认为西洋传记在"结构底谨严,气魄底壮阔,审定材料底精密,分析人格底细致"等方面是我们无法比拟的,他自称《张居正大传》"在形式方面,我是无疑地受到西洋传叙文学底影响"。④ 对于这部传记,朱东润有足够的学术自信可以和世界对话,据陈思和回忆说:"朱先生对这部传记也很自负,听 60 年代的学生说,朱先生那时作学术报告,讲人物传记,自认为世界上有三部传记是值得读的:第一部是英国的《约翰逊传》,第二部是法国的《贝多芬传》,第三部就是中国的'拙作'《张居正大传》。"(陈思和《朱东润先生》)⑤

---

① 朱东润:《朱东润文存(下)》,上海古籍出版社 2014 年版,第 496—510 页。
② 同上书,第 578 页。
③ 朱东润:《张居正大传》,百花文艺出版社 2008 年版,第 2—3 页。
④ 朱东润:《朱东润文存(下)》,上海古籍出版社 2014 年版,第 569 页。
⑤ 任文贵、杨北楼选编:《长相思——名人笔下的老师》,北京出版社 2000 年版,第 452 页。

四、江苏现代留美作家与外国文学

江苏现代留美作家有王文显、毛文钟、朱彤、汪敬熙、陈衡哲、洪深、顾一樵、张骏祥、瞿世英、奚若、柳无忌、柳无非、柳无垢、赵元任、方重等,在数量和名家方面不及留学英法作家。他们皆因留学结缘,在译介和创作两个方面与外国文学结缘。洪深在戏剧创作和理论方面深受美国戏剧的影响,将在下编个案研究中进行探讨,在此不做研究。王文显虽有留学英国的经历,但从对其戏剧创作和研究的影响而言,当属美国哈佛大学的学习,因此本书在论述时把王文显放在留美作家之列进行研究。汪敬熙是江苏吴县人,成就主要在心理学和生理学方面,是"五四"早期的小说家,"五四"运动期间在北京大学参加"新潮社",翻译作品较少,在此不做研究。朱彤是江苏南京人,1947年赴美国威斯康星大学学习,1948年回国,现代阶段翻译作品很少,在此同样不做研究。奚若、顾一樵、毛文钟的翻译作品在通俗小说研究中有所涉及,在此不做讨论,本节仅就他们通俗小说译介之外的翻译作品进行探讨。

(一)留美作家群体

王文显和张骏祥在江苏现代留美作家中都是因戏剧与外国文学结缘。王文显(1886—1968),江苏昆山人,生于香港,中国现代早期剧作家,中国现代风俗喜剧的宗师,现代少有的能用英文撰写话剧的作家,在西方戏剧研究和教学方面都有突出贡献。1927年,王文显利用公假到美国哈佛大学师从戏剧大师贝克教授学编剧。1928年毕业后回国任教,清华大学元老级的人物,是清华大学西洋文学系第一任系主任,主持制定西洋文学系最早的"学程大纲及学科说明"。1929年清华大学成立外国语文研究所,王文显受聘担任教授。1937年,王文显到上海圣约翰大学任教,教授英文和英国文学及西洋戏剧。1948年去香港,后定居美国,任密西根大学教授等职。① 张骏祥(1910—1996),江苏镇江人,笔名袁俊,现代戏

---

① 参见周文业、胡康健、周广业、陶中源编著:《清华名师风采(增补卷)上》,中州古籍出版社2016年版,第312页。

剧家、理论家。1931 年毕业于清华大学外文系,1936 年赴美国留学,在耶鲁大学戏剧研究院学习,获艺术硕士学位。著有《小城故事》(1941 年上海文化生活出版社)、《美国总统号》(1943 年上海文化生活出版社)、《边城故事》(1946 年上海文化生活出版社)等剧本,译有《审判日》(1943 年成都联友出版社,美国埃尔茂·拉西)、《好望号》(1944 年重庆国讯书店,荷兰海哲曼斯)、《富贵浮云》(1944 年上海世界书局,美国 Moss Hart、George S. Kaufman)、《吾土吾民》(1947 年上海文化生活出版社,美国达德赖·尼柯尔斯)、《林肯在伊利诺州》(1949 年上海晨光出版公司,美国夏尔乌特)等。

陈衡哲是中国现代第一位女教授,是清华学校(清华大学前身)招收的第一批公费(庚子赔款)赴美留学的女学生。陈衡哲(1890—1976),原名燕,笔名莎菲,江苏武进人。陈衡哲家学渊源深厚,祖父陈梅生是清朝进士,父亲陈韬是著名的学者和诗人,当过清朝官吏,母亲庄曜孚是江苏常州人,名门闺秀,能文善画。1914 年,陈衡哲来到纽约朴克思(Poughkeepsic)的帕特南楼(Putnam Hall)的女子学校学习,1915 年秋进入瓦沙(Vassar)大学,"随即以历史为主系,指导她的是两位能力强的教授:历史系教主任 Lucy M·SMmon 和欧洲史系教授 Eloise Ellery"[①]。除专攻西洋史之外,陈衡哲还兼修西洋文学,1918 年夏从瓦沙女子大学毕业,获文学学士学位,随即进入芝加哥大学历史系学习,继续攻读西洋史和西洋文学,1920 年夏从芝加哥大学研究院毕业,获文学硕士学位。著有短篇小说集《小雨点》(1928 年上海书店出版社)、专著《西洋史》(1924 年上海商务印书馆)、《衡哲散文集》(1938 年上海开明书店)等。

江苏现代留美作家中有三兄妹,他们是诗人柳亚子的儿子柳无忌、女儿柳无非和柳无垢。柳无忌(1907—2002),柳亚子的长子,笔名无忌、啸霞、萧亚,江苏吴江人。柳无忌 1917 年进入吴江县黎里镇第四高等小学读书,开始学习英文,课外开始阅读"闲书",其中包括"林译小说",如狄更斯的《双城记》、司各特的《撒克逊劫后英雄略》以及柯南·道尔的《福尔摩斯探案》等,1922 年插班进入上海圣约翰中学读书,学校除了国文外均是英文,英文课的教材如狄更斯的《双城记》、司各特的《撒克逊劫后英雄略》等,之后进入圣约翰大学、清华学校读书,1927 年赴美国留学,先后获罗林斯斯大学(今佛罗里达州罗林斯学院)文学学士学位和耶鲁大学文学博士学位。1932 年回国,先后在南开大学、西南联

---

① 陈衡哲著,叶君主编:《一支扣针的故事》,北方文艺出版社 2015 年版,第 284 页。

合大学、重庆中央大学任教。1945年赴美讲学，先后任教于耶鲁大学、印第安纳大学。著译有《少年歌德》（柳无忌编译，1930年再版上海北新书局）、《明日的文学》（1943年5月桂林建文书店）、《世界短篇小说精华（上下）》（1945年重庆正风出版社，俄罗斯屠格涅夫等）、《印度文学》（1945年重庆中国文化服务社）、《西洋文学的研究》（1946年上海大东书局）。柳无非（1911—2004），柳亚子的长女，字小佩，江苏吴江人。1923年进入上海圣玛利亚女校学习，1926年进入上海大同大学文学预科学习，1930年赴美国罗林斯大学留学，第二年转入史密斯大学学习，1933年回国。与哥哥柳无忌、妹妹柳无垢合著《菩提珠》（1931年北新书局）、《我们的父亲柳亚子》（1989年中国友谊出版公司），与妹妹柳无垢合辑《柳亚子诗词选》（1959年人民文学出版社）。柳无垢（1914—1963），字小宜，江苏吴江人，柳亚子的小女儿。1932年进入清华大学学习，1935年赴美国佛罗里达州罗林斯大学留学。译有《大年夜》（1943年桂林远方书店，美国马尔兹）、《人类的喜剧》（1944年重庆文光书店，美国萨洛扬）、《阿莱凯姆短篇集》（1944年桂林耕耘出版社，苏联阿莱凯姆）、《喀特雅最幸福的人》（1947年上海耕耘出版社，苏联阿莱凯姆）等。

除了上述作家外，江苏现代留美作家中具代表性的还有赵元任、瞿世英和顾一樵等。赵元任（1892—1982），字宣仲、宜重，江苏常州人，现代翻译家。1907年，进入南京江南高等学堂预科学习，精通英语和德语，1909年获官费赴美国留学，先后在康奈尔大学、哈佛大学、芝加哥大学、加州大学学习，获得康奈尔大学理学学士学位、哈佛大学哲学博士学位。1919年起先后在康奈尔大学、清华大学、哈佛大学、夏威夷大学、耶鲁大学、加州大学伯克利分校等校任教。译有《阿丽思漫游奇境记》（1922年商务印书馆，英国卡罗尔）、《最后五分钟》（1929年上海中华书局，英国米伦）等。瞿世英（1901—1976），字菊农，江苏武进人，现代翻译家。1914年随父亲来到北京，进入清华学堂中学部学习，1918年进入燕京大学哲学系学习，1921年与郑振铎、沈雁冰、叶圣陶共同发起成立文学研究会。1924年考取江苏省官费赴美国哈佛大学留学，获哲学与教育学博士学位。1926年回国后在北京大学、清华大学等高校任教。译有《西洋哲学史》（1922年商务印书馆，美国顾西曼）、《小说的研究》（1922年《小说月报》第13卷第7号—第9号）、《春之循环》（1921年上海商务印书馆，印度泰戈尔）、《泰戈尔戏曲集（一）》（1923年上海商务印书馆，与邓演存合译，印度泰戈尔）等。顾一樵和奚若早期致力于通俗小说翻译，除此之外也有其他译作。顾一樵（1902—

2002），原名顾毓琇，笔名一樵、蕉舍，江苏无锡人，现代作家，文学研究会成员，1915 年进入清华学校学习，1923 年赴美留学，进入麻省理工学院机电工程科学习，获博士学位，1928 年回国，1947 年去台湾，1950 年赴美国，历任麻省理工学院教授、宾夕法尼亚大学教授等职。著有剧本《孤鸿（戏曲集）》（1925 年商务印书馆）、《张约翰》（1932 年《清华周刊》第 38 卷第 4 期）、《荆轲》（1940 年商务印书馆），长篇小说《芝兰与茉莉》（1928 年上海书店出版社），诗词《蕉舍吟草》（1946 年上海世界书局）；译有小说《一诺》（1921 年《小说月报》第 12 卷第 5 号，法国 Frederic Boutet）、《生欤死欤？》（1921 年《小说月报》第 12 卷第 7 号，美国马托温[①]、《牧羊神》（1934 年上海商务印书馆，挪威哈姆生）等。

（二）外国文学译介

就文体而言，江苏现代留美作家的外国文学译介涉及小说、戏剧、诗歌、散文各种文体，柳无忌、柳无非、柳无垢、赵元任、顾一樵、瞿世英、奚若、方重等都有译介作品，如赵元任的《阿丽思漫游奇境记》、瞿世英的《春之循环》《小说的研究》、柳无忌的《英译战时散文选》《莎士比亚时代抒情诗》《西洋文学的研究》、柳无垢的《大年夜》等，这些译介的作品少数以单行本出版发行，大多散见于报纸杂志，为了系统考察他们的翻译状况，列表统计如下。

表上编 4-1　江苏留美作家外国文学译介统计表[②]

序号	作品名称	发表时间 / 刊物	原著作者 / 译者	类型
1	《天方夜谭》	1906 年上海商务印书馆	[阿拉伯] 不详 / 奚若	民间故事
2	《结婚与离婚》	1919 年 12 月 1 日《新社会》第 4 号、12 月 11 日第 5 号	[不详]Towne/ 瞿世英	译文
3	《近代俄罗斯小说》	1920 年（无具体出版日期）《曙光》第 1 卷第 6 号	[不详]Living age/ 瞿世英	译文

---

① 今译马克·吐温

② 本表统计主要依据《中国文学史资料全编·现代卷：中国现代文学期刊目录汇编（套装全 7 册）》编辑而成（知识产权出版社 2010 年版），同时也根据其他一些史料综合整理而成，其中与外国文学相关的文学评论等一并统计。

续表

序号	作品名称	发表时间/刊物	原著作者/译者	类型
4	《一诺》	1921年5月10日《小说月报》第12卷第5号	[法]Frederic Boutet/一樵	小说
5	《齐德拉》	1921年5月10日《小说月报》第12卷第5号	[印]泰戈尔/瞿世英	戏剧
6	《柏格森的世界观与人生观》	1921年《曙光》第2卷第1号	瞿世英	评论
7	《生欤死欤?》	1921年7月10日《小说月报》第12卷第7号	[美]马托温①/一樵	小说
8	《春之循环》	1921年上海商务印书馆	[印]泰戈尔/瞿世英	戏剧
9	《〈春之循环〉序二》	1921年上海商务印书馆	瞿世英	序跋
10	《演完太戈尔②〈齐得拉〉之后》	1921年10月30日《戏剧》第1卷第6号	瞿世英	评论
11	《二十年后》	1921年11月12日《文学旬刊》第19期	[美]阿亨利③/一樵	不详
12	《希腊文学研究》	1921年12月15日《解放与创造》第4卷第4号	瞿世英	评述
13	《阿丽思漫游奇境记》	1922年上海商务印书馆	[英]卡罗尔/赵元任	童话
14	《〈阿丽思漫游奇境记〉译者序》	1922年上海商务印书馆	赵元任	序跋
15	《〈阿丽思漫游奇境记〉凡例》	1922年上海商务印书馆	赵元任	序跋
16	《西洋哲学史》	1922年商务印书馆	[美]顾西曼/瞿世英	专著
17	《泰戈尔的人生观与世界观》	1922年2月10日《小说月报》第13卷第2号	瞿世英	论文
18	小说的研究④(上、中、下)	1922年7月10日《小说月报》第13卷第7号—9月10日第13卷第9号	瞿世英	论文

① 今译马克·吐温。

② 今译泰戈尔。

③ 今译欧·亨利。

④ 本研究论文是瞿世英借助西方小说观念,试图给小说以完整系统的阐释,因涉及西方小说的评论,因此辑录在此。

续表

序号	作品名称	发表时间/刊物	原著作者/译者	类型
19	《〈小人物的忏悔〉序》	1922年上海商务印书馆	瞿世英	序跋
20	《泰戈尔戏曲集（一）》①	1923年上海商务印书馆	[印]泰戈尔/瞿世英、邓演存	戏剧
21	《〈泰戈尔戏曲集（一）〉译者附志》	1923年上海商务印书馆	瞿世英	序跋
22	《什么是爱？（"Victoria"节译）》	1923年11月10日《小说月报》第14卷第11号	[不详]Knut Hamsus/一樵	不详
23	《优婆尼沙昙之哲学及其在文学上之地位（上）》	1924年3月10日《小说月报》第15卷第3号	瞿世英	评论
24	《西洋史》	1924年上海商务印书馆	陈衡哲	专著
25	《哀希腊》	1925年10月《清华文艺》第1卷第2期	不详/啸霞（柳无忌）	诗歌
26	《最后五分钟》	1929年上海中华书局	[英]米伦/赵元任	小说
27	《少年歌德》	1930年上海北新书局	不详/柳无忌编译	散文
28	《介绍〈少年歌德〉》	1929年12月《小说世界》第18卷第4期	柳无忌	评论
29	《译莎士比亚诗歌》	1931年4月《文艺杂志》第1卷第1期	[英]莎士比亚/柳无忌	诗歌
30	《Edmund Spenser "这是什么技巧"》《Samuel Daniel "美丽，爱人呀"》《Sir Philip Sidney "好这般愁郁地"》《Michael Draytou "无奈何"》	1931年7月《文艺杂志》第1卷第2期	不详/柳无忌	诗歌
31	《英国十七世纪抒情诗选译》	1932年1月《文艺杂志》第1卷第3期	[英]不详/无忌（柳无忌）	诗歌

① 包含瞿世英翻译的《齐德拉》和邓演存翻译的《邮局》两个剧本。

续表

序号	作品名称	发表时间/刊物	原著作者/译者	类型
32	《为新诗辩护》	1932年9月《文艺杂志》第1卷第4期	柳无忌	评论
33	《柯立奇的诗》	1934年12月1日《文艺月刊》第6卷第5、6期合刊·柯立奇兰姆百年纪念祭特辑	柳无忌	评论
34	《柯立斯脱倍》	1934年12月1日《文艺月刊》第6卷第5、6期合刊·柯立奇、兰姆百年纪念祭特辑	[英]柯立奇/柳无非	评论
35	《牧羊神》	1934年上海商务印书馆	[挪威]哈姆生/顾一樵	小说
36	《法兰西》	1936年7月1日《文艺月刊》第9卷第1号（特大号）	[英]Samuel T.Coleridge/柳无忌	评论
37	《十九世纪的英国浪漫诗歌》	1937年1月1日《文艺月刊》第10卷第1号（新年特大号）	[美]Moody and Lovett/柳无忌、曹鸿昭	诗歌
38	《玛耶可夫斯基回忆》	1940年3月1日《文艺阵地》第4卷第9期	[法]Elsa Triolet/柳无垢	评论
39	《国境上》	1940年9月15日《文艺思潮》第2卷第9期	[立陶宛]彼脱拉斯·兹微儿卡/柳无忌	不详
40	《英译战时散文选》	1940年商务印书馆	不详/柳无忌	散文
41	《战争与法国文化生活》	1940年9月15日《文艺思潮》第2卷第9期	[不详]N.K./柳无忌	通讯
42	《创作和战争》	1941年7月1日《时代文学》第1卷第2期	[法]巴比塞/柳无垢	论文
43	《巴比塞·和平的战士》	1941年7月1日《时代文学》第1卷第2期	[不详]李沙拉加/柳无垢	论文
44	《两同志》	1941年9月16日《笔谈》第2期、10月1日第3期、10月16日第4期	[不详]阿美尼亚·特米疆/柳无垢	小说
45	《欧洲文坛探胜记》	1941年12月1日《笔谈》第7期	柳无忌	掌故

续表

序号	作品名称	发表时间/刊物	原著作者/译者	类型
46	《西洋戏剧发展的阶程》	1941年11月《文艺月刊》（无具体出版日期）第11年11月号	柳无忌	评论
47	《莎士比亚时代抒情诗》	1942年重庆大时代书局	[英]莎士比亚等/柳无忌	诗歌
48	《〈莎士比亚时代抒情诗〉译者绪言》	1942年重庆大时代书局	柳无忌	序跋
49	《〈莎士比亚时代抒情诗〉作者索引》	1942年重庆大时代书局	柳无忌	序跋
50	《再会——实情如此》	1943年桂林建文书店	[美]马尔兹/柳无垢	小说
51	《明日的文学》	1943年桂林建文书店	柳无忌	理论
52	《屈罗勒斯与克丽斯德》	1943年重庆古今出版社	[英]乔叟/方重	诗歌
53	《攸莱丽的房子》	1943年5月15日《时与潮文艺》第1卷第2期	[英]哈伦/柳无忌	小说
54	《拜伦诗抄》	1943年6月《中原》创刊号	[英]拜伦/柳无忌	诗歌
55	《审判日》	1943年成都联友出版社	[美]埃尔茂·拉西/袁俊（张骏祥）	戏剧
56	《去国行》	1943年6月20日《文艺先锋》第2卷第5、6期	[英]拜伦/柳无忌	诗歌
57	《莎士比亚的该撒大将》	1943年7月15日《时与潮文艺》第1卷第3期	柳无忌	评论
58	《蝗虫》	1943年7月15日《文艺生活》第3卷第5期	[不详]S.雷杰·雷脱南/无垢（柳无忌）	小说
59	《阿尔麦耶底愚蠢》	1943年重庆古今出版社	[英]康拉德/柳无忌	小说
60	《大年夜》	1943年桂林远方书店	[美]马尔兹/柳无垢	小说
61	《〈大年夜〉译者后记》	1943年桂林远方书店	柳无垢	序跋
62	《蒲伯与讽刺的艺术》	1944年1月1日《新文学》第1卷第2期（新年号）	[英]G.K.查士瑞登/柳无忌	译文
63	《喀特雅最幸福的人》	1944年1月15日《时与潮文艺》第2卷第5期	[俄]阿莱克姆/柳无垢	小说

续表

序号	作品名称	发表时间/刊物	原著作者/译者	类型
64	《〈沙恭达罗〉（名著评价）附论印度的戏剧》	1944年2月15日《时与潮文艺》第2卷第6期	柳无忌	戏剧
65	《好望号》	1944年重庆国讯书店	[荷兰]海哲曼斯/袁俊（张俊祥）	戏剧
66	《阿莱凯姆短篇集》	1944年桂林耕耘出版社	[苏]阿莱凯姆/柳无垢	小说
67	《富贵浮云》	1944年上海世界书局	[美]Moss Hart、George S.Kaufman/袁俊（张俊祥）	戏剧
68	《印度的史诗》	1944年9月15日《时与潮文艺》第4卷第1期	柳无忌	论文
69	《印度的禽喻文学》	1944年9月《中原》第1卷第4期	柳无忌	评论
70	《人类的喜剧》	1944年重庆文光书店	[美]萨洛扬/柳无垢	小说
71	《〈人类的喜剧〉译者后记》	1944年重庆文光书店	柳无垢	序跋
72	《印度文学》	1945年重庆中国文化服务社	柳无忌	专著
73	《世界短篇小说精华（上下）》	1945年重庆正风出版社	[俄]屠格涅夫等/柳无忌辑	小说
74	《康特波雷故事》	1946年上海云海出版社	[英]乔叟/方重	诗体故事
75	《实情如此》	1945年重庆山城出版社	[美]马尔兹/柳无垢	小说
76	《西洋文学的研究》①	1946年上海大东书局	柳无忌	专著
77	《喀特雅最幸福的人》	1947年上海耕耘出版社	[俄]阿莱凯姆/柳无垢	小说
78	《阿丽思漫游奇境记》	1947年上海商务印书馆	[英]卡罗尔/赵元任	童话
79	《吾土吾民》	1947年上海文化生活出版社	[美]达德赖·尼柯尔斯/袁俊（张俊祥）	戏剧
80	《莎士比亚抒情诗》	1947年上海大时代书局	[英]莎士比亚/柳无忌	诗歌

---

① 包括16篇论文，含《西洋文学的研究》《西洋戏剧发展的阶程》《现代英国小说的趋势》《少年歌德与新中国》等。

续表

序号	作品名称	发表时间/刊物	原著作者/译者	类型
81	《维玑尼亚和她的朋友：一、维多利亚期文学传统的支持者》	1947年6月15日《文讯》第7卷第1期	[英]T.S.艾略脱/柳无忌	译文
82	《维玑尼亚和她的朋友：二、一个文学时代的最后者》	1947年6月15日《文讯》第7卷第1期	[英]R.麦考来/柳无忌	译文
83	《维玑尼亚和她的朋友：三、我的记忆》	1947年6月15日《文讯》第7卷第1期	[英]V.萨克微尔韦斯特/柳无忌	译文
84	《维玑尼亚和她的朋友：四、一个无双的性格》	1947年6月15日《文讯》第7卷第1期	[英]W.卜络迈/柳无忌	译文
85	《英国文学史》	1947年上海商务印书馆	[英]莫逊、勒樊脱/柳无忌、曹鸿昭	译著
86	《裘儿》	1948年上海骆驼书店	[法]倭尔夫/柳无垢	小说
87	《林肯在伊利诺州》	1949年上海晨光出版公司	[美]夏尔乌特/袁俊（张俊祥）	小说

从上表统计可以发现，江苏现代留美作家的翻译作品就数量而言不及留学英法作家；从翻译作品所属的国籍看，以英、美两国作品为主；从翻译主体来看，其中柳无忌、柳无非、柳无垢的翻译数量较多，体裁涉及小说、诗歌、戏剧等。在翻译理论方面，柳无忌和赵元任都有自己的主张，在《论翻译》一文中，柳无忌指出了四种"以往翻译界的失败"："不加选择"的"滥译"，"失去原作神韵"的"转译"，"不通原文"的"误译"和"依原文一字一句"的"硬译"，指出"文笔畅达，意义畅达，如再加上有文学意味的用字和辞句"，就"不失为理想的译本了"。① 对于翻译的目的，赵元任认为"翻译的书也不过是原书附属品之一"（《〈阿丽思漫游奇境记〉译者序》）②，翻译的目的就是一个触媒的作用。

翻译作品之外，柳无忌的外国文学研究和瞿世英的《小说的研究》在理论上借鉴外国文学，从另外一个层面体现了江苏现代留美作家与外国文学的渊源关

---

① 柳无忌：《明日的文学》，建文书店1943年版，第101—102页。

② 李今主编，樊宇婷编注：《汉译文学序跋集·第三卷·1922—1924》，上海人民出版社2017年版，第5页。

系。在《印度文学》的"后记"中,柳无忌将自己一生"教学的研究与方向"总结为两个时期,其中一个是"早年的西洋文学"[1],《西洋文学的研究》《明日的文学》《印度文学》这三部专著就是柳无忌早期的研究成果。《明日的文学》一书1943年5月由桂林建文书店出版,收录了12篇论文,其中《论翻译》《西洋文学的研究》《西洋文学与东方头脑》三篇论文与外国文学相关。在《西洋文学的研究》一文中,柳无忌提出了西洋文学研究的三个重要目标,第一,我们要从文学作品中介绍欧美的思想与文化;第二,在方法和技巧两方面,中国文学的研究者可以取法西洋;第三,西洋文学的介绍可以促进中国新文学的创造。[2]《印度文学》一书1945年由中国文化服务社出版,除绪论和后记外,一共九章,全书把3000年来的印度文学分为"吠陀文学时期""雅语文学时期""近代的白话地方文学时期",采用的是以重点作家作品为中心来论述文学史的方式。其中"第一章 赞颂明论"是对古印度宗教文学的论述,最重要的作品是吠陀经典;第二章到第六章是对"雅语文学时期"的论述,第二、三章是史诗,第四章是戏剧,第五章是抒情诗,第六章是民间文学;第七章和第八章是近代文学,选取的代表作家是女诗人陀露哆和泰戈尔;第九章是印度独立前后的文学。《西洋文学的研究》一书1946年9月由大东书局出版,收录了柳无忌1932年至1946年间16篇外国文学研究论文,包括《西洋文学的研究》《西洋文学与东方头脑》《西洋戏剧发展的阶程》《希腊悲剧中的人生观》《莎士比亚的该撒大将》《柯立奇的诗》《吉卜龄的诗》《欧战与英国诗人》《现代英国文学背境》《现代英国小说的趋势》《巴比塞的战争小说》《三部战争小说》《二十世纪的灵魂》《少年歌德与新中国》《蒲伯与讽刺的艺术》《亚诺德论文学与人生》,从内容而言,既有关于西洋文学、西洋戏剧、希腊戏剧、英国小说等的总体研究,也有莎士比亚的《该撒大将》、柯立奇和吉卜龄的诗等具体作家作品的研究。

从理论译介角度而言,瞿世英的《小说的研究》可算作是翻译文论[3],中间虽有很多作者瞿世英个人对其时文坛小说状况的描述,但主要观点是编译的。《小说的研究》最初刊载于1922年7月10日到9月10日的《小说月报》第13卷第7号到第9号,是"五四"时期较早专门探讨小说理论的文章,旨在提倡新

---

[1] 柳无忌:《印度文学》,聊经出版事业公司1982年版,第197页。
[2] 柳无忌:《西洋文学的研究》,大东书局1946年版,第4页。
[3] 这篇文章基本上是根据佩里的《小说的研究》前几章编译而成。

的小说观念。文章分为上、中、下三篇，上篇的内容为"小说的研究——小说与诗——小说与戏剧——小说与科学（左拉的意见）——小说与哲学"，中篇的内容为"人物——布局——安置"，下篇的内容为"小说作家——写实派小说——浪漫派小说——中国的小说——中国现在的创作界——结论"。瞿世英在文中交代了写作目的是为"小说正名"，他借莫泊桑之语道出读者对小说家的期待——"请你们安慰我，使我乐，使我忧，使我歌，使我泣，使我富于情绪，使我梦，使我笑，使我震动，使我饮泣，使我思量"。从与西方小说理论的关系及对小说文体理论的建构作用而言，《小说的研究》中篇尤为重要，尤其是西方小说的"三分法"理论介绍。在《小说的研究》中篇中，瞿世英介绍了小说的"本身与组织"，试图解释"人物""布局"和"安置"三要素，认为"人物"是三要素中最重要的，"布局"（plot）是"小说中人物的遇合"，"安置"（setting）是"人物活动的所在，动作的环境。有时像戏剧的布景一般，是小说中人物的背景"，他指出"自然是小说的极重要的背景。近百余年来，在西洋小说里，风景成为极重要的元素"。[①] 由此我们发现，瞿世英所谓的小说三要素"人物""布局"和"安置"，就是西方小说三要素"人物""情节"和"环境"。

（三）创作上的借鉴

从创作层面而言，陈衡哲和王文显在创作上深受外国文学影响。陈衡哲六年的留美求学经历和主修西洋历史、兼修西洋文学的学术背景，使其创作带有鲜明的西方气息。在文学思潮上，无论是对人道主义、写实主义的关注，对玛丽·沃斯通克拉夫特、爱伦·凯等女权主义者的赞同，还是在诗歌、散文中体现出的"造命"精神，都带有外来思潮影响的印记。陈衡哲的文学创作主要集中于新文学初期，诗歌、小说、散文均有涉及。在文学创作手法上，陈衡哲积极响应现实主义文学思潮的感召，同时融入格普生"温情写实"的创作风格，她有意识地借鉴西方现代文体特点来探索尝试新文体，将诗歌与散文相融合，创造了新的文体样式——散文诗，在此基础上，陈衡哲将现代散文、戏剧、散文诗等文学体裁融汇于小说创作上，形成了独特的陈衡哲小说体。1917年，她的第一篇白话

[①] 陈春生等选编：《20世纪中国文学史文论精华：小说卷》，河北教育出版社2000年版，第77—86页。

小说《一日》发表在"留美学生会"的会刊《留美学生季报》上，内容是描写美国女子大学新生一天的生活。在中国现代文学史上，我们通常把鲁迅1918年创作的《狂人日记》看作是第一篇白话小说，陈衡哲《一日》的发表要早于《狂人日记》，其影响虽不如《狂人日记》，但其作为最早的一篇用白话文创作的小说，受西方文学的影响已经很明显，具备了现代小说的文体特点。《一日》讲述的是美国女子大学新生在寄宿学校中一天的生活，陈衡哲在小说题目下有一段文字写道：

> 他既无结构，亦无目的，所以只能算是一种白描，不能算为小说。但他的描写是很忠诚的，又因为他是我初次的人情描写，所以觉得应该把他保存起来。小说没有完整的贯穿始终的故事情节，带有散文化的叙事特征。①

确如陈衡哲所言，这篇小说呈现出散文化的叙事特征，小说选取了早晨、课室中、午刻、下午一、下午二、下午三、晚上一、晚上二、晚上三九个片段的故事，带有明显的剪裁。夏志清在《小论陈衡哲》一文中认为这部小说受到英美独幕剧的影响，他说"《小雨点》的另外三篇——《一日》《波儿》《老夫妻》——代表了作者早期的另一种风格。它们是生活横切面的写照，也可说是小型的'独幕剧'，因为我们读到的主要是对白"②。《波儿》《老夫妻》也是选取一个场景，通过对话展开，小说中的动作、补充说明则如独幕剧中的舞台提示一样，《运河与扬子江》也有着借鉴独幕剧艺术形式的痕迹。由此，夏志清教授认为陈衡哲的创作可能受到了独幕剧的影响。

陈衡哲留学美国期间正是独幕剧在美国广泛流行的时期，因陈衡哲与胡适是好友，二人在留学期间交往颇密，因此夏志清从胡适的言论中也对于这一点做了大胆的推测：

> 胡适在他的《留美日记》中就有深被爱尔兰剧作家约翰·辛（John Millington Synge）的独幕剧所感动的记载……陈衡哲在美国所读的文学课程，同胡适相仿，我想她在读短篇小说之外，也读了不少独幕剧的。③

---

① 夏志清：《新文学的传统》，新星出版社2005年版，第99页。
② 同上书，第93页。
③ 同上书，第96页。

陈衡哲的小说带有鲜明的西方人道主义思想，小说《一日》中人物的活动背景是美国一所女子大学，女学生迦茵为法国战地医院的伤员募捐，其中的"救助"体现了一种人道主义情怀。短篇小说《波儿》进一步将这种人道主义精神体现得淋漓尽致，它直接表现了贫苦人的潦倒生活。《一支扣针的故事》里的西克夫人的母爱已超出了一般的人伦亲情，是一种更为博大的人道主义。《西风》本身的反战主题已是人道主义，表达了作者悲天悯人的人道主义情怀。《小雨点》的博爱更加展示了陈衡哲对西方人道主义思潮的高度认同。女性问题，一直是陈衡哲小说创作的一个主题。1922年至1926年期间，陈衡哲相继创作了《一支扣针的故事》《巫峡里的一个女子》《络绮思的问题》等以女性为主人公的小说，这些小说通过对女性生活境遇的描写传达了陈衡哲的女性观，这种女性观颇类似于西方早期自由主义女性观点，尤其是早期自由主义女性主义代表玛丽·沃斯通克拉夫特，陈衡哲在其历史教科书《西洋史》中对这位女性主义先驱推崇有加。小说《一支扣针的故事》里的"西克夫人"最具陈衡哲推崇的母职观形象，为了履行"母职"，西克夫人没有再婚，但一直佩戴着马昆·勿兰克赠送的那支耶鲁大学的校针。西克夫人为了"母亲的使命"而牺牲爱情，并且这种"母亲的使命""不以她自己的家庭为限"，因为"她觉得她对于一切青年们，都负有一种母职"。其次，陈衡哲的小说受到了格普生的影响，带有格普生特有的"温情"。格普生是乔治五世时期成名的诗人，在英国文学史上属于"乔治诗人"一代，是现代写实派诗人，陈衡哲曾在一篇传记散文中介绍过格普生的诗——《英国诗人格普生的诗》，文章详细叙述了"格普生主义"，主要体现为格普生诗歌的主人翁多为"各种贫苦和不幸的男女"，格普生用"写实的眼光"和"诚恳的同情"来表现他们的"悲欢哀乐"，"诗中的情境""却总有一线的光明"。[①] 在这篇文章中，陈衡哲还翻译了格普生的两首诗歌《孩子》和《墓石》，之所以选译两首，是因为陈衡哲认为格普生诗歌的"情节和结构"多有重复，不必多译，两首"也就可以明白他的主义了"。陈衡哲的《老夫妻》《波儿》等小说明显带有"格普生主义"的特点，小说以写实的笔调来表现贫苦人们的悲哀欢乐，于不幸中也不忘表现些许"光明"，这正是格普生写实创作中常有的"温情"。陈衡哲非常推崇格普生诗歌的"诚恳的精神"和"那个精神的力量"，这一点我们在《小雨点·自序》中也可以发现，陈衡哲在"自序"中说，把这些小说公世的唯一理由是想把"写

---

① 陈衡哲：《衡哲散文集》，河北教育出版社1994年版，第334—335页。

作他们时的情感的至诚,与思想的真纯","奉献于重视这样的情感与思想,甚于技术与家派的读者"。①

王文显在戏剧研究和创作方面成就突出,他与洪深是师徒关系,曾师从美国戏剧大师贝克学习西方戏剧,据唐建光记载:

未踏进清华以前,曾听人那样说过,说:所有中国留美的学生中,只有三位当过 Prof. Baker 的门徒,而三位又都是 Baker 的得意门生。可惜三位中有一位的名字已记不得,此外二位,其一是当代电影制作及戏剧家洪深氏,另一即本校外国语文系主任王文显先生。(《人物记·王文显》)②

此处所说的 Baker 教授就是美国哈佛大学的戏剧大师贝克,足见王文显戏剧成就及其与西方戏剧的渊源之深。论及王文显与外国文学的渊源,首先是他对西方戏剧的研究和教学工作。作为清华西洋文学系的教授,王文显为中国现代文学界培养了洪深、李健吾、曹禺、杨绛、张骏祥等现代戏剧人才,李健吾和张骏祥后来都曾回忆谈及王文显在清华外文系时期所开设的外国戏剧课程,据张骏祥回忆:

文显先生在清华外文系,最初只开了两门课,一门是《外国戏剧》,主要是讲的欧美戏剧史和西洋戏剧理论,还有一门是《莎士比亚》。直到一九三三年,才增设了一门《近代戏剧》,当然只是讲的西方易卜生以后的戏剧。③

后来王文显在上海圣约翰大学任教期间,教授的课程仍然是英文、英国文学和西洋戏剧。王文显与外国文学的渊源之二在于王文显是中国现代文学史上极少能用英文写作剧本的现代作家,并且剧作首先在美国公演并获得巨大成功。这当然得益于他早年求学英国,后留学哈佛大学有关,他的多幕剧《委曲求全》和《梦里京华》都是创作与首演于美国哈佛大学剧院,由他的导师哈佛大学的戏剧大师贝克教授导演,两部剧作虽用英文写成,但讲述的都是中国故事。两部戏剧的中文版都是由他的学生、现代戏剧家李健吾译成,三幕喜剧《委曲求全》(*She Stoops to Compromise*),中文版 1932 年由人文书店出版,1935 年在北平(今北京)

---

① 陈衡哲:《小雨点》,上海书店出版社 1928 年版,第 20 页。
② 唐建光主编:《毕业生——》,五洲传播出版社 2011 年版,第 72 页。
③ 张骏祥:《〈王文显剧作选〉序》,《新文学史料》1983 年第 4 期,第 226 页。

首演，该剧是对封建军阀统治下中国教育界的黑暗现实的揭露。《梦里京华》原名《北京政变》（Peking Politics），用曲笔的方式讽刺了袁世凯称帝前后的丑态。

对于《委曲求全》，西方戏剧界也给予了较高的赞誉，在1930年5月12日的《波士顿报》上，H.T.P 发表了文章《〈委曲求全〉的胜誉》，文章称：

> 王文显先生替他的所有的人物写了一个轻利、严正而流畅的英语……这里笑着一种柔和的恶嘲的微笑，自然是王文显先生在那里微笑，这是法国人最得意的舞台笔墨，然而这里来得更加漂亮，实在是中国人对于喜剧的一种贡献。①

文章把王文显的《委曲求全》与法国喜剧相比较，认为王文显的"微笑"更胜一筹，是"中国人对于喜剧的一种贡献"，这是西方对中国现代戏剧的肯定。王文显的戏剧创作西方戏剧色彩浓厚，这一方面是因为这两部剧作是用英文写成，观众是英美人，另一方面和王文显师承贝克教授学习也不无关系。对于这种西化特色，张骏祥和朱光潜等学者都有论述。张骏祥在《〈王文显剧作选〉序》中这样评价两部剧作：

> 《委曲求全》（She Stoops to Compromise）连名字也是把英国十八世纪哥尔德史密斯（Goldsmith）的著名喜剧《委曲求成》（She Stoops to Conquer）巧妙地改了一个字而成的。就技巧而言，它可以上溯到十七、十八世纪英国王政复辟时代的"世态喜剧"。《梦里京华》更是集欧洲情节剧（melodrama）的招数之大成：纯洁的女郎为了救自己心爱的人委身事敌，奸人笑里藏刀，尔虞我诈，恶人害人反害己，直到把活人和死人一起钉在棺材里的恐怖情节，应有尽有。而这两部戏的台词的俏皮、幽默，以及矫情的议论，更是道地的英国舞台语言。②

朱光潜在《读〈委曲求全〉》（原载1935年2月10日《大公报·文艺副刊》第138期）中，认为《委曲求全》的人物都是福斯特（E.M.Forster）所说的"平滑性格"（flat character）"③，人物类型化，是"一个模子"脱出来的。朱光潜还认为正因为《委曲求全》最初是用英文写的，"作者心目中的观众大概是英美人——至少是受过英美式教育的人"，所以《委曲求全》中的"幽默似乎与英美

---

① 王文显著，李健吾译：《王文显剧作选》，人民文学出版社1983年版，第168—169页。
② 张骏祥编：《〈王文显剧作选〉序》，《新文学史料》1983年第4期，第227页。
③ 朱光潜：《无言之美》，江苏文艺出版社2010年版，第206页。

人的幽默比较接近"：

> 他的对话俏皮直爽，有时令人想到谢里丹和王尔德。最难得的是他那一副冷静的客观的态度。他只躲在后台笑，不向任何人表示同情或嫌恶，不宣传任何道德的或政治的主张。你看完他的戏之后，也只是笑一个饱，不会惦念到什么问题上去。在听腻了萧伯纳式的教训之后，我们觉得《委曲求全》是一种康健的调剂。写戏时免不着有时要想到观众。①

由上述评价可以发现王文显的戏剧所受到的西方戏剧的影响，这只是王文显与外国文学渊源的一个侧面，还有另一个侧面是王文显的戏剧对西方戏剧界的影响。1927年，王文显英文剧《北京政变》在美国演出成功，《纽约时报》刊出了贝克教授对此剧的评价：

> 自从西方接触中国以来，外人曾经努力表达各方面的中国生活，传教士、官员、游历者和小说家，在文学上和舞台上，出奇制胜，刻画中国，因为并不公正，结果大多数人对于中国人形成一种定型的看法：自我、邪恶、古怪，但《北京政变》努力表现中国人民的生动的风俗人情，可能尽一分力克服西方人士的误解。②

贝克教授的这段评价是对王文显《北京政变》的海外传播功能的定位，也凸显了王文显与外国文学的渊源的另一个侧面——中国文学走向世界所发挥的作用。

---

① 朱光潜：《无言之美》，江苏文艺出版社2010年版，第206—207页。
② 周文业、胡康健、周广业、陶中源编著：《清华名师风采（增补卷）上》，中州古籍出版社2016年版，第314页。

五、江苏现代作家与俄苏文学

中国现代文学的奠基人鲁迅非常推崇俄罗斯文学，他在《叶紫作〈丰收〉序》中指出："伟大的文学是永久的，许多学者们这么说。对啦，也许是永久的罢。但我自己，却与其看薄凯契阿、雨果的书，宁可看契诃夫、高尔基的书，因为它更新，和我们的世界更接近。"[①] 由此可见，"和我们的世界更接近"是中国现代作家选择俄苏文学的原因。江苏现代作家中留学俄苏的作家不多，真正有留苏经历的只有张闻天、瞿秋白和戈宝权都是作为记者身份前往苏联。戈宝权、汝龙、耿济之、耿式之、耿勉之、姜椿芳、张闻天、瞿白音等和瞿秋白一样，都是俄苏文学译介杰出的大家。瞿秋白被誉为俄苏文学译介的"江南第一燕"；戈宝权以翻译高尔基的《海燕》而著称；汝龙被誉为"翻译契诃夫的人"，翻译了契诃夫的全部作品；姜椿芳创办《时代》周刊，促进了苏联革命文学在中国的传播；耿济之抗日战争期间隐居上海专事俄苏文学翻译，他们为俄苏文学在中国的传播做出了杰出的贡献。本章在讨论时聚焦上述几位作家的俄苏文学译介展开，对于他们其他国家的文学译介则不做探讨，此外，对于其他作家的俄苏文学译介因研究的交叉，也分别放在相应的章节探讨，此处不再赘述。

（一）结缘俄苏的作家群体

瞿秋白和张闻天是早期的中国共产党员，他们的俄苏文学译介和革命活动分不开。瞿秋白（1899—1935），又名瞿双、瞿霜，号秋白，江苏常州人，现代著名文学家、革命家、翻译家，中国现代文学史上较早接触和译介俄苏文学及马克思主义文艺理论的作家。1917年进入北京外交部办的俄文专修馆学习俄语，1920年作为北京《晨报》和上海《时事新报》的特约通讯员到莫斯科采访，1921年在莫斯科东方大学中国班任翻译和助教，1922年加入中国共产党，1922年回国。1928年前往苏联担任中共中央驻共产国际代表团团长，1930年回国。瞿秋

---

① 朱正编：《鲁迅书话》，湖南教育出版社2007年版，第315页。

白在俄文专修馆的求学经历和他先后两次俄苏之旅，使其与俄苏文学结下了不解之缘，大量译介俄苏文学作品和文艺理论，积极开展俄罗斯文学研究，著有《新俄国游记1923》（1924年上海商务印书馆）、《饿乡纪程》（1922年上海商务印书馆）、《赤都心史》（1924年上海商务印书馆）、《俄罗斯文学》（1927年创造社出版部，上卷为蒋光慈所作，下卷为瞿秋白所作），译有《高尔基创作选集》（1933年上海生活书店，苏联高尔基）、《解放了的董·吉诃德》（1946年上海生活书店，苏联A.卢那察尔斯基）等。张闻天（1900—1976），原名应皋，字闻天，江苏南汇（今上海浦东新区）人，诗人、翻译家、革命家。1921年9月，在《小说月报》第12卷号外"俄国文学研究"上发表了《托尔斯泰的艺术观》一文，自此开始了文学译介活动。1925年加入中国共产党，同年被派往苏联莫斯科中山大学和红色教授学院学习。张闻天的翻译涉及文艺理论、小说、戏剧、散文，各体兼备。1999年，译林出版社出版了程中原编的《张闻天译文集》（上、下），上册为文学作品，收录有《浮士德》（德国歌德）、《狱中记》（爱尔兰王尔德）、《波斯新诗人Gibran的散文诗》（黎巴嫩纪伯伦）、《盲音乐家》（俄国柯罗连科）、《狗的跳舞》（俄国安德列耶夫）、《热情之花》（西班牙贝纳文特）、《伪善者》（西班牙贝纳文特）、《琪珴康陶》（意大利邓南遮）；下册为理论著作，涉及文学、艺术、社会等领域，文学类的译介包括《勃兰兑斯的拜伦论》（译述）、《波特来耳研究》（意大利史笃姆）、《笑之研究》（法国柏格森）、《近代文学》（日本伊达源一郎）等。

耿济之、耿式之、耿勉之是三兄弟，他们都致力于俄苏文学译介，是我国现代时期著名的俄苏文学翻译家，尤其是耿济之。耿济之（1898—1947），原名耿匡，江苏上海县（今上海）人，现代翻译家，俄苏文学最早的翻译家、研究家。1917年，耿济之就读于北京俄文专修馆，与瞿秋白是同学，五四运动爆发后，瞿秋白和耿济之是俄文专修馆的学生代表，曾与郑振铎、叶圣陶、茅盾筹备发起文学研究会。耿济之自俄文专修馆毕业后在外交部任职，此后被派往苏联任领事，他一生致力于俄苏文学翻译，译有《托尔斯泰短篇小说集》（1921年上海商务印书馆，与瞿秋白合译，俄罗斯托尔斯泰）、《复活》（1922年3月上海商务印书馆，俄罗斯托尔斯泰）、《黑暗之势力》（1921年上海商务印书馆，俄罗斯托尔斯泰）、《俄国四大文学家合传：郭克里[①]、托尔斯泰、屠格涅夫、道司托也夫司基[②]》（1921

---

① 今译果戈理。

② 今译陀思妥耶夫斯基。

年9月《小说月报》第12卷号外"俄国文学研究"）、《父与子》（1922年上海商务印书馆，俄罗斯屠格涅夫）、《柴霍甫短篇小说集》（1923年上海商务印书馆，与耿勉之合译，俄罗斯柴霍甫[①]）、《猎人日记》（1936年文化生活出版社，俄罗斯屠格涅夫）、《托尔斯泰短篇杰作全集》（1936年上海广学会，俄罗斯托尔斯泰）等。耿式之是耿济之的弟弟，译有俄罗斯作家柴霍甫[②]的《万尼亚叔父》（1921年上海商务印书馆，俄国柴霍甫）《樱桃园》（1921年上海商务印书馆）、《小人物的忏悔》（1922年上海商务印书馆，俄国安特立夫）等。耿勉之是耿济之的另一个弟弟，译有《幸福》（1922年《小说月报》第13卷第3号，俄罗斯契诃夫）、《一个医生的出诊》（1923年《小说月报》第14卷第1号，俄罗斯柴霍甫[③]）等。

　　戈宝权、姜椿芳、汝龙、瞿白音、蒋天佐在俄苏文学译介方面的成就也是不可小觑的。戈宝权（1913—2000），江苏东台人，现代翻译家。1928年就读于上海大夏大学（华东师范大学前身），精通英文、法文和日文。1932年毕业之后担任《时事新报》的编辑工作，开始学习俄语。与瞿秋白的经历类似，戈宝权1935年到1938年赴莫斯科担任《大公报》和上海进步期刊《新生周刊》《世界知识》的特约通讯员，三年的俄罗斯生活经历为戈宝权的俄苏文学翻译奠定了基础。先后出版了《十二个》（1948年上海时代书报出版社，苏联勃洛克）、《灯塔》（1949年哈尔滨东北书店，苏联马雅可夫斯基）、《戈宝权译文集·普希金诗集》（1987年北京出版社，俄罗斯普希金）、《戈宝权译文集·高尔基小说·论文集》（1991年北京出版社，苏联高尔基）等研究专著。姜椿芳（1912—1987），笔名什之、林陵等，江苏常州人，现代翻译家。姜椿芳自小开始自学俄语，18岁开始担任哈尔滨光华通讯社的翻译，20世纪40年代先后创办《时代》周刊、《时代日报》，担任时代出版社的社长，其间不仅自己翻译苏联文艺作品，而且培养了一批俄苏文学的翻译和研究者。主要译著有《上海——罪恶的都市》（1941年2月桂林读者出版社，苏联韦尔霍格拉特斯基）、《列宁在十月》（1949年上海海燕书店，苏联卡普勒）、《有钱的同志》（1949年上海海燕书店，苏联雷森）、《赌棍——早已死去的往事》（1949年上海海燕书店，俄罗斯果戈里）等。汝龙（1916—1991），江苏苏州人，现代翻译家，自1936年开始致力于外国文学尤其是俄罗斯文学的

[①]　现译契诃夫。

[②]　同上。

[③]　同上。

翻译工作，被誉为"翻译契诃夫的人"，汝龙不仅翻译契诃夫的小说，而且研究其小说，发表多篇评论文章，是中国翻译契诃夫的权威。汝龙译有《女巫》（1945年上海文化生活出版社，俄国库普林）、《阿托莫诺夫一家》（1944年上海文化生活出版社，苏联高尔基）、《亚玛》（1948年上海文化生活出版社，俄罗斯库普林）。汝龙的代表译作为16卷本的《契诃夫文集》（1980年—1995年上海译文出版社）。瞿白音（1910—1979），原名瞿金驹，笔名慕云、颜可风，上海嘉定人，现代戏剧家、电影艺术家和翻译家。瞿白音译有《苏伏罗夫元帅》（1942年重庆立体出版社，苏联I.巴克梯利夫和A.拉佐莫夫斯基）、《我的艺术生活》（1956年新文艺出版社，苏联斯坦尼斯拉夫斯基）等。蒋天佐（1913—1987），原名刘季眉，江苏靖江人，现代翻译家、评论家，20世纪30年代加入中国左翼作家联盟。蒋天佐译有《良心丢了》（1941年译文丛刊社，俄罗斯M.萨尔蒂可夫）、《匹克威克外传（上下册）》（1947年上海骆驼书店，英国迭更司①）、《奥列佛尔》（1948年上海骆驼书店，英国迭更司②）、《荒野的呼唤》（1948年上海骆驼书店，美国杰克·伦敦）、《雪虎》（1948年上海新知书店，美国杰克·伦敦）等。

（二）俄苏文学译介

在江苏现代作家中，瞿秋白、耿济之、张闻天、戈宝权、汝龙、耿式之、耿勉之、瞿白音等作家在俄苏文学译介方面成就突出，为了系统考察，在此我们把他们的俄苏文学译介列表统计，对于他们其他国家的文学译介不做统计。

表上编5-1　江苏现代作家俄苏文学译介统计表③

序号	作品名称	发表时间/刊物	原著作者/译者	类型
1	《闲谈》	1919年9月15日《新中国》第1卷第5期	[俄]托尔斯泰/瞿秋白	小说

---

① 今译狄更斯。
② 同上。
③ 本表统计主要依据《中国文学史资料全编·现代卷：中国现代文学期刊目录汇编（7卷本）》（知识产权出版社2010年版）编辑而成，同时也根据其他一些史料综合整理而成，其中与外国文学相关的文学评论等一并统计。

续表

序号	作品名称	发表时间/刊物	原著作者/译者	类型
2	《难道这是应该的么?》	1919年11月《国民》第2卷第1号	[俄]托尔斯泰/耿匡①、顾文萃	小说
3	《社会调查问题》	1919年11月1日《新社会》第1号、11月11日第2号	[俄]托尔斯泰/耿匡	译文
4	《我们要怎么办呢?》	1919年11月21日《新社会》第3号—1920年1月21日第9号（连载）	[俄]托尔斯泰/耿匡	译文
5	《航海》	1919年12月21日《新社会》第6号	[俄]杜权纳甫/耿济之	不详
6	《剧后》	1919年12月《曙光》第1卷第2号	[俄]柴霍甫/耿匡	诗歌
7	《最初的回忆》	1920年1月《曙光》第1卷第3号	[俄]托尔斯泰/耿匡	诗歌
8	《往前》	1920年1月《曙光》第1卷第3号	[俄]Plestcheff/耿匡	诗歌
9	《我的道路黑暗，真黑暗》	1920年1月《曙光》第1卷第3号	[俄]Sourikoff/耿匡	诗歌
10	《往前》	1920年1月11日《新社会》第8号	[俄]Pilesteheet/耿匡	诗歌
11	《唉，众人》	1920年1月21日《新社会》第9号—1920年2月21日第12号（连载）	[俄]柴霍甫/耿济之	小说
12	《谗谤》	1920年2月《曙光》第1卷第4号	[俄]柴霍夫/耿匡	诗歌
13	《卜御室》	1920年2月《曙光》第1卷第4号	[俄]Gogoe鄂歌黎/耿匡	戏剧
14	《告妇女》	1920年3月3日《解放与改造》第2卷第5号	[俄]托尔斯泰/瞿秋白	译文
15	《答论驳〈告妇女〉书之节录》	1920年3月3日《解放与改造》第2卷第5号	[俄]托尔斯泰/瞿秋白	译文

---

① 耿济之原名耿匡。

续表

序号	作品名称	发表时间/刊物	原著作者/译者	类型
16	《译名问题》	1920年3月11日《新社会》第14号劳动号（一）	济之	小说
17	《求婚》	1920年6月15日《解放与改造》第2卷第12号	[俄]柴霍甫/耿济之	戏剧
18	《红花》	1920年10月15日《解放与改造》第3卷第2号	[俄]高尔逊①/耿济之	不详
19	《俄国革命周年纪念》	1920年（无具体出版日期）《曙光》第1卷第6号	[俄]Tom/瞿秋白	译文
20	《疯人日记》	1921年1月10日《小说月报》第12卷第1号	[俄]郭克里②/耿济之	小说
21	《雷雨》	1921年上海商务印书馆	[俄]奥斯特洛夫斯基/耿济之	戏剧
22	《〈甲必丹之女〉叙一》	1921年上海商务印书馆	耿济之	序跋
23	《普希金传略》	1921年上海商务印书馆	耿济之	序跋
24	《侯爵夫人》	1921年2月10日《小说月报》第12卷第2号	[俄]柴霍甫/济之	小说
25	《村中之月》	1921年上海商务印书馆	[俄]屠格涅夫/耿济之	戏剧
26	《黑暗之势力》	1921年上海商务印书馆	[俄]托尔斯泰/耿济之	戏剧
27	《樱桃园》	1921年上海商务印书馆	[俄]柴霍甫/耿式之	戏剧
28	《伊凡诺夫》	1921年上海商务印书馆	[俄]柴霍甫/耿式之	戏剧
29	《艺术论》	1921年上海商务印书馆	[俄]托尔斯泰/耿济之	译文
30	《猎人日记》	1921年3月10日《小说月报》第12卷第3号—1924年11月10日第15卷第11号（连载）	[俄]屠格涅夫/耿济之	小说
31	《共产主义与文化》	1921年3月15日《解放与改造》第3卷第7号	[俄]凯仁赤夫/瞿秋白	译文
32	《万尼亚叔父》	1921年上海商务印书馆	[俄]柴霍甫/耿式之	戏剧

---

① 今译迦尔询。

② 今译果戈理。

续表

序号	作品名称	发表时间/刊物	原著作者/译者	类型
33	《泞泥》	1921年5月10日《小说月报》第12卷第5号	[俄]柴霍甫/耿式之	小说
34	《〈前夜〉序》	1921年上海商务印书馆	耿济之	序跋
35	《校外教育及无产阶级文化运动》	1921年9月15日《解放与改造》第4卷第1号	[俄]V.Kergenceff/瞿秋白	译文
36	《托尔斯泰的哲学》	1921年9月15日《解放与改造》第4卷第1号	济之	评论
37	《十九世纪俄国文学的背景》	1921年9月《小说月报》第12卷号外"俄国文学研究"	[俄]沙洛维甫/耿济之	译文
38	《俄国四大文学家合传：郭克里①、托尔斯泰、屠格涅夫、道司托也夫司基》	1921年9月《小说月报》第12卷号外"俄国文学研究"	耿济之	评论
39	《俄国乡村文学家伯得洛柏夫洛斯基（N.E. Petropavlovsvky）》	1921年9月《小说月报》第12卷号外"俄国文学研究"	济之	评论
40	《阿里鲍甫（M.N. Alibov）略传》	1921年9月《小说月报》第12卷号外"俄国文学研究"	耿济之	评论
41	《托尔斯泰的艺术观》	1921年9月《小说月报》第12卷号外"俄国文学研究"	张闻天	评论
42	《一桩事件》	1921年9月《小说月报》第12卷号外"俄国文学研究"	[俄]安得列夫②/耿济之	小说
43	《痴子》	1921年9月《小说月报》第12卷号外"俄国文学研究"	[俄]兹拉托夫拉斯基/瞿秋白	小说
44	《可怕的字》	1921年9月《小说月报》第12卷号外"俄国文学研究"	[俄]阿里鲍甫/瞿秋白	小说
45	《尺索书》	1921年9月《小说月报》第12卷号外"俄国文学研究"	[俄]屠格涅夫/耿济之	小说

---

① 今译果戈理。
② 今译安德列夫。

续表

序号	作品名称	发表时间/刊物	原著作者/译者	类型
46	《托尔斯泰的哲学》	1921年10月15日《解放与改造》第4卷第2号	济之	评论
47	《译〈黑暗之势力〉以后》	1921年10月30日《戏剧》第1卷第6号	济之	评论
48	《托尔斯泰短篇小说集》	1921年上海商务印书馆	[俄]托尔斯泰/瞿秋白、耿济之	小说
49	《人依何为生》	1921年《曙光》第2卷第1号、第2号	[俄]托尔斯泰/济之	诗歌
50	《父与子》	1922年上海商务印书馆	[俄]屠格涅夫/耿济之	小说
51	《海洋》	1922年1月10日《小说月报》第13卷第1号—1922年5月10日第13卷第5号（连载）	[俄]安特列夫/耿式之	小说
52	《太戈尔①之〈诗与哲学〉观》	1922年2月10日《小说月报》第13卷第2号	张闻天	评论
53	《太戈尔的妇女观》	1922年2月10日《小说月报》第13卷第2号	张闻天	评论
54	《太戈尔对于印度和世界的使命》	1922年2月10日《小说月报》第13卷第2号	张闻天	评论
55	《幸福》	1922年3月10日《小说月报》第13卷第3号	[俄]契诃夫/耿勉之	译文
56	《〈猎人日记〉研究》	1922年3月10日《小说月报》第13卷第3号	耿济之	评论
57	《复活》	1922年上海商务印书馆	[俄]托尔斯泰/耿济之	小说
58	《〈复活〉译者识语》	1922年上海商务印书馆	耿济之	序跋
59	《父与子》	1922年4月11日《文学旬刊》第34期、4月21日第35期	[俄]屠格涅夫/耿济之	小说
60	《复活》	1922年4月11日《文学旬刊》第34期、4月21日第35期	[俄]托尔斯泰/耿济之	小说
61	《宗教与道德（经验派的道德之矛盾）》	1922年4月15日《解放与改造》第4卷第8号	[俄]托尔斯泰/瞿秋白	译文

① 今译泰戈尔。

续表

序号	作品名称	发表时间/刊物	原著作者/译者	类型
62	《莫斯科处女街的风俗》	1922年5月10日《小说月报》第13卷第5号	[俄]列维托夫/济之	小说
63	《一阵狂病》	1922年6月10日《小说月报》第13卷第6号	[俄]柴霍甫/耿式之	小说
64	《什么是作文学家必须的条件》	1922年9月10日《小说月报》第13卷第9号	[俄]万雷萨夫/耿济之	译文
65	《小人物的忏悔》	1922年上海商务印书馆	[俄]安特立夫①/耿式之	小说
66	《柴霍甫短篇小说集》	1923年上海商务印书馆	[俄]柴霍甫/耿济之、耿勉之	小说
67	《一个医生的出诊》	1923年1月10日《小说月报》第14卷第1号	[俄]柴霍甫/耿勉之	小说
68	《科路伦科评传》	1923年6月《少年中国》第4卷第4期	张闻天	评论
69	《劳动的汗》	1923年10月15日《文学旬刊》第92期	[俄]郭里奇②/瞿秋白	不详
70	《〈灰色马〉与俄国社会运动》	1923年11月10日《小说月报》第14卷第11号	瞿秋白	评论
71	《阿史德洛夫斯基评传》《阿史德洛夫斯基生平及著作年表》	1923年11月10日《小说月报》第14卷第11号	[不详]Ovsianiko-Kulikovsky/耿济之	译文
72	《近代俄国小说（二）》	1923年上海商务印书馆	[俄]迦尔洵等/耿济之等	小说
73	《近代俄国小说（三）》	1923年上海商务印书馆	[俄]契诃夫/耿济之等	小说
74	《人之一生》	1923年上海商务印书馆	[俄]安特列夫/耿济之	戏剧
75	《狗的跳舞》	1923年上海商务印书馆	[俄]安特列夫/张闻天	小说
76	《好人》	1924年1月10日《小说月报》第15卷第1号	[俄]柴霍甫/瞿秋白	小说
77	《戏剧〈琪珴康陶〉译序》	1924年3月《少年中国》第4卷第11期	张闻天	序跋

① 今译安德列夫。
② 今译高尔基。

续表

序号	作品名称	发表时间/刊物	原著作者/译者	类型
78	《拜伦对于俄国文学的影响》	1924年4月10日《小说月报》第15卷第4号	耿济之	评论
79	《盲音乐家》	1924年上海中华书局	[俄]科路伦科/张闻天	小说
80	《赤俄新文艺时代的第一燕》	1924年6月10日《小说月报》第15卷第6号	瞿秋白	评论
81	《胆怯的人》	1924年7月10日《小说月报》第15卷第7号	[俄]迦尔洵/耿济之	小说
82	《托尔斯泰短篇小说集》	1924年上海商务印书馆	[俄]托尔斯泰/耿济之、瞿秋白	小说
83	《〈托尔斯泰短篇小说集〉序》	1924年上海商务印书馆	耿济之	序跋
84	《犯罪》	1924年上海商务印书馆	[俄]柴霍甫/济之等	小说
85	《疯人日记》①	1925年上海商务印书馆	[俄]果戈里等/耿济之	小说
86	《俄国四大文学家》	1925年上海商务印书馆	耿济之	传记
87	《我的旅伴》	1925年4月10日《小说月报》第16卷第4号	[苏]高尔基/耿济之	小说
88	《爱恋,信仰与愿望》	1925年6月10日《小说月报》第16卷第6号	[俄]安特列夫/耿济之	小说
89	《〈盲乐师〉耿序》	1926年上海商务印书馆《盲乐师》	耿济之	序跋
90	《托尔斯泰的情史——几封致女友的书简(附志)》	1928年12月10日《小说月报》第19卷第12号	[俄]托尔斯泰/济之	译文
91	《介绍:纪梦》	1928年9月9日《文学周报》第333、334合期(第8卷第8、9期)"托尔斯泰百年纪念特号"	[俄]托尔斯泰/耿济之	不详
92	《托尔斯泰未刊行的作品》	1929年1月20日《文学周报》第354期(第8卷第4期)	耿济之	传记

---

① 本书为小说集,收录俄国果戈里(今译果戈理)的《疯人日记》和屠格湟甫(今译屠格涅夫)的《尺素书》。

续表

序号	作品名称	发表时间/刊物	原著作者/译者	类型
93	《乞援泉》	1929年4月10日《小说月报》第20卷第4号	[俄]伊凡诺夫/耿济之	小说
94	《爱情》	1929年4月28日《文学周报》第364期—第368期（第8卷第14—18期）"苏俄小说专号"	[俄]曹西钦珂/耿济之	小说
95	《托尔斯泰孙女回忆录》	1931年1月10日《小说月报》第22卷第1号	[俄]安娜·托尔斯泰/耿济之	译文
96	《不平常的故事》	1932年上海合众书店	[苏]高尔基/瞿秋白	小说
97	《狗的跳舞》	1933年上海商务印书馆	[俄]安特列夫/张闻天	戏剧
98	《高尔基创作选集》	1933年上海生活书店	[苏]高尔基/瞿秋白	合集
99	《屠格涅夫的回忆》	1933年8月1日《文学》第1卷第2号"屠格涅夫纪念号"	[俄]阿宁阔夫/耿济之	译文
100	《蒲雷曹夫》	1933年10月1日《文学》第1卷第4号—1933年12月1日第1卷第6号	[苏]高尔基/耿济之	戏剧
101	《苏联的文学基金制度》	1935年7月1日《文学》第5卷第1号"二周（年）纪念号"	耿济之	评论
102	《契诃夫纪念》	1935年7月16日《译文》第2卷第5期	[苏]司基塔列慈/耿济之	不详
103	《果戈理的悲剧》	1935年9月16日《译文》终刊号	[苏]万雷萨夫/耿济之	评论
104	《明年苏联文坛的预测》	1935年12月1日《文学》第5卷第6号	耿济之	评论
105	《混人》	1936年3月16日《译文》新1卷第1期复刊号	[俄]屠格涅夫/耿济之	不详
106	《猎人日记》	1936年文化生活出版社	[俄]屠格涅夫/耿济之	小说
107	《〈猎人日记〉译者序》	1936年文化生活出版社	耿济之	序跋
108	《〈猎人日记〉研究》	1936年文化生活出版社	耿济之	序跋
109	《海上述林》	1936年上海诸夏怀霜社	瞿秋白著译	理论
110	《夫妻》	1936年7月1日《文学》第7卷第1号"儿童文学特辑"	[俄]Ⅳ.格洛司曼/耿济之	不详

续表

序号	作品名称	发表时间/刊物	原著作者/译者	类型
111	《托尔斯泰短篇杰作全集》	1936年上海广学会	[俄]托尔斯泰/耿济之等	小说
112	《怎样创造文学上的形象》	1936年8月1日《文学》第7卷第2号"高尔基纪念特辑"	[苏]蒂莫费也夫/耿济之	译文
113	《高尔基选集》	1936年世界文化研究社	[苏]高尔基/瞿秋白	小说
114	《婚事》	1936年9月16日《译文》第2卷第1期—1936年10月16日第2卷第2期	[俄]果戈理/耿济之	戏剧
115	《漂流》	1936年11月1日《文学》第7卷第5号"鲁迅纪念特辑（一）"	[苏]诺维可夫·布里鲍依/济之	不详
116	《石客》	1937年1月1日《文学》第8卷第1号"新诗专号"	[俄]普希金/耿济之	诗剧
117	《高尔基作品选》	1937年良友图书印刷公司	[苏]高尔基/耿济之等	不详
118	《渔夫和金鱼的故事》	1937年2月16日《开明少年》第20期	[俄]普希金/戈宝权	童话诗
119	《关于恋爱的话》	1937年华南出版社	[俄]契诃夫/蒯斯曛	小说
120	《普希金逝世百年祭（苏联通讯）》	1937年6月1日《文学》第8卷第6号	戈宝权	评论
121	《苏联剧坛近讯》	1938年5月16日《文艺阵地》第1卷第3期	戈宝权	评论
122	《中国文学在苏联》	1938年5月21日《抗战文艺》第1卷第5期	[俄]罗果夫/戈宝权	译文
123	《高尔基博物馆》	1938年6月16日《文艺阵地》第1卷第5期	戈宝权	评论
124	《回忆高尔基》	1938年6月18日《抗战文艺》第1卷第9期	戈宝权	评论
125	《一九三八年七月十八日》	1938年12月17日《抗战文艺》第3卷第3期（总27期）	[苏]爱伦堡/戈宝权	译文
126	《为了人类》	1939年上海挣扎社	[苏]高尔基/瞿秋白、吕伯勤	散文

续表

序号	作品名称	发表时间/刊物	原著作者/译者	类型
127	《抗战前后中国文学在苏联》	1939年4月25日《抗战文艺》第4卷第2期	戈宝权	论文
128	《高尔基与中国》	1939年（具体出版日期不详）《抗战文艺》第4卷第3、4期合刊（总39、40期）	戈宝权	评论
129	《高尔基与现实主义》	1939年8月《新中国文艺丛刊》第二辑"高尔基与中国"	[苏]A.拉弗列茨基/蒋天佐	译文
130	《高尔基与中国》	1939年12月17日《文艺新闻》第7号"苏联新片高尔基《童年》特辑"	戈宝权	评论
131	《一九三九年苏联文坛剪影》	1940年1月15日《文学月报》第1卷第1期	戈宝权	评论
132	《关于奥斯特洛夫斯基》	1940年2月15日《文学月报》第1卷第2期	戈宝权	评论
133	《茨冈》	1940年上海文艺新潮社	[俄]普希金/瞿秋白	诗歌
134	《关于玛雅可夫斯基》	1940年4月15日《文学月报》第1卷第4期	戈宝权	评论
135	《江布尔的自传》	1940年5月15日《文学月报》第1卷第5期"文艺的民族形式问题特辑"	[苏]江布尔/戈宝权	译文
136	《兄弟们》①	1940年上海良友复兴图书印刷公司	[俄]陀思妥耶夫斯基/耿济之	小说
137	《〈兄弟们〉译者前记及作者的话》	1940年上海良友复兴图书印刷公司	耿济之	序跋
138	《苏联集体农庄剧场的戏剧节》	1940年11月1日《戏剧春秋》创刊号	不详/瞿白音	译文
139	《见于斯大林著作中的文学形象》	1940年11月15日《文学月报》第2卷第4期	[苏]不详/戈宝权编译	译文

---

① 今译《卡拉马佐夫兄弟们》。

续表

序号	作品名称	发表时间/刊物	原著作者/译者	类型
140	《肖洛浩夫①及其〈静静的顿河〉》	1940年12月15日《文学月报》第2卷第5期"苏联文学专号"	戈宝权	译文
141	《伊加尔卡的孩子们》	1940年12月15日《文学月报》第2卷第5期"苏联文学专号"	不详/戈宝权	译文
142	《列宁论文学艺术与作家》	1941年1月10日《文艺阵地》第6卷第1期	[苏]列宁/戈宝权	译文
143	《上海——罪恶的都市》	1941年上海读书出版社	[苏]韦尔霍格拉特斯基/什之	小说
144	《良心丢了》	1941年译文丛刊社	[俄]M.萨尔蒂可夫/蒋天佐	小说
145	《家事》	1941年上海良友印刷公司	[苏]高尔基/耿济之	小说
146	《〈家事〉译者前记》	1941年上海良友印刷公司	耿济之	序跋
147	《布将尼的故事》	1941年6月1日《华北文艺》第1卷第2期	[苏]乌塞伏洛夫斯基/葆荃	不详
148	《在中国的一年》	1941年8月1日《时代文学》第1卷第3期	[苏]R.卡尔曼/戈宝权	不详
149	《关于浩加·拉斯勒丁的故事》	1941年9月16日《笔谈》第2期	不详/戈宝权	不详
150	《在一个动员站内》	1941年10月1日《笔谈》第3期	不详/戈宝权	不详
151	《关于谢夫琴科的故事》	1941年11月1日《笔谈》第5期	不详/宝权	不详
152	《巡案使及其他》	1941年上海文化生活出版社	[俄]果戈理/耿济之	戏剧
153	《〈巡案使及其他〉译者前记》	1941年上海文化生活出版社	耿济之	序跋
154	《阿托莫诺夫一家之事业》	1942年5月1日《自由中国》新2卷第1、2期合刊	[苏]高尔基/汝龙	小说
155	《欧罗巴之夜》	1942年8月30日《文艺阵地》第6卷第6期	[苏]爱伦堡/戈宝权	散文

① 今译肖洛霍夫。

续表

序号	作品名称	发表时间/刊物	原著作者/译者	类型
156	《第一研究所》	1942年7月25日《戏剧春秋》第2卷第2期。	[苏]司坦尼斯拉夫斯基/瞿白音	译文
157	《〈我的艺术生涯〉最后几节》	1942年9月10日《戏剧春秋》第2卷第3期	[苏]司坦尼斯拉夫斯基/瞿白音	译文
158	《苏伏罗夫元帅》	1942年重庆立体出版社	[苏]Л.巴克梯利夫、A.拉佐莫夫斯基/瞿白音	戏剧
159	《托尔斯泰对于文学的意见》	1942年10月25日《现代文艺》第6卷第1期（特大号）	[俄]V契特柯夫P.塞吉演科录/汝龙	译文
160	《二十五年来的苏联文学》	1942年11月20日《文艺阵地》第7卷第4期	戈宝权	评论
161	《六月在顿河》	1942年新华日报图书课	[苏]爱伦堡/戈宝权	散文
162	《高尔基创作选集》	1942年八路军军政杂志社	[苏]高尔基/瞿秋白	合集
163	《兄弟们（第一部）》	1943年上海良友复兴图书印刷公司	[俄]陀思妥耶夫斯基/耿济之	小说
164	《〈兄弟们（第一部）〉译者前记》	1943年1月初版上海良友复兴图书印刷公司	耿济之	序跋
165	《英雄的斯大林城》	1943年新华日报图书课	[苏]爱伦堡/戈宝权	散文
166	《〈英雄的斯大林城〉译者后记》	1943年新华日报图书课	耿济之	序跋
167	《莱蒙托夫的诗》	1943年6月《中原》创刊号	戈宝权	评论
168	《俄罗斯浪游散记》	1943年上海开明书店	[苏]高尔基/耿济之	小说
169	《〈俄罗斯浪游散记〉译者后记》	1943年上海开明书店	耿济之	序跋
170	《莱蒙托夫诗抄》	1944年2月文阵①新辑之二：哈罗尔德的旅行及其他	[俄]莱蒙托夫/戈宝权	诗歌
171	《我怎样学习写作》	1944年9月1日《青年文艺》新1卷第2期—1945年2月15日新1卷第6期"新春特大号"（连载）	[苏]高尔基/戈宝权	译文

---

① 即《文艺阵地》。

续表

序号	作品名称	发表时间/刊物	原著作者/译者	类型
172	《亲爱的故乡》	1944年9月1日《青年文艺》新1卷第2期	[苏]依萨科夫斯基/葆荃	诗歌
173	《阿托莫诺夫一家（第1部）》	1944年上海文化生活出版社	[苏]高尔基/汝龙	小说
174	《关于〈约翰·克里斯朵夫〉的二三事》	1945年1月20日《文学新报》第1卷第3期	戈宝权	评论
175	《论苏联文学中的民族形式问题》	1945年5月《希望》第1集第2期	[苏]A.顾尔希坦/戈宝权	译文
176	《高尔基》	1945年光华书店	[苏]S.罗斯金/葛一虹、戈宝权等	散文
177	《哥尼斯堡之陷落》	1945年重庆群众杂志社	[俄]V.魏里奇科/戈宝权	报告文学
178	《〈哥尼斯堡之陷落〉译者的话》	1945年重庆群众杂志社	戈宝权	序跋
179	《女巫》	1945年上海文化生活出版社	[俄]库普林/汝龙	小说
180	《〈女巫〉译后记》	1945年上海文化生活出版社	汝龙	序跋
181	《人民是不朽的》	1945年9月10日《文学新报》第2卷第1期	[苏]高尔基/戈宝权	译文
182	《三种新的苏联抗战文艺作品》	1946年2月5日《文联》第1卷第3期	戈宝权	评论
183	《苏联作家的信——给戈宝权》	1946年4月15日《文联》第1卷第6期	戈宝权	译文
184	《等待着我吧》	1946年5月1日《清明》创刊号	[苏]K.西蒙诺夫/戈宝权	诗歌
185	《一个边防军从服役的地方回来》	1946年5月1日《清明》创刊号	[苏]M.伊萨科夫斯基/戈宝权	诗歌
186	《肖洛霍夫的〈被开垦的处女地〉》	1946年5月10日《读书与出版》（复刊版）第2期	戈宝权	评论
187	《解放了的董·吉诃德》	1946年上海生活书店	[苏]卢那察尔斯基/瞿秋白	小说
188	《论书籍》	1946年7月15日《读书与出版》（复刊版）第4期	[苏]高尔基/戈宝权	译文

续表

序号	作品名称	发表时间/刊物	原著作者/译者	类型
189	《喀秋霞》	1946年7月16日《清明》第3号	[苏]M.伊萨科夫斯基/戈宝权	诗歌
190	《高尔基创作选集》	1946年上海生活书店	[苏]高尔基/瞿秋白	小说
191	《海燕歌》	1946年9月10日《人民文艺》第6期	[苏]高尔基/瞿秋白	诗歌
192	《谈一本不安静的书》	1946年10月1日《读书与出版》（复刊版）第6期	[苏]高尔基/葆荃	译文
193	《阿托莫诺夫一家》	1946年上海文化生活出版社	[苏]高尔基/汝龙	小说
194	《莱蒙托夫特辑》	1946年11月1日《文艺复兴》第2卷第4期（11月号）	[俄]莱蒙托夫/戈宝权	诗歌
195	《艰苦的道路》	1946年11月1日《文艺大众》新2号	[苏]爱伦堡/戈宝权	译文
196	《论巴尔扎克》	1946年12月1日《读书与出版》（复刊版）第8期	[苏]高尔基/戈宝权	译文
197	《高尔基选集》	1946年上海铁流书店	[苏]高尔基/耿济之	合集
198	《〈高尔基选集〉代序》	1946年上海铁流书店	耿济之	序跋
199	《苏伏罗夫元帅》	1946年华北新华书店	[苏]I.巴克梯利夫、A.拉佐莫夫斯基/瞿白音	戏剧
200	《白痴》	1946年上海开明书店	[俄]陀思妥耶夫斯基/耿济之	小说
201	《普希金的家庭悲剧和死》	1947年1月《文艺春秋》（副刊）第1卷第1期	戈宝权	评论
202	《普希金诗八章》	1947年1月1日《文艺复兴》第2卷第6期（1月号）	[俄]普希金/戈宝权	诗歌
203	《普希金诗五章》	1947年2月《中学生》第184期	[俄]普希金/戈宝权	诗歌
204	《普希金与沙皇的斗争》	1947年2月15日《文艺春秋》第4卷第2期	戈宝权	评论
205	《高尔基论普希金及其作品》	1947年2月15日《读书与出版》（复刊版）第10期	[苏]高尔基/葆荃	译文
206	《普希金诗两篇》	1947年2月15日《读书与出版》（复刊版）第10期	[苏]高尔基/戈宝权	诗歌

续表

序号	作品名称	发表时间/刊物	原著作者/译者	类型
207	《普希金的小故事》	1947年2月《文艺春秋》（副刊）第1卷第2期	戈宝权	评论
208	《伟大卫国战争中的苏联文学》	1947年5月1日《文艺复兴》第3卷第3期	戈宝权	评论
209	《耿济之先生与俄国文学》	1947年5月1日《文艺复兴》第3卷第3期	戈宝权	评论
210	《论文学中的人民性》	1947年香港海洋书屋	[苏]顾尔希坦/戈宝权	评论
211	《苏联文学是怎样一种文学》	1947年5月15日《读书与出版》（复刊版）第13期	戈宝权	评论
212	《萨尔蒂可夫寓言》	1947年上海海燕书店	[俄]萨尔蒂可夫/蒋天佐	寓言
213	《高尔基研究年刊（一九四七）》	1947年上海时代书报出版社	罗果夫、戈宝权编	专辑
214	《宝石花》	1947年上海时代书报出版社	[苏]巴若夫/戈宝权	小说
215	《〈宝石花〉译者前言》	1947年上海时代书报出版社	戈宝权	序跋
216	《高尔基论文艺写作问题》	1947年6月15日《读书与出版》（复刊版）第14期	[苏]高尔基/戈宝权	译文
217	《苏联文学的主潮是什么？》	1947年7月15日《读书与出版》（复刊版）第15期	戈宝权	评论
218	《高尔基的故事》	1947年7月16日《开明少年》第25期—1947年12月16日第30期（连载）	[苏]葛鲁兹杰夫/戈宝权	译文
219	《苏联文学是怎么成长和发展的？》	1947年8月15日《读书与出版》（复刊版）第16期	戈宝权	评论
220	《从复活看毁灭（猎书偶记·四）》	1947年8月15日《读书与出版》（复刊版）第16期	蒋天佐	评论
221	《卡拉马助夫兄弟们（一）1》	1947年上海晨光出版公司	[俄]陀斯托也夫斯基/耿济之	小说
222	《〈卡拉马助夫兄弟们1〉译者的话》	1947年上海晨光出版公司	耿济之	序跋
223	《卡拉马助夫兄弟们第二部》	1947年上海晨光出版公司	[俄]陀斯托也夫斯基/耿济之	小说
224	《高尔基对苏联文学贡献了什么？》	1947年9月15日《读书与出版》（复刊版）第17期	戈宝权	评论

续表

序号	作品名称	发表时间/刊物	原著作者/译者	类型
225	《译诗二首》	1947年9月《诗创造》第3期"骷髅舞"	不详/戈宝权	诗歌
226	《当我在树林里散步》	1947年9月《诗创造》第3期"骷髅舞"	[俄]狄青拉/戈宝权	诗歌
227	《死屋手记》	1947年上海开明书店	[俄]陀司妥也夫斯基/耿济之	小说
228	《伊萨柯夫斯基抒情诗五章》	1947年10月1日《人世间》（复刊）第7期（第2卷第1期）	[苏]伊萨柯夫斯基/戈宝权	诗歌
229	《反映在苏联文学中的国内战争》	1947年10月10日《读书与出版》（复刊版）第18期	戈宝权	评论
230	《叶赛宁诗四章》	1947年10月《诗创造》第4期"饥饿的银河"	[苏]叶赛宁/戈宝权	诗歌
231	《哥尼斯堡之陷落》	1947年哈尔滨东北书店	[苏]德里奇科/戈宝权	报告文学
232	《普希金晚年诗抄》	1947年11月15日《文讯》第7卷第5期（文艺专号）	[俄]普希金/戈宝权	诗歌
233	《反映在苏联文学中的社会主义建设》	1947年11月15日《读书与出版》（复刊版）第19期	戈宝权	评论
234	《普希金文集》	1947年上海时代书报出版社	[俄]普希金/戈宝权	诗歌
235	《诗四章》	1947年12月《诗创造》第6期"岁暮的祝福"	[俄]普希金/戈宝权	诗歌
236	《普希金的故事诗：故事》	1947年12月16日《开明少年》第30期	[俄]普希金/戈宝权	诗歌
	《普希金的故事诗：沙皇萨尔丹的故事》	1948年2月16日第32期		
237	《反映在苏联文学中的伟大卫国战争》	1948年1月15日《读书与出版》（复刊版）第21期—1948年4月15日第24期（连载）	戈宝权	评论
238	《诗人普希金的故事》	1948年2月16日《开明少年》第32期	戈宝权	评论
239	《反映在苏联文学中的历史题材及其他》	1948年3月15日《读书与出版》（复刊版）第23期	戈宝权	评论

续表

序号	作品名称	发表时间/刊物	原著作者/译者	类型
240	《沙王萨尔丹的故事》	1948年3月16日《开明少年》第33期、4月16日第34期	[俄]普希金/戈宝权	诗歌
241	《少年》	1948年上海开明书店	[俄]陀思妥也夫斯基/耿济之	小说
242	《十二个》	1948年上海时代书报出版社	[苏]勃洛克/戈宝权	诗歌
243	《〈十二个〉后记》	1948年上海时代书报出版社	戈宝权	序跋
244	《关于伊萨柯夫斯基》	1948年6月《诗创造》第12期"严肃的星辰们"	戈宝权	评论
245	《诗六章》	1948年6月《中国新诗》第一集"时间与旗"	[苏]伊萨柯夫斯基/戈宝权	诗歌
246	《诗四章》	1948年7月《中国新诗》第二集"黎明乐队"	[苏]库巴拉/戈宝权	诗歌
247	《谈译事难》	1948年7月15日《文讯》第9卷第1期（文艺专号）	戈宝权	评论
248	《苏联的作家是怎样生活的》	1948年8月1日《读书与出版》（复刊版）第28期	戈宝权	评论
249	《亚玛》	1948年上海文化生活出版社	[俄]库普林/汝龙	小说
250	《〈亚玛〉序》	1948年上海文化生活出版社	汝龙	序跋
251	《悲伤》	1948年8月《诗创造》第2年第2辑"土地篇"	[俄]S.高罗杰兹基/戈宝权	诗歌
252	《俄罗斯大戏剧家奥斯特罗夫斯基研究》	1948年上海时代书报出版社	戈宝权、林陵	专著
253	《做个勇敢的人》	1948年9月《诗创造》第2年第3辑"做个勇敢的人"	[白俄罗斯]杨卡·库巴拉/戈宝权	评论
254	《高尔基研究年刊（一九四八）》	1948年上海时代书报出版社	戈宝权编	论著
255	《和列宁同志谈话（外两章）》	1949年3月《文学战线》第2卷第1期	[苏]马雅可夫斯基/戈宝权	诗歌
256	《十二个月》	1949年上海时代书报出版社	[苏]马尔夏克/戈宝权	小说
257	《〈十二个月〉关于作者》	1949年上海时代书报出版社	戈宝权	序跋
258	《苏联文学讲话》	1949年天津读者书店	戈宝权	专著

续表

序号	作品名称	发表时间/刊物	原著作者/译者	类型
259	《苏联文学讲话》	1949年沈阳新中国书局	戈宝权	专著
260	《灯塔》	1949年哈尔滨东北书店	[苏]马雅可夫斯基/戈宝权等	诗歌
261	《茨冈（长诗）》	1949年6月1日《文艺月报》第4期	[俄]普式庚①/瞿秋白	诗歌
262	《苏联名作家专集（一）》②	1949年上海大东书局	[苏]高尔基/耿济之、瞿秋白等	戏剧
263	《高尔基作品选》	1949年上海惠民书店	[苏]高尔基/耿济之、汪仑编选	小说
264	《决斗》	1949年上海文化生活出版社	[苏]库普林/汝龙	小说
265	《列宁在十月》	1949年上海海燕书店	[苏]卡普勒/什之	电影剧本
266	《有钱的同志》	1949年上海海燕书店	[苏]雷森/什之	小说
267	《赌棍——早已死去的往事》	1949年上海海燕书店	[苏]戈果里③/什之	戏剧

在江苏现代作家中，瞿秋白与俄苏文学的渊源最为深厚，这种渊源首先表现在俄苏作品的翻译、批评和研究方面。瞿秋白与俄罗斯文学的结缘非常偶然，1917年4月，瞿秋白随同堂兄北上，因家境贫寒无钱上北京大学，普通文官考试又未被录取，因此选择进入北洋政府外交部办的"不要学费又不要出身"的俄文专修馆学习俄文。据郑振铎后来在《记瞿秋白同志早年二三事》一文中回忆，郑振铎、瞿秋白与耿济之三个人"有一个共同的趣味就是搞文学"，三个人"对俄罗斯文学有了很深的喜爱"，当时瞿秋白和耿济之在俄文专修馆读书，"用的俄文课本就是普希金、托尔斯泰、屠格涅夫、契诃夫等的作品"，后来他们三个人对俄国文学翻译产生兴趣，"秋白他们译托尔斯泰、屠格涅夫、高尔基的小说，普希金、莱蒙托夫的诗，克雷洛夫的寓言"。④由郑振铎这段回忆文字我们可以看出，

① 今译普希金。

② 本书为《苏联文艺选丛》编辑委员会编纂，其中收录了耿济之翻译的《我的旅伴》和瞿秋白翻译的《二十六个和一个》。

③ 今译果戈理。

④ 郑振铎著：《郑振铎全集第二卷：诗歌 散文》，花山文艺出版社1998年版，第633页。

瞿秋白自在俄文专修馆学习开始就对俄罗斯文学产生了浓厚的兴趣，并开始了俄罗斯文学的译介工作。1920年10月，俄文专修馆尚未毕业的瞿秋白就以《晨报》特派记者的身份前往莫斯科，他说：

> 我要求改变环境：去发展个性，求一个"中国问题"的相当解决——略尽一分引导中国社会新生路的责任。"将来"里的生命，"生命"里的将来，使我不得不忍耐"现在"的隐痛，含泪暂别我的旧社会。我所以决定到俄国去走一走。①

瞿秋白在俄文专修馆的俄罗斯文学的翻译活动和作为《晨报》特派记者赴俄之行为其翻译和接受俄罗斯文学的影响提供了契机，自此瞿秋白便开始大量翻译俄罗斯小说（间或也涉及其他国家小说）。从表中统计可以看出，瞿秋白翻译的第一篇作品是1919年发表的列夫·托尔斯泰的短篇小说《闲谈》，总计翻译了19部小说，其中大多为俄苏作品，虽然也涉及法国作家安德烈·纪德和德国作家马尔赫维察的小说，但安德烈·纪德的小说名为《斯大林与文学》，仍然没有远离俄苏文学。瞿秋白的俄苏小说翻译主要关注的是高尔基的创作，在19部小说翻译中，有10部小说是高尔基的，由此可见瞿秋白对高尔基小说的钟爱。

关于翻译，瞿秋白专门撰写过两篇文章《论翻译》和《再论翻译》谈论自己的翻译观。《论翻译》是瞿秋白和鲁迅的通信，是借由讨论鲁迅译作《毁灭》的出版而谈普罗文学的翻译问题。瞿秋白的这封信署名JK，原文刊载在1931年12月11日和12月25日的《十字街头》第1期和第2期上。在《论翻译》中，瞿秋白认为翻译除了"介绍原本的内容给中国读者之外"，最重要的是"帮助我们创造出新的中国的现代言语"，这是从语言层面指出翻译对于丰富文学词语的重要性，瞿秋白因此对翻译提出的要求是"绝对的正确和绝对的中国白话文"，也就是说"要把新的文化的言语介绍给大众"。瞿秋白提倡"白话文"翻译，反对严复的"译须信雅达，文必夏殷周"，认为严复是用"雅"打消了"信"和"达"，文言翻译是无法达到"信"的，同时瞿秋白也反对赵景深等的"宁错而务顺，毋拗而仅信"的主张，提出翻译普罗文学要"直译"，"把原文的本意，完全正确的介绍给中国读者，使中国读者所得到的概念等于英俄日德法"，做到"绝对的白话"，"用中国人口头上可以讲得出来的白话来写"。《再论翻译》是瞿秋白对鲁迅的答复，发表在1932年7月《文学月报》第1卷第2期上，仍然署名JK，

---

① 瞿秋白：《赤都心史》，东方出版社2015年版，第8页。

继续探讨《论翻译》一文中提出的"信"与"顺"的问题，瞿秋白认为"信"和"顺"不是对立的，反对赵景深的"宁错而务顺"，坚持"绝对用白话做本位来正确的翻译一切东西"，这句话涉及两个层面，其一是一定要遵循"白话本位"的原则，此处的"白话"指的是"朗诵起来可以懂得的""中国人口头上可以讲得出来"的白话；其二是忠于原文，瞿秋白不同意鲁迅提出的"分别了种种的读者层，而有种种的翻译"，他主张把翻译和写作区分开来，"既然叫做翻译，就要完全根据原文，翻译的人没有自由可以变更原文的程度"①。瞿秋白的这两篇文章中对于翻译"绝对白话"的主张对现代时期翻译的"文言化"而言是有突破意义的，正是因为翻译的"绝对白话"，才有力推动了创作的"绝对白话"。

作为一名中国共产党员，在与鲁迅谈及翻译时，瞿秋白在《论翻译》一文中认为：

你译的《毁灭》出版，当然是中国文艺生活里面的极可纪念的事迹。翻译世界无产阶级革命文学的名著，并且有系统的介绍给中国读者……这是中国普罗文学者的重要任务之一……应当认为一切中国革命文学家的责任。每一个革命的文学战线上的战士，每一个革命的读者，应当庆祝这一个胜利；虽然这还只是小小的胜利。②

这是瞿秋白作为一个革命者的期望，借苏联的普罗文学来激励国内的读者，因为这一时期的瞿秋白首先是一个革命家，他提出了"文艺为无产阶级政治斗争服务""做改造群众的宇宙观与人生观的武器"的文艺主张。受左翼文学思潮的影响，瞿秋白多从政治角度看文学，这同样影响了他的翻译作品选择。这一时期，瞿秋白的翻译作品多为俄苏现实主义作品，先后翻译了《高尔基论文选集》《高尔基创作选集》和《二十六个和一个》《市侩颂》《解放了的董·吉诃德》等。在马克思主义文学理论中国化的道路上，瞿秋白的马克思主义文艺理论译介功不可没。他编译了《现实：马克思主义文艺理论文集》，这部论文集是根据苏联公谟学院（Komakademie）的《文学遗产》第一、二期的材料编译的，其中涉及多篇列宁、托尔斯泰的文艺论文。该书包括两个部分，一部分是瞿秋白的原文翻译

---

① 瞿秋白：《饿乡纪程·赤都心史·乱弹·多余的话》，岳麓书社2000年版，第298—307页。

② 同上书，第290页。

篇目，如《恩格斯论巴尔扎克》《恩格斯论易卜生的信》、《易卜生的成功》（普列汉诺夫）等，还有一部分是瞿秋白的编译，如《马克思、恩格斯和文学上的现实主义》《关于左拉》等。在《马克思、恩格斯和文学上的现实主义》一文中，瞿秋白把"Realism"翻译成"现实主义"（之前均译为"写实主义"），这是瞿秋白对"现实主义"这一名词的首创。

戈宝权最为人称道的是对于高尔基《海燕》的翻译，在《我与高尔基》一文中，戈宝权谈及了自己最初对于高尔基作品的翻译是在重庆山城的日子里，"鉴于《马卡尔·楚德拉》和《伊则吉尔老婆子》过去都是由英文转译的，于是我又直接从俄文翻译了这两篇小说"①，随后又与他人一起合译和编辑了《我怎样学习写作》《高尔基》《高尔基画传》《高尔基研究年刊》等。戈宝权称自己在《高尔基研究年刊》中"对高尔基的作品在中国流传和翻译情况作了专门的介绍，并编了《高尔基作品中译本编目》"②，从中可以看出戈宝权对高尔基作品的中国传播所做出的贡献。1959 年，应人民教育出版社的邀请，戈宝权重译高尔基的《海燕》。在《谈谈高尔基的〈海燕〉》一文中，针对有教师提出《海燕》一文的分段、分行问题，戈宝权提出了自己对于翻译的理解："我们既然是在翻译，因此译文必须忠实于原文。如把分段、分行和句子加以改动，那就不是翻译，而是改写了。"③在戈宝权看来，"忠实于原文"才能称之为"翻译"。

汝龙最初翻译俄罗斯文学是从英文译本开始的，这源自他在教会中学的英语学习，加之后来长期在中学、大学教授英语，因此英文基础很好。1949 年之后，汝龙开始自学俄语，除改译以前由英译稿翻译的旧作之外，开始了自俄文原版翻译《契诃夫文集》的工作。汝龙先后译有高尔基的《家事》《人间》《同志集》《旅伴集》《秋夜集》《碎裂集》《绿猫集》，评传《回忆安德列叶夫》《高尔基传》，列夫·托尔斯泰的《复活》，契诃夫的《巫婆集》《嫁妆集》《新娘集》《醋栗集》《契诃夫短篇小说选》《契诃夫小说选》（上、下）、《契诃夫论文学》《孩子们》《回忆中的契诃夫》，库普林的《亚玛》《决斗》《女巫》《歌舞集》《呆子集》《侮辱集》，安德列叶夫的《七个绞决犯》《总督大人》，特里佛诺夫的《大学生》，

---

① 戈宝权：《谈谈我与高尔基》，《阴山学刊》1988 年第 1 期，第 81 页。
② 同上书，第 82 页。
③ 戈宝权：《谈谈高尔基的〈海燕〉》，《北京师范大学学报（人文社会科学版）》1978 年第 4 期，第 64 页。

斯密尔诺夫的《凡子》等。对于翻译，汝龙认为："我在翻译上并无什么诀窍可言，要说诀窍，就是一点——多下功夫。功夫下大些，就能翻好。至于什么翻译主张，我也说不出来。我倒觉得，翻译一部作品时，首先要想到读者，要考虑到作者，将作者的风格尽量译出来。"①

（三）理论与创作借鉴

从理论和创作影响层面而言，瞿秋白的文学研究和散文创作带有鲜明的俄苏文学印记。作为一个政治家，瞿秋白的文学活动只是政治实践的一种成果。瞿秋白的俄罗斯文学研究始自他的俄罗斯文学翻译，早在 1920 年 4 月，瞿秋白翻译了果戈理的剧本《仆御室》，译文后附有一段简短的《仆御室·译者志》，在这篇"译者志"中，瞿秋白认为果戈理的作品"艺术上的本领就在于描写刻画'社会的恶'而又没有过强的超激"，"平淡中含有很深的意境，还常常能与读者以一种道德上的感动"②。这篇"译者志"虽然很短，但这样的评价明显已经带有文学批评的性质，从艺术和内容两个层面对果戈理的作品给予公允的评价，可以视为瞿秋白俄罗斯文学批评的发轫之作。1920 年 7 月，瞿秋白为北京《新中国》杂志出版的《俄罗斯名家短篇小说集》（第 1 集）撰写了一篇论文《论普希金的"别尔金小说集"》，论文着眼于普希金 1830 年创作的短篇小说集《别尔金小说集》展开论述，着重论述了普希金小说的现实主义因素。1920 年 3 月 16 日，瞿秋白又为《俄罗斯名家短篇小说集》作序，进一步探究俄罗斯文学在"五四"时期的中国"盛行"的原因。在《〈俄罗斯名家短篇小说集〉序一》中，瞿秋白指出俄苏文学在中国兴起的最主要原因是：

俄国布尔什维克的赤色革命在政治上、经济上、社会上生出极大变动，掀天动地，使全世界思想都受他的影响。大家要追溯他的远因，考察其文化，所以不知不觉全世界的视线都集于俄国，都集于俄国的文学；而在中国这样黑暗悲惨的社会里，人人都想在生活的现状里开辟一条新道路，听着俄国旧社会崩裂的声浪，真是空谷足音，不由得不动心。因此大家都要来讨论研究俄国。于是，俄国

---

① 陈玉刚主编：《中国翻译文学史稿》，中国对外翻译出版公司 1989 年版，第 364 页。
② 郑惠、瞿勃编：《瞿秋白译文集·上》，瞿秋白译，译林出版社 1999 年版，第 56 页。

文学就成了中国文学家的目标。①

这三篇译文序跋可以说是瞿秋白俄罗斯文学批评的前奏，他对俄罗斯文学研究的最大贡献是旅居俄罗斯期间完成的《俄国文学史》。1921 年到 1922 年旅俄期间，瞿秋白完成了他的学术专著《俄国文学史》，该书最初以《十月革命前的俄罗斯文学》为名收录在蒋光慈编著的《俄罗斯文学》（下卷）中，后收录在《瞿秋白文集·文学编·第二卷》中，以《俄国文学史》为名，全书共 19 节，按时间顺序，追根溯源，从俄罗斯民族的文学起源民间文学讲起，一直论述到 1917 年的十月革命。前四节"民间文学、古代文学、俄国文学之中世纪、俄国文学与西欧文明"是对俄罗斯文学起源的追溯，瞿秋白认为："俄国文学的'真'，还滥觞于古代的民间文学；文学中的'教训主义'，也早植根于文字发现之初的教会文化里；独有他的'美'之初步不得不借重于西欧的城市文明。"② 瞿秋白认为民间文学、教会文化和西欧文明是俄罗斯文学的三个源头，这三者共同促成了 19 世纪以来的俄罗斯文学。瞿秋白称 19 世纪的俄罗斯文学为"俄国文学之黎明"，此部分着墨最多，用了 11 节来论述。其中既涉及对重点作家如普希金、果戈理、列尔芒托夫、托尔斯泰、陀思妥耶夫斯基的介绍，也有对文学流派（斯拉夫派、西欧派）的论述，同时兼及社会文化运动与思潮（平民运动、社会运动）。在对 19 世纪俄罗斯文学进行详尽的论述之后，第十六节瞿秋白主要论述了"一九〇五年十月革命与旧文学"。该书的最后三节是分文体论述的，第十七节和第十八节是对俄罗斯诗歌的总体论述，第十九节是对俄罗斯文学评论的总体探讨。该书采用了社会历史分析方法，在分析作家作品时注重社会背景和文化思潮的影响。此外，瞿秋白还擅长使用比较的方法来展开研究，如把俄罗斯文学放在世界的背景下，认为俄罗斯文学受西欧文明的影响而具有了"美"。把托尔斯泰和陀思妥也夫斯基进行对比。这部文学史是瞿秋白对 1917 年之前的俄罗斯文学的全面研究，在俄罗斯文学批评方面占有举足轻重的位置，是"五四"时期较早的俄罗斯文学史专著。

继《俄国文学史》之后，除《郑振铎译〈灰色马〉序》（1923）和《〈一天的工作〉和〈岔道夫〉的译者后记》（1932）两篇译文序跋之外，瞿秋白还相继

---

① 李今主编，罗文军、樊宇婷编注：《汉译文学序跋集·第二卷·1911—1921》，上海人民出版社 2017 年版，第 241 页。
② 瞿秋白：《瞿秋白文集·文学编·第二卷》，人民文学出版社 1986 年版，第 145 页。

撰写了《劳农俄国的新作家》(1923)、《最近俄国的文学问题——艺术与人生》(1923)、《赤俄新文艺时代的第一燕》(1924)、《苏联文学的新阶段》(1932)、《论弗理契》(1932)、《真假董·吉诃德》(1933)、《关于高尔基的书——读邹韬奋编译的〈革命文豪高尔基〉》(1934)、《"非政治化的"高尔基——读〈革命文豪高尔基〉二》(1934)等文章,这些文章同样是他对俄罗斯文学的批评。从后期批评对象的选择来看,瞿秋白开始有意介绍"赤俄"的革命文学,政治导向性比较明显。《赤俄新文艺时代的第一燕》介绍了两位无产阶级文化的"第一燕"——两位死于其天职的劳工诗人,无产阶级文化运动的创始者:菲独·嘉里宁和柏塞勒夸。瞿秋白非常推崇高尔基,他在1934年撰写的《关于高尔基的书——读邹韬奋编译的〈革命文豪高尔基〉》一文中引用高尔基的原文如下:

想着,也许这是——一本好书,诚心诚意地写了的,不少人读着它而感动了,争论了,学习了思想,也许,它用新的思想使得一些人丰富起来,用自己的温暖使得许多人在冷酷的孤独时间暖和起来。(高尔基:《书》《高尔基文集》)①

这段话虽是瞿秋白引用高尔基《书》的原文说明高尔基文学的意义,但可以看作是他推崇高尔基的原因,可见瞿秋白后期的俄罗斯文学批评是与革命工作分不开的。

散文集《饿乡纪程》和《赤都心史》是瞿秋白旅苏期间的创作,他把一个"东方稚儿""此中凡路程中的见闻经过,具体事实,以及心程中的变迁起伏,思想理论,都总叙总束于此"。②1917年11月,俄国"伟大的十月社会主义革命"胜利,"俄罗斯苏维埃联邦社会主义共和国"(简称"苏俄")成立,此时的瞿秋白正在俄文专修馆学习,已对俄苏文学表现出极大的兴趣,系统阅读了大量的俄苏文学作品,"十月革命"的胜利让瞿秋白找到了心中向往的"圣地"——"苏俄"。1920年秋,瞿秋白作为《晨报》特派记者远赴苏联,开始了他的"苏俄"之旅,在此期间写下了著名的散文集《饿乡纪程》和《赤都心史》,《饿乡纪程》记述了瞿秋白从中国至莫斯科这一路的见闻,而《赤都心史》则是瞿秋白莫斯科生活的见闻。《饿乡纪程》1922年由商务印书馆作为"文学研究会丛书"之一出版(出版时的名称为《新俄国游记》),《赤都心史》1924年出版。在这两部散文

---

① 瞿秋白:《青年的九月:瞿秋白散文》,沈阳出版社2016年版,第180页。
② 瞿秋白:《赤都心史》,东方出版社2015年版,第116页。

集中，瞿秋白将"苏俄"比作伯夷叔齐的"饿乡"，在《饿乡纪程·跋》中，瞿秋白称《饿乡纪程》"具体而论，是记'自中国至俄国'之路程，抽象而论，是记著者'自非饿乡至饿乡'之心程"①。在《饿乡纪程·绪言》中，瞿秋白称自己带着"为大家辟一条光明的路"的愿望，"舍弃黑甜乡里的美食甘寝"，独自前往"红艳艳光明鲜丽的所在"。②作为《饿乡纪程》的续篇，《赤都心史》记录了瞿秋白在"赤都"莫斯科的"所见所闻所思所感"，是作者作为"东方的稚儿"的"心弦上乐谱的记录"，可谓是"饿乡"的"心路历程"。

《饿乡纪程》与《赤都心史》两部散文集深受俄罗斯文学的浸润，这不仅因为两部散文集记录的是瞿秋白的"旅苏"经历，更多层面上是瞿秋白对于俄罗斯文学的内在认同。这两部散文集最突出之处在于始终贯穿着瞿秋白的自我反省、自我解剖的精神，对于这种自省精神，赫尔岑指出：

在俄罗斯精神中有一种特征，能够把俄国与其他斯拉夫民族区别开来，这就是能够时不时进行自我反省，否定自己的过去，能够以深刻、真诚、铁面无私的嘲讽眼光来观察它，有勇气公开承认这一点，没有那种顽固不化的恶棍自私，也没有为了获得别人的谅解因而归咎自己的伪善态度。③

这种自我反省、自我解剖的精神在俄罗斯作家身上表现得较为突出，尤其是托尔斯泰。在托尔斯泰晚期的《忏悔录》《回忆录》等作品中，我们可以很容易感受到他的反省。瞿秋白这种"自省"意识首先与他对托尔斯泰文学的欣赏和认同有关。在《饿乡纪程》和《赤都心史》两部散文集中，瞿秋白多次提及托尔斯泰。《赤都心史》专门有一节写参观托尔斯泰宅邸，他翻译的第一篇作品也是托尔斯泰的短篇小说《闲谈》，可见瞿秋白对托尔斯泰情有独钟。在书赠鲁迅的一首古体诗后，瞿秋白曾自称"忏悔的贵族"：

雪意凄其心惘然，江南旧梦已如烟。

天寒沽酒长安市，犹折梅花伴醉眠。

此种颓唐气息，今日思之，恍如隔世。然作此诗时，正是青年时代。殆所谓

---

① 瞿秋白：《赤都心史》，东方出版社2015年版，第116页。
② 同上书，第5页。
③ [俄]赫尔岑著，辛未艾译：《赫尔岑论文学》，上海文艺出版社1962年版，第78页。

"忏悔的贵族"心情也。①

"忏悔的贵族"是托尔斯泰笔下的系列人物形象，其中《复活》中的聂赫留朵夫、《安娜·卡列尼娜》中的列文都是此类人物的典型，此类人物出身贵族，对上流社会的腐朽与无情深恶痛绝，同情下层民众，孜孜不倦地探求生活的意义，寻求贵族的出路。据此我们推断瞿秋白这种"忏悔的贵族"的文学气质也多半源于对托尔斯泰的认同，当然这也正好契合了瞿秋白出身"士阶层"而又不满这一阶层的腐朽、同情下层民众的困苦并孜孜不倦地探求出路这一追求。瞿秋白痛恨"士阶层"，在《饿乡纪程·二》中，他称"士阶层"是"最畸形的社会地位，濒于破产死灭的一种病的状态，绝对和我心灵的'内在要求'相矛盾。于是痛，苦，愁，惨，与我生以俱来"②。这种自我否定和批判正是一种自我解剖和自我反省。同样受俄罗斯文学这种自我反省精神的影响，瞿秋白自称是"中国之'多余的人'"。在《赤都心史》的"三五"节中，瞿秋白以"中国之'多余的人'"为题，在文章开始前引用屠格涅夫长篇小说《罗亭》（原文译为《鲁定》）中的一段话：

三五 中国之"多余的人"

……我大概没有那动人的"心"！那足以得女子之"心"；而仅仅赖一"智"的威权，又不稳固，又无益……不论你生存多久，你只永久寻你自己"心"的暗示，不要尽服从自己的或别人的"智"。你可相信，生活的范围愈简愈狭也就愈好……

——《鲁定》屠格涅夫③

此处标题中的"多余的人"一词正是源自19世纪俄罗斯文坛的文学典型"多余人"，因为屠格涅夫小说《罗亭》中的罗亭就是最为典型的"多余人"形象，此处放在题记的位置引用小说的原文应该说是最好的证明。这类人物是19

---

① 瞿秋白：《瞿秋白文集·文学编·第二卷》，人民文学出版社1986年版，第359页。
② 瞿秋白：《瞿秋白文集·文学编·第一卷》，人民文学出版社1986年版，第14页。
③ 瞿秋白：《赤都心史》，东方出版社2015年版，第231页。

世纪俄罗斯贵族知识分子的典型，与瞿秋白作为没落的"士阶层"出身一样，此类人物深谙上流社会的黑暗，不愿同流合污，又远离底层，无所作为，瞿秋白以此类人物自称，带有强烈的自省意识。但与俄罗斯文学中的"忏悔的贵族"和"多余人"不同的是，瞿秋白最终完成了对这两类人物的超越，成为一名坚定的共产主义者。

六、江苏现代其他翻译家与外国文学

除了通俗小说译者、留学英法美日作家以及上述的俄苏文学翻译作家之外,江苏现代作家中还有潘家洵、孙毓修、陈瘦竹、朱维基、席涤尘、蒯斯曛、袁水拍、陈伯吹、蒋天佐、赵家璧、郭绍虞、何公超、朱雯、陈瘦石等人也通过译介与外国文学结缘,其中潘家洵的易卜生戏剧翻译、孙毓修的童话编译和陈瘦竹的外国戏剧译介最具代表性。译介之外,这些作家在理论和创作上同样借鉴外国文学,其中陈瘦竹的戏剧理论和陈伯吹的童话创作最为突出。

(一)翻译家群体

江苏现代其他翻译家群体人数较多,其中潘家洵、陈瘦竹、孙毓修、陈伯吹、朱维基、袁水拍的翻译作品较多,在此仅就这几位作家进行介绍。在这几位作家中,潘家洵和陈瘦竹致力于戏剧翻译和研究。潘家洵的戏剧翻译始于"五四"前后,先后译有易卜生、萧伯纳和王尔德的戏剧,尤其是易卜生戏剧的译介,持续一生。潘家洵(1896—1989),江苏苏州人,现代著名戏剧翻译家、外国文学学者。1920年毕业于北京大学英国文学系,毕业后先后在北京大学、厦门大学、浙江农学院(浙江大学前身)、国立西南联合大学(云南师范大学前身)、贵州大学等校任教,抗战胜利后回到北京大学,1954年调到中国科学院从事外国文学研究工作。译有《华伦夫人之职业》(1919年《新潮》第2卷第1号,爱尔兰萧伯纳)、《易卜生集(一)》(1921年商务印书馆,挪威易卜生)、《易卜生集(二)》(1923年商务印书馆,挪威易卜生)、《温德米尔夫人的扇子》(1926年北京朴社,英国王尔德)、《我们死人再醒时》(1929年《小说月报》第20卷第10号、11号、12号,挪威易卜生)、《易卜生集》(1931年商务印书馆,挪威易卜生)、《博克门》(1931年《小说月报》第22卷第9号、10号、11号、12号,挪威易卜生)等。陈瘦竹(1909—1990),原名定节,笔名瘦竹,江苏无锡人,现代小说家、戏剧家、翻译家,长期从事中外戏剧理论的教学与研究工作。著有短篇小说集《奈何天》(1939年商务印书馆)、《奇女行》(1945年商务印书馆)和《水沫集》(1942年华中图书公司),长篇小说《春雷》(1941年江苏文艺出版社),中篇小说《声价》(1944年国民图书出版社),抗战时期著有戏剧《复仇》(1938年《东方杂志》第2号)、《醒来吧,农人!》(1939年《新西北》第4期),1949年之后著有《易卜生"玩偶之家"研究》(1958年新文艺出版社)、《论田汉的话剧创作》(1961年上海文艺出版社)、《现代剧作家散论》(1979年江苏人民出版社)、《戏剧理论文集》(1988年中国戏剧出版社)、《论悲剧与喜剧》(1983年上海文艺出版社)等专著。译有《康蒂妲》(1943年成都中西书局,爱尔兰萧伯纳)、《欧那尼》(1947年群益出版社,法国雨果)等。

孙毓修和陈伯吹是江苏现代翻译家中的儿童文学家,孙毓修的外国文学译介主要在童话方面。孙毓修(1871—1922),字星如,号留庵,江苏无锡人,儿童读物编辑专家、翻译家。1895年进入江阴南菁书院读书,1897年应聘到苏州中西学堂,开始职业生涯,1902年到康桥美国牧师赖昂女士处学习英文,1907年进入商务印书馆编译所工作,1908年开始主编《童话》丛书,自此开始外国童话翻译工作。这是"童话"一词最早在中国的出版物上出现,不过此时的"童话"与"儿童文学"的概念多有交叉,这一点从孙毓修编辑的《童话》丛书的内容就可以看出,这套丛书或译述外国的民间传说故事、童话,或改编中国的民间传说故事。据赵景深的《孙毓修童话的来源》一文记载,《童话》丛书的77种童话,29种来源于中国历史故事,如《史记》《前汉书》《后汉书》、唐人小说等,48种取材于西洋民间故事和名著。茅盾在《商务印书馆编译所和革新〈小说月报〉的前后》中也说:"这些童话大部分是从英文童话意译来的,用白话,第一本名为《无猫国》,这是中国历史上第一次有儿童文学。"①陈伯吹(1906—1997),原名汝埙,笔名夏雷,江苏宝山人,儿童文学家、翻译家。1930年主编《小学生》半月刊,1934年起担任儿童书局编辑部主任,开始译介欧美儿童文学。著有《小朋友卫生》(1931年北新书局)、《儿童故事研究》(1932年北新书局)、《阿丽思小姐》(1933年北新书局)、《火线上的孩子们》(1933年少年书局刊),译有《出卖心的人》(1933年上海中华书局,英国尼司蓓蒂)、《蓝花国》(1944年重庆中华书局,英国博特涅)、《一文奇怪的钱》(1944年重庆中华

---

① 蔡元培、蒋维乔、庄俞:《商务印书馆九十年》,商务印书馆1987年版,第149页。

书局，俄罗斯 Stepnick)、《三儿奇遇记》(1944 年重庆中华书局，英国布顿·杰克勃孙)等。

江苏现代翻译家朱维基和袁水拍在英国诗歌翻译方面成就突出。朱维基（1904—1971），文学翻译家，江苏上海县（今上海）人，1927 年开始文学翻译。译有《伪君子》(1924 年上海六社，法国莫里哀)、《道生小说集》(1928 年光华书局，英国道生)、《水仙》(1928 年光华书局，与芳信合译，爱尔兰 Oscar Wilde 等)、《家之子》(1929 年上海金屋书店，英国 W.Pater)、《失乐园》(1934 年上海第一出版社，英国弥尔顿)、《一个成功者的日记》(1935 年大光书局，英国道生)、《在战时》(1941 年上海诗歌书店，英国奥邓)、《唐璜》(1956 年新文艺出版社，英国拜伦)等。袁水拍（1916—1982），原名袁光楣，笔名马凡陀，江苏吴县人，现代诗人、翻译家。1934 年毕业于苏州高中，1935 年考入上海沪江大学（上海理工大学前身），三个月后肄业。抗战爆发后从事抗日救亡宣传，开始诗歌创作。著有《冬天，冬天》(1932 年远方书店)、《人民》(1940 年新诗社)、《沸腾的岁月》(1947 年新群出版社)、《马凡陀的山歌》(1946 年生活·读书·新知三联书店)、《向日葵》(1943 年美学出版社)、《诗与诗论（第 3 版）》(1948 年森林出版社)、《马凡陀山歌续集》(1948 年生活书店)等，译有《我的心呀，在高原》(1944 年重庆美学出版社，英国 R. 彭斯、A.E. 霍斯曼)、《彭斯诗十首》(1944 年《中原》第 1 卷第 3 期，英国 R. 彭斯)、《雪莱诗抄（七首）》(1944 年《文艺阵地》文阵新辑之二：哈罗尔德的旅行及其他，英国雪莱)、《哈罗尔德的旅行及其它》(1944 年文阵社，英国雪莱、拜伦)等。袁水拍是国内第一个译介狄金森诗歌的人，在《现代美国诗歌》(1949 年晨光出版公司)中，袁水拍选译了 5 首狄金森（书中译作狄更生）诗歌，分别为《我从来没有见过一片旷野》《我为美而死》《山在不知不觉中成长》《一只鸟在路上走来》《成功》。

（二）外国文学译介

江苏现代其他翻译家人数较多，他们的外国文学翻译作品多散见于报纸杂志，为了系统梳理这些作家的翻译状况，列表统计如下。

表上编 6-1　江苏现代其他翻译家的外国文学译介统计表①

序号	作品名称	发表时间/刊物	原著作者/译者
1	《白云塔》	1905年上海时报馆	不详/陈景韩
2	《三问答》	1908年上海商务印书馆	不详/孙毓修
3	《哑口会》	1909年上海商务印书馆	不详/孙毓修
4	《小王子》	1909年上海商务印书馆	不详/孙毓修
5	《大拇指》	1909年上海商务印书馆	不详/孙毓修
6	《大人国》	1910年上海商务印书馆	不详/孙毓修
7	《义狗传》	1910年上海商务印书馆	[美]Sarah Jane Eddy/孙毓修
8	《驴史》	1911年上海商务印书馆	不详/孙毓修
9	《梦游地球》	1911年上海商务印书馆	不详/孙毓修
10	《狮子报恩》	1913年上海商务印书馆	不详/孙毓修
11	《风箱狗》	1913年上海商务印书馆	不详/孙毓修
12	《怪石洞》	1914年上海商务印书馆	不详/孙毓修
13	《鹦鹉螺》	1914年上海商务印书馆	不详/孙毓修
14	《能言鸟》	1914年上海商务印书馆	不详/孙毓修
15	《好少年》	1914年上海商务印书馆	不详/孙毓修
16	《伊索寓言演义》	1915年上海商务印书馆	[古希腊]伊索/孙毓修
17	《〈伊索寓言演义〉演义丛书序》	1915年上海商务印书馆	孙毓修
18	《〈伊索寓言演义〉附记》	1915年上海商务印书馆	孙毓修
19	《点金术》	1915年上海商务印书馆	不详/孙毓修
20	《三王子》	1915年上海商务印书馆	不详/孙毓修
21	《鹰雀认母》	1915年上海商务印书馆	不详/孙毓修
22	《欧美小说丛谈》	1916年上海商务印书馆	孙毓修
23	《三姊妹》	1917年上海商务印书馆	不详/谢寿长、孙毓修

---

① 本表统计主要依据唐沅、韩之友、封世辉等编著的《中国文学史资料全编·现代卷：中国现代文学期刊目录汇编（7卷本）》（知识产权出版社2010年版），同时也根据其他一些史料综合整理而成，其中与外国文学相关的文学评论等一并统计在内。在统计时仅统计本章研究的几个作家，不含下编专章研究的留学英法的作家。为研究的方便，陈瘦竹的外国戏剧批评和研究统计时间延续到当代阶段，以期能系统考察陈瘦竹的外国戏剧译介。

续表

序号	作品名称	发表时间/刊物	原著作者/译者
24	《睡王》	1917年上海商务印书馆	不详/孙毓修
25	《万年龟》	1917年上海商务印书馆	不详/孙毓修
26	《海公主》	1917年上海商务印书馆	[丹]安徒生/孙毓修
27	《红帽儿》	1917年上海商务印书馆	不详/孙毓修
28	《小铅兵》	1918年上海商务印书馆	[丹]安徒生/孙毓修
29	《狮骡访猪》	1918年上海商务印书馆	不详/孙毓修
30	《驴大哥》	1918年上海商务印书馆	不详/孙毓修
31	《寻快乐》	1918年上海商务印书馆	不详/孙毓修
32	《蛙公主》	1919年上海商务印书馆	不详/沈德鸿、孙毓修
33	《兔娶妇》	1919年上海商务印书馆	不详/沈德鸿、孙毓修
34	《扇误》	1919年3月1日《新潮》第1卷第3号	[英]王尔德/潘家洵
35	《群鬼》	1919年5月1日《新潮》第1卷第5号	[挪威]易卜生/潘家洵
36	《海斯交运》	1919年上海商务印书馆	不详/沈德鸿、孙毓修
37	《华伦夫人之职业》	1919年10月30日《新潮》第2卷第1号	[英]萧伯纳/潘家洵
38	《炉火光里》	1919年12月1日《新潮》第2卷第2号	[美]Margaret Thomson/潘家洵
39	《金龟》	1919年上海商务印书馆	不详/沈德鸿、孙毓修
40	《风雪英雄》	上海商务印书馆(出版时间不详)	不详/孙毓修
41	《巨人岛》	上海商务印书馆(出版时间不详)	不详/孙毓修
42	《木马兵》	上海商务印书馆(出版时间不详)	不详/孙毓修
43	《俊男爵游记》	上海商务印书馆(出版时间不详)	不详/孙毓修
44	《审狐狸》	上海商务印书馆(出版时间不详)	不详/孙毓修
45	《睡公主》	上海商务印书馆(出版时间不详)	不详/孙毓修

续表

序号	作品名称	发表时间/刊物	原著作者/译者
46	《小人国》	上海商务印书馆（出版时间不详）	[英]Swift/孙毓修
47	《勇王子》	上海商务印书馆（出版时间不详）	[希]不详/孙毓修
48	《格兰莫尔的火》	1920年4月1日《新潮》第2卷第3号	[不详]Robert Herrick/潘家洵
49	《陋巷》	1920年5月1日《新潮》第2卷第4号	[英]萧伯纳/潘家洵
50	《无治主义略说》	1920年8月1日《解放与创造》第2卷第15号	[俄]克鲁泡特金/刘延陵
51	《福利慈欣》	1920年9月1日《新潮》第2卷第5号	[德]Sudermann/潘家洵
52	《易卜生集（一）》	1921年上海商务印书馆	[挪威]易卜生/潘家洵
53	《美国的新诗运动》	1922年2月15日《诗》第1卷第2号	刘延陵
54	《现代的贫民诗人买丝翡耳》	1922年3月15日《诗》第1卷第3号	刘延陵
55	《法国诗之象征主义与自由诗》	1922年4月15日《诗》第1卷第4号	刘延陵
56	《阿那托尔》	1922年上海商务印书馆	[奥]显尼志劳/郭绍虞
57	《教父》	1923年2月10日《小说月报》第14卷第2号	[新希腊]G. Drosines/潘家洵
58	《不吉的小月亮》	1923年3月10日《小说月报》第14卷第3号	[法]巴比塞/刘延陵
59	《华伦夫人之职业》	1923年上海商务印书馆	[英]G.BernardShaw/潘家洵
60	《〈华伦夫人之职业〉译者小序》	1923年上海商务印书馆	潘家洵
61	《十字勋章》	1923年6月10日《小说月报》第14卷第6号	[法]巴比塞/刘延陵
62	《易卜生集（二）》	1923年上海商务印书馆	[挪威]易卜生/潘家洵
63	《〈易卜生集（二）〉序》	1923年上海商务印书馆	潘家洵

续表

序号	作品名称	发表时间/刊物	原著作者/译者
64	《太好的一个梦（附：附注）》	1923年7月10日《小说月报》第14卷第7号	[法]巴比塞/刘延陵
65	《门茹洛斯》	1923年8月10日《小说月报》第14卷第8号	[新希腊]才那卜洛司/潘家洵
66	《兄弟》	1923年11月10日《小说月报》第14卷第11号	[法]巴比塞/刘延陵
67	《莫泊桑小说集》	1924年上海新文化书店	[法]莫泊桑/徐蔚南、雷晋笙
68	《十九世纪法国文学概观》	1924年4月《小说月报》第15卷号外"法国文学研究"	刘延陵
69	《葬曲》	1924年9月10日《小说月报》第15卷第9号	[法]巴比塞/刘延陵
70	《伪君子》	1924年上海六社	[法]莫里哀/朱维基
71	《〈伪君子〉译序》	1924年上海六社	朱维基
72	《华伦夫人之职业》	1925年上海商务印书馆	[爱尔兰]萧伯纳/潘家洵
73	《温德米尔夫人的扇子》	1926年北京朴社	[英]王尔德/潘家洵
74	《〈温德米尔夫人的扇子〉译者小序》	1926年北京朴社	潘家洵
75	《鸽与轻梦》	1927年上海开明书店	[英]高尔斯华绥/席涤尘、赵宋庆
76	《道生小说集》	1928年光华书局	[英]道生/朱维基
77	《海得加勃勒（四幕）》	1928年3月10日《小说月报》第19卷第3号、4月10日第19卷第4号、5月10日第19卷第5号	[挪威]易卜生/潘家洵
78	《阿芒铁拉杜的酒桶》	1928年4月30日《良友》第25期	[美]阿伦坡/朱维基
79	《爱西亚》	1928年春潮社	[俄]屠格涅夫/席涤尘、蒯斯曛
80	《水仙》	1928年上海光华书局	[爱尔兰]Oscar Wilde/朱维基、芳信
81	《小军人》	1928年11月1日《泰东》第2卷第4期	[法]Mauice Level/何公超

续表

序号	作品名称	发表时间/刊物	原著作者/译者
82	《武器与武士》	1928年上海光华书局	[爱尔兰]萧伯纳/席涤尘、吴鸿绶
83	《骄傲的眼睛》	1928年《现代小说》第1卷第5期	[英]道生/朱维基
84	《房东太太》	1929年1月1日《泰东》第2卷第5期"新年特大号"、2月1日第2卷第6期、3月1日第2卷第7期	[俄]杜斯退益夫斯基/何公超
85	《文体论》	1929年1月1日《金屋月刊》第1卷第1期	[英]W.Pater/朱维基
86	《家之子》	1929年上海金屋书店	[英]W.Pater/朱维基
87	《一个人类的产生》	1929年6月1日《泰东》第2卷第10期	[苏]高尔基/何公超
88	《乌赛罗》	1929年6月《金屋月刊》第1卷第6期	[英]莎士比亚/朱维基
89	《伊兰脱拉》	1929年8月1日《南国月刊》第1卷第4期	[奥]Hoffmansthal/朱维基
90	《西线无战事》	1929年上海平等书店	[德]雷马克/马彦祥、洪深
91	《我们死人再醒时（三幕）》	1929年10月10日《小说月报》第20卷第10号、11月10日第20卷第11号、12月10日第20卷第12号	[挪威]易卜生/潘家洵
92	《杀人者》	1929年11月16日《北新》第3卷第22期	[俄]库普林/何公超
93	《乌赛罗：幕二》	1929年12月《金屋月刊》第1卷第7期	[英]莎士比亚/朱维基
94	《矿穴里》	1930年2月1日《北新》第4卷第3期	[美]钮门/何公超
95	《苏联的宣传剧场》	1930年2月16日《北新》第4卷第4期、3月1日第4卷第5期	[德]Rene Fulop-Miller/何公超
96	《食莲花者》	1930年8月《金屋月刊》第1卷第11期	[英]丁尼生/朱维基

续表

序号	作品名称	发表时间/刊物	原著作者/译者
97	《唯美的批评》	1930年9月《金屋月刊》第1卷第12期	朱维基
98	《约会》	1930年上海金马书堂	[俄]屠格涅夫等/席涤尘
99	《滚石》	1930年11月16日《真善美》第7卷第1号、12月16日第7卷第2号	[苏]高尔基/陈瘦竹
100	《易卜生集》	1931年上海商务印书馆	[挪威]易卜生/潘家洵
101	《卓别麟东游记》	1931年3月16日《文艺新闻》第1号—1931年7月27日第20号（连载）	[英]查理·卓别麟/蒯斯曛
102	《纪许底故事》	1931年4月15日《当代文艺》第1卷第4期	[美]贾克伦敦①/蒯斯曛
103	《一个虔诚的姑娘》	1931年上海现代书局	[俄]屠格涅夫/席涤尘
104	《幸福》	1931年5月10日《现代文学评论》第1卷第2期	[保]Tedor Panov/席涤尘
105	《欢快的人》	1931年5月15日《当代文艺》第1卷第5期	[德]苏德曼/席涤尘
106	《小鸡》	1931年6月15日《当代文艺》第1卷第6期（特大号）	[荷]Heijermaus/席涤尘
107	《托尔斯泰的情书》	1931年8月10日《读书月刊》第2卷第4、5期（文学研究专号）	[俄]托尔斯泰/陈瘦竹
108	《小山上的风波》	1931年上海北新书局	不详/陈伯吹
109	《博克门》	1931年9月10日《小说月报》第22卷第9号—12月10日第22卷第12号（连载）	[挪威]易卜生/潘家洵
110	《新夫人学堂》	1931年10月15日《当代文艺》第2卷第4期	[法]纪得/席涤尘
111	《希腊英雄传》	1933年上海世界书局	[英]金斯莱/席涤尘
112	《小小的逃亡者》	1933年上海世界书局	[瑞士]史碧丽/蒯斯曛

① 今译杰克·伦敦。

续表

序号	作品名称	发表时间/刊物	原著作者/译者
113	《沙皇网下之高尔基》（《斯拉夫评论》抄译）	1933年5月1日《现代》五月号（第3卷第1期）	[俄]斯拉夫/赵家璧
114	《苦像 Le Crucifix》	1933年5月1日《文艺月刊》第3卷第11号	[不详]Lamartine/王平陵
115	《人物素描（三十六篇）》	1933年8月1日《文艺月刊》第4卷第2号、11月1日第4卷第5号、12月1日第4卷第6号	[希]赛奥夫拉斯托斯/陈瘦竹
116	《帕索斯》	1933年11月1日《现代》十一月号狂大号（第4卷第1期）	赵家璧
117	《安徒生童话集》	1933年上海世界书局	[丹]安徒生/席涤尘
118	《出卖心的人》	1933年上海中华书局	[英]尼司蓓蒂/陈伯吹
119	《〈出卖心的人〉译序》	1933年上海中华书局	陈伯吹
120	《文艺鉴赏论》	1934年1月1日《文艺月刊》第5卷第1号、3月1日第5卷第3号、4月1日第5卷第4号、5月1日第5卷第5号	[英]本奈特/陈瘦竹
121	《译诗八首》	1934年1月1日《文艺月刊》第5卷第1号	[英]梅奈尔/刘延陵
122	《伊索寓言（上、下）》	1934年上海商务印书馆	[古希腊]伊索/孙毓修
123	《海涅诗三首》	1934年3月1日《文学》第2卷第3期（翻译专号）	[德]海涅/刘延陵
124	《玫瑰》	1934年4月1日《文艺月刊》第5卷第4号	[不详]L.R.Smith/陈瘦石
125	《雾》	1934年4月1日《文学季刊》第1卷第2期	[瑞典]Selma Lagerl Of/赵家璧
126	《他的故乡》	1934年5月1日《文艺月刊》第5卷第5号	[不详]W.H.Hudson/陈瘦石
127	《近代美国小说之趋势》	1934年5月1日《现代》五月号（第5卷第1期）	[英]Milton Waldman/赵家璧
128	《近代德国小说之趋势》	1934年6月1日《现代》六月号（第5卷第2期）	[德]瓦塞曼/赵家璧
129	《失乐园》	1934年上海第一出版社	[英]弥尔顿/朱维基

续表

序号	作品名称	发表时间/刊物	原著作者/译者
130	《写实主义者的裘屈罗·斯坦因》	1934年6月1日《文艺风景》第1卷第1期	赵家璧
131	《梅兰沙（片段）》	1934年6月1日《文艺风景》第1卷第1期	[美]A.斯坦因女士/赵家璧
132	《近代西班牙小说之趋势》	1934年7月1日《现代》七月号（第5卷第3期）	[英]蒲里契/赵家璧
133	《浪漫派的忧郁病》	1934年8月1日《文艺月刊》第6卷第2号	[美]白璧德/陈瘦石
134	《近代意大利小说之趋势》	1934年8月1日《现代》八月号（第5卷第4期）	[意]皮兰得娄/赵家璧
135	《始末》	1934年9月1日《文艺月刊》第6卷第3号	[不详]斯梯因/陈瘦竹
136	《勃克夫人与黄龙》	1934年9月1日《现代》九月号（第5卷第5期）	赵家璧
137	《近代英国小说之趋势》	1934年9月1日《现代》九月号（第5卷第5期）	[英]瓦尔普尔/赵家璧
138	《美国小说之成长》	1934年10月1日《现代》十月号（第5卷第6期）"现代美国文学专号"	赵家璧
139	《怀远念旧的维拉·凯漱》	1934年10月1日《现代》十月号（第5卷第6期）"现代美国文学专号"	赵家璧
140	《古瓷》	1934年12月1日《文艺月刊》第6卷第5、6号合刊"柯立奇、兰姆百年纪念特辑"	[英]兰姆/陈瘦竹
141	《初次观剧记》	1934年12月1日《文艺月刊》第6卷第5、6号合刊"柯立奇、兰姆百年纪念特辑"	[英]兰姆/陈瘦竹
142	《今日欧美小说之动向》	1935年1月上海良友图书印刷公司	赵家璧
143	《冒险（附插图一幅）》	1935年2月15日《新小说》创刊号	[美]休伍·安德生/赵家璧

续表

序号	作品名称	发表时间/刊物	原著作者/译者
144	《华伦夫人之职业》	1935年上海商务印书馆	[爱尔兰]萧伯纳/潘家洵
145	《〈华伦夫人之职业〉译者小序》	1935年上海商务印书馆	潘家洵
146	《蔼理斯的忏悔》	1935年3月5日《文饭小品》第2期	赵家璧
147	《纸团》	1935年3月16日《译文》第2卷第1期	[美]S.安德生/赵家璧
148	《导演与演员》	1935年6月1日《文艺月刊》第7卷第6号、1936年1月1日第8卷第1号、2月1日第8卷第2号	[不详]Edward Lawis/陈瘦竹
149	《海敏威①研究》	1935年9月16日《文学季刊》第2卷第3期	赵家璧
150	《一个成功者的日记》	1935年上海大光书局	[英]道生/朱维基
151	《分离》	1936年5月1日《文学丛报》第2期	[苏]梭洛各夫/赵家璧
152	《特莱塞——从自然主义者到社会主义者》	1936年6月1日《文季月刊》创刊号	赵家璧
153	《大屠杀》	1936年8月1日《文学》第7卷第2号"高尔基纪念特辑"	[苏]高尔基/赵家璧
154	《论文学及其他》	1936年8月1日《文季月刊》八月号(第1卷第3期)	[苏]高尔基/赵家璧
155	《新传统》②	1936年上海良友图书印刷公司	赵家璧
156	《从横断小说谈到柏索斯③》	1936年9月15日《文学丛报》第1卷第6期	赵家璧
157	《普式庚之死》	1937年2月16日《译文》新2卷第6期"普式庚逝世百年纪念号"	[苏]O.克拉趣考夫卡耶/赵家璧

---

① 今译海明威。
② 美国文学论文集。
③ 今译约翰·多斯·帕索斯。

续表

序号	作品名称	发表时间/刊物	原著作者/译者
158	《慈母的坟茔》	1937年2月1日《文艺月刊》第10卷第2号	[法]A.de Lamratine/王平陵
159	《友琴·奥尼尔》	1937年3月1日《文学》第8卷第3号	赵家璧
160	《现代欧美女伟人传》	1938年上海世界书局	[美]阿丹斯/胡山源
161	《手》	1938年12月16日《文艺新潮》第1卷第3期	[美]休伍·安特生/赵家璧
162	《抗战颂》	1939年4月16日《杂志》	[英]勃脱拉/袁水拍
163	《爱国者》	1939年6月上海美商华盛顿印刷出版公司	[美]赛珍珠/朱雯等
164	《高尔基与现实主义》	1939年8月《新中国文艺丛刊》第2辑"高尔基与中国"	[苏]A.拉弗列茨基/蒋天佐
165	《地下火》	1939年上海万叶书店	[德]H.Liepmann/朱雯
166	《我们的安提蔼斯》	1939年9月10日《文艺新潮》第1卷第12期	蒋天佐
167	《上海—律师》	1939年10月现代戏剧出版社	[美]挨尔麦/于伶等
168	《一个对于诗的希望》	1939年11月1日《文艺新潮》第2卷第1期—1940年5月1日第2卷第7期"戏剧特辑"(连载)	[英]C.Day Lewis/朱维基
169	《雷所说的话:一篇火的说教》	1940年1月1日《文艺新潮》第2卷第3期"小说特辑·新年特大号"	[美]傅纳洛夫/朱维基
170	《被束缚的土地》	1940年2月《新中国文艺丛刊》第4辑"鹰"	[波]W.Wasilewska/斯曛
171	《新时代的曙光》	1940年香港海燕书店	[苏]淑雪兼珂/斯曛
172	《玛耶珂夫斯基回记录》	1940年5月1日《文艺新潮》第2卷第7期	[法]E.Triotet/袁水拍
173	《近代诗的词藻问题》	1940年6月10日《文艺新潮》第2卷第8期	[英]C.Day Lewis/朱维基
174	《近代抒情诗产生的困难》	1940年9月15日《文艺新潮》第2卷第9期	[英]C.Day Lewis/朱维基

续表

序号	作品名称	发表时间/刊物	原著作者/译者
175	《给我们这一天》	1941年2月10日《文艺阵地》第6卷第2期	[美]纽加斯/袁水拍
176	《春日行》	1941年3月25日《奔流文艺丛刊》第3辑	[美]约瑟夫·约翰生/斯嚯
177	《良心丢了》	1941年译文丛刊社	[俄]M.萨尔蒂可夫/蒋天佐等
178	《在战时》	1941年上海诗歌书店	[英]奥邓/朱维基
179	《〈在战时〉译者引言》	1941年上海诗歌书店	朱维基
180	《郎斯登·休士近作诗二章》	1941年6月1日《文学月报》第3卷第1期	[美]郎斯登·休士/袁水拍
181	《昆虫》	1941年7月30日《奔流文艺丛刊》第6辑	[苏]高尔基/袁水拍
182	《马却陀诗二首》	1941年6月10日《文艺阵地》第6卷第3期	[西]马却陀/袁水拍
183	《〈顽童流浪记〉序》	1941年上海光明书局	陈伯吹
184	《谈〈哈姆来特〉》	1942年1月15日《文艺杂志》第1卷第1期	张天翼
185	《论讽刺诗》	1942年10月30日《诗创作》第15期（诗论专号）	[英]C.D.Lewis/朱维基
186	《莎士比亚的〈哈姆雷特〉的性格》	1942年《重庆时事新报》	陈瘦竹
187	《死了一条光身汉子》	1943年1月30日《文讯》第4卷第1期	[美]Manuel Komroff/潘家洵
188	《德里之晨》	1943年3月15日《时与潮文艺》第1卷第1期（创刊特大号）	[印]阿美阿里/陈瘦竹
189	《她自己》	1943年3月20日《文艺先锋》第2卷第3期	[不详]James Paoler/潘家洵
190	《月亮下去了》	1943年上海良友复兴图书印刷公司	[美]斯坦培克/赵家璧
191	《四条虫子发脾气》	1943年5月30日《文讯》第4卷第4、5期	[美]Morton Storn/潘家洵

续表

序号	作品名称	发表时间/刊物	原著作者/译者
192	《山头底下》	《文讯》第4卷第10、11、12期（出版时间不详）	[美]海明威/潘家洵
193	《戏剧批评史纲》	1943年6月20日《文艺先锋》第2卷第5、6期	[英]聂考尔/陈瘦竹
194	《高加索之死》	1943年7月15日《时与潮文艺》第1卷第3期	[美]陶德/陈瘦竹
195	《喝点什么痛快痛快》	1943年9月15日《时与潮文艺》第2卷第1期	[美]麦克里瑞/潘家洵
196	《掉了一件好差使》	1943年10月15日《时与潮文艺》第2卷第2期"美国当代小说专号"	[美]休士/陈瘦竹
197	《情诗》	1943年成都路明书店	[俄]契诃夫/叶至善、叶至诚选
198	《萧伯纳及其〈康蒂妲〉》（《康蒂妲》译序）	1943年11月20日《文艺先锋》第3卷第5期	陈瘦竹
199	《康蒂妲》	1943年成都中西书局	[爱尔兰]萧伯纳/陈瘦竹
200	《鲁拜集》	1944年1月1日《新文学》第1卷第2期（新年号）	[波斯]莪默/孙毓棠
201	《契尔德·哈罗尔德的旅行》	1944年2月《文艺阵地》文阵新辑之二：哈罗尔德的旅行及其他	[英]拜伦/袁水拍
202	《雪莱诗抄（七首）》	1944年2月《文艺阵地》文阵新辑之二：哈罗尔德的旅行及其他	[英]雪莱/袁水拍
203	《哈罗尔德的旅行及其他》	1944年文阵社	[英]雪莱、拜伦/袁水拍
204	《〈哈罗尔德的旅行及其他〉译者附记》	1944年文阵社	袁水拍
205	《彭斯诗十首》	1944年3月《中原》第1卷第3期	[英]彭斯/袁水拍
206	《农民的悲剧——〈烟草路〉》	1944年3月《东方杂志》第40卷第6号	陈瘦竹

续表

序号	作品名称	发表时间 / 刊物	原著作者 / 译者
207	《康蒂妲（三幕剧）》	1944年3月1日《当代文艺》第1卷第3期、4月1日第1卷第4期、5月6日第1卷第5、6期	[爱尔兰]肖伯纳①/陈瘦竹
208	《我的心呀，在高原》	1944年重庆美学出版社	[英]R.彭斯、AE.霍斯曼/袁水拍
209	《〈我的心呀，在高原〉译者前记》	1944年3月初版重庆美学出版社	袁水拍
210	《托翁故居燹后巡礼》	1944年5月15日《时与潮文艺》第3卷第3期	[美]印度斯/陈瘦竹
211	《神童伏象记》	1944年重庆中华书局	[英]吉卜林/陈伯吹
212	《一家人都飞去了》	1944年重庆中华书局	[英]特里斯/陈伯吹
213	《〈一家人都飞去了〉序》	1944年重庆中华书局	陈伯吹
214	《救急》	1944年8月《微波》第1卷第1期（创刊号）	不详/袁水拍
215	《为祖国而战》	1944年8月15日《时与潮文艺》第3卷第6期	[苏]萧洛霍夫/陈瘦竹
216	《史比塞先生和菌子》	1944年9月《中原》第1卷第4期	[美]麦肯纳/袁水拍
217	《论〈威尼斯商人〉之布局》	1944年9月《文史杂志》第4卷第5、6期合刊	陈瘦竹
218	《新浪漫派剧作家罗斯当》	1944年9月20日《文艺先锋》第5卷第3期	陈瘦竹
219	《金发大姑娘》	1944年重庆美学出版社	[美]史坦培克等/亦代、水拍
220	《象征派剧作家梅特林克》	1944年10月15日《时与潮文艺》第4卷第2期	陈瘦竹
221	《反抗中的诗人》	1944年10月10日《青年文艺》新1卷第3期	[英]史梯芬·斯班特/袁水拍
222	《顿河保卫战》	1944年11月15日《时与潮文艺》第4卷第3期	[苏]肖洛霍夫/陈瘦竹

---

① 今译萧伯纳。

续表

序号	作品名称	发表时间/刊物	原著作者/译者
223	《蓝花国》	1944年重庆中华书局	[英]博特涅/陈伯吹
224	《一文奇怪的钱》	1944年重庆中华书局	[俄]Stepnick/陈伯吹
225	《〈一文奇怪的钱〉译序》	1944年重庆中华书局	陈伯吹
226	《三儿奇遇记》	1944年重庆中华书局	[英]布顿·杰克勃孙/陈伯吹
227	《出卖心的人》	1944年重庆中华书局	[英]尼司蓓蒂/陈伯吹
228	《论当代英国诗人》	1945年2月《诗文学》第1辑"诗人与诗"	[希]Demetrios Capetanakis/袁水拍
229	《丢脸的春天（中篇）》	1945年2月15日《青年文艺》新1卷第6期	[苏]爱伦堡/袁水拍
230	《世态喜剧杰作〈巴瓦列先生的女婿〉》	1945年2月《学生杂志》第22卷第3期	陈瘦竹
231	《高尔斯华绥及其〈争强〉》	1945年3月《学生杂志》第22卷第4期	陈瘦竹
232	《现代诗歌中的感性》	1945年5月《诗文学》第2辑"为了面包与自由"	[英]Stedhen Spender/袁水拍
233	《这样的"胜利"！》	1945年5月4号《文哨》第1卷第1期（创刊特大号）、7月5日第2期	[苏]爱伦堡/徐迟、袁水拍
234	《摆伦①与歌德》	1945年6月1日《文艺春秋》丛刊之四"朝雾"、9月1日《文艺春秋》丛刊之五"朝雾"	朱维基
235	《巴雷和他的理想——潘彼得》	1945年6月5日《学生杂志》第22卷第6期	陈伯吹
236	《论易卜生的〈野鸭〉》	1945年6月15日《学生杂志》第22卷第7期	陈瘦竹
237	《法国浪漫运动及雨果的〈欧那尼〉》	1945年6月15日《时与潮文艺》第5卷第2期	陈瘦竹

---

① 今译拜伦。

续表

序号	作品名称	发表时间/刊物	原著作者/译者
238	《自然主义名剧——高尔基的〈下层〉》	1945年7月15日《学生杂志》第22卷第8期、8月15日第22卷第9期、9月15日第22卷第10期	陈瘦竹
239	《易卜生〈傀儡家庭〉技巧分析》	1945年7月《文艺先锋》第7卷第1期	陈瘦竹
240	《战斗在顿河》	1945年福建联合编译社	[苏]保罗·休士林/朱雯
241	《诗人和战争》（小民族诗集）	1945年10月1日《文哨》第1卷第3期	不详/袁水拍
242	《戏剧鬼才安特列夫》	1945年10月15日《学生杂志》第22卷第11期、11月15日第22卷第12期	陈瘦竹
243	《华格㮸的〈屈烈斯丹〉》	1946年1月15日《文艺春秋》第2卷第2期	朱维基
244	《戏剧批评家莱辛》	1946年1月《东方杂志》第42卷第1号	陈瘦竹
245	《莎士比亚及其〈麦克白〉》	1946年7月《文潮月刊》第1卷第3期—1946年9月第1卷第5期（连载）	陈瘦竹
246	《三一律研究》	1946年1月15日《文讯》第6卷第1期新1号、第6卷2月15日第2期新2号（连载）	陈瘦竹
247	《地下的巴黎》	1946年福州十日谈社	[美]伊坦·歇贝尔/朱雯
248	《思》	1946年2月15日《文艺春秋》第2卷第3期	[俄]莱芒托夫/朱维基
249	《俄狄浦斯王》	1946年3月《学生杂志》第23卷第3期	陈瘦竹
250	《人民的作家德莱赛》	1946年3月25日《文联》第1卷第5期	袁水拍
251	《象童》	1946年上海三民图书公司	[英]吉百龄/陈伯吹
252	《〈象童〉作者小传》	1946年上海三民图书公司	陈伯吹
253	《〈象童〉译者序》	1946年上海三民图书公司	陈伯吹
254	《攸里比德斯和他的杰作"美狄亚"》	1946年4月15日《学生杂志》第23卷第4期	陈瘦竹

续表

序号	作品名称	发表时间/刊物	原著作者/译者
255	《法国古典悲剧与〈熙德〉》	1946年5月15日《时与潮文艺》第5卷第5期	陈瘦竹
256	《悲剧与戏剧》	1946年5月《文潮》第1卷第1期	陈瘦竹
257	《纽约街头的山歌》	1946年7月16日《清明》第3号	不详/袁水拍
258	《论排场戏》	1946年9月《观察》第1卷第2期	陈瘦竹
259	《静的戏剧与动的戏剧》	1946年9月《文潮》第1卷第4期	陈瘦竹
260	《三天》	1946年11月上海海燕书店	[苏]戈尔巴托夫/斯嚑
261	《戏剧与观众》	1946年11月《观察》第1卷第10期	陈瘦竹
262	《自然主义戏剧论》	1946年12月20日《文艺先锋》第9卷第5、6期合刊	陈瘦竹
263	《小金公鸡的故事》	1947年1月15日《文艺春秋》第4卷第1期	[苏]普式庚①/陈伯吹
264	《戏剧定律》	1947年1月《东方杂志》第43卷第2号	陈瘦竹
265	《〈罗密欧与朱丽叶〉研究》	1947年2月1日《文潮》第2卷第4期	陈瘦竹
266	《戏剧往何处去——戏剧节感言》	1947年2月13日《大公报·戏剧与电影》周刊	陈瘦竹
267	《普希金与儿童文学》	1947年2月15日《文艺春秋》第4卷第2期	陈伯吹
268	《匹克威克外传（上下）》	1947年上海骆驼书店	[英]狄更斯/蒋天佐
269	《早恋》	1947年上海日新出版社	[苏]夫雷雅曼/胡山源
270	《欧那尼》	1947年群益出版社	[法]雨果/陈瘦竹
271	《〈欧那尼〉译后记》	1947年群益出版社	陈瘦竹

① 今译普希金。

续表

序号	作品名称	发表时间/刊物	原著作者/译者
272	《编剧原理》	1947年4月1日《文潮》第2卷第6期	[爱尔兰]萧伯纳/陈瘦竹
273	《萨尔蒂可夫寓言》	1947年上海海燕书店	[俄]萨尔蒂可夫/蒋天佐
274	《囚徒歌三首》	1947年5月20日《人世间》复刊第3期	不详/袁水拍
275	《戏剧基于人生关键说》	1947年5月《东方杂志》第43卷第10号	陈瘦竹
276	《〈阿尔刻提斯〉简论》	1947年6月5日《大公报·戏剧与电影》周刊	陈瘦竹
277	《月亮下去了》	1947年上海晨光出版公司	[美]约翰·斯坦贝克/赵家璧
278	《回忆罗斯福》（人物志）	1947年6月20日《人世间》复刊第4期	[不详]亨利·华莱斯/袁水拍
279	《让美国重新成为美国》	1947年7月20日《人世间》复刊第5期	[美]朗斯敦·休斯/袁水拍
280	《从复活看毁灭（猎书偶记·四）》	1947年8月15日《读书与出版》（复刊版）第16期	蒋天佐
281	《论悲剧人生观》	1947年7月《观察》第2卷第20期	陈瘦竹
282	《亚里斯多德论悲剧》	1947年9月1日《文潮月刊》第3卷第5期	陈瘦竹
283	《玛德里之雪》	1947年11月《诗创造》第5期"箭在弦上"	[美]乔伊·达薇曼/袁水拍
284	《论悲剧之功用》	1947年11月1日《文潮》第4卷第1期	陈瘦竹
285	《一个断手指的人》	1947年11月15日《文讯》第7卷第5期（文艺专号）	[美]卡尔·桑特堡/袁水拍
286	《论"戏剧的"》	1947年12月1日《文潮》第4卷第2期	陈瘦竹
287	《流浪汉的歌》	1947年12月《诗创造》第6期"岁暮的祝福"	不详/袁水拍
288	《巴黎的陷落》	1947年群益出版社	[苏]爱伦堡/徐迟、袁水拍

续表

序号	作品名称	发表时间/刊物	原著作者/译者
289	《凯旋门》	1948年上海文化生活出版社	[德]雷马克/朱雯
290	《戏剧普遍律》	1948年2月1日《文潮》第4卷第4期	陈瘦竹
291	《评叔本华的天才论》	1948年3月15日《文讯》第8卷第3期"文艺专号"	蒋天佐
292	《奥列佛尔》	1948年上海骆驼书店	[英]迭更司①/蒋天佐
293	《〈奥列佛尔〉作者序》	1948年上海骆驼书店	蒋天佐
294	《持锄人》	1948年4月《诗创造》第10期"美丽的敦河"	[美]马克亨/袁水拍
295	《希腊戏剧艺术之渊源与竞赛》	1948年4月25日《文艺先锋》第12卷第3、4期	陈瘦竹
296	《希腊戏剧艺术之剧场与布景》	1948年5月《文艺先锋》第12卷第5期	陈瘦竹
297	《莎士比亚传略》	1948年5月8日《和平日报》	不详/陈瘦竹
298	《荒野的呼唤》	1948年上海骆驼书店	[美]杰克·伦敦/蒋天佐
299	《雪虎》	1948年上海新知书店	[美]杰克·伦敦/蒋天佐
300	《自由列车》	1948年6月《中国新诗》第一集"时间与旗"	[美]休士/袁水拍
301	《希腊戏剧艺术之演员与观众》	1948年6月《文艺先锋》第12卷第6期	陈瘦竹
302	《爱斯基罗斯之生平》	1948年6月1日《文潮》第5卷第2期、7月1日第5卷第3期	陈瘦竹
303	《天堂牧场》	1948年8月《中学生》第202期—1949年4月第210期（连载）	[美]史坦倍克/叶至美
304	《沈特拉里煤矿惨案》	1948年8月《人世间》复刊第13期（第3卷第1期）	[美]密拉·朗贝尔/袁水拍
305	《诗二章》	1948年8月《中国新诗》第三集"收获期"	[菲列宾]巴董布赫/袁水拍

---

① 今译狄更斯。

续表

序号	作品名称	发表时间／刊物	原著作者／译者
306	《菲列宾的圣诞节》	1948年9月《中国新诗》第四集"生命被审判"	[菲列宾]巴董布赫／袁水拍
307	《肖像（意大利即兴戏剧大纲）》	1948年《和平日报》（具体年月不详）	不详／陈瘦竹
308	《流亡曲》	1948年上海文化生活出版社	[德]雷马克／朱雯
309	《兽医历险记》	1949年上海中华书局	[瑞士]休·罗芙汀／陈伯吹
310	《〈兽医历险记〉译序》	1949年上海中华书局	陈伯吹
311	《现代美国诗歌》	1949年上海晨光出版公司	[美]康瑞·蔼根等／袁水拍
312	《〈现代美国诗歌〉出版者言》	1949年上海晨光出版公司	袁水拍
313	《南边的风》	1949年香港新群出版社	[苏]格林／叶至善
314	《旗手》	1949年香港群众出版社	[苏]A.冈察尔／袁水拍
315	《〈旗手〉译者附记》	1949年香港群众出版社	袁水拍
316	《新时代的曙光》	1949年上海海燕书店	[苏]左琴科／斯曛
317	《英国诗选》	上海大东书局（出版时间不详）	[英]崩思等／朱维基等
318	《梭弗洛诺夫的〈莫斯科性格〉》	1950年3月《文艺》第1卷第3期	陈瘦竹
319	《剧本创作问题——三月十五日在南京文联文艺晚会上的讲话》	1950年4月《文艺》第1卷第4期	陈瘦竹
320	《〈俄罗斯问题〉底思想内容和艺术价值的统一》	1950年11月15日《新华日报》	陈瘦竹
321	《苏洛夫及其〈莫斯科的黎明〉》	1953年5月2日《文艺报》	陈瘦竹
322	《谈影片〈牛虻〉》	1956年6月10日《新华日报》	陈瘦竹
323	《简谈话剧剧本开头》	1956年《剧本》第6期	陈瘦竹（与沈蔚德合著）
324	《谈喜剧》	1959年6月《江苏戏曲》	陈瘦竹
325	《文学与戏剧》	1961年《雨花》第2、3期	陈瘦竹
326	《关于喜剧问题》	1961年3月2日《文汇报》	陈瘦竹
327	《论戏剧冲突》	1961年《雨花》第2、3期	陈瘦竹

续表

序号	作品名称	发表时间/刊物	原著作者/译者
328	《戏剧与性格描写》	1961年11月11日《文汇报》	陈瘦竹
329	《论喜剧中的幽默与讽刺——〈在延安文艺座谈会上的讲话〉学习笔记》	1962年《江海学刊》第5期	陈瘦竹
330	《马克思主义以前欧洲戏剧理论》	1962年《南京大学学报》第2期	陈瘦竹
331	《历史唯物主义与戏剧》	1964年《江海学刊》第5期	陈瘦竹
332	《喜剧简论》	1979年《电影与戏剧》第1期	陈瘦竹
333	《现代剧作家散论》①	1979年江苏人民出版社	陈瘦竹
334	《杰出的戏剧艺术家——田汉》	1979年《剧本》第4期	陈瘦竹
335	《论〈悲剧精神〉》	1979年《文艺报》第5期	陈瘦竹
336	《关于悲剧冲突和悲剧人物》	1980年《群众论丛》第1期	陈瘦竹
337	《悲剧漫谈》	1980年《文史哲》第2期	陈瘦竹
338	《论悲剧与喜剧》②	1983年上海文艺出版社	陈瘦竹(与沈蔚德合著)
339	《评弗洛伊德论幽默》	1987年《河北师院学报》第3期	陈瘦竹
340	《戏剧理论文集》③	1988年中国戏剧出版社	陈瘦竹
341	《悲剧并未衰亡》	1988年2月6日《文艺报》	陈瘦竹

① 含与外国戏剧和理论相关的文章:《莎士比亚的〈威尼斯商人〉》《易卜生的〈玩偶之家〉》等。

② 含与外国戏剧和理论相关的文章:《谈契诃夫的独幕喜剧〈求婚〉》《易卜生〈玩偶之家〉观后随感》《论喜剧中的幽默与机智》《叫观众"笑得开心"》《象征主义戏剧和现实生活》《悲剧往何处去》《论〈麦克白〉〈理查三世〉及悲剧人物》《"风俗的明镜"——世态喜剧名著〈造谣学校〉》《异曲同工——关于〈牡丹亭〉和〈罗密欧与朱丽叶〉》《〈罗密欧与朱丽叶〉试析》《悲剧漫谈》等。

③ 含与外国戏剧和理论相关的文章:《欧美喜剧理论概述》《谈剧本的开头》《读剧一得》《王尔德的唯美主义理论和他的喜剧》《"公众的镜子"——莫里哀〈妇人学堂〉及其喜剧理论》《关于当代欧洲"反戏剧"思潮》《谈荒诞戏剧的衰落及其在我国的影响》等。

续表

序号	作品名称	发表时间/刊物	原著作者/译者
342	《〈笑与喜剧美学〉序》	1988年中国戏剧出版社《笑与喜剧美学》（倖荣本）	陈瘦竹
343	《悲剧从何处来》	1988年《河北师院学报》第2期	陈瘦竹
344	《谈〈榆树下的欲望〉——兼评柏林教授论述》	1988年《名作欣赏》第2期	陈瘦竹
345	《说嘲弄》	1988年《南京大学学报》第3期	陈瘦竹
346	《人类心灵的画师——纪念尤金·奥尼尔诞辰100周年》	1988年6月14日《人民日报》	陈瘦竹
347	《评"熵与悲剧'衰亡'论"》	1988年《戏剧》秋季号	陈瘦竹
348	《奥尼尔晚期悲剧的特色及其贡献》	1989年《浙江学刊》第3期	陈瘦竹
349	《陈瘦竹戏剧论集》（上、中、下）	1999年江苏教育出版社	陈瘦竹

从上表统计可以发现，在江苏现代其他翻译家之中，陈瘦竹和潘家洵在外国戏剧译介方面有突出贡献。陈瘦竹1929年考入武汉大学外文系，当时"陈源讲授英国小说、戏剧与翻译"①，由此接触大量外国文学作品，也因此奠定了语言基础，为日后的外国戏剧研究打下基础，1933年毕业之后任国立编译馆编译，在国立编译馆期间，陈瘦竹翻译了萧伯纳的戏剧《康蒂妲》。1940年，陈瘦竹进入国立戏剧专科学校教书，曹禺、洪深、焦菊隐、应云卫等戏剧家先后在此执教，教学之余，陈瘦竹"阅读了大量的戏剧书籍，并应约翻译了英国戏剧理论家尼柯尔的《戏剧理论》"②，由此走上了外国戏剧译介的道路。陈瘦竹的戏剧翻译和戏剧理论翻译多散见在《文艺先锋》《学生杂志》《戏剧论丛》等期刊上。陈瘦竹不仅是一个戏剧翻译家，还是一个戏剧评论家，他先后翻译了两部戏剧，一部是萧伯纳

---

① 南京大学文学院编：《南京大学文学院百年史稿》，南京大学出版社2014年版，第250页。

② 同上书，第251页。

的《康蒂姐》，另一部是雨果的《欧那尼》。《康蒂姐》一书 1943 年由中西书局出版，这是萧伯纳早期的作品，却被认为是"不朽作品"。陈瘦竹专门为此剧写了一篇译序《萧伯纳及其〈康蒂姐〉》，该文写于 1942 年，是陈瘦竹较早的戏剧评论。在这篇译序中，陈瘦竹首先介绍了萧伯纳的戏剧之路，认为萧伯纳的戏剧"总以宣扬某种观念为主，所以他的剧作的特色，不在外形而在内容，不在动作而在观念"①。文章在第二部分中指出萧伯纳"为了教育观众而写剧"，"除了讽刺上流社会的丑恶之外，他对于男女两性关系常发奇论"。《康蒂姐》体现了萧伯纳的"女性观"——"他认为女子既在恋爱中居于主动地位，在结婚后，她就成为'一家之主'。女子因此强于男子，具有一种'保护本能'，她不仅保护子女，而且保护丈夫"。②1947 年，《欧那尼》由群益出版社出版，陈瘦竹在书前撰写了《法国浪漫运动与雨果》一文作为译序。陈瘦竹在文中首先介绍了"法国浪漫运动"，指出雨果 1827 年 12 月发表的《〈克伦威尔〉序文》是浪漫主义的第一声信号，雨果的《欧那尼》和大仲马的《亨利三世》就是浪漫派和古典派的正式交战。文章第二部分介绍了雨果的"怪诞说"，即"主张怪诞，大道形式规则，崇奉天才独创，偏重时代地方特性"③，而《欧那尼》一剧就是这一理论的实践。

　　剧本翻译之外，陈瘦竹还翻译了一些戏剧方面的理论文章，先后翻译了《人物素描（三十六篇）》（1933 年《文艺月刊》，希腊赛奥夫拉斯托斯）、《文艺鉴赏论》（1934 年《文艺月刊》，英国小说家本奈特）、《导演与演员》（1935 年至 1936 年《文艺月刊》，Edward Lawis，具体国家不详）、《戏剧批评史纲》（1943 年《文艺先锋》，英国戏剧理论家聂考尔）、《编剧原理》（1947 年《文潮》，爱尔兰萧伯纳）等戏剧文论。理论文章译介之外，陈瘦竹还撰写了很多外国戏剧研究文章，既有对外国戏剧作家作品的批评，如《俄狄浦斯王》《论〈威尼斯商人〉之布局》《论易卜生的〈野鸭〉》《农民的悲剧——〈烟草路〉》《世态喜剧杰作〈巴瓦列先生的女婿〉》《高尔斯华绥及其〈争强〉》《易卜生的〈玩偶之家〉》《莎士比亚的〈威尼斯商人〉》《梭弗洛诺夫的〈莫斯科性格〉》《攸里比德斯和他的杰作"美狄亚"》等，也有对外国戏剧思潮的研究，如《希腊戏剧艺术之渊源与竞

---

① 陈瘦竹、沈蔚德：《论悲剧与喜剧》，上海文艺出版社 1983 年版，第 215 页。
② 同上书，第 219 页。
③ 朱栋霖、周安华编：《陈瘦竹戏剧论集（中册）》，江苏教育出版社 1999 年版，第 784 页。

赛》《希腊戏剧艺术之剧场与布景》《希腊戏剧艺术之演员与观众》《关于当代欧洲"反戏剧"思潮》，这些外国戏剧评论和研究将戏剧理论融合在具体的外国戏剧作品之中，极具理论品格。

潘家洵的戏剧翻译集中于易卜生的剧本，易卜生是 19 世纪最受推崇的现实主义剧作家，"五四"时期的现代话剧运动也是借助演出易卜生的剧作开始的，潘家洵的易卜生戏剧翻译为读者提供了可读的译本。早在 1919 年，潘家洵尚在北京大学读书时就翻译了易卜生的《群鬼》，发表在 1919 年 5 月 1 日《新潮》杂志第 1 卷第 5 号上。1921 年 8 月，潘家洵翻译的《易卜生集（一）》由上海商务印书馆出版发行，此部集子包括了易卜生的三部剧作：《娜拉》《国民公敌》和之前翻译的《群鬼》，胡适作为这部集子的校订者，把自己在《新青年》杂志上发表的《易卜生主义》作为附录，称潘家洵的这一译著是"中国译界对于易卜生补过的机会到了"①，可见胡适对这部集子评价之高。潘家洵为这部集子作了一个序，名为《易卜生传》，这篇序言是潘家洵对易卜生生平和创作的整体梳理，文章对《娜拉》《群鬼》和《国民公敌》等作品进行了解读。潘家洵认为易卜生的社会问题"打定主意要替这满身是病的社会诊病开脉案"，但和托尔斯泰不同，是一个"只开脉案，不开药方"的医生，只是揭示社会的病症，并未提供治愈的良方。他认为"易卜生还有一个特点，就是：他在著作里表现人生的时候决不肯放松一点，绝少宽恕，容忍，偏私，或是感情用事的地方"。②1923 年 6 月，潘家洵翻译的《易卜生集（二）》由上海商务印书馆出版发行，这部集子收录了易卜生的两个戏剧《少年党》和《大匠》，《少年党》是易卜生最早的社会问题剧，《大匠》是易卜生后期的作品，潘家洵为这部集子写了序，对这两篇戏剧进行了详细的解读。潘家洵认为《少年党》是一个"十分巧妙的喜剧"，有点类似于《国民公敌》。较之《少年党》，潘家洵对《大匠》的解读更为精妙，他认为：

《大匠》可以说是建筑师索尔奈斯的精神历史，亦就可以说是易卜生自己的精神历史，换句话说，就是作者自己心象的剖析。

....

索尔奈斯不是一个造教堂、造住宅的人，是个造剧本、造诗歌的人。他最初

---

① 李今主编，罗文军编注：《汉译文学序跋集·第二卷·1911—1921》，上海人民出版社 2017 年版，第 411 页。

② 同上。

造的有高塔的教堂是指易卜生早年做的历史剧、浪漫剧。后来造的人的住宅代表他的白话社会剧,意思是说社会剧切近人生,对于人类的用处大些。最后造的空中楼阁是指他的描写精神生活的剧本——《大匠》就属于这一类——我们读着渐渐地觉得人气少鬼气多了。①

译序结合《大匠》这部作品对易卜生一生的创作进行了解读,足见潘家洵对易卜生及其剧作的认知之深,这对于译者而言是非常难能可贵的。1949年之后,潘家洵继续翻译易卜生的戏剧,并于1956年至1959年期间由人民文学出版社出版了四卷本的《易卜生戏剧集》,共收录13部易卜生剧作。《易卜生戏剧集(一)》于1956年7月出版,收录《青年同盟》②《社会支柱》《玩偶之家》三部剧作。《易卜生戏剧集(二)》于1956年7月出版,收录《群鬼》《人民公敌》《海达·高布乐》三部剧作。《易卜生戏剧集(三)》于1958年1月出版,收录《野鸭》《罗斯莫庄》《海上夫人》三部剧作。《易卜生戏剧集(四)》于1959年3月出版,收录《建筑师》③《小艾友夫》《约翰·盖勃吕尔·博克曼》《咱们死人醒来的时候》四部剧作。1958年10月,人民文学出版社出版了《易卜生戏剧四种》,内含《社会支柱》《玩偶之家》《群鬼》《人民公敌》四部剧作。1963年,人民文学出版社出版了《玩偶之家》的单行本。除翻译易卜生剧作之外,潘家洵还翻译了萧伯纳和王尔德的戏剧作品。早在1919年3月1日,潘家洵就在《新潮》杂志第1卷第3号上发表了王尔德的戏剧《扇误》,这篇戏剧后被译为《温德米尔夫人的扇子》,是王尔德的名剧,单行本于1926年6月由北京朴社出版发行。1919年10月30日,潘家洵在《新潮》第2卷第1号上发表了萧伯纳的戏剧《华伦夫人之职业》,单行本于1923年4月由上海商务印书馆出版发行。

在江苏现代其他翻译家中,孙毓修在外国童话译介方面具有开创性作用。对于现代文学而言,谈起童话,绕不开的一个人物就是孙毓修,他开启了真正意义上的外国童话翻译,并影响了"五四"一代童话作家的创作。童话是儿童文学的一种,我国古代没有童话一词,而"五四"时期诞生的现代童话主要是从翻译、改编及模仿外国童话开始,是文学童话。中国第一次出现童话一词,是1909年

---

① [挪威]易卜生著,潘家洵译,胡适校:《易卜生集(二)》,商务印书馆1923年版,第2—3页。
② 最初收录在《易卜生集(二)》中,名为《少年党》。
③ 最初收录在《易卜生集(二)》中,名为《大匠》。

孙毓修创办的《童话》丛书。① 茅盾在《关于"儿童文学"》一文中认为：

"五四"时代的儿童文学运动，大体说来，就是把从前孙毓修先生（他是中国编辑儿童读物的第一人）所已经"改编"（retold）过的或者他未曾用过的西洋的现成"童话"再来一次所谓"直译"。我们有真正翻译的西洋"童话"是从那时候起的。②

孙毓修编译的《童话》丛书中的故事有的取材于旧事，有的取材于欧美流行故事，类似于编译的作品。对于"童话"这种舶来的文体，孙毓修有自己的主张，这些主张主要体现在《〈童话〉的"初集广告"》和《〈童话〉序》两篇文章中。在《〈童话〉序》中，孙毓修叙述了欧美国家童话的起源，指出欧美人"盛作儿童小说"以"合儿童之程度"，"说事虽多怪诞，而要轨于正则，使闻者不懈而几于道，其感人之速，行世之远，反倍于教科书"。正是因为欧美国家童话如此受欢迎，孙毓修"与欧美诸国之所流行者，成童话若干集"，"意欲假此以为群学之先导，后生之良友"。③ 同样，孙毓修在《〈童话〉的"初集广告"》中的一段话，可以作为童话这一文体特征的描述：

故东西各国特编小说为童子之用，欲以启发知识，含养德性，是书以浅明之文字，叙奇诡之情节，并多附图画，以助兴趣；虽语言滑稽，然寓意所在必轨于远，童子阅之足以增长德智。④

这段话首先指出了"童话"的功能和文体特点，孙毓修称要以童话启发智力，含养德性，使得"童子阅之足以增长德智"，这是要通过童话达到启智和教育的目的。"浅明之文字""奇诡之情节""多附图画""语言滑稽"是童话的文体特点。由孙毓修的童话相关论述来看，与后来的童话概念很相似。对于童话的编辑特点，孙毓修强调要根据儿童的特点和不同年龄段来确定童话编排的原则，因此，《童话》丛书的初辑标明适用于七八岁的儿童，第2辑和第3辑适用于10岁

---

① 洪汛涛：《洪汛涛童话论著·童话学》，长江文艺出版社2018年版，第185页。
② 王泉根编：《中国现代儿童文学文论选》，广西人民出版社1989年版，第396页。
③ 王泉根编著：《民国儿童文学·文论辑评（上）》，希望出版社2016年版，第16—17页。
④ 洪汛涛：《洪汛涛童话论著·童话学》，长江文艺出版社2018年版，第189页。

到 11 岁的儿童。此外，孙毓修的童话编译选择范围广泛，涉及多个国家和作家，包括格林童话、安徒生童话及其他没有标注的外国童话，这些译介对于"五四"现代童话的发生起到了极大的推动作用。

孙毓修被称为"现代中国童话的祖师"。就影响力而言，孙毓修的童话翻译在"五四"时期的影响是其他童话翻译家无法企及的，《童话》丛书对当时的小读者和童话创作者产生了巨大影响，冰心、张天翼等都自称受到孙毓修童话的影响。张天翼也说自己在初小的运动会奖品是孙毓修先生编的"十几册商务印书馆的童话"①。冰心曾回忆说："我接触到当时为儿童写的文学作品，是在我十岁左右。我的舅舅从上海买到的几本小书，如《无猫国》《大拇指》等，其中我尤其喜欢《大拇指》……"②赵景深在谈及孙毓修童话时也说"我在儿时也是一个孙毓修派呢"③，并在《关于童话的讨论》一文中称"幼时看孙毓修的《童话》，第一、二页总是不看的，他那些圣经贤传的大道理，不但看不懂，就是懂也不愿去看"④。这其中既道出了自己受孙毓修童话的影响，也同时指出了孙毓修《童话》编译中的"教育训诫"目的。

（三）理论与创作借鉴

在理论和创作影响层面，陈瘦竹的戏剧理论和陈伯吹的童话创作深受外国文学影响。陈瘦竹关于外国戏剧的研究和评论收集在 1999 年出版的朱栋霖与周安华合编的《陈瘦竹戏剧论集》中，这部论集分为上、中、下三册，由江苏教育出版社出版，内容包括四卷，第一卷是戏剧基本理论研究，第二卷是悲剧与喜剧研究，第三卷是外国戏剧研究，第四卷是中国现代戏剧研究，这部论集收录的论文大多发表在各种报纸期刊上或收录在专著《论悲剧与戏剧》《戏剧理论文集》中。这部戏剧论集中第一卷和第二卷的研究都是在外国戏剧理论的基础上展开的，因

---

① 张天翼：《我的幼年生活》，载沈承宽、黄侯兴、吴福辉编《中国文学史资料全编·张天翼研究资料》，知识产权出版社 2010 年版，第 106 页。

② 冰心著，卓如编：《冰心全集·第六册·文学作品（1980—1986）》，海峡文艺出版社 2012 年版，第 5 页。

③ 赵景深：《孙毓修童话的来源》，载王泉根评选《中国现代儿童文学文论选》，广西人民出版社 1989 年版，第 742 页。

④ 王泉根编：《中国现代儿童文学文论选》，广西人民出版社 1989 年版，第 233 页。

为戏剧作为一种"舶来"的文体，其理论和实践基本都源自外国戏剧，第三卷的外国戏剧评论直接就是对外国戏剧的批评实践，第四卷中国现代戏剧研究虽然研究对象是中国戏剧，但其批评的视角多是在外国戏剧理论的视域中展开的，因此我们说陈瘦竹的戏剧研究与批评都是与外国戏剧有关的，与外国文学之间渊源深厚，陈瘦竹正是在此基础上建构了自己独特的戏剧理论。对于戏剧研究，陈瘦竹在《戏剧理论文集·后记》中曾说：

> 四十年代初，我译《戏剧理论》时曾想到应该联系中国话剧，直到五十年代初，这个意念忽又浮现在我脑际，是否可以运用马克思主义的观点和方法综合外国戏剧和中国戏曲和话剧，建立新的理论体系。①

这是陈瘦竹对自己戏剧批评理论的总结，他的戏剧理论包括戏剧本体论、悲剧论和喜剧论。在戏剧本体论中，陈瘦竹重视观众在戏剧中的作用，他推崇法国剧评家萨塞的"无观众则无戏剧"，认为先有好观众才有好戏剧（《戏剧与观众》）。陈瘦竹关于戏剧基本理论的研究多是对西方戏剧家的理论进行阐述，《戏剧定律》是对19世纪法国批评家布雨纳丹的"戏剧冲突说"的研究，《戏剧基于人生关键说》是对英国戏剧批评家威廉·亚彻戏剧观的研究，威廉·亚彻反对布雨纳丹的"戏剧冲突说"，提出"关键说"，认为"戏剧的本质在于人生中的重大关键"。而《戏剧普遍律》一文研究的是英国著名剧评家琼斯的"普遍律"，旨在调和威廉·亚彻与布雨纳丹的观点，陈瘦竹在评述"普遍律"时大量译介和引用琼斯的论著观点。《马克思主义以前欧洲戏剧理论》一文系统梳理了希腊戏剧理论、罗马戏剧理论、文艺复兴时期的戏剧理论、古典主义戏剧理论、资产阶级启蒙主义者戏剧理论、浪漫主义戏剧理论、俄国革命民主主义者戏剧理论，在此基础上，陈瘦竹认为马克思主义戏剧理论是欧洲戏剧理论发展的最高峰，此文表现出陈瘦竹在西方戏剧理论方面的渊博学识。陈瘦竹的悲剧论和喜剧论主要集中在《陈瘦竹戏剧论集》的第二卷悲剧与喜剧研究中，这些论文有部分收录在《论悲剧与喜剧》一书中，《论悲剧与喜剧》1983年由上海文艺出版社出版，这是国内第一本专门研究戏剧美学的专著。陈瘦竹关于悲剧的理论主要基于亚里士多德的悲剧理论，以莎士比亚的悲剧为典型展开探讨，他认为悲剧精神的实质是悲壮和悲愤，悲剧的美属于崇高和阳刚。在欧洲戏剧文学史上，莎士比亚悲剧是继希腊

---

① 陈瘦竹：《戏剧理论文集》，中国戏剧出版社1988年版，第559页。

悲剧之后的又一高峰（《论悲剧精神》）。陈瘦竹的《当代欧美悲剧理论述评》从悲剧人生观、悲剧冲突、悲剧人物、悲剧节奏、悲剧快感等方面系统梳理了当代欧美悲剧理论。在喜剧理论方面，陈瘦竹在欧洲喜剧分类以及中国现代喜剧创作实践的基础上把喜剧分为讽刺喜剧、幽默喜剧和赞美喜剧，并以讽刺、幽默和赞美为喜剧精神的三种特征（《喜剧简论》）。

从创作层面的影响而言，上述翻译家在创作方面相对较少，其中潘家洵有戏剧创作、袁水拍有诗歌创作、陈伯吹有小说和童话创作。就外国文学影响而言，陈伯吹的童话创作最为显著，他的童话创作是在外国文学的影响下开始的，尤其是初期的童话创作。关于这一点，陈伯吹在《〈波罗乔少爷〉后记》①中说："我开始学写童话，不是从本民族民间文学的土壤中汲取养料，而是几乎在西洋文学的神话与传说、寓言与童话的影响下执笔的。"他称1929年到1930年在北新书局出版的两册《小朋友童话》是"邯郸学步"，并称1931年的《阿丽思小姐》是"在阅读了《阿丽思漫游奇境记》的启发和推动之下"，创作的"中国阿丽思"。《波罗乔少爷》这个童话的名称也是来源于俄罗斯文学的"普罗乔亚"，是"为了逃避当时国民党反动派对进步书籍的查禁与对作者的迫害"而采取的"隐讳"和"想方设法地变异"。②

---

① 张黛芬、文秀明编：《陈伯吹研究专集》，少年儿童出版社1990年版，第145页。
② 同上书，第146页。

下编

个案研究

江苏现代作家不乏大家，刘半农的散文诗是外国散文诗的"移植"；卞之琳的诗歌深受英法现代主义诗歌的影响，带有一种特有的情感节制的"晦涩"；朱自清和陈西滢的散文创作融入英国随笔的意味；宗白华一生致力于中西比较诗学研究，是"融贯中西艺术理论的一代美学大师"；丁西林、杨绛与王文显被称为"中国现代幽默喜剧三座丰碑"，他们的喜剧创作受到西欧世态喜剧的影响；洪深是现代作家中到国外专攻戏剧的"破天荒第一人"，他对戏剧这种"舶来"文体的实践做出了突出贡献；叶圣陶的童话创作深受安徒生和王尔德童话的影响，给中国的童话开了一条自己创作的路；钱钟书的小说《围城》带有鲜明的"西化"特征；叶灵凤的小说融入弗洛伊德心理分析。他们因大量接触西方文学与文化，在创作中自觉或不自觉地受到外国文学的影响，在"借镜西方"中保持"本来面目"，彰显出中外文学与文化的兼收并蓄。

一、刘半农："欲自造一完全直译之文体"

在中国现代文学史上，刘半农是"初期白话三诗人"之一，与胡适、沈尹默并称。早年在上海"卖文为活"和《新青年》时期的小说、诗歌翻译与留学英法的人生经历，使其与外国文学结缘，其小说、诗歌创作也因此打上鲜明的外国文学印记。早在《新青年》时期，刘半农就开始诗歌翻译并形成自己的诗歌翻译观，提出借鉴英法诗歌"增多诗体"，将散文诗体从西方移植到中国，并最早尝试散文诗的创作。刘半农的诗歌创作主要集中在《扬鞭集》和《瓦釜集》，《扬鞭集》中的诗歌带有屠格涅夫关注现实的色彩，而《瓦釜集》是一部民歌体的诗歌集，更多得益于外国民歌的翻译。刘半农小说翻译方面的贡献在前面通俗小说译介部分已经论述过，本部分仅就他在诗歌方面与外国文学的渊源展开探讨。

（一）诗歌翻译观：从"抽译"到"直译"

刘半农的文学翻译总体上分为前后两期，前期"卖文为活"阶段以通俗小说翻译为主，后期《新青年》时期翻译观发生很大变化。在早期"卖文为活"的小说翻译时期,刘半农主张翻译小说"仅抽译原文大意,期以词达而止"①。由于这一时期以"卖文为活",加之翻译的是通俗小说,因此"吸引读者"为最要紧的,要"做诸君酒后茶余的消遣品"②,这是因翻译目的和目标读者的不同而设定的翻译标准。1915 年《新青年》创刊不久,刘半农就加入编辑行列,为该刊撰稿。自此之后,"卖文为活"已不再是他翻译和创作的主要目的,他的翻译理念也随之发生改变。在《复王敬轩书》③中,刘半农猛烈地抨击林译小说,认为林纾的小说翻译"原稿选择得不精,往往把外国极没有价值的著作也译了出来,真正的好著作,却是极少数",主张翻译作品要有所选择,要精选原著,要选择"有价值的著作",这和前期通俗小说翻译时期的"消遣"目的已大相径庭。此外,刘半农批评林译小说"谬误太多",与原本对照,"精神全无,面目全非",主张"译书应以原本为主体",要忠于原文,保持原文的"意义神韵","译书的文笔,只能把本国文字去凑就外国文字,决不能把外国文字的意义神韵硬改了来凑就本国文字"。因此,刘半农极力推崇鸠摩罗什大师翻译的《金刚经》和唐玄奘翻译的《心经》,认为这两部译著"用极曲折极缜密的笔墨,把原文精义达出",为外国文学翻译"别辟一个新境界"。④(上述引文都出自这篇文章)这种翻译理念的改变也影响了刘半农的翻译,他在《新青年》上发表的译作也发生了很大改变,译介外国先进文艺和社会思潮的文章取代了言情、侦探、世情一类的小说,如《法兰西人与近代文明》《现代文明史》《世界说苑》《现代欧洲文艺史谈》《美国人之自由精神》等,此后的翻译文体也转为诗歌和散文。

《新青年》时期,刘半农开始翻译诗歌,对于诗歌翻译,刘半农有自己的主张。早在 1918 年 5 月《新青年》第 4 卷第 5 号发表的译诗《我行雪中》的"译者导言"中,刘半农提出"意中颇欲自造一完全直译之文体"⑤。在 1926 年 7 月 9 日的《语丝》第 139 期上,刘半农发表了《关于译诗的一点意见》一文。在这篇

---

① 刘半农著,陈子善编:《刘半农书话》,浙江人民出版社 1998 年版,第 113 页。
② 刘半农译:《八月二十(译 Percy Aneedotes 月报)》,《小说海》1915 年 4 月第 1 卷第 4 号。
③ 刘半农:《现代名家经典文库·刘半农作品精选》,云南人民出版社 2019 年版,第 223—238 页。
④ 刘半农著,徐瑞岳编:《刘半农文选》,人民文学出版社 1986 年版,第 28 页。
⑤ 杨宏峰主编:《〈新青年〉简体典藏全本·第 4 卷·第 1—6 号》,宁夏人民出版社 2011 年版,第 299 页。

文章中，刘半农对诗歌的"直译"方法进行了详细阐述，指出"直译"不是"字译"，除了"文从字顺"之外，还要注意"意义"。诗歌是一种抒情文体，"情感"尤为重要，在翻译时的位置不亚于"意义"，"情感之于文艺，其位置不下于（有时竟超过）意义，我们万不能忽视"①。诗歌是一种韵文，翻译中必然涉及"声调"问题，刘半农认为翻译之后要保持原诗歌语言的"声调"很难，因为声调是"绝对不能迁移的东西"，它不但是"一种语言所专有"，也是"一种方言所专有"，刘半农因此认为译诗能做到"于意义之外"与原诗歌相似的一个"神情"就足够了。对于人名地名的翻译，刘半农认为可以用"音译"法，在"应用文字"中，采用"原字"这种处理方法。但在文艺作品尤其是诗歌翻译中，还是"译音"好，因为"译音诚然不能正确，但在文艺作品里的人名地名，虽然不全是，却有大半是符号作用，和 X 没有什么两样；所以不正确些，关系也并不大"②。

（二）《新青年》时期的诗歌翻译与创作

刘半农的诗歌翻译主张也直接影响了他的新诗理论主张，1917 年 5 月，为响应胡适和陈独秀提出的文学改良主张，刘半农在《新青年》第 3 卷第 3 号上发表了《我之文学改良观》，提出了"增多诗体"的新诗理论主张。他认为"诗律愈严，诗体愈少，则诗的精神所受的束缚愈甚，诗学决无发达之望"，并以英法两国的诗歌做类比，认为"英国诗体极多，且有不限音节不限押韵之散文诗"，"故诗人辈出，长篇记事或咏物之诗，每章长到十数万字，刻为专书行世者，亦多至不可胜数"，而法国诗歌"戒律极严"，诗人们"决无敢变化其一定之音节，或作一无韵诗者"，因此，在"法国文学史中，诗人之成绩，决不能与英国比，长篇之诗亦鲜乎不可多得"，"此非因法国诗人之本领魄力不及英人也，以戒律械其手足，虽有本领魄力，终无所发展也"。③ 刘半农据此提出了"增多诗体"的主张，认为"将来更能自造，或输入他种诗体，并于有韵之诗外，别增无韵之诗。则在形式一方面，既可添出无数门径，不复如前此之不自由。其精神一方面之进

---

① 海岸选编：《中西诗歌翻译百年论集》，上海外语教育出版社 2007 年版，第 12 页。
② 同上书，第 14 页。
③ 滕浩选编：《思想的声音：文化大师演讲录》，当代世界出版社 2016 年版，第 260 页。

步，自可有一日千里之大速率"①。通过翻译引进"散文诗"这种新诗体就是刘半农"增多诗体"的实践，因此蒋登科称"他是第一个译介外国散文诗的诗人，他是第一个使用'散文诗'这一文体概念的诗人，也是第一个写出中国散文诗作品的诗人"②。

《新青年》时期，刘半农的译诗大都收集在《灵霞馆笔记》中，大多由《新青年》杂志刊载，以介绍英、美、法、爱尔兰等国的诗人诗作为主，如爱尔兰诗人皮亚士、麦克顿那、柏伦克德的诗歌，法国诗人李塞尔的诗歌，而译介作品中流传最广的莫过于泰戈尔的几首散文诗和法国国歌《马赛曲》。为研究方便，把刘半农这一时期的诗歌译作统计如下表。

表下编 1-1　刘半农诗歌翻译作品统计表③

序号	诗歌	发表时间/刊物	原著作者
1	《乞食之兄》④	1915年7月1日《中华小说界》第2卷第7期	[俄]屠格涅夫
2	《地胡吞我之妻》	1915年7月1日《中华小说界》第2卷第7期	[俄]屠格涅夫
3	《嫠妇与菜汁》	1915年7月1日《中华小说界》第2卷第7期	[俄]屠格涅夫
4	《可畏哉愚夫》	1915年7月1日《中华小说界》第2卷第7期	[俄]屠格涅夫
5	《火焰诗》七首	1916年10月1日《新青年》第2卷第2号	[爱尔兰]柏伦克德
6	《悲天行》三首	1916年10月1日《新青年》第2卷第2号	[爱尔兰]柏伦克德
7	《咏爱国诗人》三首	1916年10月1日《新青年》第2卷第2号	[爱尔兰]麦克顿那

---

① 张宝明主编：《〈新青年〉百年典藏3·语言文学卷》，河南文艺出版社2019年版，第210页。

② 蒋登科：《散文诗文体论》，中国文联出版社2002年版，第22页。

③ 本统计表参照《刘半农研究资料》（鲍晶编，天津人民出版社，1985年）、《刘半农评传》（徐瑞岳著，上海文艺出版社，1990年）等资料编制而成，也兼及通俗小说之外的其他译作。

④ 这首诗和后面的三首诗当时翻译时刘半农是当成小说标注的，其实是屠格涅夫的散文诗。

续表

序号	诗歌	发表时间/刊物	原著作者
8	《割爱六首》	1916年10月1日《新青年》第2卷第2号	[爱尔兰]皮亚士
9	《绝命诗两章》	1916年10月1日《新青年》第2卷第2号	[爱尔兰]皮亚士
10	《灵霞馆笔记·马赛曲》	1917年2月1日《新青年》第2卷第6号	[法]李塞尔
11	《灵霞馆笔记·咏花诗：寄赠玫瑰四章》	1917年4月1日《新青年》第3卷第2号	[英]瓦雷氏
12	《灵霞馆笔记·咏花诗：最后之玫瑰三章》	1917年4月1日《新青年》第3卷第2号	[英]摩亚
13	《灵霞馆笔记·咏花诗：哀尔伯紫罗兰三章》	1917年4月1日《新青年》第3卷第2号	[英]拜伦
14	《灵霞馆笔记·咏花诗：同情一首》	1917年4月1日《新青年》第3卷第2号	[英]陶德
15	《灵霞馆笔记·咏花诗：不忘我三首》	1917年4月1日《新青年》第3卷第2号	[英]无名氏
16	《灵霞馆笔记·咏花诗：颂花诗十五首》	1917年4月1日《新青年》第3卷第2号	[英]史密司
17	《缝衣曲》	1917年6月1日《新青年》第3卷第4号	[英]虎特
18	《我行雪中》	1918年5月1日《新青年》第4卷第5号	[印]Eatan Devi
19	《诗与小说精神上之革新——介绍约翰生、樊戴克两氏之文学思想》	1917年7月1日《新青年》第3卷第5号	[英]塞缪尔·约翰生
20	《恶邮差》	1918年8月15日《新青年》第5卷第2号	[印]泰戈尔
21	《著作资格》	1918年8月1日《新青年》第5卷第2号	[印]泰戈尔
22	《海滨》五首	1918年9月15日《新青年》第5卷第3号	[印]泰戈尔
23	《同情》二首	1918年9月15日《新青年》第5卷第3号	[印]泰戈尔

续表

序号	诗歌	发表时间/刊物	原著作者
24	《村哥》二首	1918年9月15日《新青年》第5卷第3号	[印]S.Naidu
25	《海德辣跋市》五首	1918年9月15日《新青年》第5卷第3号	[印]S.Naidu
26	《倚楼三首》	1918年9月15日《新青年》第5卷第3号	[印]S.Naidu
27	《狗》	1918年9月15日《新青年》第5卷第3号	[俄]屠格涅夫
28	《访员》	1918年9月15日《新青年》第5卷第3号	[俄]屠格涅夫
29	《十二个》	1921年3月20日译（发表刊物不详）	不详
30	《夏天的黎明》	1921年8月1日《新青年》第9卷第4号	[英]Wilfrid Wilson Gibson
31	《王尔德散文诗》五首	1921年《小说月报》第12卷第11期	[英]王尔德

从上述统计可以发现，《新青年》时期刘半农的诗歌翻译从体裁而言比较钟情于散文诗和民歌，翻译语言从文言逐渐转向白话，从韵文逐渐转向散文化。刘半农最早翻译的诗歌是屠格涅夫的四篇散文诗，刊于1915年7月《中华小说界》第2卷第7期，以《杜瑾讷夫之名著》为题，包括《乞食之兄》《地胡吞我之妻》《可畏哉愚夫》和《嫠妇与菜汁》。因为当时中国文坛没有散文诗这一诗歌体裁，这些散文诗是由英文转译的，加之散文诗叙事性较强，因此刘半农用文言把其翻译成了类似于短篇小说的作品，发表时标注的是小说。在译者序中，刘半农称这四个短篇"措辞立言，均惨痛哀切，使人情不自胜。余所读小说，殆以此为观止，是恶可不译以饷我国之小说家"①。我们来看一段刘半农的译文：

余行广道中，遇一乞丐者，老且衰矣。因止步观其人，目赤如血，且流泪，唇作紫色。粗布之衣，褴褛不蔽体。体有伤，创口溃脓。嗟夫！贫实可畏。彼，

---

① 瑞峰主编：《现代名家名作：刘半农作品选》，中央民族大学出版社2005年版，第291页。

人也，乃见噬于贫而成此悲惨之怪状动物矣。①

  读来有一种中国古代文言短篇小说《世说新语》的感觉。刘半农的诗歌翻译最初选择用韵文的形式进行翻译，早在1916年10月1日《新青年》第2卷第2号的《灵霞馆笔记》中，刘半农发表了《爱尔兰爱国诗人》一文，介绍并用韵文形式翻译了皮亚士、麦克顿那和柏伦克德三位爱尔兰诗人的诗歌。刘半农认为"三人盖均爱尔兰文坛盟主，以善为叶律之诗，为世传诵者也（叶律之诗者，诗之可与音乐相配之谓，对于普通散曲而言也）"②。正是因为他们的诗歌是"叶律之诗"，因此这篇文章在翻译时全部采用韵文，我们来看《火焰诗》第一首的原文和翻译：

Because I used to shun	我昔最惧死，
Death and the mouth of hell	不愿及黄泉。
And count my battle won	自数血战绩，
When I should see the sun	心冀日当天。
The blood and smoke dispel	日当天，
	血腥尽散如飞烟。③

  对比原文与译文就会发现，刘半农采用了中国古代词曲的长短句形式进行翻译，主要还是基于音乐方面的考虑。1918年，刘半农在《新青年》第5卷第3号上翻译发表了屠格涅夫的散文诗《狗》和《访员》，题为《屠格涅夫散文诗二首》，尽管这两首诗仍然从英文转译，但已经初具散文诗雏形，在此引用其中片段来看与上述韵文翻译的区别：

狗

我们俩在房间里，我的狗和我……外面是一阵可怕的狂风急雨咆哮着。

狗坐在我面前，直看着我的脸。

---

① 瑞峰主编：《现代名家名作·刘半农作品选》，中央民族大学出版社2005年版，第291页。

② 杨宏峰主编：《〈新青年〉简体典藏全本·第2卷·第1—6号》，宁夏人民出版社2011年版，第99页。

③ 同上书，第99—100页。

我呢，也看着他的脸。

他，似乎要告诉我些什么，但他是哑的，他没有言语，他不懂得他自己——但是我懂得他。①

刘半农在《新青年》时期多出于"增多诗体"的目的大量"移植"外国诗歌，作为语言学家，在诗歌翻译中注重"声调"，用韵文翻译外国的诗歌，又出于"于有韵之诗外，别增无韵之诗"的目的率先翻译散文诗，为现代诗歌体裁的丰富做出了突出贡献。在刘半农看来，英国诗歌的繁荣得益于诗体多且不限韵，因此他开始提倡散文诗并身体力行地投入创作。1918 年 5 月，刘半农在《新青年》第 4 卷第 5 号上发表的《卖萝卜人》是初具散文诗形式的新诗，是刘半农第一次尝试之作。刘半农 1918 年 7 月在《新青年》第 5 卷第 1 号上发表的《无聊》和 1918 年 8 月在《新青年》第 5 卷第 2 号上发表的《窗纸》《晓》，已经相对较为成熟，其中的《晓》才能称之为真正意义上的第一首散文诗：

火车——永远是这么快——向前飞进。

天色渐渐的亮了；不觉得长夜已过，只觉车中的灯，一点点的暗下来。

车窗外面：——

起初是昏沉沉的一片黑，慢慢露出微光，露出鱼肚白的天，露出紫色，红色，金色的霞采。②

在刘半农的诗集《扬鞭集》收录的 57 首诗作中，有近四分之一的篇目是散文诗，正是在刘半农的提倡和创作努力下，"散文诗"这一自西方移植的文体才得以在"五四"时期兴盛起来。

作为中国最早的泰戈尔诗歌译介者之一，刘半农的诗歌特别是散文诗创作受到泰戈尔的影响。除《吉檀迦利》着力于抒发宗教体验之外，泰戈尔的诗歌主要是一些抒情散文诗。刘半农所译的泰戈尔散文诗皆出自《新月集》，大多为充满童真之作，语言质朴、清新自然，刘半农的译文亦如此。我们可以对比分析刘半农译的泰戈尔的《恶邮差》和他自己创作的散文诗《雨》，来探究二者的神

---

① 施蛰存主编：《中国近代文学大系（1840—1919）第 11 集·第 28 卷·翻译文学集 3》，上海书店出版社 1991 年版，第 214 页。

② 刘半农：《中国现代诗歌名家名作原版库·扬鞭集》，中国文联出版公司 1926 年版，第 16 页。

似之处。《恶邮差》发表于 1918 年 8 月《新青年》第 5 卷第 2 号上，《雨》写于 1920 年 8 月，刘半农在题记中称"这全是小蕙的话，我不过替她做个速记，替她连串一下便了"①。著名诗歌评论家痖弦认为，《雨》是"那个时期绝对仅有的童话诗"②。比较一下《恶邮差》和《雨》，可以看出刘半农在翻译泰戈尔诗歌的过程中，把泰戈尔歌咏童真的主题和创作手法运用到了自己的诗歌创作中。诗歌《雨》是一个小女孩雨天依偎在妈妈怀中的喃喃自语，字里行间洋溢着儿童稚嫩的童心和爱心，尤其是诗歌结尾处的叙述："妈！我要睡了！你就关上了窗，不要让雨来打湿了我们的床。你就把我的小雨衣借给雨，不要让雨打湿了雨的衣裳。"③诗歌中的"雨"在小女孩的眼中被赋予了生命。《吉檀迦利》是泰戈尔诗歌创作的高峰，充满了神秘色彩。"吉檀迦利"是孟加拉文的音译，意为"献给神的歌"，诗人借诗歌表达了对于心目中"神"的赞歌，宗教色彩浓厚。刘半农的散文诗《在一家印度饭店里》被赵景深誉为《扬鞭集》的压卷之作。我们来看这首诗歌的第一节：

在一家印度饭店里

一

这是我们今天吃的食，这是佛祖当年乞的食。

这是什么？是牛油炒成的棕色饭。

这是什么？是芥厘拌的薯和菜。

这是什么？是"陀勒"，是大豆做成的，是印度的国食。

这是什么？是蜜甜的"伽勒毗"，是莲花般白的乳油，是真实的印度味。

这雪白的是盐，这袈裟般黄的是胡椒，这啰毗般红的是辣椒末。

这瓦罐里的是水，牟尼般亮，"空"般的清，"无"般的洁。这是泰晤士中的水，但仍是恒伽河中的水？！④

诗歌选择一家印度饭店作为讴歌对象，开头一句直接称"这是我们今天吃

---

① 刘半农：《刘半农文集》，线装书局 2009 年版，第 229 页。
② 鲍晶编：《刘半农研究资料》，知识产权出版社 2011 年版，第 340 页。
③ 刘半农：《刘半农作品精选》，云南人民出版社 2019 年版，第 51 页。
④ 刘半农著，书林主编：《中国近现代名人文库·刘半农文集》，线装书局 2009 年版，第 245 页。

的食，这是佛祖当年乞的食"，禅意初露；诗歌接下来的一系列意象：国食"陀勒"、"莲花般白的乳油""袈裟般黄的胡椒""啰毗般的红的辣椒末"，更是禅意十足。诗的第二节接着叙述"那冷而温润的，是你摩利迦东陀中的佛地"，颇有泰戈尔《吉檀迦利》的意味。

刘半农诗歌也明显受到屠格涅夫散文诗反映社会现实的影响，《扬鞭集》中反映劳动人民生活疾苦和悲惨命运的诗篇占据较大比例，1920 年 6 月 20 日，刘半农写于伦敦的散文诗《饿》①，刻画了一个饥饿状态下的孩子，诗歌开篇写到了一个饿得没精打采的孩子，"把一个指头放在口中咬"，他没有力气出去和荒地上的孩子们玩，也不敢回屋里去，他害怕爸爸"睁圆了的眼睛"和妈妈垂泪的眼睛，诗歌通过一个极度饥饿的孩子的视角写出了 20 世纪 20 年代下层民众饥饿的生活状态。这与屠格涅夫的《菜汤》有异曲同工之妙，《菜汤》通过一个死了儿子的农妇和一个地主太太两个人的视角来描述农妇"喝菜汤"这一事件，农妇从教堂回家之后，"站在茅屋中间的桌子前面，用右手（左手无力地耷拉着）不慌不忙、从从容容从熏黑的陶罐底舀取稀薄的菜汤，一勺一勺喝进肚里"，散文诗最后一段借助地主太太之口指责农妇："你怎么还能喝得下这菜汤呢？"农妇流泪痛苦地回答："我的瓦希尼亚死了"，"就是说，我的日子也到头了，就像是活活地被人摘了心肝一样。可是菜汤不能糟蹋呀，要知道里面是放了盐的啊"。②农妇痛失独生儿子，感觉到心像被掏空一样，感觉自己也快要走向生命的终点，但生活的巨大贫困让她不忍心浪费"放了盐的菜汤"，诗歌通过两个阶层对待"菜汤"的态度，凸显了下层民众生活的困苦。

（三）民歌的翻译与创作

除了散文诗的翻译和创作之外，刘半农在民歌的翻译和创作方面也有突出的贡献，集中于三个方面，其一是国内民歌的搜集、整理，结集为《江阴民歌》；其二是国外民歌的翻译，结集为《国外民歌译》，内容涉及英国、法国、希腊、爱尔兰、西班牙、印度等欧亚十几个国家和地区的民歌；其三是用江阴方言和民

---

① 刘半农：《教我如何不想她》，上海人民美术出版社 2019 年版，第 123 页。
② ［俄］屠格涅夫：《屠格涅夫散文选》，张守仁译，百花文艺出版社 1986 年版，第 25—26 页。

歌体形式创作了诗集《瓦釜集》。1918 年初,由刘半农与沈尹默发起,北京大学开始了近世歌谣征集,1920 年,北京大学成立"歌谣研究会",刘半农成为骨干。自 1923 年开始,刘半农的外国诗歌翻译开始慢慢转向民歌,早在 1923 年 9 月 23 日《歌谣》第 25 号上,刘半农就发表了自己翻译的英国诗人 Charles G.Leland 的民歌《小小子儿》《老鼠》《鸟》《鸽子》《卖玩物人的歌》。1925 年到 1927 年期间,《语丝》和《世界日报·副刊》大量刊载了刘半农翻译的外国民歌。为研究方便,把刘半农这一时期的诗歌译作统计如下表。

表下编 1-2　刘半农的民歌翻译作品统计表①

序号	作品	发表时间/刊物	原著作者
1	《小小子儿》	1923 年 9 月 23 日《歌谣》第 25 号	[英]Charles G.Leland
2	《老鼠》	1923 年 9 月 23 日《歌谣》第 25 号	[英]Charles G.Leland
3	《鸟》	1923 年 9 月 23 日《歌谣》第 25 号	[英]Charles G.Leland
4	《鸽子》	1923 年 9 月 23 日《歌谣》第 25 号	[英]Charles G.Leland
5	《卖玩物人的歌》	1923 年 9 月 23 日《歌谣》第 25 号	[英]Charles G.Leland
6	《海外民歌译: (一)巴黎有一位老太太》	1925 年 5 月 25 日《语丝》第 28 期	[法]不详
7	《海外民歌译: (二)约翰赫诺》	1925 年 5 月 25 日《语丝》第 28 期	[法]不详
8	《一人能有几天活?》	1926 年 4 月 12 日《语丝》第 74 期	[法]不详
9	《裁默诗八首》	1926 年 4 月 26 日《语丝》第 76 期	不详
10	《国外民歌二首: (一)高丽民歌》	1926 年 5 月 3 日《语丝》第 77 期	不详
11	《国外民歌二首: (二)鞑靼民歌》	1926 年 5 月 3 日《语丝》第 77 期	不详
12	《为的是我要上巴黎去》	1926 年 5 月 17 日《语丝》第 79 期	[法]不详
13	《今希腊的民歌二首: 一、在这一个区域里》	1926 年 5 月 31 日《语丝》第 81 期	[希]不详
14	《今希腊的民歌二首: 二、我要变做了——》	1926 年 5 月 31 日《语丝》第 81 期	[希]不详

---

①　本统计表参照《刘半农研究资料》(鲍晶编,天津人民出版社,1985 年)、《刘半农评传》(徐瑞岳著,上海文艺出版社,1990 年)等资料编制而成,民歌多为下层民众集体创作,因此作者多不详。

续表

序号	作品	发表时间/刊物	原著作者
15	《大真实》(法国古歌)	1926年6月7日《语丝》第82期	[法]不详
16	《〈茶花女〉第一幕第八场的饮酒歌》	1926年6月21日《语丝》第84期	[法]不详
17	《哦!你喝了些酒》	1926年7月2日《世界日报·副刊》第1卷第2号	[波斯]不详
18	Verduronnette	1926年7月3日《世界日报·副刊》第1卷第3号	[法]不详
19	《已经过了四十五个礼拜日》	1926年7月6日《世界日报·副刊》第1卷第6号	[希]不详
20	《我的女儿你要买只帽子吗》	1926年7月13日《世界日报·副刊》第1卷第13号	[法]不详
21	《爱情的欢乐只是一时的》	1926年7月24日《世界日报·副刊》第1卷第24号	[法]不详
22	《阿尔萨斯的〈呜儿歌〉》	1926年7月26日《语丝》第89期	[法]不详
23	《在山中往往来来的走》	1926年8月7日《世界日报·副刊》第2卷第7号	[波斯]不详
24	《女郎的歌》	1926年8月18日《世界日报·副刊》第2卷第18号	[阿美尼亚]Bedros Touriam
25	《为的是你爱着我我也爱着你》	1926年8月19日《世界日报·副刊》第2卷第19号	[中亚细亚]不详
26	《哎!医生啊!》	1926年8月23日《语丝》第93期	[小亚细亚]不详
27	《看见了你的面》	1926年8月28日《语丝》第94期	[柬埔寨]不详
28	《英国古诗二首:海盗》	1926年8月28日《世界日报·副刊》第2卷第27号	[英]不详
29	《英国古诗二首:格林维志的养老人》	1926年8月28日《世界日报·副刊》第2卷第27号	[英]不详
30	《在一个半开半掩的门里头》	1926年9月11日《语丝》第96期	不详
31	《哦!蕾衣拉!》	1926年9月14日《世界日报·副刊》第3卷第14号	[尼泊尔]不详
32	《一个人断然说不出来》	1926年9月26日《世界日报·副刊》第3卷第25号	不详

续表

序号	作品	发表时间/刊物	原著作者
33	《从这棵树上》	1926年9月26日《世界日报·副刊》第3卷第25号	不详
34	《要是你不愿意》	1926年9月26日《世界日报·副刊》第3卷第25号	不详
35	《一只秃鹫》	1926年10月25日《世界日报·副刊》第4卷第24号	[罗]不详
36	《小姑娘,你不要弄错了》	1926年10月25日《世界日报·副刊》第4卷第24号	[罗]不详
37	《女郎,美好的女郎》	1926年10月25日《世界日报·副刊》第4卷第24号	[罗]不详
38	《西班牙的短民歌》二十二首	1926年11月20日《语丝》第106期	[西]不详
39	《西班牙民歌》六首	1926年11月20日《语丝》第106期	[西]不详
40	《西班牙民歌》八首	1926年11月27日《语丝》第107期	[西]不详
41	《西班牙民歌》九首	1926年12月11日《语丝》第109期	[西]不详
42	《妇女们唱的〈收成歌〉》	1927年1月22日《语丝》第115期	[印]不详
43	《筐子歌》	1927年1月22日《语丝》第115期	[印]不详
44	《妇女们唱的〈谷歌〉》	1927年1月22日《语丝》第115期	[印]不详
45	《替向日葵求雨的时候唱的歌》	1927年1月22日《语丝》第115期	[印]不详
46	《求闪电的歌》	1927年1月22日《语丝》第115期	[印]不详
47	《吹笛子的法师求雨的时候唱的歌》	1927年1月22日《语丝》第115期	[印]不详
48	《木马歌》	1927年3月5日《语丝》第121期	不详
49	《新嫁娘的怨歌》	1927年4月30日《语丝》第129期	不详
50	《伤旧城歌三首》	1927年4月30日《语丝》第129期	不详
51	《国外民歌译》(第一集)	1927年北新书局	[印度等]不详
52	《钉匠歌》(小惠译,半农校)	1927年5月14日《语丝》第131期	[法]柏里欧
53	《祖父的歌》(小惠译,半农校)	1927年6月11日《语丝》第135期	[法]嚣俄

续表

序号	作品	发表时间/刊物	原著作者
54	《我的饮酒歌》	1927年7月2日《语丝》第138期	[德]Richard Dehmel
55	《土耳其民歌》五首	1927年7月23日《语丝》第141期	[土]不详
56	《土耳其民歌》	1927年7月30日《语丝》第142期	[土]不详

1927年4月，刘半农把自1923年起翻译的国外民歌结集为《国外民歌译》（第一集），由北新书局出版，其中收录了西班牙短民歌（45首）、法国民歌（9首）、西印度民歌（6首）、希腊民歌（3首）、满洲里民歌（3首）、波斯民歌（2首）、罗马尼亚民歌（3首）、英国古歌（2首）、尼泊尔民歌（1首）、中亚细亚民歌（1首）、柬埔寨民歌（1首）、俾路支斯坦民歌（1首）、小亚细亚民歌（1首）、鞑靼民歌（1首）、高丽民歌（1首），还附有《顾颉刚先生来信论〈变物的情歌〉》和《海外的中国民歌》两个附录，书前有周作人作的序和刘半农的自序。在《〈国外民歌译〉自序》一文中，刘半农谈及自己偏爱歌谣的原因，在他看来，好的歌谣能与他的情感互相牵引，歌谣的好处首先在于能用"最自然的言词、最自然的声调，把最自然的情感发抒出来"，其次是"歌谣之构成，是信口凑合的，不是精心结构的"[1]。因此，刘半农认为歌谣在根本上：

它只是情感的自然流露，并不像文人学士们的有意要表现。有意的表现，不失之于拘，即失之于假。自然的流露既无所用其拘，亦无所用其假。所谓不求工而自工，不求好而自好，这就是文学上最可贵、最不容易达到的境地。[2]

刘半农的民歌体诗歌创作显然有两个源头，一个是中国的民歌，一个是他的外国民歌译介。他的《瓦釜集》是中国现代文学史上第一个用方言创作的民间歌谣集，1926年4月由北新书局出版发行。《瓦釜集》共收录21首民歌，外加一首《开场的歌》，前有周作人的《序歌》和《代自序——作者写给周作人君的信》，后有《附录 手攀杨柳望情哥词》，书后附有周作人的《中国民歌的价值》一文。在《〈瓦釜集〉代自序》中，刘半农称"集中所录，是我用江阴方言，依江阴最普通的一种民歌——'四句头山歌'——的声调，所作成的诗歌十多首"。对于

---

[1] 李今主编，罗文军编注：《汉译文学序跋集·第四卷·1925—1927》，上海人民出版社2017年版，第388—390页。

[2] 同上。

为何把诗集的名称定为"瓦釜",刘半农坦言是因为"中国的'黄钟'实在太多了",那么多的"万言长策","真要叫人痛哭,狂笑,打嚏",所以刘半农想"要试验一下,能不能尽我的力,把数千年来受尽侮辱与蔑视,打在地狱底里而没有呻吟的机会的瓦釜的声音,表现出一部分来"。①

---

① 鲍晶编:《中国文学史资料全编·现代卷:刘半农研究资料》,知识产权出版社2011年版,第158页。

二、朱自清:"借镜西方"与"本来面目"

朱自清(1898—1948),原名自华,后改名自清,字佩弦,江苏东海人,自称"江苏扬州人",现代散文家、诗人、学者,著有散文集《背影》《你我》《欧游杂记》《伦敦杂记》、诗论《诗言志辨》《新诗杂话》等。小学时期就喜爱英文和"林译小说"[1],加之北京大学的求学和留学英国、漫游欧洲的经历,使其大量接触外国文学作品,其文学创作与批评也自然带有鲜明的外国文学烙印。除大量翻译外国文学作品(论文)之外,朱自清非常重视外国文学的研究,在处理中外文学(文化)关系时主张"借镜西方",但又要保持"本来面目",这一文学批评观同样可以用来诠释他的文艺观与外国文学的渊源关系,其文艺观早期受列夫·托尔斯泰"人道主义"思潮影响,形成了与之相类似的"民众文学观",之后受沃尔特·佩特"唯美主义"影响,推崇"刹那主义",主张"为艺术而艺术",而又立足现实,力避"唯美"而导致的"颓废"。朱自清的文学批评同时受到英国"新批评"理论创始人、语言学家瑞恰慈和英国诗人威廉·燕卜荪理论的影响,注重语义分析。朱自清的散文也因留学和翻译融入英国随笔的意味,无论是题材的广泛、精神的闲适,抑或是叙事的幽默睿智、语言的洗练,都带有英国随笔的特色。

(一)读书与教学中结缘外国文学

朱自清自小学开始接触英文,他自称"我的英文得力于高等小学里一位黄先生,他已经过世了。还有陈春台先生,他现在是北平著名的数学教师。这两位先生讲解英文真清楚,启发了我学习的兴趣"[2]。小学的英文基础为朱自清中学时代的阅读奠定了基础,他开始"醉心于《聊斋志异》和林译小说,想方设法找

---

[1] 指林纾用古文翻译(带有创作的意味)的外国小说著作。
[2] 朱自清:《我是扬州人》,载吴为公、李树平编《朱自清散文全编》,浙江文艺出版社1995年版,第573页。

来看，不是借，便是买"①，这些小说是朱自清最初的外国文学启蒙。1916年，朱自清考入北京大学文科预科，来到了五四新文化运动的主阵地北京。当时恰逢蔡元培接任北京大学校长，陈独秀被聘为文科学长，《新青年》编辑部也随之迁往北京大学，《新青年》对于外国文学名家作品的译介以及文科预科第一年开设的"国文、文字学、西洋文明史、英语"②等课程，进一步扩大了朱自清对于外国文学的涉猎范围。1921年4月，朱自清加入了文学研究会，该会简章第二条提出"本会以研究介绍世界文学整理中国旧文学创造新文学为宗旨"③，因此文学研究会以《小说月报》为阵地大量译介外国文学作品，作为文学研究会的骨干，朱自清自然也有机会接触大量外国文学作品并开始译介工作。在朱自清看来，"我们的新文化，不用说，全是'外国的影响'；而外国的影响又几乎全是从翻译的文书来的"④。1921年10月，朱自清和叶圣陶一起担任晨光文学社顾问，他们在星期日会到西湖西泠印社或三潭印月等处聚会，"一边相互观摩各人的习作，有时也讨论国内外的文学名著"⑤。1925年，朱自清进入清华大学国文系任教，当时杨振声是国文系主任，据后来杨振声的回忆，"那时清华国文系与其他大学最不同的一点，是我们注重新旧文学的贯通与中外文学的融会"⑥。朱自清和杨振声经过商量，确定了当时清华大学国文系的新方向是：

（一）新旧文学的接流与（二）中外文学的交流。国文系添设比较文学与新文学习作，清华在那时是第一个。国文系的学生必修几种外文系的基本课程，外文系的学生也必修几种国文系的基本课程。中外文学的交互修习，清华在那时也是第一个，这都是佩弦先生的倡导。其影响必会给将来一般的国文系改造一个新

---

① 姜建、吴为公编：《朱自清年谱》，光明日报出版社2010年版，第7页。
② 同上书，第12页。
③ 贾植芳、苏兴良等编著：《中国文学史资料全编·现代卷·文学研究会资料（上）》，知识产权出版社2010年版，第5页。
④ 朱自清：《朱自清散文全集（下）》，中国致公出版社2001年版，第748页。
⑤ 应修人、潘漠华著，尔矢编：《修人漠华诗全编》，浙江文艺出版社1995年版，第323页。
⑥ 俞平伯、吴晗、张守常编：《最完整的人格——朱自清先生哀念集》，北京出版社1988年版，第61页。

前途，这也就是新文学的唯一的前途。(《纪念朱自清先生》)①

同样，在 1929 年中国文学系课程总说明中也明确指出，"我们的课程的组织，一方面注重研究我们的旧文学，一方面更参考外国的现代文学"②。正是在朱自清的领导之下，清华大学国文系开始开设外国文学课程，朱自清在为国文系学生开设的"中国新文学研究"这门课程中，也设专章讲述外国文学对中国新文学的影响，在课程的第三章"外国的影响"与"现在的分野"中，朱自清主要论述外国文学对中国各种流派的影响，涉及的内容有"美国的影响——影象派的理论、辛克莱的理论与作品，俄国与日本的影响——理论，北欧东欧文学的影响，德国文学的影响，英美文学的影响"③，由此足见朱自清对外国文学，尤其是"五四"时期新文学所接受的外国文学影响研究的深入。1931 年，朱自清按清华大学条例休假一年赴英国伦敦大学访学，关于此行的目的，朱自清坦言是"全面考察英国文化和欧洲文化，重点了解小说、诗歌、戏剧、音乐、绘画等文化艺术门类"④，他在伦敦大学选听了语言学和英国文学课程。据《朱自清年谱》记载，1931 年 10 月 15 日，朱自清在听了《希腊诗与艺术家之讲演》之后，拟订的读书计划如下：

小说家：贝内特，哈代，劳伦斯，韦尔斯，康拉德，尼瑞第斯；
诗人：梅斯费尔德，瓦特·德拉穆尔，哈代，豪斯曼；
剧作家：萧伯纳，巴里，高尔斯华绥；
散文家：斯特雷奇，贝洛克。⑤

从这份读书计划我们可以看出，朱自清访学期间对外国文学的涉猎之广，也正是有了这为期一年的访学生涯，进一步加深了朱自清对外国文学及文化的研究和体验。

---

① 李宗刚、谢慧聪辑校：《杨振声文献史料汇编》，山东人民出版社 2016 年版，第 389 页。
② 同上书，第 396 页。
③ 朱自清著，朱乔森编：《朱自清全集·第八卷·学术论著编》，江苏教育出版社 1993 年版，第 83 页。
④ 姜建、吴为公：《朱自清年谱》，光明日报出版社 2010 年版，第 89 页。
⑤ 同上书，第 91 页。

（二）翻译实践与理论

朱自清在外国文学翻译和研究方面与外国文学结缘，他不仅翻译外国文学作品和文学理论文章，还撰有许多外国文学批评和研究文章。他的外国文学译介从 1918 年一直延续到 1947 年，具体统计如下表。

表下编 2-1　朱自清译作（著作）统计表①

序号	译作（著作）	发表时间/刊物	原著作者	类型
1	《父亲》	1919 年 10 月 4 日《晨报》	[挪威]毕恩生	小说
2	《心理学的范围》	1918 年 4 月 1 日《新潮》第 2 卷第 2 号	[英]McDougall	译文
3	《短篇小说的性质》	1919 年 3 月 20 日《时事新报》副刊《学灯》	[不详]Fittenger	译文
4	《异样的人》	1919 年 6 月 1 日《解放与改造》第 2 卷第 11 号	[不详]Fanny Kemble Johnson	小说
5	《译名》	1919 年 11 月 15 日《新中国》第 1 卷第 7 期	朱自清	论文
6	《偷睡的》	1921 年 9 月 15 日《时事新报》副刊《学灯》	[印]泰戈尔	译诗
7	《女儿底歌》	1921 年 9 月 18 日《时事新报》副刊《学灯》	[不详]Davies	译诗
8	《源头》	1921 年 11 月 6 日《时事新报》副刊《学灯》	[印]泰戈尔	译诗
9	《心灵的漫游》②	1923 年 10 月 29 日《文学周报》第 94 期	[英]柳威生	译文
10	《文学的美——读 Putter 的〈美之心理学〉》	1924 年 11 月 16 日《春晖》校刊第 36 期	朱自清	论文

---

① 本统计表主要参照 2010 年光明日报出版社出版的姜建和吴为公编著的《朱自清年谱》编制而成，包括一些关于翻译的论文也一并统计在内。

② 英国柳威生编《近代批评辑要》中的一篇《心灵的漫游》，译者拟译若干篇，故设一总题《近代批评丛话》。

续表

序号	译作（著作）	发表时间/刊物	原著作者	类型
11	《圣林》	1925年5月24日《文学周报》第174期	[不详]A.France	译文
12	《翻译事业与清华学生》	1926年6月4日《清华周刊》第25卷第15号	朱自清	论文
13	《为诗而诗》①	1927年11月5日《一般》第3卷第3号、1928年4月5日第4卷第4号	[英]A.C.Bradley	译文
14	《纯粹的诗》	1927年12月10日《小说月报》第18卷第12期	[美]詹姆生	译文
15	《牧羊儿恋歌》	1931年3月14日《清华周刊》第35卷第3号	[英]C.Marlwe	译诗
16	《春》	约1931年上半年译，未刊，收入稿本《敝帚集》	[英]T.Nash	译诗
17	《游仙》《时与爱》《短歌》	约1931年上半年译，未刊，收入稿本《敝帚集》	[英]W.Shakespeare	译诗
18	《现代英吉利谣俗及谣俗学》	1933年《文学杂志》第1卷第2号	朱自清	书评
19	《〈中国新文学大系·诗集〉导言》	1935年上海良友图书印刷公司《中国新文学大系·诗集》	朱自清	诗论
20	《中国文学与用语》	1936年1月12日《大公报》副刊《文艺》第76期	[日]长濑城	译文
21	《译诗——新诗杂话之一》	1944年3月1日《当代文艺》第1卷第3期	朱自清	论文
22	《灵魂的工程师》	1944年11月19日昆明《中央日报·星期增刊》第42期	不详	译文
23	《调整你的语调——与为人》	1944年12月10日昆明《中央日报·星期增刊》第44期	不详	译文
24	《如何与你所爱的人们相处》	1944年12月23日译毕，稿今佚	不详	译文
25	《什么年纪最好》	1945年2月10日昆明《中央日报·星期增刊》第49期	不详	译文

---

① 与李健吾合译。

续表

序号	译作（著作）	发表时间/刊物	原著作者	类型
26	《我的国家》	1945年2月6日译，收入《美国的朗诵诗》，未发表	不详	译文
27	《译诗十一首》	1945年2月10日译，收入《常识的诗》	[英]多罗色·巴克尔	译诗
28	《常识的诗》	1945年《文聚》第2卷第3期	朱自清	诗论
29	《依然照旧》	1945年2月23日译毕，费时三日，稿今佚	不详	译文
30	《回到大的气派——英雄的时代要求英雄的表现》	1945年6月《抗战文艺》第10卷第2、3期合刊（又载1946年1月25日《人民文艺》第1期）	[美]多罗色·汤姆生	译文
31	《兰凯斯特机的声音》	1947年8月3日《经世日报·文艺周刊》第50期	[不详]Eric Wilson Barke	译诗
32	《难民》	1947年8月3日《经世日报·文艺周刊》第50期	[不详]Noima Lay	译诗
33	《我们说的是谁的名字》	1947年1月15日《北平时报·文园》第10期	[不详]John Dillon Husband	译诗

从上述统计可见，朱自清的翻译作品中译诗和译文最多，从国别而言，涉及英国、美国、日本、印度等国，从作家而言，朱自清偏爱泰戈尔的诗歌。朱自清的翻译理论主要体现在《译名》《翻译事业与清华学生》《译诗》三篇文章中。朱自清是译名厘定的先行者，他的《译名》一文 16000 字，共八节，由楔子和正文组成，发表在 1919 年第 1 卷第 7 期《新中国》杂志，是为厘清当时学界对于外来名词术语翻译问题的困惑而作。在楔子中，朱自清从"译"字本意入手，提出了翻译两个层面的问题：译材和译法，其中译法又包括译笔和译名。在楔子这部分文字中，朱自清对"译名"专门做了厘定，指出"这里所有的名，是指一切能拿来表示事物的字——一切词品——不单限于文典里名词一部或名、静、动词三部"[1]。在正文部分，朱自清首先梳理了译名讨论的历史，从最初《翻译名义

---

[1] 中国翻译工作者协会《翻译通讯》编辑部编：《翻译研究论文集（1894—1948）》，外语教学与研究出版社 1984 年版，第 39 页。

集·序》中的唐代玄奘法师"论五种不翻",一直到章士钊、胡以鲁等人1910年到1914年关于"翻译名义"的辩论,由此指出"译名"正确的重要性,并提出"译名"翻译的五种方法:"音译分译""音译兼译""造译""音译"和"义译",进而对这五种方法进行了具体的阐述,指出"音译"和"义译"两种方法使用最多,认为"义译"法是"译名的正法,是造新词的唯一办法"。在正文的最后一部分中,朱自清继续探讨了与"译名"相关的两个问题——"日本译名问题"和"借用外语问题",认为最好的办法是"暂在相当的译名的底下,附写原名——随便那一国的——让懂他的知道,也可以借此矫译名歧义的弊;又可以渐渐教中国文有容纳外国字的度量;那不懂外国文的,也不至向隅;这样才可以收普及之效"①。朱自清在这篇文章中并未对"译名"提出新的方法,而是系统探讨了"音译"和"义译"两种方法,把对"译名"问题的讨论提升到理论层面。

朱自清的《译诗》一文最初收入1942年作家书屋出版的《新诗杂话》,文章开门见山提出了"诗是不是可以译"的问题。朱自清认为"翻译比较原作都不免多少有所损失,译诗的损失也许最多","诗可不可以译或值不值得译"的关键在于"要看那保存的部分是否能够增富用来翻译的那种语言",从翻译的立场看,诗分为两类,"一类带有原来语言的特殊语感,如字音,词语的历史的风俗的涵义等,特别多,一类带的比较少",在朱自清看来:

前者不可译,即使勉强译出来,也不能教人领会,也不值得译。实际上译出的诗,大概都是后者,这种译诗里保存的部分可以给读者一些新的东西,新的意境和新的语感;这样可以增富用来翻译的那种语言,特别是那种诗的语言,所以是值得的。②

朱自清接下来系统梳理了中国译诗的历史,重点论述新诗的翻译,涉及抒情诗、剧诗和史诗的翻译,抒情诗主要论述了闻一多翻译的白朗宁夫人的《商籁二十三首》(《新月杂志》)、梁宗岱译的莎士比亚商籁体等,剧诗论及了孙大雨译的莎士比亚的《黎琊王》,史诗论及傅东华用韵文翻译的《奥德赛》和《失乐园》。这篇论文是对1942年以前中国译诗的一个较为全面的梳理,提出了诗歌翻译中存在的问题,带有很强的学理性。

---

① 朱自清:《你我的文学》,东方出版中心2009年版,第212页。
② 朱自清:《新诗杂话》,生活·读书·新知三联书店1984年版,第68—69页。

《翻译事业与清华学生》最初发表于 1926 年 6 月 4 日的《清华周刊》第 25 卷第 15 号上。这篇文章对新文化运动之后国内翻译存在的问题进行了分析，文章从梁启超的《翻译文学与佛典》开始谈起，指出在新文化运动以来的"第二度翻译时期"，翻译起到的作用是巨大的，新文化全是"外国的影响"，而这种"外国的影响又几乎全是从翻译的文书来的"①。随后，朱自清分析了当时翻译事业衰败的原因，认为"其过全在翻译者"，在于翻译者的外文程度。因此，朱自清认为清华的学生因"预备留美的关系，受过充分的英文训练"，"他们比较地是最适于英汉翻译事业的人"，对于"振兴中国的翻译事业，大规模地介绍西方文化"，清华学生"得负一大部分的责任"。对于如何承担这个"责任"，朱自清认为"第一自然是翻译文书"，翻译文书的方法包括"全译本""节要""注释"几种方式，全译本费时较多，较简便的方法是"节要"，就是"将若干种名著，节译或编述其要旨，汇为一书，以便一般人浏览"，"注释"最适用于文学，即"选择精粹的材料，详加参考，为之解明"。不管用何种方法翻译，朱自清认为"无论如何，最要紧的，翻译的取材，只能限于自己专攻的学科"。

朱自清的诗学理论也呈现出鲜明的外国文学印记，他和李健吾是中国现代最早自觉介绍西方现代派"纯诗"理论的作家，二人最早的合译文章是 A.C.Bradley 的《为诗而诗》(《一般》，1927 年 11 月第 3 卷第 3 号；1928 年 4 月第 4 卷第 4 号)和 R.D.Jameson 的《纯粹的诗》(1927 年 12 月《小说月报》第 18 卷第 12 期)，他们对西方"纯诗"理论的借鉴是新诗发展的现实呼唤。"为诗而诗"的"纯诗"运动正是针对这种非诗化倾向提出的。"为诗而诗"是对西方纯诗论的提倡，起源于美国诗人爱伦·坡，是法国诗人波特莱尔、马拉美、瓦雷里的共同追求，其特点是"以音乐的纯粹性为榜样，追求诗的绝对纯粹和艺术自律"，"致力于诗歌语言的纯粹化，为使诗语具有音乐般的纯粹性而不受意义玷污"，"醉心于对诗歌的思维方式和创作过程的探索"。②朱自清的《〈中国新文学大系·诗集〉导言》是对新诗第一个十年的总结，是新诗发展史的重要文献。在这篇文章中，朱自清认为新诗最大的影响是"外国的影响"，"诗的分段分行""是模仿外国"，"而外国文学的翻译，更是明证"，"自然音节和诗可无韵的说法，似乎也是外国'自

---

① 朱自清：《朱自清散文全集（下）》，中国致公出版社 2001 年版，第 748 页。

② 许霆著，张幼良、王健、季玢等主编：《中国现代诗学核心观念演进论》，江苏凤凰教育出版社 2018 年版，第 82 页。

由诗'的影响",冰心和宗白华的小诗"两派也都是外国影响,不过来自东方罢了"。同样在这篇文章中,朱自清认为郭沫若诗歌"有两样新东西""泛神论,与二十世纪的动的和反抗的精神","也都是外国影响";闻一多的诗歌"深受英国影响",李金发诗歌的艺术手法是"法国象征诗人的手法",后期创造社三个诗人王独清、穆木天、冯乃超"也是倾向于法国象征派的",戴望舒氏"也取法象征派"。① 朱自清对新诗第一个十年的评述可谓切中肯綮,是在对外国诗歌深入研究的基础上对"五四"诗坛创作状况的剖析。

(三)文学批评:"借镜西方"与"本来面目"

朱自清是一个文学批评家,在1948年2月16日的《世界日报》上发表的《文学考证与批评》一文中,朱自清提出要用比较的眼光研究外国作品,他认为:

学文学要能比较,首先要比较中外。因为现在天下一家,所以读外国语很重要……如果不会外国语,可以看翻译,多看外国作品可以帮助写作、了解、欣赏。五四初期,翻译的技术很差,过于欧化。多看外国作品,可以使我们眼光扩大,对批评外国文学也有用,有时甚至于在考证中国文学的时候,也得要找外国材料。②

正是基于这种"比较"的主张,朱自清认为对于中国文学的批评研究"自当借镜于西方,只不要忘记自己本来面目"③,他不仅自己身体力行地翻译和阅读外国文学作品,进行文学批评时也坚持"借镜西方",以随笔、序跋、书评等构建了自我的文学批评观,尤其是对文学批评中"如何处理中西关系"有独到的见解。在《诗文评的发展》和《评郭绍虞〈中国文学批评史〉上卷》两篇文章中,朱自清都指出"文学批评"一词来自西方。《诗文评的发展》一文指出,"'文学批评'是一个译名,我们称为'诗文评'的,与文学批评可以相当,虽然未必完

---

① 蔡元培等著,陈平原选编、导读:《〈中国新文学大系〉导言集》,贵州教育出版社2014年版,第208页。
② 朱自清:《文学批评与考证(朱自清昨在师范学院讲)》,载肖伊绯编《左右手——百年中国的东西潮痕》,福建教育出版社2015年版,第44页。
③ 朱自清:《中国文学系概况》,载朱乔森编《朱自清全集·第八卷·学术论著编》,江苏教育出版社1993年版,第416页。

全一致"①。同样在《评郭绍虞〈中国文学批评史〉上卷》一文中，朱自清同样指出"文学批评"是"舶来的"，"现在学术界的趋势，往往以西方观念（如'文学批评'）为范围去选择中国的问题"②，这就涉及一个如何利用这种"舶来的"研究理论和方法对中国文学展开批评和研究的问题。《诗文评的发展》是针对罗根泽的《中国文学批评史》与朱东润的《中国文学批评史大纲》的批评文章。在这篇文章中，朱自清主张在借鉴西方的文学批评理论时，强调三个"还给"，"将文学批评还给文学批评""还得将中国还给中国""一时代还给一时代"。③ 这三个"还给"其实质就是以西方的"文学批评"为镜来审视中国传统的"诗文评"，剔除其中不符合"文学批评"的内容，但又要保持中国传统"诗文评"的"本来面目"，注重"中国面目"和"时代语境"，这就是朱自清"借镜西方"与"本来面目"的真正含义，这种"借镜西方"与"本来面目"相结合的批评主张在其《诗言志辨》及《中国文学批评研究讲义》中体现得最为突出。

  他的这一主张不仅涉及文学理论和批评方法层面对于外国文学的借鉴，也同样适用于朱自清在文艺观方面对于西方文艺思潮的接受与内化。朱自清对于西方文艺思潮的借鉴有一个不断尝试和接受的过程，20世纪20年代主要受列夫·托尔斯泰"平民文艺"的影响，主张"民众文学观"。20世纪30年代受沃尔特·佩特"唯美主义"的影响，主张"刹那主义""为艺术而艺术"，追求"唯美"却不"颓废"。20世纪30年代之后，朱自清受到瑞恰慈（I.A.Richards）、燕卜荪（W.Empson）的语义分析学说的影响，注重语义范畴的研究。据刘洪涛《托尔斯泰在中国的历史命运》一文统计："1915年至1925年，林纾、耿济之、瞿秋白等人翻译的托尔斯泰作品，不下40种。托尔斯泰评论文章激增，总数在50篇（部）以上。"④ 可见托尔斯泰在"五四"文坛的影响，他的"平民艺术观"影响了"五四"一代作家，尤其是与其文学观相似的文学研究会作家，朱自清就是其中之一。朱自清先后在《时事新报》附刊《文学旬刊》上发表了《民众文学谈》

---

  ① 朱自清著：《诗文评的发展》，载朱乔森编《朱自清全集·第三卷·散文编》，江苏教育出版社1996年版，第23页。

  ② 朱自清：《评郭绍虞〈中国文学批评史〉上卷》，载朱乔森编《朱自清全集·第八卷·学术论著编》，江苏教育出版社1993年版，第197页。

  ③ 朱自清著：《诗文评的发展》，载朱乔森编《朱自清全集·第三卷·散文编》，江苏教育出版社1996年版，第25页。

  ④ 刘洪涛：《托尔斯泰在中国的历史命运》，《外国文学研究》1992年第2期，第99页。

《民众文学的讨论》两篇文章，探讨"民众文学"问题。朱自清在这两篇文章中所阐述的"民众文学观"与托尔斯泰的"平民艺术观"并不完全相同，他甚至反对托尔斯泰"遏抑少数人的艺术"的观点，这也完美体现出朱自清一贯坚持的"借镜西方"与"本来面目"相结合的文学主张。

沃尔特·佩特是英国"唯美主义"文艺思潮的代表人物，因《文艺复兴史研究》而声名大噪，提出"为艺术而艺术"，宣称"人生的意义就在于充实刹那间美的感受"，被称为"刹那主义"。朱自清曾说"我的意思只是生活的每一刹那有那一刹那底趣味，使我这一刹那的生活舒服"①，在与俞平伯的书信中，朱自清也坦言其对"刹那主义"的认同，但比较而言，朱自清仍然坚持"借镜西方"与"本来面目"相结合，他的"刹那主义"追求"唯美"却不"颓废"，这在他的诗歌《毁灭》中可以清楚地窥见，首段中的"踯躅在半路里""垂头丧气的""靡靡然"的"我"，在尾段中"还原了一个平平常常的我""我要一步步踏在泥土上，打上深深的脚印"，诗歌的首段所表达的"颓废"在尾段中走向"现实"，正如俞平伯所说"他所持的这种'刹那观'，虽然根本上不免有些颓废气息，而在行为上却始终是积极的，肯定的，呐喊着的，挣扎着的"②。朱自清对于瑞恰慈（I.A.Richards）、燕卜荪（W.Empson）的"语义分析学说"的接受，同样坚持"借镜西方"与"本来面目"相结合。朱自清的《诗多义举例》一文在分析诗歌时就创造性地接受了"语义分析学说"，在语义细读的基础上并未局限于纯粹语言的分析框架，而是"广求多义"，但"多义也并非有义必收：搜寻不妨广，取舍却须严"，以"切合"为准，"必须亲切，必须贯通上下文或全篇的才算数"。③

（四）散文创作："外国的影响"比中国的多

朱自清在诗歌、散文创作方面均有所成，散文创作成就更为突出，他的散文属于"五四"时期的散文小品。鲁迅曾称"五四"时期的散文小品"常常取法于

---

① 朱自清著：《朱自清全集·第十一卷·书信补遗编》，江苏教育出版社1996年版，第127页。
② 俞平伯：《俞平伯散文杂论编》，上海古籍出版社1990年版，第44页。
③ 朱自清：《大家国学 朱自清卷》，天津人民出版社2008年版，第277页。

英国的随笔（Essay）"①，朱自清的散文小品创作也不例外。在《〈背影〉序》中，朱自清在论及散文小品时认为：

> 明朝那些名士派的文章，在旧来的散文学里，确是最与现代散文相近的。但我们得知道，现代散文所受的直接的影响，还是外国的影响；这一层周先生不曾明说。我们看，周先生自己的书，如《泽泻集》等，里面的文章，无论从思想说，从表现说，岂是那些名士派的文章里找得出的？——至多"情趣"有一些相似罢了。我宁可说，他所受的"外国的影响"比中国的多。而其余的作家，外国的影响有时还要多些，象鲁迅先生，徐志摩先生。②

虽然朱自清没有明确谈及自己散文所受的外国文学影响，但他留学英国、漫游欧洲的经历以及"五四"散文小品整体的创作影响无疑使得他的散文很难不受外来影响。朱自清的散文题材广泛，文风幽默、闲适，语言精练，带有英国随笔的特色。作为一种散文体裁，随笔的特色为短小精粹，写法随意，少叙述而注重思辨，富于哲理性。对于散文创作的意图，朱自清自称"我自己是没有什么定见的，只当时觉着要怎样写，便怎样写了。我意在表现自己，尽了自己的力便行；仁智之见，是在读者"③，这种取材和写法的"随意"明显就带有英国随笔的色彩。

朱自清早期散文充满人道主义思想，带有较为明显的俄罗斯作家列夫·托尔斯泰文学观的影响。托尔斯泰在"五四"时期中国的知识界影响较大，其作品的人道主义思想对中国作家影响尤甚，朱自清就是其中之一。他的散文中充满人道主义情怀。《生命的价格——七毛钱》以"七毛钱买到一个五岁小女孩"这一事件为契机，提出了"生命的价格"问题，表达了对"小女孩"命运的深切同情；《星火》表达的是作家对一位卖酥饺儿的小伙子悲惨命运的同情；《小舱中的现代》通过小贩、乞丐等下层人民在痛苦中的挣扎，表达了作者对"被侮辱被损害者"的同情，这些作品中的"同情"彰显出的就是托尔斯泰宣扬的人道主义情怀。托尔斯泰认为"艺术是劳动之余的另一种休息，是通过感染、被动地接受到人的感情而达到的"，"直接以感情感染人乃是艺术活动的特点"（《论所谓的艺术》《什

---

① 鲁迅：《南腔北调集》，译林出版社2014年版，第143页。
② 蔡清富编：《朱自清散文选集》，百花文艺出版社1986年版，第127—128页。
③ 同上书，第130页。

么是艺术?》)。① 朱自清的散文注重情感因素的融入,《儿女》《冬天》《给亡妇》等篇目表现了父母与子女之爱、朋友之谊、夫妇之情,以情动人。

朱自清散文的"唯美"倾向取法于沃尔特·佩特。佩特主张以艺术的精神对待人生。朱自清在《自治底意义》(1920)中称"生活是一种艺术",认为"我们该用艺术家底手段来过我们的生活"。② 朱自清的"生活艺术化"最突出的表现是在其散文创作中"艺术的女人"主张,在朱自清看来,"艺术的女人"有三种意思:"女人中最为艺术的""女人的艺术的一面""我们以艺术的眼去看女人"(《女人》)。③ 朱自清"艺术的女人"的主张在其散文之中多有体现。散文《绿》中把"梅雨潭"比作女性,称"这平铺着、厚积着的绿,着实可爱。她松松地皱缬着,像少妇拖着的裙幅;她轻轻地摆弄着,像跳动的初恋的处女的心……"。散文《桨声灯影里的秦淮河》中把"月亮"比喻成女性,"那晚月儿已瘦削了两三分。她晚妆才罢,盈盈地上了柳梢头……它们那柔细的枝条浴着月光,就像一支支美人的臂膊,交互的缠着、挽着;又像是月儿披着的发"。《荷塘月色》中把月下的"荷塘""荷叶""流水"都比作女性,把荷塘上的叶子比喻成"亭亭的舞女的裙",把叶子中间"零星地点缀着些白花"比喻成"刚出浴的美人"。

---

① [俄]列夫·托尔斯泰著,陈琛主编:《列夫·托尔斯泰文集·散文随笔》,吉林人民出版社1995年版,第61页、第78页。
② 朱自清:《朱自清自述:我是扬州人》,万卷出版公司2014年版,第34页。
③ 朱自清:《背影》,云南人民出版社2015年版,第44页。

三、叶圣陶:"给中国的童话开了一条自己创作的路"

叶圣陶(1894—1988),原名绍钧,字圣陶,江苏苏州人,现代作家、教育家、编辑出版家,在小说、童话、散文、戏剧和诗歌创作方面均有作品传世,著有童话集《稻草人》(1923年商务印书馆)、短篇小说集《隔膜》(1924年商务印书馆)、短篇小说《潘先生在难中》(1925年1月《小说月报》第16卷第1号)、长篇小说《倪焕之》(1929年开明书店)、童话集《古代英雄的石像》(1931年开明书店)等,以及由他的三个子女叶至善、叶至美和叶至诚整理出版的《叶圣陶集》(共26卷本)。叶圣陶是现代早期的儿童文学家,因阅读和编辑工作而结缘外国文学,其小说创作深受华盛顿·欧文、契诃夫等外国小说家幽默、诙谐文风的影响,形成了独特的反讽叙事风格。他的童话创作深受安徒生和王尔德童话的影响,在用童真、童趣、爱构筑纯洁的儿童世界之余,又将荒唐与丑陋的现实、无奈与凄凉的人生融入童话创作,由此实现对现实世界的观照,鲁迅在《〈表〉译者的话》中称"叶绍钧先生的《稻草人》是给中国的童话开了一条自己创作的路的"①。

(一)阅读与编辑中结缘外国文学

作为"五四"新文化运动的先驱者、著名的编辑出版家和"五四"新文学社团文学研究会的发起人,叶圣陶虽无留学海外的求学经历,但"五四"时期大量的翻译作品的阅读以及长达八年的《小说月报》编辑工作,同样使其与外国文学结下不解之缘。叶圣陶与外国文学结缘最早可以追溯到中学时代的阅读,1907年,叶圣陶进入草桥中学读书,开始学习英文,"那时候中学里读英文的本子是华盛顿·欧文的《见闻杂记》和古德斯密的《威克斐牧师传》"②。在后来回忆自己为什么开始写小说时,叶圣陶坦言:

---

① 王泉根编著:《民国儿童文学·文论辑评(上)》,希望出版社2016年版,第150页。
② 刘增人:《叶圣陶传》,东方出版社2009年版,第15页。

如果不读英文，不接触那些用英文写的文学作品，我决不会写什么小说。读了些英文的文学作品，英文没有读通，连浅近的文法都没有搞清楚，可是文学的兴趣引起来了。这是意外的收获。当然，看些翻译作品也有关系。翻译作品，在我青年时代看起来，简直在经史百家以外另外有一种境界。我羡慕那种境界，常常想，如果表现得出那种境界，多么好。①

这些外国文学作品激发了叶圣陶对于文学的兴趣，除周氏兄弟（鲁迅和周作人）的《域外小说集》外，他还阅读了很多林译小说，如《迦茵小传》《巴黎茶花女遗事》《撒克逊劫后英雄略》《吟边燕语》《离恨天》等②。此外，叶圣陶较为关注弱小民族的文学作品，"对俄国、日本、以及波兰、匈牙利、丹麦、挪威等弱小民族的文学，尤其是托尔斯泰、契诃夫、屠格涅夫、科罗连柯、陀思妥耶夫斯基、迦尔洵为代表的俄国文学作了潜心的研究"③，可见叶圣陶对外国作品涉猎之广。除了在阅读中与外国文学结缘之外，叶圣陶还在翻译方面与外国文学结缘，为研究方便，现列表统计如下。

表下编 3-1　叶圣陶译作（著）统计表 ④

序号	作品名称	发表时间/刊物	原著作者	类型
1	《园丁集》（24）	1921年7月24日《时事新报·学灯》	[印]泰戈尔	诗歌
2	《园丁集》（61）	1921年7月28日《时事新报·学灯》	[印]泰戈尔	诗歌
3	《天方夜谭》（奚若译，叶圣陶校注）	1924年4—8月上海商务印书馆	[阿拉伯]不详	民间故事
4	《〈天方夜谭〉序》	1924年4—8月上海商务印书馆	叶圣陶	序跋

---

① 刘增人、冯光廉编：《中国文学史资料全编·叶圣陶研究资料（下）》，知识产权出版社2010年版，第210页。
② 商金林：《叶圣陶传论》，安徽教育出版社1995年版，第43页。
③ 同上书，第388页。
④ 本表统计主要依据刘增人、冯光廉编的《叶圣陶研究资料》（北京十月文艺出版社，1988年），中的"叶圣陶著译年表"同时也根据其他一些史料综合整理而成，把与外国文学相关的序跋和文学评论等一并统计在内。

续表

序号	作品名称	发表时间/刊物	原著作者	类型
5	《〈天鹅〉序》①	1924年12月1日《时事新报·文学》	叶圣陶	序跋
6	《牧羊儿》②	1925年上海商务印书馆	[丹]安徒生等	童话集
7	《印度抒情小诗》	1925年7月19日《文学周报》第182期	[印]Laurence Hope	诗歌
8	《〈温德米尔夫人的扇子〉序》③	1926年9月5日《一般》第1卷诞生号	叶圣陶	序跋
9	《马利亚》	1929年4月28日《文学周报》第364—368期	[苏]捏维洛夫	小说
10	《本号苏俄小说作者传略·捏维洛夫》	1929年4月28日《文学周报》第364—368期	叶圣陶	评论
11	《印度抒情小诗》	1930年7月1日《妇女杂志》第16卷第7号	不详	诗歌
12	《仵望》	1930年7月1日《妇女杂志》第16卷第7号	不详	诗歌
13	《荷马之教》	1930年7月1日《妇女杂志》第16卷第7号	不详	诗歌
14	《风》	1930年7月1日《妇女杂志》第16卷第7号	不详	诗歌
15	《契诃夫的〈苦恼〉》	1946年2月1日《国文杂志》第3卷第5、6期	叶圣陶	评论
16	《介绍〈斯巴达克思〉》	1957年9月12日《读书月报》第9期	叶圣陶	评论
17	《谈谈翻译》	1958年4月14日《人民日报》	叶圣陶	评论
18	《〈拉丁美洲儿童小说选〉序文》	1983年3月13日作,朱景冬选译的《拉丁美洲儿童小说选》,贵州人民出版社1983年	叶圣陶	序跋

---

① 童话集《天鹅》是郑振铎、高君箴译,1925年商务印书馆初版。
② 收录安徒生等的童话10篇,与徐志摩等合译,叶圣陶翻译了其中的一篇《牧羊儿》。
③ 叶圣陶为潘家洵的译本(北平朴社)作的序。

从上述统计可以发现，叶圣陶的译作不多，其中译诗居多，多为泰戈尔的诗歌，其次是民间故事，以《天方夜谭》的翻译最具代表性。对于翻译的作用，叶圣陶认为新文学运动"是受了西洋文学潮流的鼓荡而兴起的"，是在西方文学的译介中展开的，但他反对"抄袭和贩运"，认为"介绍外国的文学作品、文学理论、文学源流和文学批评等等所以重要，所以有价值，乃在于唤起我们的感受性，养成我们的创作力，也就是促醒我们对于文学的觉悟"。①叶圣陶对于文学翻译有自己的看法，在《谈谈翻译》（1958 年 4 月 14 日《人民日报》）一文中，他认为"翻译工作"是翻译家"凭关于甲种语言的素养，吸取了甲种语言的原作里的全部内容，又凭关于乙种语言的素养，用乙种语言把它表达出来"，"好翻译""能使不通甲种语言的人读了译本，跟精通甲种语言的人读了原作一模一样"，最不好的翻译就是"用中国字写的外国话"。②

此外，叶圣陶还撰写了少量的外国文学评论和译本序跋，如《〈温德米尔夫人的扇子〉序》《契诃夫的〈苦恼〉》《介绍〈斯巴达克思〉》《〈天方夜谭〉序》《〈天鹅〉序》《〈拉丁美洲儿童小说选〉序文》等。叶圣陶的序跋文章多为儿童文学撰写，尤其是童话。《〈天方夜谭〉序》是叶圣陶为奚若翻译的《天方夜谭》所作的序，但从篇幅和涉及内容而言更确切地说是一篇文学评论。叶圣陶在文中首先指出把《天方夜谭》看成是东方各国民间故事的总集更为合适，认为这部书的奇妙之处在于"中间包蕴着这许多故事，没有两篇的内容与结构是相同的"，聪明之处在于"把全集构成个大故事，把许多故事包含在里边"，使得"本来不相关涉的许多故事组合起来，成为一个有机体了"。③最后文章对这一译本做了评述，认为"这个译本运用古文非常纯熟而不流于腐，气韵渊雅；造句时有新铸而不觉其生硬，唯觉其爽利：我们认为是一种很好的翻译小说"④。叶圣陶还为朱景冬选译的《拉丁美洲儿童小说选》撰写了《〈拉丁美洲儿童小说选〉序文》，叶圣陶在文中提出三点希望：第一，"希望咱们中国的孩子多读些亚非拉各国的文学作品"，第二，"希望咱们的翻译家多翻译些亚非拉各国的儿童读物，咱们的出版

---

① 叶圣陶：《叶圣陶论创作》，上海文艺出版社 1982 年版，第 123 页。
② 罗新璋、陈应年编：《翻译论集》，商务印书馆 2009 年版，第 714 页。
③ 叶圣陶著，卢今、范桥编：《二十世纪中国文化名人文库·叶圣陶散文（下册）》，中国广播电视出版社 1997 年版，第 231 页。
④ 同上，第 237 页。

界多出版些亚非拉各国的儿童读物",第三"希望咱们中国的作家全都为孩子们写一两篇反映他们的生活的作品"。①

(二)童话创作:西方童话的"移植"与"独创"

中国的古代童话大多起源于民间,属于民间童话,靠口头传播,是民间文学的一种,许多童话与神话、民间传说、民间故事有关。而"五四"时期诞生的现代童话主要是从翻译、改编及模仿外国童话开始,是文学童话。茅盾在《关于"儿童文学"》一文中认为真正翻译西洋童话是从孙毓修开始的②,而中国现代童话的创作却是始自叶圣陶。作为现代童话的开创者,叶圣陶的童话创作受到外国童话的影响,关于这一点,叶圣陶自称:

我写童话,当然是受了西方的影响。五四前后,格林、安徒生、王尔德的童话陆续介绍过来了。我是个小学教员,对这种适宜给儿童阅读的文学形式当然会注意,于是有了自己来试一试的想头。还有个促使我试一试的人,就是郑振铎先生,他主编《儿童世界》,要我供给稿子。(《我和儿童文学》)③

正是因为接触了外国童话,叶圣陶有了"试一试的想头",在郑振铎的促使下,他自1921年开始童话创作,1923年出版了第一部童话集《稻草人》。作为中国现代文学史上第一部童话集,鲁迅称这部童话集"给中国的童话开了一条自己创作的路"④。叶圣陶的"自创"童话既不同于孙毓修的意译,也不同于茅盾和郑振铎的"翻译",这是一种真正意义上的童话创作,这也是《稻草人》在中国现代童话史上具有里程碑意义的原因所在。叶圣陶的童话作品主要收录在《叶圣陶集》的第四卷中,包括《稻草人》《古代英雄的石像》和《鸟言兽语》三个童话集,《稻草人》收录童话23篇,主要是叶圣陶1921年至1923年创作的童话作品,以最后一篇《稻草人》命名,附录为郑振铎为此童话集所作的序;《古代英雄

---

① 韦商编:《叶圣陶和儿童文学》,少年儿童出版社1990年版,第488页。
② 王泉根编:《中国现代儿童文学文论选》,广西人民出版社1989年版,第396页。
③ 叶至善、叶至美、叶至诚编:《叶圣陶集·第九卷·文艺谈·论创作》,江苏教育出版社1990年版,第384页。
④ 鲁迅:《鲁迅全集(第十四卷)》,同心出版社2014年版,第120页。

的石像》是叶圣陶的第二部童话集，收录童话9篇，附录为丰子恺为这个集子所写的读后感；《鸟言兽语》收录了叶圣陶未曾收进前两部集子的童话7篇。

综观叶圣陶的童话创作我们可以发现，叶圣陶的《稻草人》中最初的作品更倾向于受到安徒生童话的影响，充满了对儿童世界"爱"与"美"的童心、童趣和对美好人生的讴歌与赞美，但后期的作品在讴歌美好儿童世界的同时也着力揭露现实世界的残酷，更倾向于受到王尔德童话的影响。安徒生是丹麦著名童话作家，他的童话以美丽和谐的大自然世界为故事背景，讲述着美丽的公主与王子的爱情、丑小鸭变身高贵天鹅的美好故事。叶圣陶最初的童话创作深受安徒生童话的这种倾向影响，正是安徒生童话的爱与童心深深吸引了叶圣陶，使得他初期创作的童话致力于刻画纯洁美好的儿童世界，郑振铎认为叶圣陶最初的童话创作是"梦想一个美丽的童话人生，一个儿童的天真国土"，"努力想把自己沉浸在孩提的梦里，又想把这种梦境表现在纸面上"（郑振铎《稻草人·序》）。① 童话《小白船》讲述的是一个小男孩和一个小女孩一起乘一只小白船的快乐故事，故事语言优美，是一个关于爱与美德的故事，故事开头这样叙述："一条小溪是各种可爱的东西的家。小红花站在那儿，只顾微笑，有时还跳起好看的舞来。"② 如此优美的文字我们在安徒生的童话中也随处可见，在《拇指姑娘》中，燕子带着拇指姑娘一起飞："最后他们来到了温暖的国度，那儿的太阳比在我们这里照得光耀多了，天似乎也是加倍地高。田沟里，篱笆上，都生满了最美丽的绿葡萄和蓝葡萄。"③ 在童话《梧桐子》中，叶圣陶将这种"美"与"爱"都倾注于"一颗梧桐子"身上，营造了一个完美的童话世界，在这个近乎完美的童话世界中，小梧桐子快乐地成长，喜欢自由飞翔的小梧桐子不顾母亲的劝阻，不知不觉飞了出去，离开母亲、哥哥和弟弟之后的小梧桐子感到孤寂，当燕子捎来了母亲、哥哥和弟弟的消息后，小梧桐子乐得"只顾往高里长"，大自然的美妙和亲人之间的爱共同营造了一个美好的儿童世界。《芳儿的梦》借助儿童芳儿的"梦境"帮她完成了送妈妈一件"最最美丽的礼物，最最稀罕的礼物"的愿望，月亮姊姊、云哥哥、星

---

① 叶至善、叶至美、叶至诚编：《叶圣陶集·第四卷》，江苏教育出版社1987年版，第159页。

② 同上书，第1页。

③ ［丹］安徒生著，叶君健译：《中国翻译家译丛·叶君健译安徒生童话》，人民文学出版社2015年版，第120页。

星、妈妈共同为芳儿营造了一个奇幻的梦境,芳儿在梦境中摘了几百颗星星,串了一条美丽的项链送给妈妈,妈妈和自己都变成了仙女。

叶圣陶早期童话中这种对于"爱"与"美"的儿童纯净世界的描写在残酷的现实面前渐渐"不自觉地改变了方向"①。叶圣陶自己也注意到这种转向,他在给郑振铎的信中说:"在成人的灰色云雾里,想重现儿童的天真,写儿童的超越一切的心理,几乎是个不可能的企图。"② 叶圣陶后期童话中更多对现实世界的观照,多了一些"成人的悲哀"。《克宜的经历》中农家孩子克宜的父母听邻人说"都市里真快乐",就让克宜进城去体验,结果克宜在戏院里看到的人都是"个个只剩皮包着骨头,脸上全没血色,灰白得吓人,腿和脚又细又小,像鸡的爪子似的,跟在医院看到的那些人一模一样。他们不能行走,不能劳动,得不到一切吃的东西,只好在那里等死",这篇童话通过一面神奇的镜子发现了成人世界中"快乐都市"的腐朽本质。《画眉》通过一只画眉鸟发现"世界上,到处有不幸的东西,不幸的事儿——都市,山野,小屋子里,高楼大厦里"。我们在安徒生的童话中也可以找到这样的"现实世界",在《卖火柴的小女孩》中,小女孩在圣诞夜光脚走在雪地上,饥寒交迫的她最终在富人圣诞夜的狂欢中冻死在室外。同样,在《皇帝的新装》中,虚伪的成人眼中皇帝的"新华丽装""举世无双",天真无邪的孩子一语道破天机"可是他身上什么也没有穿啊",这就是安徒生笔下丑陋的现实世界。我们可以对比分析一下安徒生的《皇帝的新装》和叶圣陶的《皇帝的新衣》来看两位作家童话中的现实世界,童话《皇帝的新衣》开始就对安徒生《皇帝的新装》的故事情节进行了简要的概括,然后叶圣陶写到"以后怎么样呢?安徒生没说。其实以后还有许多事儿"。很显然,叶圣陶的《皇帝的新衣》是对安徒生童话《皇帝的新装》的"中国式续写"。《皇帝的新衣》中的"皇帝"较之《皇帝的新装》中的"皇帝"更加残忍,他的"新法律"可以说是草菅人命(谁故意说坏话就是坏蛋,就是反叛,立刻逮来,杀!),残暴的"新法律"最终引起"官逼民反",故事情节和结局的处理方式带有强烈的中国现实特色。

如果说叶圣陶早期的童话创作更多受到了安徒生童话的影响,他的后期创作则更接近于王尔德的童话,正如 R.H. 谢拉尔德所言,王尔德的童话"贯穿着

---

① 叶至善、叶至美、叶至诚编:《叶圣陶集·第四卷》,江苏教育出版社 1987 年版,第 159 页。

② 同上。

一种微妙的哲学，一种对社会的控诉，一种为着无产者的呼吁，这使得《快乐王子》和《石榴之家》成了控告社会制度的两张真正的公诉状"①。也正是王尔德童话中这种现实主义因素的融入，才引起了叶圣陶创作上的共鸣。王尔德是英国维多利亚时期的著名作家，著有《快乐王子和其他故事》《石榴屋》两部童话集。王尔德的童话在"五四"时期传入中国，最先出现在鲁迅与周作人合译的《域外小说集》(文言形式，名为《安乐王子》)中，随后出现很多译本，泰东书局在1922年还出版了童话集《王尔德童话》。叶圣陶对于王尔德童话很熟悉，对于自己是否受王尔德童话的影响，叶圣陶认为"当然说不出有什么直接的影响，在执笔的时候也没有想到过它们；可是既然看过，不能就说绝对没有影响。正像厨子调味儿，即使调的是单纯的某一种味儿，也多少会有些旁的吧"②。我们可以对比一下叶圣陶的《稻草人》与王尔德的《快乐王子》，两篇童话在人物形象、情节结构和主题方面有诸多相似之处，可以说有异曲同工之妙。《快乐王子》讲述的是一个变成雕像的"快乐王子"的"不快乐"，《稻草人》讲述的同样是一个没有生命的稻草人的"不快乐"，两个主人公都是站立不动的形象，没有生命却比有生命的人更具有同情心，快乐王子因"城市中所有的丑恶和贫苦"而痛苦，他对燕子倾诉：

"以前在我有颗人心而活着的时候"，雕像开口说道，"我并不知道眼泪是什么东西……而眼下我死了，他们把我高高地立在这儿，使我能看见自己城市中所有的丑恶和贫苦。尽管我的心是铅做的，可我还是忍不住要哭。"③

在叶圣陶童话中，雕像"快乐王子"变成了"稻草人"，这一形象带有中国式的乡村风味，稻草人所看见的"贫苦"如"快乐王子"一样，也是三个悲惨的故事。"快乐王子"把自己的剑柄上的红宝石和两只眼睛（蓝宝石）送给了一个生病的小女孩、一个冻得要死的写剧本的男子和一个卖火柴的小女孩，把自己满身的黄金片送给了穷人，最终"快乐王子"和那只陪伴他的"燕子"一起死去，但童话最终却借助上帝的力量让他们进入了天堂，快乐地歌唱和生活。稻草

---

① [英]王尔德著，巴金译：《快乐王子集》，文化生活出版社1948年版，第246页。
② 陈伯吹：《儿童文学简论》，长江文艺出版社1959年版，第39页。
③ [英]奥斯卡·王尔德著，王林译：《王尔德童话》，华中科技大学出版社2015年版，第5页。

人同样看到三个乡村女性的悲惨故事，这些故事是当时中国农妇悲惨生活的真实写照，稻草人虽然很心痛，但却无力帮助她们，最终倒在稻田里。这篇童话在立意、情节结构、人物形象和主题等方面明显受到王尔德《快乐王子》的影响，却具有独特的民族特色，体现出叶圣陶对外国童话的本土化过程。

如果我们总体比较一下叶圣陶的童话与安徒生、王尔德等的西方童话的结局，很容易发现两者的差异，安徒生、王尔德等西方童话作家在描写丑恶的现实世界时，往往借助上帝、天堂等宗教世界给其笔下的人物以光明，这种通过宗教救赎的方式解决现实世界的困境在他们的很多童话中都有体现，《卖火柴的小女孩》中的小女孩在圣诞夜饥寒交迫，但借助几根火柴的微光，小女孩在临死之际见到了天堂里的祖母，"天堂里的祖母"给了小女孩最后的温暖；童话《快乐王子》中的快乐王子拜托燕子把自己身上所有值钱的东西都给了穷人，最终快乐王子和燕子都死了，但童话最后上帝把快乐王子和燕子都带入了"快乐的天堂"，这种宗教的救赎在叶圣陶的笔下则无法实现。因此叶圣陶的童话最终结局是悲惨的无法回避的社会现实，稻草人对于农妇们的悲惨生活无能为力，看到飞蛾在稻叶上下卵、生病的孩子、桶里的鲫鱼、女人投河，都无法救助、无法阻止，自己最终也倒在了稻田里。这也是为什么有的学者认为叶圣陶的童话"是介于童话和小说之间的一种文学作品，而且带有浓烈的灰色的成人的悲哀。所以，我们与其把它们当作童话读，倒不如把它们当作小说读为好"①。

（三）小说创作："私淑"外国的"幽默"与"反讽"

叶圣陶一生大量阅读外国文学作品，这些作品在潜移默化中都会对他的小说创作产生影响。苏雪林认为"叶绍钧可算中国第一个成功的杜氏（即陀思妥耶夫斯基——笔者注）私淑者"②。迦尔洵是托尔斯泰的同乡，叶圣陶专门撰有《迦尔洵和他的小说》一文，认为迦尔洵的小说在文字上有"惊怖的美"，"足以使他列入世界文学家的班次了"③。对于契诃夫，叶圣陶也很推崇。叶圣陶于1927年4月

---

① 贺玉波：《现代中国作家论（第一卷）》，大光书局1936年版，第446页。
② 苏雪林：《中国二三十年代作家》，纯文学出版社1953年版，第300页。
③ 叶至善、叶至美、叶至诚编：《叶圣陶集·第十卷》，江苏教育出版社1990年版，第107页。

至 1928 年 12 月期间代替郑振铎主编《小说月报》，其中的第 18 卷第 5 号就是"柴霍夫（契诃夫）专号"，共刊登契诃夫小说三篇，作为主编，叶圣陶自然熟悉契诃夫的小说，他曾撰写文学评论《契诃夫的〈苦恼〉》一文。捷克汉学家普实克也认为叶圣陶和契诃夫"两位作家最相似的，是都有'辛辣的幽默'"①，在论文中他援引叶圣陶的小说《一个青年》中的主人公青年墙上所悬挂的三幅画像（托尔斯泰、安徒生和契诃夫）为证，试图说明契诃夫小说的幽默文风对叶圣陶小说创作的影响。但小说毕竟是一种虚构性的文学作品，不足以确证叶圣陶小说与契诃夫小说的关系。但有一点值得肯定的是，叶圣陶对于契诃夫的小说并不陌生，影响肯定会有，但无法具体阐释他的哪些作品受到契诃夫的影响。

华盛顿·欧文是美国著名作家，被称为"美国短篇小说之父"，其小说幽默的文风和反讽叙事深深吸引了叶圣陶。在《杂谈我的写作》中，叶圣陶指出，华盛顿·欧文"那富于诗趣的描写，那看似平淡而实有深味的叙述，当时以为都不是读过的一些书中所有的，爱赏不已"②。在《过去随谈》一文中，叶圣陶自称："作小说的兴趣可说由中学时代读华盛顿·欧文的《见闻录》引起。那种诗味的描写，谐趣的风格，似乎不曾在读过的一些中国文学里接触过；因此这样想，作文要如此才佳妙呢。"③此处叶圣陶所说的"谐趣的风格"就是华盛顿·欧文小说"反讽"艺术的运用，我们来看一下华盛顿·欧文的小说《瑞普·凡·温克尔》（原译为《李迫大梦》），小说写了一个游手好闲的怕老婆的懒人温克尔的故事，整部小说的叙述笔调都采用"温和的反讽"，小说有一个地方叙述了懒人温克尔被老婆赶出家门之后的活动——一个乡村懒散人的聚会，却称之为"由村中的圣贤、哲学家和其他空闲的人组成的永久俱乐部"，地点是"乔治三世陛下的红色肖像做招牌的小客店的门前的长凳子上"，内容是"村里张家长李家短的闲话"或者"一些令人昏昏欲睡的、不知所云的故事"。④严肃、正式的用语被用于揶揄

---

① 刘增人、冯光廉编:《中国文学史资料全编·叶圣陶研究资料（下）》，知识产权出版社 2010 年版，第 666 页。

② 刘增人、冯光廉编:《中国文学史资料全编·叶圣陶研究资料（上）》，知识产权出版社 2010 年版，第 199 页。

③ 刘增人、冯光廉编:《中国文学史资料全编·叶圣陶研究资料（下）》，知识产权出版社 2010 年版，第 595 页。

④ ［美］华盛顿·欧文著，万紫、雨宁译:《欧文短篇小说选》，人民文学出版社 2004 年版，第 5 页。

一帮乡村闲人的闲聊，反讽意味略见一斑，正是华盛顿·欧文小说的这种文风吸引了叶圣陶。1914年之后叶圣陶创作了一些文言小说，发表在《礼拜六》等小说杂志上，在谈及这几篇文言小说时，叶圣陶认为"第一篇叫做《穷愁》，描写一个穷苦的卖饼孩子，有意摹仿华盛顿·欧文的笔趣；以后的几篇也是如此"①。由此足见华盛顿·欧文对叶圣陶小说反讽艺术的影响。

  叶圣陶的小说素以描写小资产阶级知识分子和小市民的灰色人生而著称，尤其是他的短篇小说《潘先生在难中》和长篇小说《倪焕之》，茅盾称"冷静地谛视人生，客观地、写实地描写着灰色的卑琐的人生的，是叶绍钧"②。对于自己小说中的"讽刺"，叶圣陶说："当时仿佛觉得对于不满意不顾暇的现象总得'讽'它一下。讽了这一面，我期望的是在那一面，就可以不言而喻。"（《〈叶圣陶选集〉自序》）③叶圣陶在此处虽未言明他所说的"讽"是"反讽"，但就意义的表达而言，"言在此而意在彼"正是"反讽"艺术的追求，因此叶圣陶所说的"讽"与我们通常说的"反讽"是一致的。小说《潘先生在难中》一文塑造了国难当头教员潘先生苟且偷生，只关心自己的妻儿家小，置国家民族于不顾的知识分子形象，他为了"偷生"，找了一条"路途"，到外国人办的红十字会做会员，在领取了旗子和徽章之后，"潘先生接旗子和徽章在手，象捧着救命的神符，心头起一种神秘的快慰"。短短数十字就把一个卑微的灰色小知识分子刻画得入木三分。同样，在小说《外国旗》中，寿泉夫妇以为把一面不知哪国的外国旗子挂在檐头就可以躲过"兵灾"，最终结果却是"花花绿绿的一面旗子的确挂在檐头，风吹过时飘飘地拂动"，而家里照样闯进来一群兵，寿泉夫妇吓得"爬过一道乱砖墙，就老鼠一般伏在墙脚下"，反讽意味十足。

---

  ① 刘增人、冯光廉编：《中国文学史资料全编·叶圣陶研究资料（上）》，知识产权出版社2010年版，第200页。

  ② 茅盾：《中国新文学大系·小说一集导言（节录）》，载刘增人、冯光廉编《中国文学史资料全编·叶圣陶研究资料（上）》，知识产权出版社2010年版，第347页。

  ③ 叶圣陶：《叶圣陶论创作》，上海文艺出版社1982年版，第194页。

四、宗白华:"融贯中西艺术理论的一代美学大师"

宗白华(1897—1986),原名之櫆,字伯华,笔名白华等,江苏常熟人,哲学家、美学大师、诗人,著有诗集《流云》(1923年亚东图书馆),美学著作《美学散步》(1981年上海人民出版社)、《美学与意境》(1987年人民出版社),译有《海涅的生活和创作》[德国柏立可(N.Bernikow),1956年新文艺出版社]、《判断力批判》[德国I.康德(Kant, I.),上下册,1964年商务印书馆]等。宗白华一生致力于中西比较诗学研究,在哲学和美学的视野下展开中西比较诗学批评和研究,被誉为"融贯中西艺术理论的一代美学大师"。在文学创作方面,宗白华是"五四"小诗派的代表人物,其小诗与冰心、周作人的诗齐名,被誉为小诗派的"殿军",其小诗以哲理见长,因翻译和中西比较诗学研究而深受外国文学的影响。

(一)中西比较诗学研究中结缘外国文学

宗白华与外国文学的渊源离不开他中学阶段的外国语言学习,1912年,宗白华考入南京金陵中学读书,开始学习英文,1914年入德国人创办的青岛大学中学部修习德文,1914年夏,宗白华随父亲来到上海,转学到上海同济德文医工学堂(同济大学前身)中学部二年级继续学习德文,1916年夏从同济德文医工学堂中学部语言科毕业。中学阶段的英语和德文学习为宗白华日后接触外国文学,尤其是德国文学奠定了语言基础。1916年秋升入同济德文医工学堂医学预科,继续学医,1917年8月由于第一次世界大战愈演愈烈,宗白华无意学医,开始自修哲学和文学。1919年8月受聘担任《时事新报》副刊《学灯》编辑,负责"新文艺"栏目的编辑,发现了郭沫若的诗歌才华,在《学灯》上推荐发表郭沫若的诗歌,由此与郭沫若、田汉结下友谊,后出版三人通信集《三叶集》。1920年到1925年留学德国,先后在德国法兰克福大学和柏林大学学习哲学和美学,四年的德国留学经历和归国途中的欧洲游历,使宗白华与外国文学结缘。①

---

① 此部分内容参考了《宗白华生平及著述年表》,载林同华主编《宗白华全集(第4卷)》,安徽教育出版社1994年版,第687—772页。

宗白华对外国文学的关注首先源自他的哲学研究，他曾经这样说："1918年至1919年，我开始写哲学文字，然而浓厚的兴趣还是文学……"① 也就是说，宗白华对于文学存有浓厚的兴趣，在研究西方哲学（德国哲学家康德、叔本华、歌德、莱布尼茨，印度哲学家泰戈尔，英国哲学家穆勒，法国哲学家柏格森等）的同时，也关注西方文学，以哲学、美学的视野观照中西方的文学作品，把文学作为一个艺术门类来考察，涉猎外国作家之广在现代文学作家之中很少有人能企及，具体涉猎的外国作家作品见下表。

表下编 4-1　宗白华涉猎的外国作家作品统计表②

序号	作家	国别	作品	出处
1	但丁	意大利	《神曲》	《说人生观》
2	易卜生	挪威	《国民公敌》《民仇》	《致寿昌君左函》《中西戏剧比较及其他》
3	托尔斯泰	俄罗斯	未提及③	《理想中少年中国之妇女》
			《战争与和平》	《〈战争与和平〉毛德英译序言》编辑后语
4	雪莱④	英国	未提及	《雪莱的诗》
5	G.Keller⑤	瑞士	未提及	《致柯一岑书》
6	惠特曼	美国	未提及	《恋爱诗的问题——致一岑》
7	罗曼·罗兰	法国	未提及	《恋爱诗的问题——致一岑》

---

①　宗白华著，林同华主编：《宗白华全集（第2卷）》，安徽教育出版社1994年版，第153页。

②　本统计表根据1994年安徽教育出版社出版的林同华主编的《宗白华全集》第1卷到第4卷进行统计，如多个篇目提及某一作家，只选取其中涉及作品较多者进行统计，如某一作家作品被多次提及，不做重复统计。

③　此文提及托尔斯泰在小说中言及"欧人虽表面尊崇女子，而实际未尝无视为玩物之心"，文中未涉及托尔斯泰具体小说篇目。

④　作者以《雪莱的诗》为题，作小诗一首，讴歌雪莱的诗歌，未提及具体篇目。

⑤　此为瑞士作家凯勒，作者在论述"德国全部的精神文化差不多可以说是音乐化了"时提到德国文学名著也列举了凯勒的杰作，没有提及具体篇目。

续表

序号	作家	国别	作品	出处
8	莎士比亚	英国	《罗密欧和朱丽叶》《威尼斯商人》《马克白》《哈姆雷特》《仲夏夜之梦》	《莎士比亚的艺术》
			《奥赛罗》	《关于〈奥赛罗〉的演出等编辑后语》
			Measure for Measure	《我所爱于莎士比亚的》
9	梅特林克	比利时	未提及	《致舜生寿昌书》
10	萧伯纳	爱尔兰	未提及	《致舜生寿昌书》《中西戏剧比较及其他》
11	斯特林堡（Strindberg）	瑞典	未提及	《致舜生寿昌书》
12	泰戈尔	印度	《园丁集》	《〈惠的风〉之赞扬者》《我和诗》
13	汉姆生（Knut Hamsun）	挪威	Pan、Victoria、Hungry	《艺术创造的私人动机研究》
14	左拉（Emile Zola）	法国	未提及	《艺术创造的私人动机研究》
15	霍普德曼（Gerhart Hauptmann）	德国	《人生与烦恼》	《艺术创造的私人动机研究》
			未提及	《美感范畴·悲剧之美》
16	皮兰德娄（Luigi Pirandello）	意大利	Six Persons Look for an Author	《艺术创造之主要工作》
17	里尔克（R.M.Rilke）	奥地利	未提及	《艺术创造之天资问题》
18	拜伦（Byron）	英国	未提及	《艺术的天才》
19	席勒（Schiller）	德国	未提及	《艺术的天才》
			《强盗》	《歌德席勒订交时两封讨论艺术家使命的信》
			《菲斯科》《华伦斯坦》《威廉·退尔》《阴谋与恋爱》《唐·卡洛斯》	《席勒与民族》（汉斯·马耶）
			《理想与生活》《厄琉息斯节》《理想》	《席勒与法国革命》
			《奥赛女郎》《奥赛的少女》《墨西拿的新娘》《德默特里斯（Demetrius）》	《席勒与德国的自我反省》

续表

序号	作家	国别	作品	出处
20	荷尔德林（Holderlin）	德国	未提及	《天才之其他特征》
21	索福克勒斯（Sophocles）	古希腊	未提及	《美感范畴·纯粹的美》
22	弥尔顿（John Milton）	英国	未提及	《美感范畴·壮美》
23	波德莱尔（Charles Baudelaire）	法国	《罪恶之花》	《美感范畴·丑的艺术》
24	显克微支（H.Sienkiewicz）	波兰	《天主见》	《艺术学·第二章艺术欣赏·风格之分类》
25	歌德	德国	《浮士德》《少年维特之烦恼》《瞿支》《塔索》《伊菲格丽》《赫尔曼与多罗蒂》《湖上》《格里曼》《游行者之夜歌（二首）》《海上的寂静》	《歌德之人生启示》
			《湖上》《游行者之夜歌》《对月吟》	《歌德诗三首》
			《格丽曼》《游行者之夜歌（二首）》《海上的寂静》《弦琴师歌曲》《迷娘歌曲》《无题》《帕劳米休斯》《神性的》	《〈歌德评传〉中歌德诗九首》
			《少年维特之烦恼》《瞿支》《伊菲格丽》	《单纯的自然描摹·式样·风格》
			《威廉·曼斯特》	《席勒与歌德的三封通信》
			《葛兹》《维特》《普罗米修斯》	《席勒与民族》
			《列那克狐狸》《散步者》《大钟歌》	《席勒与法国革命》
			《死与生》	《死与生》

续表

序号	作家	国别	作品	出处
26	斯蒂芬·盖阿格① （Stefan George）	德国	未提及	《歌德之人生启示》
27	卢梭	法国	《新哀绿蒂斯》	《少年维特之烦恼》
28	保尔·福尔	法国	未提及	《〈当代法国大诗人保尔·福尔〉编辑后语》
29	沃富兰	德国	《白赛华（Parsival）》	《〈沃富兰〉编辑后语》
30	荷马	古希腊	《荷马史诗》	《常人欣赏文艺的形式》
31	莱辛	德国	《伊利亚特》	《美从何处寻》
31	莱辛	德国	《爱美丽雅贾乐德》	《〈爱美丽雅贾乐德〉编辑后语》
32	诺瓦理斯（Novalis）	德国	未提及	《中国艺术意境之诞生》
33	艾略特	英国	《荒原》	《一些可能的文学理论编辑后语》
34	里尔克	捷克	《柏列格的随笔》	《美从何处寻》
35	阿希洛司（Aeschylus）	希腊	未提及	《悲剧世界之变迁》
36	开撒（George Kaiser）	德国	未提及	《悲剧世界之变迁》
37	赫勃尔（Hebbel）	德国	未提及	《悲剧世界之变迁》
38	褒希莱（Buechner）	德国	未提及	《悲剧世界之变迁》
39	格拉柏（Grabbe）	德国	未提及	《悲剧世界之变迁》
40	海涅	德国	《歌谣集》《青春烦恼》《抒情的插曲》《还乡集》《哈茨游记》《旅行札记（第2—4册）》《北海诗辑》《法兰西状况》《阿塔·特洛尔》《政治诗》《德国——一个冬天的童话》《罗曼采罗》《拉萨路斯及杂诗》	《海涅的生活与创作》

① 现译为盖斯凯尔。

从上述统计可以看出，宗白华在其著作中共涉及的外国作家有 40 位，其中德国作家 13 位，由此可见宗白华最为关注德国的文学，这与他留学德国、致力于德国哲学研究有关。在宗白华的批评视野中，除专注于研究歌德之外（将在下文做专门论述，此处不再赘述），他较为关注的另外两位德国诗人是席勒和海涅。对于歌德、席勒和海涅这三位德国诗人，宗白华有很深入系统的研究，尤其是歌德，宗白华不仅翻译歌德的诗歌，还撰写了《歌德与浮士德》《歌德之人生启示》等文章，并推崇歌德的人生。宗白华对于席勒的研究除翻译《歌德席勒订交时两封讨论艺术家使命的信》和《席勒与歌德的三封通信》之外，还翻译了德国著名文学史家汉斯·马耶的《席勒与民族》[①]，其中涉及了"青年的席勒""席勒与法国革命""席勒与德国的自我反省"三部分的内容。宗白华对于诗人海涅作品的译介主要集中在他翻译的柏立克（N.Bernikow）的《海涅的生活与创作》一文[②]，内容涉及了青年海涅的文学与活动、海涅在流亡时期第一阶段的创作（1831—1840）、海涅与马克思接近时期的创作（19 世纪 40 年代）、海涅的最后十年的创作（1846—1856），分四个阶段向国内读者系统介绍了海涅一生的创作。

宗白华的哲学视野和其在外国文学方面的涉猎使其在美学研究中不乏文学批评的真知灼见，这些研究可以说不仅打破了各种艺术门类的界限，实现了文学与各艺术门类的融合，而且实现了中西对比融合，把中西文学放在一个层面进行观照，难怪杨义在评价宗白华比较诗学研究时说：

谈论比较诗学，无论如何不应忘记宗白华……他在这些论文中展示一些为当时谈论中西诗学的学者不甚注意到的学术视角、思路和境界，因而在比较诗学史上成为一个独特的存在。[③]

早在 1919 年 7 月 15 日出版的《少年中国》第 1 卷第 1 期上，宗白华署名宗之櫆发表了他的哲学论文《说人生观》[④]，在这篇哲学论文中，宗白华论述了乐观、超然观、悲观三种人生观。在论及悲观时，宗白华认为因"哲学之悲观"，"于是

---

① 宗白华著，林同华主编：《宗白华全集（第 2 卷）》，安徽教育出版社 1994 年版，第 43 页。
② 同上书，第 122 页。
③ 杨义、陈圣生著：《中国比较文学批评史纲》，福建教育出版社 2002 年版，第 417 页。
④ 宗白华著，林同华主编：《宗白华全集（第 1 卷）》，安徽教育出版社 1994 年版，第 22 页。

文学思潮亦因之大变",写社会之恶、人生之苦的"近代俄国写实派文学",写"思君爱国所激发之悲观"的《离骚》,意大利诗人但丁抒发穷愁抑郁之情的《地狱》,都是悲观派文学。由此我们发现,宗白华不仅熟知中国古代文学,而且对俄罗斯文学、意大利文学也极有心得。他从哲学的高度探究文学中的悲观表达,对屈原的诗篇《离骚》和但丁的《神曲》做比较研究,认为《离骚》和《神曲》之悲观是不同的,一个是"思君爱国愤而发",一个是现实世界的悲观呈现,这种比较是建立在宗白华对中西方文化和作品深刻理解的基础上的,如此的比较才能深刻、精辟。

宗白华的文学批评和研究融汇古今中外,在论述"悲剧之美"时,他把《红楼梦》中的宝玉和歌德的《浮士德》中的人物 Werther 以及英国诗人约翰·弥尔顿(John Milton)放在一个层面进行研究,认为"悲惨的无形式美""如《红楼梦》黛玉之死、宝玉之出家,与德之 Werther 皆属之,令人惨不忍卒观也",而"严肃的壮美""此则将尽量之力聚集内中,使吾人感觉极严肃的情致,如拿破仑失败后之像,希腊的建筑(大柱子),文学上如 John Milton 的长诗,雕刻方面,如 Michelangelo 之作品皆属之"。(《艺术学:十三 美感范畴·悲剧之美》)① 这种论述,不仅兼顾中西文学,而且把文学与建筑艺术、雕刻艺术进行综合,凸显各种艺术所表现的悲剧之美。同样,在论述"丑的艺术"时,宗白华把法国象征派诗人波德莱尔(Charles Baudelaire)与中国的东施效颦故事、英国诗人雪莱作为范例进行对比,认为"退废派的文学,即专向人黑处发展者,如 Charles Baudelaire《罪恶之花》是也。又如,西子以捧心之病而见称,壮健者反不如之矣。英国之 Shelley,亦喜描写丑的故事者"。(《艺术学:十三 美感范畴·丑的艺术》)②

对于文艺作品的风格,宗白华认为有五类相反的风格,"天然的风格与理知化的风格""天真感情的风格与感情过分的风格""客观的风格与主观的风格""现实的风格与理想的风格""模型的风格与个性化的风格"。在论述这些风格时,宗白华兼顾各种艺术门类,其中自然也包括文学,他认为中国小说《水浒传》"描写个性极具体明了,可谓有雕刻的风格",西洋小说如歌德之《少年维特之烦恼》,"偏重于主观情调方面的描写,可谓之音乐式或图画式大风格"。宗

---

① 宗白华著,林同华主编:《宗白华全集(第1卷)》,安徽教育出版社1994年版,第531页。

② 同上书,第534页。

白华认为对于"天真感情的风格与感情过分的风格"论述最为经典的是英国诗人雪莱，只不过雪莱称之为"自有的情感"和"追求或希求失去的情感"。在宗白华看来，"近代文学家多反省，自觉其情感"，所以都属于"感情过分的风格"，而"天真感情的风格"不可多得，莎士比亚之《哈姆雷特》属于此类。在"客观的风格与主观的风格"之中，宗白华认为二者没有高低，"客观风格如莎士比亚、左拉"，"主观风格如拜伦"，"具体到文学，抒情诗偏于主观，小说偏于客观"。（《艺术欣赏·风格之分类》）①

"五四"时期的白话新诗尚处于初建时期，诗歌理论更是如此，宗白华先后发表《新诗略谈》《新文学底源泉——新的精神生活内容底创造与修养》《恋爱诗的问题——致一岑》《乐观的文学——致一岑》等讨论新诗的论文。在《恋爱诗的问题——致一岑》一文中，宗白华认为"向来一个民族将兴时代和建设时代的文学，大半是乐观的，向前的。有惠特曼雄放无前的伟大乐观，所以也有了美洲人少年勇进的建设气象"②，他以德国诗坛为例，指出"这种盲目的乐观，就是德国将来复兴唯一的基础"，希望"五四"诗坛能有美国诗人惠特曼和法国作家罗曼·罗兰的"伟大乐观"，帮助我们的民族向前。

由上述文学批评可以发现，宗白华的阅读和关注视野可谓古今中外、各种文体、各种艺术门类，皆有涉猎和研究，因此在做美学研究和文学批评之时，这些材料才可以信手拈来，如话家常，从歌德、莎士比亚到萧伯纳、雪莱、屈原、曹雪芹，从《水浒传》《红楼梦》到《少年维特之烦恼》，从文学、音乐到绘画、建筑、雕刻，可谓触类旁通，不愧为"融贯中西艺术理论的一代美学大师"。

（二）歌德翻译与研究

宗白华是"五四"时期较早接触西方文化的学者，可谓学贯中西。他中学时代就开始接触外文，在南京金陵中学学习期间开始学习英文，在青岛大学中学部和上海同济德文医工学堂中学部学习期间开始接触德文，后留学德国四年，这是宗白华与德国文学结下不解之缘的原因。宗白华译有歌德、席勒、海涅等众多德

---

① 宗白华著，林同华主编：《宗白华全集（第1卷）》，安徽教育出版社1994年版，第554—558页。

② 同上书，第417页。

国名家的作品，尤其推崇歌德，致力于歌德翻译和研究。宗白华说"德国浪漫派的文学深入我的心坎。歌德的小诗我最欢喜"①。早在1918年12月29日，在"少年中国学会"筹备的学术谈话会上，宗白华就做了题为《歌德与浮士德》的演讲。在宗白华看来，"歌德是大于那丰富的法兰西所产生的任何一个诗人，而他伟大的精神超越他自己的文学"②。自1920年1月至同年8月底，宗白华与郭沫若、田汉通信20封，集结成《三叶集》，其中含宗白华的八封信，他们的书信常以歌德为题，《三叶集》的"郭序"直接用歌德诗剧《浮士德》的部分诗歌翻译代替。在"致郭沫若"的信中，宗白华称预备作一篇《德国诗人歌德（Goethe）的人生观与宇宙观》③。在1920年3月15日《解放与改造》杂志第2卷第6期上发表的《青年烦闷的解决办法》一文中，宗白华指出"诗人歌德（Goethe）的人生（Life），比他的诗还有价值"④，认为"歌德天生就是希腊的心灵"⑤，可见宗白华对歌德文学作品、人格以及艺术风格的欣赏，这也促使宗白华一直致力于歌德作品的译介。

宗白华对于歌德诗歌的翻译散见在报纸杂志和张月超翻译的《歌德评传》（引用宗白华的歌德译诗）中。1931年4月，宗白华在其好友、新月派诗人徐志摩等人创办的《诗刊》上发表歌德的《湖上》（1775年瑞士湖上作）、《游行者之夜歌》和《对月吟》三首译诗。1932年11月19日，宗白华又在《诗刊》（志摩纪念号）第4期上发表了《借〈浮士德〉中诗句吊志摩》一诗，借《浮士德》中的经典诗句来悼念好友徐志摩的意外离世。1933年，张月超的《歌德评传》引用了宗白华翻译的歌德诗歌九篇，分别为《格丽曼》《游行者之夜歌（二首）》《海上的寂静》《弦琴师歌曲》《迷娘歌曲》《无题》《帕劳米休斯》《神性的》。1935年7月1日，宗白华在上海《文学》月刊第5卷第1期上发表了歌德的《单纯的自然描摹·式样·风格》一文的译文。在"译者引言"中，宗白华认为这篇论

---

① 宗白华著，林同华主编：《宗白华全集（第2卷）》，安徽教育出版社1994年版，第153页。
② 同上书，第41页。
③ 宗白华著，林同华主编：《宗白华全集（第1卷）》，安徽教育出版社1994年版，第215页。
④ 同上书，第179页。
⑤ 宗白华著，林同华主编：《宗白华全集（第2卷）》，安徽教育出版社1994年版，第39页。

文是歌德"最成熟的文艺理论，可以作为他的代表主张"，指出"单纯的自然描摹""式样"和"风格"三者构成了艺术过程的三个阶段，"式样"表示主观形式，超越"单纯的自然描摹"，"风格"包含并超越前两者，是"超越小己的主观以伸入客观自然的永恒性与永久型"。①

除了上述直接译介的歌德诗歌，宗白华还较为关注歌德作品中所表现的人生和凸显的人生问题。1932年3月，宗白华在天津《大公报·文学副刊》第220期至第222期（3月21日、28日和4月4日）上发表了《歌德之人生启示》，在其中的"歌德文艺作品中所表现的人生与人生问题"这一部分的论述中，宗白华对歌德的文学作品《瞿支》《塔索》《少年维特之烦恼》《赫尔曼与多罗蒂》《人类之界限》《神性》《浮士德》等进行解读，探究歌德通过文学作品表现的人生问题，认为"《浮士德》是歌德全部生活意义的反映"②。1932年3月28日，宗白华在《大公报·文学副刊》第221期上翻译发表了Bielsehowsky(比学斯基)的传记《歌德论》，其后宗白华又为1932年"歌德百年祭"写了《歌德的〈少年维特之烦恼〉》。宗白华在这篇文章中认为《少年维特之烦恼》和《浮士德》是"歌德式的人生与人格内在的悲剧"③。1932年12月5日，宗白华为《歌德之认识》一书作《〈歌德之认识〉附言》，这本书是周冰若和宗白华编辑的一本较为系统的"歌德研究"，其中包括宗白华自己写的《歌德之〈少年维特之烦恼〉》，该书1932年由钟山书局出版。④1933年1月，宗白华为张月超的《歌德评传》作序，在这篇序中，宗白华高度评价了歌德的作品和人生，认为歌德不同于世界文豪，"他不只是在他文艺作品里表现了人生，尤其在他的人格与生活中启示了人性的丰富与伟大"，"他的生活比他的创作更为重要，更有意义"，"他的生活是他最美丽最巍峨的艺术品"。⑤宗白华的《歌德席勒订交时两封讨论艺术家使命的信》一文对歌德与席勒的"订交"给予了高度的评价，认为席勒与歌德两人交谊的十年间是"两

---

① 宗白华著，林同华主编：《宗白华全集（第4卷）》，安徽教育出版社1994年版，第14页。
② 宗白华著，林同华主编：《宗白华全集（第2卷）》，安徽教育出版社1994年版，第12页。
③ 同上书，第26页。
④ 同上书，第37页。
⑤ 同上书，第24页。

人创作最多最伟大的时期，奠定了德国文学在世界文学里的永久地位"①。此外，宗白华还翻译了《席勒与歌德的三封通信》，借此探讨席勒和歌德这两位德国最伟大诗人的人格及文艺思想。

（三）"流云"小诗创作与外国文学

哲学研究并未妨碍宗白华对文学尤其是诗歌的兴趣。在编辑《学灯》杂志时，宗白华发现了郭沫若的诗情，并辟专栏"新文艺"刊登郭沫若的诗歌，向"五四"诗坛推出了诗人郭沫若，也因此与田汉、郭沫若结下了深厚的友谊，三人的通信集《三叶集》可谓是"《女神》的插曲"②。宗白华的《流云小诗》给"五四"诗坛留下一抹美丽：

当月下的水莲还在轻睡的时候．东方的晨星已渐渐的醒了。我梦魂里的心灵，披了件词藻的衣裳，踏着音乐的脚步，向我告辞去了。我低声说道："不嫌早么？人们还在睡着呢！"他说："黑夜的影将去了，人心里的黑夜也将去了！我愿乘着晨光，呼集清醒的灵魂，起来颂扬初生的太阳。"③

这是宗白华的小诗集《流云小诗》④的序，这段文字本身就是一首意境优美的散文诗，诗人宗白华想借助诗歌"呼集清醒的灵魂，起来颂扬初生的太阳"。这些即兴的小诗大多创作于宗白华留学德国期间，1922 年 6 月 5 日开始在《学灯》刊登，《流云》诗题下副标题为"读冰心女士《繁星》诗"，并在题目下面标明：

读冰心女士《繁星》诗，拨动了久已沉默的心弦，成小歌数首，聊寄共鸣。

4 月 18 日晨柏林⑤

其后宗白华陆续在《学灯》上发表小诗多篇，1923 年 12 月，《流云小诗》的

---

① 宗白华著，林同华主编：《宗白华全集（第 2 卷）》，安徽教育出版社 1994 年版，第 40 页。
② 秦川：《秦川文集 2·文化巨人郭沫若》，中国文联出版社 2016 年版，第 101 页。
③ 宗白华：《流云小诗》，安徽教育出版社 2006 年版，第 3 页。
④ 宗白华最初发表的单篇诗歌是《流云》，一般称宗白华的诗歌为"流云小诗"。
⑤ 宗白华著，林同华主编：《宗白华全集（第 1 卷）》，安徽教育出版社 1994 年版，第 334 页。

初版本《流云》由上海亚东图书馆出版①，共收录小诗48首。朱自清在《〈中国新文学大系·诗集〉导言》中认为，以周作人、冰心、宗白华为代表的"小诗派""都是外国影响，不过来自东方罢了"，并称"《流云》出后，小诗渐渐完事，新诗跟着也中衰"。②显然，朱自清先生是把《流云》作为"五四"小诗的一个收官之作来看待。宗白华的诗具有较浓厚的哲理内涵和美学意蕴，作为一个哲学家，宗白华追求诗歌的哲思，他曾说："近来《学灯》上颇具有好文章，我尤爱冰心女士的浪漫谈和诗，她的意境清远，思致幽深，能将哲理化入诗境，人格表现于艺术。"③朱自清在《〈中国新文学大系·诗集〉导言》中论述冰心的《繁星》《春水》以及宗白华的《流云》时指出，冰心的小诗和"民十二宗白华氏的《流云小诗》"是"所谓哲理诗"。④

宗白华的诗歌也受到外国诗歌的影响，尽管宗白华的夫子自道称"后来我爱写小诗、短诗，可以说承受唐人绝句的影响，和日本的俳句毫不相干，泰戈尔的影响也不大"⑤，但从《流云小诗》的创作背景以及作者宗白华对于泰戈尔诗歌和歌德小诗的喜爱来看，很难不受外国文学作品的影响，宗白华曾坦言"歌德的小诗我很喜爱"，加之宗白华对于歌德人格的推崇，他在诗歌中如此吟诵歌德：

> 你的一双大眼，
> 笼罩了全世界。
> 但也隐隐的透出了
> 你婴孩的心。
>
> ——《题歌德像》⑥

---

① 宗白华著，林同华主编：《宗白华全集（第4卷）》，安徽教育出版社1994年版，第715页。

② 谢冕总主编，姜涛本卷主编：《中国新诗总论1（1891—1937）》，宁夏人民教育出版社2019年版，第385页。

③ 宗白华著，林同华主编：《宗白华全集（第1卷）》，安徽教育出版社1994年版，第416页。

④ 谢冕总主编，姜涛本卷主编：《中国新诗总论1（1891—1937）》，宁夏人民教育出版社2019年版，第385页。

⑤ 宗白华著，林同华主编：《宗白华全集（第2卷）》，安徽教育出版社1994年版，第151页。

⑥ 宗白华著，林同华主编：《宗白华全集（第1卷）》，安徽教育出版社1994年版，第342页。

宗白华也较为推崇雪莱的诗歌,在《雪莱的诗》一诗中,他称雪莱的诗是"超世的音乐""嘹呖的歌声":

> 虚阁悬琴
> 天风吹过时
> 流出超世的音乐。
> 蓝空云散
> 春禽飞去后
> 长留嘹呖的歌声。
> 雪莱,
> 我听着你的诗了!
> ——《雪莱的诗》①

此外,外国诗歌对于宗白华的影响不仅仅停留于这些诗句层面,其诗歌骨子里所透露的泛神论思想,也很难说能摆脱"五四"之初"欧风美雨"之下西方泛神论思想的影响,宗白华在与田汉、郭沫若的通信中说,"你是一个 Pantheist,我很赞成。因我主张诗人的宇宙观有 Pantheismus 之必要"②,此处的 Pantheismus 就是泛神论,并称"因我已从哲学中觉得宇宙的真相最好是用艺术表现,不是纯粹的名言所能写出的,所以我认将来最真确的哲学就是一首'宇宙诗',我将来的事业也就是尽力加入做这首诗的一部分罢了"③。受斯宾诺莎泛神论的影响,歌德是一个典型的泛神论者,这种泛神论思想在他的代表作《浮士德》中有极典型的体现。作为歌德的崇拜者、研究者和歌德作品的译介者,宗白华熟知歌德的泛神论思想并极力推崇这种泛神论思想。宗白华曾在《歌德之人生启示》中翻译了歌德的诗歌《格里曼》,诗歌内容如下:

> 你在晓光灿烂中,
> 怎么这样向我闪烁,
> 亲爱的春天!

---

① 宗白华著,林同华主编:《宗白华全集(第1卷)》,安徽教育出版社1994年版,第394页。
② 宗白华、田汉、郭沫若:《三叶集》,安徽教育出版社2006年版,第10页。
③ 同上书,第20页。

>你永恒的温暖中，
>
>神圣的情绪，
>
>以一千倍的热爱
>
>压向我的心，
>
>你这无尽的美！
>
>……
>
>向我，向我，
>
>我在你的怀中上升！
>
>拥抱着被拥抱着！
>
>升上你的胸脯！
>
>爱护一切的天父！①

宗白华认为这首诗歌"充分表现了歌德热情主义唯动主义的泛神思想"（《歌德之人生启示》）②。在《三叶集》收录的他与郭沫若的通信中，宗白华对郭沫若说："你是一个Pantheist，我很赞成。因我主张诗人的宇宙观有Pantheismus的必要。我不久预备做一篇《德国诗人歌德（Goethe）的人生观与宇宙观》，想在这篇中说明诗人的宇宙观以Pantheismus为最适宜"③。此处的"Pantheist"指的是泛神论者，"Pantheismus"指的是泛神论，可见宗白华对于歌德泛神论的推崇，这种影响由此也在其诗歌创作中呈现出来。在《信仰》一诗中，我们能很容易窥见宗白华的泛神论思想：

>红日初生时
>
>我心中开了信仰之花：
>
>我信仰太阳
>
>如我的父！
>
>我信仰月亮
>
>如我的母！

---

① 宗白华著，林同华主编：《宗白华全集（第2卷）》，安徽教育出版社1994年版，第21页。

② 同上。

③ 宗白华、田汉、郭沫若：《三叶集》，安徽教育出版社2006年版，第10页。

我信仰众星

如我的兄弟!

我信仰万花

如我的姊妹!

我信仰流云

如我的友!

我信仰音乐

如我的爱!

我信仰

一切都是神!

我信仰

我也是神!

——《信仰》①

在宗白华的诗歌世界中,"一切都是神","太阳""月亮""众星""万花""流云""音乐""爱",这一切都是"神",甚至"我也是神"。这种泛神论的思想让我们很容易看到诗人身上歌德的影子。

---

① 宗白华:《流云小诗》,安徽教育出版社2006年版,第5页。

五、丁西林:"作风极象英国的 A. A. Milne①"

丁西林(1893—1974),原名燮林,字巽甫,江苏泰兴人,著名戏剧家、物理学家和社会活动家,先后创作独幕剧八部,分别为《一只马蜂》(1923)、《亲爱的丈夫》(1924)、《酒后》(1925)②、《压迫》(1926)、《瞎了一只眼》(1926)、《北京的空气》(1930)、《三块钱国币》(1939)、《干杯》(未发表),多幕剧四部,分别为《等太太回来的时候》(1939)、《妙峰山》(1940)、《孟丽君》(1961年《剧本》7、8月合刊)和《智取生辰纲》(未发表)等,此外还著有古典歌舞剧两部、舞剧两部,译有戏剧五部。除戏剧创作外,丁西林也创作有少量杂文和三篇小说《瘊》(1924年4月《太平洋》第4卷第6号)、《叫花子》(1924年12月《现代评论》第1期)和《清明前一日》(1925年12月《晨报七周年纪念增刊》)等。丁西林与外国文学的渊源关系主要体现在早期的喜剧创作和戏剧翻译上,丁西林是现代戏剧史上唯一专写喜剧的作家,被誉为"独幕剧圣手"和"东方莫里哀",他因留学英国而结缘外国文学,他的《一只马蜂》《亲爱的丈夫》《酒后》等喜剧都是"英国式"幽默喜剧,带有鲜明的英国"世态喜剧"特色,这与丁西林的外国戏剧翻译和评点是分不开的。在此我们主要从戏剧创作、戏剧翻译与评点两个方面展开探讨。

(一)戏剧创作:英国式幽默喜剧

丁西林出生于江苏泰兴黄桥镇一个地主家庭,其父开明,重视子女教育。丁西林自幼成绩优异,1910年考入上海南洋公学学习,1914年赴英国留学,在伯明翰大学攻读物理学和数学,期间赴伦敦大学进修,1919年获伯明翰大学理科硕士学位。毕业回国后先后在国立北京大学(北京大学前身)、国立山东大学(山东大学前身)等校任教,开始话剧创作,他的喜剧更多得益于留学期间的外国文

---

① 英国剧作家艾伦·亚历山大·米尔恩。
② 根据凌叔华同名小说改编。

学阅读。1914年至1919年，丁西林"外文基础较差，因此出国后语言方面很感吃力，为了提高英语阅读和会话的水平，他读了大量的文艺作品"①。后来在谈及如何走上戏剧创作道路时，丁西林称"业余时间看英文小说、戏剧。开始看小说不大看得懂，看戏剧比较容易懂。所以我就是从看英文剧本开始对戏剧发生兴趣的"②。据此推断，丁西林在留学英国期间接触了大量的英国戏剧，这些作品对其后来的戏剧创作产生了潜移默化的影响，尤其是以萧伯纳为代表的英国世态剧直接影响到他的创作态度和风格，这种影响更多的是一种综合性的，正如剑啸在《中国的话剧》一文中所说：

有人说，他象萧伯纳，有人说，他象王尔德。依我看来，都不能算确论，其实他的故事的取材及剧情的结构很象莫尔纳（Moinor），至于结构对白的灵巧及幽默的丰富却很有巴雷（Barrie）的风味。③

且不论剑啸的这段评论是否能算是"确论"，至少说明一点，丁西林的喜剧受到的英国戏剧影响是多方面的，其中尤以英国喜剧影响最大。难怪他自称早年的话剧创作"外国味都很浓，似乎可以当作一种广义的翻译看"④，对于这种"外国味"，洪深也认为"丁西林下笔恰到好处，作风极象英国的 A.A.Milne"⑤。英国喜剧主要指的是世态喜剧，有时候也称之为机智喜剧，这种喜剧描写上流社会的人情世态，揭露其中虚伪腐败、荒谬可笑之处，语言聪明俏皮，富于机智，情节结构曲折而多变化。在英国"世态喜剧"中，机智和幽默是此类喜剧成功的最主要元素，其中最具机智和幽默特征的是萧伯纳和王尔德的戏剧。王尔德（Oscar Wilde，1854—1900），英国著名的诗人、戏剧家，王尔德的世态喜剧主要有《少

---

① 吴启文：《丁西林谈独幕剧及其他》，载孙庆升编《中国文学史资料全编17·丁西林研究资料》，知识产权出版社2010年版，第18页。

② 廖震龙：《愉快的谈心——北京老剧作家与部分青年剧作者新年联欢会侧记（节录）》，载孙庆升编《中国文学史资料全编17·丁西林研究资料》，知识产权出版社2010年版，第31页。

③ 孙庆升编：《中国文学史资料全编17·丁西林研究资料》，知识产权出版社2010年版，第106页。

④ 吴启文：《丁西林谈独幕剧及其他》，载孙庆升编《中国文学史资料全编17·丁西林研究资料》，知识产权出版社2010年版，第18页。

⑤ 洪深：《〈中国新文学大系·戏剧集〉导言（节录）》，载孙庆升编《中国文学史资料全编17·丁西林研究资料》，知识产权出版社2010年版，第114页。

奶奶的扇子》《理想丈夫》《认真的重要性》和《无足轻重的女人》，这四部喜剧可以说是王尔德式机智与幽默的最完美体现，幽默的对白、微妙的嘲讽、机智的反论和诡辩，喜剧意味深长。王瑶认为丁西林的喜剧"能把握住喜剧的情调，以极经济的手法和精粹的对话，写出亲切而轻松的场面。下笔恰到好处，'趣味'是含蓄而非刺激的，完全是英国幽默风的手法"①。

丁西林的喜剧创作深受王尔德戏剧的影响，袁牧之在《中国剧作家及其作品》一文中认为，丁西林喜剧的"俏皮语句和两性关系的哲学，很有点象王尔德的唯美派，同样地作者戏中的布景，都圈在漂亮的客厅里，作者戏剧中的人物都咬着烟斗埋在舒适的沙发内"②。对于王尔德的机智，丁西林在《戏剧语言与日常讲话有别》一文中指出"有一种讲话本身就是俏皮的……有时被作家巧妙地安排在喜剧中，使得剧本生色不少，但也有的把这些俏皮话随便用在这个或那个人物身上，我感到英国的王尔德就有这样的毛病"③。可见丁西林并不完全认同王尔德喜剧中俏皮话的运用，两个人喜剧中的机智幽默有别，丁西林认为机智可以来自"本身是一句平常话，但放在某种场合，某种情况下由某某人的嘴说出来，就变得俏皮幽默了"。我们可以来看看《一只马蜂》中的吉先生关于"找老婆"的一段对白，可谓幽默机智不失风趣而又意味隽永，老太太抱怨吉先生总不把结婚当一件正经事，吉先生说："不把它当一件正经事看！因为我把它看得太正经了，所以到今天还没有结婚。要是我把它当做配眼镜一样，那么你的孙子，已经进中学了。"④ 此处把找老婆和配眼镜放在一起谈论，引出关于人生态度的谈论，可谓妙趣横生。此外，王尔德喜剧中机智手法的运用也成功体现在丁西林的喜剧中，《压迫》中男女房客为了租房假扮夫妻，《一只马蜂》中余小姐为了婉拒老太太说媒，谎称要写信咨询父母，《三块钱国币》中大学生杨长雄为替李嫂出气将另一只花瓶砸碎，这种机智巧妙地解决矛盾而产生的幽默风趣正是丁西林借鉴了王尔德喜剧之妙。

较之王尔德戏剧的"俏皮话"，丁西林更欣赏萧伯纳戏剧的俏皮话，在他看

---

① 王瑶：《中国新文学史稿（节录）》，载孙庆升编《中国文学史资料全编17·丁西林研究资料》，知识产权出版社2010年版，第132页。

② 孙庆升编：《中国文学史资料全编17·丁西林研究资料》，知识产权出版社2010年版，第112—第113页。

③ 同上书，第60页。

④ 丁西林：《一只马蜂及其他独幕喜剧》，中国戏剧出版社1959年版，第8页。

来，"另有一种俏皮话则更加优美，更加聪明，这显然是经过剧作家的加工或是创作，而且往往用得很适当，萧伯纳就是这样"[1]。丁西林留学之时正是爱尔兰著名喜剧大师萧伯纳（George Bernard Shaw，1856—1950）声名鹊起之时。萧伯纳1925年获诺贝尔文学奖，被称为"20世纪的莫里哀"，是一位戏剧天才，是20世纪20年代英国戏剧界的领袖人物。丁西林在1964年翻译的最后一个剧本就是萧伯纳的《一代天骄——拿破仑》，在翻译后记中，丁西林认为萧伯纳的戏剧"首屈一指，出类拔萃而独树一帜"，创造了"萧伯纳式"风格，他的话剧"充满了社会意识、进步思想、聪明幽默的妙语警句"[2]。对于萧伯纳的这部剧作，丁西林专门作了"译批"和"译批后记"，足见丁西林对萧伯纳戏剧的推崇。萧伯纳的戏剧语言是独树一帜的，埃文斯认为"萧的最伟大的天赋是他的言词的机智。这也是他的最巨大的诱惑力"[3]。萧伯纳对于世态喜剧的最大贡献在于"辩论"技巧的引入，萧伯纳戏剧语言的幽默和"辩论"因素在丁西林剧作中也有体现，如《三块钱国币》中杨长雄与吴太太的对话，对话中杨长雄充分发挥了他的"辩论"才能，有一种"狡辩"色彩又不失幽默，让人听后忍俊不禁，同样《压迫》中男客和房东的对话亦是如此。丁西林剧中人物的对话中的"辩论"可以说是充分汲取了萧伯纳戏剧的"辩论"特色，幽默机智，意味深长。丁西林戏剧的喜剧效果还来自"反话谎话"，这种"反话谎话"表面上与常理相悖，但实质上是一种"真话"，这一点和萧伯纳戏剧类似，萧伯纳曾自称"我最大的谐谑，便是说真话"[4]。《一只马蜂》就是通过吉先生和余小姐的一系列"反话谎话"来道出两者之间的真情，言行与心口之间的不一以及不明就里的吉老太太，由此所产生的谐谑就是该剧的喜剧效果之所在。

除了王尔德和萧伯纳，巴蕾对丁西林喜剧的影响也很大。巴蕾[5]（James Matthew Barrie，1860—1937）是英国著名的小说家、戏剧家，活跃于19世纪末

---

[1] 孙庆升编：《中国文学史资料全编17·丁西林研究资料》，知识产权出版社2010年版，第60页。

[2] 丁西林：《丁西林剧作全集（下）》，中国戏剧出版社1985年版，第493页。

[3] [英]艾弗·埃文斯著：《英国文学简史》，蔡文显译，人民文学出版社1984年版，第226页。

[4] 陈瘦竹：《丁西林的喜剧》，载孙庆升编《中国文学史资料全编17·丁西林研究资料》，知识产权出版社2010年版，第134页。

[5] 因现代时期译名的混乱，也会译作巴雷、巴利，今译巴蕾。

20世纪初的英国文坛，巴蕾在独幕剧创作方面造诣极高，这对丁西林的影响很大，丁西林在晚年还翻译并译批了巴蕾的独幕话剧《十二镑钱的神情》，丁西林对巴蕾喜剧的认同由此也可略见一斑。巴蕾对丁西林的影响主要体现在人物、剧情结构和心理描写方面，丁西林抗战时期的话剧《妙峰山》在情节结构和人物设置上明显受到巴蕾戏剧《潘彼得》的影响，《潘彼得》讲述的是在一个叫"永无乡"的海岛，一个机智勇敢的小男孩——潘彼得带领同伴历经艰难，最终化险为夷，并赢得聪明、勇敢的女主角温迪的爱恋，最终定居"永无乡"。《妙峰山》的剧情与此类似，"永无乡"换成了"妙峰山"，潘彼得换成了"土匪首领"王老虎，温迪换成了华华，剧本讲述了"土匪首领"王老虎在被国民党军队抓捕后大智大勇，反败为胜，最终在积极抗战的"女中豪杰"华华的主动追求下收获爱情，两剧的情节如出一辙。此外，丁西林受巴蕾戏剧的影响还体现在人物心理描写方面。在翻译巴蕾的《十二镑钱的神情》时，丁西林在眉批中指出"客观描写剧中人的心理，是本剧作者的一种独特作风"①。金东雷也认为："巴利杰作的特长是在心理描写的细腻，他能够以戏剧的技巧把男女老幼各个时期的心理或特殊的怪癖清楚地表现在舞台之上，使观众感觉他那种动情的和滑稽的艺术真是出类拔萃而不可一世的功夫。"②巴蕾的《七位女客》最具典型性。剧本讲述了陶维宴请雷达莱舰长的故事，他告诉舰长请了七位女客，其实只请了一位，这便使舰长闹了许多笑话，剧本细腻地刻画了舰长的心理变化，通过人物的心理活动来推动剧情发展。我们在丁西林的《一只马蜂》中也能找到这种心理活动的刻画，如吉先生打听老太太帮余小姐做媒情况时的心理变化，就是通过吉先生"吃糖"来刻画的，人物的内心活动通过这一动作完美呈现在观众面前。

此外，丁西林的喜剧创作还受到梅瑞狄斯（George Meredith，1828—1909）的影响，在《喜剧的观念及喜剧精神的效用》一文中，梅瑞狄斯认为"真正喜剧的考验则在于它能否引起有深意的笑"③，梅瑞狄斯称之为"thoughtful laughter"，这种"有深意的笑"是一种通过思想或理智引发的笑。梅瑞狄斯认为："讽刺的笑是一种冷箭或者当头棒。喜剧的笑是不带个人意气的，而且极端有礼貌，几乎是一种微笑；往往止于一种微笑。它是通过心灵而笑的，因为心灵在指挥它；我

---

① 丁西林:《丁西林剧作全集（下）》，中国戏剧出版社1985年版，第316页。
② 金东雷:《英国文学史纲》，吉林出版集团有限责任公司2010年版，第489页。
③ 伍蠡甫主编:《西方文论选（下卷）》，上海译文出版社1988年版，第77页。

们称之为心灵的诙谐。"① 丁西林非常认同梅瑞狄斯的这一主张,在《〈孟丽君〉前言》中,他用闹剧和喜剧的区别来阐述相同的主张,认为"闹剧是一种感性的感受,喜剧是一种理性的感受","闹剧只要有声有色,而喜剧必须有味;喜剧和闹剧都使人发笑;但闹剧的笑是哄堂、捧腹,喜剧的笑是会心的微笑"。② 这里"会心的微笑"和梅瑞狄斯的"thoughtful laughter"有异曲同工之妙,其中的"理性"追求是一致的。

从上述探讨可以发现,丁西林喜剧受到英国世态喜剧的影响,带有明显的"英式"色彩,这种色彩不是单一的哪一个作家的影响,有的时候是一种整体的效应,比如作品中的人物形象类型或幽默风格等。丁西林剧作《妙峰山》中的女主人公华华这一形象我们可以从王尔德的《同名异娶》、萧伯纳的《人与超人》、巴蕾的《潘彼得》中找到类似的身影,这些剧作中出现了一些在恋爱中大胆主动追求心上人的女性形象,华华对爱情的大胆追求也许正好契合"五四"时期女性个性解放的需求,但英国戏剧的影响更突出,陈瘦竹也认为:"我们从王老虎和华华在抗战事业上的表现来看,他们是时代的产儿,可是从恋爱问题上的表现来看,他们却带有一些西洋的味儿。"③ 同样《压迫》中的女客为了租房主动提出要和一位连姓名都不知道的男性假扮夫妻,女客的大胆主动在"五四"时期的戏剧作品中是少有的,"这带着调皮的爽快与大胆就是西洋味儿"④。同样,丁西林剧作中的男性与萧伯纳、王尔德、巴蕾等的戏剧中的男性一样儒雅,带有英国绅士风度,谈吐优雅,衣着考究。《压迫》中的男客就是较有代表性的一个。

从丁西林早期的翻译作品中我们可以发现,奥地利戏剧家施尼茨勒(Arthur Schnitzler,1862—1931)对他也有较大影响。施尼茨勒一生创作了大量的戏剧和小说,代表剧作有《阿那托尔》(组剧)、《儿戏恋爱》《绿鹦鹉》《循环舞》,独幕剧《买圣诞礼物》是组剧《阿那托尔》中的一篇,是丁西林于1924年最早翻译的戏剧作品,也是他早期唯一的翻译戏剧,此后一直到1955年翻译伊立克·派

---

① 伍蠡甫主编:《西方文论选(下卷)》,上海译文出版社1988年版,第76页。
② 孙庆升编:《中国文学史资料全编17·丁西林研究资料》,知识产权出版社2010年版,第52页。
③ 陈瘦竹:《丁西林的喜剧》,载孙庆升编《中国文学史资料全编17·丁西林研究资料》,知识产权出版社2010年版,第184页。
④ 李万钧主编,庄浩然、倪宗武编:《中国古今戏剧史(下卷)》,广东高等教育出版社1997年版,第228页。

司和威廉·白兰德合著的《罗森堡夫妇》,中间时间跨度三十多年,这一点足以说明丁西林对《买圣诞礼物》的钟爱。这部剧作是一部独幕剧,我们可以对比分析一下《买圣诞礼物》与丁西林同期创作的《一只马蜂》,从剧情、人物以及结尾方式等方面来看两者的联系。《买圣诞礼物》讲述的是男主人公安那托尔和女主人公葛勃丽圣诞前夕在大街上相遇,安那托尔准备为女朋友买圣诞礼物,葛勃丽就陪他挑礼物、替他拿东西,葛勃丽乘机打听安那托尔女朋友的情况,原来葛勃丽一直暗恋着安那托尔,当得知安那托尔和女朋友关系亲密时,葛勃丽含蓄地表露了自己的心思,是一段较为含蓄的爱情故事。《一只马蜂》讲述的也是一段含蓄的爱情故事,男主人公吉先生钟情于女主人公余小姐,苦于不能直接告白,只好装病由余小姐来照顾。吉老太太喜欢余小姐并极力撮合她与表侄儿成亲,殊不知儿子早已对余小姐心生情愫,余小姐也情系吉先生。通过两部剧作的情节对比,我们发现两部剧作有异曲同工之处,两者皆为独幕剧,讲述的都是三个人之间阴差阳错的爱情故事,其中有一个"第三人"没有出场,《买圣诞礼物》中是安那托尔的女朋友没有出场,《一只马蜂》中是吉老太太的表侄儿没有出场,但两者虽未出场却对推动剧情有很大作用。剧情差别在于《买圣诞礼物》中是女主人公暗恋男主人公,而《一只马蜂》中是男女主人公彼此中意,碍于男主人公的母亲吉老太太而"羞于"言明。从结尾处理来看,两部剧作都在结尾处煞住,《买圣诞礼物》的结尾是:"安那托尔:喔,葛太太!"《一只马蜂》的结尾是:"余小姐:喔,一只马蜂!"两种结尾的处理方式均意味深长,给读者留足想象的空间。

(二)戏剧翻译与评点

喜剧创作之余,丁西林还翻译了五部外国戏剧,分别为《买圣诞礼物》(1924年3月《太平洋》第4卷第5号,奥地利施尼茨勒)、《罗森堡夫妇》(1955年作家出版社,英国伊立克·派司和威廉·白兰德合著)、《十二镑钱的神情》(1962年8月《剧本》月刊,英国杰·马·巴蕾)、《上了锁的箱子》(1963年5月《剧本》月刊,英国约翰·梅斯菲尔德)、《一代天骄——拿破仑》(译于1964年,修订于1971年,未出版,爱尔兰萧伯纳)。丁西林的戏剧翻译时间跨度大,现代时期仅翻译了一篇《买圣诞礼物》,这是奥地利作家施尼茨勒组剧《安那托尔》(*Anatole*)之一。故事发生在圣诞节前一个微雪的晚间,地点在维也纳的街上，主要人物是安那托尔和葛勃丽。安那托尔在给女友选圣诞礼物，正好路遇葛勃丽，葛勃丽借替安那托尔选圣诞礼物之名探听安那托尔与女友的感情，最终通过让安那托尔转述给女友的话表达出自己不敢对安那托尔直接表白的情感。《罗森堡夫妇》是英国作家伊立克·派司和威廉·白兰德合著的三幕剧，据剧本前言所述，该剧是根据朱利叶斯和伊斯尔·罗森堡被控告犯间谍共谋罪，而于1953年6月在美国被处死刑的故事写成的。此剧作的创作宗旨在于"我们希望本剧的出版，可以使全世界的人认清这件骇人听闻的冤狱的真相，并为罗森堡夫妇洗清这不白之冤"①。对外国戏剧进行评点批注，这是丁西林先生的创举，丁西林在1949年后分别对《十二磅钱的神情》《上了锁的箱子》和《一代天骄——拿破仑》三部译作做了较为详细的"译批"，这些译批是基于戏剧内容的提示或评述。此外，丁西林还撰写了《译批〈十二磅钱的神情〉后记》（1962年《剧本》第8期）、《译批〈上了锁的箱子〉后记》（1963年《剧本》第5期）、《译批独幕剧〈一代天骄——拿破仑〉后记》（1971年，原文未刊）三篇译批后记。这些戏剧翻译、译批和译批后记不仅可以说明丁西林对外国戏剧涉猎之深，也可以看作是丁西林的戏剧批评，从作家作品的选择中同样可以看出丁西林相近的风格追求。在《译批〈十二磅钱的神情〉后记》一文中，丁西林称采用"金圣叹式"点评翻译戏剧的动机是旨在帮助青年剧作家提高他们的创作水平。

《十二磅钱的神情》是杰·马·巴蕾的独幕话剧，剧本讲述了西摩斯和其夫人在模拟西摩斯授爵位典礼时，巧遇来给他们回复贺信的打字员、西摩斯的前妻凯蒂而发生的戏剧化故事。作品其实要回答的是一个类似于易卜生戏剧《玩偶之家》"娜拉出走之后该如何生存"的问题。戏剧的标题"十二磅钱的神情"就是西摩斯的前妻凯蒂在离家出走之后靠十二磅钱买的打字机"自食其力"工作时的神情，这是女性摆脱男性、经济独立之后的自信。《译批〈十二磅钱的神情〉后记》一文分五个标题，第一个标题"请君入瓮"交代了译批的缘由，是因为自己（丁西林）在一次话剧语言座谈会上的发言中的提议；第二个标题"男人无情 女人无用"评述的是这篇剧作的主题；第三个标题"向弹词艺人学习"涉及的是这篇剧作的艺术特点，指出这部话剧在台词之外，增加了很多"舞台指示"，这是这部话剧的"优美作风"，丁西林认为这一点类似于传统弹词中的"比拟声"和"自家声"，提出青年剧作家应该向传统弹词学习，提高"舞台提示"部分的"思

---

① 丁西林：《丁西林剧作全集（下）》，中国戏剧出版社1985年版，第217页。

想和艺术水平";第四个标题是"翻译诗和翻译剧本哪个比较困难?",关于这个问题,丁西林说:"如果有人问我:翻译一首诗和翻译一个剧本哪个比较困难,我这个诗盲可以毫不犹豫地答复:翻译剧本比较困难……一个简单词的翻译困难尚且如此,至于句子,要译出它的意思,译出它的口气,译出它的韵味,谈何容易。"①第五个标题"有求必应"带有致谢的性质。《上了锁的箱子》是英国作家约翰·梅斯菲尔德的独幕剧,取材于一千多年前发生于冰岛地区的贵族欺压农民的故事,戏剧塑造了一对性格迥异、对比鲜明的农民夫妻,一个敢于反抗贵族的农民妻子维格地斯和一个懦弱、卑鄙无耻的丈夫托德·格地。与《译批〈十二镑钱的神情〉后记》的结构类似,《译批〈上了锁的箱子〉后记》仍采取小标题的方式,"富农和贵族"是关于该剧主题的讨论,"箱子和柜子""本家和亲戚""'他'和'她'"三个标题都是关于剧中翻译用词的问题,第五个标题"本剧的时代和本剧的风格"是对该剧艺术风格的概括,丁西林认为该剧的特色是"朴素、踏实、紧凑、有力","作者没有在剧中讲道德,说仁义,而是用极简单的对话,让你从这些对话中憎爱他所谴责的和他所颂扬的人物。在本剧中,他用了不少的重复句子,使你有阅读、倾听诗歌之感"。②

1971年,丁西林修订了他翻译的萧伯纳的独幕话剧《一代天骄——拿破仑》,此部剧作讲述的故事发生在1796年5月北意大利从洛迪到米兰路上的一个名为塔伐查奴的小旅店,上场人物有四个,旅店店主纠色勃、少尉、女人和刚刚27岁的年轻将军拿破仑,女人女扮男装从少尉手中骗取了公文,拿破仑千方百计从女人手中夺取了文件。戏剧塑造了一个与历史上完全不同的"一代天骄拿破仑",他靠"利用自己的老婆去诱惑总裁"而成为将军,他带领一群衣衫褴褛的士兵,不谈纪律,他告诉自己的士兵:"你们爱国,你们勇敢,但你们没有钱,没有衣服,吃的是悲惨恶劣的伙食。这些东西意大利有的是,在把抢劫老百姓当作是士兵的自然权利的一个将军的率领之下,一支忠心的军队,不仅可以得到这些东西,还可以得到光荣,我就是这样的将军。"③《译批独幕剧〈一代天骄——拿破仑〉后记》仍然采用与之前两篇译批后记相同的小标题形式,"著作等身 流芳百世"是对作者萧伯纳的高度赞誉,"草菅人命 遗臭万年""士兵的权

---

① 丁西林:《丁西林剧作全集(下)》,中国戏剧出版社1985年版,第353页。
② 同上书,第405页。
③ 同上书,第412页。

利""战争的威严"都是对戏剧内容的评述。丁西林认为萧伯纳是世界上最伟大的剧作家,称萧伯纳戏剧对"资本主义的反对,对资本主义制度在社会上各个方面所造成的痛苦所进行的无情的、猛烈的、犀利的以及讽刺的抨击和嘲笑是值得钦佩的"[①]。

---

① 丁西林:《丁西林剧作全集(下)》,中国戏剧出版社1985年版,第493页。

六、洪深：到国外专攻戏剧的"破天荒第一人"

洪深（1894—1955），原名洪达，字洪哉、潜斋，号伯骏，江苏武进（今属常州市）人，现代著名戏剧家。先后用英文创作了《为之有室》（1921年《诗知识》春季号）、《回去》（1921年《诗知识》春季号）、《虹》（1919）、《牛郎织女》（1920年美国《戏剧》）、《木兰从军》（1921）、《鹤顶红》（1945年2月《文萃》第9期）六部英文剧，先后翻译了《煤气》（1930年3月26日上海《民国日报》，德国乔治·凯泽 Georg Kaiser）、《琼斯皇》（1934年3月《文学》第2卷第2期，美国奥尼尔）、《把死人埋葬掉》（1937年5月16日《戏剧时代》创刊号，美国 Lrwin Shaw（今译欧文·肖，与唐景云合译）、《改圆成方》（1937年8月1日《戏剧时代》第1卷第3期，苏联 Valentine Katayer）、《人生一世》（1949年3月晨光出版公司，美国萨洛扬）五部外国戏剧，著有《洪深戏曲集》（1932年现代书局）、《五奎桥》（1933年上海世界书局）、《走私》（1937年一般书店）、《飞将军》（1937年上海杂志公司）等。洪深的人生可谓"戏剧的人生"，清华学校读书期间开始新剧创作和演出，美国俄亥俄州立大学读书期间博览外国戏剧群书，最终选择放弃烧磁工程专业转向哈佛大学，师从贝克教授学习戏剧，归国后从事戏剧创作和戏剧活动，在戏剧的编、导、演三个方面都堪称中国现代戏剧的先驱。洪深与外国文学的渊源表现在两个方面，一是洪深的英文创作剧本、外国戏剧翻译和改译，二是洪深戏剧创作受到的外国戏剧影响。

（一）求学生涯中的"戏剧的人生"

1894年，洪深出生于江苏武进一个官宦世家，在上海徐汇公学和南洋公学学习期间对戏剧产生兴趣。洪深1906年离开家乡武进到上海徐汇公学和南洋公学接受新式教育，上海徐汇公学和南洋公学是外国人兴办的教会学校，思想较为开放。据《洪深年谱》记载，"徐汇公学、南洋公学自1899年起即风行学生演剧"，1907年3月，在看了为徐汇水灾募款公演的古装新戏《冬青引》之后，洪深"对戏剧产生了浓厚的兴趣"。①1912 年，洪深考入北京清华学校实科求读，并被编入 1916（丙辰）级。据洪深后来回忆：

> 记得我从前在清华读书的时候，凡是学校里演戏，除了是特别团体如某年级的级会不容外人参加的以外，差不多每次有我的份；我又很是高兴编剧，在清华四年，校中所演的戏，十有八九，出于我手，虽然所编的只是一张没有对话的幕表……我最初从事戏剧的动机，恐怕只是自眩其长，所谓出风头主义。(《戏剧的人生》)②

1914 年 6 月，洪深为丙辰级改译并组织演出英国名剧《侠盗罗宾汉》，洪深饰演剧中主角罗宾汉，这是洪深对西方戏剧的初次改译和演出，清华读书期间的戏剧编剧经历奠定了洪深戏剧事业的基础。1916 年，洪深从清华学校毕业，获得公费留学美国的机会，在美国俄亥俄州立大学学烧磁工程，因部分功课在清华学校已经学过，无须复读，因此有了很多空余时间。洪深在《戏剧的人生》一文中称自己获得了学校、哥伦布市立、省议会三个图书馆的借书的权利，"把里面所有关于戏剧的书籍，都借来读了"，所以洪深称"我的戏剧知识，是和我的烧瓷知识，相并地增长着"。③除了阅读，看戏成为洪深的业余爱好，他称"喜欢看戏，钱又不多，每月要花一二十元美金，是个很大的负担"④。1919 年，洪深的父亲被卷入宋教仁被刺案，家庭的巨变使洪深惊异于官场的可怕，在好友们的鼓励下，洪深毅然决定放弃烧瓷工程，转到哈佛大学学习戏剧。正是在俄亥俄州立大学留学期间大量的戏剧书籍阅读和自小养成的爱看戏的习惯，为洪深之后的戏剧创作、翻译和研究工作奠定了基础。

1920 年 7 月，洪深用英文写成的中国戏曲方面的研究论文《中国的舞台》（美国《戏剧艺术》1920 年 7 月号），获得美国学者的赏识。1920 年夏，在哈佛大学的课程将要结束之际，为展览学习成绩，洪深和同学排演了一出戏剧，洪深在剧中扮演一个厨子。后来回忆起这个戏剧的演出时，洪深曾说有张报纸称他的

---

① 陈美英编著：《洪深年谱》，文化艺术出版社 1993 年版，第 2 页。
② 洪深：《洪深文集》（第一卷），中国戏剧出版社 1957 年版，第 474—475 页。
③ 同上书，第 478 页。
④ 古今、杨春忠编著：《洪深年谱长编》，中国戏剧出版社 2009 年版，第 27 页。

工作"不是容易被美国最好的喜剧表演者所能超胜的"①,足见美国观众对洪深戏剧表演的喜爱。在哈佛大学学习戏剧期间,"洪深还在坎雷(S.S.Curry)博士所办'波士顿表演学校'学习发音、表演和跳舞,在考柏莱剧院附设'戏院学校'学习表演、导演、舞台技术和剧场经营管理"②。1922年回国之后,洪深在上海从事戏剧创作和演出,先后在国立暨南大学(今暨南大学)、复旦大学、四川江安国立戏剧专科学校(今中央戏剧学院前身之一)、上海市立实验戏剧学校(今上海戏剧学院前身)、厦门大学等校任教,戏剧始终是洪深的兴趣所在。

(二)英文戏剧创作、外国戏剧改译与批评

洪深与外国戏剧的渊源表现在两个方面,一是洪深可以用英文创作剧本并发表在外文期刊上,他在美国留学期间先后创作了反帝反封建的三幕英文剧《虹》、独幕英文剧《牛郎织女》,与张彭春共同创作英文剧《木兰从军》,这些英文剧由中国留学生在美国各地演出,其中《木兰从军》首次向美国人展示中国传统戏曲,深受美国观众喜爱。二是洪深的外国戏剧改译和批评,因涉及作品和文章较多,一并列表统计如下。

表下编6-1 洪深外国文学创作及翻译统计表③

序号	作品名称	发表时间/刊物	原著作者	类型
1	《欧美名剧》	1915年6月25日《小说月报》第6卷第6号	洪深	论文
2	《林业要义》	1915年10月13日《清华周刊》第50期	不详	译文
3	《为之有室》(The Wedded Husband)	创作于1918年,载于1921年《诗知识》春季号上	洪深	英文剧

---

① 洪深:《洪深文集》(第一卷),中国戏剧出版社1957年版,第487页。
② 陈美英编著:《洪深年谱》,文化艺术出版社1993年版,第12页。
③ 本表统计主要根据陈美英编著的《洪深年谱》(文化艺术出版社,1993年)、古今和杨春忠编著的《洪深年谱长编》(中国戏剧出版社,2009年)、陈美英的《洪深著述年表》(见全国政协文史和学习委员会编的《回忆洪深》,中国文史出版社,2015年)以及其他一些史料综合整理而成,把其中与外国文学相关的文学评论等一并统计在内。

续表

序号	作品名称	发表时间/刊物	原著作者	类型
4	《回去》(The Return)	创作于1918年,载于1921年《诗知识》春季号上	洪深	英文剧
5	《虹》(Rainbow)	创作于1919年	洪深	英文剧
6	《牛郎织女》	1920年美国《戏剧》月刊	洪深	英文剧
7	《木兰从军》	1921年3月,与张彭春共同创作	洪深	英文剧
8	《少奶奶的扇子》(《温德米尔夫人的扇子》)	1924年1月至2月《东方杂志》第21卷第2—5号	[英]王尔德	改译剧
9	《黑蝙蝠》(《蝙蝠侠》)	1925年改译,未发表,已佚失	不详	改译剧
10	《第二梦》	1925年5月10日、25日、6月10日《东方杂志》第22卷第9—11号	[英]巴蕾(J.M.Barrie)	改译剧
11	《有声电影之前途》(《关于有声电影的宣言》)	1929年12月5日《电影月报》第8期"有声电影专号"	[苏]爱森斯坦、普多夫金、亚力山大洛夫	译文
12	《西线无战事》①	1929年平等书店	[德]雷马克	小说
13	《独幕剧作法》	1929年4月19日、26日《时事新报·戏剧运动》周刊第21、22期	不详	译文
14	《托尔斯泰写给肖伯纳的一封信》(据英文译)	1929年5月29日《民国日报·戏剧》之周刊第2期	不详	译文
15	《读书偶译:小说的作法与作者》②	1929年6月5日《民国日报·戏剧》之周刊第3期	[美]Louis Bromfield	译文
16	《优伶及其表演》	1929年9月15日《电影月报》第11、12期合刊	[爱尔兰]萧伯纳	译文
17	《煤气》	1930年3月26日上海《民国日报》	[德]乔治·凯泽(Georg Kaiser)	译剧

① 与马彦祥合译,书后有署名洪深的长篇《后序》。
② 节译自美国小说作者Louis Bromfield《关于小说的谈话》。

续表

序号	作品名称	发表时间/刊物	原著作者	类型
18	《世界戏剧史》（第一章 开幕之前）	1930年5月20日《南国月刊》第2卷第2期	洪深	论文
19	《欧尼尔①与洪深——一度想象的对话》（《洪深戏剧集》代序）	1933年现代书局	洪深	戏剧
20	《琼斯皇》②	1934年3月《文学》第2卷第3期	[美]奥尼尔	译剧
21	《奥尼尔年谱》	1934年3月《文学》第2卷第3期	洪深	论文
22	《刘易士年谱》	1934年3月《文学》第2卷第3期	洪深	论文
23	《希腊的悲剧》	1934年7月《文学季刊》第3期	洪深	论文
24	《威尼斯商人》（第六幕）③	1935年1月1日《文学》第4卷第1号	[英]Louis Untemeyer	译剧
25	《恋爱的权利》	1935年黎明书店	[苏]P.Romanof	小说
26	《羊毛短裤》（The Woollen Drawers）	1936年1月1日《文艺》第8卷第1期	[美]William Mareh	小说
27	《把死人埋葬掉》④	1937年5月16日《戏剧时代》创刊号	[美]Lrwin Shaw	译剧
28	《改圆成方》⑤	1937年8月1日《戏剧时代》第1卷第3期	[苏]Valentine Katayer	译剧
29	《寄生草》	1939年改译，上海杂志公司1940年初版	[不详]Hubert Henry Davie	改译剧

---

① 今译奥尼尔。

② 与顾仲彝合译。

③ 又名《晒罗克成为耶稣教徒以后》。

④ 洪深、唐景云合译。

⑤ 原著作者苏联 Valentine Katayer，英译本是美国的 Eugene Lyons Charies Malamuth，洪深和唐景云根据英译本合译，译文原分三部分：（一）代序，给《改圆成方》底作者的一封信；（二）剧本的译文，共三幕；（三）后记——另一中译本及其他——洪深。此期只刊有代序和第一幕，其余因停刊而未登。

续表

序号	作品名称	发表时间/刊物	原著作者	类型
30	《编剧二论》①	1943年11月11日《戏剧时代》创刊号	[美]Arthur Richman 等	译文
31	《鹤顶红》	1943年作，刊于1945年2月《文萃》第9期	洪深	英文剧
32	《希腊的戏剧节》②	1944年2月15日重庆《大公报》	洪深	评论
33	《如何导演业余演员》	1944年1月1日《戏剧时代》第1卷第2期	[美]Atexander Dean	译文
34	《英散文与官腔》③	1946年1月31日、4月15日《新政论》第1期、第2期	洪深	书评
35	《从〈左拉传〉看美国电影的道路》	1946年10月28日上海《新闻报》副刊《艺月》第6期	洪深	评论
36	《读书偶译》	1947年1月15日《文艺春秋》第4卷第1期	[英]蓬巴斯	译文
37	《论者谓易卜生非思想家——自习备忘录之一》④	1948年7月《文讯》第9卷第1期	洪深	评论
38	《另一型的有声电影——电影艺术论文译粹》⑤	1948年9月15日《大公报》副刊《戏剧与电影》第99期	[苏]普多夫金	译文
39	《人生一世》	1949年3月晨光出版公司	[美]萨洛扬	译剧
40	《备忘随录择译》⑥	1949年10月10日《文艺报》第1卷第2期	洪深	译文

① 共两篇：一、《小说与舞台剧中的人物描写》，原著作者美国Louis Bromfield；二、《剧本写作方法》，原著作者美国 Arthur Richman。

② 介绍希腊传统戏剧节的程序、仪式等情况。

③ 书评，评介英国 Rbert Grove Alon Hoctge 所著《在你肩后的读者》，写于1945年12月20日。

④ 写于1948年6月12日。

⑤ 译于1948年9月9日。

⑥ 写于1949年9月4日。

续表

序号	作品名称	发表时间/刊物	原著作者	类型
41	《这就是"美国的生活方式"》	1950年作,五幕剧	洪深	戏剧
42	《纪念维克多·雨果诞生一百五十周年》	1952年2月27日《人民日报》	洪深	评论
43	《纪念何塞·马蒂》	1953年9月28日《光明日报》	洪深	评论
44	《何塞·马蒂简述》	1953年10月《保卫和平》第8号(总第27期)	洪深	评论
45	《评〈尤利乌斯·伏契克〉的演出》	1954年2月20日《戏剧报》2月号	洪深	评论
46	《评〈尤利乌斯·伏契克〉在首都的演出》	1954年3月10日《人民日报》	洪深	评论
47	《安东·契诃夫逝世五十周年纪念——应苏联对外文化协会之约而作》①	1954年6月20日《戏剧报》6月号	洪深	评论
48	《长生殿:传奇英译本的引言》	未发表,收入《洪深文集》(第四卷)	洪深	评论
49	《导演〈法西斯细菌〉自问录记》②	1954年7月20日《戏剧报》7月号	洪深	评论
50	《欢迎印度尼西亚艺术团》	1954年8月30日《文艺报》第36号	洪深	评论
51	《新中国五年来的对外文化交流》	1954年10月1日《人民日报》	洪深	评论

系统梳理发现,洪深的英文剧创作共六部,包括《为之有室》《回去》《虹》《木兰从军》《牛郎织女》和《鹤顶红》。三幕剧《为之有室》(The Wedded Husband)和独幕剧《回去》(The Return)同时发表在1921年美国的杂志《Poet Lore》《诗知识》春季号上。《为之有室》是根据包天笑小说《一缕麻》改编的三幕英文剧,是一个旧式中国包办婚姻的故事,是一个带有鲜明东方逻辑的爱情故事,故事的主人公离开恋人另嫁他人,不幸患传染病,幸得丈夫日夜照顾而痊

---

① 写于1954年3月31日。
② 署名洪深、张逸生,写于1954年6月16日。

愈，没想到丈夫却因此染病去世，女子拒绝了前来准备再续前缘的恋人，选择替丈夫守孝。《回去》是一部反映第一次世界大战战后情形的独幕剧。洪深凭借这两部剧作考取哈佛大学，师从著名戏剧大师贝克（George Pierce Baker）教授学习戏剧理论和创作，成为现代到海外专攻戏剧的"破天荒第一人"①。1921年为救赈华北水灾，洪深与张彭春用英文共同创作了多幕剧《木兰从军》，亲自担任导演和剧中角色，为筹集赈灾款，该剧在纽约演出。洪深后来回忆起这部剧作的演出时说："英文剧《木兰从军》在美国的成功，是使后来梅兰芳君的不用英文的中国旧戏的表演，在美国有被人欢迎的可能。"（《匆匆十年》）②对于《木兰从军》在中国戏剧对外交流史上的价值，赵清阁认为这部剧作"首先使美国人对中国古代题材的戏剧有了初步的了解，从而产生兴趣，使梅兰芳后来到美国演出京剧，能够受到美国观众的欣赏。这在中美戏剧的交流史上，揭开了第一页，是值得一记的洪老之功"。（《大胆文章拼命酒——忆念洪深同志》）③

洪深致力于外国戏剧的翻译和评介工作，共改译四部外国剧作，分别为王尔德（Oscar Wilde）的《少奶奶的扇子》、巴蕾（James Matthew Barrie）的《第二梦》、Hubert Henry Davie 的《寄生草》和《黑蝙蝠》（原著作者不详），其中《黑蝙蝠》已佚。1923年，洪深改译了王尔德的戏剧《温德米尔夫人的扇子》，剧本改译之后名为《少奶奶的扇子》，毕树棠在《二十年来清华文坛屑谈》一文中对这部译作评价颇高，认为："是剧前已有沈性仁与潘家洵译过，而舞台上之成功则自洪始。其特色在能将一西方名剧摄其神貌，一变而为一完全适合中国观众之新剧。当时轰动南北，争相排演，其成功可想。"④另外三部剧作也不停地被排演，足见洪深改译的成功。改译之外，洪深还翻译了德国乔治·凯泽（Georg Kaiser）的戏剧《煤气》、美国奥尼尔的《琼斯皇》（与顾仲彝合译）、美国 Lrwin Shaw 的《把死人埋葬掉》、苏联 Valentine Katayer 的《改圆成方》和美国萨洛扬的《人生一世》五部戏剧。此外，洪深还翻译和撰写了很多外国戏剧研究论文，他撰写的《欧美名剧》（署名乐水，载于1915年6月25日《小说月报》第6卷第6号）采用西方通用的作品介绍方式，分"作者""情节""剧旨"三个方面介绍了挪威爱

---

① 陈美英编著：《洪深年谱》，文化艺术出版社1993年版，第11页。
② 古今、杨春忠编著：《洪深年谱长编》，中国戏剧出版社2009年版，第38页。
③ 赵清阁：《长相忆》，学林出版社1999年版，第206页。
④ 郑小惠、陈越编：《清华映像1911—1948》，清华大学出版社2013年版，第213页。

伯生的《娇妻》、英国赫乌德的《感恩而死》《西方美人》、法国莫勒的《守财虏》等欧美名剧。

（三）戏剧创作："我要做个易卜生"

洪深戏剧受到的外来影响很多，除了他的恩师美国哈佛大学的贝克教授之外，还有美国戏剧之父奥尼尔和挪威现实主义戏剧大师易卜生。洪深与奥尼尔同为贝克教授的学生，二人授业有先后，"洪深在纽约进行戏剧实践时，适逢奥尼尔的表现主义名剧《琼斯皇》在百老汇的公主剧院上演（1921—1923）"①。洪深还专门撰写了《奥尼尔年谱》、戏剧《欧尼尔与洪深——一度想象的对话》等，由此可见洪深对奥尼尔戏剧的推崇。洪深认为戏剧创作允许借用他人的表现手法和故事情节，这一观点在其1933年创作的一部剧本《欧尼尔与洪深——一度想象的对话》中借戏剧对这一问题展开讨论，剧本主要针对奥尼尔1932年创作的《悲悼》一剧在结构、情节上对古希腊埃斯库罗斯的悲剧《俄瑞斯忒斯》的借鉴问题而展开人物对话。洪深在剧本中借剧中人物欧尼尔之口说：

你不见么！王尔德写《温德米尔夫人的扇子》，不啻是改译了法国的一出 Well Made Play。易卜生的《傀儡家庭》中冒签支票被恶人索诈的情节，是从当时在欧洲非常流行的闹剧中采取来的。法国大喜剧家莫里哀所著的《悭吝人》差不多完全脱胎于拉丁悲剧《一罐金》（Aulularia）。至于莎士比亚的作品，几乎没有一出不是利用别人的故事情节，例如《哈孟雷特》是从一五七一年印行的法文 Histoires Tragiaues 里摘来的……②

这段对话是通过一些著名西方作品的借鉴问题，表达对剧中欧尼尔关于作品借鉴主张的赞同。

九幕话剧《赵阎王》是洪深的成名作，1923年曾由洪深自导自演搬上舞台，因剧中的表现主义创作手法而不为观众接受，1925年被收入现代书局出版的《洪

---

① 李万钧主编，庄浩然、倪宗武编：《中国古今戏剧史（下卷）》，广东高等教育出版社1997年版，第211页。

② 孙青纹编：《中国当代文学研究丛书·洪深研究专集》，浙江文艺出版社1986年版，第201页。

深戏曲集》。赵阎王是一个普通士兵赵大,本是淳朴的农民,被迫当了军阀士兵,后偷了营长克扣的饷银逃往森林,精神错乱被追兵打死。这部剧作明显借鉴了奥尼尔《琼斯皇》中的表现主义,对于这一点,洪深称:

> 我对于男子扮演女子,是感到十二分的厌恶的……但是,我又想演戏,结果,只好自己去写一出那完全不需要女角的戏了。《赵阎王》题材决定之后,我决意借用奥尼尔写《琼斯王》的方式,这也是主要原因之一,因为这样,戏中就可以不用女角了。(《戏剧协社片断》)①

对于《赵阎王》是如何借鉴的《琼斯皇》,洪深在《〈中国新文学大系·戏剧集〉导言》中称:"第二幕以后,他借用了奥尼尔的《琼斯皇》中的背景与事实——如在林子中转圈,神经错乱而见幻境,众人击鼓追赶,等等。"②洪深此处所言的"借用"其实涵盖了情节和心理描写这一表现手法。难怪袁昌英说:"在《赵阎王》这剧本内,谁都看得出头一部分工作是阿尼尔代洪先生做的,洪先生所尽的力只是第二部分。他这种办法在英文为 adapt,在中文只可称为编译。"③

洪深戏剧还深受易卜生戏剧的影响,易卜生戏剧以关注现实的社会问题剧而著称,洪深曾在《戏剧协社片断》一文中记载,1922年回国途中,当同船的蔡廷干老先生问他"你从事戏剧的目的是什么?还是想做一个红戏子,还是想做一个中国的莎士比亚了",洪深回答"我愿做一个易卜生"。④对于为什么要做易卜生,阳翰笙回忆说,洪深曾称"要以戏剧为武器来揭露和鞭挞旧的社会"⑤,这充分说明洪深从事戏剧创作、表演的目的是为了发挥戏剧的社会作用。洪深的戏剧较之易卜生剧作更有现实针对性,更具战斗力,尤其是洪深的《农村三部曲》中的《五奎桥》《香稻米》和《青龙潭》,更是以反映现实的深刻性和战斗性而著称。洪深在戏剧结构方面也深受易卜生戏剧影响,易卜生的戏剧多采用"锁闭式"戏

---

① 《中国话剧运动五十年史料集》编辑委员会编:《中国话剧运动五十年史料集(第一辑)》,中国戏剧出版社1958年版,第110页。

② 蔡元培等著,陈平原选编、导读:《〈中国新文学大系〉导言集》,贵州教育出版社2014年版,第309页。

③ 袁昌英:《山居散墨》,河北教育出版社1994年版,第159页。

④ 《中国话剧运动五十年史料集》编辑委员会编:《中国话剧运动五十年史料集(第一辑)》,中国戏剧出版社1958年版,第109页。

⑤ 阳翰笙等:《洪深——回忆洪深专辑》,中国文史出版社1991年版,第7页。

剧结构，用回忆前情的方式推动戏剧情节的发展，因此这种戏剧结构方式也被称为"回忆式"戏剧结构，曹禺的《雷雨》采用的就是这种戏剧结构方式。洪深的戏剧《五奎桥》也采用了这种结构方式，让所有的人物（包括农民、长工、乡绅、道士、法官）都集中在五奎桥这一故事发生地，时间从当日晚上到次日白天，戏剧开始就从"保桥与拆桥"的高潮冲突开始，冲突逐渐升级，最终得以解决，这是洪深戏剧中结构最为紧凑的一部。

七、卞之琳："文学翻译就是我谋生的职业"

卞之琳（1910—2000），笔名季陵，江苏海门人，著名诗人、翻译家、文学评论家，以短诗《断章》而享誉现代诗坛，与李广田、何其芳并称"汉园三诗人"，著有诗集《三秋草》（1933年新月书店）、《鱼目集》（1935年上海文化生活出版社）、《汉园集》（合著，1936年商务印书馆）、《慰劳信集》（1940年明日社）、《十年诗草（1930—1939）》（1942年明日社）等。在现代江苏作家中，卞之琳虽无正式留学海外的经历，但他从中学时代就开始接触外国文学，之后又钟情于翻译诗歌、小说和戏剧，加之1947年卞之琳获英国文化协会"旅居研究奖"，受邀前往英国专事创作和研究（1949年回国），其与外国文学渊源颇深，他的诗歌创作先后受到了浪漫派诗人拜伦、雪莱，早期象征主义诗人波德莱尔、魏尔伦，后期象征主义诗人瓦雷里、艾略特等的影响，在创作上经历了20世纪20年代后期的浪漫主义，20世纪30年代初的象征主义，于20世纪30年代后期走向现代主义。诗歌创作之外，卞之琳一生致力于外国文学的翻译工作，是翻译界的一代宗师，诗歌、小说、戏剧、散文的翻译均有涉猎，尤其是关于莎士比亚戏剧的翻译，著有《莎士比亚悲剧论痕》（1989年生活·读书·新知三联书店），译有《维多利亚女王传》（1940年商务印书馆，英国斯特莱切）、《紫罗兰姑娘》（1947年上海文化生活出版社，英国克里斯托弗·衣修午德）、《阿道尔夫》（1947年上海文化生活出版社，法国贡斯当）、《莎士比亚悲剧四种》（1988年人民文学出版社）、《英国诗选：莎士比亚至奥顿》（1983年湖南人民出版社，英国莎士比亚等）等，出版诗论集《人与诗：忆旧说新》（1984年生活·读书·新知三联书店）。

卞之琳自中学开始结缘外国文学，在北京大学英文系读书时期大量阅读欧美文学，后两度受邀访问英国和美国，无论是其诗歌、戏剧还是小说创作，抑或是其翻译理论和实践，无不带有鲜明的外国文学影响的印记。

（一）持续60年的翻译实践

卞之琳的翻译生涯持续60年之久，对这60年的外国文学翻译生涯，卞之琳曾在《卞之琳译文集·译者总序》中做过一个概括，他说：

> 我从事文学翻译，不是遵循什么翻译理论指导开始的；要讲自己的文学翻译实践，则是60年的道路好像兜了一圈；始于译诗（韵文），中间以译散文（包括小说）为主，又终于译诗（韵文，包括诗剧）。①

这一持续60年的翻译生涯始自中学阶段。卞之琳初中时代开始接触外国文学，"初三时英文课本就选有《莎士比亚故事集》"②，1927年，卞之琳进入上海私立浦东中学读书，浦东中学"除国文外全用英文课本"③，卞之琳回忆说：

> 1928年我在上海当时以数理教学著称的浦东中学读高二年级，居然有一门莎士比亚课可选修，大约就只一学期，我就在班上读了一本《威尼斯商人》原文。课外，我自读了英国浪漫派诗人柯尔律冶（S.T.Coleridge）的叙事名诗《古舟子咏》，为满足自己文学创作的替代乐趣，就悄悄把全诗译出，全长1060行，行对行，韵对韵，自我约束极严。(《译者总序》)④

这应该是卞之琳最初的外国文学翻译尝试，此文稿被卞之琳自毁。中学阶段的英文学习和翻译尝试为卞之琳之后的外国文学译介打下了坚实的语言基础。

1929年夏，卞之琳考入北京大学英文系，英文系的"教学规程"规定："头三年除作文、翻译课外，还须必修英国诗、小说、戏剧。第二外语必须学两年拉丁文，并在德、法语中选择一门必修。一年级起就开设莎士比亚戏剧。"⑤正是这种课程设置为卞之琳大量接触外国文学作品提供了契机，并且"欧洲文学史、第二外语之一的法文课等都是由清华大学的西籍教师兼课执教"，卞之琳尤其对清华大学毕莲女士的英国诗课程教授的英国诗歌着迷，"课余将其中的十之三、四译成中文；读莎士比亚《仲夏夜之梦》，课余也曾全部译出，译后都自行毁废"。⑥这些"毁废"的翻译作品已无法查证，但作为卞之琳外国文学翻译的练笔同样为其后

---

① 卞之琳：《卞之琳译文集（上卷）》，安徽教育出版社2000年版，第1页。
② 陈丙莹：《卞之琳评传》，重庆出版社1998年版，第4页。
③ 同上书，第5页。
④ 卞之琳：《卞之琳译文集（上卷）》，安徽教育出版社2000年版，第1页。
⑤ 陈丙莹：《卞之琳评传》，重庆出版社1998年版，第7页。
⑥ 卞之琳著，张曼仪编：《卞之琳》，人民文学出版社1995年版，第302页。

的翻译生涯奠定了基础。1930年秋冬，卞之琳把自己创作的一首自由诗和翻译的爱尔兰戏剧家约翰·沁孤（辛）的一首格律体短诗先后投寄到《华北日报·副刊》，并于1930年11月和1931年1月先后发表，卞之琳称这"标志了我文学创作与翻译的正式同步开始"。(《译者总序》)①

卞之琳自此开始了他的翻译与创作生涯，大量翻译外国文学作品，涉及诗歌、戏剧、小说、文学理论等各种类别，涉及作家众多，尤以莎士比亚戏剧翻译最为称道。1947年，时年37岁的卞之琳获英国文化协会"旅居研究奖"，受邀前往英国做客一年，期间一直在修改自己的小说《山山水水》的英译稿，遇到了里德、多布雷、普利斯特莱、衣修午德等著名作家。1948年卞之琳回国后首先被北京大学聘为西语系教授，所教课程中有一门给一、二年级新生开设的"英诗初步课"，卞之琳动手选诗，每授一诗便事先译成中文。20世纪50年代院系调整，卞之琳由西语系调整至文学研究所，开始以"四大悲剧"为中心研究莎士比亚，由于"四大悲剧"为诗体译本，因此又重新回到译诗的道路上来。1980年卞之琳应美国哥伦比亚大学翻译中心白放梨华等作家的邀约赴美访问，分别访问了美国东西岸十余城市及大学，期间接触了不少旅美华人学者、作家，由此进一步加深了卞之琳与外国文学的渊源关系，他不仅翻译外国文学作品，还把自己的作品译成外文，这种双向的互动才是中国文学与外国文学关系的常态之所在。为系统梳理卞之琳的翻译情况，特列表统计如下。

表下编7-1　卞之琳译作（著作）统计表②

序号	译作（著作）	发表时间/刊物	原著作者	类型
1	《歌》	1931年10月5日《诗刊》第3期	[英]Christina Rossetti	译诗
2	《太息》	1931年10月5日《诗刊》第3期	[法]Stephane Mallarme	译诗

---

① [法]夏尔·波德莱尔等著，卞之琳译：《西窗集》，安徽教育出版社2007年版，第2页。

② 本统计表主要参照张曼仪的《卞之琳年表简编》，载张曼仪编《卞之琳》，人民文学出版社1995年版，除译诗、译著、译文外，同时把卞之琳论述外国文学的相关研究论文以及卞之琳翻译的自己的作品也一并梳理入表。

续表

序号	译作（著作）	发表时间/刊物	原著作者	类型
3	《梵亚林小曲》	1932年7月30日《诗刊》第4期	不详	译诗
4	《魏尔伦与象征主义》	1932年11月1日《新月》第4卷第4期	[英]哈罗德·尼柯孙	译文
5	《传教士》	1933年2月22日《牧野》第6期	[西]阿索林	译文
6	《恶之花零拾》	1933年3月1日《新月》第4卷第6期	[法]波特莱尔	译诗
7	《秋天的哀怨》	1933年4月21日《牧野》第12期	[法]Stephane Mallarme	译文
8	《穷人之死》	1933年6月1日《文艺月刊》第3卷第12号	[法]波特莱尔	译诗
9	《喷泉》	1933年7月1日《文艺月刊》第4卷第1号	[法]波特莱尔	译诗
10	《传统与个人的才能》	1934年5月1日《学文》第1卷第1期	[英]艾略特	译文
11	《算账》	1934年5月1日《文学》第2卷第5号	[罗]Cezar Petresco	小说
12	《流浪的孩子们》	1934年9月1日《文学》第3卷第3期	[美]高德曼	小说
13	《倦旅》	1934年4月1日《文学季刊》第1卷第2期	[英]哈代	译诗
14	《道旁的智慧》（上下）	1934年6月5日《人间世》第5期、6月20日第6期	[英]E.M.Martin	译丛
15	《招租——Felix Vargas断片》	1935年2月20日天津《大公报·文艺》副刊	[西]阿左林	译文
16	《军旗手的爱与死》	1935年2月17日天津《大公报·文艺》副刊	[奥]里尔克	译文
17	《亨利第三》	1935年3月31日天津《大公报·文艺》副刊	[法]保尔·福尔	译文
18	《阿索林小说、散文》	1935年7、8月间《大公报·文艺》副刊及《国闻周报》	[西]阿索林	译文小说

续表

序号	译作（著作）	发表时间/刊物	原著作者	类型
19	《西窗集》①	1936年商务印书馆	[法]波特莱②等	诗文
20	《老套》	1936年4月10日天津《大公报·文艺》副刊	[法]柏纳维埃尔	译文
21	《失去的美酒》	1936年4月15日天津《大公报·文艺》副刊	[法]瓦雷里	译诗
22	《赝币制造者》（第一部第二章）	1936年4月27日《国闻周报》13卷16期	[法]安德烈·纪德	小说
23	《过客 G.Chenneuiere》	1936年6月1日《文学丛报》第3期	不详	译诗
24	《恋人》	1936年5月29日天津《大公报·文艺》副刊	[法]爱吕亚	译诗
25	《纳蕤思解说》	1936年6月1日《文季月刊》创刊号（第1卷第1期）	[法]A.纪德	译文
26	《联系》	1936年6月19日天津《大公报·文艺》副刊	[法]阿博理奈尔	译诗
27	《菲洛克但德》	1936年9月16日《译文》新2卷第1期	[法]A.纪德	戏剧
28	《爱尔·阿虔》	1936年12月1日《文季月刊》第2卷第1期	[法]A.纪德	诗歌
29	《飞蛾与火焰》	1936年12月13日天津《大公报·文艺》副刊	[西]阿索林	译文
30	《新的食粮》	1938年3月16日《工作》（第1—8期）	[法]安德烈·纪德	译文
31	《红裤子》	1939年英国《人生与文学》，收入1946年伦敦出版的《当代中国短篇小说集》（Contemporary Chinese Short Stories）	卞之琳著，叶公超译成英文	小说英译

① 本书共包括六辑，卞之琳在书前的"题记"中称这本书是"从19世纪后半期到当代西洋诗文的鳞爪"，是"杂拌儿"，是一个散文诗、散文小品和小说的选译作品集。本书既收录了法国波特莱（今译夏尔·波德莱尔）等的散文诗，也收录了阿左林（今译阿索林）的小品文和纪德等的小说。

② 今译夏尔·波德莱尔。

续表

序号	译作（著作）	发表时间/刊物	原著作者	类型
32	《维多利亚女王传》	1940年商务印书馆	[英]斯特莱切	译著
33	《贡斯当及其〈阿道尔夫〉》	1941年1月1日上海《西洋文学》	[法]Andre Le Breton	译文
34	《新的食粮》（第四卷第一、二章）	1942年12月15日《创作月刊》第2卷第1期	[法]安德烈·纪德	译文
35	《纪德和他的〈新的食粮〉》	1943年5月桂林《明日文艺》创刊号	卞之琳	论文
36	《阿左林小集》	1943年重庆国民图书出版社	[西]阿左林①	译著
37	《新的食粮》	1943年桂林明日社	[法]安德烈·纪德	译著
38	《战时在中国作》（五首）	1943年11月桂林《明日文艺》第2期	[英]奥顿	译诗
39	《〈阿道尔夫〉译者序》	1944年7月2日写成，收入1947年上海文化生活出版社《阿道尔夫》	卞之琳	译序
40	《〈小说六种〉译本序》②	1945年11月《世界文艺》第1卷第2期	卞之琳	译序
41	《〈赝币制造者〉写作日记》	1945年11月30日《中法文化》第1卷第4期—1946年5月31日第1卷第10期（连载）	[法]安德烈·纪德	译文
42	《衣修午德的〈紫罗兰姑娘〉》	1946年6月1日《文艺复兴》第1卷第5期	卞之琳	译序
43	《紫罗兰姑娘》	1946年7月1日《文艺复兴》第1卷第6期	[英]克里斯托弗·衣修午德	小说
44	《紫罗兰姑娘》	1947年上海文化生活出版社	[英]克里斯托弗·衣修午德	小说
45	《浪子回家集》	1947年上海文化生活出版社	[法]安德烈·纪德	译著

① 今译阿索林。
② 包括六篇译序，分别为《贡斯当〈阿道尔夫〉译本序》《亨利·詹姆士〈诗人的信件〉于绍方译本序》《大卫·加奈特〈女人变狐狸〉冯丽云译本序》《詹姆士〈螺丝扣〉周彤芬译本序》《凯瑟林·安·坡特〈开花的犹太树〉林秀清译本序》《桑敦·槐尔德〈断桥记〉黄惟新译本序》。

续表

序号	译作（著作）	发表时间/刊物	原著作者	类型
46	《窄门》	1947年上海文化生活出版社	[法]安德烈·纪德	小说
47	《小说家》	1947年4月《东方与西方》第1卷第1期	[英]奥顿	译诗
48	《四面之歌》	1947年6月1日天津《大公报·文艺》副刊	[英]艾略特	译诗
49	《阿道尔夫》	1947年上海文化生活出版社	[法]贡斯当	小说
50	《当代中国诗选》①	1947年在伦敦出版（英国白英编）	卞之琳诗歌英译	译诗
51	《战时在中国作》	1948年7月《中国新诗》第2集"黎明乐队"	[英]奥登	译诗
52	《春回即景》《山山水水》（第一卷的两章）	1949年4月香港《小说》第2卷第4期、5月第2卷第5期	卞之琳	小说
53	《开讲英国诗想到的一些体验》	1949年《文艺报》第1卷第4期	卞之琳	论文
54	《学习英文文学的问题》	1950年10月《胜利一周年》	卞之琳	论文
55	《拉方丹·寓言诗两首》	1950年4月北京《大众诗歌》第1卷第4期	不详	寓言
56	《莎士比亚十四行诗》（七首）	1954年《译文》4月号，后收入《英国诗选》	[英]威廉·莎士比亚	译诗
57	《拜伦诗选》	1954年《译文》6月号	[英]拜伦	译诗
58	《莎士比亚的悲剧〈哈姆雷特〉》	1956年1月《文学研究集刊》第2册，后收入《莎士比亚悲剧论痕》	卞之琳	论文
59	《哈姆雷特》	1956年作家出版社	[英]威廉·莎士比亚	戏剧
60	《莎士比亚的悲剧〈奥赛罗〉》	1956年9月《文学研究集刊》第4册，后收入《莎士比亚悲剧论痕》	卞之琳	论文

---

① 收录卞之琳自译诗作《春城》《距离的组织》等，共16首。

续表

序号	译作（著作）	发表时间/刊物	原著作者	类型
61	《〈仙子们停止跳舞了〉译诗随记》	1957年上海《文汇报·笔会》，后收入《英国诗选》附录	卞之琳	译后记
62	《短诗五首》	1957年《诗刊》7月号，后收入《英国诗选》	[英]布莱克	译诗
63	《谈谈威廉·布莱克的几首诗》	1957年《诗刊》7月号，后收入《英国诗选》附录	卞之琳	论文
64	《推荐苏联影片〈奥赛罗〉》	1958年2月11日《大众电影》第3期	卞之琳	论文
65	《评英国影片〈王子复仇记〉》	1958年8月16日《大众电影》第16期	卞之琳	论文
66	《十年来的外国文学翻译和研究工作》	1959年第5期《文学评论》	卞之琳（与叶水夫、袁可嘉合著）	论文
67	《略论巴尔扎克和托尔斯泰创作中的思想表现》	1960年第3期《文学评论》	卞之琳	论文
68	《布莱希特戏剧印象记》	1962年《世界文学》5月号、6月号、7—8月号	卞之琳	论文
69	《题威廉·莎士比亚先生的遗著，纪念吾敬爱的作者》	1962年人民文学出版社《古典文艺理论译丛》（第三册），后收入《英国诗选》	[英]本·琼孙	译诗
70	《〈里亚王〉的社会意义和莎士比亚的人文主义》	1964年人民文学出版社《文学研究集刊》（第一册），后收入《莎士比亚悲剧论痕》	卞之琳	论文
71	《莎士比亚戏剧创作的发展》	1964年第4期《文学评论》	卞之琳	论文
72	《诗人卞之琳谈诗与翻译》	1978年香港《开卷》创刊号	卞之琳	论文
73	《分与合之间：关于西方现代文学和"现代主义"文学》	1979年中国社会科学出版社《外国文学研究集刊》（第一辑）	卞之琳	论文
74	《新译保尔·瓦雷里晚期诗四首》（包括一篇引言）	1979年8月《世界文学》第4期	[法]保尔·瓦雷里	译诗

续表

序号	译作（著作）	发表时间/刊物	原著作者	类型
75	《莎士比亚悲剧〈哈姆雷特〉的汉语翻译及其改编电影的汉语配音》	1980年2月香港《八方文艺丛刊》（第二辑）	卞之琳	评论
76	《布莱希特戏剧印象记》	1980年中国戏剧出版社	卞之琳	论著
77	《英文讲稿：中国新诗的发展与来自西方的影响》	1980年2月香港《八方文艺丛刊》第二辑	卞之琳	讲稿
78	《英文讲稿：中国新诗今日面临的问题》	作于1980年9月，未发表	卞之琳	讲稿
79	《译诗艺术的成年》	1981年《读书》3月号	卞之琳	论文
80	《西窗集》	1981年江西人民出版社	卞之琳	译著
81	《中国新诗的发展与来自西方的影响》	1982年美国《中国文学》第4卷第1期（*Chinese Literature: Essay Article, Reviews*）	卞之琳	论文（英文）
82	《紫罗兰姑娘》	1983年湖南人民出版社	[英]克里斯托弗·衣修午德	译著
83	《英国诗选：莎士比亚至奥顿》	1983年湖南人民出版社	[英]莎士比亚等	译著
84	《何其芳晚年译诗》	1984年《读书》3月号	卞之琳	论文
85	《莎士比亚悲剧四种》	1988年人民文学出版社	[英]莎士比亚	译著
86	《莎士比亚悲剧论痕》	1989年生活·读书·新知三联书店	卞之琳	译著
87	《秋天的哀怨》①	1989年台北李白出版社	卞之琳	译著
88	《卞之琳译文集》②	2000年安徽教育出版社	卞之琳	译著

① 该书的原书名为《西窗集》，共四辑。

② 《卞之琳译文集》（安徽教育出版社，2000年）共上、中、下三卷，上卷收录《西窗集》《紫罗兰姑娘》《浪子回家集》《窄门》《阿道尔夫》《新的食粮》；中卷收录《英国诗选》《法国诗十二首》《译文四篇》《维多利亚女王传》；下卷收录莎士比亚的"四大悲剧"：《丹麦王子哈姆雷特悲剧》《威尼斯摩尔人奥瑟罗悲剧》《里亚王悲剧》《麦克白斯悲剧》。

由上述统计表可以清晰地发现卞之琳在翻译方面的卓越成就,他先后出版10部译著,分别为《维多利亚女王传》《阿左林小集》《新的食粮》《浪子回家集》《西窗集》《英国诗选》《紫罗兰姑娘》《英国诗选:莎士比亚至奥顿》《莎士比亚悲剧四种》《莎士比亚悲剧论痕》。2000年,卞之琳在其晚年又亲自审定出版了三卷本的《卞之琳译文集》,全书共150万字,是卞之琳一生翻译作品的集大成之作。卞之琳的翻译前后延续60年之久,涉及最多的文体为诗歌、小说和戏剧,并形成自身独特的翻译观。在《十年来的外国文学翻译和研究工作》一文中,他提出翻译要遵循"艺术性"的翻译标准:

艺术性翻译标准,严格讲起来,只有一个广义的"信"字——从内容到形式(广义的形式,包括语言、风格等等)全面而充分的忠实。这里,"达"既包含在内,"雅"也分不出去,因为形式为内容服务,艺术性不能外加。而内容借形式而表现,翻译文学作品,不忠实于原来的形式,也就不能充分忠实于原有的内容,因为这样也就不能恰好地表达原著的内容。在另一种语言里,全面求"信",忠实于原著的内容和形式的统一体,做到恰到好处,正是翻译的艺术性所在。①

卞之琳的翻译正是遵循这种"艺术性"标准的产物,他的翻译以英国文学为主,尤其是莎士比亚戏剧的翻译。卞之琳还是一个外国文学研究者,他不仅翻译外国文论,还撰写了大量的外国文学评论,加上他为自己或他人的译作撰写的序跋文章,由此形成了他的外国文学批评观。卞之琳的文学评论可以分为中华人民共和国成立前后两个时期来探讨,中华人民共和国成立之前,卞之琳的外国文学研究主要是一些散见的序跋,而中华人民共和国成立之后卞之琳到北京大学文学研究所后,专职从事外国文学批评和研究,著有外国文学批评专著《布莱希特戏剧印象记》和《莎士比亚戏剧论痕》,这两部专著将在后文戏剧翻译与批评研究中做详细论述,此处重点探讨卞之琳中华人民共和国成立之前的文学评论。《福尔的〈亨利第三〉和里尔克的〈旗手〉》是卞之琳为自己翻译的福尔《亨利第三》和里尔克《旗手》单行本所写的译序,这篇译序完全是《亨利第三》和《旗手》两篇叙事散文诗的对比赏析,译文借比野·路易士在《法兰西谣曲第一集·序》中的一段话来对这两篇散文诗的特征进行总体的评述:它们是"照各式的规律,

---

① 卞之琳、叶水夫、袁可嘉等:《十年来的外国文学翻译和研究工作》,《文学评论》1959年第5期,第54页。

或一般所熟悉的亚历山大体的规律所写成的,可是它们依从散文的普通形式。只有偶尔地用韵,用半谐音(assonance),才使这种体裁有别于抒情散文……一种介乎散文与法国韵文之间的体裁,一种完备的体裁,它似乎协合了它的那两位前辈的相反的特性"①。对于这两篇叙事散文诗,卞之琳的译序首先从两篇散文诗的相同点入手展开,认为两篇散文诗在节奏、"闪烁的问句""处理空气的手法""闪烁的火光""一景一景地穿插或展开"等方面具有相似性。其次,卞之琳开始研究两者的"相反"之处,"《亨利三世》取了诗中的抒情方式,而《旗手》则取了讲故事的法则",因此卞之琳认为"《旗手》近于小说,而《亨利三世》则近于戏剧",在文章最后,卞之琳论及了这两篇散文诗对于中国人的意义。② 这在卞之琳的很多译序和文学评论中都会有所体现,即立足中国读者来展开评论。

在卞之琳1949年前的文学评论中,有四篇文论译介:《魏尔伦与象征主义》《论英国人读俄国小说》《传统与个人的才能》和《道旁的智慧》。《魏尔伦与象征主义》是卞之琳由英国评传名家哈罗德·尼柯孙(Harold Nicolson)的评传《魏尔伦》一书中最后一章的三节文字翻译而来,标题是卞之琳自己加上的,内容是"专论魏尔伦诗中的亲切(Intimacy)与暗示(Suggestion)以及这两个特点在象征派诗法上所占的地位"③。对于这篇文章的翻译目的,卞之琳在译文前面的"译者识"中交代是为了回答两个问题:其一是魏尔伦的诗为什么特别合中国人的口味?其二是象征派作诗是不是只要堆砌一些抽象名词?由此可见,卞之琳是针对现代中国诗坛对西方象征诗派的"借鉴"状况而译。《论英国人读俄国小说》是英国作家维吉妮亚·伍尔夫(Virginia Woolf)的一篇论文,文章要探究的是:"英国人究竟能不能了解俄国文学?"卞之琳选择翻译这篇论文是针对现代时期大多数中国人不爱读英国小说而爱读俄国小说的现状,恰好和维吉妮亚·伍尔夫所论述的英国人读俄国小说是一样的状况,伍尔夫认为英国人在阅读俄国作家托尔斯泰、契诃夫等的小说时,因大多阅读的是翻译作品,"这样一来,伟大的俄国作家就像人碰到了大地震或是火车出事,不但丧失了衣服,而且还丧失了更不可捉摸,更重要的东西——他们的习气,他们性格的特质"④。因此,卞之琳同样认为

---

① 卞之琳:《卞之琳译文集(上卷)》,安徽教育出版社2000年版,第162页。
② 同上书,第174页。
③ 同上书,第251页。
④ 卞之琳:《卞之琳译文集(中卷)》,安徽教育出版社2000年版,第265页。

"文章太好了,译出来也就没多大意思了"。

(二)诗歌:始于译诗,又终于译诗

作为中国现代象征诗派的代表诗人,卞之琳的诗歌创作深受英法现代主义诗歌的影响,带有一种特有的情感节制的"晦涩",这当然与他的外国文学翻译是分不开的。卞之琳的诗歌翻译和他的诗歌创作几乎可以说是相伴始终,从数量上来看,1930—1937年的创作和翻译保持齐头并进之势,由此也决定了他的两种文学活动之间存在着相互渗透、相互影响的关系。他的诗歌翻译选择必然带有个人的喜好,也同样对他的诗歌创作产生潜移默化的影响,因此考察卞之琳诗歌创作的外国文学影响可以首先从其译诗的选择入手。

从上述表格的梳理以及《卞之琳译文集》收录的译诗可以很容易发现,卞之琳的译诗主要集中于英法诗歌,从翻译时间而言,卞之琳前期和后期专注于翻译诗歌,中期以翻译小说为主。卞之琳最初喜欢英国诗歌,选修第二外语法文之后,卞之琳开始转向法国诗歌。1931年徐志摩教授卞之琳英诗课,被徐志摩称道的雪莱吸引了卞之琳,自此他的阅读兴趣由英国诗歌转向法国诗歌,他自己称"恰巧因为读了一年法文,自己可以读法文书了,我就在1930年读起了波德莱尔、高蹈派诗人、魏尔伦、玛拉美以及其他象征派诗人。我觉得他们更深沉、更亲切,我就撇下了英国诗"[1],这一点可以从《卞之琳译文集(中卷)》所收录的《英国诗选》和《法国诗十二首》窥见端倪,《英国诗选》部分收录了莎士比亚、多恩、本·琼孙、弥尔顿、拜伦、雪莱、济慈、哈代、叶芝、艾略特等的诗歌作品,《法国诗十二首》收录了波德莱尔、玛拉美、魏尔伦、瓦雷里等的诗歌作品。

翻译诗歌是在两种语言之间进行创作,译文不可能完全等同于原作,最忠实的译文也只能最大限度地接近于原作,卞之琳主张翻译要同时忠于内容和形式,"诗译了要注明原诗是什么形式(是自由诗,是格律诗,用什么样的格律),特别是在译不出原诗形式的场合。这样才有利于正确认识而借鉴外国诗"。(《新诗和西方诗》)[2]卞之琳主张译诗要追求"信""似""译"三个字,他认为"外国诗

---

[1] 卞之琳:《开讲英国诗想到的一些体验》,《文艺报》1949年11月10日第1卷第4期,第31页。

[2] 卞之琳:《卞之琳文集(中卷)》,安徽教育出版社2002年版,第504页。

译成汉语，既要显得是外国诗，又要在中文里产生在外国所有的同样或相似的效果，而且在中文里读得上口，叫人听得出来"①。由此我们可以发现，卞之琳在译介外国诗歌时做法较为灵活，并非完全拘泥于原作的限制，时常口语入诗，在翻译以"音步"为衡量单位的英国格律诗时，"试用不拘轻重音节位置的顿或音组或拍作为每行诗的衡量单位"，以求达到"相应"或"相近"的效果，如《我们是七个》（节选）：

"Sisters and brothers, little Maid,
How many may you be?"
"How many? Seven in all," she said,
And wondering looked at me.

"And where are they? I pray you tell."
She answered, "Seven are we;
And two of us at Conway dwell,
And two are gone to sea."

"Two of us in the churchyard lie,
My sister and my brother;
And, in the churchyard cottage, I
Dwell near them with my mother."

译诗为：

"小姑娘，你们一共是几个，
你们姊妹弟兄？"
"几个？一共是七个，"她说，
看着我像有点不懂。

"他们在哪儿？请给我讲讲。"

---

① 卞之琳：《卞之琳译文集（中卷）》，安徽教育出版社2000年版，第7页。

>"我们是七个，"她回答，
>"两个老远的跑去了海上，
>　两个在康威住家。"

>"还有我的小姐姐、小弟弟，
>　两个都躺在坟园，
>我就住在坟园的小屋里，
>　跟母亲，离他们不远。"①

全诗四行为一节，共十五节。卞之琳运用通俗的现代白话语言翻译这首诗歌，语言简练质朴，明白如话，读来非常符合原著，在维持原诗风格的基础上准确地传达了一个八岁孩童眼里的亲情：无论生死，我们依然在一起。

在《〈雕虫纪历〉自序》中，卞之琳对自己所受的外国诗歌影响有清晰的表述，他始终坚持"古为今用，洋为中用"。在谈及1937年之前的诗歌创作时，卞之琳称"最初读到20年代西方'现代主义'文学，还好像一见如故，有所写作不无共鸣"，卞之琳说自己这一时期的诗歌有一些共同特点，"始终只写了一些抒情短诗"，"总喜欢表达我国旧说的'意境'或者西方所说'戏剧性处境'"，"偶尔用出了戏拟（parody）"，"始终是以口语为主，适当吸收了欧化句法和文言遣词"，"诗体则自由体与格律体兼用"。②卞之琳称对于外国"一些次要以至微不足道的诗人的个别作品却往往显然能为我'用'"，他列举如下：

我前期最早阶段写北平街头灰色景物，显然指得出波德莱尔写巴黎街头穷人、老人以至盲人的启发。写《荒原》以及其前短作的托·斯·艾略特对于我前期中间阶段的写法不无关系；同样情况是在我前期第三阶段，还有叶慈（W.B.Yeats）、里尔克（R.M.Rilke）、瓦雷里（Paul Valery）的后期短诗之类；后期以至解放后新时期，对我也多少有所借鉴的还有奥顿（W.H.Auden）中期的一些诗歌，阿拉贡（Aragon）抵抗运动时期的一些诗歌。③

---

① 卞之琳编译：《英国诗选：莎士比亚至奥顿》，商务印书馆1996年版，第116—119页。
② 卞之琳：《卞之琳文集（中卷）》，安徽教育出版社2002年版，第446页。
③ 同上书，第460页。

卞之琳接着指出他的诗歌《长途》是"有意仿照魏尔伦（Paul Verlaine）一首无题诗的整首各节的安排"，其中的"几丝持续的蝉声"一句"更在不觉中想起瓦雷里《海滨墓园》写到蝉声的名句"。诗歌《一个和尚》是"存心戏拟法国19世纪末期二、三流象征派十四行体诗，只是多重复了两个脚韵，多用ong（eng）韵，来表现单调的钟声"。他自称"试用过多种西方诗体"，诗歌《白螺壳》套用了瓦雷里的"一种韵脚排列上最较复杂的诗体"，《空军战士》同样是套用瓦雷里的一首"变体短行十四行体诗"。[①] 可见卞之琳诗歌所受到的外国诗歌影响之广泛。

以波德莱尔为代表的法国象征派诗歌翻译带来了卞之琳诗歌创作中的"晦涩"，这种"晦涩"更多是一种情感的节制，关于这一点卞之琳在《雕虫纪历·自序》中曾说："我写诗，而且一直是写的抒情诗，也总在不能自已的时候，却总倾向于克制，仿佛故意要做'冷血动物'，并称这时期我更多借景抒情、借物抒情、借人抒情、借事抒情。"[②] 如《中南海》一诗：

听市声远了，像江潮
环抱在孤山的脚下，
隐隐的，隐隐的，
比不上
满地的虫声像雨声，
更比不上
满湖荷叶的雨声像风声，
——啊，轻轻的，轻轻的，
芦叶上涌来了秋风了！

我不学沉入回想的痴儿女
坐在长椅上
惋惜身旁空了的位置，
可是总觉得丢了什么了，
——到底丢了什么呢，

---

① 卞之琳：《卞之琳文集（中卷）》，安徽教育出版社2002年版，第460页。
② 同上书，第444—446页。

> 丢了什么呢?
> 我要问你钟声啊,
> 你仿佛微云,沉一沉,
> 荡过天边去。①

　　这首诗通篇读来都在写景,诗歌的主旨要表达的却是一种内心的感受,明显受到波德莱尔诗歌的影响,波德莱尔善于化内心浮躁的情绪为外物。本诗起笔写诗人独坐孤山脚下,听潮声、虫声、雨声、风声,虫声高过潮声,雨声高过虫声,风声高过雨声,声音的渐强揭示了抒情主人公内心的不平静。作者远离"市声",独坐孤山脚下,内心却无法平静。诗歌中创作主体内心与外界的声音之间的"应和",正是波德莱尔"应和论"在诗中的具体运用,诗中没有出现任何带有主观情感色彩的用语,但创作主体的情绪却清晰地呈现于读者面前。

　　卞之琳诗歌在意象使用方面也受到其翻译的外国诗歌的影响,如短诗《一个和尚》:

> 一天的钟儿撞过了又一天,
> 和尚做着苍白的深梦:
> 过去多少年留下的影踪
> 在他的记忆里就只是一片
> 破殿里到处迷漫的香烟,
> 悲哀的残骸依旧在香炉中
> 伴着善男信女的苦衷,
> 厌倦也永远在佛经中蜿蜒。
>
> 昏沉沉的,梦话又沸涌出了嘴,
> 他的头儿又和木鱼儿应对,
> 头儿木鱼儿一样空,一样重;
> 一声一声的,催眠了山和水,
> 山水在暮霭里懒洋洋的睡,

---

① 卞之琳:《鱼目集》,文化生活出版社1935年版,第65页。

<blockquote>他又算撞过了白天的丧钟。①</blockquote>

诗中塑造了一个"头儿木鱼儿一样空"的老和尚形象，这一形象与艾略特 The Hollow Man《空心人》)中"Headpiece filled with straw"（脑壳中塞满了稻草）的空心人形象有异曲同工之妙，"木鱼儿一样空"的脑袋和"塞满稻草"的脑袋同样指代的是人精神层面的虚无，但"木鱼儿"更加具有中国特色，是卞之琳成功"化欧"的典范。

在诗歌艺术形式方面，卞之琳深受西方现代派诗歌的影响。在《新译保尔·瓦雷里晚期诗四首引言》一文中，卞之琳指出，"实践证明现代西方诗以至'现代主义'西方诗，至少在艺术形式上也有可供借鉴的一面"，并提倡"重新读读西方现代派诗当中格律严谨而运用自如，形象生动、意味深长而并非没有逻辑的瓦雷里晚期的这一路诗"②，瓦雷里非常重视诗歌的韵律和节奏，也十分重视诗歌语言的锤炼，卞之琳也是如此，他曾在《雕虫纪历·自序》中写道："规格本来不大，我偏又喜爱淘洗，喜爱提炼，期待结晶，期待升华，结果当然只能出产一些小玩艺儿。"③卞之琳在诗歌的叙事方式上也带有明显的"西化"，他说："我在自己诗创作里常倾向于写戏剧性处境、做戏剧性独白或对话，甚至进行小说化，从西方诗里当然找得到较直接的启迪。"④我们可以在《距离的组织》中体会到这种诗歌的叙事方式：

<blockquote>
想独上高楼读一遍《罗马衰亡史》，
忽有罗马灭亡星出现在报上。
报纸落。地图开，因想起远人的嘱咐。
寄来的风景也暮色苍茫了。
（醒来天欲暮，无聊，一访友人吧。）
灰色的天。灰色的海。灰色的路。
哪儿了？我又不会向灯下验一把土。
忽听得一千重门外有自己的名字。
</blockquote>

---

① 卞之琳：《雕虫纪历：1930—1958（增订本）》，人民文学出版社1984年版，第7页。
② 卞之琳著：《卞之琳文集（中卷）》，安徽教育出版社2002年版，第244页。
③ 卞之琳：《雕虫纪历：1930—1958（增订本）》，人民文学出版社1984年版，第1页。
④ 卞之琳著：《人与诗：忆旧说新》，安徽教育出版社2007年版，第20页。

> 好累呵！我的盆舟没有人戏弄吗？
> 友人带来了雪意和五点钟。
>
> 1月9日（1935年）①

这首诗的思维方式也明显带有"西化"的特色，难怪蓝棣之认为《距离的组织》："有意识地利用因科学、哲学、人文科学的发展而改变了的诗人的思维方式与感受方式，来结构一首诗的意境。这种感觉与思维方式，是从前的诗里所没有的。"②

卞之琳不仅翻译诗歌，作为一个诗人和诗歌评论家，他还在《翻译对于中国现代诗的功过》③一文中系统探讨了外国诗歌翻译对中国现代诗歌的影响。这篇文章由三部分组成，分别就外国自由体诗、格律诗和现代诗的翻译对现代中国新诗的影响展开论述，详细梳理了胡适、郭沫若、闻一多、朱湘、查良铮、李金发、戴望舒等人的诗歌翻译对现代中国诗走向的影响。文章开篇从胡适的白话诗翻译入手，指出在中国新诗的发展过程中，"外国诗的翻译在其中都起了一定的正负作用"。卞之琳认为胡适之前用文言旧体翻译的《哀希腊歌》没有多大影响，但随后的白话译诗《关不住了》（Over the Roofs）却可称得上"得来全不费工夫"，这首诗只是美国女诗人莎拉·替斯代尔（Sara Teasdale）的一首平常的抒情小诗，但其影响却是巨大的，用胡适自己的话说，开了"我的'新诗'成立的纪元"，白话新诗的门路由此打开，诗人们由此发现白话原来可以作诗，但随之产生的问题是译诗"随意处理西方传统的格律诗和现代的自由诗"，"误以为西方从古到今写诗都不拘形式"，这对提高白话新诗的地位产生不利影响。卞之琳在文章的第一部分中重在梳理郭沫若的诗歌翻译对"五四"新诗的影响，郭沫若的创作虽是自由体诗，但他所译的歌德、雪莱、海涅等人的原作主要是西方传统的格律体，按照郭沫若的译诗主张"译诗得像诗"，由此造就了一种半格律体诗歌，卞之琳认为郭沫若的这种"半格律体"诗歌翻译为新诗的"庸俗化、空泛化方向开方便之门"。在第二部分内容中，卞之琳认为20世纪20年代闻一多、朱湘等人的诗，"努力保持原诗的脚韵安排的共同尝试，对于新诗创作却总是有利"。同样，查良

---

① 卞之琳：《十年诗草（1930—1939）》，安徽教育出版社2007年版，第52—53页。
② 蓝棣之：《论卞之琳诗的脉络与潜在趋向》，《文学评论》1990年第1期，第97页。
③ 卞之琳：《人与诗：忆旧说新》，安徽教育出版社2007年版，第364—379页。

铮的译诗多为外国古典诗，是格律体诗，在翻译时查良铮会对韵脚做中国传统化的处理，卞之琳认为"终不是理想的方法"。接下来卞之琳以"十四行"体诗歌的翻译为例来探讨格律体，指出翻译"给中国新诗带来的损益和评论的合理或偏差，最容易见诸处理西方十四行诗体的得当与否"，如果能"相应照原样"翻译，西方格律诗"就能在我们自己写诗中随心所欲，派合适的用场"。文章的第三部分重点论述李金发、戴望舒对法国象征诗的翻译，认为这些翻译"无意中为新诗现代化另外跨出了一条路"。文章最后得出结论，认为"西方诗，通过模仿与翻译尝试，在五四时期促成了白话新诗的产生"。

（三）小说：翻译与创作

卞之琳以译诗开始自己的文学翻译生涯，但中间却致力于翻译小说，1930年至1937年间他翻译了大量的西方小说，《阿左林①小集》是卞之琳最早的翻译小说集，是根据英译本转译而来的，1943年5月重庆国民图书出版社出版单行本，共收录作品27篇，其中《村镇》一篇为散文，其余都为小说，包括阿索林自传体小说《小哲学家自白》九章、小说《堂胡安》（*Don Juan*）八章、小说《菲利克思·瓦迦士》（*Felix Vargas*）二章，短篇小说集《蓝白集》（*Blancoen Azul*）七篇。在翻译之初卞之琳对于文体是模糊的，他在1934年的散文《译阿左林小品之夜》中把阿索林的这些小说统称为"小品"。从1934年起，卞之琳开始了对纪德小说的翻译，他先后翻译了纪德的《赝币制造者》《新的食粮》《浪子回家集》（一共6篇，包括《纳蕤思解说》《恋爱试验》《爱尔·阿虔》《菲洛克但德》《白莎佩》《浪子回家》）和《窄门》，卞之琳为这些译作撰写了序，尤其是《〈新的食粮〉译者序》可以说是一篇完整的"纪德论"。在卞之琳看来："安德雷·纪德在思想上和艺术上的演变大可以拿来说明他的任一本重要作品的组成，反过来他的这种演变也可以用他任一本重要作品来说明，至少到某一个阶段为止的演变，可以在某一阶段作品里找到他的映影或缩影。"② 这篇译者序一万余字，分三个部分："一个结晶——一部分的乐园""从《尘世的食粮》到《新的食粮》"和"一个遗著或一种福音"，卞之琳在这篇序跋中试图用小说《新的食粮》来"解释纪德"。《浪子

---

① 今译阿索林。
② 卞之琳：《卞之琳译文集（上卷）》，安徽教育出版社2000年版，第653页。

回家集》1947年由上海文化生活出版社出版，卞之琳称这部小说集："头两篇像美文（belles-lettres）或散文诗，第三、第六两篇像小说，第四篇像戏剧，第五篇像自由体诗剧——也并非全出于偶然，而自有其互相贯通的意义。"①卞之琳还相继翻译了纪德的《赝币制造者》（第一部第二章）、《新的食粮》、中篇小说《窄门》，对于纪德小说的翻译在卞之琳小说翻译中占据重要位置，可以说卞之琳是现代时期最致力于纪德作品翻译的作家。此外，卞之琳还先后翻译了《史万家一边》（法国普鲁斯特，第一段）、《爱芙林》（爱尔兰乔伊斯）、《在果园里》（英国伍尔孚）、《无话的戏剧》（法国阿克雷芒）、《紫罗兰姑娘》（英国克里斯托弗·衣修午德）、《阿道尔夫》（法国贡斯当）等，这些小说后来全部收入《卞之琳译文集（上卷）》。

与译诗和诗歌创作的关系相似，卞之琳的小说翻译与小说创作之间也同样纠结着复杂的关系。卞之琳早在1929年就创作了他的第一篇小说《夜正深》，后又相继创作了《石门阵》《红裤子》《一二三》《一元银币》，1941年暑假，卞之琳"不满足于写诗，梦想写小说"，认为"诗的形式再也装不进小说所能包括的内容，而小说，不一定要花花草草，却能装得进诗"。②因此，卞之琳开始着手创作长篇小说《山山水水》，历经八年的不断修改，最终付之一炬，仅存部分发表了的残篇。考察卞之琳的小说翻译和创作我们发现，两者的时间基本交叉，也就是说卞之琳一边翻译小说一边创作，因此，这些小说翻译作品必然会对其小说创作产生潜移默化的影响。

西方现代派小说的翻译成为卞之琳小说创作的基础，我们在《山山水水·卷头赘语》中可以通过卞之琳本人的"夫子自道"找到相关线索。在这篇"卷头赘语"中，卞之琳称为了"逼真"起见，《山山水水》在写作时采用了外国小说"惯用的办法"，"把虚构的人物、情节，以致机构、学校等明放在真实的地点"，因此小说中才有了人物活动的城市延安、武汉和北平。同样是为了"逼真"，卞之琳在小说中"有意采用了亨利·詹姆士'翻新'的表现虚构故事的技巧——'视点'或角度运用。第一卷的'编造中心'（compositional centre，也是詹姆士小

---

① 卞之琳：《〈浪子回家集〉译者序》，载《卞之琳译文集（上卷）》，安徽教育出版社2000年版，第298页。

② 卞之琳，《山山水水·卷头赘语》，载《卞之琳文集（上卷）》，安徽教育出版社2002年版，第267页。

说艺术学术语），是女中心人物林未匀"。力求避免"小说作者俨然无所不在、无所不晓的上帝式虚假印象"，采用第三人称叙事，林未匀"不只是'观察员''见证人'，而且又名副其实是局中人，成为被观察的对象，只是还顺了她观看的方向（角度）"。同样，在这篇"卷头赘语"中，卞之琳称：

> 三十年代中期起，我已经开始更欣赏安德列·纪德后期明朗、陡峭的小说文体和海明威及其后各家现代化的小说文体。特别是克里思托阜·衣修午德的行云流水而明澈别透的小说文体，在四十年代初期，正成了我从长句子长段文字的纠结当中苦试挣脱所高悬的范例。①

从上述自述可以发现，卞之琳的小说创作深受其小说翻译的影响，两者之间存在着双向互动的关系。卞之琳在谈及八年后的第一本译书《紫罗兰姑娘》时说："好像满不相干，这和我的《山山水水》也有一点关系。"②

（四）戏剧：莎士比亚戏剧翻译与批评

卞之琳的外国文学翻译各种文体均有涉猎，除了诗歌、小说的翻译与创作之外，卞之琳还致力于西方戏剧的翻译和研究，尤其是莎士比亚戏剧的翻译与研究，先后翻译了莎士比亚的"四大悲剧"：《丹麦王子哈姆雷特悲剧》《威尼斯摩尔人奥瑟罗悲剧》《里亚王悲剧》和《麦克白斯悲剧》，对于这四大悲剧，卞之琳认为它们是"莎士比亚悲剧的中心作品以至莎士比亚全部作品的中心或转折点以至最高峰"，"《哈姆雷特》——地位最重要；《奥瑟罗》——结构最谨严；《里亚王》——气魄最宏伟；《麦克白斯》——动作最迅疾"。③这四个剧本的翻译时间跨度较大，《丹麦王子哈姆雷特悲剧》译于1954年，《威尼斯摩尔人奥瑟罗悲剧》始译于1956年，到1984年才全部译完，《里亚王悲剧》译于1977年，《麦克白斯悲剧》译于1983年。后这四个剧本收入1988年人民文学出版社出版的《莎士比亚悲剧四种》一书。

---

① 卞之琳著，高恒文编：《世纪的回响·作品卷·地图在动》，珠海出版社1997年版，第123页。
② 同上。
③ 卞之琳：《莎士比亚悲剧四种》，人民文学出版社1988年版，第7页。

对于这四部戏剧的翻译,卞之琳在《莎士比亚悲剧四种》一书的"译本说明"中,详细讲述了自己翻译戏剧的做法,其一,"力求达出原有的妙趣";其二,"剧词主体,在译文中,概用普通话";其三,"译文中诗体与散文体的分配,都照原样,诗体中各种变化,也力求相应";其四,"剧词诗体部分一律等行翻译,甚至尽可能作对行安排,以保持原文跨行与行中大顿的效果"。① 由此我们能看出卞之琳的戏剧翻译观与他一贯的翻译主张"信"是一以贯之的,即最大限度地接近于原文。

众所周知,莎士比亚戏剧是"诗剧体",剧本以"素体诗"[Blank Verse,即每行抑扬(轻重)格五音步无韵诗体]为主体,作为诗人的卞之琳对于莎士比亚四大悲剧的翻译最为人称道的就是"诗话"的翻译。在《〈哈姆雷特〉的汉语翻译及其英国改编电影的汉语配音》一文中,卞之琳以《哈姆雷特》的翻译为例探讨了"诗剧体"适于翻译成白话新诗体,卞之琳不仅将台词、剧中人物的插诗、插曲都用韵文翻译,对于剧词主体(原文中用"素诗体"即无韵格律诗体作道白的场合),卞之琳的处理方式是:

至于原文用"素诗体"即无韵格律诗体作道白的场合,那是剧词主体,我也照原样翻译。不仅行数相同(只有个别违例),而且亦步亦趋,尽可能行对行翻译也照原样翻译。逢到"跨行"(enjambment),也尽可能在原处"跨行",以求符合一收一放,一吞一吐,跌宕起落的原有效果。②

我们来看其中最为经典的一句翻译:

to be, /or not to be, /that is /the question。

卞之琳的译文:

活下去 / 还是 / 不活; / 这是 / 问题。

朱生豪的译文:

生存还是毁灭,这是一个值得考虑的问题。

---

① 卞之琳:《莎士比亚悲剧四种》,人民文学出版社1988年版,第3页。
② 卞之琳:《莎士比亚悲剧论痕》,生活·读书·新知三联书店1989年版,第116页。

相较而言，卞之琳的译文更具韵味，这也是卞之琳的莎士比亚悲剧翻译最为读者接受的原因。

卞之琳除翻译莎士比亚戏剧之外，还是莎士比亚戏剧研究专家，1952年北京大学院系调整，卞之琳从北京大学西语系进入文学研究所工作，开始着手研究莎士比亚戏剧，期间断续写了一些论文和译序，卞之琳后来把这些研究论文和译序收录在其戏剧论著《莎士比亚悲剧论痕》中。此部莎士比亚悲剧研究专著收录了五篇论文：《论〈哈姆雷特〉》《论〈奥瑟罗〉》《〈里亚王〉的社会意义和莎士比亚的人文主义》《莎士比亚戏剧创作的发展》《〈哈姆雷特〉的汉语翻译及其英国改编电影的汉语配音》，一篇随感《莎士比亚首先是莎士比亚——首届中国莎士比亚戏剧节随感》，三篇译序《〈哈姆雷特〉译本序》《〈莎士比亚悲剧四种〉译者引言》《〈莎士比亚悲剧四种〉译本说明》。

此外卞之琳还著有戏剧论著《布莱希特戏剧印象记》。贝托尔特·布莱希特是德国著名诗人、戏剧家，这部研究专著是对布莱希特戏剧的专门研究，写于20世纪60年代，以《三分钱歌剧》《措施》《伽利略传》《高加索灰阑记》等戏剧为分析文本，全书分七个部分："问题的发生""《三分钱歌剧》究竟有多大成就？""《措施》失败在什么地方？""辩证的发展""《伽利略传》和新时代""《高加索灰阑记》的诗情画意""界限的确立"，重点探讨了布莱希特戏剧的"战斗作用"和政治意义。

八、叶灵凤:"十里洋场"的现代小说家

叶灵凤(1905—1975),原名叶蕴璞,笔名叶灵凤、亚灵、昙华、佐桦等,江苏南京人,现代小说家、翻译家、画家,毕业于上海美术专科学校(今南京艺术学院前身),被誉为"中国的比亚斯莱"。1924 年,叶灵凤随其三叔前往上海美术专科学校读书,自此进入"十里洋场"的上海,1925 年由郭沫若介绍加入创造社,长期从事编辑工作,先后编辑《洪水》《幻洲》《戈壁》《现代小说》《现代文艺》等杂志。叶灵凤的一生以抗日战争为界[①],前半生以小说创作为主,1938 年,叶灵凤迁居香港,以随笔家和藏书家而知名,后半生创作以散文随笔为主。著有《处女的梦》(1926 年群众图书公司)、《菊子夫人》(1927 年光华书局)、《白叶杂记》(1927 年光华书局)、《女娲氏之遗孽》(1927 年光华书局)、《鸠绿媚》(1928 年光华书局)、《天竹》(1931 年现代书局)、《红的天使》(1932 年上海文艺出版社)、《时代姑娘》(1933 年四社出版部)、《灵凤小说集》(1934 年现代书局)、《永久的女性》(1936 年大光书局)、《未完的忏悔录》(1936 年上海今代书店)、《读书随笔》(1946 年杂志公司)等。译有《新俄短篇小说集》(1928 年光华书局,俄罗斯迦撒洵等)、《九月的玫瑰》(1928 年现代书局,法国戴当莱等)、《蒙地加罗》(1928 年光华书局,波兰显克微支)、《世界短篇杰作选》(1930 年光华书局,高尔基等)、《红翼东飞》(1940 年时代书局,苏联拍夫朗诃)等。在现代作家中,叶灵凤是极少的没有西方留学经历的作家,但这并不影响他与外国文学的渊源,新式教会学校的教育和在"十里洋场"上海的求学和编辑生涯让他有机会接触了大量的西方文学作品并从事小说翻译。作为"书话家",叶灵凤撰有大量外国作家作品的书话,其小说创作也因翻译和阅读深受西方文学的影响,尤其是小说中弗洛伊德心理分析和西方基督教因素的融入,使其成为一位独具西方文学色彩的现代都市生活书写者。

---

① 罗孚:《叶灵凤的后半生》,载方宽烈编《凤兮凤兮叶灵凤》,福建教育出版社 2013 年版,第 15 页。

（一）编辑生涯中结缘外国文学

创造社的郭沫若、郁达夫对叶灵凤影响很大。在《我的藏书的长成》一文中，叶灵凤谈及自己在上海抗战沦陷期丢失的一批藏书时曾说：

> 我的那一批藏书，大部分是西书……最初的胚芽，是达夫先生给了我几册，都是英国小说和散文……还有则是张闻天先生也给过我几册，大都是王尔德的作品……因为我从达夫先生处认识了他的弟弟健尔……那时他好像正在译着王尔德的《狱中记》，便送了几册小品集和童话集给我。我最初读王尔德的《幸福王子》，就是从这些选集上读到的。①

难怪叶灵凤后来也回忆说："我年轻的时候，爱好过王尔德的作品，也爱好过英国'世纪末'那批作家的作品。这可以说全是受了郁达夫先生的影响。"② 加入创造社之后，叶灵凤开始了杂志的编辑生涯，先后参与编辑了《洪水》（半月刊）、《幻洲》（半月刊）、《戈壁》《现代小说》《文艺画报》等刊物，尤其是《现代小说》杂志的编辑工作让他接触了大量的外国文学作品。这可以从叶灵凤在1929年《现代小说》第3卷第1期的《编者随笔》中的话来佐证，叶灵凤在这篇随笔中提出期刊今后努力的四个方向，其中第一个就是"介绍世界新兴文学及一般弱小民族的文艺"③，由此我们看出这一刊物的办刊宗旨和倾向。《现代小说》除发表小说原创作品之外，也发表翻译小说，叶灵凤就是在这一期上发表了译作高尔基的《我的童年》和辛克莱的《波士顿之行》。《现代小说》之后，叶灵凤还主编了《现代文艺》，在1931年4月1日第1期的《编者随笔》中，叶灵凤首先阐明了此刊的办刊宗旨：

> 本刊创设的目的，对于西洋文学要作广泛的介绍，注重现代的作品，也不忽略过去的名著，至于各国最近的文艺思潮和现状，则更按时介绍，以最新颖的材料供给读者。同时，对于本国的文艺，则更特约新文坛第一流名家的最近的力作

---

① 叶灵凤：《读书随笔（三集）》，生活·读书·新知三联书店1988年版，第7页。
② 叶灵凤：《郁达夫先生的〈黄面志〉和比亚斯莱》，载《读书随笔（一集）》，生活·读书·新知三联书店1988年版，第345页。
③ 李广宇：《叶灵凤传》，河北教育出版社2003年版，第81页。

按时在本刊发表。①

叶灵凤在编辑生涯中开始了外国文学的译介工作,为了能系统、直观地考察叶灵凤的外国文学译介情况,特列表统计如下。

表下编 8-1　叶灵凤外国文学译作(著)统计表②

序号	译作(著)	发表时间/刊物	原著作者	类型
1	《补白一则》	1927年3月1日《幻洲》第1卷第10期	[英]王尔德	译文
2	《轨道上》	1927年11月16日《幻洲》第2卷第4期	[俄]伊凡诺夫(Vsevolod Ivanov)	译文
3	《温雅的呼吸》	1928年1月《现代小说》创刊号	[苏]布宁	译文
4	《辛克莱的新著》	1928年5月1日《戈壁》创刊号	叶灵凤	随笔
5	《马克思的死与葬》	1928年5月1日《戈壁》创刊号	[德]安格尔(F.Engels)	译文
6	《关于"一个革命者的回忆"》	1928年5月1日《戈壁》创刊号	叶灵凤	随笔
7	《一个革命者的回忆》	1928年5月《戈壁》第1—4期(连载)	[俄]费格娜	译文
8	《死的朋那德》	1928年5月15日《戈壁》第1卷第2期	[法]耶路沙	译文
9	《白利与露西》	1928年现代书局	[法]罗曼·罗兰	小说
10	《新俄诗选》	1928年6月1日《戈壁》第1卷第3期	[苏]加斯特夫等	译诗
11	《新俄短篇小说集》	1928年光华书局	[俄]迦撒洵等	小说
12	《他们的路》	1928年6月16日《戈壁》第1卷第4期(终刊)	[法]巴比塞	译文

---

① 李广宇:《叶灵凤传》,河北教育出版社2003年版,第82页。

② 本统计表主要参照周黎燕2017年1月发表在《信阳师范学院学报(哲学社会科学版)》第37卷第1期上的《叶灵凤创作年表》,唐沅、韩之友、封世辉等编著的《中国文学史资料全编·现代卷:中国现代文学期刊目录汇编》(7卷本,知识产权出版社2010年版)编辑而成,主要对叶灵凤文学类的译著或译作(包括文艺理论)进行梳理。在原著作者一栏,有些作家无法确定国籍,先略去待考证。

续表

序号	译作（著）	发表时间/刊物	原著作者	类型
13	《死的幸福》	1928年6月16日《戈壁》第1卷第4期（终刊）	[法]法郎士	译文
14	《九月的玫瑰》	1928年现代书局	[法]戴当莱等	小说
15	《蒙地加罗》	1928年光华书局	[波]显克微支	小说
16	《领袖》	1928年《现代小说》第1卷第2期	[俄]爱罗索夫	小说
17	《露瑞夫人》	1928年《现代小说》第1卷第2期	[法]法郎士	小说
18	《塞比安的夜》	1928年《现代小说》第1卷第3期	[西]伊本纳兹	小说
19	《深夜的一吻》	1928年《现代小说》第1卷第4期	[法]雷佳遂	小说
20	《嫉妒》	1928年《现代小说》第1卷第4期	[法]波地	小说
21	《春节》	1928年《现代小说》第1卷第5期	[俄]库布林	小说
22	《象》	1928年《现代小说》第1卷第6期	[俄]库布林	小说
23	《跋佐夫的哲学》	1928年《现代小说》第1卷第6期	[苏]高尔基	小说
24	《花》	1929年《现代小说》第2卷第1期	[德]舍里斯勒	小说
25	《辛克莱的〈油!〉》	1929年10月《现代小说》第3卷第1期	叶灵凤	书评
26	《胃癌》	1929年12月15日《现代小说》第3卷第3期	[苏]比涅克	小说
27	《意外相逢》	1930年3月15日《现代小说》第3卷第5、6期合刊	[苏]亚寇洛夫	小说
28	《木乃伊恋史》	1930年现代书局	[法]戈恬	译著
29	《世界短篇杰作选》	1930年光华书局	[苏]高尔基等	译著
30	《故乡》	1931年2月10日《前锋月刊》第1卷第5期	[保]岳夫可夫	译文
31	《现代挪威小说》	1931年5月10日《现代文学评论》第1卷第2期	叶灵凤	评论

续表

序号	译作（著）	发表时间/刊物	原著作者	类型
32	《品质》	1932年12月1日《现代》第2卷第2期	[英]高尔斯华绥	小说
33	《莫斯科的戏剧节》	1933年6月1日《现代》第3卷第2期	叶灵凤	评论
34	《作为短篇小说家的海敏威①》	1934年10月1日《现代》十月号（第5卷第6期）"现代美国文学专号"	叶灵凤	评论
35	《散文三章》	1934年10月1日《现代》十月号（第5卷第6期）"现代美国文学专号"	[不详]J.Iofel	散文
36	《夜莺与玫瑰》	1934年12月15日《文艺画报》第1卷第2期	[苏]英贝尔	译诗
37	《苏联的版画艺术》	1936年3月15日《六艺》第1卷第2期	[苏]契果达叶夫	译文
38	《我的伙伴卓别林》	1936年4月15日《六艺》第1卷第3期（终刊）	[不详]葛洛克	译文
39	《文学：人的风》	1936年6月15日《绸缪月刊》第2卷第10期	[苏]比涅克	译文
40	《余先生》	1936年7月16日《论语》第92期	[法]保尔·穆航	译文
41	《火》	1938年11月4日《星岛日报·星座》第96期	[美]多士·帕索斯	译文
42	《中国不会被征服的：泰戈尔复日本诗人野口米次郎书》	1938年11月5日《星岛日报·星座》第97期	[印]泰戈尔	译文
43	《英国文学行旅》	1938年11月20日—23日《星岛日报·星座》第112—115期（连载）	[法]安得烈·纪德	译文
44	《作家在苏联》	1938年12月24日—31日第146期—152期《星岛日报·星座》（连载）	[苏]亚力山大·德契	译文

---

① 今译海明威。

续表

序号	译作（著）	发表时间/刊物	原著作者	类型
45	《中国不会被征服的泰戈尔复日本诗人野口米次郎书》	1939年1月1日《学生杂志》第19卷第1期	[印]泰戈尔	译文
46	《热与冷：摄制〈西班牙的土地〉的回忆》	1939年1月15日《星岛日报·星座》第167期	[美]海明威	译文
47	《再答野口米次郎书》	1939年1月19日《星岛日报·星座》第171期	[印]泰戈尔	译文
48	《日苏战争与拍夫朗诃的〈红翼东飞〉（上）》	1939年2月27日《立报·言林》	叶灵凤	评论
49	《红翼东飞》	1939年3月1日—11月21日《立报·言林》（连载）	[苏]彼得·拍夫朗诃	译文
50	《最后的突击》	1939年8月30日《星岛日报·星座》第387期	不详	译文
51	《五人墓：献给东三省的抗日游击队战士》	1939年9月18日《星岛日报·星座》第406期	[苏]彼得·拍夫朗诃	译文
52	《三篇序言》	1939年11月27日—29日《星岛日报·星座》第446—448期（连载）	[美]海明威	译文
53	《不认识的同志》	1939年12月1日—20日《立报·言林》（连载）	[美]诺尔拉	译文
54	《书颂》	1940年1月14日《立报·言林》	不详	译文
55	《火线下》	1940年2月22日—6月17日《立报·言林》（连载）	[法]巴比塞	评论
56	《一封寄给伏洛希罗夫的信》	1940年4月4日《立报·言林》	[不详]卡费特科	评论
57	《红翼东飞》	1940年重庆时代书局	[苏]彼得·拍夫朗诃	译著
58	《两个短篇》	1940年5月13日《星岛日报·星座》第586期	[不详]瓦西尔·斯特伐尼克	译文
59	《苏联作家生活自述（上、中、下）》	1940年5月23日《星岛日报·星座》第595期、25日第597期、28日第600期	[俄]伊万诺夫	译文
60	《第一次和高尔基会面》	1940年6月成都《笔阵》新1卷第3期	[不详]Issac Babrl	译文

续表

序号	译作（著）	发表时间/刊物	原著作者	类型
61	《高尔基的一生》	1940年6月18日《立报·言林》	叶灵凤	评论
62	《一位战地联络官的手册》	1940年6月23日《星岛日报·星座》第625期、6月24日第626期	[不详]安德烈·夏姆逊	译文
63	《滇缅路上》	1940年7月2日—12日《立报·言林》（连载）	不详	译文
64	《告密者（关于原作者）》	1940年7月17日—25日《立报·言林》（连载）	[德]布莱希特	译文
65	《早恋》	1940年8月21日—1941年2月1日《立报·言林》（连载）	[不详]费雷尔曼	译文
66	《书籍是走进世界的孔道（上、下）》	1940年9月8日《星岛日报·星座》第700期、9月9日第701期	[不详]斯蒂芬·兹魏格	译文
67	《黎明在东方》	1940年9月18日《星岛日报·星座》第710期	[不详]T.德莱塞	译文
68	《丛树与森林》	1940年9月22日《星岛日报·星座》第714期	[不详]H.E.贝斯	译文
69	《偷猎贼》	1940年9月23日《星岛日报·星座》第715期	[不详]H.E.贝斯	译文
70	《采菌》	1940年9月25日《星岛日报·星座》第717期	[不详]H.E.贝斯	译文
71	《秋心》	1940年9月27日《星岛日报·星座》第719期	[不详]H.E.贝斯	译文
72	《关于小说的技巧·人物和结构》	1940年10月1日香港《文艺青年》第2期	[法]莫泊桑	译文
73	《为自由的诗人拜伦》	1940年12月6日《星岛日报·星座》第789期	[不详]沙比尔	译文
74	《高尔基日记断片》	1941年2月2日—3月16日《星岛日报·星座》（连载）	[苏]高尔基	译文
75	《关于契诃夫》	1941年2月13日—22日《立报·言林》（连载）	[苏]高尔基	译文
76	《狐》	1941年5月11日—30日《立报·言林》（连载）	[不详]I.西龙	译文

续表

序号	译作（著）	发表时间/刊物	原著作者	类型
77	《知识分子的悲剧》	1941年5月15日、25日《大公报·文艺》第1095、1102期	[不详]M.尼尔锉	译文
78	《战争诗人哪儿去了?》	1941年5月20日《星岛日报·星座·文协》第91期	[不详]西·台·勒威士	译诗
79	《关于托尔斯泰》	1944年5月28日《华侨日报·文艺周刊》第18期《高尔基日记抄之一》	[苏]高尔基	译文
80	《手枪诗与毙：无畏的炸药》	1944年6月4日《华侨日报·文艺周刊》第19期《高尔基日记抄之一》	[苏]高尔基	译文
81	《关于契诃夫》	1944年6月11日《华侨日报·文艺周刊》第20期《高尔基日记抄之一》	[苏]高尔基	译文
82	《达尔文的文艺观》	1944年10月28日《大众周报》第4卷第82期	不详	译文
83	《订书匠——书籍的敌人之一（上、下）》	1945年1月11日《香港日报·香港艺文》第7期、1月25日第9期	[不详]布列地斯	译文
84	《高尔基与书》	1949年11月6日《星岛日报·文艺》第95期	[俄]玛尔诃夫	译文
85	《阿柏拉与哀绿绮思的情书》	1956年上海书局	[法]阿柏拉、哀绿绮思	译著
86	《纪伯伦散文诗抄》	1964年9月1日《文艺世纪》第88期、10月1日第89期	[黎巴嫩]纪伯伦	译文
87	《被祝福的城市及其他》	1968年4月1日《文艺世纪》第131期	[黎巴嫩]纪伯伦	译文
88	《故事的花束》	1974年香港万叶出版社	叶灵凤	民间故事（译著）

从上述梳理可以看出，叶灵凤大量译介外国文学作品，涉及法国、苏联、俄罗斯、英国、德国等的作家，小说翻译最多，译有俄罗斯短篇小说集《新俄短篇小说集》、罗曼·罗兰的《白利与露西》、法国短篇小说集《九月的玫瑰》、波兰作家显克微支的小说《蒙地加罗》、苏联作家彼得·拍夫朗诃的《红翼东飞》、短

篇小说集《世界短篇杰作选》、外国民间故事集《故事的花束》、法国作家戈恝的中篇小说《木乃伊恋史》、法国作家阿柏拉与哀绿绮思的《阿柏拉与哀绿绮思的情书》等。《白利与露西》是叶灵凤翻译的第一部小说，原著作者是法国作家罗曼·罗兰，1928年5月现代书局初版，1931年6月再版，小说原著创作于1818年，以战争作为背景叙述了巴黎市发生的一幕恋爱悲剧。在此书之前附的小传《罗曼·罗兰》中，叶灵凤称这篇小说"文字沉痛哀艳，几乎是一首极美的抒情长诗"①。

《新俄短篇小说集》是叶灵凤根据英译文转译的一部短篇小说集，辑译了十月革命之后新俄罗斯作家迦撒洵的《飞将军》、爱罗索夫的《领袖》、比涅克的《皮短衫》、伊凡诺夫的《轨道上》、西孚宁娜的《犯法的人》共五篇小说。书前附有叶灵凤撰写的《新俄的短篇小说》一文，叶灵凤从整体上对新旧俄罗斯作家做了介绍：

在世界的文学史内，没有一国的文学，她的真实，她的严肃，能超过了俄国的文学。俄国的文学，她本身就是生活的一部，她的理想中的，精神上的，物质上的一切生活的情形，都忠实的在他们作家的笔下表现了出来。②

由此可见叶灵凤对俄罗斯文学的推崇，该文落笔的重点在介绍1917年之后新出现的作家，对于这些新兴的俄罗斯作家，叶灵凤认为这些作家的文字"简练、直写、白描、不注重想像"，他们作品的内容"侧重于实现的真况"，"他们的肉体与灵魂，投身在革命的运动中，他们本身就是革命的一员"，③这段描述点明了该书收录作家身份的"新兴"和作品内容的"革命"。

《九月的玫瑰》是叶灵凤辑译的一本法国短篇小说集，1928年由现代书局出版，收录了戴当莱的《九月的玫瑰》、波莱斯的《可怜的把戏》、法郎士的《露瑞夫人》、波地的《嫉妒》、巴比塞的《他们的路》、雷佳遂的《深夜的一吻》、耶路沙的《死的朋那德》、璧萨的《丽斯》，共八篇小说。《蒙地加罗》是波兰作家显克微支的长篇爱情小说，1928年由光华书局出版，译本之前附有叶灵凤的一篇作家介绍《显克微支》。《世界短篇杰作选》是叶灵凤辑译的一本小说集，收录了

---

① ［法］罗曼·罗兰著，叶灵凤译：《白利与露西》，现代书局1928年版，第2页。
② 叶灵凤辑译：《新俄短篇小说集》，光华书局1928年版，第2页。
③ 同上书，第8页。

犹太宾斯奇的《黑猫》、犹太舍里斯勒的《花》、西班牙伊本纳兹的《塞比安的夜》、德国华苏曼的《兽》、法国莫泊桑的《得救了》《坟》、苏联高尔基的《跋佐夫的哲学》、苏联布宁的《温雅的呼吸》、俄罗斯库布林的《反复》《象》《春节》，共 11 篇短篇小说，该书 1930 年由光华书局出版。《阿柏拉与哀绿绮思的情书》是叶灵凤翻译的法国作家阿柏拉与哀绿绮思留在世上的七封情书，被誉为"世界上最美的情书"。叶灵凤在《〈阿柏拉与哀绿绮思〉译序》一文中对两个人的爱情做了介绍，认为"阿柏拉和哀绿绮思，这两个人可说是自古至今最伟大的一对情人"，"罗密欧与朱丽叶比起他们，不仅显得浅薄，而且简直近似儿戏"。①

（二）小说创作："象牙之塔的浪漫文字"

叶灵凤不只是一个翻译家，还是"十里洋场"的一个现代小说家。他的前半生以小说享誉文坛，1997 年上海学林出版社出版了《叶灵凤小说全编》，内容涵盖了 1930 年现代书局出版的《红的天使》、1931 年现代书局出版的《灵凤小说集》、1933 年四社出版部出版的《时代姑娘》、1936 年今代书店出版的《未完的忏悔录》和 1936 年大光书局出版的《永久的女性》，另收录集外短篇小说 15 篇。叶灵凤的小说创作风格多变，在形式上不断变革，多借助幻想、梦境等艺术手法，带有浪漫抒情小说的特征。从上述对叶灵凤翻译作品的统计来看，叶灵凤翻译最多的文体是小说，这些外国小说的涉猎对其小说创作也产生了极大影响，其中以斯蒂芬逊、王尔德、纪德等影响较大。

作为画家出身的叶灵凤特别注重对美的追求，倾心于西方唯美主义，对以戈恬、王尔德、爱伦·坡等为代表的唯美派推崇备至，曾翻译了法国唯美主义小说家戈恬的小说《木乃伊恋史》，对王尔德的作品和文章更是非常熟悉，翻译了王尔德的剧作《莎乐美》，先后撰写了《纪德关于王尔德的回忆》《王尔德〈狱中记〉的全文》《比亚斯莱、王尔德与〈黄面志〉》《郁达夫先生的〈黄面志〉和比亚斯莱》《从王尔德到英外次》《王尔德案件的真相》《王尔德之子》《王尔德笔下的英国监狱》《王尔德的说谎的艺术》《王尔德所说的基督故事》等多篇文学评论。叶灵凤的小说浪漫抒情色彩浓厚，注重情调和氛围的营造，专注于现代人情绪的书写，摒弃传统小说以故事为中心的结构模式，代之以情绪结构全文，表现

---

① 叶灵凤著，陈子善编：《叶灵凤散文》，浙江文艺出版社 2003 年版，第 255 页。

现代人都市生活的情绪体验，关于这一特点，叶灵凤在读书随笔《爱伦·坡》中曾经评价美国唯美倾向作家爱伦·坡，他认为："爱伦·坡正是一位具有鬼才的作家。他的小说，都是他的诗的变形。他着重于情调和氛围的制造，故事的发展还在其次。"①叶灵凤的小说与斯蒂芬逊的小说颇为相似，在《可爱的斯蒂芬逊》一文中，叶灵凤表达了对于斯蒂芬逊的喜爱：

我正是一个喜爱斯蒂芬逊的人……但对于斯蒂芬逊的作品，我可说全部爱好。固然，他的小说的浓重浪漫气息能使人神往，但重要的还是他灌输在一切作品之中的那种亲切感。他用一种亲切的态度叙述他的故事，他也用一种亲切的态度发表他的意见。他从不谩骂或者讥刺，他至多是恳切的向你劝导而已。②

从这段话中我们可以看出叶灵凤对斯蒂芬逊小说"浪漫气息"和叙事中的"亲切的态度"的认同，叶灵凤的小说也继承了斯蒂芬逊小说的这两个特点，其一是浪漫气息，小说以男女情爱的书写为主，多借助幻想、梦境等艺术手法，重在抒发感情，浪漫气息浓厚；其二是"亲切感"，叶灵凤小说以叙写身边琐事为主，与斯蒂芬逊特别爱写信一样，叶灵凤的小说常由第一人称"我"写给"你"的信组成，这种"亲切感"源自把读者作为亲熟的故友，故事在娓娓道来中展开。受斯蒂芬逊的影响，叶灵凤比较喜欢在作品中表现自我，希望能成为读者的挚友。同样是在《可爱的斯蒂芬逊》一文中，叶灵凤论述了作家和读者的关系：

如果文学作品是枯寂的人生的安慰，那么，作家在精神上正是我们的朋友。有些作家喜爱从自己的作品中将自己隐藏起来，有些作家却爱尽力的在作品中将自己的成分注入。前者是畏友，你敬仰他，但是你不敢过于和他亲近。后者却是密友，你觉得他在将他的心腹告诉你，你也可以将自己的哀乐寄托给他。③

叶灵凤认为斯蒂芬逊属于那种"爱尽力的在作品中将自己的成分注入"的作家，是读者的密友和精神上的朋友，他在小说创作中也试图成为读者的朋友，"将自己的成分注入"，如《女娲氏之遗孽》中叙述者"我"跳出来抒发自己的感

---

① 叶灵凤著，陈子善编：《叶灵凤散文》，浙江文艺出版社2003年版，第238页。
② 叶灵凤著，陈子善编：《文艺随笔——叶灵凤随笔合集之二》，文汇出版社1998年版，第21页。
③ 同上。

叹:"现代人的悲哀惟在怀疑与苦闷,所以每有反常和变态的举动,这妇人以中年之龄,忽与一个青年发生恋爱……虽不能说她可以作为现代一部分在恋爱痛苦下妇人的象征,然至少总带有几分世纪病的色彩。"① 通过叙述者"我"的发言,作家向读者呈现了自我对故事中人物的看法。同样,在《未完的忏悔录》中叙述者"我"直接评述陈艳珠:"在现在这样的社会里,像陈艳珠这种性格的女性,她的生活方式,她的行动,毁誉的标准是没有一定的。不过我总觉得她的质地并不怎样坏……"② 此类透过叙述者"我"而阐发的大段评述性议论话语拉近了作家与读者的距离,两者之间颇像密友间的交谈。

叶灵凤是小说形式创造的先锋,可谓博采众家之长。小说多以人物心理结构全篇,带有弗洛伊德心理分析的色彩。在"五四"时期的中国文坛,弗洛伊德这个名字并不陌生,创造社作家是较早把弗洛伊德精神分析学说运用到文学创作中的一个群体,郭沫若的《残春》以男主人公的意识流动结构全篇,刻画了男主人公在梦中与S姑娘私会的场景。郁达夫的《沉沦》以一个内心变态的留学生为主人公,刻画了他在异国他乡的性苦闷以及最终在妓院沉沦的过程。作为创造社的作家,叶灵凤的小说,尤其是短篇小说,几乎都是心理分析文本,小说中大量运用梦境、潜意识、性心理等的心理分析手法。《处女的梦》中少女对理想爱人的憧憬和对所爱慕作家的想象,通过"梦幻"让主人公在梦中实现了和爱人永居一处的愿望;《菊子夫人》这篇小说几乎没有故事情节,通篇是男主人公洛蒂的内心独白,几乎如日记一般,叙说他对情人的渴慕和分别后的悔恨,最终不过白日梦而已;《鸠绿媚》讲述的是春野君夜夜搂着骷髅而引发的梦;《摩伽的试探》写了一个修道僧人的灵与肉的搏斗;《昙花庵的春风》中月谛在梦中无所拘束地感受性……

在小说形式方面,叶灵凤还较多模仿了纪德小说的结构形式,采用故事套故事的叙事手法。从叶灵凤的读书笔记中可以看出,他非常欣赏法国作家纪德,先后撰有《纪德的〈赝币犯日记〉》《纪德关于王尔德的回忆》《关于纪德自传》《〈赝币犯〉和〈赝币犯日记〉》等。叶灵凤尤其喜欢纪德的《赝币犯》,在《〈赝币犯〉和〈赝币犯日记〉》中,叶灵凤说:

---

① 叶灵凤:《叶灵凤文集·第一卷小说·永久的女性》,花城出版社1999年版,第27页。
② 同上书,第264页。

一九二六年出版的纪德的《赝币犯》,我曾读了再读。这是一部小说,纪德认为是自己重要作品之一。虽然严格的说,这部作品有点不像小说,因为除了第三人称的叙述之外,书中又插入了人物的日记,书翰,以及片断的第一人称的自白。但我当年就爱它的那种清新的描写、结构和形式,所以读了再读。①

由此可见叶灵凤对于这篇小说形式的喜爱。在《纪德的〈赝币犯〉》一文中,叶灵凤认为这篇小说:

它没有一个完整的故事,也可说没有一个中心人物,但它的故事却复杂的惊人,人物也层出不穷,一切小说的形式:第一人称,第三人称,客观的描写,主观的叙述,日记,书信,对话,都先后在这书中被应用着。纪德的这种立体的综合的手法,在当时的小说形式上可说是第一人。②

叶灵凤非常推崇纪德的"立体的综合的手法"。仔细品读叶灵凤的长篇小说《未完的忏悔录》,我们就可以发现小说对这种"立体的综合的手法"的运用,小说的人称在第一人称"我"(小说家叶先生)、第三人称韩斐君(日记)之间不断变化,日记、书信、对话交叉出现,明显受到纪德小说的影响。

(三)散文创作:"书话外国文学"

叶灵凤不仅是一个小说家、翻译家、画家,还是一个藏书家,与这重身份相伴的是,他还是一个著名的书话大家,陈子善在《文艺随笔(叶灵凤随笔合集之二)》的出版说明中特别提到叶灵凤早期的抒情散文"笔致细腻,带有浓厚的感伤情调",他后期近40年的"叶灵凤体书话""熔知识、见解和情趣于一炉",③成为公认的现代书话大家。叶灵凤的创作以抗日战争为界分为两个阶段,1938年以前叶灵凤主要以小说创作为主,间或有一些随笔小品。1938年迁居香港之后,叶灵凤的小说创作几近停笔,代之的是大量散文随笔作品。叶灵凤的散文随笔有两类影响较大,一类是"书话",是叶灵凤的读书札记,如《读书随笔》《北窗读

---

① 叶灵凤著,陈子善编:《文艺随笔(叶灵凤随笔合集之二)》,文汇出版社1998年版,第195页。

② 同上书,第73页。

③ 同上书,第1—2页。

书录》等；另一类是关于风俗民情的散文随笔，这些散见于报纸上的散文随笔后陆续出版，如《香港方物志》《香港的失落》《香海浮沉录》《香岛沧桑录》《花木虫鱼丛谈》《书淫艳异录》《张保仔的传说和真相》《世界性俗丛谈》等散文随笔集。叶灵凤非常喜欢英国作家怀特的《塞尔彭自然史》，《香港方物志》《花木虫鱼丛谈》等多采用《塞尔彭自然史》中融风物知识于挚友倾谈的写作模式。在此我们重点探讨其书话与外国文学的渊源。

叶灵凤1938年起定居香港，专门从事随笔书话的写作，现出版的叶灵凤相关书话集有《忘忧草》《文艺随笔》《北窗读书录》《读书随笔》（增订三卷本）、《叶灵凤书话》等，此外还有大量没有搜集整理的、散见于上海和香港报纸上的文章。对于如此大体量的书话创作，陈子善在《〈叶灵凤散文〉前言》中称叶灵凤散文是20世纪散文发展长河中的"一股不断奔腾向前的大浪"，"叶灵凤在散文随笔创作方面所作出的独创性贡献，丝毫不比他的创造社同人逊色。而他长期坚持书话写作，更是与唐弢、黄裳鼎足而立，成为二十世纪中国散文史上的'书话三大家'"。①叶灵凤的书话中有很多是对外国作家作品的评述，可谓是"书话外国文学"，下面就叶灵凤书话中涉及的外国文学篇目列表统计，以期能窥见其与外国文学的渊源之深。

表下编8-2 叶灵凤散文随笔中涉及的外国文学统计表②

序号	作品名称	发表时间/刊物/著作
1	《辛克莱的新著》	1928年5月1日《戈壁》创刊号
2	《关于"一个革命者的回忆"》	1928年5月1日《戈壁》创刊号
3	《作为短篇小说家的海明威》	1934年10月1日《现代》第5卷第6期
4	《乔治摩亚的世界·契诃夫的婚姻观》	1938年12月3日《星岛日报·星座》第125期
5	《拳挈家梅特林克》	1938年12月5日《星岛日报·星座》第127期
6	《A.E.的神秘：神的诗人汤普生》	1938年12月12日《星岛日报·星座》第134期
7	《哥耶和他的〈战争的灾难〉》	1938年12月14日《星岛日报·星座》第136期

---

① 叶灵凤著，陈子善编：《叶灵凤散文》，浙江文艺出版社2003年版，第1页。
② 本统计表主要参照周黎燕2017年1月发表在《信阳师范学院学报（哲学社会科学版）》第37卷第1期上的《叶灵凤创作年表》，对《星岛时报·星座》的具体期数没有标注，在数据库也未找到相关期刊。

续表

序号	作品名称	发表时间/刊物/著作
8	《日苏战争与拍夫朗诃的〈红翼东飞〉(上)》	1939年2月27日《立报·言林》
9	《安特生·尼克梭:斯堪的那维亚的高尔基》	1939年9月16日《星岛日报·星座》第404期
10	《法国文学奖金的透视》	1939年9月20日《星岛日报·星座》第408期
11	《关于托尔斯泰的新发现》	1939年9月24日《星岛日报·星座》第412期
12	《巴比塞的〈火线下〉》	1940年2月22日《立报·言林》
13	《苏联筹备纪念玛耶诃夫斯基》	1940年3月18日《星岛日报·星座》第533期
14	《高尔基与音乐》	1940年5月21日《立报·言林》
15	《苏联文坛近讯·附史太林高尔基在高尔基村书》	1940年5月17日《星岛日报·星座》第589期
16	《乔伊斯的守尸礼:关于他的〈芬尼根斯·魏克〉》	1940年5月26日、27日《星岛日报·星座》第598、599期
17	《苏联的民间文艺家》	1940年6月10日《星岛日报·星座》第613期
18	《记莫斯科的高尔基纪念馆》	1940年6月18日《星岛日报·星座》第620期
19	《高尔基的一生》	1940年6月18日《立报·言林》
20	《里维拉与托洛斯基》	1940年8月23日《立报·言林》
21	《纪念托尔斯泰:托尔斯泰逝世三十周年》	1940年11月21日《大公报·文艺》第973期
22	《海明威的路:从他的〈丧钟为谁而鸣〉看过去》	1941年5月15日《大公报·文艺》第1102期
23	《南美的文艺复兴》	1941年5月20日《星岛日报·星座·文协》第91期
24	《乌克兰民间故事选》	1941年7月20日《星岛日报·星座》第990期
25	《悼罗曼·罗兰》	1943年10月30日《大众周报》第2卷第31期
26	《秋灯照颜录〈攘夷志士吉田松阴我虫声〉》	1943年11月6日《大众周报》第2卷第32期
27	《少年维特之重读》	1944年1月30日《华侨日报·文艺周刊》创刊号
28	《波兰作家与波兰的命运》	1944年2月20日《华侨日报·文艺周刊》第4期
29	《殉道者的文学》	1944年2月27日《华侨日报·文艺周刊》第5期
30	《法朗士诞生百年纪念》	1944年4月16日《华侨日报·文艺周刊》第12期

续表

序号	作品名称	发表时间/刊物/著作
31	《高尔基日记短片：布洛克与娼妓 猴子的替身》	1944年4月23日《华侨日报·文艺周刊》第13期
32	《悼罗曼·罗兰》	1945年1月7日《华侨日报·文艺周刊》第49期
33	《跌下来的果子》	1945年1月21日《华侨日报·文艺周刊》第51期
34	《柏林之围：关于阿尔封斯·都德的短篇》	1945年1月28日《华侨日报·文艺周刊》第52期
35	《诗人画家布莱克》	1957年5月18日《文汇报·文艺》
36	《纪德的〈赝币犯日记〉》	1957年7月1日《文艺世纪》第2期
37	《关于王尔德的回忆》	1957年7月1日《文艺世纪》第2期
38	《三十年前的一本小书：重读〈新俄短篇小说集〉》	1957年11月9日《文汇报·文艺》
39	《法国文学的印象》	1956年8月1日香港《文艺新潮》第1卷第4期"法国专号"
40	《诞生一百五十周年纪念·诗人小说家爱伦坡》	1959年2月17日《文汇报·文艺》
41	《苏格兰农民诗人彭斯》	1959年3月10日《文汇报·文艺》
42	《伟大的讽刺作家果戈里》	1959年4月14日《文汇报》
43	《霭理斯的百年祭》	1959年8月1日《文艺世纪》第27期
44	《契诃夫诞生百年纪念》	1960年1月《文艺世纪》第32期
45	《杂忆诗人泰戈尔》	1961年2月20日《文汇报·文艺》
46	《泰戈尔的最后遗诗》	1961年5月10日《文汇报》
47	《左拉的小说》	1961年5月24日《文汇报》
48	《关于海明威》	1961年7月5日《文汇报·文艺与青年》
49	《海明威的丧钟》	1961年8月1日《文艺世纪》第51期
50	《世界文艺名作的欣赏》	1961年7月13日《文汇报·文艺》
51	《〈堂·吉诃德〉和文章的作者》	1961年8月3日《文汇报》
52	《日本人的小品随笔》	1963年3月19日《新晚报》
53	《往事——失去的一册支魏格》	1963年4月23日《新晚报》
54	《都德的〈磨坊书〉》	1963年6月1日《文艺世纪》第73期
55	《伊索的机智》	1963年7月1日《文艺世纪》第74期

续表

序号	作品名称	发表时间/刊物/著作
56	《〈天方夜谭〉里的中国》	1965年5月1日《文艺世纪》第96期
57	《关于歌德的回忆》	1965年12月1日《文艺世纪》第103期
58	《毛姆的札记簿》	1966年1月1日《文艺世纪》第104期
59	《诗人雪莱的悲剧》	1966年1月5日香港《海光文艺》创刊号
60	《福楼拜与屠格涅夫》	1966年1月5日香港《海光文艺》创刊号
61	《伊索所说的蛇和人神的故事》	1966年2月1日《文艺世纪》第105期
62	《左拉的〈巴黎的肚子〉》	1966年3月1日《文艺世纪》第106期
63	《欧·亨利与美国小市民》	1966年3月1日《文艺世纪》第106期
64	《左拉与印象派》	1966年7月1日香港《海光文艺》第7期
65	《巴黎的茶花女墓：文坛小掌故》	1966年7月1日香港《海光文艺》第7期
66	《果庚笔下的大溪地》	1967年3月1日《文艺世纪》第118期
67	《支魏格的小说》	1967年3月1日《文艺世纪》第118期
68	《西洋文学的散文小品》	1967年3月1日《文艺世纪》第118期
69	《非洲胡萨故事选》	1968年12月15日《文艺世纪》第139期
70	《印度哲人比尔巴的故事》	1969年1月15日《文艺世纪》第140期
71	《新俄短篇小说集》	1988年生活·读书·新知三联书店《读书随笔（二集）》
72	《歌德的一幅画像》	1988年生活·读书·新知三联书店《读书随笔（二集）》
73	《〈堂吉诃德〉的全译和望舒》	1988年生活·读书·新知三联书店《读书随笔（二集）》
74	《高尔基的信》	1988年生活·读书·新知三联书店《读书随笔（二集）》
75	《高尔基的托尔斯泰回忆》	1988年生活·读书·新知三联书店《读书随笔（二集）》
76	《震撼世界的十日》	1988年生活·读书·新知三联书店《读书随笔（二集）》
77	《伟大的讽刺作家果戈理》	1988年生活·读书·新知三联书店《读书随笔（二集）》
78	《果戈理的〈死魂灵〉》	1988年生活·读书·新知三联书店《读书随笔（二集）》
79	《契诃夫故居的纪念博物馆》	1988年生活·读书·新知三联书店《读书随笔（二集）》
80	《契诃夫诞生一百周年》	1988年生活·读书·新知三联书店《读书随笔（二集）》
81	《契诃夫的〈打赌〉》	1988年生活·读书·新知三联书店《读书随笔（二集）》
82	《托尔斯泰逝世五十周年》	1988年生活·读书·新知三联书店《读书随笔（二集）》
83	《萧洛霍夫和〈静静的顿河〉》	1988年生活·读书·新知三联书店《读书随笔（二集）》
84	《歌德的〈浮士德〉》	1988年生活·读书·新知三联书店《读书随笔（二集）》

续表

序号	作品名称	发表时间/刊物/著作
85	《席勒诞生二百周年》	1988年生活·读书·新知三联书店《读书随笔（二集）》
86	《托马斯·曼的〈神圣的罪人〉》	1988年生活·读书·新知三联书店《读书随笔（二集）》
87	《雨果和〈悲惨世界〉》	1988年生活·读书·新知三联书店《读书随笔（二集）》
88	《乔治·桑和萧邦的恋爱史》	1988年生活·读书·新知三联书店《读书随笔（二集）》
89	《巴尔扎克和〈人间喜剧〉》	1988年生活·读书·新知三联书店《读书随笔（二集）》
90	《莫泊桑的杰作》	1988年生活·读书·新知三联书店《读书随笔（二集）》
91	《纪德的〈刚果旅行记〉》	1988年生活·读书·新知三联书店《读书随笔（二集）》
92	《纪德的自传和日记》	1988年生活·读书·新知三联书店《读书随笔（二集）》
93	《纪德和高克多》	1988年生活·读书·新知三联书店《读书随笔（二集）》
94	《纪德谈法国小说》	1988年生活·读书·新知三联书店《读书随笔（二集）》
95	《罗曼罗兰的杰作》	1988年生活·读书·新知三联书店《读书随笔（二集）》
96	《马尔罗和中国》	1988年生活·读书·新知三联书店《读书随笔（二集）》
97	《培根的随笔集》	1988年生活·读书·新知三联书店《读书随笔（二集）》
98	《培根的点滴》	1988年生活·读书·新知三联书店《读书随笔（二集）》
99	《关于莎士比亚的疑问》	1988年生活·读书·新知三联书店《读书随笔（二集）》
100	《从王尔德到英外次》	1988年生活·读书·新知三联书店《读书随笔（二集）》
101	《王尔德案件的真相》	1988年生活·读书·新知三联书店《读书随笔（二集）》
102	《王尔德之子》	1988年生活·读书·新知三联书店《读书随笔（二集）》
103	《王尔德笔下的英国监狱》	1988年生活·读书·新知三联书店《读书随笔（二集）》
104	《王尔德的说谎的艺术》	1988年生活·读书·新知三联书店《读书随笔（二集）》
105	《弥尔顿的〈阿里奥巴奇地卡〉》	1988年生活·读书·新知三联书店《读书随笔（二集）》
106	《毛姆等到了这一天》	1988年生活·读书·新知三联书店《读书随笔（二集）》
107	《老毛姆的风趣》	1988年生活·读书·新知三联书店《读书随笔（二集）》
108	《老而清醒的毛姆》	1988年生活·读书·新知三联书店《读书随笔（二集）》
109	《毛姆的札记簿》	1988年生活·读书·新知三联书店《读书随笔（二集）》
110	《狄福的〈荡妇自传〉》	1988年生活·读书·新知三联书店《读书随笔（二集）》
111	《福尔摩斯和他的创造者》	1988年生活·读书·新知三联书店《读书随笔（二集）》
112	《〈查泰莱夫人的情人〉的遭遇》	1988年生活·读书·新知三联书店《读书随笔（二集）》

续表

序号	作品名称	发表时间 / 刊物 / 著作
113	《〈寂寞的井〉的风波》	1988年生活·读书·新知三联书店《读书随笔（二集）》
114	《西点军校的革退生》	1988年生活·读书·新知三联书店《读书随笔（二集）》
115	《爱伦·坡的小说》	1988年生活·读书·新知三联书店《读书随笔（二集）》
116	《马克·吐温逝世五十周年》	1988年生活·读书·新知三联书店《读书随笔（二集）》
117	《马克·吐温的笑话》	1988年生活·读书·新知三联书店《读书随笔（二集）》
118	《〈黑奴吁天录〉的故事》	1988年生活·读书·新知三联书店《读书随笔（二集）》
119	《想起海明威》	1988年生活·读书·新知三联书店《读书随笔（二集）》
120	《诗人但丁的机智》	1988年生活·读书·新知三联书店《读书随笔（二集）》
121	《〈十日谈〉的版本谈》	1988年生活·读书·新知三联书店《读书随笔（二集）》
122	《〈唐·吉诃德〉的译本和原作》	1988年生活·读书·新知三联书店《读书随笔（二集）》
123	《青鸟与蜜蜂》	1988年生活·读书·新知三联书店《读书随笔（二集）》
124	《支魏格的小说》	1988年生活·读书·新知三联书店《读书随笔（二集）》
125	《奥地普斯家族的悲剧》	1988年生活·读书·新知三联书店《读书随笔（二集）》
126	《萨迪的〈蔷薇园〉》	1988年生活·读书·新知三联书店《读书随笔（二集）》
127	《杂忆诗人泰戈尔》	1988年生活·读书·新知三联书店《读书随笔（二集）》
128	《关于哥庚》	1988年生活·读书·新知三联书店《读书随笔（二集）》
129	《哥庚的〈诺亚诺亚〉》	1988年生活·读书·新知三联书店《读书随笔（二集）》
130	《〈诺亚诺亚〉一窝》	1988年生活·读书·新知三联书店《读书随笔（二集）》
131	《马谛斯的故事》	1988年生活·读书·新知三联书店《读书随笔（二集）》
132	《罗丹与诗人里尔克》	1988年生活·读书·新知三联书店《读书随笔（二集）》
133	《毕加索的青色时代》	1988年生活·读书·新知三联书店《读书随笔（二集）》
134	《毕加索的情妇》	1988年生活·读书·新知三联书店《读书随笔（二集）》
135	《诚实的赝造家故事》	1988年生活·读书·新知三联书店《读书随笔（二集）》
136	《比亚斯莱的散文》	1988年生活·读书·新知三联书店《读书随笔（二集）》
137	《比亚斯莱书信集》	1988年生活·读书·新知三联书店《读书随笔（二集）》
138	《诗人画家布莱克》	1988年生活·读书·新知三联书店《读书随笔（二集）》
139	《纪念布莱克诞生二百周年》	1988年生活·读书·新知三联书店《读书随笔（二集）》
140	《吸食鸦片的英国作家》	1988年生活·读书·新知三联书店《读书随笔（二集）》
141	《高克多与〈鸦片〉》	1988年生活·读书·新知三联书店《读书随笔（二集）》
142	《纪德的〈哥莱东〉》	1988年生活·读书·新知三联书店《读书随笔（二集）》

续表

序号	作品名称	发表时间/刊物/著作
143	《关于诺贝尔奖金》	1988年生活·读书·新知三联书店《读书随笔（二集）》
144	《贝克特的作品和诺贝尔奖金》	1988年生活·读书·新知三联书店《读书随笔（二集）》
145	《关于〈日瓦哥医生〉》	1988年生活·读书·新知三联书店《读书随笔（二集）》
146	《罗丽姐》	1988年生活·读书·新知三联书店《读书随笔（二集）》
147	《禁书一束》	1988年生活·读书·新知三联书店《读书随笔（二集）》
148	《两部未读过的自传》	1988年生活·读书·新知三联书店《读书随笔（二集）》
149	《字字珠玑的名家散文选》	1988年生活·读书·新知三联书店《读书随笔（二集）》
150	《外国的新人新作品》	1988年生活·读书·新知三联书店《读书随笔（二集）》
151	《应译未译的几部书》	1988年生活·读书·新知三联书店《读书随笔（二集）》
152	《奥·亨利与美国小市民》	1988年生活·读书·新知三联书店《读书随笔（二集）》
153	《乔治·吉辛的故事》	1988年生活·读书·新知三联书店《读书随笔（二集）》
154	《王尔德所说的基督故事》	1988年生活·读书·新知三联书店《读书随笔（二集）》
155	《禁书的笑话》	1988年生活·读书·新知三联书店《读书随笔（二集）》
156	《狗的默想》	1988年生活·读书·新知三联书店《读书随笔（二集）》
157	《拜伦援助希腊独立书简》	1988年生活·读书·新知三联书店《读书随笔（二集）》
158	《歌德和〈少年维特之烦恼〉》	1988年生活·读书·新知三联书店《读书随笔（二集）》
159	《〈吉辛小品集〉的中译本》	1988年生活·读书·新知三联书店《读书随笔（二集）》
160	《郁达夫先生的〈黄面志〉和比亚斯莱》	1998年文汇出版社《北窗读书录》
161	《卡夫卡的〈中国长城〉》	1998年文汇出版社《北窗读书录》
162	《画家果庚的札记》	1998年文汇出版社《北窗读书录》
163	《画家的书翰和日记》	1998年文汇出版社《北窗读书录》
164	《龚果尔弟兄日记》	1998年文汇出版社《北窗读书录》
165	《马戛尔尼出使中国日记》	1998年文汇出版社《北窗读书录》
166	《华萨里的〈画家传〉》	1998年文汇出版社《北窗读书录》
167	《纪伯伦与梅的情书》	1998年文汇出版社《北窗读书录》
168	《〈天方夜谭〉里的中国》	1998年文汇出版社《北窗读书录》
169	《〈蝴蝶梦〉与风流寡妇的故事》	1998年文汇出版社《北窗读书录》
170	《印度古代的〈五卷书〉》	1998年文汇出版社《北窗读书录》

续表

序号	作品名称	发表时间/刊物/著作
171	《月天的〈故事海〉》	1998年文汇出版社《北窗读书录》
172	《美丽的佛经故事》	1998年文汇出版社《北窗读书录》
173	《寓言家伊索的故事》	1998年文汇出版社《北窗读书录》
174	《伊索的相貌和他的画像》	1998年文汇出版社《北窗读书录》
175	《明译本的〈伊索寓言〉》	1998年文汇出版社《北窗读书录》
176	《伊索本人的轶事》	1998年文汇出版社《北窗读书录》
177	《伊索和女主人的轶事》	1998年文汇出版社《北窗读书录》
178	《没有教训的〈伊索寓言〉》	1998年文汇出版社《北窗读书录》
179	《作家传记》	1998年文汇出版社《文艺随笔》
180	《作家和友情》	1998年文汇出版社《文艺随笔》
181	《巴比尼的〈但丁传〉》	1998年文汇出版社《文艺随笔》
182	《身后之名》	1998年文汇出版社《文艺随笔》
183	《米丹夜会集》	1998年文汇出版社《文艺随笔》
184	《摩西山的四十日》	1998年文汇出版社《文艺随笔》
185	《可爱的斯蒂芬逊》	1998年文汇出版社《文艺随笔》
186	《谈普洛斯特》	1998年文汇出版社《文艺随笔》
187	《法朗士的小说》	1998年文汇出版社《文艺随笔》
188	《莫泊桑与佛洛贝尔》	1998年文汇出版社《文艺随笔》
189	《爱伦·坡》	1998年文汇出版社《文艺随笔》
190	《天才与悲剧》	1998年文汇出版社《文艺随笔》
191	《猎人日记》	1998年文汇出版社《文艺随笔》
192	《亚剌伯的劳伦斯》	1998年文汇出版社《文艺随笔》
193	《海涅画像的故事》	1998年文汇出版社《文艺随笔》
194	《略谈皮蓝得娄》	1998年文汇出版社《文艺随笔》
195	《歌德自传》	1998年文汇出版社《文艺随笔》
196	《文艺当店》	1998年文汇出版社《文艺随笔》
197	《屠格涅夫论写作》	1998年文汇出版社《文艺随笔》
198	《一篇小说题材》	1998年文汇出版社《文艺随笔》
199	《歌德的教训》	1998年文汇出版社《文艺随笔》
200	《左拉的技巧》	1998年文汇出版社《文艺随笔》
201	《乔治摩亚和三卷体小说》	1998年文汇出版社《文艺随笔》

续表

序号	作品名称	发表时间/刊物/著作
202	《大钱》	1998年文汇出版社《文艺随笔》
203	《关于纪德自传》	1998年文汇出版社《文艺随笔》
204	《被禁的书》	1998年文汇出版社《文艺随笔》
205	《纪德的〈赝币犯〉》	1998年文汇出版社《文艺随笔》
206	《奥贝曼》	1998年文汇出版社《文艺随笔》
207	《黑暗和黎明》	1998年文汇出版社《文艺随笔》
208	《奥尼尔》	1998年文汇出版社《文艺随笔》
209	《路德维喜的〈歌德传〉》	1998年文汇出版社《文艺随笔》
210	《乔伊斯佳话》	1998年文汇出版社《文艺随笔》
211	《莎士比亚先生》	1998年文汇出版社《文艺随笔》
212	《屋顶上的牛》	1998年文汇出版社《文艺随笔》
213	《关于〈伊索寓言〉》	1998年文汇出版社《文艺随笔》
214	《褒顿与〈天方夜谭〉》	1998年文汇出版社《文艺随笔》
215	《〈十日谈〉、〈七日谈〉和〈五日谈〉》	1998年文汇出版社《文艺随笔》
216	《乔叟的〈坎特伯雷故事集〉》	1998年文汇出版社《文艺随笔》
217	《巴尔扎克和他的〈人间喜剧〉》	1998年文汇出版社《文艺随笔》
218	《左拉和他的〈卢贡·马加尔家传〉》	1998年文汇出版社《文艺随笔》
219	《史谛芬逊和他的〈金银岛〉》	1998年文汇出版社《文艺随笔》
220	《霍桑和动人的〈红字〉故事》	1998年文汇出版社《文艺随笔》
221	《可爱的童话作家安徒生》	1998年文汇出版社《文艺随笔》
222	《苏格兰农民诗人彭斯》	1998年文汇出版社《文艺随笔》
223	《莫泊桑的短篇杰作》	1998年文汇出版社《文艺随笔》
224	《诗人小说家爱伦·坡》	1998年文汇出版社《文艺随笔》
225	《巴尔扎克的〈诙谐故事集〉》	1998年文汇出版社《文艺随笔》
226	《拉封登的寓言》	1998年文汇出版社《文艺随笔》
227	《乔治吉辛和他的散文集》	1998年文汇出版社《文艺随笔》

续表

序号	作品名称	发表时间/刊物/著作
228	《品托的〈远东旅行记〉》	1998年文汇出版社《文艺随笔》
229	《纪德关于王尔德的回忆》	1998年文汇出版社《文艺随笔》
230	《〈猴爪〉和三个愿望的故事》	1998年文汇出版社《文艺随笔》
231	《〈赝币犯〉和〈赝币犯日记〉》	1998年文汇出版社《文艺随笔》
232	《潘的性格和故事》	1998年文汇出版社《文艺随笔》
233	《歌德和席勒的友情》	1998年文汇出版社《文艺随笔》
234	《艾克曼的〈歌德谈话录〉》	1998年文汇出版社《文艺随笔》
235	《达尔文和赫胥黎》	1998年文汇出版社《文艺随笔》
236	《王尔德〈狱中记〉的全文》	1998年文汇出版社《文艺随笔》
237	《托尔斯泰夫妻失和的内幕》	1998年文汇出版社《文艺随笔》
238	《〈茶花女〉和茶花女型的故事》	1998年文汇出版社《文艺随笔》
239	《比亚斯莱、王尔德与〈黄面志〉》	1998年文汇出版社《文艺随笔》
240	《〈鲁滨逊飘流记〉的作者》	1998年文汇出版社《文艺随笔》
241	《〈查泰莱夫人之情人〉的遭遇》	1998年文汇出版社《文艺随笔》
242	《〈查泰莱夫人之情人〉解禁经过》	1998年文汇出版社《文艺随笔》

从上述的统计中我们可以发现，叶灵凤的《读书随笔（二集）》《文艺随笔》《北窗读书录》中涉及了大量外国作家作品，足见叶灵凤所受到的外国文学影响之深。关于叶灵凤书话创作之多、涉及作家之广，林海音在阅读了叶灵凤的《读书随笔》后说：

> 他读书很杂，从本书中的110篇目录中就可以看出，真是古今中外、洋装线装，无所不读……大多是我在初中读书开窍时所接触的欧美作品，无论莫泊桑、福楼拜、爱伦坡、歌德、屠格涅夫、左拉、纪德、乔依斯、巴尔扎克、大小仲马、王尔德、《天方夜谭》、《蝴蝶梦》、《红楼梦》、《伊索寓言》、《莎乐美》……美不胜收。①

---

① 林海音著，傅光明编：《落入满天霞》，湖南人民出版社1997年版，第203页。

叶灵凤的读书随笔重在作家作品的介绍，关于这一点，他在《文艺随笔·后记》中称写作时"很少论断，我自己的意见更少，因为我着重的只是在介绍"，这些读书笔记之中穿插了很多与作家作品有关的"故事"，对于此类读书笔记，叶灵凤有自己的写作主张，他的《文艺随笔》选取的都是外国作家作品的阅读札记，"很少论断"并不代表此类读书笔记写作起来就很容易，这需要作家广泛的涉猎，诚如叶灵凤所言："不过，要这么做，当然不是一件易事。有时为了一本书，要另去翻阅其他的十本书。"[1] 从这段夫子自道中我们也能看出叶灵凤对于外国作家作品的涉猎之广和研究的深入。

---

[1] 叶灵凤著，陈子善编：《文艺随笔——叶灵凤随笔合集之二》，文汇出版社1998年版，第257页。

九、钱钟书：东海西海，心理攸同

钱钟书（1910—1998），字默存，号槐聚，江苏无锡人，现代小说家、文学批评家，家学渊源深厚，父亲钱基博是古文学家、文史专家和教育家。钱钟书1929年以英文满分考入清华大学外文系，开始大量接触外国文学作品。1935年以第一名的成绩考取"庚子赔款"公费留学英国，进入牛津大学学习，1937年凭借《十七、十八世纪英国文学中的中国》一文获学士学位。钱钟书的文学创作和文学批评都是以西方文学为参照物，是中西文学与文化的兼收并蓄，他曾自称"中国古典文学研究"是他的"专业"，"比较文学"是他的"余兴"，[①]认为"东海西海，心理攸同；南学北学，道术未裂"。钱钟书一生著述少而精，先后创作散文集《写在人生边上》（1941年开明书店）、小说集《人·兽·鬼》（1946年开明书店）、长篇小说《围城》（1947年晨光出版公司），出版学术专著《谈艺录》（1948年开明书店）、《宋诗选注》（1958年人民文学出版社）、《管锥编》（1979年中华书局）等，1976年参与翻译《毛泽东诗词》英译本。钱钟书的文学创作和批评都彰显出中西文学与文化的兼收并蓄，他的文学批评总是以外国文学为参照物，融汇古今中外，体现了他"东海西海，心理攸同；南学北学，道术未裂"的一贯主张。他的小说带有鲜明的"西化"特征。

（一）求学阅读中结缘外国文学

钱钟书出生的20世纪初正是新旧更替的时代，民国政府加大了中外科技文化交流，受西方现代文明的冲击，中国开启了现代化的进程，出版业和现代学校也随之迅速发展，这一时期《新小说》《新青年》《小说世界》《紫罗兰》等报纸杂志和开明书店、商务印书馆、上海世界书局等出版机构积极译介外国文学作品。钱钟书14岁考入苏州桃坞中学，"桃坞中学因为是美国圣公会办的教会学

---

① 钱钟书：《美国学者对于中国文学的研究简况》，载《钱钟书散文》，浙江文艺出版社1997年版，第550页。

校，由教会派外国传教士当校长，外语课也由外籍教师任教，其他的课（如中国地理）也是全用英语讲课①。在这里，钱钟书不仅热爱上了英语，也开始接触西方人文科学。钱钟书家教甚严，1924年寒假，远在清华大学任教的父亲没有回家，"他痛痛快快地阅读了诸如《小说世界》《红玫瑰》《紫罗兰》等等，还有林纾翻译的许多外国文学作品"②。当时林译小说风靡一时，钱钟书在《林纾的翻译》一文中曾坦言：

> 我自己就是读了林译而增加学习外国语文的兴趣的。商务印书馆发行的那两小箱《林译小说丛书》是我十一二岁时的大发现，带领我进了一个新天地、一个在《水浒传》《西游记》《聊斋志异》以外另辟的世界。我事先也看过梁启超译的《十五小豪杰》、周桂笙译的侦探小说等，都觉得沉闷乏味。接触了林译，我才知道西洋小说会那么迷人。我把林译哈葛德、迭更司、欧文、司各德、斯威佛特的作品反复不厌地阅览。假如我当时学习英语有什么自己意识到的动机，其中之一就是有一天能够痛痛快快的读遍哈葛德以及旁的探险小说。③

"林译小说"对于少年时期的钱钟书而言，确实起到了他在这篇文章中提到的"媒"和"诱"的作用，使得钱钟书爱上了外国文学作品。这可以说是钱钟书与外国文学的初次接触，正是在"林译小说"的世界中，钱钟书初识西洋文学的魅力，钱钟书主张"学英语应当从读原著入手。他在读中学时便阅读了《圣经》《天演论》等不少的西方文学、哲学原著作品"④，由此开启了他的外国文学阅读与研究之路。

1929年钱钟书因英文、国文成绩优异被清华大学外文系破格录取。清华大学外文系成立于1926年，时称西洋文学系，1928年更名为外国语文学系（简称外文系），我们来看一下清华大学外文系的课程编制目的：

> 本系课程编制之目的，为使学生得能：（甲）成为博雅之士，（乙）了解西方文明之精神，（丙）熟读西方文学之名著，谙熟西方思想之潮流，因而在国内教授英德法各国语言文字及文学，足以胜任愉快，（丁）创造今世之中国文学，

---

① 孔庆茂：《钱钟书传》，江苏文艺出版社1992年版，第28页。
② 同上书，第30页。
③ 连燕堂：《文化怪杰·林纾·译界之王》，辽宁人民出版社2015年版，第126页。
④ 孔庆茂：《钱钟书传》，江苏文艺出版社1992年版，第28页。

（戊）汇通东西之精神思想而互为介绍传布。①

从上述课程编制目的可以看出，了解西方文明、思想、文学，使学生成为"汇通中西"的"博雅之士"，是清华大学外文系的人才培养宗旨。当时清华大学外文系的教师阵容可谓"大家"云集：

系主任为王文显，教授中有叶公超、温源宁、吴宓等，还有德国人普来僧（Von Plessen）、英国人瑞恰慈（I.A.Richard）、美国人毕莲女士（Miss Bille）及翟孟生（R.D.Jameson）等。这些教授都是掷地有声的大学问家，如叶公超是曾留学英国的著名学者、诗人，颇受T.S.艾略特的欣赏，他教大一英文，以《傲慢与偏见》一书为读本；温源宁教十九世纪文学及批评两科，吴宓是哈佛大学欧文·白璧德的高足，教古典文学及浪漫诗人两科；王文显是以创作英文喜剧知名的剧作家，英国皇家莎士比亚学会会员，教莎士比亚戏剧；陈福田教《英国小说史》课。此外瑞恰慈是英国剑桥教授，世界闻名的文学批评和基本英语学者，教大一英语及大四文学批评。②

课堂之外，钱钟书的志愿是"横扫清华图书馆"，他的清华同学饶余威在《清华的回忆》一文中说钱钟书"终日博览中西新旧书籍"③，由此可见，清华阶段的钱钟书可谓博览外国文学群书。1933年钱钟书从清华大学外文系毕业，到上海的光华大学（今华东师范大学、西南财经大学前身）外文系任教，教授《西洋文学》和《文学批评》两门课，兼任英文刊物《中国评论周报》（The China Critic）的特约编辑并亲自撰写英文评论文章。

1935年8月，钱钟书在上海《天下月刊》（T'ien Hsia Monthly）创刊号上发表了英文论文 Tragedy in Old Chinese Drama（《中国古代戏曲中的悲剧》），此文是钱钟书最早以西方戏剧为参照系研究中国古典戏曲的作品。1935年钱钟书以第一名的成绩考取庚子赔款公费留学英国，在牛津大学艾克赛特学院攻读英国文学专业。牛津大学拥有世界上第一流的图书馆，在此读书的钱钟书又开始"横扫牛津大学图书馆"，对西方文学尤其是英国文学涉猎之广无人能及，几乎读遍英国文

---

① 齐家莹编：《清华丛书之八·清华人文学科年谱》，清华大学出版社1999年版，第50页。
② 孔庆茂：《钱钟书与杨绛》，凤凰出版社2011年版，第34—35页。
③ 同上书，第35页。

学史上的名家名篇，1937 年以《十七、十八世纪英国文学中的中国》一文获得学士学位，同年与杨绛同赴法国巴黎大学进行为期一年的学习，期间钱钟书阅读了大量外国文学作品，据杨绛回忆：

> 钟书在巴黎的这一年，自己下功夫扎扎实实地读书。法文自十五世纪的诗人维容（Villon）读起，到十八、十九世纪，一家家读将来。德文也如此。他每日读中文、英文，隔日读法文、德文，后来又加上意大利文。这是爱书如命的钟书恣意读书的一年。①

如此广泛的阅读不仅使得钱钟书的创作融汇中西，也使得钱钟书成为中国现代作家中少有的能用英文撰写中国文学评论或外国文学评论的作家。

（二）文学批评与翻译：东海西海，心理攸同

谈及钱钟书与外国文学的渊源，涉及三个方面的内容，其一是钱钟书用英文撰写的中外文学批评，其二是钱钟书的翻译作品，其三是钱钟书用中文撰写的外国文学评论，为了能系统研究这些批评和翻译，列表统计如下。

表下编 9-1　钱钟书著译统计表②

序号	作品名称	发表时间/刊物	类型
1	Pragmatism and Potterism	1931 年 3 月《清华周刊》第 35 卷第 2 期	书评
2	A Book Note	1932 年 1 月 16 日《清华周刊》第 36 卷第 11 期	札记
3	《英译千家诗》	1932 年 11 月 14 日《大公报》	评论
4	On "Old Chinese Poetry"	1932 年 12 月 14 日《中国评论家》（The China Critic）第 6 卷第 50 期	论文
5	《约德的自传》	1932 年 12 月 22 日《大公报》	书评
6	《旁观者》	1933 年 3 月 16 日《大公报》	书评

---

① 杨绛：《我们仨》，生活·读书·新知三联书店 2003 年版，第 60 页。
② 本统计表主要参照 2010 年 3 月知识产权出版社出版的田蕙兰、马光裕、陈珂玉编著的《中国文学史资料全编·现代卷 35·钱钟书　杨绛研究资料》中收录的著译"钱钟书著译目录"、2005 年外语教学与研究出版社出版的《钱钟书英文文集》编辑而成，主要对其文学类的译文（包括英文论文）进行梳理，同时涵盖其对外国文学的评论文章和序跋等。

续表

序号	作品名称	发表时间/刊物	类型
7	Su Tung-Po'literary Backgroundand His Prose-poetry	1934年6月1日《学文月刊》第1卷第2期	论文
8	Tragedy in Old Chinese Drama	1935年8月《天下月刊》（T'ien Hsia Monthly）第1卷第1期	论文
9	Correspondence:To the Editor-in-chief of T'ien Hsia	1937年4月《天下月刊》（T'ien Hsia Monthly）第4卷第4期	书信
10	China in the English Literature of the Seventeenth Century	1940年12月《图书季刊》（Quarterly Bulletin of Chinese Bibliography）第1卷第4期	论文
11	China in the English Literature of the Eighteenth Century	1941年12月《图书季刊》（Quarterly Bulletin of Chinese Bibliography）第2卷第1—4期	论文
12	Chinese Literature	1945年《1944—1945中国年鉴》（Chinese Year Book 1944—1945）	论文
13	Le Pere Matthieu Ricciet La Societe Chinoise de Son Temps（1551—1610）	1946年6月《书林季刊》（Philobiblon）第1期	论文
14	The Chinese: Their History and Culture	1946年9月《书林季刊》（Philobiblon）第2期	论文
15	The Rapier of Lu, Patriot Poet of China	1946年12月《书林季刊》（Philobiblon）第3期	论文
16	The Return of the Native	1947年3月《书林季刊》（Philobiblon）第4期	论文
17	《答Paul E.Burnand》	1947年9月《书林季刊》（Philobiblon）第2卷第1期	书信
18	《补评英文新字辞典》	1947年9月27日《观察》第3卷第5期	书评
19	An Early Chinese Version of Longfellow's "Psalm of Life"	1948年3月《书林季刊》（Philobiblon）第2卷第2期	论文
20	A Note to the Second Chapter of Mr Decadent	1948年6月《书林季刊》（Philobiblon）第2卷第3期	论文
21	《弗·德·桑克梯斯文论三则》	1962年8月15日《文汇报》	译文
22	《读〈拉奥孔〉》	1962年《文学评论》第5期	论文
23	《林纾的翻译》	1964年6月人民文学出版社《文学研究集刊（第一册）》	论文

序号	作品名称	发表时间/刊物	类型
24	《美国学者对于中国文学的研究简况》	1979年9月中国社会科学出版社《访美观感》	论文
25	《〈围城〉日译本序》（1981年7月4日作）	1981年《读书》第10期	译序
26	《汉译第一首英语诗〈人生颂〉及有关二三事》	1982年香港《抖擞》第1期；1982年北京大学《国外文学》第1期；1982年《新华文摘》第4期	论文
27	《〈围城〉德译本前言》	1982年《读书》月刊第12期	译序
28	《中美比较文学讨论会开幕词》	1983年《文艺理论研究》第4期	论文
29	《"走向世界"丛书序》	1984年5月8日《人民日报》；1984年《读书》第6期	译序
30	《〈中国比较文学年鉴（1986）〉年鉴寄语题辞》	1985年3月作，收入1987年北京大学出版社《中国比较文学年鉴（1986）》	序跋
31	A Collection of Qian Zhongshu's English Essays（《钱钟书英文文集》）	2005年外语教学与研究出版社	著作

由上表的统计可以发现，钱钟书用英文撰写了很多研究中外文学的研究论文，其中最具代表性的是他的《十七、十八世纪英国文学中的中国》，这是钱钟书的学士毕业论文，用英文撰写，是对英国文学中的中国的一个全面梳理，这本身足以显示钱钟书深厚的中外文学素养。2008年外语教学与研究出版社出版了《钱钟书英文文集》（A Collection of Qian Zhongshu's English Essays），书中由杨绛作序（Preface），收录了英文文章30篇，较为全面地收录了钱钟书撰写的英文论文。除了这些用英文撰写的文学批评之外，钱钟书也用中文撰写了一些外国文学评论，如《读〈拉奥孔〉》《弗·德·桑克梯斯文论三则》等。《读〈拉奥孔〉》是钱钟书阅读莱辛的美学专著《拉奥孔》所写的一篇论文。

关于外国文学的翻译，钱钟书也有自己的主张，他的翻译观主要呈现在他的论文《林纾的翻译》中，在这篇文章中，钱钟书首先从许慎在《说文解字》中关于翻译的训诂入手，指出"译""诱""媒""讹""化"这五个字"把翻译能起的作用、难于避免的毛病、所向往的最高境界，仿佛一一透示出来了。文学翻译的最高标准是'化'。把作品从一国文字转变成另一国文字，既能不因语文习惯的差异而露出生硬牵强的痕迹，又能完全保存原有的风味，那就算得入于'化境'"。① 在此，钱钟书不仅提出了翻译的最高境界"化"，而且提出了翻译的作用"诱"和"媒"，即翻译在文化交流中的作用，"它是个居间者或联络员，介绍大家去认识外国作品，引诱大家去爱好外国作品，仿佛做媒似的，使国与国之间缔结了'文学因缘'，缔结了国与国之间唯一的较少反目、吵嘴、分手挥拳等危险的'因缘'"②。除了文化交流的媒介作用之外，钱钟书也认为"彻底和全部的'化'是不可实现的理想，某些方面、某种程度的'讹'又是不可避免的毛病，于是'媒'或'诱'产生了新的意义"③。这种"新的意义"就是诱导读者去读原文。钱钟书认为林纾的翻译起到的就是"媒"的作用，钱钟书自己就是因为阅读了"林译小说"而对外国语文和文学产生了兴趣。因此钱钟书认为好的译本的作用是"消灭自己"，"它把我们向原作过渡"，林纾的翻译就起到了这种作用。

钱钟书与外国文学的渊源还体现在他的文学批评中，他的文学批评往往选取西方文学为参照物，以"中国古典文学研究"为"专业"，以"比较文学"为"余兴"，"打通"古今中外、新旧雅俗，认为"东海西海，心理攸同；南学北学，道术未裂"。钱钟书这些融汇中外的文学批评散见于《谈艺录》《管锥编》《七缀集》及其他单篇论文之中。《谈艺录》一书1948年由上海开明书店出版发行，此书以中国传统书话札记的形式对唐宋以来的诗人、诗歌流派以及诗学理论等进行阐发，但在阐发之时旁征博引，常常引入西方文艺理论，关于这一点钱钟书先生在《〈谈艺录〉序》中曾言："凡所考论，颇采'二西'之书（'二西'名本《昭代丛书》甲集《西方要纪·小引》、《鲒埼亭诗集》卷八《二西诗》），以供举隅之反。盖取资异国，岂徒色乐器用；流布四方，可征气泽芳臭。故李斯上书，有逐客之谏；郑君序谱，曰'旁行以观'。东海西海，心理攸同；南学北学，道术未裂。"④ 如在"诗分唐宋"中，钱钟书提出唐诗、宋诗，"非仅朝代之别，乃体格性分之殊"，为了进一步论证，钱钟书列举了英国十八世女主临朝时期的文学为例加以说明，当时的文学号称"罗马大帝时代文学"，而文坛的主监却是安迪生，由此钱钟书推论"固知文章流别，初不拘名从主人之例，中外一理也"。钱钟书

---

① 钱钟书：《钱钟书作品集》，甘肃人民出版社1997年版，第512页。
② 同上书，第513页。
③ 同上。
④ 田蕙兰、马光裕、陈珂玉编：《中国文学史资料全编·现代卷35·钱钟书杨绛研究资料》，知识产权出版社2010年版，第88页。

接着提及了德国诗人席勒关于诗歌的两宗说法："古之诗真朴出自然，今之诗刻露见心思：一称其德，一称其巧"。下文钱钟书又回到顾复的自注"所谓古今之别，非谓时代，乃言体制"①，由此印证上文关于唐诗、宋诗"体格性分之殊"的观点。这种中西交融、旁征博引的论述在《谈艺录》中俯拾皆是，也由此印证了钱钟书在"序"中所提出的"东海西海，心理攸同；南学北学，道术未裂"的批评主张，《谈艺录》也因此成为中国最早的中西比较诗论论著。同样，在1979年由中华书局出版的专著《管锥编》中，钱钟书同样主张"打通"中西。这部著作用文言撰写，以札记的形式，对周易正义、毛诗正义、左传正义、史记会注考证、老子王弼注、列子张湛注、焦氏易林、楚辞洪兴祖补注、太平广记、全上古三代秦汉三国六朝文共十部历史典籍进行研究。钱钟书在《〈管锥编〉作者的自白》中谈及这本书时，曾称自己的方法并非"比较文学"，"而是求'打通'，以中国文学与外国文学打通，以中国诗文词曲与小说打通"②。由此可见，《管锥编》和《谈艺录》的主张是一以贯之的，仍然意在"打通"古今，"打通"中外，"打通"不同文体，由此践行钱钟书的"东海西海，心理攸同"的批评主张。

这种批评观同样存在于1979年由上海古籍出版社出版的专著《七缀集》之中，这本书是钱钟书的《旧闻四篇》和《也是集》的结集，全书包括《中国诗与中国画》《读〈拉奥孔〉》《通感》《林纾的翻译》《诗可以怨》《汉译第一首英语诗〈人生颂〉及有关二三事》《一节历史掌故、一个宗教寓言、一篇小说》七篇文章。《中国诗与中国画》一文是为了"阐明中国传统批评对于诗和画的比较估价"，在谈及"文艺风气"时，钱钟书引用了列许登堡的"反其道以行也是一种模仿"和圣佩韦的"尽管一个人要推开自己所处的时代，仍然和它接触，而且接触的很着实"来论证"风气是创作里的潜势力"。③ 在谈及中国传统的"有形诗"（"无声诗"）和"无形画"（"有声画"）的对比时，钱钟书认为"和西洋传统的诗画对比，用意并不多"，从古希腊诗人的"画为不语诗，诗是能言画"，到嫁名于西塞罗的"正如诗是说话的画，画该是静默的诗"，到达文齐的"画是'嘴巴哑的诗'，而诗是'眼睛瞎的画'"，再到莱辛、霍拉斯等的相关主张，④ 从中能很

---

① 钱钟书：《谈艺录（补订本）》，中华书局1984年版，第2页。
② 郑朝宗：《海滨感旧集（增订本）》，厦门大学出版社2014年版，第80页。
③ 钱钟书：《钱钟书作品集》，甘肃人民出版社1997年版，第459页。
④ 同上书，第463页。

容易发现钱钟书"打通"中西的批评主张，这些主张在《通感》一文中同样得以呈现，《通感》一文对中外诗文中的"通感"进行了对比分析，钱钟书认为："通感很早在西洋诗文里出现……古希腊诗人和戏剧家的这类词句不算少……十九世纪前期浪漫主义诗人也经常采用这种手法，而十九世纪末叶象征主义诗人大用特用，滥用乱用，几乎使通感成为象征派诗歌的风格标志。"[①] 在《诗可以怨》一文中，钱钟书认为："尼采曾把母鸡下蛋的啼叫和诗人的歌唱相提并论，说都是'痛苦使然'（Der Schmerz macht Huhner und Dichter gackern）。这个家常而生动的比拟也恰恰符合中国文艺传统里一个流行的意见：苦痛比快乐更能产生诗歌，好诗主要是不愉快、烦恼或'穷愁'的表现和发泄。"[②]

钱钟书"打通"中西的批评理论在一些单篇论文中也同样体现了出来。《美的生理学》一文原载于1933年《新月》第5期上，这篇论文以瑞恰慈的《文学批评原理》为例，提出文学批评如准确，还应适当地借鉴心理学等科学方法与成果。钱钟书在《谈中国诗》一文中，以西方诗歌为参照谈论中国诗歌，钱钟书认为"中国诗是早熟的。早熟的代价是早衰，中国诗一跳而至崇高的境界，以后就缺少变化，而且逐渐腐化"，"新式的西洋标点并不适合中国诗"，"西洋诗的音调像乐队合奏（orchestral），而中国诗的音调比较单调，只像吹着芦管"，"中国社交诗（vers d'occasion）特别多，宗教诗几乎没有"。正是在上述比较批评的基础上，钱钟书认为"中国诗里有所谓'西洋的'品质，西洋诗里也有所谓'中国的'成分"。[③] 上述只是钱钟书文学评论中的冰山一角，从中我们可以窥见钱钟书文学批评中的"学贯中西"，他始终以西方文学为参照物，这种与外国文学的渊源已经内在于钱钟书的文学批评之中。

（三）小说创作：现代主义文学质素

钱钟书留学英法的人生经历使其文学创作带有鲜明的外国文学印记。"林译小说"的"诱""媒"让钱钟书选择外国文学作为清华大学本科和牛津大学期间的主攻学业。早在清华大学外文系读书时期，"清华才子"钱钟书已广泛涉猎外

---

① 钱钟书：《钱钟书作品集》，甘肃人民出版社1997年版，第508页。
② 同上书，第534页。
③ 钱钟书：《谈中国诗》，《家庭文化》2016年第4期，第79—81页。

国文学，留学英国牛津大学更进一步拓展其外国文学涉猎的范围，尤其是对西方现代主义文学作品的涉猎。这些作品的涉猎使其长篇小说《围城》（1947年晨光出版公司）和短篇小说集《人·兽·鬼》（1946年开明书店，收录了《上帝的梦》《猫》《灵感》《纪念》四个短篇小说）带有较为突出的现代主义色彩。对于钱钟书小说与外国文学的关系，夏志清认为"《上帝的梦》只是一篇具有阿诺托尔·法郎士（Anatole France）风格的轻浮寓言"①，他还认为"《围城》亦有'浪荡汉小说'（Picaresque Novel）的风险味道，在这方面它和十八世纪英国小说的相类似殊非意外"②。

现代主义是20世纪初欧美诸多反传统特征的文学流派的统称，此类文学多表现为理性丧失，精神无依，在传统与现代之间挣扎，如卡夫卡小说《城堡》的主人公K、《变形记》中的格里高尔，小说《围城》中的方鸿渐、赵辛楣有点类似于此类人物。象征也是西方现代主义文学常用的手法，小说《围城》中的象征更多是一种观念和创作方法，"围城"更多是一种象征，象征人生的希望与困境。小说通过方鸿渐的人生故事揭示了现代人"围城"般的困境，无论冲进还是逃出都是无谓的，人的努力终究徒劳，人生是虚无的，方鸿渐如卡夫卡晚年一样，在日记里"把人生道路比喻为围着一个圆心，按着一条半径朝着'美丽的圆周向前运动'，结果是：不断地回到原来的地方，又不断地从原来的地方重新起跑"。对于婚姻，方鸿渐认为："现在想想结婚以前把恋爱看得那样郑重，真是幼稚。老实说，不管你跟谁结婚，结婚以后，你总发现你娶的不是原来的人，换了另外一个。"《猫》有点类似《围城》的缩小版，讲述的仍然是乱世中知识分子的生活，他们依然与方鸿渐一样，是一群无所事事的灰色小知识分子形象。

隔阂、欺骗和孤独是西方现代主义文学对现代人与人之间关系的描述。瑞典剧作家斯特林堡的《鬼魂奏鸣曲》中，死尸、鬼魂和人位于同一个舞台，情节的荒诞离奇揭示了现代社会人与人之间关系的荒诞。小说《围城》中对于亲友、同事、夫妻关系的刻画也同样充满了现代派小说的特征，方鸿渐时时感到人们之间的"笑容愈亲密，礼貌愈周到，彼此的猜忌或怨恨愈深"，当方鸿渐被唐晓芙拒

---

① 李洪岩：《智者的心路历程——钱钟书生平与学术》，河北教育出版社1995年版，第266页。

② 田蕙兰、马光裕、陈珂玉编：《中国文学史资料全编·现代卷35·钱钟书杨绛研究资料》，知识产权出版社2010年版，第199页。

绝后，他发现每个人都有"个人天地"，"人家的天地里，他也进不去，他的天地里，别人也难以进得来"。三闾大学期间的方鸿渐更是深切地体会到要彼此进入对方的天地，难免会磕碰，由此倍感孤独和悲哀，"天生人是教他们孤独的，一个个该各归各，老死不相往来"。当方鸿渐和孙柔嘉婚后为种种琐事争吵时，方鸿渐体会到了一种"拥挤里的孤寂，热闹里的凄凉"，他的"心灵也仿佛一个无凑畔的孤岛"。

钱钟书小说大量使用西方小说的"反讽"艺术，与传统文学中带有道德批判旨归的讽刺不同，更多呈现的是一种西方反讽诗学。《上帝的梦》中的上帝却有着人类的虚荣、滥使权力以及害怕孤独。《围城》开头，钱钟书把鲍小姐的赤身裸体和熟食店里公开陈列的肉相提并论，"熟食铺子"和"局部真理"突显了鲍小姐的恶俗。主人公方鸿渐、苏文纨等就是一群有着留洋背景的新式知识分子，这明显带有钱钟书自我写照的意味，这群"新儒林"是一群精神的流浪者，这种"反英雄"的精神流浪者带有突出的西方现代主义色彩，小说极尽讽刺之能事，对于现代中国的"留学""文凭""大学"等均有所讽刺，批判了中西文化交流碰撞下的"弱质"知识分子，暴露了"学术腐败"的荒谬事实，其中方鸿渐的留学文凭造假这一情节讽刺的是国人对于"文凭"的看重，小说借由方鸿渐之口指出："这一张文凭，仿佛有亚当、夏娃下身那片树叶的功用，可以遮羞包丑；小小一方纸能把一个人的空疏、寡陋、愚笨都掩盖起来。"这种讽刺带有英国式"反讽"的意味，这在小说《围城》中俯拾皆是。

钱钟书与外国文学的渊源与众不同的一点就是他的小说《围城》、学术专著《管锥编》的国外传播。《围城》自出版以来先后被译成多种外语版本，具有代表性的有1979年珍妮·凯利与茅国权的英译本，1980年索罗金的俄译本，1987年希尔维·赛尔万·斯埃伯的法译本，1988年莫芝宜佳的德译本，1988年荒井健、中岛长文、中岛碧的日译本。艾朗诺独立完成的《管锥编》英文选译本1998年由美国哈佛大学亚洲中心出版。钱钟书著作在海外的译本也进一步引发了国外的"钱钟书热"，这本身是中国文学与外国文学一种最佳的结缘方式。

十、杨绛：幽默喜剧与翻译"点烦论"

杨绛（1911—2016），原名杨季康，笔名杨绛，江苏无锡人，现代戏剧家、散文家、评论家和翻译家，中国社会科学院荣誉学部委员，精通英语、法语、西班牙语，创作涉猎小说、散文、戏剧、翻译和文学理论等诸多领域，是名副其实的"多面手"。20世纪30年代以散文《收脚印》、短篇小说《璐璐，不用愁！》在文坛崭露头角。20世纪40年代先后创作小说《小阳春》《玉人》《大笑话》，散文《流浪儿》《窗帘》《听话的艺术》，喜剧《称心如意》（1944年上海世界书局）、《弄真成假》（1945年上海世界书局），悲剧《风絮》（1947年上海出版公司），1948年翻译出版了《一九三九年以来英国散文作品》[（英国约翰·黑瓦德（John Hayward），商务印书馆]，1949年以后又陆续翻译出版了《小癞子》（1950年上海平明出版社，西班牙，原著作者不详）、《吉尔·布拉斯》（1956年作家出版社，法国勒萨日）、《堂吉诃德》（1987年人民文学出版社，西班牙塞万提斯）、哲学著作《斐多：柏拉图对话录之一》（2000年辽宁人民出版社，古希腊柏拉图）等。晚年笔耕不辍，创作了长篇小说《洗澡》（1988年生活·读书·新知三联书店）、散文随笔《我们仨》（2003年生活·读书·新知三联书店）、散文集《走到人生边上——自问自答》（2007年商务印书馆）等。杨绛的文学创作与外国文学渊源颇深，一是因为其文学创作对于外国文学的借鉴，二是外国文学的翻译无形之中对其创作产生了潜移默化的影响。还有一点必须要提及的是，杨绛作品的翻译版本在国外的传播，正是在这种双向互动之中杨绛与外国文学结缘。

（一）求学阅读中结缘外国文学

杨绛与外国文学的渊源，主要源自她所接受的教育。1920年，大姐杨寿康从上海启明女校毕业留校教书，杨绛跟随大姐进入启明女校读书。启明女校是教会学校，是著名的洋学堂。杨绛的父亲认为启明女校"教学好，管束严，能为学生打好中文、外文基础"①，自此之后杨绛开始接触外文和西方文化。1928年秋，杨

---

① 杨绛：《杨绛全集3·散文卷》，人民文学出版社2014年版，第8页。

绛考入苏州东吴大学，1932年到清华大学借读一年。1933年，杨绛在钱钟书的指导下补习清华大学外文系功课，考取清华大学研究院外国语文研究所研究生，外国语文研究所的教师都由清华大学外文系的教师担任，"指导教授有不少知名学者，如王文显、吴宓、叶公超、陈福田，外籍教师有毕莲女士（A.M.Bille）、温德（R.Winter）、吴可读（A.L.Pellard-Ur-guhart）等"①，从当时外国语文研究所的课程设置来看，涉及比较文学研究、莎士比亚研读、德国抒情诗人、法国文学专家一、法国文学专家二、但丁、源氏物语、中西诗之比较、翻译术、伊丽莎白时代散文、近代中国文学之西洋背景，②由此足见杨绛涉猎外国文学之广。尤其是其中吴宓老师讲述的"翻译术"更是为杨绛之后的外国文学翻译奠定了理论基础。

　　1935年，钱钟书考取"庚子赔款"公费留英，杨绛与钱钟书结婚后随其一起远赴英国牛津大学求学。钱钟书顺利进入牛津大学艾克赛特学院攻读文学学士，杨绛因费用问题只能作为牛津大学的一名旁听生听课，业余大量时间则是在被钱钟书译为"饱蠹楼"的博德利（Bodleian）图书馆读书，杨绛对书的热爱是他人无法理解的。杨绛在散文《回忆我的父亲》中曾记录了自己和父亲关于读书的一段对话：

　　父亲一次问我："阿季，三天不让你看书，你怎么样？"我说："不好过。""一星期不让你看书呢？"我说："一星期都白活了。"父亲笑说："我也这样。"③

　　在散文《我们仨》中，杨绛回忆起这段经历时说：

　　我从没享受过这等自由。我在苏州上大学时，课余常在图书馆里寻寻觅觅，想走入文学领域而不得其门。考入清华后，又深感自己欠修许多文学课程，来不及补习。这回，在牛津大学图书馆里，满室满架都是文学经典，我正可以从容自在地好好补习……能这样读书，还有什么不满意的呢？④

---

①　杨国良编：《杨绛年谱》，线装书局2008年版，第51—52页。
②　同上书，第55页。
③　杨绛：《杨绛作品精选——散文Ⅰ》，人民文学出版社2004年版，第90页。
④　杨绛：《我们仨》，载《杨绛文集·散文卷（下）》，人民文学出版社2004年版，第177页。

杨绛正是在阅读中接触了大量的外国文学经典，尤其是在牛津大学图书馆的阅读，丰富了她的外国文学积淀。

（二）文学翻译："点烦论"与实践

杨绛精通英语、法语和西班牙语，在文学翻译方面颇有成就，译有《一九三九年以来英国散文作品》《小癞子》《吉尔·布拉斯》《堂吉诃德》《斐多：柏拉图对话录之一》等，她的翻译"点烦论"从翻译实践的层面上为文学翻译开辟了一条务实之道。对于翻译，杨绛有自己的翻译主张，她在《记我的翻译》《失败的经验（试谈翻译）》和《翻译的技巧》三篇文章中阐述了自己的翻译主张。从写作时间而言，《失败的经验（试谈翻译）》[①]是其中最早的一篇，写于1986年，这篇文章的特色在于杨绛结合自己的翻译实践谈论对于翻译的理解，其中的例子都是杨绛自己的翻译，用"例句"说话，从对英语、法语、西班牙语翻译的实践中总结理论，这样的翻译理论主张较之理论空谈更契合翻译实践本身。杨绛在文中指出翻译是"一仆二主"，"同时伺候两个主人：一是原著，二是译文的读者"，译者"一方面得彻底了解原著"，"得用读者的语言，把原作的内容按原样表达"。因此，杨绛认为翻译很难，关键在于"忠于原文"，即"贴合着原著照模照样地表达"。杨绛在文章中提出了"翻译度"的问题，认为不同语系之间的翻译类似"翻跟斗"，由于西语和汉语不同，西语长且多复句，汉语短而多单句，因此"翻译得把原文的句子作为单位，一句挨一句翻"。杨绛认为翻译包括三件事"选字""造句"和"成章"，在这三者之间，"选字需经过不断改换，得造成了句子才能确定选用的文字。成章当然得先有句子，才能连缀成章。所以造句是关键，牵涉到选字和成章"。[②]文章随后结合杨绛自己的翻译实践，用"慢镜头"的方式详细解释翻译中如何"选字""造句"和"成章"。对于翻译的"信""达""雅"问题，杨绛由《堂吉诃德》（第四版）校订译文的字句处理实践中发现，翻译的标准是"不仅能信能达，还要'信'得贴切，'达'得恰当——

[①] 杨绛：《杂忆与杂写：一九九二—二〇一三》，生活·读书·新知三联书店2015年版，第181页。

[②] 同上。

称为'雅'也可"①。

《记我的翻译》和《翻译的技巧》两篇文章都写于2002年，是杨绛晚年对自己翻译的总结。《记我的翻译》重点讲述的是杨绛如何涉足翻译这一领域。而《翻译的技巧》一文是杨绛在2002年重读旧作《失败的经验（试谈翻译）》时，"觉得我没把意思表达清楚，所举例句，也未注明原文出处，所以我稍加修改，并换了题目"②。因此，这两篇文章可以对照阅读，与旧作不同的是，杨绛在《翻译的技巧》一文中把之前的翻译工序"选字""造句""成章"改为"以句为单位，译妥每一句""把原文的一句句连缀成章""洗练全文""选择最适当的字"四道工序。在"洗练全文"中，杨绛首次阐述了她的翻译理论主张"点烦论"：

简掉可简的字，就是唐代刘知几《史通》《外篇》所谓"点烦"。芟芜去杂，可减掉大批"废字"，把译文洗练得明快流畅。这是一道很细致，也很艰巨的工序。一方面得设法把一句话提炼得简洁而贴切；一方面得留神不删掉不可省的字。在这道工序里得注意两件事：（一）"点烦"的过程里不免又颠倒些短句。属于原文上一句的部分，和属于原文下一句的部分，不能颠倒，也不能连结为一句，因为这样容易走失原文的语气。（二）不能因为追求译文的利索而忽略原文的风格。如果去掉的字过多，读来会觉得迫促，失去原文的从容和缓。如果可省的字保留过多，又会影响原文的明快。这都需译者掌握得宜。③

从这段表述中可以发现，杨绛的"点烦论"源自刘知几，用一句话概括就是"减掉可省的字"，其目的是"把译文洗练得明快流畅"，这道工序对于翻译而言细致而艰巨，要注意不要"走失原文的语气"和"忽略原文的风格"。在具体的翻译实践中，杨绛身体力行地践行她的这一理论主张，《堂吉诃德》的翻译就是一个典型的"点烦"。

杨绛的翻译作品不多，译著有《一九三九年以来英国散文作品》《小癞子》《吉尔·布拉斯》和《堂吉诃德》，尤以《堂吉诃德》和《小癞子》的翻译最为人称道，这两部小说是西班牙文学经典中影响整个欧洲文学乃至世界文学的小说。

---

① 杨绛：《杂忆与杂写：一九九二—二〇一三》，生活·读书·新知三联书店2015年版，第200页。

② 同上书，第180页。

③ 同上书，第190页。

1948年，杨绛翻译了英国作家约翰·黑瓦德的《一九三九年以来英国散文作品》，在该书的《引言》中，杨绛称"本文目的，要把一九三九年至一九四五年那五年战争期间英国散文学的成就（除却小说），向英伦三岛外的读者作一个尝试性的报告"①。随后，杨绛又翻译了《小癞子》和《吉尔·布拉斯》。《小癞子》是西班牙的文学经典，原著作者众说纷纭，是西方最早的流浪汉体小说。杨绛翻译的《小癞子》版本很多，最初的版本是1951年上海平明出版社出版的，在1978年版的《译后记》中，杨绛对此书的重要性做了阐述，称这部书译本、续集、模仿之作众多，并指出"西班牙经典里有两部影响整个欧洲文学的小说：一部是《堂吉诃德》，一部便是这本书"②。小说采用第一人称叙事，由流浪汉小癞子本人自述一生的经历，杨绛在翻译每一章标题时采用相同的句式，给人以整齐划一之感。《吉尔·布拉斯》是法国著名的流浪汉体小说，作者是勒萨日，小说讲述了吉尔·布拉斯如何从一个初出茅庐的乡下毛头小伙子，渐渐一步步变成爱巴结的佣人、无耻的走狗、谨慎持重的大乡绅的人生经历，由主人公带领读者去经历社会第一阶层的每一个角落，小说假托西班牙斐利普三世和四世两个时期，而实质暴露的却是17—18世纪的法国社会众生相。小说分为12卷，每卷章数不等，杨绛翻译的小说标题与《小癞子》类似，仍然采用句子作为小说的章节名称，借此交代每章吉尔·布拉斯的经历，有点类似于中国古典小说的章回体，让读者可以很容易把握每一章节的大意。

塞万提斯的《堂吉诃德》是西班牙最伟大的鸿篇巨制，杨绛翻译的《堂吉诃德》是国内最受欢迎的译本。据《杨绛文集》的责任编辑胡真才统计，20多年来杨绛译《堂吉诃德》在人民文学出版社以多种形式出版，总印数已达70余万套。③ 杨绛也因对西班牙文化所做的贡献于1986年10月被西班牙国王授予一枚"智慧国王阿方索十世十字勋章"。杨绛对于《堂吉诃德》的翻译始自1961年，正式付梓出版是在1978年，历经四次修改，"点烦论"在翻译中被发挥得淋漓尽致，从最初的80多万字到最终"点烦"之后的70多万字，体现了杨绛作为翻译

---

① ［英］约翰·黑瓦德著，杨绛译：《一九三九年以来英国散文作品》，商务印书馆1948年版，第1页。
② ［西］佚名著，杨绛译：《小癞子》，上海译文出版社1978年版，第64页。
③ 胡真才：《杨绛翻译〈堂吉诃德〉的前前后后》，《全国新书目》2017年第5期，第38页。

家的严谨认真的学风。《斐多：柏拉图对话录之一》是杨绛90岁高龄时翻译的柏拉图的著作，是苏格拉底临死前与弟子谈论生死与灵魂的对话。为了对杨绛著译（含译文序跋）能有更系统、直观的认识，特列表统计如下。

表下编10-1 杨绛著译统计表①

序号	作品名称	发表时间/刊物	原著作者	类型
1	《随铁太少回家》	1947年5月《观察》第2卷第10期	[英]戈尔司密斯	特写
2	《一九三九年以来英国散文作品》	1948年商务印书馆	[英]约翰·黑瓦德	译著
3	《小癞子》	1951年平明出版社	[西]不详	译著
4	《吉尔·布拉斯》	1956年作家出版社	[法]勒萨日	译著
5	《斐尔丁在小说方面的理论和实践》	1957年《文学研究》季刊第2期	杨绛	论文
6	《萨克雷〈名利场〉序》	1964年《文学评论》双月刊第3期	杨绛	序跋
7	《堂吉诃德和〈堂吉诃德〉》	1964年《文学评论》双月刊第3期	杨绛	论文
8	《李渔论戏剧结构》②	1964年6月《文学研究集刊第一册》（人民文学出版社）	杨绛	论文
9	《〈小癞子〉译后记》	1978年上海译文出版社《小癞子》	杨绛	序跋
10	《堂吉诃德》	1978年人民文学出版社	[西]塞万提斯	译著
11	《春泥集》③	1979年上海文艺出版社	杨绛	论文
12	《〈堂吉诃德〉译本序》	1979年人民文学出版社《堂吉诃德》	杨绛	序跋

① 本统计表主要参照2010年知识产权出版社出版的田蕙兰等选编的《钱钟书 杨绛研究资料集》以及2008年线装书局出版的杨国良编的《杨绛年谱》编辑而成，主要对其文学类的译著进行梳理，同时涵盖其对外国文学的评论文章和序跋等。

② 这是一篇比较文学的研究论文，杨绛把李渔和亚里士多德的戏剧结构理论进行对比研究。

③ 这是一部论文集，收录外国文学评论《堂吉诃德和〈堂吉诃德〉》《重读〈堂吉诃德〉》《论萨克雷〈名利场〉》《斐尔丁的小说理论》。

续表

序号	作品名称	发表时间/刊物	原著作者	类型
13	《旧书新解——读〈薛雷丝蒂娜〉》	1981年《文学评论》第4期	杨绛	论文
14	《〈吉尔·布拉斯〉译者序》	1982年人民文学出版社《吉尔·布拉斯》	杨绛	序跋
15	《〈傅译传记五种〉代序》	1983年生活·读书·新知三联书店《傅译传记五种》	杨绛	序跋
16	《〈堂吉诃德〉译者序》	1985年人民文学出版社《堂吉诃德》	杨绛	序跋
17	《〈小癞子〉译者序》	1987年人民文学出版社《小癞子》(第2版)	杨绛	序跋
18	《关于小说》	1986年生活·读书·新知三联书店	杨绛	论文
19	《杨绛译文集》(三卷)	1994年译林出版社	杨绛	译著
20	《〈斐多〉译后记》	写于1999年12月,收入2001年南海出版公司《杨绛散文戏剧集》	杨绛	序跋
21	《斐多:柏拉图对话录之一》	2000年辽宁人民出版社	[古希腊]柏拉图	译著
22	《〈斐多:柏拉图对话录之一〉译者前言》	2000年辽宁人民出版社	杨绛	序跋

  杨绛不仅在翻译方面融汇中西,还是一个外国文学研究专家,曾任中国社会科学院外国文学研究所研究员,除译本序外,其余文学批评分别收录在《春泥集》《关于小说》两部论文集中。《春泥集》1979年10月由上海文艺出版社出版,收录了杨绛的五篇旧作和一篇新作《重读〈堂吉诃德〉》,五篇旧作中有三篇是外国文学评论,分别为《堂吉诃德和〈堂吉诃德〉》《论萨克雷〈名利场〉》《斐尔丁的小说理论》,另外两篇《艺术与克服困难——读〈红楼梦〉偶记》《李渔论戏剧结构》是中国文学评论,这两篇评论虽然出发点是中国的文学作品,但其批评的视野却是立足于中外文学。在《艺术与克服困难——读〈红楼梦〉偶记》一文中,杨绛在讲到中国古典小说和戏剧中的才子佳人的恋爱速成时指出,这种情节模式在古希腊小说里也早有描写,如海留多拉斯(Heliodorus)的《埃修匹加》

以及阿克琉斯·泰洽斯（Achilles Tatius）的《琉席贝与克利多封》，此外还有莎士比亚的《罗密欧与朱丽叶》。同样在《李渔论戏剧结构》一文中，杨绛指出李渔的戏剧理论在许多地方与西方的戏剧理论有相似之处，如李渔论述关于故事真实性的问题时提出的"所应有者"，就是亚里士多德所谓的"当然或必然"的事。《关于小说》是杨绛的一部论文集，收录外国文学评论《旧书新解——读〈薛蕾丝蒂娜〉》《有什么好？——读奥斯丁的〈傲慢与偏见〉》和《介绍〈小癞子〉》，是杨绛对西方小说的解读。综观杨绛的文学批评，我们发现其对小说文体的偏好，这和她的翻译文体选择是一致的。

（三）戏剧创作：真正的"风俗喜剧"

作为现代喜剧作家，杨绛精通英语、法语、西班牙语，她的喜剧创作一方面受到法国喜剧作家莫里哀的影响，另一方面承袭英国喜剧"英伦式"幽默。现代戏剧作为一种舶来品，深受外国戏剧的影响，而喜剧创作更是在题材、语言、风格上深受欧洲喜剧的影响。杨绛在喜剧创作方面可谓后学，在其之前有丁西林、王文显、李健吾等戏剧大家的创作。她的戏剧创作不多，共四部作品，喜剧《称心如意》《弄真成假》《游戏人间》（已失传）和悲剧《风絮》。在此我们着重探讨杨绛的《称心如意》《弄真成假》两部喜剧与外国文学的渊源。追溯杨绛喜剧创作受到的影响，有几个不可忽略的因素，其一是杨绛毕业于清华大学外文系，当时担任外文系主任的是戏剧家王文显。张骏祥曾提及自己和洪深、李健吾、杨绛、曹禺等人"都听过他的课，我们对西洋戏剧的接触，大约都是从此开始的"[①]，王文显"最初只开了两门课，一门是《外国戏剧》，主要是讲的欧美戏剧史和西洋戏剧理论，还有一门是《莎士比亚》。直到一九三三年，才增设了一门《近代戏剧》，当然只是讲的西方易卜生以后的戏剧"[②]。由此可见，杨绛在清华求学期间接触了大量外国戏剧作品和理论；其二是杨绛精通英语、法语和西班牙语，留学英、法期间的广泛涉猎也加深了其外国戏剧造诣；其三是杨绛在"孤岛"时期创作喜剧时与戏剧家李健吾、石华父（陈麟瑞）等人交好，同辈的影响也促进了其在喜剧创作上的成就。

---

① 王文显著，李健吾译：《王文显剧作选》，人民文学出版社 1983 年版，第 1 页。
② 同上书，第 2 页。

杨绛的戏剧创作始于20世纪40年代沦陷区的上海，当时日渐高涨的抗战文学带动了话剧运动的高潮，上海话剧舞台逐渐被现代幽默喜剧代替。杨绛先后于1944年和1945年创作了《称心如意》和《弄真成假》，对于创作宗旨，杨绛在《〈喜剧二种〉后记》中坦言："这两个喜剧里的几声笑，也算表示我们在漫漫长夜的黑暗里始终没丧失信心，在艰苦的生活里始终保持着乐观助精神。"① 这两部剧作显示了杨绛的喜剧才能，被柯灵称为中国话剧史上的"喜剧的双璧"②。李健吾也对杨绛的喜剧称赞有加，认为中国"真正的风俗喜剧，从现代中国生活提炼出来的道地喜剧"，"第一道纪程碑属诸丁西林，第二道是杨绛"。③ 风俗喜剧又称世态喜剧，原是资产阶级的一种喜剧创作，以反映上流资产阶级社会风俗、世态人情为主。早期世态喜剧主人公多为贵族资产阶级男女，内容重在揭露上流社会的虚伪与丑陋。《称心如意》写孤女李君玉从北平来到上海投奔舅舅们，表现了旧上海那些所谓的名媛绅士们衣冠楚楚下的丑陋和虚伪。大舅赵祖荫一家虚伪、狡诈，二舅赵祖贻崇洋媚外、贻夫人势利刻薄，四舅妈庸俗浅薄，妯娌之间为了争舅公徐朗斋的财产钩心斗角、机关算尽。明面上三个家庭对李君玉的到来表示欢迎，都争着要收留李君玉，实际上则心口不一，把李君玉当作一个免费的劳动力，都嫌弃她，相互推脱。最终歪打正着，自尊自强的李君玉用善良赢得舅公徐朗斋的心，成为舅公的遗产继承人，并与恋人陈彬如有情人终成眷属。比起《称心如意》，杨绛的另一部作品《弄真成假》更具有喜剧性，这是一部五幕喜剧。杨绛赋予了主人公周大璋非凡俊朗的外表、能言善辩的口才，但出身低微。周大璋一心想摆脱生活的困境，争做上流社会人士，凭借着几天留洋的经历，自称"世代书香弟子"，舅舅家开着"华洋百货公司"，企图靠吹嘘和蒙骗来获取地产商张祥甫的千金张婉如的芳心，甚至连张婉如的母亲都对他另眼相看，把他当作一个大人物。张燕华更是一个为达目的不择手段的人，出身卑微又寄人篱下，寄居在二叔张祥甫家中，和周大璋一样妄图把爱情婚姻作为向上爬的手段，最后真相大白，周大璋和张燕华"弄真成假"，他们费尽心机，结果婚姻一场"空"。

---

① 田蕙兰等选编：《钱钟书 杨绛研究资料集》，华中师范大学出版社1997年版，第604页。

② 柯灵：《上海沦陷期间戏剧文学管窥》，《上海师范大学学报（哲学社会科学版）》1982年第2期。

③ 李健吾著，李维永编：《李健吾文集·文论卷2》，北岳文艺出版社2016年版，第57页。

杨绛喜剧的语言一方面受到法国古典主义喜剧作家莫里哀的影响，始终立足于生活的真实，另一方面承袭英国喜剧"英伦式"幽默，形成了她独特的语言艺术。因此杨绛笔下的人物更加贴近社会，贴近现实，风趣的语言和对白在喜剧中也是俯拾即是。《弄真成假》中冯光祖在谈钉纽扣和向燕华求婚时说的两段话，都分别罗列出四点，学术性的思维方式符合他大学教授的身份，同时小题大做的态度令人哭笑不得，也是冯光祖思想僵化的表现。在张祥甫的眼中，周大璋是"新牌子货色"，不稳当，他"只做稳稳当当的买卖"，言语中都是商人的市侩，将女儿的婚姻当作买卖，他与张太太挑女婿的场景，对话中一字一句都在引导读者（观众）体会商人的市侩和庸俗。杨绛戏剧的魅力在于通过人物的一言一行来表现性格，戳破他们虚假的伪装，揭露华丽外表下人物内心的丑陋肮脏。在叙事模式上，杨绛借鉴了西欧流浪汉体小说中"用一个主角贯穿"的单线结构。杨绛最初在文坛崭露头角就是因对《小癞子》《堂吉诃德》等流浪汉体小说的译介，她的戏剧也无形之中受到此类小说的影响。《称心如意》以孤女李君玉在北平大舅家、二舅家、三姨家和四舅家的辗转流浪为线索，通过李君玉的眼光来看上流社会的世态人情，这与《小癞子》《堂吉诃德》的结构模式极为相似，每一幕均以李君玉的视角展开，每一幕故事看似零散，却因李君玉而形成一个完整的故事链条。

十一、陈西滢：取法英国的"闲话风"散文

陈西滢（1896—1970），原名陈源，字通伯，笔名西滢，江苏无锡人，现代散文家，在文学批评、文艺评论和文学翻译方面成就卓著，是现代评论派的代表作家之一。著有《西滢闲话》（1928年新月书店），译有《少年哥德之创造》（1927年新月书店，法国莫洛怀）、《父与子》（1931年商务印书馆，俄国屠格涅夫）、《梅立克小说集》（1930年商务印书馆，英国梅立克）、《曼殊斐儿①》（1924年商务印书馆，英国曼殊斐儿，与徐志摩合译，收录陈西滢译《太阳与月亮》）、《曼殊斐儿小说集》（1927年新月书店，与徐志摩合译，英国曼殊斐儿，收录陈西滢译《一个没有性气的人》《贴身女仆》《削发》）等。留英十年的留学经历使得陈西滢的散文创作和文艺评论深受英伦文化的影响，他的散文风格深受法国作家法郎士影响，文字晶莹剔透，文风犀利不羁，擅用讽刺，凭《西滢闲话》独步文坛，开创了中国现代文学史上的"闲话时代"。陈西滢与外国文学的渊源主要在于三个方面，其一是陈西滢在翻译理论及实践方面的成就，其二是他的杂文所受英国随笔的影响，其三是他杂文中的外国文学批评及由此而阐发的戏剧理论主张。

（一）翻译实践与理论

作为留学欧美的知识分子，陈西滢在文学翻译实践和理论方面都卓有成就。他的翻译作品包括英国、法国、美国、俄罗斯、新西兰等国的作家作品，以英、法两国居多，以小说为主，翻译最多的是英国小说家梅立克的作品，有八篇之多，出版了两部翻译作品集《梅立克小说集》（1930年商务印书馆）和屠格涅夫的《父与子》（1931年商务印书馆）。此外，陈西滢还为自己与他人的翻译作品撰写了很多"译者序"和"译者附言"之类的序跋文章，并撰有《论翻译》一文，这些文章集中体现了他的翻译理论主张。为系统梳理陈西滢的翻译情况，特

---

① 今译曼殊菲尔德。

列表统计如下。

表下编 11-1　陈西滢翻译小说统计表 ①

序号	作品名称	发表时间/刊物	原著作者
1	《四次会面》	1922年《太平洋》第10期、1923年第1期	[美]詹姆斯亨利② (Henry James)
2	《土匪大王》	1923年《太平洋》第2、3、4期	[法]亚伯 (Edmond About)
3	《太阳与月亮》（含译后附言）	1923年10月《小说月报》第14卷第10号	[英]曼斯菲尔德 (Katherine Manthfield)
4	《涡堤孩》③	1924年《太平洋》第4卷第6期	陈西滢
5	《台特希教授》	1924年《晨报》六周年纪念增刊	[法]法郎士 (Anatole France)
6	《梦想的万能》	1925年《晨报》七周年纪念增刊	[法]法郎士
7	《生命》	1925年《现代评论》第1卷第22期	[英]古雷维奇 (Gurevitch)
8	《怀疑者的信仰》	1926年《晨报·副刊》第53期	[法]法郎士
9	《少年哥德之创造》	1927年《现代评论》第5卷第108期	[法]莫洛怀 (Andre Maurois)
10	《少年哥德之创造》	1927年上海新月书店	[法]莫洛怀
11	《〈少年哥德之创造〉译者序》	1927年上海新月书店	陈西滢
12	《粉红衣服的洋娃娃》	1927年《现代评论》二周年纪念增刊	[英]梅立克 (Leonard Merrick)
13	《元旦日的晚餐》	1927年《现代评论》第5卷第112期、第113期	[英]梅立克
14	《一个懂得女子心理的人》	1928年3月10日《新月》创刊号	[英]梅立克

---

①　本统计表参照《西滢闲话》《西滢后话》、张彦林的《闲话大师陈西滢》（河南人民出版社2013年版）等资料编制而成，统计时把相关小说序跋、译者附言等一并统计在内。

②　今译亨利·詹姆斯。

③　此文是陈西滢对徐志摩旧译《涡堤孩》的评价，原著是德国作家福沟的小说 Undine。

续表

序号	作品名称	发表时间/刊物	原著作者
15	《曼殊斐儿》	1924年商务印书馆，1928年6月10日《新月》第1卷第4号	西滢
16	《娃娃屋》	1928年7月10日《新月》第1卷第5号	[英]曼殊斐儿
17	《神话里的王子》	1928年《现代评论》第7卷第165期、第166期、第167期	[英]梅立克
18	《巴黎的判决》	1928年《现代评论》三周年纪念增刊	[英]梅立克
19	《时间同人开的玩笑》	1928年《现代评论》第8卷第183期、第185期、第186期	[英]梅立克
20	《这个故事可不成》	1928年《现代评论》第8卷第191期	[英]梅立克
21	《拿龙先生的外遇》	1928年《中央日报·特刊》	[英]梅立克
22	《一个没有性气的人》（含译后附言）	1929年2月10日《新月》第1卷第12号	[英]曼殊斐儿
23	《贴身女仆》（含译后附言）	1929年3月10日《新月》第2卷第1号	[英]曼殊斐儿
24	《论翻译》	1929年6月10日《新月》第2卷第4号	西滢
25	《削发》	1929年10月10日《新月》第2卷第8号	[英]曼殊斐儿
26	《梅立克小说集》	1930年商务印书馆	[英]梅立克
27	《〈梅立克小说集〉译者序》	1930年商务印书馆	陈西滢
28	《父与子》	1931年商务印书馆	[俄]屠格涅夫
29	《〈父与子〉译者的话》	1931年商务印书馆	陈西滢
30	《大国之风》（未完稿）	1937年《文学杂志》	[英]泊龙慕（William Plomer）
31	《一杯茶》	1943年11月15日《时与潮文艺》第2卷第3期	[英]曼殊斐儿

从上述统计来看，陈西滢共翻译了二十余篇外国小说作品，涉及的作家有英国小说家梅立克、俄罗斯作家屠格涅夫、法国作家莫洛怀、英国作家泊龙慕、英

国作家曼斯菲尔德、法国作家法郎士、法国作家亚伯以及英籍美裔作家亨利·詹姆斯，其中翻译最多的是英国小说家梅立克的小说，数量达八篇之多。陈西滢的大部分译作都是在杂志上发表，结集出版的译著一共有两部，一部是由梅立克的八篇小说译作结集而成的《梅立克小说集》（1930年商务印书馆），还有一部则是屠格涅夫的小说《父与子》（1931年商务印书馆）。《父与子》是俄罗斯19世纪现实主义作家屠格涅夫的小说，小说主要描写了以巴威尔和尼克拉为代表的保守的自由主义贵族与以巴扎罗夫为代表的年轻一代激进的平民知识分子之间的矛盾。这里的译本是陈西滢根据小说《父与子》的英译本翻译而成，为了译文的准确，陈西滢选取了《父与子》的四种译本（三种英译本和一种法译本）相互对照，以嘉奈脱夫人（Constance Garnett）1895年的英译本为主，由此足见陈西滢的翻译态度之认真。对于其中一些翻译细节的处理，陈西滢在《〈父与子〉译者的话》中曾有说明："俄国人像目下时髦的中国人一样，喜欢在谈话中间插些外国字、外国话。所以在俄国小说中间，常常穿插着许多外国字句。英法文的译本是依照原本仍列入各种原文的。我们可不能这样单简的照办。要是单列入原文，不免要惹起有些读者的埋怨，要是把它们译过了，又不免失去书中人物的性格和口气。折衷的办法，只好在译文中，外国语仍照原文列入，旁边附加小注。又书中的古人名，书名，以及特别的风俗习惯，也大都加以简单的说明，以便读者。"①《梅立克小说集》收录了陈西滢翻译的八篇梅立克小说，其中《神话里的王子》《元旦日的晚餐》《时间同人开的玩笑》《这个故事可不成》收录在《西滢后话》中，此外还有四篇分别是《粉红衣服的洋娃娃》《一个懂得女子心理的人》《巴黎的判决》《拿龙先生的外遇》。梅立克是英国小说家，陈西滢非常喜欢梅立克的小说，认为梅立克是一个小说的"巧妙师匠"，在《〈梅立克小说集〉译者序》中，陈西滢对梅立克的小说大加赞赏：

  这集所译的，只不过八篇，可是没有一篇不是一件完美的艺术品。我们读他的作品时，最容易觉察到的，便是每篇的结果，常常出乎读者的意外，可是这种翻案或转折，并不是故作惊人之笔的突变，而来得非常的自然。要是回头细看一遍，这出人意外的结束，在开篇第一字已经埋伏了下来，一路写去，愈接愈紧，那出人意外的转折反成了最自然的，万不能免的结束了。我们又可以看见，他是

---

① 陈西滢著，陈子善、范玉吉编：《西滢文录》，辽宁教育出版社2000年版，第218页。

一字不浪费的；有时好像他在琐屑的地方，很用些力气，可是小处几笔逼真的描写，却正可以给读者一个整个真实的印像，正是他艺术的巧妙处。①

《少年哥德之创造》是莫洛怀以天才哥德为主人公而撰写的一篇小说，这部译作的题目是陈西滢翻译时改的，是依据莫洛怀第 43 版的法文原版翻译而成，此外参阅了 Erie Sutton 的英译本。对于这篇小说，陈西滢在《〈少年哥德之创造〉译者序》中指出，这篇小说虽不是传记，但"这里的事实，就是最细微的一点，都有确切的根据，不过这些事实却穿上了小说的衣裳"②。小说中的哥德最初是一名学生，毕业之后成为一名律师，小说接着展开了少年哥德的恋爱故事和创作故事，因此陈西滢说这篇小说是关于"少年维特之创造"的故事，小说可以回答以下问题：

少年维特就是少年哥德么？要是哥德就是维特，怎样哥德又没有自杀……他的创造者少年哥德的思想行动到底是怎样的呢？他自己究竟有了什么经验？他为什么写"少年维特"的烦恼？写的时候他又是怎样的情形？③

陈西滢还较为推崇英国作家曼殊斐儿（今译曼斯菲尔德）的小说，早在 1923 年，陈西滢就翻译了曼殊斐儿的一篇小说《太阳与月亮》（1923 年 10 月《小说月报》第 14 卷第 10 号），小说写一个六七岁的小孩一天的所见所想，陈西滢为这篇小说撰写了《〈太阳与月亮〉译后附言》，文章认为曼殊斐儿的艺术"超出与过去的大多数作家"。此后，陈西滢又在《新月》第 1 卷第 4 号（1928 年 6 月 10 日）上发表了《曼殊斐儿》一文，文章从曼殊斐儿的一生开始写起，写了她的才情，认为曼殊斐儿的作品"因为完全的真实是她的目的，'水晶似的消莹'是她的标准，才会有她那样渣滓悉去的作品，洞见肺腑的人物，而'清纯'一词，诚如麦雷所说，成为她的特质"④。其后陈西滢又先后在《新月》上发表了曼殊斐儿的《娃娃屋》《一个没有性气的人》《贴身女仆》《削发》四篇小说译作。

陈西滢不仅有文学翻译的实践，在翻译理论方面也有自己的主张，他的翻译理论主张主要体现在《论翻译》（原载于 1929 年《新月》第 2 卷第 4 号）一文。

---

① 陈西滢著，陈子善、范玉吉编：《西滢文录》，辽宁教育出版社 2000 年版，第 220 页。
② 同上书，第 214 页。
③ 同上。
④ 同上书，第 75 页。

陈西滢在文中开宗明义提出反对严复的"信、达、雅"的翻译观念，认为在翻译文学作品时"雅字或其他相类的字，不但是多余，而且是译者的大忌"，"达字也并不是必要的条件"，①"信"是翻译文学作品唯一要达到的目的。在陈西滢看来，翻译无所谓"意译"和"直译"之分，"意译"不能说是翻译，在英文中称之为"paraphrase"，最容易导致"曲译"。"直译"只是"字比句次"的翻译，注重内容，忽略"文笔及风格"，只能达到"形似"。在谈及翻译的"形似、意似、神似"时，陈西滢认为"意似"超过"形似"，而"神似"是翻译的最高境界，尤其在诗歌翻译方面。关于翻译问题，陈西滢在《显尼志劳的剧本》一文中也有谈及。在这篇文章中，陈西滢由郭绍虞译本阐述了"忠实原文"的问题，指出"我们介绍名著的时候，虽然不能得其精神，总得力求忠实"②。陈西滢自己在翻译时非常重视"忠实原文"，在《〈父与子〉译者的话》中，陈西滢称自己因不懂俄文，在翻译时参照了三种英译本和一种法译本，把四种译本放在眼前，每有出入便参照其他，由此足见陈西滢的翻译态度之认真，这也是陈西滢批评郭绍虞译本"粗糙"的原因所在。

由于陈西滢的翻译作品均为小说，因此他为这些小说所写的"译者前言""译者附言""序跋"等大都涉及小说的译本及翻译问题，这些文章包括《〈太阳与月亮〉译后附言》《涡堤孩》《〈一个没有性气的人〉译后附言》《〈贴身女仆〉译后附言》《〈少年哥德之创造〉译者序》《〈父与子〉译者的话》《〈梅立克小说集〉译者序》等。《涡堤孩》是陈西滢对徐志摩旧译《涡堤孩》的评价，陈西滢肯定了徐志摩译笔流畅，但对于徐志摩对原著情节的添加，认为：

> 我们对于翻译的主张，并不推重一字不苟，一句一句的直译。如果译得传神生动，区区的一字一句本没有什么大关系。但是我们主张翻译须是翻译，不是著作；最美最善的译本是把原作者要说的话，完全说出，不加什么，不减什么，并且一样的得力，给人一样的印象。③

从这段文字我们可以发现，陈西滢提出的仍然是文学翻译中的"忠实于原文"问题，提出把"翻译"与"著作"分开，认为"最美最善的译本是把原作者

---

① 陈西滢著，陈子善、范玉吉编：《西滢文录》，辽宁教育出版社2000年版，第57页。
② 同上书，第128页。
③ 同上书，第133页。

要说的话，完全说出"。

（二）"闲话"创作：英国随笔体的"移植"

陈西滢16岁赴英国留学，先在爱丁堡大学专攻文学，钟情于英国文学，后转入伦敦大学学习政治经济学，获经济学博士学位。回国后任教于北京大学英文系，教授英国文学、欧洲小说、英美小说、翻译、18世纪文学、戏剧入门等课程。1924年12月，陈西滢与王世杰、周鲠生等人创办《现代评论》，任文艺副刊编辑，主撰"闲话"栏目，后结集出版为《西滢闲话》。陈西滢的散文创作深受英国随笔体散文的影响，带有"絮语"体散文的典型特点，尤其受到法郎士散文的影响，形成了与之相似的散文风格，即由晶莹剔透的文字和机智的反讽组合而成的"闲话风"。他的散文多收录于《西滢闲话》（1928年新月书店）和《西滢后话》（1931年商务印书馆）中，是《现代评论》"闲话"专栏杂文的结集，创作时间为1924年至1927年间。2000年，辽宁教育出版社出版的《西滢文录》是迄今为止陈西滢佚文最为齐全的搜集整理，这些集外佚文分别刊载于《晨报·副刊》《太平洋》《小说月报》《新月》《武汉大学文哲季刊》《中央日报》等报纸杂志。陈西滢的"闲话"内容驳杂，涉及政治、文化、艺术等各个方面，内容并非风花雪月之类的"闲话"，多为针砭时弊之作。关于陈西滢"闲话"散文的渊源及特色，其挚友徐志摩、苏雪林等人都认为这种"闲话风"源自英国和法国，尤其是与法郎士有关。据苏雪林记载，"陈氏的文章据徐志摩说他学法朗士'有根'"[①]，法郎士以"爱伦尼"著称，苏雪林认为陈西滢的散文有"爱伦尼"的特点。在《陈源教授逸事》一文中，苏雪林开篇论述"陈源教授的爱伦尼"，此处的"爱伦尼"就是英文的irony，是嘲讽、讽刺之意，相当于中国的俏皮话。苏雪林认为陈源爱说俏皮话，但"陈氏的爱伦尼则有时犀利太过，叫人受不住而致使人怀憾莫释"[②]。

陈西滢本人非常推崇法郎士的散文，《西滢闲话》中有两篇关于法郎士的文章：《法郎士先生的真相》和《再谈法郎士》。在《法郎士先生的真相》中，陈西滢认为"法郎士无双的'爱伦尼'（irony，即讽刺），可以算是他的作品的特点。

---

① 苏雪林著，叶君主编：《当我老了的时候》，北方文艺出版社2015年版，第296页。
② 同上。

我们总以为世间一切都不过是他谈笑的资料了"①，陈西滢认为"法郎士的散文像水晶似的透明，像荷叶上露珠的皎洁，是近代公认为一时无两的"②。梁实秋认为："陈西滢先生的《西滢闲话》大概是在民国十四年左右发表在《现代评论》的，由于他的见解纯正文字优美的缘故，当时成为这个刊物中之最受人欢迎的一栏，我当时感觉有如爱迪逊与史提尔的《旁观报》的风格。"③此处梁实秋先生所说的《旁观报》(Spectator)是18世纪英国著名的报纸，是爱迪逊与史提尔于1711年共同创办的，这个报纸上文章的风格以"絮语"和"反讽"而著称，内容驳杂。梁实秋认为"陈西滢的文字晶莹剔透，清可鉴底，而笔下如行云流水，有意态从容的趣味"④。

作为留学欧美的知识分子，陈西滢的思想深受英国自由主义传统的影响，崇尚自我，追求自由和人性，在《创作的动机与态度》一文中，陈西滢认为："一到创作的时候，真正的艺术家忘却了一切，他只创造他心灵中最美最真实的东西，断不肯放低自己的标准，去迎合普通读者的心理。"⑤在他看来，真正的艺术家应该是自由的，刻意迎合读者的艺术家都不是真正的艺术家。不仅如此，陈西滢还受到西方启蒙主义文艺思潮的影响，崇尚理性精神，尤其推崇罗曼·罗兰的艺术主张。在《罗曼·罗兰》一文中，陈西滢引用了托尔斯泰写给罗曼·罗兰的一段话：

无论那一样事业的动机，应当是为了爱人类，不应当为了爱事业的本身。艺术家没有这样的爱，他创造的东西不会有价值的。只有沟通人类的同感，去除人类的隔膜的作品才是真有价值的作品，只有为了坚定的信仰而牺牲一切的才是真有价值的艺术家。⑥

这段话不仅是罗曼·罗兰的创作理念，也成为陈西滢的文艺主张，在陈西滢看来，艺术家应为"沟通人类的同感，去除人类的隔膜"而努力。

---

① 陈西滢：《西滢闲话》，江苏文艺出版社2010年版，第131页。
② 同上书，第129页。
③ 梁实秋：《会说话的人，人生都不会太差》，北京时代华文书局2016年版，第241页。
④ 同上。
⑤ 陈西滢：《西滢闲话》，江苏文艺出版社2010年版，第107页。
⑥ 同上书，第163页。

陈西滢凭借一部《西滢闲话》独步文坛，开创了中国现代文学史上的"闲话时代"，但因历史原因（与鲁迅的论战），陈西滢的散文在文学史上没有得到应有的重视。吴福辉在《西滢的"闲话"和"后话"》中指出："'闲话'，本源于英国文学传统中的絮语散文体。斯梯尔和艾迪生办的报刊，取名《闲话报》（一译《闲谈者》《旁观者》），哈兹里特的小品集称为《席间闲谈》，很明显，欧美派的中国作家由此受到过启发。"① 他认为陈西滢的"闲话""时有风趣，间发妙论，娴熟地运用他特有的反语、快语、警语、睿语，英国随笔的轻松随意之中暗藏着机锋"②。吴福辉主张给予陈西滢对散文文体的建树以公正的评价，他说："就像自由主义思想是从西方移植来的一样，陈西滢又是把英国随笔小品移植到中国散文土壤上来的一个，这种文体建树的特殊性理应给予恰当的评价。"③ 吴福辉的评价不仅指出了陈西滢散文与外国文学的渊源关系，也给予了陈西滢散文较为公允的评价。

（三）"闲话"中的外国文学批评和戏剧观

陈西滢的"闲话"散文中有大量的外国文学批评（包括他为自己或他人译文所作的序跋），如《曼殊斐儿》《易卜生的戏剧艺术》《显尼志劳的剧本》《恳亲会式之演剧·莎士比亚的〈仇里西撒〉》《恳亲会式之演剧·哈蒲曼的〈织工们〉》《武器与武士》等。这些外国文学评论涉及戏剧、小说、诗歌、文学批评专著等，其中关于戏剧的文学评论较多，涉猎之广也足见陈西滢的外国文学造诣。为系统梳理陈西滢的外国文学评论，特列表统计如下。

表下编 11-2　陈西滢外国文学评论统计表 ④

序号	文学评论	发表时间 / 刊物	涉及作家作品
1	《危险之年龄》	1923 年《太平洋》第 4 卷第 1 号	英国作家麦柯莱的《危险之年龄》

---

① 何宝民主编：《世界华人学者散文大系 7》，大象出版社 2003 年版，第 427 页。
② 同上书，第 431 页。
③ 同上书，第 432 页。
④ 本统计表参照《西滢闲话》《西滢后话》、张彦林的《闲话大师陈西滢》（河南人民出版社 2013 年版）等资料编制而成，统计时把译文序言也囊括在内。

续表

序号	文学评论	发表时间/刊物	涉及作家作品
2	《译本的比较》①	1923年《太平洋》第4卷第2号	爱尔兰戏剧家萧伯纳的戏剧译本
3	《看新剧与学时髦》	1923年5月24日《晨报·副刊》	挪威戏剧家易卜生的《娜拉》
4	《显尼志劳的剧本》	1924年《太平洋》第4卷第5号	奥地利剧作家显尼志劳（Arthur Schnitzler）的剧本
5	《恳亲会式之演剧·哈蒲曼的〈织工们〉》	1924年3月24日《晨报·副刊》	德国剧作家哈蒲曼的戏剧《织工们》
6	《恳亲会式之演剧·莎士比亚的〈仇里西撒〉》	1924年3月25日《晨报·副刊》	英国戏剧家莎士比亚的《仇里西撒》
7	《恳亲会式之演剧·莎士比亚名剧〈汉孟雷特〉》	1924年3月25日《晨报·副刊》	英国戏剧家莎士比亚的《汉孟雷特》②，中国戏曲改编
8	《法郎士先生的真相》	1926年1月9日《现代评论》第3卷第57期	法国作家法郎士
9	《再谈法郎士》	1926年1月16日《现代评论》第3卷第58期	法国作家法郎士
10	《罗曼·罗兰》	1926年1月30日《现代评论》第3卷第60期	法国作家罗曼·罗兰
11	《武器与武士》	1927年3月26日《现代评论》第5卷第120期	萧伯纳的戏剧《武器与武士》
12	《心理学与政治》	1927年4月9日《现代评论》第5卷第122期、4月16日第123期	英国罗素（Bertrand Russell）
13	《论翻译》	1929年6月10日《新月》第2卷第4号	法国小说家Marcel Proust、英国作家James Joyce、Samuel Butler、古希腊诗人荷马、法国作家法郎士

① 本篇是对郭沫若、郑君胥译的Storin的《茵梦湖》、唐性天译的Storin的《意门湖》、潘家洵译的萧伯纳的《华伦夫人之职业》以及金本基、袁彌译的萧伯纳的《不快意的戏剧》四个译本的评论。

② 今译《哈姆雷特》。

续表

序号	文学评论	发表时间/刊物	涉及作家作品
14	《易卜生的戏剧艺术》	1930年4月《文哲季刊》第1卷第1期	挪威戏剧家易卜生的戏剧
15	《文学批评的一个新基础》	1930年4月《文哲季刊》第1卷第1期	英国瑞恰慈的文学批评专著
16	《"公共汽车本子"》	1930年4月《文哲季刊》第1卷第1期	英美一些被称为"公共汽车本子"的小说和戏剧选集
17	《新剧本选》	1931年4月《文哲季刊》第2卷第1期	英美两部剧本选本 Fmaous Plays of Today（《今天的名剧》）和 Six Plays
18	《西方人之东方小说》	1931年4月《文哲季刊》第2卷第1期	美国作家赛珍珠的两本小说及英国作家威廉·布隆模的一本小说
19	《写戏方法》	1931年7月《文哲季刊》第1卷第2期	美国作家欧文的戏剧评论 How to Write a Play
20	《添在孙译〈安特利亚·代尔·沙多〉后面的蛇足》	1935年4月12日《武汉日报·现代文艺》第9期	英国诗人白朗宁的诗歌《安特利亚·代尔·沙多》

陈西滢的文学批评与一般严谨规整的批评不同，很有法郎士特色。他很少完全围绕作品的主题、风格、结构等文体形态展开，而是以一种恣意无规则的方式进行批评。在《显尼志劳的剧本》一文中，陈西滢开篇没有直接对显尼志劳的剧本进行批评，而是从德文文学界两位剧作家霍拨德曼（今译霍普德曼）和奥地利的显尼志劳的生辰谈起，写这两个国家对他们生辰的重视，接下去多角度对比分析了两位剧作家剧作的精神内核、人物、情节等，指出霍普德曼志在"做一个民族代言人"，一个"小模范的歌德"，而显尼志劳却只是一个"纯粹的艺术家"。之后文章开始阐述显尼志劳的出身、文学贡献和戏剧作品，最后文章对郭绍虞的译本进行纠错和评价。首尾两部分的内容看似偏离文章主题，与显尼志劳的剧本无关，但细细品来不难发现，这两部分只是从另一角度介绍显尼志劳。这种文学评论的写作方式与通常按部就班的文学批评不同，有一种散文自在的"形散神聚"特点，同样的评论风格在《曼殊斐儿》《危险之年龄》《西方人之东方小说》中也有体现。

综观陈西滢的外国文学批评，一部分为专门的文学评论，还有一部分是一些翻译作品的序跋。就文体而言，《法郎士先生的真相》和《再谈法郎士》是关于散文家法郎士的文学评论,《添在孙译〈安特利亚·代尔·沙多〉后面的蛇足》一文是对英国诗人白朗宁的诗歌《安特利亚·代尔·沙多》的评价,陈西滢认为"安特利亚是一个不幸的艺术家,他做了恋爱的奴隶,同时又不能忘情于艺术,是他的最大的不幸"①。其余大部分集中在对戏剧和小说两种文体的评介。《危险之年龄》《西方人之东方小说》是对西方小说的评介。《"公共汽车本子"》是对中国出版的 15 种英美小说、戏剧选本的评介,这种选本在英美出版界出现了"公共汽车本子"现象,这种出版物的特点是"篇幅宽大,页数众多,内容丰富,价格低廉",这些书籍满足了国内西方文学学习者的购书欲望,陈西滢认为《高尔斯华绥戏剧集》是理想的"公共汽车本子"。除了涉及各种文体的外国文学评论之外,值得一提的是陈西滢对英国文艺评论家瑞恰慈的专著 Principles of Literary Criticism (《文学批评原理》)的推介。瑞恰慈在这部专著中提出了文学批评的一个新的基础——心理学,在《文学批评的一个新基础》一文中,陈西滢对这部专著中的文学批评理论作出了很高的评价,认为"这本书没有一章没有精警的议论,没有一页没有独到的意见。实在是近年文学批评作品中一本绝无仅有的好书"②,认为"完全以心理学作根据来建筑文学批评原理,而且能自圆其说的,却以瑞恰慈先生为第一人"③。

陈西滢虽不是戏剧家,但发表了许多与"五四"新剧、外国戏剧相关的评论文章,如《民众的戏剧》《小戏院的试验》《"观音"与国剧》《庆贺"小剧院"成功》《易卜生的戏剧艺术》《显尼志劳的剧本》《看新剧与学时髦》《恳亲会式之演剧》《新剧与观班》《新剧本选》《写戏方法》等,这些文章陆续收录在《西滢闲话》《西滢文录》中,形成了陈西滢独特的戏剧观。由于现代戏剧是西方的"舶来品",因此陈西滢的戏剧观是在对外国戏剧探讨的基础上提出来的,是陈西滢与外国文学渊源的一种表现。他首先关注的是戏剧的功用问题。五四时期,传统戏剧的"娱乐"价值被否定,戏剧成为"思想"和"主义"的工具,连留美的知识分子胡适也开始创作"问题剧",这与五四时期"问题小说"的提倡应该是相同的文学思潮。胡适的《易卜生主义》一文其目的不是介绍易卜生的戏剧艺术,而是把易卜生作为"思想"的工具来改造社会。陈西滢反对这种把戏剧过分"工

---

① 陈西滢著,陈子善、范玉吉编:《西滢文录》,辽宁教育出版社 2000 年版,第 191 页。
② 同上书,第 170 页。
③ 同上书,第 169 页。

具化"的主张,他的戏剧主张受席勒"游戏说"的影响,主张"戏剧是一种艺术",认为"戏剧的根本作用是使人愉快的……易卜生的问题剧,和王尔德的俏皮剧亦一样可以给看者充分的快乐"[①]。在陈西滢看来,戏剧都是愉悦观众的,只是不同的观众喜爱不同的戏剧而已。

其次,陈西滢关注的是现代戏剧对西方新剧与传统旧戏的继承问题。在《民众的戏剧》一文中,陈西滢反对那种完全从西欧"移植"而来的新剧,主张吸收旧戏和西欧戏剧的优点,创造中国自己的"民众的戏剧",这是陈西滢为"民众的戏剧"提出的改良之路。他认为"戏剧的将来至少有两条路。一种是纯粹的对话剧,自然这须是有趣味、有艺术、有意思的对话剧……这种戏剧只会博得少数智识阶级的赏鉴,所以很难成良好的职业的组织。至于民众的戏剧,应当另走一条路——一种收旧戏之长而弃旧戏之短的创造"[②],"这种有做、有说、有歌、有舞、有声、有色的戏剧,就在欧美也非常的流行。所谓 opera comic,light opera,operetta,musical comedy,reue 都无非是这一类的东西,它们号召观众的能力,比对话剧大得多"[③]。在《看新剧与学时髦》一文中,陈西滢指出提倡新剧的人应该"引导观众的兴趣",不要只是"学时髦"。关于"五四"戏剧的出路问题,陈西滢提出小戏院是一种出路。在《小戏院的试验》一文中,陈西滢以欧美的小戏院为参照,提出在中国可以进行"小戏院的试验",他指出:"俄国最著名的莫斯科艺术院,原先是一个小戏院。德国最著名的排演者 Reinhardt 的种种艺术的试验,也举行于小戏院……组织一种小戏院的运动,实在可以代中国的戏剧开辟一条新路。"[④]在《庆贺"小剧院"成功》一文中,陈西滢认为燕京大学女生们的小戏院演出是一次可喜的尝试,剧本的作者是凌叔华,导演是 Miss A.James 和张仲述。

陈西滢对西方戏剧家和相关作品的评论最多,其中也表现了陈西滢的戏剧观。在表下编 11-2 中统计的外国文学评论文章中,有近半数和戏剧相关,通过这些戏剧文学评论,陈西滢向中国读者系统介绍了奥地利戏剧家显尼志劳、爱尔兰戏剧家萧伯纳、挪威戏剧家易卜生、德国剧作家哈蒲曼、英国戏剧家莎士比亚

---

① 陈西滢著,陈子善、范玉吉编:《西滢文录》,辽宁教育出版社 2000 年版,第 143 页。
② 陈西滢:《西滢闲话》,江苏文艺出版社 2010 年版,第 7 页。
③ 同上书,第 8 页。
④ 同上书,第 15 页。

等的戏剧作品。此外，陈西滢还专门就美国作家欧文的戏剧评论 How to Write a Play 撰写了一篇文章《写戏方法》。《易卜生的戏剧艺术》一文是一篇较长的评论，文章系统梳理了易卜生的戏剧创作，指出易卜生"最先是戏剧家，第二才是思想家"，这一观点凸显了易卜生戏剧艺术的重要性，文章认为"易卜生的剧本在欧洲戏剧史里开一个新纪元"，"写真主义艺术，在易卜生手中才告成功"。文章接着从易卜生的《群鬼》《野鸭》《洛司慕洲》等作品入手，分析了"回顾方法"这一戏剧结构方法，认为《野鸭》是"近代剧中最伟大的悲喜剧"。最后文章从对话、"三一律"、作剧的方法探讨了易卜生戏剧的特色，认为英译本《易卜生的工作房》（易卜生的方案概略、初稿、断片的收集）是"研究易卜生作品的人的研究院，是戏剧艺术学者的参考室，是新进剧作家的不可不去的试验房"。[①]《新剧本选》是对两部英美剧本杰作选的评价，这篇文章提出了戏剧的标准问题，指出戏剧不同于其他文学作品，"剧本只是戏剧的一部分，必须有排演者、演员、舞台、剧场的凑合起来方才能够完成"[②]，此处强调的是戏剧作为一种综合性的舞台艺术区别于其他文学作品的特征。《写戏方法》是陈西滢对美国作家欧文戏剧著作 How to Write a Play 的书评，陈西滢在文中认为这本书是继美国耶鲁大学戏剧学教授贝克（G. P. Baker）所著的 Dramatique Technique 和英国戏剧批评家威廉·阿契尔（William Archer）所著的《剧作法》（Play Making）之外的第三部戏剧理论著作，欧文这本书虽然代替不了前两部戏剧入门书籍，但"读过那两本书的人却不可不一读这本书"。

---

① 陈西滢著，陈子善、范玉吉编:《西滢文录》，辽宁教育出版社2000年版，第90页。
② 同上书，第187页。

参考文献

[1] 阿英:《小说四谈》,上海古籍出版社1981年版;

[2] 北京图书馆编:《民国时期总书目(1911—1949)文学理论·世界文学·中国文学》(上卷),北京书目文献出版社1992年版;

[3] 鲍晶编:《中国文学史资料全编·现代卷:刘半农研究资料》,知识产权出版社2011年版;

[4] 北京图书馆编:《民国时期总书目(1911—1949)外国文学》,北京书目文献出版社1987年版;

[5] 包天笑著、刘幼生点校:《钏影楼回忆录·钏影楼回忆录续编》,三晋出版社2014年版;

[6] 冰心著,卓如编:《冰心全集·第六册·文学作品(1980—1986)》,海峡文艺出版社2012年版;

[7] 卞之琳译:《卞之琳译文集》(上中下卷),安徽教育出版2000年版;

[8] 卞之琳著、张曼仪编:《卞之琳》,人民文学出版社1995年版;

[9] 卞之琳编译:《英国诗选 莎士比亚至奥顿》,商务印书馆1996年版;

[10] 卞之琳:《鱼目集》,文化生活出版社1935年;

[11] 卞之琳:《十年诗草1930—1939》,安徽教育出版社2007年;

[12] 卞之琳:《人与诗:忆旧说新》,安徽教育出版社2007年版;

[13] 卞之林著、高恒文编:《世纪的回响·作品卷·地图在动》,珠海出版社1997年版;

[14] 陈丙莹:《卞之琳评传》,重庆出版社1998年版;

[15] 陈颂声、李伟江等编:《创造社资料》,福建人民出版社1985年版;

[16] 蔡元培、蒋维乔、庄俞:《商务印书馆九十年——我和商务印书馆(1897—1978)》,商务印书馆1987年版;

[17] 蔡元培等著,陈平原选编、导读:《〈中国新文学大系〉导言集》,贵州

教育出版社 2014 年；

［18］蔡清富编：《朱自清散文选集》，百花文艺出版社 1986 年版；

［19］陈平原：《二十世纪中国小说史（1897—1916）（第 1 卷）》，北京大学出版社 1989 年版；

［20］陈平原：《陈平原小说史论集（中）》，河北人民出版社 1997 年版；

［21］陈玉刚主编：《中国翻译文学史稿》，中国对外翻译出版公司 1989 年版；

［22］陈辽主编：《江苏新文学史》，南京出版社 1990 年版；

［23］陈建功、吴义勤主编：《中国现代翻译文学初版本图典（上下卷）》，百花洲文艺出版社 2015 年版；

［24］陈西滢：《西滢闲话》，江苏文艺出版社 2010 年版；

［25］陈西滢、陈子善、范玉吉编：《西滢文录》，辽宁教育出版社 2000 年版；

［26］梁实秋：《会说话的人，人生都不会太差》，北京时代华文书局 2016 年版；

［27］陈衡哲、叶君主编：《一支扣针的故事》，北方文艺出版社 2015 年版；

［28］陈衡哲：《小雨点》，上海书店出版社 1928 年版；

［29］陈衡哲：《衡哲散文集》，河北教育出版社 1994 年版；

［30］陈子善、张铁荣编：《周作人集外文（1904—1925）（上集）》，海南国际新闻出版中心 1993 年版；

［31］陈春生等选编：《20 世纪中国文学史文论精华：小说卷》，河北教育出版社 2000 年版；

［32］陈瘦竹、沈蔚德：《论悲剧与喜剧》，上海文艺出版社 1983 年版；

［33］陈瘦竹：《戏剧理论文集》，中国戏剧出版社 1988 年版；

［34］陈伯吹：《儿童文学简论》，长江文艺出版社 1959 年版；

［35］陈美英编著：《洪深年谱》，文化艺术出版社 1993 年版；

［36］曹顺庆主编：《比较文学史》，四川人民出版社 1991 年版；

［37］丁西林著：《丁西林剧作全集》（上下），中国戏剧出版社 1985 年版；

［38］［丹］安徒生著，叶君健译：《中国翻译家译丛·叶君健译安徒生童话》，人民文学出版社 2015 年版；

［39］［俄］列夫·托尔斯泰著，陈琛主编：《列夫·托尔斯泰文集·散文随笔》，吉林人民出版社 1995 年版；

［40］［俄］屠格涅夫：《屠格涅夫散文选》，张守仁译，百花文艺出版社 1986

［41］［俄］赫尔岑：《赫尔岑论文学》，辛未艾译，上海文艺出版社 1962 年；

［42］周瘦鹃著，范伯群主编：《周瘦鹃文集》，文汇出版社 2010 年版；

［43］范伯群、朱栋霖主编：《1898—1949 中外文学比较史 新版（上下卷）》，江苏教育出版社 2007 年版；

［44］范伯群主编，栾梅健编校：《现代通俗文学的无冕之王：包天笑》，南京出版社 1994 年版；

［45］范伯群主编，刘祥安编校：《中国侦探小说宗匠程小青》，南京出版社 1994 年版；

［46］［法］夏尔·波德莱尔等：《西窗集》，卞之琳译，安徽教育出版社 2007 年版；

［47］方宽烈编：《凤兮凤兮叶灵凤》，福建教育出版社 2013 年版；

［48］古今、杨春忠编著：《洪深年谱长编》，中国戏剧出版社 2009 年版；

［49］贺玉波：《现代中国作家论（第一卷）》，大光书局 1936 年版；

［50］洪汛涛：《洪汛涛童话论著·童话学》，长江文艺出版社 2018 年版；

［51］洪深：《洪深文集》（共四卷），中国戏剧出版社 1957 年版；

［52］海岸选编：《中西诗歌翻译百年论集》，上海外语教育出版社 2007 年版；

［53］何宝民主编：《世界华人学者散文大系 7》，大象出版社 2003 年版；

［54］洪汛涛：《洪汛涛童话论著：童话学》，长江文艺出版社 2018 年版；

［55］郭延礼：《中国近代翻译文学概论》，湖北教育出版社 1998 年版；

［56］晋阳学刊编辑部编：《中国现代社会科学家传略（第三辑）》，山西人民出版社 1983 年版；

［57］贾植芳、苏兴良等编：《中国文学史资料全编·中国现代文学总书目：翻译文学卷》，知识产权出版社 2010 年版；

［58］贾植芳、苏兴良等编：《中国文学史资料全编·现代卷·文学研究会资料（上）》，知识产权出版社 2010 年版；

［59］贾植芳、陈思和主编：《中外文学关系史资料汇编（1898—1937）（上下册）》，广西师范大学出版社 2004 年版；

［60］姜建、吴为公：《朱自清年谱》，安徽教育出版社 1996 年版；

［61］蒋登科：《散文诗文体论》，中国文联出版社 2002 年版；

［62］季进：《钱钟书与现代西学》，复旦大学出版社 2011 年版；

［63］金东雷:《英国文学史纲》,吉林出版集团有限责任公司2010年版;

［64］孔庆茂:《钱钟书传》,江苏文艺出版社1992年版;

［65］孔庆茂:《钱钟书与杨绛》,凤凰出版社2011年版;

［66］鲁迅:《且介亭杂文》,万卷出版公司2014年版;

［67］鲁迅著,朱正编:《鲁迅书话》,湖南教育出版社2007年版;

［68］鲁迅:《鲁迅全集（第十四卷）》,同心出版社2014年版;

［69］鲁迅:《南腔北调集》,译林出版社2014年版;

［70］李万钧主编:《中国古今戏剧史（上中下卷）》,广东高等教育出版社1997年版;

［71］李宗刚、谢慧聪辑校:《杨振声文献史料汇编》,山东人民出版社2016年版;

［72］李今主编,罗文军编注:《汉译文学序跋集·第一卷·1894—1910》,上海人民出版社2017年版;

［73］李今主编,樊宇婷编注,《汉译文学序跋集·第二卷·1911—1921》,上海人民出版社2017年版;

［74］李今主编,樊宇婷编注,《汉译文学序跋集·第三卷·1922—1924》,上海人民出版社2017年版;

［75］李今主编,罗文军编注,《汉译文学序跋集·第四卷·1925—1927》,上海人民出版社2017年版;

［76］李兆林、叶乃方编:《屠格涅夫研究》,上海译文出版社1989年版;

［77］李广宇:《叶灵凤传》,河北教育出版社2003年版;

［78］李健吾著,李维永编:《李健吾文集·文论卷2》,北岳文艺出版社2016年版;

［79］李洪岩:《智者的心路历程——钱钟书的生平与学术》,河北教育出版社1995年版;

［80］林煌天主编:《中国翻译词典》,湖北教育出版社2005年版;

［81］黎跃进:《湖南20世纪文学对外国文学的接受与超越》,湖南文艺出版社2006年版;

［82］刘半农著,瑞峰编:《现代名家名作:刘半农作品选》,中央民族大学出版社2005年版;

［83］刘半农著,陈子善编:《刘半农书话》,浙江人民出版社1998年版;

［84］刘半农著，文明国编：《刘半农自述》，安徽文艺出版社 2014 年版；

［85］刘半农：《现代名家经典文库·刘半农作品精选》，云南人民出版 2019 年版；

［86］刘半农：《教我如何不想她》，上海人民美术出版社 2019 年版；

［87］刘半农著，书林主编：《中国近现代名人文库·刘半农文集》，线装书局 2009 年版；

［88］刘半农：《中国现代诗歌名家名作原版库·扬鞭集》，中国文联出版公司 1926 年版；

［89］刘勇、李怡总主编：《中国现代文学编年史（1895—1949）》（共 11 卷），文化艺术出版社 2015 年版；

［90］刘增人、冯光廉编：《中国文学史资料全编·叶圣陶研究资料（上下）》，知识产权出版社 2010 年版；

［91］刘增人：《叶圣陶传》，东方出版社 2009 年版；

［92］林海音著，戴文葆主编：《落入满天霞》，湖南人民出版社 1997 年版；

［93］柳无忌：《明日的文学》，建文书店 1943 年版；

［94］柳无忌：《印度文学》，聊经出版事业公司 1982 年版；

［95］罗新璋、陈应年编：《翻译论集》，商务印书馆 2009 年版；

［96］连燕堂：《文化怪杰·林纾：译界之王》，辽宁人民出版社 2015 年版；

［97］孟长勇：《从东方到西方——20 世纪中国文学与世界文学》，复旦大学出版社 2007 年版；

［98］孟昭毅、李载道主编：《中国翻译文学史》，北京大学出版社 2005 年版；

［99］马祖毅：《中国翻译简史·五四以前部分》，中国对外翻译出版公司 1998 年版；

［100］南京大学文学院编：《南京大学文学院百年史稿》，南京大学出版社 2014 年版；

［101］［挪威］易卜生著，潘家洵译、胡适校：《易卜生集（二）》，商务印书馆 1923 年版；

［102］瞿秋白：《饿乡纪程·赤都心史·乱弹·多余的话》，岳麓书社 2000 年版；

［103］瞿秋白：《赤都心史》，东方出版社 2015 年版；

［104］瞿秋白：《青年的九月：瞿秋白散文》，沈阳出版社 2016 年版；

［105］齐明月编：《借你一双慧眼》，中国言实出版社 2014 年版；

［106］钱钟书：《钱钟书散文》，浙江文艺出版社 1997 年版；

［107］钱钟书：《钱钟书英文文集》，外语教学与研究出版社 2005 年版；

［108］钱钟书：《钱钟书作品集》，甘肃人民出版社 1997 年版；

［109］钱钟书：《谈艺录（补订本）》，中华书局 1984 年版；

［110］齐家莹编：《清华丛书之八·清华人文学科年谱》，清华大学出版社 1999 年版；

［111］秦川：《秦川文集 2·文化巨人郭沫若》，中国文联出版社 2016 年版；

［112］芮和师、范伯群、郑学弢著：《中国文学史资料全编·现代卷：鸳鸯蝴蝶派文学资料（上）》，知识产权出版社 2010 年版；

［113］任文贵、杨北楼选编：《长相思：名人笔下的老师》，北京出版社 2000 年版；

［114］戎林海、赵惠珠主编：《瞿秋白翻译研究》，东南大学出版社 2017 年版；

［115］上海图书馆编：《中国近代期刊篇目汇录（第一卷）》，上海人民出版社 1965 年版；

［116］上海图书馆编：《中国近代期刊篇目汇录（第二卷）（上）》，上海人民出版社 1979 年版；

［117］上海图书馆编：《中国近代期刊篇目汇录（第二卷）（中）》，上海人民出版社 1981 年版；

［118］上海图书馆编：《中国近代期刊篇目汇录（第二卷）（下）》，上海人民出版社 1982 年版；

［119］上海图书馆编：《中国近代期刊篇目汇录（第三卷）（上）》，上海人民出版社 1983 年版；

［120］上海图书馆编：《中国近代期刊篇目汇录（第三卷）（下）》，上海人民出版社 1984 年版；

［121］施蛰存主编：《中国近代文学大系（1840—1919）第 11 集·第 28 卷·翻译文学集 3》，上海书店出版社 1991 年版；

［122］孙青纹编：《中国当代文学研究丛书·洪深研究专集》，浙江文艺出版社 1986 年版；

［123］孙庆升编：《中国文学史资料全编 17·丁西林研究资料》，知识产权

出版社 2010 年版；

［124］孙美玲选编：《莫斯科女人》，河北教育出版社 1995 年版；

［125］沈素琴：《中国现代文学期刊中的外国文论译介及其影响：1915—1949》，北京语言大学 2015 年版；

［126］沈承宽、黄侯兴、吴福辉编：《中国文学史资料全编·张天翼研究资料》，知识产权出版社 2010 年版；

［127］苏雪林：《中国二三十年代作家》，纯文学出版社 1983 年版；

［128］苏雪林著，叶君主编：《当我老了的时候》，北方文艺出版社 2015 年版；

［129］水如编：《陈独秀书信集》，新华出版社 1987 年版；

［130］商金林：《叶圣陶传论》，安徽教育出版社 1995 年版；

［131］唐沅、韩之友、封世辉等编著：《中国文学史资料全编·现代卷：中国现代文学期刊目录汇编》（共 7 卷），知识产权出版社 2010 年版；

［132］唐世贵：《中国现代文学关系史》，花城出版社 1998 年版；

［133］唐建光主编：《毕业生》，五洲传播出版社 2011 年版；

［134］陶晶孙：《给日本的遗书》，曹亚辉、王华伟译，上海文艺出版社 2008 年版；

［135］陶晶孙：《牛骨集》，上海太平书局 1944 年版；

［136］陶晶孙著，丁景唐编选：《陶晶孙选集》，人民文学出版社 1995 年版；

［137］陶晶孙著，姜诗元选编：《陶晶孙文集》，华夏出版社 2000 年版；

［138］陶晶孙：《傻子的治疗》，上海现代书局 1930 年版；

［139］滕浩选编：《思想的声音·文化大师演讲录》，当代世界出版社 2016 年版；

［140］田本相主编：《中国现代比较戏剧史》，文化艺术出版社 1993 年版；

［141］田寿昌、宗白华、郭沫若：《三叶集》，安徽教育出版社 2009 年版；

［142］田蕙兰、马光裕、陈珂玉编著：《中国文学史资料全编·现代卷35·钱钟书杨绛研究资料》，知识产权出版社 2010 年版；

［143］田蕙兰等编：《钱钟书杨绛研究资料集》，华中师范大学出版社 1997 年版；

［144］王锦厚：《五四新文学与外国文学》，四川大学出版社 1989 年版；

［145］王泉根编：《中国现代儿童文学文论选》，广西人民出版社 1989 年版；

［146］王泉根编著:《民国儿童文学·文论辑评（上）》,希望出版社2016年版;

［147］王长俊主编:《江苏文化史论》,南京师范大学出版社1999年版;

［148］王建开:《五四以来我国英美文学作品译介史（1919—1949）》,上海外语教育出版社2003年版;

［149］王文显著,李健吾译:《王文显剧作选》,人民文学出版社1983年版;

［150］王向远:《"笔部队"和侵华战争:对日本侵华文学的研究与批判》,昆仑出版社2015年版;

［151］魏绍昌:《我看鸳鸯蝴蝶派》,上海书店出版社2015年版;

［152］伍蠡甫等编:《西方文论选》（下卷）,上海译文出版社1988年版;

［153］吴为公、李树平编:《朱自清散文全编》,浙江文艺出版社1995年版;

［154］韦商编:《叶圣陶和儿童文学》,少年儿童出版社1990年版;

［155］夏志清:《新文学的传统》,新星出版社2005年版;

［156］徐荣街、徐瑞岳主编:《中国现代文学辞典》,中国矿业大学出版社1988年版;

［157］徐瑞岳编著:《刘半农研究》,江苏古籍出版社1987年版;

［158］徐志啸:《中国比较文学简史》,湖北教育出版社1996年版;

［159］谢天振、查建明:《中国现代翻译文学史（1898—1949）》,上海外语教育出版社2004年版;

［160］谢冕总主编,姜涛本卷主编:《中国新诗总论1（1891—1937）》,宁夏人民教育出版社2019版;

［161］肖伊绯,《叙旧文丛·左右手·百年中国的东西潮痕》,福建教育出版社2015年版;

［162］许霆著,张幼良、王健、季玢等主编:《中国现代诗学核心观念演进论》,江苏凤凰教育出版社2018年版;

［163］杨宏峰主编:《〈新青年〉简体典藏全本·第2卷·第1至6号》,宁夏人民出版社2011年版;

［164］杨匡汉、刘福春编:《中国现代诗论（上编）》,花城出版社1985年版;

［165］杨义、陈圣生:《中国比较文学批评史纲》,福建教育出版社2002年版;

［166］杨义主编,连燕堂著:《二十世纪中国翻译文学史·近代卷》,百花文

艺出版社 2009 年版;

［167］杨义主编,秦弓著:《二十世纪中国翻译文学史·五四时期卷》,百花文艺出版社 2009 年版;

［168］杨义主编,李今著:《二十世纪中国翻译文学史·三四十年代·俄苏卷》,百花文艺出版社 2009 年版;

［169］杨义主编,李宪瑜著:《二十世纪中国翻译文学史·三四十年代·英法美卷》,百花文艺出版社 2009 年版;

［170］杨剑龙:《文学与文化:在传统与现代之间》,上海三联书店 2006 年版;

［171］杨绛:《我们仨》,生活·读书·新知三联书店 2003 年版;

［172］杨绛:《杨绛全集 3·散文卷》,人民文学出版社 2014 年版;

［173］杨国良编:《杨绛年谱》,线装书局 2008 年版;

［174］杨绛:《杨绛文集·散文卷(下)》,人民文学出版社 2004 年版;

［175］杨绛:《杨绛作品精选——散文 1》,人民文学出版社 2004 年版;

［176］杨绛:《杂忆与杂写:一九九二——二〇一三》,生活·读书·新知三联书店 2015 年版;

［177］［英］约翰·黑瓦德:《一九三九年以来的英国散文》,杨绛译,商务印书馆 1948 年版;

［178］［西班牙］侠名:《小癞子》,杨绛译,上海译文出版社 1978 年版;

［179］袁荻涌:《二十世纪初期中外文学关系研究》,中国文史出版社 2002 年版;

［180］袁进编:《艺海探幽》,上海东方出版中心 1997 年版;

［181］袁昌英:《山居散墨》,河北教育出版社 1994 年版;

［182］于润琦主编,宋梅、王致军点校:《清末民初小说书系:家庭卷》,中国文联出版公司,1997 年版;

［183］叶圣陶:《叶圣陶论创作》,上海文艺出版社 1982 年版;

［184］叶圣陶著,卢今、范桥编:《二十世纪中国文化名人文库·叶圣陶散文(下册)》,中国广播电视出版社 1997 年版;

［185］叶至善、叶至美、叶至诚编:《叶圣陶集·第十八卷·编辑出版(二)》,江苏教育出版社 2004 年版;

［186］叶至善、叶至美、叶至诚编:《叶圣陶集·第四卷·童话儿歌(第 2

版）》，江苏教育出版社 2004 年版；

［187］叶至善、叶至美、叶至诚编：《叶圣陶集·第四卷》，江苏教育出版社 1987 年版；

［188］叶至善、叶至美、叶至诚编：《叶圣陶集·第九卷·文艺谈·论创作》，江苏教育出版社 1990 年版；

［189］叶至善、叶至美、叶至诚编：《叶圣陶集·第十卷》，江苏教育出版社 1990 年版；

［190］叶灵凤：《读书随笔》（共三集），生活·读书·新知三联书店 1988 年版；

［191］［法］罗曼·罗兰：《白利与露西》，叶灵凤译，现代书局 1928 年版；

［192］叶灵凤辑译：《新俄短篇小说集》，光华书局 1928 年版；

［193］叶灵凤著，陈子善编：《叶灵凤散文》，浙江文艺出版社 2003 年版；

［194］叶灵凤：《叶灵凤文集·第一卷小说·永久的女性》，花城出版社 1999 年版；

［195］叶灵凤著，陈子善选编：《忘忧草——叶灵凤随笔合集之一》，文汇出版社 1998 年版；

［196］叶灵凤著，陈子善选编：《文艺随笔——叶灵凤随笔合集之二》，文汇出版社 1998 年版；

［197］叶灵凤著，陈子善选编：《北窗读书录——叶灵凤随笔合集之三》，文汇出版社 1998 年版；

［198］应修人、潘漠华著，尔矢编：《修人漠华诗全编》，浙江文艺出版社 1995 年版；

［199］俞平伯、吴晗、张守常编：《最完整的人格——朱自清先生哀念集》，北京大学 1988 年版；

［200］俞平伯著：《俞平伯散文杂论编》，上海古籍出版社 1990 年版；

［201］［英］王尔德著：《快乐王子集》，巴金译，文化生活出版社 1948 年版；

［202］［英］奥斯卡·王尔德：《王尔德童话》，王林译，华中科技大学出版社 2015 年版；

［203］［英］艾弗·埃文斯：《英国文学简史》，蔡文显译，人民文学出版社 1984 年版；

［204］阳翰笙：《洪深——回忆洪深专辑》，中国文史出版社 1991 年版；

［205］《中国话剧运动五十年史料集》编辑委员会编:《中国话剧运动五十年史料集（第一辑）》，中国戏剧出版社 1958 年版；

［206］中国翻译工作者协会《翻译通讯》编辑部编:《翻译研究论文集（1894—1948）》，外语教学与研究出版社 1984 年版；

［207］中国传记文学学会编:《传记传统与传记现代化·中国古代传记文学国际学术研讨会论文集》，中国青年出版社 2012 年版；

［208］朱栋霖、周安华编:《陈瘦竹戏剧论集（上中下）》，江苏教育出版社 1999 年版；

［209］曾小逸主编:《走向世界文学——中国现代作家与外国文学》，湖南文艺出版社 1986 年版；

［210］赵家璧主编，胡适编选:《中国新文学大系·建设理论集 第一卷》，良友图书印刷公司 1935 年版；

［211］张小红编:《陶晶孙百岁诞辰纪念集》，百家出版社 1998 年版；

［212］张和龙编:《英国文学研究在中国：英国作家研究（上卷）》，上海外语教育出版社 2015 年版；

［213］张泽贤:《中国现代文学小说版本闻见录 1909—1933》，上海远东出版社 2009 年版；

［214］张黛芬、文秀明编:《陈伯吹研究专集》，少年儿童出版社 1990 年版；

［215］张彦林:《闲话大师陈西滢》，河南人民出版 2013 年版；

［216］朱自清著，朱乔森编:《朱自清全集·第八卷·学术论著编》，江苏教育出版社 1993 年版；

［217］朱自清著，朱乔森编《朱自清全集·第四卷·散文篇》，江苏教育出版社 1996 年版；

［218］朱自清:《朱自清全集·第十一卷·书信补遗编》，江苏教育出版社 1996 年版；

［219］朱自清:《你我的文学》，东方出版中心 2009 年版；

［220］朱自清:《朱自清自述·我是扬州人》，万卷出版公司 2014 年版；

［221］朱自清:《新诗杂话》，生活·读书·新知三联书店 1984 年版；

［222］朱自清著，张烨主编:《中国现代文豪书系：朱自清散文全集（上下）》，中国致公出版社 2001 年版；

［223］朱自清:《背影》，云南人民出版社 2015 年版；

［224］朱正编：《鲁迅书话》，湖南教育出版社 2007 年版；

［225］朱东润：《朱东润传记作品全集·第四卷·朱东润自传 李方舟传》，东方出版中心 1999 年版；

［226］朱东润：《朱东润传记作品全集·第一卷·张居正大传 陆游传》，东方出版中心 1999 年版；

［227］朱东润：《朱东润文存（上下）》，上海古籍出版社 2014 年版；

［228］朱光潜：《无言之美》，江苏文艺出版社 2010 年版；

［229］周文业、胡康健、周广业、陶中源编著：《清华名师风采（增补卷）上》，中州古籍出版社 2016 年版；

［230］郑振铎：《郑振铎全集第二卷：诗歌 散文》，花山文艺出版社 1998 年版；

［231］朱栋霖、周安华编：《陈瘦竹戏剧论集（上、中、下册）》，江苏教育出版社 1999 年版；

［232］宗白华著，林华同主编：《宗白华全集（4 卷）》，安徽教育出版社 1994 年版；

［233］宗白华：《流云小诗》，安徽教育出版社 2006 年版；

［234］赵清阁：《长相忆》，学林出版社 1999 年版；

［235］郑小惠、陈越编：《清华映像 1911—1948》，清华大学出版社 2013 年版；

［236］郑朝宗：《海滨感旧集》（增订本），厦门大学出版社 2014 年版；

后 记

　　写书是一件难熬的事情，本书的成书历时十年之久，从最初的动意，到后来的成书，再到后来的不断修改，书稿的框架、字数和篇幅中间经历了不断地删删减减，取舍中的纠结无以言表。早在2011年指导学生毕业论文选题时，江苏现代作家与外国文学关系的研究就进入了我的研究视野。我先后指导学生完成了钱钟书、杨绛、刘半农、叶圣陶、丁西林、朱自清、卞之琳、叶灵凤、张天翼、无名氏等江苏现代作家翻译文学的初步梳理工作，自此开始了对这一选题的持续关注，在书稿付梓之际，我要感谢我的学生们，是他们前期的资料梳理为本课题的进一步开展厘清了思路。

　　2017年下半年，我申请了江苏省政府留学基金到美国访学。访学期间，当我徜徉于佐治亚大学图书馆的中英文书籍之中时，"江苏现代作家与外国文学研究"这一专著的主题和框架正式确定下来，并于异国他乡开始了书稿的撰写，本书最初成书。2018年，本书稿获批江苏省社科基金后期资助（18HQ048）项目，正是因为这一基金提供的资金支持，才确保了本书后期外国文学相关资料的系统爬梳和最终成书。

　　在本书付梓之际，我要感谢徐州工程学院对本书稿的出版资助，也要感谢人文学院对本书出版的支持，更要感谢徐德明、张仲谋、黄德志、王艳芳老师对本课题提供的指导和帮助。在本书的成书过程中，爱人张占平和女儿张妤佳的支持、理解和帮助令我温暖，他们是我一生不断前行的动力。

盛翠菊
2022年12月于徐州